Dino

DIABLO®

DER DUNKLE PFAD

MEL ODOM

Aus dem Englischen von Ralph Sander

Dino

Die Deutsche Bibliothek – CIP-Einheitsaufnahme

Ein Titeldatensatz für diese Publikation ist bei der Deutschen Bibliothek erhältlich.

Dieses Buch wurde auf chlorfreiem,
umweltfreundlich hergestelltem
Papier gedruckt.

In neuer Rechtschreibung.

Titel der amerikanischen Originalausgabe: „Diablo (2): The Black Road“
by Mel Odom.
This edition published by arrangement with the original publisher, Pocket Books, a division of Simon & Schuster, Inc., New York.

Übersetzung: Ralph Sander
Lektorat: Manfred Weinland
Redaktion: Mathias Ulinski, Holger Wiest
Chefredaktion: Jo Löffler
Umschlaggestaltung: tab werbung GmbH, Stuttgart,
Cover art by Bill Petras
Satz: Greiner & Reichel, Köln
Druck: Panini S. P. A.
ISBN: 3-89748-704-7
Printed in Italy

www.dinocomics.de

Eins

Darrick Lane zog am Ruder, während er die von der Nacht umhüllten Klippen absuchte, die den Fluss Dyre zu beiden Seiten säumten. Er hoffte, dass die Piraten sie noch nicht entdeckt hatten. Sicher würde er dies jedoch erst wissen, wenn ein Angriff der Freibeuter erfolgte – und diese waren berüchtigt dafür, wenig zimperlich mit Angehörigen der Marine von Westmarch umzuspringen. Vor allem mit solchen, die sie auf Befehl des Königs von Westmarch jagten. Der Gedanke, in ihre Gewalt zu geraten, war dementsprechend alles andere als erfreulich.

Obwohl sich die Barkasse gegen die sanfte Strömung bewegte, durchschnitt ihr Bug das Wasser so glatt, dass es kaum merklich gegen den niedrigen Rumpf schwappte. Die Wachtposten, die entlang der Klippen zu beiden Uferseiten positioniert waren, hätten sofort Alarm geschlagen, wenn sie die Barkasse bemerkt hätten. Dann wäre die Hölle losgebrochen. Sollte es dazu kommen, würde es – dessen war sich Darrick sicher – keiner von ihnen zurück zur *Lonesome Star* schaffen, die draußen im Golf von Westmarch ankerte. Kapitän Tollifer, Herr über das Schiff, war einer der fähigsten Strategen von ganz Westmarch und unmittelbar dem König unterstellt. Er würde in See stechen, auch wenn Darricks Trupp nicht, wie vereinbart, bis zum Morgengrauen zurückkehrte.

Darrick beugte sich nach vorn, um das Ruder aus dem Wasser zu ziehen. Dann sagte er leise: „Ruhig, Männer, ganz ruhig. Nur weiter so, dann schaffen wir es. Wir sind hier wieder weg, bevor die Piraten überhaupt begreifen, dass wir bei ihnen waren."

„Ja, falls uns das Glück gewogen bleibt", flüsterte Mat Hu-Ring neben ihm.

„Ich vertraue darauf", erwiderte Darrick. „Ich habe noch nie etwas gegen Glück einzuwenden gehabt, und so wie es aussieht, hast du davon mehr als genug für uns alle."

„Du hast dich doch noch nie aufs Glück verlassen", warf Mat ein.

„Nein, das stimmt – verlassen nicht", stimmte Darrick ihm zu und fühlte sich trotz der Gefahr, die auf sie lauerte, angenehm verwegen. „Aber ich habe auch nichts gegen es auszusetzen – und vergesse nie Freunde, denen es treu ist."

„Hast du mich deswegen auf dieses ‚kleine Abenteuer' mitgenommen?"

„Aye. Aber wenn ich mich nicht irre, habe ich dir beim letzten Mal das Leben gerettet. Ich würde also sagen, ich habe bei dir noch etwas gut."

Mat grinste. Trotz der Finsternis schimmerte das Weiß seiner Zähne. Genau wie Darrick hatte er sein Gesicht, das von Natur aus schon nussbraun war, rußgeschwärzt, um mit der Nacht zu verschmelzen. Darricks Haut war bronzefarben. Sein Haar war rötlich, das von Mat schwarz.

„Hm, aber heute Nacht willst du das Glück ernsthaft auf die Probe stellen, nicht wahr, alter Freund?", fragte Mat.

„Der Nebel hält an." Darrick wies mit einer Kopfbewegung auf die wallenden Schwaden, die silbergrau über dem Fluss trieben. Wind und Wasser arbeiteten heute Nacht Hand in Hand, und der Nebel dräute langsam in Richtung Meer. Auf Grund dieses Nebels wirkte die Strecke, die sie zu überwinden hatten, noch gewaltiger. „Vielleicht können wir uns noch mehr auf das Wetter als auf dein Glück verlassen."

„Und wenn ihr noch länger so weiterquasselt", mischte sich Maldrin mit schroffer Stimme ein, „werden euch vielleicht die Wachen da oben hören, die nicht weggenickt sind. Und dann werden sie ein paar von den Abwehrschlägen eröffnen, die dieses verdammte Piratengesindel stets vorbereitet hält. Ihr wisst, dass euer Gequatsche über Wasser weiter getragen wird als an Land!"

„Aye", pflichtete Darrick ihm bei. „Und ich weiß auch, dass unser ‚Gequatsche' nicht von hier unten bis nach oben zu den Klippen getragen wird. Die Wachen befinden sich gut und gerne vierzig Fuß über uns.“

„Dämlicher Outlander aus Hillsfar“, knurrte Maldrin. „Du bist noch viel zu rotznasig und zu feucht hinter den Ohren, um so einen Auftrag zu erledigen. Wenn du mich fragst, dann ist der alte Kapitän Tollifer nicht mehr ganz bei Trost!“

„Und genau das ist der Punkt, Schiffsmaat Maldrin“, sagte Darrick. „Niemand hat dich verdammt noch mal gefragt!“

Ein paar andere Männer an Bord der Barkasse lachten über den alten Maat. Auch wenn Maldrin den Ruf eines grimmigen Seemanns und Kriegers hatte, betrachteten die jüngeren Mitglieder der Besatzung ihn eher als Glucke und Schwarzmaler.

Der Erste Maat war ein kleiner Mann, doch seine Schultern waren fast so breit wie der Griff einer Axt lang war. Seinen grau melierten Bart hielt er immer kurz geschnitten. Zwar hatte er eine hufeisenförmige kahle Stelle auf dem Kopf, doch ansonsten war sein Haar so voll und lang, dass er es zu einem Zopf geflochten hatte. Nebelnässe glitzerte auf der mit Teer bestrichenen Hose und durchtränkte das dunkle Hemd.

Darrick und die anderen Männer auf der Barkasse waren ähnlich gekleidet. Sie alle hatten ihre Klingen in Fetzen aus Segeltuch gewickelt, so dass sie vor Wasser geschützt waren und der Mondschein nicht von ihnen reflektiert werden konnte. Der Dyre führte zwar Süßwasser und enthielt kein aggressives Salz, doch die Gewohnheit war den Angehörigen der Königlichen Marine in Fleisch und Blut übergegangen.

„Arroganter Jüngling“, murrte Maldrin.

„Ach ja, und genau deshalb liebst du mich, auch wenn du es nicht so richtig zeigen kannst, Maldrin“, spöttelte Darrick. „Wenn du glaubst, in übler Gesellschaft zu sein, dann überleg mal, wie es dir wohl erginge, wenn ich dich auf der *Lonesome Star* zurückgelassen hätte. Ich sage dir, Mann, ich halte dich für unfähig, eine Nacht lang Armdrücken mit der Mannschaft durchzustehen. Ist das nun der Dank, dass ich dir das erspart habe?“

„Die Sache hier wird nicht halb so einfach werden, wie du es dir offenbar vorstellst“, erwiderte Maldrin.

„Und worüber müssen wir uns Sorgen machen, Maldrin? Über ein paar Piraten?“ Darrick zog sein Ruder an sich. Dabei achtete er darauf, dass sämtliche Mitrudernde im gleichen Takt arbeiteten. Sein Blatt tauchte wieder in den Fluss ein, und er zog kraftvoll. Das Boot durchpflügte das Wasser und kam zügig voran. Vor einer Viertelmeile hatten sie das Lagerfeuer des ersten Wachpostens entdeckt. Der Hafen, den sie suchten, lag nun nicht mehr allzu weit entfernt.

„Das sind nicht nur einfache Piraten“, erwiderte Maldrin.

„Nein“, meinte Darrick. „Da muss ich dir zustimmen. Diese Piraten hier sind diejenigen, zu denen Kapitän Tollifer uns geschickt hat, um ihnen ein wenig Ärger zu machen. Nach diesem klaren Befehl wäre es mir regelrecht unangenehm, wenn du denkst, ich würde mich mit *irgendwelchen* Piraten zufrieden geben.“

„Ich auch nicht“, warf Mat ein. „Ich bin inzwischen richtig wählerisch geworden, wenn es darum geht, gegen Piraten zu kämpfen.“

Einige der anderen Männer stimmten ebenfalls zu und lachten gedämpft.

Darrick fiel auf, dass niemand auch nur mit einem Wort den Jungen erwähnte, den die Piraten entführt hatten. Da dessen Leichnam am Schauplatz des letzten Angriffs nirgends gefunden worden war, waren sie zu der Überzeugung gelangt, dass man ihn verschleppt hatte, um ein fettes Lösegeld zu erpressen.

Der Gedanke an den Jungen wirkte ernüchternd.

Maldrin schüttelte den Kopf und konzentrierte sich wieder aufs Rudern. „Oh, du bist ein verdammtes Ärgernis, Darrick Lang. Das schwöre ich bei allem, was aus Licht und heilig ist. Aber wenn es einen Mann auf Kapitän Tollifers Schiff gibt, der das hier durchziehen kann, dann wohl du.“

„Das klingt schon verteufelt besser. Ich würde meinen Hut vor dir ziehen, Maldrin, wenn ich einen hätte“, versetzte Darrick grinsend.

„Sieh einfach zu, dass du den Kopf auf den Schultern behältst,“, brummte Maldrin.

„Allerdings“, gab Darrick zurück. „Das habe ich vor.“ Er veränderte ein wenig den Griff um sein Ruderholz. „Also Männer, ziehen! So lange der Fluss noch ruhig ist und der Nebel uns umgibt.“ Sein Blick wanderte hinauf zu den Bergen, und er wusste, dass sich ein wilder Teil seines Ichs auf den bevorstehenden Kampf freute.

Die Piraten würden den Jungen nicht kampflos herausgeben. Und außerdem verlangte Kapitän Tollifer einen Blutzoll – im Namen des Königs von Westmarch.

„Verdammte Nebelsuppe!“, fluchte Raithen aus vollem Herzen.

Die ungestüme Art des Piratenkapitäns riss Buyard Cholik aus seinen Gedanken. Der alte Priester zwinkerte ein paar Mal, um gegen die Müdigkeit anzukämpfen, die ihn fest im Griff hielt. Dann sah er hinüber zu dem stämmigen Mann, der vom Schein der Fackeln, die hier im Inneren des Gebäudes brannten, eingerahmt wurde. „Was ist los, Käptn?“

Raithen stand reglos wie ein Fels an der steinernen Balustrade des Bauwerks. Es überragte die Ruinen der kleinen Hafenstadt, in der sie sich seit Monaten einquartiert hatten. Der Kapitän zupfte an dem Ziegenbärtchen, der sein kantiges Kinn bedeckte, und strich gedankenverloren über die hässliche Narbe an seinem rechten Mundwinkel, die seiner Miene etwas permanent Gehässiges verlieh.

„Der Nebel. Man kann kaum den Fluss sehen.“ Der fahle Mondschein glitzerte schwach auf dem schwarzen Kettenhemd, das Raithen über einem grünen Hemd trug. Der Kapitän war immer makellos gekleidet, selbst zu dieser frühen Morgenstunde. Oder zur späten Nacht, berichtigte sich Cholik, der nicht wusste, welche Auslegungsart für den Anführer der Piraten eher zutraf.

Raithen hatte die schwarze Hose sorgfältig in seine Stulpenstiefel geschoben. „Und ich glaube auch immer noch, dass wir auf unserem letzten ‚Ausflug‘ nicht unbeobachtet davongekommen sind.“

„Der Nebel erschwert auch die Navigation auf dem Fluss“, gab Cholik zu bedenken.

„Für Euch vielleicht“, erwiderte Raithen. „Aber für einen Mann, der die Tücken der See gewohnt ist, stellt der Fluss eine harmlose Herausforderung dar.“ Er zupfte wieder an seinem Bart, während sein Blick hinaus aufs Meer wanderte. Dann nickte er. „Wenn ich es entscheiden müsste, würde ich heute Nacht einen Angriff auf uns wagen.“

„Ihr seid ein abergläubischer Mann“, sagte Cholik und konnte nicht umhin, eine gewisse Verachtung in seinen Worten mitklingen zu lassen. Er schlang seine Arme eng um sich. Anders als Raithen war Cholik so dünn, dass er schon ausgemergelt wirkte. Die unerwartet kühle Nachtluft, die das Nahen des Winters ankündigte, hatte ihn überrascht, und er hatte sich nicht entsprechend wappnen können. Er war auch nicht mehr so jung wie der Kapitän, um es mühelos wegzustecken. Erst jetzt wurde ihm bewusst, dass der Wind geradewegs durch den Stoff seiner schwarz und scharlachrot gefärbten Gewänder drang.

Raithen warf Cholik einen Blick zu. Seine Miene hatte sich ein wenig verfinstert, als stünde er im Begriff, die Feststellung als Beleidigung aufzufassen.

„Macht Euch nicht die Mühe, mit mir zu streiten“, wies Cholik ihn an. „Ich kenne Eure Neigung dazu. Glaubt mir, ich nehme sie Euch nicht übel. Aber ich habe mich entschieden, an die Dinge zu glauben, die mir stärkeren Trost schenken als purer Aberglaube.“

Raithen verzog missbilligend das Gesicht. Es war kein Geheimnis, dass es ihm nicht gefiel und ihn misstrauisch machte, was Choliks Messgehilfen in jener Region gefunden hatten, die unter der verlassenen Hafenstadt begraben lag. Die Stelle befand sich weit im Norden von Westmarch – und damit weit außer Reichweite des Königs. So verlassen, wie hier alles war, hatte Cholik eigentlich erwartet, dass dies den Piratenkapitän zufrieden stimmen würde. Doch hatte der Priester dabei nicht an die zahlreichen Annehmlichkeiten der Zivilisation gedacht, die den Piraten zur Verfügung standen, wenn sie in einen Hafen einliefen, wo man sie nicht kannte – oder einfach nicht kennen wollte, weil sie ihr Gold und Silber genauso schnell wie alle anderen verprassten. Die Trinkgelage und sonstigen Ausschweifungen blieben den Piraten hier jedoch verwehrt.

„Keine Eurer Wachen hat Alarm geschlagen“, fuhr Cholik fort. „Und ich nehme an, sie haben sich auch vollzählig gemeldet.“

„Ja, das haben sie“, bestätigte Raithen. „Dennoch bin ich mir sicher, dass ich die Segel eines anderen Schiffs in unserem Kielwasser gesehen habe, als wir heute Nachmittag den Fluss hinaufsegelten.“

„Ihr hättet der Sache sofort nachgehen müssen.“

„Das bin ich." Raithen kniff die Augen zusammen. „Das bin ich, aber ich habe nichts gefunden."

„Na also. Seht Ihr? Es besteht kein Grund zur Sorge."

Raithen warf Cholik einen wissenden Blick zu. „Ihr lohnt es mir mit Eurem Gold, dass ich mir Sorgen mache."

„Richtig, aber Ihr sollt nicht auch mich beunruhigen."

Trotz seiner finsteren Laune umspielte Raithens Lippen ein flüchtiges Lächeln. „Für einen Priester der Kirche von Zakarum, die von sich behauptet, dem Weg der Sanftmut zu folgen, habt Ihr eine erstaunlich schroffe Art, was die Wahl Eurer Worte angeht."

„Nur, wenn diese Schroffheit auch verdient ist."

Raithen verschränkte die Arme vor der breiten Brust, lehnte sich nach hinten gegen die Mauer und lachte leise. „Ihr fasziniert mich, Cholik. Als wir uns vor vielen Monaten kennen lernten und Ihr mir sagtet, was Ihr vorhabt, da habe ich Euch für einen Wahnsinnigen gehalten."

„Die Legende einer Stadt, die unter einer anderen Stadt liegt, hat nichts mit Wahnsinn zu tun", sagte Cholik. Die Dinge jedoch, die er hatte tun müssen, um in den Besitz der heiligen, fast vergessenen Texte von Dumal Lunnash zu gelangen – eines Vizjerei-Magiers, der vor Tausenden von Jahren Augenzeuge des Todes von Jere Harash geworden war –, *hatten* ihn nahezu in den Wahnsinn getrieben.

Vor Jahrtausenden war Jere Harash ein junger Altardiener der Vizjerei gewesen; er hatte die Macht entdeckt, um die Geister von Toten zu kontrollieren. Der Junge hatte behauptet, zu diesem Wissen in einem Traum gelangt zu sein, und es gab keinen Zweifel an den neuen Fähigkeiten, die Jere Harash von da an besaß. Seine Macht wurde legendär. Der Junge entwickelte die Gabe, Toten sämtliche Energie zu entziehen, zur Vollendung – was ihn mit einer Macht ausstattete wie kaum einen Sterblichen davor. Die Folge dieser Wissenserweiterung war, dass die Vizjerei – die vor Tausenden von Jahren einen der drei Hauptclans auf der Welt bildeten – fortan als der *Clan der Geister* bekannt wurden.

Dumal Lunnash war Historiker gewesen – und einer der Männer, die Jere Harashs letzten Versuch, die Welt der Geister vollständig in seine Gewalt zu bringen, überlebt hatten. Nachdem der vermessene junge Mann die Trance erreicht hatte, die erforderlich war, um alle Konzentration in die Zauber zu legen, die er wirkte, hatte ein Geist Besitz von seinem Körper ergriffen und sich auf einen blutigen Feldzug begeben. Später waren die Vizjerei dahintergekommen, dass die Geister, die sie gerufen und ungewollt entfesselt hatten, in Wahrheit Dämonen waren, die den Brennenden Höllen entstammten.

Als ein Chronist des Wirkens der Vizjerei war Dumal Lunnash von den meisten verkannt worden, doch es waren seine Texte gewesen, die Cholik auf eine makabre und wirre Spur geführt hatten, die schließlich in der Einsamkeit der vergessenen Stadt am Dyre endete.

„Nein“, sagte Raithen. „Derartige Legenden finden sich überall. Ich selbst bin einigen nachgegangen, doch ich habe nie erlebt, dass sie sich auf einen greifbar wahren Kern zurückverfolgen ließen.“

„Dann verwundert es mich, dass Ihr überhaupt mitgekommen seid“, gab Cholik zurück. Dies war genau die Unterhaltung, die sie beide seit Monaten zu vermeiden versuchten. Umso überraschter war er, dass sie jetzt stattfand, wenn auch nur auf einem Umweg.

Anhand der in der vergangenen Woche entdeckten Zeichen – Raithen und seine Piraten hatten sich zu diesem Zeitpunkt anderswo aufgehalten, um zu plündern, zu brandschatzen oder was immer sie getan haben mochten – war Cholik klargeworden, dass sie kurz davor standen, das bedeutendste Geheimnis der toten Stadt zu enthüllen.

„Es war Euer Gold“, räumte Raithen ein, „das mich überzeugt hat. Und nun, da ich wieder zurück bin, sehe ich, welche Fortschritte Eure Leute gemacht haben.“

Ein bittersüßes Gefühl erfüllte Cholik. Obwohl er froh darüber war, den Piratenkapitän doch noch überzeugt zu haben, wusste der Priester zugleich auch, dass Raithen bereits darüber nachdachte, welche Möglichkeiten der erhoffte Schatz ihm eröffnen könnte. Vielleicht würden er oder seine Leute in ihrem ahnungslosen Eifer sogar das beschädigen, um dessentwillen Cholik und seine Untergebenen hierher gekommen waren.

„Was glaubt Ihr, wann Ihr finden werdet, wonach Ihr sucht?“, fragte Raithen.

„Bald“, erwiderte Cholik.

Der hünenhafte Pirat zuckte mit den Schultern. „Es könnte für mich hilfreich sein, eine ungefähre Vorstellung davon zu haben, was Ihr unter ‚bald' versteht. Wenn uns heute jemand gefolgt sein sollte …"

„Wenn Euch heute jemand gefolgt ist", griff Cholik verärgert den Faden auf, „wäre das allein Euer Fehler!"

Raithen lächelte Cholik voller Gerissenheit an. „Wäre es das?"

„Ihr werdet von der Marine wegen Verbrechen gegen den König gesucht", sagte Cholik. „Wenn man Euch findet und dingfest macht, wird man Euch im Diamantenviertel am Galgen aufknüpfen."

„Wie einen gewöhnlichen Dieb?" Raithen hob eine Augenbraue. „Aye, vielleicht werde ich wie ein loses Segel am Galgen baumeln. Aber glaubt Ihr nicht auch, dass der König sich eine besondere Bestrafung für einen Priester der Kirche von Zakarum ausdenken wird, der sein Vertrauen missbraucht und den Piraten verraten hat, auf welchen Schiffen sein Gold durch den Golf von Westmarch und über die Große See transportiert wird?"

Raithens Worte missfielen Cholik. Der Erzengel Yaerius hatte einen jungen Asketen namens Akarat dazu überredet, eine Religion zu gründen, die dem Licht gewidmet war. Eine Zeit lang war die Kirche von Zakarum genau das gewesen, doch über die Jahre hinweg und durch die Kriege hindurch hatte sie sich verändert. Nur wenige Sterbliche – ausgenommen solche, die zum innersten Zirkel der Kirche von Zakarum gehörten – wussten, dass die Kirche inzwischen von Dämonen unterwandert und ein Werkzeug des im Verborgenen wirkenden Bösen geworden war. Die Kirche von Zakarum hing auch eng mit Westmarch und Tristram zusammen, der Macht *hinter* der Macht der Könige. Indem Cholik verraten hatte, welche Schiffe Schätze an Bord hatten, waren die Piraten sogar in die Lage versetzt worden, die Kirche von Zakarum zu bestehlen, deren Priester noch rachsüchtiger waren als der König selbst.

Cholik wandte sich von dem größeren Mann ab und ging auf dem Balkon hin und her, um sich ein wenig aufzuwärmen. *Ich wusste, dass es einmal so weit kommen würde,* dachte er. *Es war zu erwarten.* Er atmete lange und bedächtig aus und ließ Raithen für den Moment glauben, dass dieser ihn in der Hand hatte. In seinen vielen Jahren als

Priester war Cholik zu der Erkenntnis gekommen, dass manche Männer oft unglaubliche Fehler begingen, wenn man ihre Intelligenz und ihre Macht lobte.

Cholik wusste, was echte Macht war, und das war der Grund dafür, dass er nach Tauruk's Port gekommen war und begonnen hatte, nach der vor langer Zeit begrabenen Stadt Ransim zu suchen. Sie war im Jahrhunderte dauernden Sündenkrieg untergegangen, während das Chaos mit Bedacht, aber auch mit großer Grausamkeit gegen das Licht gekämpft hatte. Dieser Krieg hatte sich vor langer Zeit im Osten abgespielt, lange bevor Westmarch zivilisiert worden war und an Macht gewonnen hatte. Viele Städte und Dörfer waren in dieser Zeit begraben worden, doch die meisten von ihnen hatte man zuvor noch geplündert. Ransim jedoch war größtenteils vom Sündenkrieg verschont geblieben. Die Bevölkerung wusste, bis auf die Tatsache, dass Schlachten stattgefunden hatten, nichts über den damaligen Krieg. Auf keinen Fall wusste sie, dass sich Chaos-Dämonen und Lichtmächte bekämpft hatten. Ransim war unbehelligt geblieben. Die Hafenstadt war ein Rätsel, das nicht hätte existieren dürfen. Doch einige Magier des Ostens hatten diesen Ort ausgewählt, um dort zu arbeiten und sich zu verstecken, und sie hatten ihre Geheimnisse zurückgelassen. Dumal Lunnashs Texte waren die einzige Quelle, in der Cholik etwas über die Lage von Ransim hatte finden können. Doch selbst diese Lektüre hatte zunächst die mühselige Aufgabe bedeutet, Informationen über den einstigen Standort zusammentragen zu müssen – Hinweise, die unter sorgfältig erdachten Lügen und Halbwahrheiten verborgen lagen.

„Was wollt Ihr wissen, Kapitän?“, fragte Cholik.

„Was Ihr hier sucht“, erwiderte Raithen ohne nachzudenken.

„Ihr meint, ob es sich um Gold und Edelsteine handelt?“

„Wenn ich an Schätze denke“, antwortete der Pirat, „sind das genau die Dinge, die ich damit verbinde.“

Cholik schüttelte den Kopf. Er war erstaunt, wie engstirnig sein Gegenüber sein konnte. Reichtum war eine so bedeutungslose Sache, viel bedeutungsloser als Macht – die wahre Belohnung, auf die es der Priester abgesehen hatte.

„Was ist?“, brauste Raithen. „Seid Ihr Euch zu fein, um auf Gold und Edelsteine zu hoffen? Für einen Mann, der die Schätze seines Königs verrät, habt ihr merkwürdige Vorstellungen.“

„Materieller Reichtum ist vergänglich“, sagte Cholik. „Er ist begrenzt. Und oft ist er schon wieder geschwunden, ehe man sich versieht.“

„Ich lege immer etwas für schlechtere Zeiten zurück.“

Cholik sah zum mit Sternen übersäten Himmel empor. „Die Menschen sind für den Himmel eine nutzlose Peinlichkeit, Kapitän Raithen. Ein unvollkommenes Werkzeug, das schon genauso unvollkommen geschaffen wurde. Wir spielen mit dem Gedanken, allmächtig zu sein, wir wissen, dass wir dieses Potential möglicherweise besitzen – dass es uns aber immer versagt bleiben wird.“

„Wir reden hier nicht über Gold und Geschmeide – ihr hofft etwas anderes zu finden, nicht wahr?“ Raithen klang fast so, als fühlte er sich verraten.

„Die von Euch ersehnten Schätze könnten hier zu finden sein“, entgegnete Cholik. „Aber ihretwegen sind wir nicht hergekommen, das stimmt.“ Er drehte sich um und sah den Piratenkapitän an. „Ich bin dem Geruch der Macht gefolgt, Kapitän Raithen. Und ich habe den König von Westmarch und die Kirche von Zakarum hintergangen, um Euer Schiff für meine Zwecke einspannen zu können.“

„Macht?“ Raithen schüttelte ungläubig den Kopf. „Gebt mir eine Klinge aus rasiermesserscharfem Stahl, dann zeige ich Euch, was *ich* unter Macht verstehe.“

Cholik machte eine wütende Geste in Richtung des Piratenkapitäns. Der Priester sah Wellen aus schwach schimmernder Energie seiner ausgestreckten Hand entweichen und auf Raithen zu jagen. Die Wellen legten sich wie ein stählernes Band um den Hals des Hünen und schnürten ihm die Luft ab. Anschließend sorgte Cholik dafür, dass der Kapitän von den Beinen gerissen wurde und zu Boden ging. Kein Priester verfügte über solche Kräfte, und es war an der Zeit, dem Piraten klar zu machen, dass er es mit keinem einfachen Priester zu tun hatte. Das war er längst nicht mehr – und würde es nie mehr sein.

„Land!“, krächzte jemand vom Bug der Barkasse und achtete darauf, dass seine Stimme tief genug gesenkt war, um nicht allzu weit getragen zu werden.

„Ruder einholen, Männer!“, befahl Darrick und zog sein eigenes aus dem Wasser. Sein Puls schlug jetzt so heftig, dass er in den Schläfen pochte. Darrick richtete sich auf und betrachtete den Gebirgszug, der sich vor ihnen erstreckte.

Die Ruder wurden synchron hochgenommen und dann in der Mitte der Barkasse abgelegt.

„Heck!“, rief Darrick gedämpft, als er die schwachen Lichtkreise entdeckte, die von nahen Laternen oder Feuern rührten.

„Sir?“, erwiderte Fallan vom Heck der Barkasse aus.

Nun, da die Ruder eingeholt worden waren, glitt das Boot nicht länger durch das Wasser, sondern wurde von der Strömung erfasst, die es mit sich zu ziehen versuchte.

„Bring uns an Land“, wies Darrick Fallan an, „und dann wollen wir doch mal sehen, was es mit diesen verdammten Piraten auf sich hat, die sich das Gold des Königs unter den Nagel reißen. Lass uns an einer günstigen Stelle anlegen.“

„Aye, Sir.“ Fallan benutzte das Steuerruder und brachte die Barkasse in einen Winkel, der sie zum linken Flussufer bringen würde.

Die Strömung nahm das Boot ein Stück weit mit sich zurück, doch Darrick wusste, dass sie nur wenig abgetrieben würden. Was zählte, war eine Stelle zu finden, an der sie ihr Fahrzeug sicher vertäuen und so den Auftrag erledigen konnten, den ihnen Kapitän Tollifer mit auf den Weg gegeben hatte.

„Hier!“, rief Maldrin und zeigte zum Ufer. Trotz seines Alters hatte der alte Erste Maat noch mit die besten Augen an Bord der *Lonesome Star*. Selbst bei Nacht vermochte er scharf zu sehen.

Darrick spähte durch den Nebel und entdeckte nun auch das schroffe Ufer. Es wirkte regelrecht herausgebissen – als hätte eine gigantische Axt es aus den Klippen, die in die Hawk’s Beak Mountains übergingen, herausgeschlagen.

„Das nenne ich eine äußerst ungünstige Lage“, kommentierte Darrick.

„Nicht, wenn man eine Bergziege ist“, gab Mat zurück.

„Nicht mal eine verdammte Bergziege würde da hinaufklettern wollen“, konterte Darrick und betrachtete den steilen Aufstieg, der vor ihnen lag.

Maldrin begutachtete die Klippe mit zusammengekniffenen Augen. „Wenn wir da hoch wollen, steht uns eine beschwerliche Kletterpartie bevor.“

„Sir“, rief Fallan vom Heck, „was soll ich machen?“

„Lass uns dort anlegen, Fallan“, entschied Darrick. „Wir werden es mit dieser Route versuchen.“ Er lächelte. „So mühselig der Weg auch sein mag, können wir doch wenigstens davon ausgehen, dass die Piraten nicht damit rechnen, von dort aus angegriffen zu werden. Nach dem bisherigen Verlauf der Nacht vertraue ich darauf, dass wir auch weiterhin das Glück auf unserer Seite haben werden.“

Geschickt steuerte Fallan die Barkasse zum Ufer.

„Tomas“, entschied Darrick. „Wir müssen Anker werfen, und zwar schnell.“

Der muskulöse Matrose hob den Steinanker auf und wuchtete ihn an Land. Der immens schwere Stein schaffte es aber nicht ganz bis zum Ufer, sondern klatschte ins flache Wasser. Der Anker zog über den Grund des Flusses.

„Darunter ist Fels“, flüsterte Tomas, als das Seil in seinen Händen ruckte.

„Dann wollen wir hoffen, dass du irgendwo Halt findest“, erwiderte Darrick. Er trat in der Barkasse unruhig von einem Fuß auf den anderen, erpicht darauf, sich endlich der riskanten Anstrengung zu widmen, die erst noch vor ihnen lag. Je eher sie sie bewältigten, desto schneller konnten sie wieder zur *Lonesome Star* zurückkehren.

„Wir entfernen uns vom Ufer“, bemerkte Maldrin, als sie weiter flussabwärts getrieben wurden.

„Könnte sein, dass wir die Nacht mit einem kurzen Bad begrüßen müssen“, erwiderte Mat.

„In dem Wasser holt sich auch ein hartgesottener Mann den Kältetod“, schimpfte Maldrin.

„Vielleicht erledigen das spätestens die Piraten. Aber das hat auch eine gute Seite. So bleibt dir wenigstens erspart, dass du deine Koje vor Altersschwäche nicht mehr verlassen kannst", grinste Mat. „Ich bin sicher, dass sie ihre Beute nicht einfach hergeben werden, selbst wenn wir noch so höflich darum bitten."

Darrick spürte ein Ziehen in seiner Magengegend. Die „Beute" der Piraten war der Hauptgrund, warum Kapitän Tollifer Darrick und die anderen flussaufwärts geschickt hatte, anstatt mit der *Lonesome Star* selbst vorzustoßen.

Die Piraten, die den königlichen Schiffen vor Westmarch auflauerten, hatten es sich seit langem zum Prinzip gemacht, kein Besatzungsmitglied am Leben zu lassen. Diesmal aber hatten sie einen Seidenhändler aus Lut Gholein verschont, der sich an ein aus dem Schiff herausgebrochenes Deckstück hatte klammern müssen, das gerade groß genug war, um als behelfsmäßiges Floß zu dienen. Dann war er angewiesen worden, dem König mitzuteilen, dass sie einen seiner Neffen in ihrer Gewalt hatten. Darrick wusste, dass es nur eine Frage der Zeit sein, bis die Lösegeldforderung folgte.

Es würde die erste Kontaktaufnahme der Piraten mit Westmarch sein. Obwohl sie seit Monaten immer wieder erfolgreiche Angriffe gegen Handelsschiffe unternahmen, wusste noch immer niemand, woher sie ihre genauen Informationen über Goldlieferungen hatten. Dass sie nur den Mann aus Lut Gholein hatten davonkommen lassen, legte den Schluss nahe, dass sie deshalb niemanden aus Westmarch entkommen ließen, weil sie von einem dort Lebenden hätten identifiziert werden können.

Der Anker kratzte weiter über den Grund des Flussbetts und ließ die Erfolgsaussichten Zoll für Zoll schwinden. Das Wasser und das Gurgeln der Strömung übertönten das damit verbundene Geräusch. Dann blieb der Anker doch noch hängen, und das Seil straffte sich in Tomas' Händen, als er fest zupackte. Die Barkasse stoppte, auch wenn sie sich weiter in der Strömung bewegte.

Darrick blickte zum etwas mehr als sechs Fuß entfernten Ufer. „Nun, wir werden uns damit zufrieden geben müssen, Männer." Er sah Tomas an. „Wie tief ist das Wasser?"

Tomas überprüfte die Knoten des Seils, während die Barkasse unentwegt am Anker zerrte. „Wir sind jetzt bei achteinhalb Fuß."

Darrick spähte erneut zum Ufer. „Das Flussbett muss am Rand der Klippen beträchtlich abfallen."

„Gut, dass wir keine Rüstung tragen", warf Mat ein. „Allerdings wünschte ich mir schon, ich hätte ein gutes Kettenhemd angelegt, um mich für das bevorstehende Spektakel zu wappnen."

„Du würdest untergehen wie eine vom Blitz getroffene Kröte", erwiderte Darrick trocken. „Es muss nicht zwangsläufig zu Kämpfen kommen. Vielleicht können wir uns ohne Aufsehen zu erregen an Bord des Piratenschiffs schleichen und den Jungen retten."

„O ja", murmelte Maldrin. „Aber wenn dir das gelänge, wäre es das erste Mal seit langer Zeit, dass ich es erleben dürfte."

Darrick grinste breit, obwohl tief in seinem Innern Unruhe nagte. „Oha, deine Worte klingen ja fast nach einer Herausforderung, Maldrin."

„Das kannst du auffassen, wie du willst", brummte der Erste Maat. „Ich gebe meine Ratschläge mit den besten Absichten, doch ich sehe, dass sie nur selten so aufgenommen werden. Woher wollt ihr wissen, ob dieses Gesindel hier sich nicht mit Toten und dergleichen zusammengetan hat?"

Die Worte des Ersten Maats hatten eine ernüchternde Wirkung auf Darrick und erinnerten ihn daran, dass er den nächtlichen Ausflug zwar als ein Abenteuer betrachtete, es aber kein ungetrübtes Vergnügen bleiben würde, falls Maldrin Recht behielt. So mancher Piratenkapitän beherrschte die Magie.

„Wir sind hier, um Piraten aufzuspüren", hielt Mat dem entgegen. „Einfach nur Piraten. Sterbliche Männer, deren Fleisch blutet, wenn man es aufschlitzt."

„Aye", bekräftigte Darrick. Er ignorierte das kurze Unbehagen, das Maldrins Worte bei ihm ausgelöst hatte. „Einfach nur sterbliche Menschen."

Dennoch – sie waren erst vor ein paar Monaten während einer Patrouille auf ein Schiff voller Toter gestoßen. Der Kampf war brutal und erschreckend gewesen und hatte viele Kameraden das Leben gekostet. Doch schließlich hatten sie die Untoten und ihr Schiff auf den Meeresgrund bannen können.

Darrick blickte zu Tomas. „Wir liegen sicher vor Anker?"

Tomas nickte und zog ein paar Mal am Seil. „Aye – soweit ich das beurteilen kann."

Darrick grinste. „Ich würde gern ein Boot vorfinden, wenn wir hierher zurückkehren, Tomas. Und Kapitän Tollifer kann sehr kleinlich sein, wenn die Besatzung etwas verliert, was zur Ausrüstung der *Lonesome Star* gehört. Wenn wir an Land gegangen sind, sichere die Barkasse bitte noch etwas besser."

„Aye, das werde ich tun."

Darrick griff nach seinem Entermesser, das ebenso gut verpackt wie die anderen Waffen im Rumpf der Barkasse ruhte. Darauf bedacht, das Boot nicht ins Wanken zu bringen, stand er auf den Planken und sah ein letztes Mal zu den Klippen empor. Der letzte Wachposten, den sie ausgemacht hatten, lag mindestens hundert Schritte hinter ihnen. Das von ihm entfachte Lagerfeuer war noch immer durch den Nebel zu erkennen.

Darrick spähte zu den anderen Lichtern, die in der Entfernung zu sehen waren. Das Geräusch von Schiffstakelagen, die gegen Masten schlugen, drang an seine Ohren.

„Sieht so aus, als hätten wir keine andere Wahl, Männer", erklärte er. „Wir müssen ein Stück weit durch ziemlich kaltes Wasser schwimmen." Er sah, dass Mat bereits sein Schwert gezogen hatte, und dass Maldrin seinen Streithammer in der Hand hielt.

„Nach dir", sagte Mat und zeigte auf den Fluss.

Ohne ein weiteres Wort ließ sich Darrick vom Boot in den Fluss gleiten. Das eisige Wasser schlug über seinem Kopf zusammen und raubte ihm für einen Moment den Atem. Dann schwamm er zügig gegen die Strömung Richtung Ufer.

Zwei

Raithen schlug zuckend um sich. Er wand sich und versuchte dabei, das Band aus magischer Energie zu fassen zu bekommen, das ihm Cholik entgegengeschleudert hatte. Es hielt ihn fest im Würgegriff. Angst und Staunen verzerrten Raithens Gesicht. Ihm war abrupt klar geworden, dass er es in Wirklichkeit bei weitem nicht mit dem schwachen alten Priester zu tun hatte, für den er Cholik gehalten hatte und mit dem er so respektlos umgesprungen war. Der Pirat riss den Mund auf und versuchte, sich zu artikulieren – doch es kam kein Laut über seine Lippen. Mit einer weiteren Geste ließ Cholik Raithen über die Brüstung des Balkons schweben, so dass er über dem hundert Fuß tiefen Abgrund hing. Von den Gebäuden, die tief unten einmal Tauruk's Port repräsentiert hatten, waren nur noch eingerissene Mauern zu sehen.

Der Piratenkapitän hörte erst auf zu strampeln, als sich das Entsetzen wie eine Maske über sein immer roter werdendes Gesichts legte.

„Die Macht ist es, die mich nach Tauruk's Port geführt hat", krächzte Cholik und hielt den magischen Griff aufrecht. Gleichzeitig spürte er die obszöne Lust, die ein solcher Zauber mit sich brachte. „Und nach Ransim, der Stadt, die darunter begraben liegt. Macht, wie Ihr sie noch nie besessen hast. Macht, die Euch auch nie gehören wird, da Ihr nicht versteht, wie Ihr sie einzusetzen hättet. Das Werkzeug dieser Macht muss *geweiht* sein – und ich beabsichtige, dieses Werkzeug zu werden. Das ist etwas, wozu Ihr niemals fähig wäret." Der Priester öffnete seine Hand.

Keuchend fiel Raithen auf die Steinplatten des Balkons, der den Fluss und die verlassene Stadt überragte. Er blieb auf dem kalten Boden liegen, schnappte nach Luft und hielt sich mit der linken Hand den geschundenen Hals. Seine Rechte tastete nach dem Heft des Schwerts, das er an der Seite trug.

„Wenn Ihr Eure Klinge zieht“, erklärte Cholik ruhig, „erwartet den Kommandanten Eures Schiffes eine Beförderung zum Kapitän. Oder Euren Ersten Maat. Ich könnte natürlich auch Euren Leichnam wieder zum Leben erwecken, obwohl ich bezweifle, dass Eure Besatzung darüber sehr glücklich wäre. Aber um ehrlich zu sein, es ist mir egal, was sie wünscht oder denkt.“

Raithen hielt in seiner Bewegung inne und starrte den Priester an. „Ihr … braucht mich“, krächzte er.

„Ja“, pflichtete Cholik ihm bei. „Darum habe ich Euch auch, so lange wir zusammenarbeiteten, am Leben gelassen. Es war mir weder ein Vergnügen, noch handelte ich aus einem Gefühl der Fairness heraus, wie es ein Schwächling vielleicht hegen würde.“ Er näherte sich dem großen Mann, der mit dem Rücken zum Geländer kauerte. Purpurfarbene Quetschungen zeichneten sich rings um Raithens dicken Hals ab.

„Ihr seid ein Werkzeug, Kapitän Raithen“, sagte Cholik. „Weiter nichts.“

Der Hüne warf ihm einen finsteren Blick zu, erwiderte aber nichts. Offenbar bereitete ihm schon das Schlucken Schmerzen.

„Aber bei dem, was ich anstrebe, seid Ihr ein *wichtiges* Werkzeug.“ Wieder begann er auf eindeutige Weise zu gestikulieren.

Raithen zuckte zusammen, als er begriff, dass der Priester erneut magische Zeichen in die Luft schrieb. Doch dann riss er überrascht die Augen auf.

Cholik wusste, dass der Pirat alles erwartete, nur nicht, von seinen Schmerzen befreit zu werden. Der Priester war mit Heilzaubern vertraut, doch die Magie, die verletzte, kam ihm seit einiger Zeit wesentlich häufiger über die Lippen. „Steht bitte auf, Kapitän Raithen. Wenn Ihr jemanden auf Eure Spur gebracht haben solltet, der vom Nebel geschützt wird, möchte ich, dass Ihr Euch seiner annehmt.“

Raithen war die Vorsicht in Person, als er langsam aufstand.

„Wir verstehen uns?“ Cholik sah dem Mann in die Augen und

wusste, dass er sich einen Feind fürs Leben geschaffen hatte, was schade war. Eigentlich hatte er den Piratenkapitän noch eine ganze Weile an seiner Seite dulden wollen.

Aribar Raithen war in Marinekreisen vor allem unter dem Namen Kapitän Scarlet Waters bekannt. Nur sehr wenige Seefahrer waren, wenn sie ihm in die Hände fielen, mit dem Leben davongekommen. Die meisten endeten auf dem Grund der Großen See oder – besonders in jüngster Zeit – dem des Golfs von Westmarch.

„Aye“, knurrte Raithen, doch der Klang seiner Stimme war aufgrund seiner Heiserkeit nicht annähernd so bedrohlich, wie er es wohl wünschte. „Ich werde mich sofort darum kümmern.“

„Gut.“ Cholik stand da und blickte hinaus auf die zerstörten und geplünderten Gebäude, die von Tauruk's Port übrig geblieben waren. Er gab vor, es nicht zu bemerken, als Raithen sich zurückzog. Auch gab er nicht zu erkennen, dass ihm das leichte Zögern des Piratenkapitäns aufgefallen war – offenbar hatte er kurz mit dem Gedanken gespielt, ihn hinterrücks niederzustechen.

Metall flüsterte kühl, wenn es über Leder glitt, und das jetzt gehörte Flüstern bedeutete, dass Raithen die Klinge ein Stück weit aus der Scheide, dann aber wieder in sie zurückgeschoben hatte.

Cholik blieb auf dem Balkon stehen und drückte die Knie gegeneinander, um nicht zu zittern – weder wegen der Kälte noch wegen der Anstrengung, die der Zauber ihn gekostet hatte. Hätte er noch mehr Energie aufwenden müssen, wäre er möglicherweise bewusstlos in sich zusammengesackt. Und damit wäre er Raithens Gnade ausgeliefert gewesen …

Beim Licht, wo ist die Zeit geblieben? Und wo ist meine Kraft hin? Cholik schaute hinauf zu den Sternen, die hell in der tiefschwarzen Nacht leuchteten. Er fühlte sich alt und schwach. Seine Hände zitterten nun. Die meiste Zeit über gelang es ihm, sie im Zaum zu halten, doch es gab Gelegenheiten, da dies eben nicht der Fall war. Wenn dem so war, verbarg er seine Hände in den weiten Falten seines Gewandes und hielt sich von anderen fern. Diese Zustände gingen stets vorüber, doch dauerten sie mit jedem Mal etwas länger an.

In Westmarch wäre es nur eine Frage von wenigen Jahren gewesen, ehe einer der jüngeren Priester auf seine zunehmende Gebrechlichkeit aufmerksam geworden wäre und den Oberpriester davon unterrichtet hätte. Wenn es dazu käme, würde Cholik aus der Kirche in ein Hospiz gebracht werden, wo er den Alten und Siechenden zur Seite stehen müsste, die dem Tod mit jedem Tag ein kleines Stück näher kamen. Er würde ihnen den Weg ins Grab erleichtern und dabei seinem eigenen mehr und mehr entgegen gehen. Allein der Gedanke, seine letzten Tage auf diese Weise zu fristen, ließ ihn schaudern.

Tauruk's Port mit der darunter begrabenen Stadt Ransim ... die Informationen, die aus den heiligen Texten stammten ... das waren die Rettungsanker, an die Cholik sich klammerte, um einem solchen Schicksal zu entgehen. Auch hier würde er auf die finsteren Mächte treffen, mit denen er sich seit Jahren so bereitwillig verbündete.

Er wandte den Blick von den Sternen ab und sah hinunter auf den nebelverhangenen Fluss. Die weiße, an Baumwolle erinnernden Schwaden schoben sich träge über das zerklüftete Land des Küstenstreifens. Weiter nördlich hatten Barbarenstämme ein Problem dargestellt und die Entdeckung gefährdet, doch hier in den Deadlands, weit im Norden von Westmarch und Tristram, waren sie sicher.

Jedenfalls, korrigierte sich Cholik, waren sie sicher, wenn Raithens jüngste Beutefahrt, mit der er eine aus Westmarch kommende Schiffsladung königliches Gold in seinen Besitz gebracht hatte, niemanden auf ihre Fährte geführt hatte.

Er spähte aufmerksam in den Nebel, konnte aber nur die hohen Masten der Piratenschiffe erkennen, die aus dem milchigen Dunst ragten.

Laternen an Bord dieser Schiffe erzeugten verwaschene gelbe und orangene Flecken und wirkten aus der Entfernung wie der Schein von Glühwürmchen. Raue Männerstimmen – die der Piraten, nicht der ausgebildeten Altardiener, die Cholik über die Jahre hinweg persönlich ausgewählt hatte – waren zu hören. Sie unterhielten sich über Frauen und darüber, wie man das ganze Gold ausgeben würde, das man erbeutet hatte. Keiner der Männer ahnte etwas von der Macht, die unter der Stadt begraben lag.

Nur Raithen wurde immer neugieriger, wonach sie eigentlich suchten. Die anderen Piraten begnügten sich mit dem Gold, für das es ständig Nachschub gab.

Cholik verfluchte seine zitternden Hände und den kalten Wind, der von den Hawk's Beak Mountains ostwärts wehte. Wäre er doch noch jünger gewesen und hätte er doch den heiligen Vizjerei-Text etwas früher entdeckt …

„Meister?"

Cholik wurde abrupt aus seinen Gedanken gerissen, hatte sich aber sofort wieder im Griff und drehte sich um. Er zog seine zitternden Hände weit in die Ärmel seines Gewandes. „Was gibt es, Nullat?"

„Verzeiht mir, dass ich Eure Ruhe störe, Meister Cholik." Nullat verbeugte sich tief. Er war Anfang zwanzig, hatte dunkles Haar und dunkle Augen. Sein Gewand war schmutzig. Sein sanftmütiges Gesicht und einer seiner Arme zeigten Schrammen, die auf die Folgen eines Unfalls zurückgingen, der vor ein paar Tagen zwei Messgehilfen das Leben gekostet hatte.

Cholik nickte. „Du weißt, dass du mich nur stören sollst, wenn etwas Wichtiges der Anlass ist."

„Bruder Altharin bat mich, Euch zu verständigen."

Cholik spürte, wie sein schwaches Herz in seiner Brust plötzlich schneller schlug. Dennoch wahrte er die Beherrschung. Alle Altardiener, die er für seine Zwecke geschult hatte, fürchteten ihn und seine Macht, und doch gierten sie nach den Geschenken, von denen sie glaubten, dass er sie ihnen verleihen würde. Er beabsichtigte nicht, daran etwas zu ändern. Schweigend wartete er, dass Nullat fortfuhr.

„Altharin glaubt, dass wir das letzte Tor entdeckt haben", sagte Nullat.

„Und hat Altharin seine Arbeit unterbrochen?", fragte Cholik.

„Selbstverständlich, Meister. Alles wurde so gemacht, wie Ihr es befohlen habt. Die Siegel wurden nicht gebrochen." Nullats Gesicht war die Sorge deutlich anzusehen.

„Stimmt etwas nicht?"

Nullat zögerte einen Augenblick lang mit seiner Antwort. Die Stimmen der Piraten sowie das Schlagen der Schiffstaue und der Takelage gegen Rahnocks und Masten klangen unablässig, wenn auch gedämpft, zu ihnen herauf.

„Altharin glaubt, er habe Stimmen von der anderen Seite des Tores gehört“, sagte Nullat schließlich und wandte seinen Blick von Choliks Augen ab.

„Stimmen?“, wiederholte Cholik mit wachsender Erregung. Ein Adrenalinausstoß ließ seine Hände noch heftiger zittern. „Was für Stimmen?“

„Böse Stimmen.“

Cholik starrte den jungen Altardiener an. „Hast du etwas anderes erwartet?“

„Ich weiß es nicht, Meister.“

„Der dunkle Pfad ist kein Weg, den jene finden und beschreiten können, die zögerlichen Herzens sind.“ Tatsächlich – so hieß es in dem heiligen Vizjerei-Text, den Cholik studiert hatte – bestanden die Pflastersteine aus den Gebeinen von Männern und Frauen, die in einem Dorf lebten, das lange Zeit vollkommen frei von allem Bösen, selbst von Streit gewesen war. Sie litten niemals Not – bis ihre Zahl groß genug geworden war, um den Ansprüchen der Dämonen zu genügen. „Was sagen diese Stimmen?“

Nullat schüttelte den Kopf. „Ich weiß es nicht, Meister. Ich vermag sie nicht zu verstehen.“

„Versteht Altharin sie?“

„Wenn, dann hat er es mich nicht wissen lassen, Meister. Er befahl mir nur, Euch zu holen.“

„Und wie sieht dieses letzte Tor aus?“, wollte Cholik wissen.

„So, wie Ihr es uns beschrieben hattet, Meister – gewaltig und furchteinflößend.“ Nullat riss die Augen auf. „Derartiges habe ich noch niemals erblickt.“

Und seit Hunderten von Jahren auch kein anderer, dachte Cholik aufgewühlt. „Hol eine neue Fackel, Nullat. Wir werden uns ansehen, was Bruder Altharin da gefunden hat.“ *Und wir werden beten, dass die heiligen Texte Recht behalten. Sonst wird das Böse hinter diesem Tor uns alle töten – in dem Moment, da wir es freilassen.*

Darrick Lang stand mit dem Rücken gegen die in Nebelschwaden gehüllte Klippenwand. Er hatte mit den Stiefelspitzen und den Fingern einer Hand sicheren Halt, während er mit der anderen nach der nächsten Stelle suchte, an der er sich festklammern konnte. Er spürte deutlich das Seil, das um Taille und Lenden geschlungen war. Festgemacht hatte er es an einem Eisendorn, der fünf Fuß unter ihm in den Fels getrieben war, so dass die anderen diesen Ankern nur folgen mussten. Wenn er abrutschte und alles nach Plan lief, würde das Seil ihn davor bewahren, in den Tod oder sechzig Fuß tief in den Fluss zu stürzen. Wenn etwas schief ging, konnte es allerdings passieren, dass er die beiden Männer, die ihn an der Klippe sicherten, mit sich nach unten riss. Der Nebel war so dicht, dass er die Barkasse längst nicht mehr ausmachen konnte.

Ich hätte Caron mitnehmen sollen, dachte Darrick, als er seine Finger in eine Aussparung im Fels führte, die vertrauenswürdig genug aussah, um sein Gewicht zu halten. Caron war noch ein Junge, und ihn auf ein Unternehmen wie dieses – mit unkalkulierbaren Risiken – mitzunehmen, wäre nicht zu verantworten gewesen. Nichtsdestotrotz war Caron an Bord der *Lonesome Star* der heimliche Herr über die Takelage. Selbst wenn er nicht hinaufgeschickt wurde, hielt der Junge sich häufig dort auf. Caron hatte eine natürliche Vorliebe für hoch gelegene Orte.

Als Darrick für einen Moment innehielt, spürte er das Zittern seiner Rücken- und Nackenmuskeln. Er stieß die Luft aus und atmete den muffigen Geruch von nassem Fels und feuchter Erde ein. Es roch nach einem frisch ausgehobenen Grab. Seine Kleidung war durchnässt, da er ein Stück hatte schwimmen müssen, und ihm war kalt. Umso überraschender war es für ihn, dass sein Körper trotz allem genügend Hitze entwickelte, um zu schwitzen.

„Du hast doch nicht vor, dein Lager da aufzuschlagen, oder?“, rief Mat nach oben. Er klang ziemlich gut gelaunt, doch wer ihn länger kannte, dem wäre die unterschwellige Anspannung in seiner Stimme aufgefallen.

„Ich genieße die Aussicht“, gab Darrick zurück. Es amüsierte ihn, dass sie so taten, als wären sie zum puren Spaß unterwegs und nicht in einer todernsten Angelegenheit. Doch so war es zwischen ihnen schon immer gewesen.

Sie waren beide 23 Jahre alt, Darrick war sieben Monate älter. Die meisten dieser Jahre waren sie als Freunde in Hillsfar aufgewachsen. Sie hatten beim Hügelvolk gelebt, Frachten im Flusshafen verladen und das Töten gelernt, als Barbarenstämme aus dem Norden gekommen waren, um zu plündern und zu brandschatzen. Als sie 15 Jahre alt wurden, reisten sie nach Westmarch und verpflichteten sich zum Dienst in der königlichen Marine. Darrick hatte es getan, um seinem Vater zu entkommen, während Mat eine gutherzige Familie und eine berufliche Zukunft in der häuslichen Mühle aufgab. Wäre Darrick nicht gegangen, hätte Mat es aus eigenem Antrieb vermutlich auch niemals geschafft. Es gab Tage, an denen Darrick deswegen Schuldgefühle hatte. Berichte von daheim brachten Mat regelmäßig dazu, darüber zu klagen, wie sehr er seine Familie vermisste.

Darrick konzentrierte sich wieder auf sich selbst und sah hinaus auf das zerklüftete Land nahe dem Hafen, der keine zweihundert Schritte entfernt war. Auf dem Weg dorthin war entlang der Klippe ein weiterer Beobachtungsposten der Piraten eingerichtet worden. Der dortige Wächter unterhielt ein kleines, gelbliches Feuer, das sie vom Fluss aus nicht bemerkt hatten.

Dahinter lagen in einem tellerförmigen, natürlichen Hafenbecken, das von den Ruinen der Stadt gesäumt wurde, drei Koggen – rundbäuchige Schiffe – vor Anker, die für Reisen auf Flüssen und entlang von Küsten geeignet waren, nicht aber für die hohe See. Auf den Karten von Kapitän Tollifer war diese Stadt als Tauruk's Port verzeichnet, doch abgesehen davon, dass man sie vor vielen Jahren aufgegeben hatte, war über sie kaum etwas bekannt.

Auf den Schiffen wurden Laternen und Fackeln umhergetragen, doch auch in den Überresten der Stadt leuchtete es hie und da. Darrick war sicher, dass die Piraten dort ebenfalls unterwegs waren. Warum sie allerdings bereits so früh am Morgen so geschäftig waren, verstand er nicht. Auch wenn die Nebelschwaden die Sicht über weitere Strecken schwierig gestalteten, waren ihre Aktivitäten doch zu erkennen.

Mit Darrick war die Besatzung der Barkasse fünfzehn Mann stark. Er ging davon aus, dass die Piraten ihnen mindestens acht zu eins überlegen waren. Sich auf einen längeren Kampf einzulassen, wäre töricht gewesen, aber vielleicht ließ es sich einrichten, den Neffen des Königs zu befreien und wenigstens ein oder zwei Schiffe zu zerstören. Darrick hatte sich schon bei früheren Gelegenheiten freiwillig für solche Unternehmungen gemeldet und war bislang stets unbeschadet daraus hervorgegangen.

Bislang, dachte er mit finsterer Miene.

Auch wenn er nicht ohne Furcht war, begeisterte sich ein Teil von ihm doch an der Herausforderung. Er klammerte sich an die Felswand, fand mit der Stiefelspitze an einem höheren Punkt Halt und schob sich weiter. Der höchste Punkt der Klippe war keine zehn Fuß mehr entfernt. Es sah so aus, als würden sie ab dort sicheren Boden unter ihren Füßen haben und den Weg zu den Ruinen und dem versteckten Hafen bequemer fortsetzen können. Seine Finger und Zehen schmerzten von dem Aufstieg, doch er verdrängte es und schob sich weiter.

Als er die Klippe dann endlich bezwungen hatte, musste er einen triumphierenden Aufschrei unterdrücken. Er ballte er die Hand zur Faust, drehte sich um und blickte zu Mat.

Selbst auf diese Entfernung konnte Darrick das Entsetzen in dessen Miene erkennen. „Pass auf!"

Obwohl ihn eine innere Stimme vor allzu abrupter Bewegung warnte, fuhr er herum. Stahl, auf dem Mondlicht reflektierte, kam auf ihn zugeschossen, und er konnte gerade noch den Kopf einziehen. Dabei ließ er los und suchte nach einer anderen Stelle, die ihm Halt bot.

Das Schwert fraß sich mit Wucht in den Fels und schlug Funken, während sich Darrick an dem kleinen Vorsprung festhielt, der ihm zuletzt Halt geboten hatte. Sein ganzer Körper prallte hart gegen die Felswand.

„Hab ich dir nicht gesagt, dass ich jemanden gesehen hab?", knurrte der Mann, der Darrick angriff. Er zog das Schwert zurück und ging vorsichtig an der Felskante entlang. Seine mit Nägeln beschlagenen Stiefel schabten über den Stein.

„Hast du“, stimmte ein anderer zu und schloss sich der Suche nach Darrick an.

Dieser klammerte sich an die Klippenwand, drückte seine Stiefel gegen den Fels und versuchte vergeblich, einen geeigneten Ansatzpunkt zu finden, um sich nach oben zu schieben. Er dankte dem Licht, dass die Piraten auf diesem Geläuf keinen Vorteil geltend machen konnten. Seine Sohlen rutschten ab, während er versuchte, sich wieder nach oben zu ziehen.

„Hack ihm die Finger ab, Lon“, drängte der Mann im Hintergrund. Er war klein, hatte ein Gesicht wie ein Frettchen und einen dicken Bauch, der dem reichlichen Genuss von Ale zu verdanken war und über dem sich sein ausgefranstes Hemd spannte. In seinen Augen leuchtete ein irres Funkeln. „Hack ihm die Finger ab und sieh zu, wie er auf die anderen, die hinter ihm klettern, stürzt. Bevor sie es danach vielleicht doch noch bis nach oben schaffen, sind wir längst zur Feuerstelle gelaufen und haben Kapitän Raithen vor dem unerwünschten Besuch gewarnt.“

Darrick erkannte den Namen wieder. In seinen Jahren bei der Marine von Westmarch hatte er mehr als einmal von diesem Raithen gehört. Kapitän Tollifer hatte durchblicken lassen, dass der Captain's Table – das vierteljährliche Treffen ausgewählter Kapitäne in Westmarch – Raithen als möglichen Drahtzieher der Piratenüberfälle in Erwägung zog. Es war bereits ein Erfolg, nun die Bestätigung für diesen Verdacht gefunden zu haben – doch würde es sich unter Umständen als schwierig erweisen, lange genug zu überleben, um die gewonnene Erkenntnis an die richtigen Stellen weiterzugeben.

„Bleib da hinten, Orphik“, fauchte Lon ihn an. „Wenn du weiter wie eine Biene um mich herumschwirrst, werde ich dich höchstpersönlich durchbohren.“

„Mach Platz, Lon, ich erledige das.“ Die Stimme des kleinen Mannes überschlug sich schier vor Begeisterung.

„Verdammt“, fluchte Lon. „Mach, dass du aus dem Weg gehst.“

Schnell wie ein Fuchs im Hühnerstall tauchte Orphik unter dem ausgestreckten Arm seines Gefährten hindurch und hieb mit Dolchen, deren Klingen so lang waren, dass sie fast wie Kurzschwerter wirkten, nach Darrick. „Ich hab ihn, Lon, ich hab hin!“, lachte Orphik auf. „Setz dich einfach nur hin und schau’s dir an. Ich wette mit dir, dass er schreit, bis er unten angekommen ist.“

Darrick hielt sein Gewicht so gleichmäßig wie möglich verteilt und genoss die Kraft, die ein plötzlicher Adrenalinausstoß durch seinen Körper pumpte. Gleichzeitig musste er immer wieder abwechselnd eine Hand in Sicherheit bringen, wenn einer von Orphiks Schlägen ihm zu nahe kam. Dennoch gelang es dem Piraten, ihm eine der Klingen über den Knöchel des kleinen Fingers an seiner Linken zu ziehen. Schmerz schoss durch Darricks Arm, doch was ihm weit mehr Sorge bereitete, war die Frage, ob das ausströmende Blut seine Hand nicht zu rutschig werden ließ.

„Verdammt!“, fluchte Orphik. Wieder stoben Funken. „Halt endlich still, damit du es hinter dir hast!“

Lon wich von dem kleineren Mann zurück. „Pass auf, Orphik! Einer von denen hat einen Bogen!“ Der Pirat hob seinen Arm und zeigte den Pfeil, der sich dort im Stoff verfangen hatte.

Von diesem Pfeil ebenso abgelenkt wie von der Erkenntnis, dass jeden Augenblick weitere Geschosse folgen konnten, machte Orphik einen Schritt nach hinten. Sogleich hob er aber einen Fuß an und trat mit seinem Stiefel nach dem Kopf seines Opfers.

Darrick wich zur Seite aus und griff mit der blutenden Hand nach dem Bein des Kleinwüchsigen, dabei gab er jedoch mit der anderen nicht den sicheren Griff auf, mit dem er sich festhielt. Seine Finger krallten sich ins Beinkleid des Piraten. Obwohl es in den Stiefelschaft gestopft war, bot es genug Angriffsfläche. Mit der einen Hand sorgte Darrick dafür, dass er, immer noch an der Klippe hängend, nicht das Gleichgewicht verlor, mit der anderen zerrte er am Hosenbein seines Gegners.

„Verdammt! Lon, gib mir deine Hand, bevor mich diese Ratte von der Klippe zieht!“ Orphik streckte seine Hand nach dem Kumpan aus, der sie zu fassen bekam. Im gleichen Moment traf ein weiterer, von unten abgefeuerter Pfeil auf den Fels hinter ihnen, und sie duckten sich erschrocken.

Darrick wusste, dass sich ihm keine bessere Chance mehr bieten würde, und so nutzte er die Ablenkung. Er verlagerte sein Gewicht rasch schräg nach oben und hoffte, dass er sich auf diese Weise über den Rand der Klippe würde schwingen können. Falls es nicht gelang, würde er unweigerlich abstürzen. Vielleicht rettete ihn dann das Seil, das er um seine Lenden gebunden hatte. Aber ebenso gut war es möglich, dass Mat und die anderen zu spät reagierten und er schon zerschellt sein würde, bevor sie richtig zupackten.

Er wuchtete seinen Körper nach oben, dem Vorsprung entgegen, schlug aber hart auf. Er merkte, wie er zu fallen begann, stieß verzweifelt mit einem seiner Arme nach vorn – und betete, dass dies ausreichen würde, ihn zu retten. Einen nervenaufreibenden Moment lang kämpfte er über der Kante mit seinem Gleichgewicht, dann verlagerte sich sein Schwerpunkt schließlich doch noch zu seinen Gunsten. Bäuchlings, mit ausgebreiteten Armen und Beinen, landete er auf dem Vorsprung.

Drei

Buyard Cholik folgte Nullat durch die gewundenen Eingeweide von Tauruk's Port in die Seuchennester, die von Ransim übrig geblieben waren. Von den Gesteins- und Erdschichten, die die Fundamente der jüngeren Stadt bildeten, schien der Hafen eine Million Meilen weit weg zu sein, doch die Kälte, die dem Nebel ins Tal gefolgt war, hatte den alten Priester immer noch fest im Griff. Leiden und Schmerzen, die er in seinen Gemächern durch Wärme hatte lindern können, machten sich jetzt umso unerbittlicher bemerkbar, als er neben Nullat durch die Stollen ging.

Der Altardiener trug eine Ölfackel, deren zuckende Flammen am Granitgestein der extrem niedrigen Höhlendecke sofort eine Rußspur hinterließen. Von Nervosität und Angst getrieben, sah Nullat unentwegt von rechts nach links und bewegte seinen Kopf wie ein eiliges Metronom.

Cholik ignorierte die Besorgnis des jungen Mannes. Als sie vor etlichen Monaten ernsthaft mit den Grabungen begonnen hatten, war Tauruk's Port von Ratten überlaufen gewesen. Kapitän Raithen war der Meinung gewesen, dass sich die Ratten hier festgesetzt hatten, nachdem sie den Barbaren, die aus dem eisigen Norden stammten, von Lager zu Lager gefolgt waren. In besonders harten Wintern, so wie er letztes Jahr wieder einmal geherrscht hatte, zogen sich die Barbaren in ein wärmeres Klima weiter südlich zurück.

Doch es gab noch etwas anderes, an dem sich die Ratten gelabt hatten, nachdem sie in Tauruk's Port angekommen waren. Erst nachdem die Ausgrabungen begonnen hatten, war sich Cholik dieser entsetzlichen Wahrheit bewusst geworden.

Während des Sündenkrieges, als Vheran das gewaltige Portal errichtet hatte und Kabraxis in die Welt der Menschen hatte zurückkehren können, waren über Tauruk's Port zahlreiche Zauber gewirkt worden – um die Stadt zu beschützen und vor dem Krieg im Osten zu schützen. Vielleicht hatte die Stadt zu jener Zeit sogar noch den Namen Ransim getragen. Cholik hatte bislang keinen eindeutigen Hinweis darauf gefunden, welche der Städte nun wirklich verzaubert worden war.

Die Magie, mit der die Stadt belegt worden war, hatte die Toten aufgeweckt und sie mit einer Illusion von Leben erfüllt, damit sie die Befehle der Dämonen, die für ihre Auferstehung verantwortlich waren, ausführen konnten. Die Nekromantik war zwar den meisten Anwendern der Zauberkünste bekannt, aber nur wenige befassten sich mehr als nur oberflächlich mit ihr. Die meisten waren der Ansicht, dass Nekromantik ihre Benutzer mit Dämonen wie Diablo, Baal oder Mephisto in Verbindung brachte, die gemeinschaftlich oft als das Erzböse bezeichnet wurden. Doch die Nekromanten des Kultes Rathma in den östlichen Dschungeln kämpften für das Gleichgewicht zwischen dem Licht und den Brennenden Höllen. Sie waren Krieger von reinem Herzen, auch wenn sie von den meisten Menschen gefürchtet und gehasst wurden.

Die erste Gruppe von Ausgräbern, die in die untere Schicht von Tauruk's Port vorgestoßen war, hatte die untoten Kreaturen entdeckt, die sich noch immer in den Ruinen der darunter liegenden Stadt aufhielten. Cholik vermutete, dass der Dämon, der Ransim vernichtet hatte, mit seinen Zaubern nachlässig gewesen war oder es eilig gehabt hatte. Ransim war einer Invasion zum Opfer gefallen – die niedergebrannten Gebäude und das angerichtete Blutbad waren dafür stumme Zeugen –, und alle Bewohner waren getötet worden. Dann war jemand mit bemerkenswerter Macht in die Stadt gekommen und hatte die Toten geweckt.

Zombies hatten sich dort erhoben, wo eben noch Getötete lagen, und selbst Skelette auf dem Friedhof hatten sich aus ihren Gräbern tief in der Erde befreit. Doch nicht allen war es gelungen, rechtzeitig genug ins Unleben zu wechseln, um dem Meister, der sie gerufen hatte, dienen zu können. Möglicherweise – war es Cholik hin und wieder durch den Kopf gegangen – hatte der Rest der Bevölkerung Jahre oder sogar Jahrzehnte benötigt, um sich zu erheben.

Doch bei den Toten, die auferstanden waren, war das Fleisch nicht ganz tot gewesen. Ihre Gliedmaßen waren verkümmert, doch ihre Hüllen waren lediglich vertrocknet, nicht zu Staub zerfallen. Als dann die Ratten kamen, hatten diese sich durch Risse und Spalten in Tauruk's Port gekämpft, um in die Stadt darunter zu gelangen. Seit jenem Tag hatten die Ratten ein Festmahl feiern können, und ihre Zahl hatte unfassbare Dimensionen erreicht.

Als die Ratten dann mit einer Beute konfrontiert worden waren, die sich auch dann noch zur Wehr setzen konnte, wenn man ihr Teile ihrer Gliedmaßen abfraß, und als sie erkannt hatten, dass selbst ein starker Mensch zu Boden gehen und sterben konnte, wenn man ihm nur genügend Verletzungen zufügte, hatten sie beschlossen, den Ausgrabungstrupps nachzustellen. Eine Zeit lang waren die Verluste unter den Ausgräbern erschreckend hoch gewesen. Die Ratten hatten sich über viele Monate hinweg als widerstandsfähig und erfindungsreich erwiesen.

Kapitän Raithen war damit beschäftigt gewesen, Schiffe aus Westmarch zu überfallen und von Choliks Gold-Anteil Sklaven zu kaufen. Weiteres Gold war nötig gewesen, um die Söldner zu bezahlen, die für den Priester darauf achteten, dass die Sklaven ihre Arbeit verrichteten.

„Seid vorsichtig, Meister“, sagte Nullat und hielt die Fackel so, dass die gähnend schwarze Grube vor ihnen erkennbar wurde. „Hier ist ein Abgrund.“

„Da war schon ein Abgrund, als ich das letzte Mal hier entlang gegangen bin“, wies Cholik ihn zurecht.

„Selbstverständlich, Meister. Ich dachte nur, Ihr könntet es vergessen haben, weil es so lange her ist, seit Ihr das letzte Mal hier unten wart.“

Cholik verlieh seiner Stimme einen kalten, spröden Tonfall: „Ich vergesse nie etwas.“

Nullat wurde bleich, und er wandte seinen Blick von dem des

Priesters ab. „Selbstverständlich vergesst Ihr nichts, Meister. Ich wollte nur …“

„Sei ruhig, Nullat. Deine Stimme hallt in diesen Kammern wider, und das ermüdet mich.“ Cholik ging weiter und beobachtete, wie Nullat zusammenzuckte, als plötzlich über die zerbrochenen Steinblöcke zu ihrer Linken eine Meute rotäugiger Ratten huschte.

Die Ratten, die so lang waren wie der Arm eines Mannes vom Ellbogen bis zu den Fingerspitzen, liefen über die Trümmerstücke und auch über ihresgleichen, um die beiden Eindringlinge besser sehen zu können. Sie gaben heisere Laute von sich und quiekten und erzeugten so einen allgegenwärtigen Lärm, der durch die gesamte Kammer schallte. Glattes schwarzes Fell überzog ihren Leib von den feuchten Nasen bis hin zu ihrem plumpen Hinterteil, allein ihre Schwänze waren unbehaart. Die zertrümmerten Steine, zerfallenen Steinmetzarbeiten und zersplitterten Überreste der Häuser waren mit alten Gebeinen und teilweise auch mit Knochen jüngeren Datums übersät.

Nullat blieb stehen und hielt der Rattenbande die Fackel entgegen. „Meister, vielleicht sollten wir besser umkehren. Ich habe seit Wochen nicht mehr eine so große Ansammlung von Ratten gesehen. Es sind genug, um uns beide niederzuringen.“

„Bewahre die Ruhe“, wies Cholik ihn an. „Gib mir deine Fackel.“ Das Letzte, was er wollte, war, sich Nullats Gejammer anzuhören; er würde unweigerlich auf ein böses Omen zu sprechen kommen. Aber Gerede dieser Art hatte es schon mehr als genug gegeben.

Nullat zögerte einen Moment. Offenbar fürchtete er, Cholik könnte ihm die Fackel abnehmen und ihn allein in der Dunkelheit zurücklassen. Dann endlich hielt er sie ihm hin.

Cholik packte die Fackel und wartete, bis sich die Flamme beruhigt hatte. Er flüsterte Worte eines Gebets, dann blies er in die Fackel. Sein Atem durchzog die Flamme und weitete sich zu einem Flammenmeer aus, das wie ein Feuer aus dem Ofen eines Schmieds über die Steine und das Geröll fauchte. Dabei drehte er den Kopf von einer Seite zur anderen.

Nullat schrie laut auf, ließ sich zu Boden fallen und bedeckte sein Gesicht. Er wandte sich von der Hitze des Feuers ab und schlug dabei

Cholik die Fackel aus der Hand. Die Flamme umspielte den Saum von Choliks Gewand. Der Priester riss sich sofort den Stoff weg, ehe er Feuer fangen konnte.

„Du bist ein verdammter Narr, Nullat!“, fuhr er den Altardiener an. „Du hättest mich um ein Haar in Brand gesetzt!“

„Entschuldigt, Meister“, wimmerte Nullat, der sofort die Fackel von sich schleuderte. Dabei bewegte er sich so schnell, dass die Flamme beinahe erloschen wäre. Eine Lache aus glitzerndem Öl brannte an der Stelle, an der die Fackel gelegen hatte.

Cholik hätte noch länger seinen Zorn auf den Mann entladen, doch auf einmal wurde er von einem heftigen Schwächegefühl erfasst. Er schwankte auf seinen Füßen umher und konnte sich nur mit Mühe auf den Beinen halten. Sofort schloss er die Augen, um gegen den rasch stärker werdenden Schwindel anzukämpfen. Der Zauber, den er so kurz nach dem hatte wirken müssen, den er gegen Raithen benutzt hatte, und der ungleich stärker war, hatte ihn völlig erschöpft.

„Meister!“, rief Nullat.

„Halt den Mund“, fuhr er ihn an und war überrascht, wie heiser seine Stimme klang. Ihm drehte sich der Magen um, als ihm der Gestank von verbranntem Fleisch bewusst wurde. Die Kammer war erfüllt davon.

„Selbstverständlich, Meister.“

Cholik zwang sich, tief und ruhig durchzuatmen. Er konzentrierte sich auf sein Zentrum. Seine Hände zitterten und schmerzten, als hätte er sich jeden einzelnen Finger gebrochen. Die Energie, die er durchleiten konnte, wurde allmählich zu viel für seinen Körper. *Wie kann es sein, dass das Licht den Menschen erschafft und ihm gestattet, mit gewaltigen Prophezeiungen umzugehen, nur um ihn dann seines sterblichen Fleisches zu berauben, das ihn an diese Welt bindet?* Es war diese Frage gewesen, die ihn vor fast zwanzig Jahren dazu gebracht hatte, sich von den Lehren der Kirche von Zakarum abzuwenden. Damals hatte er sich den Dämonen zugewandt. Sie schenkten ihm mit der Macht, die sie ihm überließen, wenigstens eine Art von Unsterblichkeit. Die Anstrengung bestand jedoch darin, auch am Leben zu bleiben, nachdem er diese Macht erst empfangen hatte.

Als die Schwäche ein wenig nachließ, öffnete Cholik die Augen. Nullat kauerte neben ihm.

Er versucht, sich zu einem unscheinbareren Ziel zu machen, falls doch ein paar rachsüchtige Ratten überlebt haben, war Cholik überzeugt. Der Priester sah sich in der Kammer um.

Das magische Feuer hatte den unterirdischen Raum leer gefegt. Rauchende, verkohlte Rattenkadaver lagen überall auf Schutt und Geröll. Das verbrannte Fleisch hatte sich von den Knochen abgelöst und verursachte einen entsetzlichen Gestank. Das leise Quieken einer Handvoll Überlebender war noch zu vernehmen, doch keiner von ihnen schien bereit, sich aus seinem Versteck zu wagen.

„Steh auf, Nullat", befahl Cholik.

„Ja, Meister. Ich wollte nur bereit sein, Euch aufzufangen, falls Ihr hingefallen wärt."

„Ich werde nicht hinfallen."

Mit einem Seitenblick sah Cholik in den Abgrund zu seiner Linken. Trotz einer gründlichen Erforschung hatte kein Beweis erbracht werden können, dass dieser Schlund überhaupt einen Boden besaß, und doch musste es der Fall sein, selbst wenn er in sehr großer Tiefe lag. Die Ausgräber benutzten ihn als Grube für die Leichen ums Leben gekommener Sklaven und zur Beseitigung des Schutts, den sie aus den zu erkundenden Räumen schaffen mussten.

Obwohl Cholik die Bezirke unter Tauruk's Port schon seit Wochen nicht mehr aufgesucht hatte, kannte er doch jede Windung und jede Kurve innerhalb der freigelegten Gänge. Jeden Tag begutachtete er eine Fülle von Gegenständen aller Art, die von den Mannschaften mit an die Oberfläche gebracht wurden. Die bedeutenderen und ungewöhnlichsten Fundstücke trug er in ein Heft ein, das er immer auf dem neuesten Stand hielt. In Westmarch wären die Informationen, die er über die Grabungsstätte festhielt, ein Vermögen in Gold wert. Wenn Geld das Leben und die Energie hätte ersetzen können, die er Stück für Stück einbüßte, hätte er es an sich genommen. Doch Geld konnte dies nicht leisten, nur der Erwerb von Magie.

Und diese Macht gaben nur Dämonen so großzügig her.

Der Weg, dem sie folgten, führte immer weiter hinab, bis sie sich bereits unter der Gebirgskette bewegen mussten. Cholik hielt es sogar für möglich, dass sie sich unter dem Dyre befanden. Die permanente Kälte in der unterirdischen Umgebung und die Feuchtigkeit an den Steinwänden führten ihn zu dieser Vermutung.

Nur wenige Augenblicke später waren sie in die zuletzt freigelegten Stollenabschnitte vorgedrungen – sie führten durch die Überreste von Ransim –, und Cholik bemerkte den hellen Schein, bei dem es sich um Fackeln und Lagerfeuer der Ausgrabungstruppe handeln musste. Die Mannschaft arbeitete in Schichten, hatte Gruppen gebildet. Jede Gruppe schuftete sechzehn Stunden, von denen acht Stunden darauf verwendet wurden, den abgetragenen Schutt, der sich bei den Grabungen ansammelte, wegzuschaffen. Die übrigen acht Stunden zog sich jede Gruppe zum Schlafen zurück, da Cholik beobachtet hatte, dass sie ohne Ruhepausen und Schlaf nicht länger als sechzehn Stunden arbeiten konnten, zumindest nicht, wenn er wollte, dass sie über einen längeren Zeitraum hinweg gesund und damit einsatzfähig blieben.

Die Sterblichkeitsrate war durch diese Maßnahme ebenso deutlich gesenkt worden wie durch Schutzzeichen, die Cholik angebracht hatte, um Ratten und Untote fern zu halten. Dennoch konnte er nicht verhindern, dass Männer starben, die hier arbeiteten. Choliks einziger wirklicher Kummer bestand darin, dass Kapitän Raithen immer so lange brauchte, um Ersatz für die Verstorbenen zu besorgen.

Cholik durchschritt die Kammer, in der die Männer schliefen. Er folgte Nullat in einen der neuen Stollen, wobei er um die Schuttberge herumging, die sich vor dem Eingang und im ersten Drittel des Gangs auftürmten. Von diesem Durcheinander nahm der Priester kaum Notiz, sein Blick galt nur dem mächtigen grau-grünen Tor am Stollenende.

Die Männer arbeiteten eifrig an den Rändern dieses Tores und standen auf Leitern, um auch den höchsten Punkt zu erreichen, der mindestens zwanzig Fuß über dem Boden lag. Der Fels wurde mit Hammer und Meißel bearbeitet, ein Geräusch, das vom Stollen und der Kammer dahinter zurückgeworfen wurde. Andere Männer schaufelten Geröll in Schubkarren und begaben sich damit zu den Abladestellen im vorderen Teil des Stollens.

Das Licht der Fackeln zuckte über die gewaltige Tür und ließ das erhabene Symbol erkennen, so dass es alle sehen konnten. Es bestand aus sechs elliptischen Ringen, von denen einer in den anderen griff. Eine gewundene Linie bildete ein weiteres Muster, da sie sich durch die Ellipsen zog. An manchen Stellen verlief diese Linie unter den Ringen, an anderen darüber.

Cholik starrt die Tür an und flüsterte: „Kabraxis, Banner des Lichts …"

„Pack ihn! Pack ihn! Er ist hier oben bei uns!", schrie Orphik.

Darrick blickte auf. Er wollte dem kleinen Mann, der mit Messern in den Händen zu ihm auf den Vorsprung gestürmt kam, nicht ins Gehege kommen. Er beobachtete den Piraten, wie sich dieser ihm näherte. Die Nägel in den Stiefelsohlen kratzten über den Granit und ließen Funken fliegen.

„Dieser verdammte Bastard hätte mich fast erwischt, Lon", krächzte Orphik, während er vor ihm seinen Messertanz aufführte. „Du bleibst da hinten, und ich schlitze ihn in Stücke. Sieh genau hin."

Darrick blieb gerade noch genügend Zeit, um sich mit den Händen vom Boden wegzustemmen. Mit der linken Hand, die durch den aufgeschlitzten Finger blutig war, rutschte er ein wenig ab, und fast hätte sein Arm unter ihm nachgegeben. Doch dann fanden seine Finger an einem vorspringenden Sims Halt, und er kam auf die Beine.

Orphik holte mit seinen Waffen zu einem doppelten Hieb aus, die rechte Hand über die linke gelegt, und zerschnitt nur wenige Zoll vor Darricks Augen die Luft. Er wich einen weiteren Schritt nach hinten, weil der drahtige kleine Pirat erneut versuchte, ihn nun mit Rückhandhieben zu erwischen. Darrick wollte nicht weiter ausweichen, da er wusste, dass ein einziger falscher Schritt tödlich enden konnte. Also tauchte er unter der nächsten Attacke hindurch und trat die Flucht nach vorne an.

Als er den Piraten passierte, zog Darrick das lange Messer aus seinem linken Stiefel und fühlte einen Augenblick lang, wie es ihm zwischen den blutigen Fingern hindurchzugleiten drohte. Während Orphik versuchte, sich umzudrehen, um sich seinem Gegner zu stellen, schloss Darrick seine Hand fest um den Griff der Waffe. Ohne Gnade walten zu lassen, nachdem er wusste, dass er selbst auch keine Gnade erwarten durfte, zielte Darrick auf den Stiefel des Mannes. Das Leder teilte sich wie Butter, als es mit der scharfen Klinge in Berührung kam, und genauso mühelos schnitt sich das Messer durch die Ferse des Piraten.

Orphik verlor augenblicklich die Kontrolle über seinen Fuß und geriet aus dem Gleichgewicht. Er fluchte und schrie um Hilfe, während er sich bemühte, seine langen Messer in Abwehrhaltung zu bringen.

Darrick sprang auf und schlug Orphiks Handgelenke zur Seite, dann rammte er ihm seine Schulter in den Leib. Von Darricks Aufwärtsbewegung und höherem Gewicht erfasst, wurde Orphik in die Luft gehoben. Es sah aus, als hätte er auf dem Vorsprung einen Satz nach oben gemacht. Der Pirat wurde so weit nach hinten geschleudert, dass er im freien Fall in den Fluss stürzte. Bis er unten ankam, schrie er und ruderte mit den Armen, wobei er Mat und die anderen nur um wenige Zoll verfehlte.

Darrick ging auf die Knie und tastete über die Felswand hinter sich, bis er die kräftige Wurzel des Baums zu fassen bekam, der sich auf der nächsthöheren Ebene der Klippe befand, die er aus dem Augenwinkel sehen konnte. Nur durch diese Aktion konnte er sich davor bewahren, ebenfalls von der Klippe zu stürzen. Von der Plötzlichkeit des Geschehens wie benommen, sah er nach unten.

Orphik verfehlte die tieferen Stellen des Flusses und tauchte stattdessen an einem der seichteren Abschnitte kopfüber ins Wasser, wo er auf dem darunter gelegenen Fels aufschlug. Das Bersten seines Schädels hallte von den Klippenwänden wider. Es klang schaurig.

„Darrick!“, rief Mat, und Darrick wurde sich bewusst, in welcher Gefahr er nach wie vor schwebte. Er wandte sich um, überzeugt, dass der andere Pirat im Begriff war, einen todbringenden Streich gegen ihn zu führen. Doch Lon hatte sich ihm nicht genähert, sondern rannte den Felsvorsprung hinauf. Sein Weg führte in leichter begehbare Regionen des Gebirgszugs. Die weit ausholenden, schweren Schritte, die donnernd vom Fels widerhallten, sorgten dafür, dass der Pirat den Abstand zu Darrick rasch vergrößerte.

„Er will zum Signalfeuer!“, warnte Mat. „Wenn er es schafft, wimmelt es hier bald von Piraten! Das Leben des königlichen Neffen dürfte dann verwirkt sein, und unseres möglicherweise auch!“

Fluchend stand Darrick auf und begann zu laufen. Dabei wurde ihm das Seil gewahr, das er um seine Lenden gebunden hatte. Er nahm das Messer zwischen die Zähne und begann, mit flinken Fingern die Knoten zu lösen. Dann wirbelte er herum und warf das Seil um die Baumwurzel, was er mit dem Geschick und der Ruhe eines erfahrenen, sturmerprobten Seemannes bewältigte. Sein Blick wanderte den Hang hinauf zu dem davonlaufenden Piraten. *Wie weit ist das Signalfeuer entfernt?*

Nachdem er das Seil gesichert hatte, was Lon nur drei weitere Schritte Vorsprung eingebracht hatte, zerrte Darrick kurz an dem Seil, um es zu testen.

„Seil ist fest!“, rief er den anderen zu, nachdem er mit dem Ergebnis zufrieden war. Dann setzte er dem fliehenden Piraten hinterher.

„Steh auf und zieh dich an“, befahl Kapitän Raithen der Frau, die neben ihm lag, ohne sie anzusehen.

Die Frau hatte aus früheren Fehlern gelernt und wusste, dass sie nicht sprechen sollte. Sie stand wortlos auf und ging vom Bett aus nackt quer durch den Raum bis zu der Truhe, auf der sie ihre Kleidung abgelegt hatte.

Obwohl er so gut wie nichts für sie empfand, ja, obwohl er sie sogar dafür verachtete, dass sie ihm zeigte, wie schwach er war, wenn es um die Beherrschung seiner Lust ging, sah Raithen ihr zu, wie sie sich anzog. Er war gebadet in seinem und ihrem Schweiß; im Zimmer war es durch das starke Feuer im Kamin viel zu heiß geworden. In Tauruk's Port gab es nur noch ein paar Häuser und Gebäude, die in einem bewohnbaren Zustand waren, und dieses Gasthaus gehörte dazu. Die Piraten waren hier eingezogen und hatten Lebensmittel,

Ausrüstung und Waren von den überfallenen und versenkten Schiffen gelagert.

Die Frau war noch jung, und obwohl sie ein hartes Leben inmitten der Piraten führte, hatte sie sich die schlanke Linie und die sanften Muskeln ihres Körpers erhalten. Halb verheilte Striemen an der hinteren Seite ihrer Oberschenkel zeugten vom letzten Mal, da Raithen sie mit einer Peitsche gezüchtigt hatte.

Selbst jetzt, während sie sich mit methodischer Langsamkeit ankleidete, benutzte sie ihren Körper, um ihm zeigen, welche Macht sie noch immer über ihn zu haben meinte. Er verzehrte sich schon wieder nach ihr, obwohl sie ihm nichts bedeutete, und das wusste sie.

Ihr Verhalten frustrierte Raithen. Noch hatte er sie nicht getötet. Und ebenso wenig hatte er sie bislang den anderen Piraten überlassen. Sie hielt sich nach wie vor ausschließlich für seine persönlichen Bedürfnisse bereit. Er wusste, wenn sie tot wäre, würde ihn keine der anderen Frauen, die sie von den geplünderten Schiffen entführt hatten, mehr interessieren.

„Du tust, als hättest du dir immer noch deinen hochnäsigen Stolz bewahrt, Weib“, sagte Raithen gereizt.

„Nein.“

„Willst du mir irgendetwas beweisen?“

„Nein.“ Ihre Stimme war ruhig und leise.

Das offensichtliche Fehlen jeglicher Emotion brache Raithen an die Grenzen jener dürftigen Kontrolle, die er über seinen Zorn ausübte. Die Quetschungen an seinem Hals jagten noch immer stechende Schmerzen bis in seinen Kopf, und die Erniedrigung, die er durch Cholik erfahren hatte, machte ihm nach wie vor zu schaffen.

Er musste wieder daran denken, wie der alte Priester ihn über den Ruinen der Stadt schweben ließ, nur um ihm zu beweisen, dass er nicht der alte, klapprige Narr war, für den Raithen ihn gehalten hatte. Der Piratenkapitän griff nach der Weinflasche mit dem langen Hals, die auf dem kleinen Nachttisch stand. Gold, Silber und Frauen waren nicht die einzigen Dinge, die er und seine Männer auf ihren Raubzügen erbeutet hatten.

Er zog den Korken aus der Flasche und nahm einen tiefen Zug. Der dunkelrote Wein brannte in seiner Kehle, und fast hätte er sich daran verschluckt. Mit dem Handrücken wischte er sich über den Mund, dann sah er die Frau an.

Sie stand in einem einfachen Kleid und barfuss neben der Truhe. Nach den Schlägen, die er ihr bei ihrem ersten Zusammensein verabreicht hatte, würde sie es nicht noch einmal wagen, das Zimmer ohne seine ausdrückliche Erlaubnis zu verlassen. Ebenso wenig wie sie es wagen würde, ihn um diese Erlaubnis zu bitten.

Raithen steckte den Korken zurück in die Weinflasche. „Ich habe dich nie nach deinem Namen gefragt, Weib."

Bei diesen Worten hob sie kaum merklich den Kopf, ihr Blick wanderte für einen kurzen Moment zu ihm, dann sah sie wieder weg. „Willst du meinen Namen wissen?"

Raithen grinste. „Wenn ich will, dass du einen Namen hast, werde ich dir einen geben."

Ihre Wangen erröteten vor Scham und Wut, und fast hätte sie ihre Beherrschung verloren. Sie schluckte hart und zwang sich zur Ruhe. Der Puls an ihrem Hals pochte rasend.

Raithen nahm das Laken, das er über sich gelegt hatte, wischte sich damit über das Gesicht und stand auf. Er hatte gehofft, genug getrunken zu haben, um schlafen zu können, doch das war nicht der Fall.

„Warst du in Westmarch eine wichtige Person, Weib?" Raithen schlüpfte in seine Hose. Schwert und Messer hatte er aus Gewohnheit in Reichweite abgelegt, aber die Frau hatte keine der Waffen auffällig lange betrachtet. Sie wusste, dass sie eine Verlockung darstellten, die sie sich nicht leisten durfte.

„Ich bin nicht aus Westmarch", antwortete sie.

Raithen streifte sich das Hemd über. Auf seinem Schiff hatte er frische Kleidung zum Wechseln, außerdem wartete dort ein heißes Bad auf ihn, da sein Diener es nicht gewagt hätte, sein Badewasser kalt werden zu lassen.

„Woher dann? Aranoch? Lut Gholein? Ich meine einen leichten Akzent bei dir zu hören."

„Aus dem Norden von Lut Gholein. Mein Vater hat mit den dortigen Kaufleuten Handel getrieben."

„Welche Art von Handel?“

„Er war Glasbläser. Er stellte das beste Glas her, das man je gesehen hat.“ Ihre Stimme wurde ein wenig brüchig.

Raithen betrachtete sie mit kühlem Desinteresse. Er glaubte zu wissen, dass er verstand, woher ihre Gefühlsregung kam. Und wenn er einen wunden Punkt erst einmal gefunden hatte, konnte er nicht anders, als die Klinge in der Wunde noch zu drehen. „Wo ist dein Vater jetzt?“

Ihre Lippen zitterten. „Ihr Piraten habt ihn ermordet. Kaltblütig und ohne Gnade.“

„Wahrscheinlich hat er sich widersetzt. So etwas gefällt meinen Männern nicht – weil ich es ihnen nicht gestatte.“ Raithen fuhr sich mit den Fingern durch das zerzauste Haar.

„Mein Vater war ein alter Mann“, erklärte die Frau. „Er hätte mit niemandem kämpfen können. Er war ein freundlicher und sanftmütiger Mensch, und er hätte nicht ermordet werden dürfen.“

„Ermordet?“ Raithen schleuderte ihr das Wort entgegen. Mit zwei schnellen Schritten überwand er die Distanz zwischen ihnen. „Wir sind Piraten, Weib, keine verdammten Mörder! Ich werde dich lehren, mit Anstand über meinen Berufsstand zu reden!“

Sie wollte ihn nicht ansehen. Tränen standen ihr in den Augen, rannen über ihr Gesicht.

Raithen strich mit seinem Handrücken über ihre Wange, dann beugte er sich vor und flüsterte ihr ins Ohr: „Und du sprichst auch von mir mit Anstand, sonst lasse ich dir deine Zunge herausschneiden und an die Schweine verfüttern.“

Ihr Kopf ruckte herum. Sie starrte ihn jetzt an, und zu ihre Augen blitzten, reflektierten den hellen Schein des Kaminfeuers.

Raithen wartete und überlegte, ob sie wohl etwas erwidern würde. Als sie den Mund nicht aufmachte, verhöhnte er sie weiter: „Ist dein Vater schnell gestorben? Ich kann mich nicht erinnern. Hat er sich mannhaft gewehrt? Oder ist er greinend gestorben wie ein altes Waschweib?“

„Verdammt sollst du sein!“, fauchte die Frau. Sie wirbelte herum zu ihm, und ihre geballte Faust schoss auf ihn zu.

Für Raithen war nicht mehr erforderlich als eine rasche Bewegung seines Arms, dann hatte er seine Hand um die Faust der Frau geschlossen. Sie biss zu, zuckte zurück und trat nach seinem Gemächt. Der Piratenkapitän drehte Bein und Hüfte und fing den Tritt mit dem Oberschenkel ab. Dann verpasste ihr eine Ohrfeige.

Von der Wucht des Schlages mitgerissen – er hatte sie sofort losgelassen – taumelte die Frau quer durch den Raum und prallte gegen die Wand. Benommen verdrehte sie die Augen, dann rutschte sie ungelenk zu Boden.

Raithen saugte an der Wunde auf seinem Handrücken, die von ihren Zähnen stammte. Der Schmerz erfüllte ihn mit neuem Leben, und als er sie so hilflos vor sich liegen sah, fühlte er sich wieder als Herr der Lage. Zwar schmerzte sein Hals immer noch, doch sie teilte jetzt die Erniedrigung, die er erfahren hatte, mit ihm, ohne es überhaupt zu ahnen.

„Ich werde dich umbringen“, keuchte die Frau mit heiserer Stimme. „Ich schwöre es beim Licht und bei allem, was heilig ist, dass ich einen Weg finde, dich umzubringen, wenn du mich nicht vorher tötest!“ Sie wischte mit der Hand über ihren blutenden Mund und verteilte das Blut über ihre Finger.

Raithen grinste. „Vielleicht bin ich ein Narr, aber du hältst dich wacker, Weib. Du hast gesprochen, als hättest du tief in mein eigenes Herz geschaut.“ Er sah auf sie herab. „Verstehst du? Die meisten würden glauben, dass du nur redest. Dass dir der Mund überläuft, um dich aufzuspielen, vielleicht um dir das Gefühl zu geben, etwas mutiger zu sein, als du es bist. Aber ich sehe in deine Augen, und ich weiß, dass du die Wahrheit sprichst.“

„Wenn du mich leben lässt“, fuhr die Frau fort, „wirst du für den Rest deines Lebens immer einen Blick über deine Schulter werfen müssen. Denn wenn ich dich finde, *werde* ich dich töten.“

Raithen grinste sie an. Er fühlte sich besser, was das Leben im Allgemeinen anging, und war, während er ihr zunickte, überrascht darüber, wie sich alles entwickelt hatte. „Ich weiß, dass du das tun wirst, Weib. Und wenn ich ein von mir selbst eingenommener Prahler wäre wie beispielsweise ein gewisser alter Priester, dann würde ich vermutlich den Fehler begehen, dich zu demütigen und dich dann am Leben zu lassen. Den meisten Leuten könntest du wahrscheinlich Angst einjagen, und du müsstest dir nie wieder Gedanken über sie machen."

Die Frau stand trotzig und aus eigener Kraft auf.

„Aber du und ich, Weib", fuhr er fort, „wir sind anders. Die Leute urteilen über uns, als wären wir nichts. Sie tun so, als wäre alles, was wir sagen, nur Getöse und Erfindung. Sie verstehen nicht, dass wir, wenn wir einmal zu hassen und ihren Untergang zu planen begonnen haben, nur darauf warten, dass sie eine Schwäche zeigen, die wir ausnutzen können." Er machte eine kurze Pause. „Genauso, wie du jede Entwürdigung erdulden wirst, mit der ich dich brechen will, und du dennoch stark genug bleiben wirst, um den Versuch zu unternehmen, mich zu töten."

Sie stand nun und sah ihn stumm an, ihr Kinn war blutverschmiert.

Raithen lächelte sie wieder an, und diesmal war es ein warmherziges, ehrliches Lächeln. „Ich möchte dir dafür danken, dass du meinen Mast gebrasst und meine Segel getrimmt hast. Das bringt mir den wahren Kurs, dem ich auf diesem Unternehmen folgen muss, wieder ins Bewusstsein. Ganz gleich, wie viele Brosamen mir Buyard Cholik als Bewahrer des Wissens hinwirft, ich bin kein Hund, der einem Knochen nachgiert und sich misshandeln lässt." Er ging zu ihr.

Diesmal schreckte sie nicht vor ihm zurück. Ihre Augen waren auf ihn gerichtet, als würden sie durch ihn hindurchsehen.

„Ich danke dir, Weib." Raithen beugte sich vor, um seine Lippen an ihre zu bringen.

Mit einer Schnelligkeit und Entschlossenheit, die sie vorher noch nie an den Tag gelegt hatte, grub die Frau ihre Zähne in die Kehle des Piraten und biss sich zu seiner Halsschlagader vor.

Vier

Darrick stemmte seine Füße gegen den Felsvorsprung und war sich des Schwindel erregenden Anblicks bewusst, den der Nebel verhangene Fluss weit unter ihm bot. Hie und da wurde der Grund von Mondlicht beschienen, das ihn wie Edensteine glitzern ließ. Darricks Atem pfiff tief in seiner Kehle und wurde von seiner Lunge in kurzen, heftigen Intervallen ausgestoßen. Dass Mat und die anderen in diesem Augenblick im Begriff waren, sich am Seil nach oben zu ziehen, hellte seine Laune ein wenig auf. Durch die Dunkelheit zu tappen und möglicherweise auf Piraten zu treffen, die ihr Lager entlang der Klippe aufgeschlagen hatten, war hingegen eine recht unerfreuliche Aussicht.

Er hielt sein Messer in der Hand, während das Entermesser in der Scheide geblieben war. Die schwere Klinge schlug bei jedem Schritt gegen seinen Oberschenkel. Er schützte seine Augen mit der freien Hand und verhinderte, dass sie weder von Tannen- noch von Kiefernzweigen getroffen werden konnten. Einzelnen Zweigen gelang es dennoch, Striemen auf seinem Gesicht zu hinterlassen.

Der Pirat folgte einer Wildspur durch die kleine Gruppe von Koniferen, verließ sie dann aber abrupt, indem er durch eine Mauer aus wucherndem Buschwerk sprang und den Blicken verschwand.

Darrick verstärkte seine Anstrengungen. Trotz des langen und kräfteraubenden Aufstieg hatte er noch Reserven, die ihn selbst verblüfften. Dennoch litt er. Schwarze Punkte tanzten vor seinen Augen, und es gelang ihm nicht, wirklich tief einzuatmen.

Falls sie von den Piraten entdeckt wurden, blieb Darrick und seiner Gruppe kaum eine Chance, die *Lonesome Star* im Golf von Westmarch zu warnen, bevor die Piratenschiffe sie erreichten. Wenn sie Glück hatten, würde man sie schnell töten, vielleicht zusammen mit dem Jungen, der als Geisel gehalten wurde.

Darrick erreichte die Stelle, wo der Mann durch das Gestrüpp verschwunden war, und machte selbst einen Sprung. Die Dunkelheit gestaltete es schon schwierig, sich zu orientieren, doch nach dem Satz wusste er einen Moment lang überhaupt nicht mehr, in welche Richtung er sich wenden musste. Instinktiv sah er nach oben, doch das dichte Blätterdach der Bäume machte es unmöglich, die Sterne zu sehen, die ihm weitergeholfen hätten. So musste er sich allein auf sein Gehör verlassen, um festzustellen, in welche Richtung der Pirat weiterhetzte.

Ohne Vorwarnung schoss etwas aus der Finsternis auf Darrick zu. Das Dämmerlicht reichte gerade aus, um Darrick große lederne Flügel, funkelnde schwarze Augen und glänzend weiße Zähne auf sich zukommen sehen zu lassen. Mindestens ein Dutzend Fledermäuse stürzte sich auf ihn. Offenbar waren sie von dem Piraten in ihrer Ruhe gestört worden waren. Ihre durchdringenden Schreie waren ohrenbetäubend, und ihre scharfen Zähne hinterließen glühende Spuren auf seiner Haut.

Darrick schlug mit dem Messer um sich, rannte dabei mit unvermindertem Tempo weiter. Die Blut-Fledermäuse waren dafür berüchtigt, dass sie in Rudeln jagten und oft über kleineres Wild herfielen. Auch wenn er es noch nie mit eigenen Augen gesehen hatte, kannte er Geschichten, wonach Schwärme dieser blutsaugenden Jäger erwachsene Männer niedergerungen und ihnen das Fleisch von den Knochen gerissen hatten.

Nur ein kurzes Stück weiter stolperte Darrick über einen umgestürzten Baum und schlug der Länge nach hin. Die Fledermäuse hatte er jedoch bereits hinter sich gelassen. Darrick rollte auf dem Boden weiter, das Messer fest umschlossen, damit er sich nicht versehentlich selbst damit verletzte. Das Entermesser schlug bei jeder Umdrehung mit aller Härte gegen seine Hüfte. Dann war er wieder auf den Beinen und hatte den Richtungswechsel mitbekommen, den der Hüne vollzogen hatte.

Der Atem brannte in seiner Kehle. Darrick rannte weiter. Sein Herz hämmerte wie wild in seiner Brust, und das dumpfe Rauschen des Blutes in seinen Ohren übertönte fast jedes äußere Geräusch. Mit der freien Hand bekam er einen Baum zu fassen und hielt sich daran fest, um eine enge Kurve hinzulegen – so eng, dass er dabei sogar etwas Rinde vom Stamm abriss.

Dem hünenhaften Piraten erging es nicht viel besser. Auch er atmete schwer, schnell und unregelmäßig.

Die Zeit, ihn einzuholen, wurde immer knapper. Darrick konnte bereits das Glimmen von Feuer durch die Zweige von Tannen und Kiefern in der Dunkelheit sehen.

Der Pirat brach aus dem Wald hervor und rannte auf das Lagerfeuer zu.

Eine Falle? Oder Verzweiflung? Ist es möglich, dass er vor Kapitän Raithens Zorn mehr Angst hat als davor, dass ich ihn einholen könnte? Selbst die Kapitäne von Westmarch waren nicht zimperlich, wenn es darum ging, ihren Untergebenen Disziplin einzubläuen. Darrick hatte einige Narben von Peitschenhieben davongetragen, aus einer Zeit, als er sich mit viel Ellenbogeneinsatz auf der Karriereleiter nach oben arbeitete. Die Offiziere hatten nie mehr ausgeteilt, als er aushalten konnte, aber eines Tages würden einige dieser Kapitäne es noch bereuen, ihn so behandelt zu haben.

Darrick wusste, dass ihm keine andere Wahl blieb, als den Mann zu stoppen. Er stürmte ohne Zögern ebenfalls aus dem Wald und mobilisierte seine letzten Kraftreserven. Wenn vor ihm mehr Männer waren als nur der überlebende Pirat, würde es um ihn geschehen sein. Er wurde so schnell, dass seine Beine fast außer Kontrolle gerieten.

Das Lagerfeuer befand sich am Fuß eines niedrigen Vorsprungs. Die zuckenden Flammen warfen schroffe Schatten gegen die ausgesparte Seite der Formation. Darüber und nicht so ohne weiteres zu erreichen, hing an drei gekreuzten, in den Boden gesteckten langen Ästen ein kleiner Kessel mit Pech, der offenbar als Signalfeuer dienen sollte.

Darrick wusste, dass der nächste Posten einen ungehinderten Blick auf das Signalfeuer hatte. Und sobald der Pirat das Pech entzündet hatte, war es nicht mehr möglich, das Signal noch zu stoppen.

Nach Luft schnappend erreichte der Pirat das Lagerfeuer und bückte sich, griff nach einer bereitliegenden Fackel und stieß sie in die Flammen. Sie fing sofort Feuer und brannte, mit Waltran getränkt, blau und gelb. Mit der Fackel in der Hand jagte der Pirat dann scheinbar mühelos den Vorsprung hinauf.

Darrick stürzte sich kurz entschlossen auf den Mann. Er hoffte, schnell und kräftig genug zu sein, um die Distanz noch rechtzeitig zu überwinden. Er erwischte ihn mit den Schultern in Kniehöhe, bevor er selbst mit dem Gesicht gegen den Felsen schlug. Benommen nahm er wahr, dass der Pirat rückwärts über ihn fiel und sie beide an der steilen Schräge nach unten rutschten.

Der Pirat erholte sich als Erster, kam wieder auf die Beine und zog sein Schwert. Das Lagerfeuer erhellte sein Gesicht, ließ seine Angst und seinen Zorn erkennen. Er nahm den Schaft in beide Hände und schlug zu.

Darrick rollte sich zur Seite und konnte es im ersten Moment gar nicht fassen, dass das Schwert ihn verfehlt hatte. Noch in der Bewegung gelang es ihm, in kniende Haltung zu wechseln. Blitzschnell stand er auf und zog sein Entermesser. Mit dem Messer in der einen und dem Entermesser in der anderen Hand, stellte er sich dem Piraten, der fast doppelt so groß war wie er.

Ein ihm bislang unbekannter Schmerz durchraste Raithen, als sich die Frau in seinem Hals verbiss. Er fühlte, wie sein warmes Blut aus der Halswunde spritzte, und tief in ihm kam Panik auf. Er fühlte sich wie ein gefangener Tiger in einem Wanderzirkus. Einen schrecklichen Moment lang glaubte er, eine Vampirin habe ihn angegriffen. Vielleicht war es der Frau gelungen, ihre Essenz einem der untoten Monster anzudrehen, von denen er vermutete, dass Buyard Cholik sie durch die Ruinen der beiden Städte jagte.

Raithen gelang es, die eisige Angst zu besiegen, die ihm über den Rücken lief. Er versuchte, vor der Frau zurückzuweichen. *Vampire existieren nicht!*, redete er sich ein. *Ich habe noch nie einen gesehen.*

Die Frau spürte die Richtung, in die er sich bewegte, und presste sich fester an ihn. Mit ihrer Stirn traf sie ihn am Kinn, gleichzeitig schlang sie ihre Arme um ihn und klammerte sich so fest an ihn wie ein Egel. Ihre Lippen und Zähne suchten nach neuen Stellen, um an seinem Fleisch zu zerren.

Er schrie vor Schmerz laut auf und war über ihr Manöver überrascht, auch wenn er damit gerechnet hatte, dass sie irgendetwas unternehmen würde. Unbemerkt von ihr schüttelte und drehte er seinen rechten Arm, bis das kleine, in einer Scheide versteckte Wurfmesser mit dem Griff voran in seine wartende Handfläche rutschte. Er legte seine Finger um das Heft des Messers, drehte seine Hand herum und trieb die Klinge in den Bauch der Frau.

Sie riss den Mund auf und keuchte angestrengt – ein leichter Lufthauch, der über seine Wange glitt. Sie ließ seinen Hals los und legte ihre Hände um seinen Unterarm, um ihn von sich wegzuschieben und zu erreichen, dass er das Messer wieder aus ihrem Leib zog. Sie schüttelte ungläubig den Kopf und taumelte rückwärts.

Raithen umfasste ihren Hinterkopf und vergrub seine Finger in ihrem Haar, damit sie ihm nicht entkam und es ihr möglicherweise sogar gelang, das Zimmer zu verlassen. Er machte einen Schritt nach vorn, so dass sie zwischen ihm und der Wand in ihrem Rücken in der Falle saß. Sie sah ihn aus weit aufgerissenen Augen an, während er das Messer in eine schräge Stellung brachte und es in Richtung ihres Herzens weitertrieb.

„Bastard“, keuchte sie. Blut sammelte sich auf ihren Lippen und wurde in einem roten Nebel verbreitet, als sie ihm dieses eine Wort entgegenschleuderte.

Raithen hielt sie weiter fest und sah zu, wie das Leben und das Verstehen aus ihren Augen wich. Er wusste nur zu gut, was er ihr nahm. Seine eigenen Ängste ereilten ihn, als er merkte, dass die Wunden an seinem Hals unvermindert bluteten. Er fürchtete, es könnte ihr gelungen sein, seine Halsschlagader zu durchbeißen. Wenn das der Fall war, würde er innerhalb von Minuten verbluten, ohne etwas dagegen unternehmen zu können. An Bord der Piratenschiffe in Tauruk’s Port gab es keine Heiler, und sämtliche Priester waren entweder über

Nacht eingeschlossen worden oder aber sie waren damit beschäftigt, sich durch die Gräber der Stadt zu wühlen. Er konnte nicht einmal sagen, wie viele Heiler sich überhaupt unter ihnen befanden.

Im nächsten Moment wurde der Leib der Frau schlaff, und ihr Gewicht zerrte an seinem Arm.

Doch Raithen war von Natur aus misstrauisch und drückte die Klinge weiter in ihr Herz. Vielleicht spielte sie ihm nur etwas vor, auch wenn vier Zoll Stahl ihre Eingeweide verwüstet hatten. Eine Taktik, die er in der Vergangenheit selbst angewandt und die zwei nicht so misstrauischen Männern das Leben gekostet hatte.

Nachdem er die Frau noch eine Zeit lang gegen die Wand gedrückt hatte, konnte er sicher sein, dass sie sich nie wieder bewegen würde. Ihr Mund war ein wenig geöffnet und von dem Blut verschmiert, das nun nicht mehr durch ihren Körper gepumpt wurde. Die Augen waren matt und leblos und starrten durch den Kapitän hindurch. Ihr Gesicht war völlig leer.

„Verdammt, Weib", flüsterte Raithen mit ehrlichem Bedauern. „Hätte ich vorher gewusst, dass ein solches Feuer in dir brennt, hätten wir die gemeinsame Zeit noch sehr viel besser nutzen können." Er atmete ein und roch den süßen Duft des Parfüms, dass er ihr aus der letzten Beute abgetreten hatte, damit sie es im Bett an sich trug. Er nahm auch den kupfernen Geruch von Blut wahr, der genauso berauschend wirkte wie das Parfüm.

Plötzlich wurde die Tür zum Zimmer eingetreten.

Raithen machte sich auf das Schlimmste gefasst, wirbelte herum und hielt schützend den Leichnam zwischen sich und die Tür. Er zog das Messer aus dem Leib der Frau und hielt es mit ausgestrecktem Arm vor sich.

Ein grauhaariger Mann, eine Armbrust im Anschlag, betrat den Raum und blinzelte in das helle Licht, das vom Feuer im Kamin ausging. „Käptn?", rief er und zielte mit der Armbrust auf die beiden Körper. „Käptn Raithen?"

„Ziel nicht mit dem verdammten Ding auf mich, Pettit", raunzte Raithen ihn an. „Du weißt genau, dass man dem Bolzen nicht trauen kann!"

Der Seemann lenkte die Armbrust zur Seite und stemmte den mit Metall ummantelten Schaft gegen seine Hüfte. Er hob einen Arm, um seinen Dreispitz zu ziehen. „Tut mir Leid, Käptn, aber ich dachte, Ihr wärt in Schwierigkeiten. Wegen dem ganzen Geschrei, meine ich. Ich wusste nicht, dass Ihr Euch mit nem Flittchen vergnügt."

„Das Vergnügen", erwiderte Raithen mit aufgesetzter Ruhe, da er in Wahrheit viel lieber wissen wollte, wie schwer seine Verletzung nun war, „war nicht ganz so groß." Er ließ die Tote los, die vor seinen Füßen schwer zu Boden stürzte.

Als Kapitän über eine Horde Piraten, zu denen die Wildesten gehörten, die auf der Großen See und dem Golf von Westmarch ihr Unwesen trieben, hatte er einen Ruf zu wahren. Wenn irgendwer aus seiner Besatzung bei ihm auch nur die leiseste Schwäche entdeckte, würde derjenige alles daransetzen, diese Schwäche auszunutzen. Er selbst hatte seinerzeit das Kommando über die *Barracuda* in dem Augenblick übernommen, in dem er seinem damaligen Kapitän das Leben aushauchte.

Pettit grinste und spie in den verbeulten bronzenen Spucknapf in einer Ecke des Raumes. Mit dem Handrücken wischte er sich den Mund ab, dann sagte er: „Sieht aus, als könntet Ihr mit der da nich' mehr viel anfangen. Soll ich Euch 'ne andere raufbringen?"

„Nein." Raithen brachte die Gefühle, die in ihm tobten, unter Kontrolle und wischte die blutige Klinge an der Kleidung der Frau ab. Dann stiefelte er quer durch das Zimmer bis vor den Spiegel. Er war an einigen Stellen gesplittert und wies eine ganze Reihe von Altersflecken an den Stellen auf, dort, wo sich die silbrige Beschichtung gelöst hatte. „Aber sie hat mich an etwas erinnert, Pettit."

„Und an was, Käptn?"

„An diesen verdammten Priester, Cholik … er sieht in uns so was wie seine Lakaien." Er sah in den Spiegel und betrachtete die Wunde an seinem Hals. Er berührte die Ränder mit den Fingern, doch – dem Licht sei Dank – sie blutete nicht stärker als zuvor, und es schien sogar, als käme die Blutung zum Stillstand.

Das Fleisch zwischen den tiefen Abdrücken der Zähne war angeschwollen und verfärbte sich bereits purpurrot. Haut und auch Fleisch hingen in kleinen Fetzen herab. Raithen wusste, dass diese Wunde eine Narbe hinterlassen würde. Der Gedanke ärgerte ihn, weil er eitel war. Nach Ansicht vieler war er ein gutaussehender Mann, und er hatte stets darauf geachtet, dass dies auch so blieb. Es würde schon einer sehr phantasievollen und trotzdem glaubwürdigen Ausrede bedürfen, um auch die sonstigen Quetschwunden an seinem Hals zu erklären.

„Aye", meinte Pettit zustimmend. „Diese Priester können einem schon verdammt auf die Nerven fallen. Mit ihrer hochnäsigen Art, meine ich. Tun immer so, als wären sie was Besseres … Besser als Ihr und ich, mein ich. Wenn ich nachts Wache schiebe, denk ich manchmal daran, einen von ihnen auszuweiden und so liegen zu lassen, dass die anderen ihn finden, mein ich. Vielleicht würden sie dann mal kapieren, was wir hier eigentlich tun."

Raithen, der beruhigt war, dass sein Leben nicht länger in Gefahr war, jedenfalls wenn die Frau nicht irgendeine Krankheit in sich getragen hatte, zog ein Tuch aus seiner Tasche und wickelte es sich um den Hals. „Gar keine schlechte Idee, Pettit."

„Danke, Käptn. Ich denke immer über Dinge nach. In dieser verlassenen Stadt mit all diesen Geschichten über Dämonen und so wäre … da wär das der ideale Ort, um so was zu machen. Vielleicht würden wir auch rauskriegen, wer von den Leuten, die dem alten Cholik nachlaufen, es überhaupt ernst meint." Er grinste und ließ die wenigen bräunlichen Zähne erkennen, die noch in seinem Mund steckten.

„Einige unserer Männer könnten aber auch beunruhigt reagieren." Raithen betrachtete, nachdem er das Tuch umgebunden hatte, wieder sein Spiegelbild. Genau genommen stand es ihm sogar recht gut. Wenn die Wunde richtig vernarbt war, würde er Geschichten dazu erfinden, wie er sie in den Armen einer Geliebten davongetragen hatte, die später ihr Leben ließ. Oder er erzählte, sie stamme von irgendeiner verrückten und zugleich leidenschaftlichen Prinzessin aus Kurast, die er als Geisel genommen und entjungfert hatte, ehe er sie ihrem Vater zurückgab und sich dessen Gewicht in Gold aufwiegen ließ.

„Na ja, wir könnten denen doch sagen, was los ist, Käptn."

„Ein Geheimnis, Pettit, ist dann ein Geheimnis, wenn nur ein einziger Mann es wahren kann. Allein, dass wir beide davon wissen, macht es schon möglich, dass jemand davon erfahren könnte. Und dann sollen wir es der ganzen Besatzung erzählen?“ Raithen schüttelte ungläubig den Kopf und musste sich zwingen, nicht zusammenzuzucken, als die Wunde an seinem Hals zu schmerzen begann. „Das wäre einfach nur dumm.“

Pettit runzelte die Stirn. „Ja, aber irgendetwas muss passieren. Diese Priester ham da unten ein Tor entdeckt. Und wenn diese verdammten Priester sich weiter so aufgeblasen verhalten, werden wir nie rauskriegen, was hinterm Tor ist.“

„Ein Tor?“ Raithen drehte sich zu seinem Stellvertreter um. „Was für ein Tor?“

Lon, der hünenhafte Pirat, griff Darrick Lang an, ohne auch nur im Geringsten im Umgang mit dem Schwert geübt zu sein. Er nahm einfach die gewaltige Waffe in beide Hände und ließ sie mit aller Wucht auf Darricks Haupt herabfahren, um es wie eine reife Melone zu spalten.

Darrick hatte keine andere Wahl, als sein Entermesser nach oben zu stoßen, auch wenn die Gefahr bestand, dass das Schwert seine eigene Klinge zerschmettern würde. Die beiden Waffen trafen aufeinander, doch Darrick unternahm gar nicht erst den Versuch, den Schwung des anderen zu brechen, sondern lenkte das Schwert ab und wich zur anderen Seite aus, da er damit rechnen musste, dass der andere die Klinge noch herumreißen würde. Das tat er auch, und Darrick konnte den Schlag nicht vollends umdirigieren, sondern wurde mit der Breitseite des Schwertes so heftig am Kopf getroffen, dass er beinahe das Bewusstsein verlor.

Mit Instinkt und Geschick gelang es Darrick dennoch, die Klinge seines Gegners abzublocken und sich einen Überblick über die Situation zu verschaffen. Aber dann verging ihm Hören und Sehen, wie es manches Mal auch der Fall war, wenn die *Lonesome Star* bei langsamer Fahrt in ein Wellental hinabsackte, anstatt die Wogen zu durchpflügen.

Noch während er sich sammelte, erhielt Darrick von Lon einen

Stoß, doch selbst damit vermochte der andere wenig Boden gutzumachen.

Von einem dunklen Ehrgeiz getrieben, der ihn immer erfüllte, wenn er auf Leben und Tod kämpfte, machte Darrick einen Schritt nach vorn und rammte dem Piraten seinen Kopf ins Gesicht.

Lon stöhnte auf und taumelte nach hinten.

Darrick ließ keine Gnade walten, sondern stürmte erneut nach vorn. Der Pirat, der offenbar sein ganzes kämpferisches Geschick in die Waagschale warf, um sein Überleben zu sichern, zog sich weiter zurück. Dabei kam er, während er versuchte, auf dem unebenen Boden rückwärts die Anhöhe hinaufzugehen, immer wieder ins Stolpern. Und dann ... hatte er auch schon einen Schritt zu viel gemacht.

Wie aus großer Entfernung hörte Darrick, wie die Stiefel des Mannes über das lose Geröll rutschten. Dann fiel der Pirat, schrie und fuchtelte mit den Armen, bevor er sie schützend um seinen Kopf legte. Schnell und entschlossen schlug Darrick dem Piraten die Waffe aus der Hand. Sie flog durch die Luft und landete ein Dutzend Schritte entfernt im Dickicht.

Lon hob die Hände und rief: „Ich ergebe mich! Ich ergebe mich! Habt Gnade mit mir!"

Noch immer benommen von dem Schwerthieb, war Darrick nicht gerade gnädig gestimmt. Er dachte an die Leichen, die er im Treibgut des Schiffes aus Westmarch gesehen hatte. Selbst dieses Bild konnte er nur mit Mühe vor seinem geistigen Auge festhalten, da sein geschundener Verstand noch weiter in die Vergangenheit zurückkehrte und er sich an die Prügel erinnerte, die er als Kind von seinem Vater bezogen hatte. Sein Vater war Schlachter gewesen, groß und grob, mit kraftvollen, schwieligen Händen, die mit einem einzigen Hieb die Haut über dem Wangenknochen aufplatzen ließen.

Über viele Jahre hinweg hatte Darrick nicht verstanden, warum sein Vater so zornig auf ihn gewesen war. Er hatte immer angenommen, er habe irgendetwas falsch gemacht zu haben, kein guter Sohn gewesen zu sein. Erst als er älter wurde, begriff er, was alles in ihre Beziehung mit hineinspielte.

„Gnade“, winselte der Pirat.

Doch die Stimme, der Darrick in diesem Moment lauschte, war die seines Vaters, der fluchte und ihn beschimpfte, und der ihm drohte, ihn totzuschlagen oder wie ein frisch geschlachtetes Schwein ausbluten zu lassen. Darrick holte mit seinem Entermesser aus, um den Piraten zu köpfen.

Ohne Vorwarnung streckte jemand ein Schwert aus und lenkte Darricks Hieb so weit ab, dass sich die Klinge wenige Zoll neben dem Piraten, der noch immer seine Hände um den Kopf gelegt hatte, in die Erde fraß.

„Nein“, sagte jemand.

Darrick, noch immer in die Erinnerungen an die Schläge seines Vaters versunken – sie überlagerten die Realität – wirbelte herum und hob sein Schwert. Doch der andere Mann schaffte es, ihn am Arm zu packen und den Schlag im Ansatz zu stoppen.

„Darrick, ich bin es. Darrick! Ich bin es – Mat!“ Die Stimme war kaum lauter als ein Flüstern; heiser und belegt von Gefühlen, die in ihr mitschwangen. „Ich bin es. Verdammt noch mal, jetzt hör endlich auf. Wir brauchen diesen Mann lebend.“

Darrick, dessen Kopf noch immer schmerzte und in dessen Blickfeld immer noch Sterne tanzten, kniff die Augen zusammen und versuchte, etwas zu erkennen. Nur widerstrebend zogen sich die Erinnerungen an früher zurück und ließen es zu, dass er in die Gegenwart zurückkehrte.

„Er ist nicht dein Vater,“, sagte Mat.

Darrick konzentrierte sich auf seinen Freund und spürte, wie die Gefühle schwanden und nur Schwäche zurückblieb. „Ich weiß. Ja, das weiß ich.“ Doch er wusste auch, dass es vor wenigen Augenblicken anders gewesen war. Der Schlag des Piraten hatte ihm fast die Sinne geraubt. Er atmete tief durch und kämpfte mit sich, um seinen Kopf wieder vollständig klar zu bekommen.

„Wir brauchen ihn lebend“, redete Mat immer noch auf ihn ein. „Wir müssen etwas über den Neffen des Königs erfahren. Dieser Mann hier besitzt Informationen, die uns helfen können.“

„Ich weiß.“ Darrick sah Mat an. „Lass mich los.“

Mat betrachtete ihn eindringlich, doch der Griff um Darricks Arm lockerte sich keine Spur. „Bist du *sicher*?"

Über die Schulter des Freundes hinweg sah Darrick die anderen Seeleute, die mit Mat gekommen waren. Nur der alte Maldrin zeigte keine Überraschung darüber, dass Darrick ein solch blutrünstiges Verhalten an den Tag legte. Nur wenige aus der Mannschaft wussten von der finsteren Wut, die manchmal seiner Kontrolle entglitt. Heute Nacht war es das erste Mal seit langer Zeit geschehen, dass er die Beherrschung über sich verlor.

„Ich bin sicher", erwiderte er schließlich.

Mat ließ ihn los. „Diese Zeiten liegen hinter uns. Du musst dich nie wieder mit ihnen rumschlagen. Dein Vater ist uns nicht aus Hillsfar gefolgt. Wir haben ihn dort vor Jahren zurückgelassen, und darüber können wir auch froh sein, sage ich."

Darrick nickte und steckte das Entermesser weg, dann wandte er sich von der Gruppe ab. Er suchte mit seinen Augen den Horizont ab, während er genau wusste, dass Mat ihn immer noch beobachtete. Die Tatsache, dass sein Freund ihm nicht vertraute, obwohl er ihm gerade erklärt hatte, dass alles wieder in Ordnung sei, machte ihn unruhig und unleidlich zugleich.

Es kam ihm so vor, als würde er von weitem das höhnische Gelächter seines Vaters hören, der sich über seine Hilflosigkeit und Bedeutungslosigkeit lustig machte. Ganz gleich, wie sehr er sich dagegen zu wappnen versuchte, er hatte es nie geschafft, diese Stimme wirklich in Hillsfar zurückzulassen. Nicht einmal sein ungestümes Erklimmen der Marine-Dienstgrade hatte dies vermocht.

Darrick atmete tief durch und erschauderte. „Also gut, wir machen uns dann wohl besser an die Arbeit, Leute. Maldrin, nimm dir ein paar Leute und schaff Wasser herbei. Ich will dieses Feuer so durchtränkt sehen, dass es nicht doch noch einmal– und sei es nur versehentlich – entflammt."

„Aye, Sir", erwiderte Maldrin, wandte sich um und gab zwei Männern einen Wink, ihn zu begleiten. Eine rasche Durchsuchung der Ausrüstung der beiden Wachen brachte mehrere Wasserschläuche zum Vorschein, deren Inhalt sie über das Pech gossen. Dann machten sie sich auf den Weg zum Rand der Klippe, um noch mehr Wasser zu holen.

Darrick sah den großen Piraten an, dessen Hände Mat mit einem Halstuch hinter dem Rücken fesselte. „Wie viele von euch haben hier oben Wache gehalten?“, fragte Darrick.

Der Mann schwieg.

„Ich werde mir nicht die Mühe machen, dir diese Frage noch einmal zu stellen“, warnte Darrick ihn. „Im Moment – achte darauf, dass du voll und ganz verstehst, was ich dir jetzt sage – bist du mir tot mehr wert als lebend. Ich schätze es überhaupt nicht, für den Rest meiner Mission einen Gefangenen mit mir herumschleppen zu müssen.“

Lon schluckte, versuchte aber weiter, trotzig dreinzublicken.

„An deiner Stelle würde ich ihm glauben“, sagte Mat und tätschelte die Wange des Piraten. „Wenn er in dieser Laune ist, wird er eher befehlen, dich von der Klippe zu stoßen, als dich am Leben zu lassen und darauf zu hoffen, dass du auf irgendeine von seinen Fragen eine Antwort weißt.“

Darrick wusste, dass es für den am Boden liegenden Piraten ein Ding der Unmöglichkeit war, sich weiter vorzumachen, noch alles im Griff zu haben. Außerdem entsprachen Mats Worte völlig der Wahrheit. Was der Pirat allerdings nicht wissen konnte: Mat würde Darrick niemals gestatten, einem solchen Impuls nachzugeben, und davon abgesehen hatte er sich längst wieder unter Kontrolle.

„Also“, ermutigte Mat den Gefangenen auf seine typische gut gelaunte Art, während er sich neben ihm hinsetzte. „Sag uns, was du weißt.“

Der Pirat sah sie beide misstrauisch an. „Und ihr lasst mich am Leben?“

„Aye“, erwiderte Mat ohne Zögern. „Ich gebe dir mein Wort darauf – in die Hand gespuckt und abgemacht!“

„Woher weiß ich, dass ich euch trauen kann?“, wollte der Pirat wissen.

Mat lachte leise. „Na ja, Freund, wir haben dich ja bislang auch leben lassen, oder etwa nicht?“

Darrick sah den Mann an. „Wie viele von euch waren hier?“

„Nur wir zwei“, antwortete der Pirat mürrisch.

„Wann findet die Wachablösung statt?“

„Bald“, kam es nach einigem Zögern.

„Zu dumm“, merkte Mat an. „Wenn hier in den nächsten Minuten jemand auftaucht, werde ich dir wohl doch die Kehle durchschneiden müssen …“

„Ihr habt gesagt, ihr werdet mich am Leben lassen!“, protestierte der Pirat.

Mat tätschelte ihm wieder die Wange. „Nur, wenn uns unterwegs keine unschönen Überraschungen erwarten.“

Der Pirat fuhr mit der Zunge über seine Lippen. Er schien kurz überlegen zu müssen, dann sagte er: „Die Wachen kommen nicht vor Sonnenaufgang her. Ich habe das nur gesagt, damit ihr euch vielleicht zurückzieht und Raithen nicht so verärgert darüber wäre, dass ich die Fackel nicht entzünden konnte.“

„Tja“, erwiderte Mat, „das war ein guter Plan. Ich hätte vermutlich auch etwas in dieser Art versucht. Aber du musst wissen, dass wir in einer wichtigen Angelegenheit hier sind.“

„Sicher“, sagte der Pirat und nickte. Mats Benehmen war so freundlich und verständnisvoll, dass es schon wieder verwirrend sein musste.

Darrick reagierte mit Erleichterung. Er hatte keinen Wachwechsel mitten in der Nacht erwartet, doch die gerade erhaltene Bestätigung war beruhigend. Ihnen blieben noch einige Stunden, um den Neffen des Königs zu retten und bevor der Morgen über dem Land anbrach.

„Was ist mit dem Neffen des Königs?“, fragte Mat. „Er ist noch ein Kind, und ich möchte nicht hören, dass ihm irgendetwas Unangenehmes widerfahren ist.“

„Der Junge lebt.“

„Wo ist er?“, wollte Darrick wissen.

„Er ist bei Käptn Raithen“, antwortete der Pirat und leckte sich etwas Blut von der Lippe. „Er hält ihn auf der *Barracuda* fest.“

„Und wo finden wir diese *Barracuda*?“

„Sie liegt im Hafen. Käptn Raithen lässt sie nur auslaufen, wenn er an Bord ist."

„Gut." Darrick wandte sich nach Osten und sah, dass Maldrin mit den anderen Männer zurückgekehrt war. Sie schleppten die Wasserschläuche, die sie mit Hilfe der Seile im Fluss neu gefüllt hatten. „Hilf diesem Mann auf, Mat. Ich möchte, dass er gut geknebelt wird."

„Aye, Sir." Mat zog den Piraten hoch und holte ein weiteres Tuch aus seiner Tasche, um ihm damit den Mund zu stopfen.

Darrick trat vor den Piraten und kam sich seltsam vor, als der Mann zusammenzuckte und versuchte, vor ihm zurückzuweichen – was ihm nicht möglich war, weil Mat direkt hinter ihm stand. Ihre Gesichter waren nur ein paar Zoll voneinander entfernt, als Darrick leise sagte: „Ich hoffe, wir verstehen uns richtig."

Als Darrick weiter nichts sagte, sah der Pirat Mat an, der ihm aber auch nicht helfen konnte. Dann blickte er Darrick wieder in die Augen und nickte in der Hoffnung, das Richtige zu tun.

„Gut", sagte Darrick und produzierte ein kühles Lächeln. „Wenn du versuchen solltest, deine Freunde zu warnen – was durchaus in deinem Interesse liegen könnte, da du dich wenigstens einigen von ihnen verbunden fühlen dürftest –, werde ich dir so gleichgültig die Kehle durchschneiden, wie ein Mann einen Fisch aufschlitzt, um ihn auszuweiden. Nicke, wenn du mich verstanden hast."

Der Pirat nickte.

„Ich habe nichts für Piraten übrig", fuhr Darrick fort. „Es gibt für einen Mann, der seinen Lebensunterhalt verdienen will, auch andere Möglichkeiten, als über seine Nachbarn herzufallen. Ich habe auf der Großen See und im Golf von Westmarch etliche Piraten getötet. Einer mehr wird den Braten auch nicht mehr fett machen, und ich würde mich besser fühlen. Verstehen wir uns?"

Wieder nickte der Pirat. Tränen standen ihm in den Augen.

„Kristallklar, Sir", fügte Mat mit Nachdruck hinzu, während er dem Piraten aufmunternd auf die Schulter klopfte. „Und darum glaube ich auch, dass wir mit diesem Bürschchen keinerlei Probleme haben werden, nachdem du ihm so freundlich erklärt hast, wie es sich verhält."

„Gut. Dann nimm ihn mit, und pass gut auf ihn auf.“ Darrick wandte sich ab und ging in Richtung Osten, wobei er dem Gebirgskamm der Hawk’s Beak Mountains folgte, über den sie nach Tauruk’s Port gelangen wollten.

Fünf

Raithen stand nahe der toten Frau, während er zusah, wie Pettit in eine Tasche unter seinem Wams griff, um ein Stück Papier hervorzuholen.

„Deshalb bin ich auch gekommen, Käptn“, erklärte der Erste Maat. „Valdir hat das hier weitergegeben. Gleich nachdem er rausgekriegt hat, dass die Priester in den Ruinen dieses Tor ausgebuddelt haben.“

Der Piratenkapitän durchquerte den Raum und nahm ihm das Papier aus der Hand. Während er es auseinander faltete, lehnte er sich gegen den Kamin, auf dessen Sims eine Laterne stand.

Valdir war ein Pirat, den Raithen damit beauftragt hatte, Choliks Ausgrabungstrupp zu bespitzeln. Der Kapitän wechselte seine Spione stets mit der Ankunft neuer Sklaven.

Auf dem Papier befand sich eine Zeichnung, die aus einer Reihe elliptischer, miteinander verbundener Linien bestand, durch die sich eine anders geartete, weitere Linie zog.

„Was soll das sein?“, fragte Raithen.

Pettit beugte sich zur Seite und spie wieder in den Spucknapf, verfehlte ihn aber diesmal. Er wischte sich ein paar Speichelfäden vom Kinn. „Das da is’ das Symbol, das Valdir gesehen hat, auf dem Tor, mein ich. Is’n riesiges Tor, Käptn. Bald dreimal so groß wie ’n Mann. Sagt jedenfalls Valdir.“

„Du hast mit ihm gesprochen?“

Pettit nickte. „Ich bin hin, um mit ’n paar von den Söldnern zu plaudern. Die, die für uns arbeiten, mein ich natürlich. Damit sie weiter auf unserer Seite sind, mein ich. Ich hab ihnen ’n paar Flaschen von dem Branntwein mitgebracht, den wir auf’m letzten Schiff aus Westmarch erbeuteten.“

Raithen wusste, dass dies nicht der einzige Grund war, warum Pettit die Männer aufgesucht hatte. Da die Piraten alle Frauen im Hafen unter ihren Fittichen hatten, was Cholik und dessen Priester so gut wie gar nicht kümmerte, mussten die Söldner, die sie angeheuert hatten, mit Pettit über die Preise für die Dienste eben dieser Frauen verhandeln.

Dass Pettit eine so habgierige Ader hatte, war für Raithen einer der Gründe gewesen, ihn zu seinem Ersten Maat zu machen. Pettits Wissen, dass ihm seine Loyalität nicht nur seine Karriere sondern auch sein Leben bewahrte, sorgte dafür, dass er sich ruhig verhielt. Es war für Raithen gut zu wissen, dass Pettit nie mit dem Gedanken spielte, selbst in die Rolle des Kapitäns zu schlüpfen. Sein einziger Anspruch bestand darin, unter einem Kapitän zu dienen, der seine brutale und verschlagene Art zu schätzen wusste.

„Wann haben die Priester dieses Tor entdeckt?", fragte Raithen. Wenn Cholik davon gewusst hatte, warum war er selbst dann nicht dort unten gewesen? Raithen hatte nach wie vor keine Vorstellung davon, warum Cholik und dessen Gefolgschaft wie die Ameisen durch den Schutt beider Städte krochen, doch der Eifer, mit dem sie nach was auch immer suchten, hatte ihn angesteckt.

„Gerade erst", erwiderte Pettit. „Ich war zufällig unten in den Stollen, als Valdir mit der Neuigkeit ankam."

Raithens wacher Verstand arbeitete fieberhaft. Er betrachtete die Skizze erneut. „Wo ist dieser Bastard von Cholik?" Auf den Priester hatte er ebenfalls Spione angesetzt.

„Der is' unten bei denen, die graben."

„Cholik ist jetzt unten?" Raithens Neugier wurde mit jedem Augenblick stärker.

„Aye, Käptn. Als sich rumgesprochen hat, dass die das Tor ausgebuddelt haben, is' Cholik sofort runter."

„Und wir wissen überhaupt nichts darüber, was sich hinter diesem Tor befindet?" Dass Raithen nichts von der Entdeckung erfahren hatte, war nicht wirklich verwunderlich. Schließlich hatte Cholik ja umgekehrt auch keine Ahnung, dass der Kapitän den Neffen des Königs als Geisel festhielt. Jede Seite hatte ihre Geheimnisse, aber Raithen war immerhin derjenige, der wusste, dass der andere ihm etwas verheimlichte.

„Gar nix, Käptn. Aber Valdir will sich sofort bei uns melden, wenn er rauskriegt, was dahintersteckt."

„Wenn man ihn lässt." Sobald die Priester etwas fanden, das sie für wichtig hielten, würden sie sicher alle Sklaven während der Bergung ihres Fundes aus dem entsprechenden Bereich entfernen.

„Aye, aber wenn einer so was kann, dann is' es Valdir, Käptn."

Raithen faltete das Blatt zusammen und steckte es in seine Tasche, dann nickte er. „Mir wäre es lieber, wenn ein paar von unseren Leuten ein Auge auf die Priester da unten haben würden. Stell eine Gruppe zusammen. Tu so, als würdet ihr den Proviant der Sklaven aufstocken."

„Das is' aber noch lang nich' so weit."

„Cholik wird das nicht wissen. Er lässt die Sklaven arbeiten, bis sie umfallen, und dann schmeißt er sie in diesen verdammten Schlund da unten."

„Aye, Käptn. Ich werd mich auf'n Weg machen."

„Was ist mit unserem Gast auf der *Barracuda*?"

Pettit zuckte mit den Schultern. „Ach, dem geht's gut, Käptn. Quietschvergnügt is' er. Lebendig is' er ja ne Menge wert, aber tot, Käptn?" Der Erste Maat schüttelte den Kopf. „Er is' doch wohl nur noch 'nen winzigen Schritt davon entfernt, Fischfutter zu werden, oder?"

Raithen tastete vorsichtig nach der Wunde an seinem Hals, die unter dem Tuch verborgen war. Schmerz jagte durch seinen Kopf, und er zuckte unwillkürlich zusammen. „Dieser Junge ist der Neffe des Königs, Pettit. Der König von Westmarch rühmt sich seines Wissens und das seiner Angehörigen. Solche Kinder werden die meiste Zeit von Priestern ausgebildet, und dabei konzentrieren sie sich auf Historisches. Dinge, von denen ich glaube, dass man sie besser vergessen sollte." *Abgesehen jedoch von den Details so mancher Schatzkarte oder den Überlieferungen, wo ein Schiff in rauer See mit seiner wertvollen Ladung gekentert ist.*

„Aye, Käptn. Sinnloses Zeugs, wenn Ihr mich fragt."

Das tat Raithen aber nicht, und er ging auch nicht weiter darauf ein. „Was glaubst du, wie gut die Chancen stehen, dass dieser Junge, den wir vom letzten Schiff aus Westmarch mitgebracht haben, sich mit Geschichte und den Dingen auskennt, für die sich ein Priester interessieren dürfte? Vielleicht weiß er sogar, was das hier ist." Er tippte gegen die Brusttasche, in die er das Papier mit dem aufgemalten Symbol gesteckt hatte.

Pettits tränenden Augen war anzusehen, dass er allmählich begriff. Er kratzte sich an seinem bärtigen Kinn und begann zu grinsen, wobei die wenigen noch verbliebenen Zähne zum Vorschein kamen, die vom Genuss von Beetle Juice verfärbt waren. „Was ich glaub, Käptn? Ich glaub, die Chancen stehen verdammt gut."

„Ich werde mich mit dem Knaben unterhalten." Raithen nahm seinen mit Federn geschmückten Hut, der auf der Truhe vor dem Bett lag, setzte ihn auf und klatschte in die Hände.

„Ihr müsst ihn vielleicht aufwecken", entgegnete Pettit. „Wird auch nich' sehr gesprächig sein. Der kleine Wirbelwind hätt' dem alten Bull am liebsten 'n Ohr abgerissen, als er ihm heut Abend was zu essen gebracht hat."

„Wie soll ich das verstehen?"

„Na ja, der alte Bull, der geht in die Kajüte, als wär alles in Butter. Die Kajüte, wo der Junge eingesperrt is, mein ich. Der Knirps kommt von 'nem Balken gesprungen, wo er sich versteckt hat. Und dann lässt er sich auf den alten Bull fallen. Hat dem alten Bull mit 'nem Kantholz 'n paar Volltreffer auf'n Schädel verpasst. Das hat er aus der Wand gepfriemelt. Das Kantholz, mein ich. Hätt' der alte Bull nich' so'n verdammten Dickschädel, dann hätt' der Kleine ihn glatt totgeprügelt. Der Junge hätt' sich beinah mit seinem Hintern von der *Barracuda* davongemacht."

„Ist der Junge verletzt?", fragte Raithen.

Pettit machte eine wegwerfende Bewegung. „Nee. Hat wohl 'ne Kopfnuss oder zwei für seinen Auftritt abgekriegt, aber nix, was nich' in 'n paar Tagen wieder weg wär."

„Ich will nicht, dass dem Jungen etwas geschieht, Pettit!", erwiderte Raithen in harschem Tonfall.

Pettit zuckte ein wenig zusammen und kratzte sich scheinbar verlegen am Hinterkopf. „Ich lass nich' zu, dass einer von der Besatzung ihm was antut."

„Wenn diesem Jungen etwas zustößt, bevor ich mit ihm fertig bin", sagte Raithen und stieg über die tote Frau hinweg, „dann werde ich dich dafür zur Rechenschaft ziehen. Und ich werde es an deinem Hintern auslassen."

„Schon klar, Käptn. Ihr könnt mir vertrauen, da gibt's keine Probleme mehr."

„Du kannst jetzt den Proviant zusammenstellen, aber niemand bewegt sich von der Stelle, solange ich es nicht gesagt habe."

„Wird alles so laufen, wie Ihr's befehlt, Käptn."

„Ich gehe jetzt zu diesem Jungen, vielleicht weiß er etwas über dieses Symbol."

„Darf ich 'n Rat geben, Käptn? Wenn Ihr bei dem Jungen seid, müsst Ihr auf Eure Ohren achten. Ich mein' nur, weil … der Kleine is' verdammt ausgefuchst und schnell."

Buyard Cholik starrte das mächtige Tor an, das in die Mauer eingelassen war. In all den Jahren, in denen er von Kabraxis und vom Schicksal der unter Tauruk's Port begrabenen Stadt Ransim gewusst hatte, war ihm nie klar gewesen, was er wohl empfinden würde, wenn er endlich vor diesem Tor stand, hinter dem das Geheimnis des Dämons verborgen lag. Nichts hatte ihn darauf vorbereiten können, auch nicht die monatelangen Arbeiten oder die vielen Male, die er sich in die unterirdische Tiefe begeben hatte, um den Stand der Dinge mit eigenen Augen zu begutachten, um Angst zu verbreiten und Strafen unter den Helfern auszuteilen, die unter seiner Anleitung arbeiteten.

Zwar war er davon ausgegangen, dass seine Entdeckung ihn stolz und überschwänglich machen würde, doch hatte Cholik völlig die Angst vergessen, die ihn nun erfüllte. Zuckungen, die an das Zittern eines Bebens tief unten in der Erde erinnerten, durchliefen seinen Körper. Er wollte schreien und nach dem Erzengel Yaerius rufen, der die Lehren von Zakarum als Erster zu den Menschen gebracht hatte.

Doch er tat es nicht. Cholik wusste, dass der Punkt weit hinter ihm lag, an dem er um Vergebung hätte flehen können, die jenen gewährt wurde, die dem Licht folgten.

Und was hätte ein alter, sterbender Mann schon von Vergebung gehabt?

Der Priester verspottete sich selbst mit dieser Frage, so wie er es bereits seit Monaten tat, und wurde danach umso entschlossener. Der Tod lag für ihn nur noch ein paar Jahre entfernt, und für diese kurze Spanne verhieß das Leben nichts mehr, was es noch lebenswert machen konnte.

„Meister“, flüsterte Bruder Altharin, „geht es Euch gut?“ Er stand rechts von Cholik, hielt aber zwei Schritte Abstand, wie es der Respekt und die Toleranz vor dem älteren Priester geboten.

Cholik ließ zu, dass seine Verärgerung jene Reste auslöschte, die noch von seiner Wut und seinem Groll über sein nahendes Sterben verblieben waren, und sagte: „Natürlich geht es mir gut. Warum denn auch nicht?“

„Ihr seid so ruhig gewesen“, antwortete Altharin.

„Nachdenken und Meditieren“, erwiderte Cholik, „sind zwei der elementaren Eigenschaften, die ein Priester besitzen muss, wenn er die großen Mysterien verstehen will, die uns das Licht hinterlassen hat. Du würdest gut daran tun, dir das vor Augen zu halten, Altharin.“

„Selbstverständlich, Meister.“ Altharins Bereitschaft, Tadel hinzunehmen und in einem unbarmherzigen Tempo zu arbeiten, hatten ihn zum idealen Kandidaten für die Leitung der Ausgrabungen gemacht.

Cholik betrachtete aufmerksam das gewaltige Tor. *Sollte ich es besser als ein Portal bezeichnen?* In den heiligen Texten, die er studiert hatte, war die Überlegung aufgeworfen worden, Kabraxis’ Tor könnte nicht nur die verborgenen Dinge schützen, die der Dämonenfürst zurückgelassen hatte, sondern auch noch einen *Ort*.

Die Sklaven arbeiteten in unvermindertem Tempo weiter und luden mit bloßen Händen Steinbrocken im Schein von Laternen und Fackeln auf die Karren. Ihre Ketten rasselten und schlugen auf den felsigen Untergrund. Andere Sklaven, die neben der Tür und auf einem klapprigen Gerüst standen, das bei jeder Bewegung bedenklich wackelte, schlugen mit Spitzhacken Gestein ab. Sie redeten untereinander in ängstlichem Tonfall, dennoch arbeiteten sie in aller Eile daran, das Tor vollständig freizulegen. Cholik vermutete, dass sie nur deshalb so eifrig am Werk waren, weil sie glaubten, sie würden sich ausruhen können, wenn diese Arbeit getan war. Vielleicht können sie sich wahrhaftig eine Weile ausruhen, dachte der Priester, falls das, was sich dahinter verbirgt, sie nicht alle umbringt.

„So viel ist von der Tür schon freigelegt worden", bemerkte Cholik. „Warum hat man mich nicht früher gerufen?"

„Meister", erklärte Altharin. „Es gab keinen Hinweis darauf, dass wir so dicht davor waren, das Tor zu entdecken. Wir waren nur auf eine weitere Felswand gestoßen, die – Ihr seht es vor Euch – das Tor verborgen hatte. Ich hielt es einfach nur für eine Felswand wie all die anderen zuvor auch. Der Weg, den Ihr für uns ausgewählt habt, hat so oft von uns verlangt, Durchbrüche durch Wände der bestehenden Katakomben zu schaffen."

Aus den alten Texten wusste Cholik, dass die Erbauer Ransim so angelegt hatten, um die natürlichen Höhlen im Bereich oberhalb des Dyre in ihr Tun mit einzubeziehen. Die Höhlen hatten ihnen als Lagerhäuser für die Waren gedient, mit denen sie handelten, und die natürlichen Zisternen erlaubten ihnen Zugang zum Grundwasser, was vor allem in Zeiten der Belagerung wichtig war – von denen es in der Geschichte der Stadt eine ganze Reihe gegeben hatte. Zudem boten sie einen guten Schutz vor den Elementen, denn von den Gipfeln der Hawk's Beak Mountains wehten oft heftige Stürme herab. Tauruk's Port, das auf Ransim gefolgt war, konnte diese Höhlen nicht nutzen, da es keinen Zugang zu ihnen gab.

„Als wir uns dieser Wand widmeten", fuhr Altharin fort, „fielen große Teile herab, was auch die beträchtliche Menge Geröll vor dem Tor erklärt."

Cholik sah zu, wie die Sklaven die Karren beluden und zu den Abladestellen brachten. Andere Sklaven waren damit beschäftigt, kleinere Steine erst mit Eimern zusammenzutragen und dann auf andere Karren umzuschichten. Die mit Eisenbändern umspannten Räder knarrten in ihren trockenen Achsen und rollten knirschend über den Boden.

„Das Freilegen des Tores ging schnell voran", erklärte Altharin. „Sobald ich wusste, worauf wir hier gestoßen waren, ließ ich Euch kommen."

Cholik ging auf das Tor zu und mobilisierte seine letzten Kraftreserven. Seine Beine waren schwer wie Blei, sein Herz hämmerte gegen seine Rippen. Er hatte seinem Körper zu viel abverlangt. Die Konfrontation mit Raithen und der Zauber, mit dem er die Ratten vernichtet hatte, waren anstrengender gewesen als erwartet. Es fiel ihm schwer, durchzuatmen. Für die Alten und Gebrechlichen war es oft nicht mehr so einfach, Magie anzuwenden. Die Zauber stellten gewisse Anforderungen, und viele von denen, die zu schwach wurden, um die Energien zu handhaben, endeten völlig entkräftet. Dazu kam, dass er sich erst spät den Zaubern gewidmet hatte, nachdem er bereits so viele Jahre in der Kirche von Zakarum vergeudet hatte.

Zum Tor hin fiel der Boden ein wenig ab, so dass Choliks Schritte aus eigenem Antrieb schneller wurden. Die Sklaven sahen, dass er sich dem Tor näherte, und machten Platz, während sie einigen anderen zuriefen, dass auch sie ihm aus dem Weg gehen sollten.

Hämmer wurden hochgehoben und mit Schwung auf den Fels geschlagen, während weitere Sklaven damit beschäftigt waren, zusätzliche Gerüste aufzustellen, die bis oberhalb des Tores reichten. In der Eile gab ein Teil eines Gerüsts nach und baumelte wie eine Schaukel an der einzigen Stelle, an der es noch gehalten wurde. Vier Männer stürzten zu Boden, eine Laterne schlug auf dem felsigen Grund auf. Um sie herum bildete sich eine Öllache, die rasch Feuer fing.

Einer der Männer schrie vor Schmerz auf und hielt sich sein gebrochenes Bein. Im Schein der Fackeln war der fahle Schimmer eines Knochens zu sehen, der aus dem Schienbein herausstach.

„Erstickt dieses Feuer", befahl Altharin.

Ein Sklave kippte einen Eimer Wasser in die Flammen, sorgte so aber nur dafür, dass das Öl gegen das Tor spritzte und das Feuer sich ausweitete.

Einer der Söldner trat vor und schnitt mit raschen Dolchbewegungen das zerlumpte Hemd eines Sklaven auf, so dass er es ihm vom Leib schälen konnte. Er tauchte es in einen anderen Eimer mit Wasser, dann warf er den durchtränkten Stoff auf eine brennende Stelle, die mit einem leisen Zischen erlosch.

Cholik ging weiter durch das Feuer, nicht gewillt, irgendwelche Angst zu zeigen. Er beschwor einen leichten Schutzschild, der ihn von dem Feuer abschirmte und ihn unversehrt hindurchschreiten ließ. Dieses Handlung erzeugte genau den gewünschten Effekt, denn die Sklaven wurden von ihrer Furcht vor dem Tor abgelenkt und stattdessen mit Furcht vor ihm erfüllt.

Das Tor war für sie eine Bedrohung, allerdings eine zahnlose. Cholik hingegen hatte bei mehr als einer Gelegenheit bewiesen, dass er keine Hemmungen hatte, Sklaven zu töten und in den Abgrund zu werfen. Er konzentrierte sich und besiegte die Schwäche, jedoch nur, weil er sich weigerte, ihr nachzugeben.

Dann drehte er sich zu den Sklaven um. Deren hektisches Flüstern verstummte, einzig der Mann, der wegen seines gebrochenen Beins unaufhörlich stöhnte, war noch zu hören. Als aber auch er Cholik ansah, drückte er das Gesicht in seine Armbeuge und wimmerte nur noch leise vor sich hin.

Cholik wusste, dass er mehr Kraft brauchte, wenn er sich dem stellen wollte, was jenseits des Tores von Kabraxis wartete. Er begann, magische Worte zu sprechen, um jene Finsternis zu rufen, vor der er sich Jahrzehnte zuvor noch gefürchtet und der er sich vor wenigen Jahren zum ersten Mal stärker gewidmet hatte. Seit kurzem verstand er es, sie zu beherrschen.

Der alte Priester hob seine rechte Hand und spreizte die Finger. Als er die Worte sprach, die für die Anhänger der Kirche von Zakarum verboten waren, fühlte er, wie die Kraft auf ihn überging, wie sie sich in sein Fleisch verbiss und mit rasiermesserscharfen Krallen bis in seine Knochen vordrang. Falls dieser Zauber nicht wirkte, musste er damit rechnen, dass er stürzte und Gefahr lief, in ein Koma zu fallen, da sich sein Körper nicht schnell genug erholen würde.

Ein purpurfarbener Lichtkranz flammte um seine Hand herum auf. Ein Blitz schoss hervor und berührte den Sklaven, dessen Bein gebrochen war. Als dieses Licht sich um ihn herum ausbreitete und unsichtbare Hände nach ihm zu greifen begannen, schrie der Mann auf.

Cholik sprach weiter und fühlte, wie er stärker wurde, während der Zauber den Mann an ihn band. Die Worte kamen schneller und sicherer über seine Lippen. Die unsichtbaren Hände drückten den Sklaven mit ausgebreiteten Armen und Beinen auf den Boden, dann hoben sie ihn an, bis er in der Luft schwebte.

„Nein!“, schrie der Mann. „Bitte nicht! Ich flehe Euch an! Ich werde arbeiten! Ich werde arbeiten!“

Früher einmal hätten die Furcht und das Flehen des Mannes Cholik berührt, wenn auch nicht sehr tief. Der alte Priester konnte sich nicht daran erinnern, die Bedürfnisse anderer jemals über seine eigenen gestellt zu haben. Es hatte aber einmal eine Zeit gegeben, da war er mit den Missionaren der Kirche von Zakarum aufgebrochen, um Kranke zu heilen und sich um verwundete Männer zu kümmern. Die jüngsten Differenzen zwischen Westmarch und Tristram hatten zu einer ganzen Reihe derartiger Zwischenfälle geführt.

„Neiiiiiin!“, schrie der Mann aus Leibeskräften.

Die anderen Sklaven zogen sich zurück, einige von ihnen riefen dem Mann etwas zu.

Cholik sprach weiter, dann ballte er eine Faust. Der purpurne Lichtkranz wurde dunkel, so wie das zerquetschte Fleisch einer Pflaume, und wanderte an dem Strahl entlang, von dem der Sklave erfasst worden war.

Als die Dunkelheit den Mann berührte, verdrehte sich sein Körper. Ein entsetzliches Knirschen erfüllte die Höhle. Seine Arme und Beine wurden in ihren Gelenkpfannen zertrümmert. Trotz des Schmerzes, der ihn durchfahren musste, blieb der Mann bei Bewusstsein.

Einige der Priester, die zwar Westmarch zusammen mit Cholik verlassen, aber der Kirche von Zakarum nicht den Rücken gekehrt hatten, knieten nieder und pressten ihre Gesichter gegen den Höhlenboden. Die Lehren der Kirche kannten nur Heilung, Hoffnung und Errettung. Lediglich die Hand von Zakarum, ein von der Kirche geweihter Kriegerorden, sowie die Zwölf Großinquisitoren, die unter den Anhängern der Kirche nach dämonischen Aktivitäten fahndeten und sie bekämpften, benutzten die Segen, die denjenigen von Yaerius und Akarat gegeben worden waren, die ihnen als Erste hatten folgen wollen.

Buyard Cholik gehörte weder zur ersten noch zur zweiten Gruppe. Die Priester, die an ihn geglaubt hatten, waren überzeugt gewesen, er könnte sie zu etwas Höherem führen. Aber jetzt sahen sie, was aus ihnen werden sollte. Cholik, der sich von der Lebenskraft des Sklaven ernährte, die durch den Zauber auf ihn überging, war sich dessen bewusst, dass ein Teil seiner Gefolgsleute ihn ängstlich musterte, während ein anderer Teil ihm gierig bei seinem Tun zusah.

Altharin gehörte zu denen, die entsetzt waren.

Cholik versuchte, sich auf das gefasst zu machen, was nun kommen würde, obwohl er keine Vorstellung davon hatte, was ihn wirklich erwartete. Dann sprach er das letzte Wort des Zaubers.

Der Sklave kreischte förmlich vor Schmerz, doch dann kehrte jäh Ruhe ein, als der Zauber den Mann zerriss. Die Explosion spritzte Blut auf die erschrockenen Gesichter der Männer, die in unmittelbarer Nähe standen, und sie löschte nicht nur zwei Fackeln, sondern auch die letzten Flammen des Öls, das aus der zerbrochenen Lampe geströmt war.

Im nächsten Augenblick wurden die Überreste des Sklaven ringsum gegen die Höhlenwände geschleudert.

Dass irgendetwas passieren würde, davon war Cholik sehr wohl ausgegangen, doch er hätte niemals mit dieser Euphorie gerechnet, die auf ihn einstürmte. Auch Schmerz hallte in ihm nach, ein süßes Leiden, als der vampirartige Zauber seine kräftigende Wirkung zeigte. Die Lethargie, die sich nach den letzten Zaubern über ihn gelegt hatte, verschwand. Selbst die Schmerzen in seinen Gliedmaßen ließen ein wenig nach. Ein Teil der gestohlenen Lebensenergie war auf ihn übertragen worden, um sie sich anzueignen und nach Belieben zu nutzen. Doch der Großteil wurde in die Dämonenwelt geleitet. Zauberkraft, die von Dämonen entwickelt und verliehen worden war, war auch für sie selbst stets vorteilhaft.

Als der magische Nimbus um ihn herum wieder von fast völliger Schwärze zu Purpur wechselte, spürte Cholik, dass er aufrechter stand als zuvor. Dann zog sich das höllische Licht ganz in seinen Körper zurück. Von neuer Kraft erfüllt und mit wieder geschärften Sinnen gesegnet, betrachtete der alte Priester sein Publikum. Was er hier und in dieser Nacht getan hatte, würde mannigfache Reaktionen auslösen, bei den Sklaven, den Söldnern, bei Raithens Piraten, ja, sogar bei den Priestern. Cholik wusste, dass nicht alle von ihnen auch am nächsten Morgen noch da sein würden.

Sie würden sich vor ihm und vor dem fürchten, was er noch tun könnte.

Diese Erkenntnis erfüllte Cholik mit einem angenehmen Machtgefühl. Schon als junger Priester der Kirche von Zakarum, als ihm in Westmarch ein Amt übertragen worden war, hatten sich nur die an seine Worte gehängt, die wirklich reumütig und ohne jede Hoffnung waren und die an etwas glauben *wollten*. Doch die Männer in dieser Höhle betrachteten ihn so, wie Kanarienvögel einen Falken anstarren.

Er wandte sich von den Überresten des toten Sklaven ab und richtete seinen Blick wieder auf die Tür. Er konnte seine Füße mühelos bewegen und sicher aufsetzen. Sogar seine Ängste waren in einen entfernteren Winkel seines Verstandes abgedrängt worden.

„Altharin", rief Cholik.

„Ja, Meister." Altharins Stimme war leise.

„Lass die Sklaven wieder an die Arbeit gehen."

„Ja, Meister." Er gab den Befehl unverzüglich weiter.

Die Söldner, für die Überleben an vorderster Stelle stand, wussten, dass sie hier niemandem Treue bis aufs Blut schuldeten, und legten größte Eile an den Tag, die Sklaven zur Arbeit anzutreiben. Einige begannen, das aus der Verankerung gerissene Gerüstteil neu zu befestigen, und dann waren sie alle wieder in ihre Arbeit versunken. Spitzhacken fraßen sich in jene Teile der Höhlenwand, die das graugrüne Tor nach wie vor verdeckten. Mit Vorschlaghämmern wurden größere Gesteinsbrocken zerschlagen, bis sie klein genug waren, um auf die bereitstehenden Karren verladen zu werden. Das beständige Donnern und Krachen der Werkzeuge erzeugte einen martialischen Rhythmus, der in der ganzen Höhle widerhallte.

Cholik bändigte derweil seine Ungeduld und sah zu, welche Fortschritte die Sklaven machten. Weitere Brocken wurden aus dem Fels gelöst und schlugen krachend zu Boden, ließen die aufgetürmten Berge aus Stein und Geröll immer weiter anwachsen. Die Söldner hielten sich die ganze Zeit über inmitten der Sklaven auf, holten mit ihren Peitschen aus und hinterließen auf der schweißnassen Haut der Arbeiter Striemen und feine Schnitte. Zeitweilig halfen sie aber auch mit, die beladenen Karren anzuschieben.

Die Arbeit ging deutlich schneller voran, so dass nach kurzer Zeit die Scharniere eines Torflügels zum Vorschein kamen. Wenig später wurde ein weiteres Scharnier freigelegt. Cholik betrachtete jedes Einzelne mit größter Aufmerksamkeit und wurde immer aufgeregter.

Die Scharniere waren große, schwere Arbeiten aus Metall und Bernstein, so wie es Cholik nach dem Studium der heiligen Texte auch erwartet hatte. Das Metall befand sich dort, weil Menschen es geschaffen und weil Schmiede es bearbeitet hatten, um etwas unter Verschluss zu halten, während der Bernstein dort war, weil er in den aufgewühlten goldenen Tiefen die Essenz der Vergangenheit gefangen hielt.

Als genug Schutt weggebracht worden war, dass ein Weg hin zum Tor entstanden war, ging Cholik näher an das Tor heran. Die Energie, die er dem Sklaven geraubt hatte, würde nicht allzu lange vorhalten, wenn die Dokumente stimmten, die er darüber gelesen hatte. Wenn sie erst einmal verbraucht war, würde er noch schwächer werden als vor dem Zauber – falls er es nicht rechtzeitig zurück in seine Gemächer schaffte, wo er Tränke vorbereitet hatte, die ihm neue Kräfte verleihen würden.

Als er sich dem Tor näherte, konnte Cholik die Energie fühlen, die sich darin befand. Die machtvolle Präsenz wogte hinauf bis in sein Gehirn, zog ihn an und stieß ihn gleichzeitig ab. Er griff in sein Gewand und holte das Kästchen hervor, das aus einer makellosen schwarzen Perle geschaffen worden war.

Das Kästchen fühlte sich in seinen Handflächen so kalt wie Eis an. Jahrelange Arbeit war nötig gewesen, um diesen Gegenstand aufzutreiben. Die geheimen Texte, die es und Kabraxis' Tor betrafen, hatten gut versteckt tief unter einem Stapel von Dokumenten in der Kirche in Westmarch gelegen. Mord und Verrat waren erforderlich gewesen, um das Kästchen geheim zu halten. Nicht einmal Altharin wusste davon, der in diesem Moment sagte: „Meister …“

„Zurück“, fuhr Cholik ihn an. „Und nimm den Mob mit.“

„Ja, Meister.“ Altharin wich einige Schritte nach hinten und flüsterte den anderen etwas zu.

Cholik starrte zwar völlig konzentriert auf die schwarze Perle, nahm aber trotzdem wahr, wie eine Massenflucht vor ihm und dem Tor einsetzte. Der alte Priester atmete tief durch. Er hatte Jahre damit zugebracht zu forschen, wo sich Ransim befand. Jahrelang hatte er benötigt, den Mut zu fassen, um ein solches Unterfangen in Angriff zu nehmen und verzweifelt genug zu werden, um sich dem Dämon zu stellen. Er musste es tun, wenn er das an sich reißen wollte, wonach ihn sehnte. In all dieser Zeit war es ihm nie gelungen, das Kästchen zu öffnen. Es blieb also abzuwarten, was es überhaupt enthielt.

Er atmete aus und konzentrierte sich auf das Kästchen und auf das Tor, dann sprach er das erste Wort. Seine Kehle schmerzte, weil dieses Wort nicht für eine menschliche Zunge gemacht war. Als es über seine Lippen kam, schallte ohrenbetäubender Donner durch die Höhle, und ein Wind kam auf, der in dieser Umgebung gar nicht hätte existieren dürfen.

Das elliptische Muster auf den Torflügeln hatte sich schwarz verfärbt. Über dem Donner und dem Pfeifen des Windes war zusätzlich ein Summen zu hören.

Cholik schloss seine linke Hand um die Schachtel und machte einen Schritt nach vorn, bis er die Kälte fühlen konnte, die vom Tor ausstrahlte. Er sprach das zweite Wort aus, das noch schwieriger war als das erste.

Die Bernsteinelemente in den riesigen Scharnieren begannen, in einem unheilvollen gelben Licht zu glühen und sahen aus wie das Feuer, das in den Augen eines Wolfs gefangen ist, wenn sein Blick bei Nacht den Schein einer Fackel widerspiegelt.

Der Wind nahm an Heftigkeit zu und trug winzige Steinchen mit sich, die einen stechenden Schmerz verursachten, wenn sie gegen die Haut prasselten. Gebete dröhnten durch die Höhle. Sie waren dem Heiligen Licht gewidmet, nicht den Dämonen. Fast hätte Cholik amüsiert gelächelt, doch zu einem kleinen Teil hatte er genauso viel Angst wie alle anderen, die hier versammelt waren.

Beim dritten Wort öffnete sich die schwarze Perle. Eine hauchdünne Sphäre, die in drei verschiedenen Grüntönen leuchtete, stieg aus der Schachtel empor und drehte sich vor Choliks Augen. Den Aufzeichnungen zufolge, die er studiert hatte, führte ein Berühren der Sphäre zum Tod.

Wenn er jetzt scheiterte, würde die Sphäre ihn umschließen und nichts weiter als rauchende Asche von ihm übrig lassen. Cholik sprach das vierte Wort.

Die Sphäre begann zu wachsen und in der Größe anzuschwellen, wie es die Aale taten, die manchmal von Fischern aus der Großen See geholt wurden. Das Fleisch dieser Aale, die als Delikatesse galten, bescherte üblicherweise einen betäubenden Segen, wenn es mit der angemessenen Sorgfalt zubereitet wurden, sonst brachte es den Tod, und das gelegentlich sogar dann, wenn ein meisterlicher Koch am Werk gewesen war. Cholik hatte nie einen von diesen Aalen gegessen, doch in diesem Augenblick konnte er nachempfinden, wie sich die Männer und Frauen gefühlt haben mussten, die davon gespeist hatten.

Einen Moment lang war Cholik sicher, sich selbst in den Tod getrieben zu haben.

Dann aber entfernte sich die leuchtend grüne Sphäre und kollidierte mit Kabraxis' Tor. Zu titanenhaften Ausmaßen angeschwollen, manifestierte sich die Magie, die das Tor berührte, zu einer körperlichen Präsenz, die von den Rändern des Portals Stein wegsprengte und Stalaktiten von der Höhlendecke fallen ließ.

Sie stürzten zwischen den zusammengekauerten Sklaven, Söldnern und den Priestern von Zakarum zu Boden. Während alle um Cholik herum von den Beinen gerissen wurden, stand er selbst wie unverrückbar da. Er blickte über seine Schulter und sah, dass drei Männer vor Schmerz aufschrien, konnte aber keinen Ton hören. Es kam ihm vor, als wäre sein Kopf mit gesponnener Baumwolle ausgestopft. Einer der Söldner beschrieb einen kurzen, makabren Tanz mit einem Stalaktiten, der ihn getroffen hatte, dann fiel er hin. Zuckend entwich das Leben seinem Körper.

In der absoluten Stille, die sich über die Höhle herabgesenkt hatte, sprach Cholik das fünfte und letzte Wort. Das elliptische Muster entflammte im obersten äußeren Ring. Von ihm ausgehend, zeichnete eine blutrote Perle die Ellipsen nach und sprang von einer auf die andere über, bis alle leuchteten. Dann wechselte das Glühen auf die Linie, die durch alle Ellipsen lief, und wurde dabei immer schneller und schneller.

Als die Perle den Endpunkt des Musters erreicht hatte, flammte sie in scharlachrotem Schein auf.

Die gewaltigen Flügel des graugrünen Tores öffneten sich, und schlagartig kehrten alle Geräusche zurück. Die Torflügel schoben die noch verbliebenen Gesteinsbrocken einfach beiseite.

Cholik sah mit ungläubigem Entsetzens zu, wie sich durch das geöffnete Portal der Tod ergoss – der Tod und ein Verhängnis, das aus einem fast vergessenen Winkel der Brennenden Höllen strömte.

Sechs

Darrick sah hinunter auf Tauruk's Port und verfluchte den hinter den Wolken verschwundenen Mond, der sich noch vor kurzer Zeit als so hilfreich erwiesen hatte. Durch die Lage der Stadt inmitten der Hawk's Beak Mountains herrschte dort eine solche Finsternis, dass es kaum möglich war, irgendwelche Einzelheiten zu erkennen. Der Dyre verlief von Ost nach West und folgte dem Cañon, der über Jahrtausende hinweg in die Berge geschnitten worden war. Entlang des Nordufers erstreckten sich die Ruinen der Stadt, die den natürlichen Hafen in vollem Umfang zu ihrem Vorteil genutzt haben mochte.

„Seinerzeit", sagte Mat mit gedämpfter Stimme, „muss es Tauruk's Port recht gut gegangen sein. Bei einem so tief im Landesinneren gelegenen Hafen, einem Fluss, der sich über viele Meilen erstreckt und der breit genug ist, um auf ihm stromaufwärts zu segeln, müssen die Leute hier ein gutes Leben geführt haben."

„Tja, aber von denen ist keiner mehr da", betonte Maldrin.

„Ich frage mich, warum das so ist", wunderte sich Mat.

„Jemand ist gekommen und hat die Stadt einfach niedergetrampelt", sagte der Erste Maat. „Ich dachte, so ein kluger Kopf wie du würde das erkennen, ohne dass ihm jemand wie ich es erst erzählen muss."

Mat ließ sich von Maldrin nicht ärgern. „Ich frage, *wer* die Stadt niedergetrampelt hat."

Darrick ignorierte das vertraute Geplänkel zwischen den beiden Männern, das mal ermüdend, mal erfrischend war, und holte ein Fernrohr aus der Gürteltasche. Es war eine der wenigen Habseligkeiten, die sein eigen waren. Ein Handwerker in Kurast hatte das Fernrohr gebaut, doch erworben hatte Darrick es von einem Händler in

Westmarch. Das Gehäuse aus Messing machte das Gerät nahezu unzerstörbar, und aufgrund seiner besonders geschickten Konstruktion konnte man es zusammenschieben. Er zog das Fernrohr auseinander und betrachtete die Stadt genauer.

Im Hafen lagen drei Schiffe, auf denen Lichtschein zu erkennen war – von den Laternen, die die wachhabenden Piraten mit sich herumtrugen.

Darrick folgte der spärlichen Linie aus Piraten und Laternen in Richtung Land, wo er sich auf ein großes Gebäude konzentrierte, das nur teilweise zerstört war. Das Bauwerk lag unter einem wuchtigen Felsvorsprung. Es sah aus, als wäre es von der unbekannten Macht versetzt worden, die die übrige Stadt zerstört hatte.

„Die haben sich ein schönes Nest gemacht", sagte Maldrin.

Darrick nickte.

„Voll mit Frauen und mit Wein", fuhr der Erste Maat fort. „Beim Licht, mein Junge, ich weiß, dass wir hier sind, um den Neffen des Königs zu befreien. Aber mir gefällt der Gedanke nicht, die Frauen hier zurückzulassen. Die stammen alle von den Schiffen, die ausgeraubt und versenkt wurden. Dank der Haie hat ja noch nie jemand feststellen können, wie viele Tote diese Kerle genau auf dem Gewissen haben."

Darrick presste die Lippen zusammen und versuchte, nicht daran zu denken, was diesen Frauen angetan wurde, seit sie den Piraten in die Hände gefallen waren. „Ich weiß. Wenn es irgendwie geht, Maldrin, werden wir auch die Frauen befreien."

„Du bist ein guter Junge", sagte Maldrin. „Ich kenne die Mannschaft, die du zusammengestellt hast, Darrick. Das sind gute Leute, jeder Einzelne von ihnen. Die sind auch bereit, als Helden zu sterben."

„Wir sind nicht hier, um zu sterben", gab Darrick zurück. „Wir sind hier, um Piraten zu töten."

„Und ihnen erst noch ein wenig das Leben zur Hölle zu machen, wenn wir die Gelegenheit dazu bekommen." Mats Grinsen funkelte in der Dunkelheit. „Sie machen auf mich nicht den Eindruck, als würden sie ihren Wachdienst besonders ernst nehmen."

„Sie haben ihre Wachposten am Fluss verteilt", gab Maldrin zu bedenken. „Wenn wir versucht hätten, mit der *Lonesome Star* flussaufwärts zu fahren, hätten sie uns ganz bestimmt entdeckt. Aber sie rechnen nicht mit einem kleinen Stoßtrupp entschlossener Männer."

„Ein kleiner Stoßtrupp ist und bleibt aber nur klein", wandte Darrick ein. „Das erlaubt uns auf der einen Seite zwar, uns schnell und leise zu bewegen, aber auf der anderen Seite können wir uns keine größeren Gefechte leisten. Wir sind ein Dutzend Männer, und die sind schnell tot, wenn wir falsch vorgehen und Pech haben." Durch sein Fernrohr sah er die Stadtgrenzen, die er sich gut einprägte, dann lenkte er das Glas zu den Docks zurück.

Zwei kleine Docks lagen, von mehreren wasserdichten Fässern getragen, vertäut auf dem Fluss. Nach dem Trümmerhaufen zu urteilen, der weiter östlich aufgetürmt war, glaubte Darrick, dass sich dort früher einmal stationäre Docks befunden hatten. Die schroffen Furchen am Flussufer ließen darauf schließen, dass dort in der Vergangenheit größere Anlagen herausgerissen worden waren. Die festen Docks hatten vermutlich weit genug im Hafeninneren gelegen, um für Schiffe mit großem Tiefgang keine Gefahr darzustellen.

Zwei Flaschenzüge hingen von der Kante des Flussufers herab, die sich dreißig Fuß über dem Oberdeck der drei Koggen befand. Aufeinander gestapelte Kisten und Oxhoftfässer belegten die Fläche zwischen den Flaschenzügen mit Beschlag. Eine Hand voll Männer bewachte die Vorräte, doch sie waren alle mit einem Würfelspiel beschäftigt und hockten dicht zusammen, um das Ergebnis eines jeden Wurfs mitzuverfolgen. Hin und wieder drang Jubel bis an Darricks Ohren. Es gab zwei Laternen, die den Spielbereich zu beiden Seiten beleuchteten.

„Was glaubst du, welches Schiff die *Barracuda* ist?", fragte Maldrin. „Der Pirat hat doch gesagt, dass sich der Junge auf dem Schiff befinden soll, oder?"

„Aye", erwiderte Darrick. „Ich möchte wetten, die *Barracuda* liegt genau in der Mitte."

„Das Schiff mit all den Wachen?", vergewisserte sich Mat.

„Aye." Darrick schob das Fernglas zusammen und setzte an beiden

Seiten Kappen auf, ehe er es in die Tasche an seinem Gürtel steckte. Glas, das so gut geschliffen war wie die Linsen in dem Fernrohr, war außerhalb von Kurast kaum aufzutreiben.

„Planst du schon etwas, Darrick?", fragte Mat.

„So wie immer", entgegnete er.

Mat blickte ernster drein, als er fortfuhr: „Das wird wohl nicht die Art von Ausflug, die wir uns erhofft haben, wie?"

„Nein", stimmte Darrick ihm zu. „Aber ich glaube trotzdem, dass wir unseren Auftrag erledigen können." Er erhob sich aus seiner gebückten Haltung. „Mat, du und ich, wir gehen als Erste. So schnell und so leise wie möglich. Maldrin, ich hoffe, du kannst dich immer noch leise voranbewegen. Oder haben dich die Pasteten des Kochs zu sehr in die Breite gehen lassen?"

Die *Lonesome Star* hatte einen neuen Bäcker bekommen, einen jungen Mann, dessen kulinarische Fähigkeiten der Stoff waren, aus dem man in der Marine von Westmarch Legenden webte. Kapitän Tollifer hatte seine Beziehungen spielen lassen müssen, um dafür zu sorgen, dass der Bäcker seinem Schiff zugeteilt wurde. Jeder Seemann an Bord der *Lonesome Star* hatte eine Vorliebe für dessen Leckereien entwickelt, doch Maldrin war als Erster dahinter gekommen, dass der Bäcker eigentlich das Segeln erlernen wollte. Das hatte er sich zunutze gemacht und ihn im Austausch für Gebäck ans Ruder gelassen.

„Vielleicht habe ich in den letzten Monaten zwei oder drei Pfund zugelegt", räumte Maldrin ein. „Aber ich werde niemals so alt oder so fett werden, dass ich mit euch jungen Spunden nicht mehr mithalten könnte. Und wenn doch, dann werde ich mir einen Strick um den Hals binden und vom Vorderdeck springen."

„Dann folgt unserer Route", forderte Darrick ihn auf. „Wir wollen versuchen, ob wir an diese Vorräte herankommen können."

„Warum das?", murrte Maldrin.

Darrick ging die Steigung entlang und hielt sich dabei am Flussufer. Die Flaschenzüge und die Wachen waren noch gut zweihundert Schritte entfernt. Büsche und kleine Bäume wuchsen entlang dem Flussufer. Raithens Piraten hatten sich offenbar damit begnügt, nur so viel Wald abzuholzen, wie unbedingt nötig.

„Wenn ich die Aufschriften auf den Fässern richtig erkannt habe", antwortete Darrick, „dann enthalten sie Waltran und Whiskey."

„Wäre besser, wenn sie etwas von diesen magischen explosiven Tränken enthielten", überlegte Maldrin.

„Wir nehmen, was wir bekommen können", sagte Darrick. „Folg uns umgehend mit den übrigen Männern. Wir werden uns auf das mittlere Schiff begeben, um nach dem Neffen des Königs zu suchen. Wenn wir ihn gefunden haben, will ich ihn so schnell wie möglich vom Schiff runter haben. Benutzt einen dieser Flaschenzüge. Verstanden?"

„Aye", erwiderte Tomas. „Wir packen ihn uns schon."

„Ich möchte ihn in einem Stück haben, Tomas", drohte Darrick. „Sonst darfst *du* dem König erklären, wie sein Neffe verletzt oder sogar getötet wurde."

Tomas nickte. „Wir werden den Jungen so behandeln, als hätten wir einen Säugling im Arm, Darrick. Er wird so sicher sein, als würde seine eigene Mutter ihn halten."

Darrick klopfte Tomas grinsend auf die Schultern. „Ich wusste, dass ich den richtigen Mann gefragt habe."

„Passt auf euch auf, und werdet bloß nicht zu mutig, bevor wir euch eingeholt haben."

Darrick nickte, dann machten sie sich auf den Weg hinunter zum Flussufer. Mat und Maldrin folgten ihm so leise wie Schnee, der im Winter fällt.

Raithen ging die Stufen hinunter, die in jenen Bereich des Flussufers gehauen waren, von dem aus man die Schiffe überblicken konnte. Als man sie geschaffen hatte, waren sie wahrscheinlich völlig gerade verlaufen. Doch nach dem Schaden, den man der Stadt insgesamt zugefügt hatte, neigten sie sich zu einer Seite, was es etwas schwierig machte, auf ihnen nach unten zu steigen. Seit Raithens Mannschaft sich in Tauruk's Port versteckt hielt, waren etliche seiner Leute in betrunkenem Zustand ins Wasser gefallen, und zwei von ihnen hatte die eigentlich schwache Strömung in Richtung des Golfs von Westmarch mitgerissen. Es war anzunehmen, dass sie umgekommen waren.

Er trug eine Laterne, um den Weg zu beleuchten. Ihr goldener

Schein tanzte über die Furchen in der Felswand. Am Tag glänzte der Stein blau und schiefergrau, seine verschiedenen Schichten waren daran zu erkennen, dass der Fels nach unten hin immer dunkler wurde, bis er fast so grau wie Holzkohle war und unter dem Wasserspiegel des Flusses verschwand. Der Nebel hielt sich nach wie vor, doch die drei Koggen konnte Raithen mühelos ausmachen.

Die Piraten, die zum Wachdienst eingeteilt waren, strafften die Schultern und blickten konzentriert drein, als er an ihnen vorbeiging. Sie verneigten sich vor ihm mit der Höflichkeit, die er manchem von ihnen hatte einprügeln müssen.

Ein plötzliches Sirren von Seilen, die durch einen Flaschenzug gezogen wurden, machte ihn auf Aktivitäten weiter oben aufmerksam.

„Wacht auf, ihr elenden Bastarde!“, rief dort eine raue Stimme. „Ich hab’ hier ’ne Ladung Proviant.“

„Lass sie runter“, erwiderte ein Mann auf der Kogge rechts von Raithen. „Ich warte schon eine Ewigkeit darauf. Ich habe das Gefühl, dass sich mein Magen längst um mein Rückgrat gewickelt hat.“

Raithen presste sich gegen die Felswand und sah zu, wie ein kleines gedrungenes Fass heruntergelassen wurde. Die Rollen, über die das Seil lief, bremsten das Herabsinken des Fasses, was zeigte, dass der Inhalt nicht allzu schwer wog. Der Geruch von gepökeltem Fleisch zog nur wenige Zoll entfernt an Raithen vorüber.

„Ich hab euch auch noch einen Flasche Wein dazugetan“, rief der Mann.

„Und mit der hättest du fast den Käptn getroffen, du Tölpel“, brüllte der andere, der nur ein paar Fuß von Raithen entfernt war.

Ein unterdrückter Fluch folgte. „Tut mir Leid, Käptn“, rief der Mann zerknirscht. „Ich wusste nicht, dass Ihr das wart.“

Raithen hielt die Laterne so hoch, dass der andere seine Gesichtszüge erkennen konnte. „Beeil dich gefälligst.“

„Aye, Sir, bin schon dabei, Sir.“ Der Pirat hob die Stimme an. „Ihr könnt das Fass hochziehen, Leute. Wir brauchen noch eins, aber ich hole es später ab.“

Die Piraten auf der ersten Kogge lösten die Leinen, die mit dem Flaschenzug wieder nach oben geholt wurden.

Als der Weg frei war, ging Raithen weiter zum ersten der kleinen behelfsmäßigen Docks, die im schwarzen Wasser vertäut waren. Er kletterte an dem Lastennetz hoch, das über die Seite der Kogge geworfen worden war, und gelangte an Deck.

„'n Abend, Käptn", empfing ihn ein narbengesichtiger Pirat. Ein halbes Dutzend weiterer Männer grüßte ebenfalls, ließ sich aber nicht davon abhalten, sich an dem Essen aus dem Fass zu bedienen.

Raithen nickte dem Mann zu und spürte den Schmerz, der von seinem verletzten Hals ausging. Wenn die Schiffe im Hafen lagen, sorgte er dafür, dass die Männer sich nicht in deren Frachträumen aufhielten. Sämtliche Koggen waren stets voll beladen, da immer die Gefahr bestand, dass sie sich in tieferes Gewässer flüchten mussten. Seine anderen Schiffe lagen einige Tagesreisen weit entfernt und waren in einer Bucht an der Nordküste vor Anker gegangen, die für ein unbeladenes Schiff tückisch sein konnte.

Die Koggen waren untereinander mit Planken verbunden, die von einer Reling zur nächsten reichten. Da die Strömung des Flusses recht sanft war, kämpften die Schiffe nicht unablässig gegen die Taue an, solange sie vor Anker lagen. An Bord der *Barracuda*, die zwischen den beiden anderen Koggen platziert war, sah Raithen Bull am Bug sitzen, wo er eine Pfeife rauchte.

„Käptn", sagte Bull und nahm die Pfeife aus dem Mund. Er war ein großer, hünenhafter Mann und trug als Verband für das verletzte Ohr einen Schal um den Kopf. Reste von Blut an seinem Hals waren dennoch nicht zu übersehen.

„Was macht der Junge, Bull?", fragte Raithen.

„Dem geht es gut. Sollte es ihm nicht gut gehen?"

„Ich habe von deinem Ohr erfahren."

„Diese Kleinigkeit?" Bull berührte den Schal und grinste breit. „Das ist wirklich nichts, worüber Ihr Euch Sorgen machen müsst, Käptn."

„Ich mache mir um dich keine Sorgen", gab Raithen zurück. „Ich würde sagen, dass ein Pirat, der sich von einem Jungen überrumpeln lässt, nicht das Gold wert ist, mit dem ich ihn bezahle, damit er unter mir dient."

Bulls Miene verfinsterte sich, doch Raithen wusste, dass es aus Verlegenheit geschah. „Es ist ja nur so, dass er so völlig unschuldig aussieht, Käptn. Ich hätte von ihm einen solchen Unsinn nicht erwartet. Und dieses Kantholz? Es gefällt ihm, mich zu überrumpeln. Wenn der König für ihn kein Lösegeld bezahlt, dann möchte ich den Kleinen am liebsten für mich behalten. Ich sag Euch was, Käptn. Wir haben schon schlimmere Typen als diesen Jungen in unsere Mannschaft aufgenommen."

„Ich werde es mir merken", gab Raithen zurück.

„Aye, Sir. Ich wollte nichts anderes, als Euch und dem kleinen boshaften Kerl da unter Deck meinen Respekt bekunden."

„Ich will ihn sehen."

„Käptn, ich schwöre Euch, ich habe ihm nichts angetan."

„Ich weiß, Bull", entgegnete Raithen. „Ich muss aus einem anderen Grund zu ihm."

„Aye, Sir." Bull löste einen wuchtigen Schlüsselbund von seiner Schärpe, dann klopfte er seine Pfeife an der Reling aus, sodass die Glut ins Wasser fiel. Außer der Laterne des Wachmanns war in der Arrestzelle keine Art von Feuer erlaubt, und selbst diese wurde nur selten mitgenommen.

Bull ging in den kleinen Laderaum, dicht gefolgt von Raithen, der den vertrauten Gestank einatmete. Zu seiner Zeit bei der Marine von Westmarch hatte es auf keinem Schiff so stinken dürfen. Die Matrosen waren stets damit beschäftigt gewesen, alles sauber zu halten und mit Salzwasser und Essig jeglichen Befall durch Schwämme oder Schimmelpilze zu verhindern, die sich im Holz festsetzen wollten.

Der Junge wurde in der kleinen Arrestzelle auf dem Achterschiff der Kogge festgehalten. Nachdem Bull die Zellentür aufgeschlossen hatte, steckte er seinen großen Kopf hinein, zog ihn dann aber rasch wieder zurück. Er griff nach oben und bekam ein Brett zu fassen, das auf sein Gesicht gezielt hatte, dann zog er ruckartig daran.

Der Junge landete außerhalb der Zelle auf den Planken und schlug schwer mit Bauch und Gesicht auf. So rasch wie ein Fisch, den man soeben aus dem Wasser geholt hatte, versuchte er, wieder aufzuspringen, doch Bull drückte ihn mit einem seiner ausladenden Füße nieder.

Zu Raithens Erstaunen stellte der Junge ein umfangreiches Repertoire an schmähenden Schimpfwörter unter Beweis.

„Wie gesagt, Käptn", erklärte Bull grinsend. „Der Kleine hier würde einen guten Piraten abgeben."

„Käptn?", schrie der Junge. Obwohl er unter Bulls Fuß gefangen war, drehte er den Kopf und versuchte, nach oben zu sehen. „*Ihr* seid der Kapitän dieses Sauhaufens? An Eurer Stelle wäre mir das so peinlich, dass ich mir einen Sack über den Kopf ziehen und nur für ein Auge ein Loch hineinschneiden würde."

Raithen sah zu dem Jungen und fühlte sich zum ersten Mal in dieser Nacht wirklich gut unterhalten. „Hat er gar keine Angst, Bull?"

„Angst?", erwiderte stattdessen der Junge. „Ich habe Angst, vor Langweile zu sterben. Seit fünf Tagen habt Ihr mich jetzt in Eurer Gewalt, drei davon habe ich hier auf Eurem Schiff verbracht. Wenn ich zu meinem Vater zurückgekehrt bin und er mit seinem Bruder, dem König, gesprochen hat, dann werde ich wieder herkommen und persönlich mithelfen, Euch windelweich zu schlagen." Er ballte die Fäuste und schlug auf den Boden. „Lasst mich aufstehen und gebt mir ein Schwert. Ich werde mit Euch kämpfen. Beim Licht, ich werde Euch den Kampf Eures Lebens bieten!"

Raithen war von der Einstellung des Jungen wahrlich beeindruckt. Er sah ihn sich genauer an. Er war schlank und muskulös, sein kindliches Aussehen wich allmählich einer beginnenden Reife. Raithen schätzte ihn auf elf oder zwölf Jahre, vielleicht war er aber auch schon dreizehn. Volles, dunkles Haar schmückte sein Haupt, und im Schein der Laterne war zu erkennen, dass er graue oder grüne Augen hatte.

„Weißt du überhaupt, wo du bist, Junge?", fragte Raithen.

„Wenn die Marine des Königs Euch bezahlt oder aufspürt", erwiderte dieser, „werde ich wissen, wo Ihr seid. Glaubt nicht, ich würde das nicht erfahren."

Raithen hockte sich neben den Jungen und hielt die Laterne dicht an sein Gesicht, dann schüttelte er den freien Arm, an dem er die Scheide mit dem Dolch festgeschnallt war. Die Klinge löste sich, Raithen bekam das Heft zu fassen und rammte die Spitze der Waffe nur einen Zoll von der Nase des Jungen entfernt ins Holz.

„Die letzte Person, die mich heute Nacht bedroht hat“, erklärte Raithen mit rauer Stimme, „ist erst vor ein paar Minuten gestorben. Es macht mir nichts aus, noch jemanden zu töten.“

Die Augen des Jungen waren auf die Klinge gerichtet. Er schluckte heftig, schwieg aber.

„Ich möchte deinen Namen wissen, Junge“, sagte Raithen.

„Lhex“, flüsterte er. „Mein Name ist Lhex.“

„Und du bist der Neffe des Königs?“

„Ja.“

Raithen drehte die Klinge, bis sie das Licht der Laterne erfasste und streute. „Wie viele Söhne hat dein Vater?“

„Fünf. Mich eingeschlossen.“

„Wird es ihm etwas ausmachen, wenn ein Sohn fehlt?“

Wieder schluckte Lhex. „Ja.“

„Gut.“ Raithen hob die Laterne und hielt sie so, dass der Junge sein Lächeln sehen konnte. „Es muss nicht so schlimm für dich werden, Junge. Aber ich möchte die Informationen erhalten, für die ich hergekommen bin.“

„Ich weiß überhaupt nichts.“

„Das werden wir noch sehen.“ Raithen stand auf. „Heb ihn auf, Bull. Ich werde mich in der Zelle weiter mit ihm unterhalten.“

Bull beugte sich vor und bekam mit seiner großen Hand das Hemd des Jungen zu fassen. Ohne erkennbare Mühe trug er ihn zurück in die Arrestzelle, wo er ihn mit übertriebener Höflichkeit an der gegenüberliegenden Wand absetzte und dann bei ihm stehen blieb.

„Du kannst jetzt gehen, Bull“, sagte Raithen.

„Aber Käptn“, protestierte er. „Ich glaube, Ihr habt gar keine Vorstellung davon, wozu diese kleine Rotznase in der Lage ist.“

„Ich komme mit einem kleinen Jungen schon zurecht“, erwiderte Raithen und hängte die Laterne an einen Wandhaken. Er nahm Bull den Schlüsselbund ab und sorgte nur mit einem Blick dafür, dass sich der Pirat zurückzog. Der Kapitän packte die Gitterstäbe mit einer Hand und schloss die Tür. Das Scheppern von Metall auf Metall klang auf dem engen Raum überlaut.

Lhex wollte aufstehen.

„Tu das nicht", warnte Raithen. „Wenn du wirklich stehen willst, dann werde ich deine Hand mit meinem Dolch an der Wand hinter dir festnageln."

Lhex hielt mitten in der Bewegung inne und sah Raithen an. Sein Blick war eine Mischung aus kindlicher Unschuld und Trotz, während er zu entscheiden versuchte, ob der Piratenkapitän seine Worte ernst meinte.

Raithen bedachte ihn mit einem eisigen Blick, da er wusste, dass er seine Drohung sehr wohl wahr machen würde.

Offenbar gelangte Lhex zur gleichen Überzeugung. Er schnitt eine Grimasse und setzte sich wieder, wenn auch mit deutlicher Verstocktheit. Dann zog er die Knie an sich und drückte den Rücken gegen die Bordwand.

„Ihr müsst Euch ja wohl für etwas ganz Großartiges halten", zischte Lhex. „Ein Kind so zu bedrohen. Was habt Ihr zum Frühstück gemacht? Einen kleinen Hund getreten?"

„Nein", gab Raithen zurück. „Ich habe einen köpfen und ausnehmen lassen, um ihn dir zum Frühstück zu servieren. Der Koch meint, es wäre genauso gewesen, als hätte er ein Hähnchen gebraten."

Entsetzen spiegelte sich in den Augen des Jungen wider. Er schwieg und sah Raithen nur weiter an.

„Von wem hast du eigentlich dieses Verhalten?", wollte der Piratenkapitän wissen.

„Meine Eltern geben sich gegenseitig die Schuld", antwortete Lhex. „Ich glaube, ich habe es von beiden."

„Glaubst du, dass du hier lebend rauskommst?"

„Auf jeden Fall", erwiderte der Junge, „komme ich nicht verängstigt hier raus. Das habe ich gemacht, bis mir schlecht geworden ist. Die ersten drei Tage habe ich mich nur übergeben."

„Du bist ein höchst ungewöhnlicher Junge", sagte Raithen. „Ich wünschte, ich hätte dich früher kennen gelernt."

„Wieso? Seid Ihr auf der Suche nach einem Freund? Ich frage nur, weil ich weiß, dass die meisten dieser Piraten Angst vor Euch haben. Die sind nicht hier, weil sie Euch mögen."

„Furcht ist für einen Kommandanten ein viel besseres Werkzeug als

Freundschaft", erwiderte Raithen. „Furcht ist sofort da, und sie bewirkt, dass keine Fragen gestellt werden, sondern dass gehorcht wird."

„Mir wäre es lieber, wenn mich die Leute mögen."

Raithen lächelte. „Ich möchte wetten, dass Bull dich *nicht* sonderlich mag."

„Es gibt ein paar Leute, auf die ich verzichten kann."

„Kluger Junge", sagte Raithen. Er machte eine Pause und merkte, wie sich die Kogge sanft in der Strömung bewegte.

Der Junge reagierte darauf wie ein Seemann und verlagerte automatisch sein Gewicht.

„Wie lange bist du auf See gewesen, Lhex?", fragte Raithen.

Der Junge zuckte mit den Schultern. „Seit Lut Gholein."

„Du warst dort?"

„Das Schiff kam aus Lut Gholein", antwortete Lhex und kniff ein wenig die Augen zusammen, um Raithen nachdenklich anzusehen. „Wenn Ihr das nicht gewusst habt, wie konntet Ihr dann das Schiff ausfindig machen?"

Raithen ignorierte die Frage. Die Information stammte von einem von Buyard Choliks Spionen in Westmarch. „Was hast du in Lut Gholein gemacht?"

Lhex sagte nichts.

„Mach mich nicht wütend", warnte Raithen. „Ich bin auch so schon schlecht gelaunt."

„Ich habe gelernt."

Raithen fand, dass dies vielversprechend klang. „Und was hast du gelernt?"

„Mein Vater wollte, dass ich eine gute Bildung bekomme. Als jüngerer Bruder des Königs wurde er fortgeschickt und von Weisen in Lut Gholein unterrichtet. Er wollte, dass ich das auch mache."

„Wie lange bist du dort gewesen?"

„Vier Jahre", sagte der Junge. „Seit ich acht war."

„Und was hast du alles gelernt?"

„Alles. Gedichte, Literatur, Marktwirtschaft, Gewinnvorhersagen. Allerdings waren die Aufgaben mit den Hühnermägen ziemlich ekelhaft und kein bisschen besser, als wenn ich einfach geraten hätte."

„Und Geschichte?“, hakte Raithen nach. „Hast du auch Unterricht in Geschichte gehabt?“

„Ja, natürlich. Was sollte das denn für eine Ausbildung sein, wenn man nichts über die Geschichte lernt?“

Raithen griff nach dem Stück Papier, das er von Pettit bekommen und in seine Brusttasche gesteckt hatte. „Ich möchte, dass du dir dieses Blatt ansiehst und mir sagst, worum es sich handelt.“

Dem Jungen war aufflammendes Interesse anzumerken, als er auf das Papier blickte. „Von hier aus kann ich es nicht erkennen.“

Nach kurzem Zögern nahm Raithen die Laterne von der Wand. „Wenn du irgendeine Dummheit versuchst, Junge, dann schlage ich dich zum Krüppel. Sollte dein Vater den König dazu überreden, das Lösegeld zu bezahlen, dann kannst du nur darauf hoffen, dass die Heiler dich wieder hinbekommen. Sonst wirst du den Rest deines Lebens wie eine Jahrmarktsattraktion aussehen.“

„Ich werde gar nichts versuchen“, sagte Lhex. „Gebt mir das Papier. Ich habe tagelang nur Wände angestarrt.“

Bis du die Betthalterung gelöst und Bull angegriffen hast, dachte Raithen.

Er trat vor und respektierte das Geschick und die Zielstrebigkeit des Jungen. Die meisten in Lhex' Alter wären längst ein wimmerndes Wrack gewesen. Doch der Neffe des Königs hatte Fluchtpläne geschmiedet, seine Energie aufgespart und gegessen, damit er gesund und kräftig blieb.

Lhex nahm das Blatt Papier entgegen und ließ seine flinken Augen über die Zeichnung wandern, während er das Muster gleichzeitig zaghaft mit dem Zeigefinger nachzeichnete.

„Woher habt Ihr das?“, fragte Lhex leise.

Die Kogge bewegte sich leicht, Wellen schlugen gegen den Rumpf, ein Geräusch, das überall im Schiff widerhallte. Raithen nahm es zur Kenntnis, ohne sich weiter darum zu kümmern. „Das ist nicht wichtig. Weißt du, was es ist?“

„Ja“, antwortete der Junge. „Das ist eine Art Dämonenzeichen. Dieses Symbol gehört Kabraxis, dem Dämon, der angeblich den Dunklen Pfad erbaut hat.“

Raithen zog sich einen Schritt zurück und schnaubte verächtlich. „Junge, so etwas wie Dämonen gibt es nicht."

„Meine Lehrer haben mir beigebracht, für alles offen zu sein. Es mag sein, dass es jetzt im Augenblick keine Dämonen gibt, aber das heißt nicht, dass es sie nie gegeben hat."

Raithen betrachtete die Zeichnung und versuchte, ihr einen Sinn zu geben. „Kannst du das lesen?"

Lhex gab einen empörten Laut von sich. „Kennt Ihr irgendjemanden, der Dämonenzeichen lesen kann?"

„Nein", sagte Raithen. „Nein, aber ich kannte Leute, die Pergamente verkauften, von denen sie behaupteten, es handele sich um Karten, die zu Dämonenschätzen führen." Er selbst hatte einige dieser Karten erworben und wieder abgegeben, nachdem sein kurzzeitig aufgekommener Glaube an derartige Kreaturen wieder geschwunden war.

„Ihr glaubt nicht an Dämonen?", fragte der Junge.

„Nein", antwortete Raithen. „Die taugen nur was für Geschichten, die man sich in einer Taverne oder an einem Lagerfeuer erzählt, wenn man nichts Besseres zu tun hat." Dennoch hatten die Worte des Jungen bei ihm Eindruck hinterlassen. *Der Priester ist hier, um einen Dämon zu jagen?* Er konnte es nicht fassen. „Was kannst du mir sonst noch über dieses Muster sagen?"

Ein Trampelpfad zog sich parallel zum Dyre am Hang entlang. Darrick war sicher, dass es sich dabei um den Weg handelte, den Raithens Piraten für die Wachablösung benutzten. Daher hielt er sich von ihm fern und bewegte sich lieber durch das Gestrüpp, auch wenn es ihn mehr Zeit kostete.

Mat und Maldrin folgten ihm dichtauf.

Als sie sich dem Abschnitt des Flussufers näherten, von dem aus man die drei Piratenschiffe überblicken konnte, zog eine Rauchfahne durch das Buschwerk. Tabakrauch stach in Darricks Nase. Auch wenn Kapitän Tollifer auf der *Lonesome Star* Rauchen nicht gestattete, war Darrick in den Häfen, in denen sie patrouillierten und mit denen sie Handel trieben, einigen Männern begegnet, die diesem Laster frönten. Er selbst hatte es sich nie angeeignet und empfand es auch als widerwärtig. Außerdem wurde er dadurch an die Pfeife seines Vaters erinnert.

Buschwerk und Baumbestand endeten gut zwanzig Schritt von der Stelle entfernt, die die Piraten benutzten, um ihr Diebesgut zu verladen. Die gestapelten Kisten und Fässer sorgten für zusätzlichen Schutz, den er sich zunutze machen konnte.

Plötzlich verließ einer der Piraten die vier anderen, die beim Würfelspiel zusammensaßen. „Das war wohl zu viel Ale. Haltet mir meinen Platz warm, ich bin gleich zurück."

„Solange du noch Geld hast", erwiderte ein anderer, „wirst du in diesem Spiel einen Platz haben. Diese Nacht bringt dir kein Glück, uns dagegen schon."

„Nur gut, dass Käptn Raithen uns zu fetter Beute geführt hat", meinte der Pirat und ging zu der Stelle, wo sich Darrick im Gebüsch versteckte.

Er glaubte, der Mann würde sein Geschäft in den Fluss verrichten, doch zu seiner Überraschung begann er, in einer kleinen Tasche an seiner Seite zu wühlen, sobald die anderen ihn nicht mehr sehen konnten. Der fahle Schein des Mondes fiel auf Würfel, die aus der Tasche in die bereitgehaltene Hand des Mannes wanderten.

Der Pirat grinste und schloss die Finger um die Würfel, dann begann er, seine Notdurft zu verrichten.

Mit katzengleicher Geschicklichkeit schlich sich Darrick von hinten an den Piraten heran und nahm einen Stein vom Boden auf. Der Mann summte ein Seemannslied, während er sein Geschäft beendete. Darrick erkannte die Melodie, es war das unflätige Stück „Amergo und das Delphinmädchen", das bei vielen Seeleuten beliebt war.

Darrick holte aus und fühlte, wie Stein auf Knochen traf, dann legte er rasch einen Arm um den bewusstlosen Piraten und legte ihn leise zu Boden, so dass die anderen ihn nicht sehen konnten. Dann ließ sich Darrick zum Flussufer hinabgleiten und sah, dass alle drei Koggen unter dem Vorsprung vor Anker lagen, wie er es erwartet hatte.

Er zog sich zurück, drückte seine Schulter gegen die Kiste, die gleich hinter ihm stand, zog sein Entermesser und winkte Maldrin und Mat zu. Sie kamen in gebückter Haltung zu ihm gelaufen.

„Hey, Timar", rief einer der Piraten. „Kommst du heute Nacht noch mal zurück?"

„Er hat doch gesagt, dass er zu viel getrunken hat", sagte ein anderer. „Wahrscheinlich fängt er jeden Moment an, falsch zu spielen."

„Wenn ich diese verfluchten Würfel von ihm noch einmal zu Gesicht bekomme", meinte wieder ein anderer, „dann schneide ich ihm die Nase ab, das schwöre ich."

Darrick sah zu einer kleinen Anhöhe, die zu den Ruinen von Tauruk's Port führte. Es war niemand zu sehen, der sich von dort hätte nähern können.

„Noch vier Männer", flüsterte Darrick. „Sobald einer von denen Lärm macht, können wir uns hier nicht länger verstecken."

Mat nickte.

Maldrin verengte die Augen zu schmalen Schlitzen und strich mit dem Daumen über das Messer, das er in der Hand hielt. „Dann sollten sie besser erst gar keine Gelegenheit bekommen, Lärm zu machen."

„Richtig", stimmte Darrick ihm leise zu. „Maldrin, achte du auf die Stufen. Sie werden von unten kommen, sobald wir erst einmal auf uns aufmerksam gemacht haben. Und das werden wir. Mat, wir beide werden uns darum kümmern, die Schiffe in Brand zu stecken."

Mat hob fragend die Augenbrauen.

„Fässer mit Waltran", erklärte Darrick. „Es sollte nicht so schwierig sein, sie zum Rand des Vorsprungs zu schaffen. Von dort fallen sie direkt auf die Schiffe, die unmittelbar unter ihnen liegen. Wirf du sie auf das Deck des Schiffs auf der Backbordseite der *Barracuda*, ich ziele auf das Schiff an Steuerbord."

Mat nickte lächelnd. „Sie werden alle Hände voll zu tun haben, um ihre Schiffe zu retten."

„Aye", erwiderte Darrick. „Wir nutzen das Durcheinander, um auf die *Barracuda* zu gelangen und nach dem Neffen des Königs zu suchen."

„Ihr werdet Glück haben, wenn ihr euch dabei nicht selbst umbringt", nörgelte Maldrin. „Und mich mit dazu."

Darrick lächelte und fühlte sich so überheblich wie stets, wenn er sich inmitten einer potentiell katastrophalen Lage befand. „Wenn wir überleben, dann schuldest du mir in Riks Taverne in Westmarch ein Bier.“

„Das schulde ich dir?“ Maldrin sah ihn völlig ungläubig an. „Und wie wäre es, wenn du mir eins ausgeben würdest?“

Schulterzuckend erwiderte Darrick: „Wenn ich uns alle umbringe, dann spendiere ich dir das erste kalte Getränk in den Brennenden Höllen.“

„Nein“, protestierte Maldrin. „Das ist nicht fair.“

„Dann melde dich beim nächsten Mal als Erster zu Wort, dann kannst du auch die Bedingungen festlegen.“

„Timar!“, brüllte einer der Piraten.

„Wahrscheinlich ist er ins Wasser gefallen“, meinte ein anderer. „Ich gehe ihn suchen.“

Darrick erhob sich langsam und spähte über die aufgestapelten Kisten, als einer der Piraten aus der Runde aufstand. Mit seinem Entermesser in der Hand bedeutete er Mat und Maldrin zu warten. Wenn das Glück noch immer auf ihrer Seite war und ihnen noch ein Opfer in die Hände fallen würde, bevor sie sich der Gruppe widmen mussten, dann sollte ihm das auch recht sein.

Als der Mann um die Kisten herumging, packte Darrick ihn, presste eine Hand auf den Mund des Piraten und schnitt ihm mit seinem Entermesser die Kehle durch. Darrick hielt den Mann weiter fest, während das Blut aus der Wunde strömte. Mat sah ihm entsetzt zu.

Darrick wich dem vorwurfsvollen Blick aus, den er in den Augen seines Freundes bemerkte. Mat konnte töten, um in einem Gefecht einen Freund oder einen Kameraden zu retten, doch so zu töten, wie Darrick es soeben getan hatte, war für ihn unvorstellbar. Für Darrick dagegen war kein Bedauern und keine Schuld im Spiel. Piraten hatten den Tod verdient, entweder durch ihn oder durch den Galgen des Henkers von Westmarch.

Nachdem ein letztes Zucken durch den Leib des Mannes gegangen war, ließ Darrick ihn los und trat zurück. Sein linker Arm war mit Blut besudelt, dessen Wärme ihn einen Moment lang vor dem kalten

Wind schützte. Darrick wusste, dass sie sich einen Wettlauf mit der Zeit lieferten. Er umfasste die Kante einer der Kisten und zog sich herum. Er drückte seine Knie durch und stemmte sich vom Boden ab, dann sprintete er auf die drei Männer zu, die noch immer mit dem Würfelspiel beschäftigt waren.

Einer der drei schaute auf, weil ihn eine hastige Bewegung, die auf sie zukam, hatte aufmerksam werden lassen. Und schon öffnete sich sein Mund, um eine Warnung hervorzustoßen.

Sieben

„Kabraxis ist der Dämon, der den Dunklen Pfad erschaffen hat", erklärte Lhex.

„Was ist der Dunkle Pfad?", fragte Raithen.

Der Junge zuckte mit den Schultern. Er war in den goldenen Schein der Laterne getaucht, die der Piratenkapitän hochhielt. „Es ist alles nur Legende. Alle diese Geschichten über Dämonen. Man erzählt sich auch, dass Kabraxis nichts weiter als eine ausgefeilte Lüge war."

„Aber du hast doch gesagt, dass es irgendwann einmal die Wahrheit war", wandte Raithen ein, „wenn ein Dämon darin verstrickt ist."

„Ich habe gesagt, dass es auf etwas basierte, das für Wahrheit gehalten wurde", erwiderte Lhex. „Aber es sind sehr viele Geschichten in Umlauf, seit die Vizjerei *angeblich* damit begannen, Dämonen aus anderen Welten zu rufen. Einige der Geschichten beruhen auf Vorfällen, die möglicherweise etwas mit Dämonen zu tun haben könnten, doch viele sind komplett erfunden. Oder eine Geschichte wurde auseinandergerissen, neu erzählt und blumiger gestaltet. Altweibergeschichten. Harsus, der krötengesichtige Dämon von Kurast – wenn er überhaupt je existiert hat –, wurde in der lokalen Historie zu vier verschiedenen Dämonen verändert. Der Mann, der mich in Geschichte unterrichtet hat, sagte mir, dass zurzeit mehrere Weise damit beschäftigt sind, die verschiedensten Geschichten zusammenzutragen, um nach Gemeinsamkeiten zu forschen und aus zwei Dämonen einen zu machen."

„Warum sollte sich jemand diese Mühe machen wollen?"

„Weil diesen einfältigen Mythen zufolge auch noch andere Dämonen in der Welt ihr Unwesen treiben“, sagte Lhex. „Mein Lehrer glaubte, dass die Menschen so viel Zeit damit verbringen, die Dämonen in der Mythologie zu benennen, dass es besser wäre, sie zu jagen anstatt darauf zu warten, dass sie es umgekehrt tun. Um ihre Beute verfolgen zu können, müssen die Dämonenjäger wissen, wie viele Dämonen es in unserer Welt gegeben hat und wo sie zu finden sind. Die Weisen recherchieren solche Dinge.“ Der Junge gab einen verächtlichen Laut von sich. „Ich persönlich glaube, dass Dämonen erfunden wurden, damit ein weiser, runzliger Mann den Einsatz von Dämonenjägern empfehlen konnte. Natürlich wurde dieser Weise mit Gold dafür entlohnt, dass er einen Platz, eine Stadt oder ein Königreich von einem Dämon befreite. Es war ein Schwindel. Eine gut durchdachte Gruselgeschichte, die man abergläubischen Leuten auftischt, um sie um ihr Gold zu erleichtern.“

„Kabraxis“, erinnerte Raithen ihn mit wachsender Ungeduld.

„In den ersten Jahren“, sagte Lhex, „als die Vizjerei damit begonnen hatten, mit der Beschwörung von Dämonen zu experimentieren, soll Kabraxis einer der Dämonen gewesen sein, die immer wieder angerufen wurden.“

„Wieso?“

„Weil Kabraxis wesentlich müheloser als viele andere jene mystischen Brücken zu bedienen verstand, die sich zwischen den Dämonenwelten und unserer Welt erstreckten.“

„Der Dunkle Pfad ist eine Brücke zu den Brennenden Höllen?“, fragte Raithen.

„Möglicherweise. Ich sagte ja, es ist alles nur eine Geschichte, weiter nichts.“ Lhex tippte auf die Zeichnung mit den elliptischen Linien, die von einer weiteren Linie durchzogen wurden. „Diese Zeichnung stellt die Macht dar, die Kabraxis besaß, um zwischen den Brennenden Höllen und dieser Welt zu wechseln.“

„Wenn der Dunkle Pfad nicht die Brücke zwischen dieser Welt und den Brennenden Höllen ist“, überlegte Raithen, „was ist er dann?“

„Manche sagten, er sei der Pfad zur Erleuchtung.“ Lhex rieb sich das Gesicht, als sei er müde, und unterdrückte ein Gähnen.

„Welche Erleuchtung?“, fragte Raithen.

„Macht“, sagte Lhex. „Gibt es irgendetwas, was die Legenden sonst zu bieten hätten?“

„Welche Art von Macht?“

Lhex warf ihm einen finsteren Blick zu, täuschte ein Gähnen vor und lehnte sich gegen die Wand. „Ich bin müde, und ich habe allmählich keine Lust mehr, Euch Gutenachtgeschichten zu erzählen.“

„Wenn du willst“, entgegnete Raithen, „lasse ich Bull kommen, damit er dich in den Schlaf wiegt.“

„Vielleicht bekomme ich dann sein anderes Ohr zu packen“, überlegte Lhex.

„Du bist ein bösartiges Kind“, sagte Raithen. „Ich kann mir gut vorstellen, warum dich dein Vater in eine so abgelegene Schule geschickt hat.“

„Ich bin halsstarrig“, korrigierte Lhex ihn. „Das ist ein Unterschied.“

„Aber kein sehr großer“, warnte ihn Raithen. „Ich habe Gold genug, ich brauche kein Lösegeld, das man für dich zahlen könnte, Junge. Aber den König bezahlen zu lassen, ist die einzige Möglichkeit, Vergeltung für die Schmähungen zu üben, die ich durch ihn erlitten habe.“

„Ihr kennt den König?“ Lhex hob überrascht die Augenbrauen.

„Welche Macht hat Kabraxis zu bieten?“, wechselte der Piratenkapitän das Thema.

Die Strömung bewegte die *Barracuda* wieder. Sie erhob sich, dann glitt sie einen Moment zur Seite, ehe sie wieder langsam herabsank. Die Takelage schlug gegen die Masten und Rahnocks.

„Es heißt, Kabraxis böte Unsterblichkeit und Einfluss“, erwiderte Lhex. „Und für diejenigen, die mutig genug sind – und ich kann mir nicht vorstellen, dass es viele gibt –, wird ein Zugang zu den Brennenden Höllen geschaffen.“

„Einfluss? Über was?“

„Über Menschen“, sagte Lhex. „Als Kabraxis das letzte Mal auf dieser Welt wandelte – jedenfalls laut den Mythen, mit denen ich mich in meinem Philosophiestudium beschäftigt habe –, wählte er einen Propheten aus, der ihn repräsentieren sollte. Einen Mann namens

Kreghn, der ein Gelehrter der Philosophie war, schrieb über die Lehren des Kabraxis. Ich kann Euch sagen, es ist ein sehr zähes Werk. Ich wäre vor Langeweile fast gestorben."

„Die Lehren des Dämons? Müsste das nicht ein verbotenes Buch sein?"

„Natürlich, das war es auch", pflichtete der Junge bei. „Aber als Kabraxis diese Welt zum ersten Mal besuchte, wusste niemand, dass er ein Dämon war. Das ist die Geschichte, die uns allen erzählt wurde, aber natürlich gibt es keinen Beweis dafür. Kabraxis war allerdings besser angesehen als manch anderer der legendären Dämonen."

„Warum?"

„Weil Kabraxis nicht so blutrünstig war wie andere. Er übte sich in Geduld, gewann mehr und mehr Anhänger, die jene Lehren übernahmen, die er durch Kreghn an sie weitergab. Er lehrte seinen Anhängern das *Dreifache Selbst*. Habt Ihr schon einmal von diesem Konzept gehört?"

Raithen schüttelte den Kopf. Sein Verstand arbeitete fieberhaft, während er versuchte, dahinter zu kommen, was Buyard Cholik beabsichtigte, wenn er nach den Überresten einer solchen Kreatur suchte.

„Das Dreifache Selbst", fuhr Lhex fort, „besteht aus dem Äußeren Selbst – die Art und Weise, wie sich eine Person anderen gegenüber darstellt. Aus dem Inneren Selbst – also der Art, wie sich eine Person sich selbst gegenüber darstellt. Und aus dem Schattenselbst. Das Schattenselbst ist die wahre Natur einer Person, der Teil von ihr, den sie am meisten fürchtet – jene dunkle Seite, die jeder am aufwändigsten zu verbergen versucht. Kukulach lehrt uns, dass die meisten sich selbst zu sehr fürchten, um sich dieser Wahrheit zu stellen."

„Und das haben die Leute geglaubt?"

„Die Existenz des Dreifachen Selbst ist bekannt", sagte Lhex. „Auch nachdem Kabraxis angeblich von dieser Welt verbannt wurde, führten andere Gelehrte die von Kreghn begonnene Arbeit fort."

„Welche Arbeit?"

„Das Studium des Dreifachen Selbst." Lhex verzog das Gesicht, als störe ihn Raithens mangelnde Aufmerksamkeit, mit der er den

Ausführungen folgte. „Die Legende von Kabraxis entwickelte als erste die Theorie, doch andere Gelehrte wie beispielsweise Kukulach haben unser Verständnis der Theorie vertieft Es klingt einfach verführerischer, wenn man es in Begriffe kleidet, die abergläubische Naturen zur Überzeugung bringen, hier handele es sich um eine der Weisheiten, die erforderlich waren, um uns vor den Dämonen zu *schützen*. Märchen und Mechanismen, die eine Gesellschaftsordnung definierten – sonst war das nichts."

„Trotzdem", entgegnete Raithen, „ist damit keine Macht verbunden."

„Die Anhänger von Kabraxis ergötzten sich an der Bloßlegung ihres Schattenselbst", sagte der Junge. „Viermal im Jahr – während der Sonnenwenden und der Tagundnachtgleichen – kamen die Anhänger von Kabraxis zusammen und feierten. Sie berauschten sich an der Finsternis, die in ihnen schlummerte. Jede Sünde, die den Menschen bekannt ist, war während der drei Tage dieser Feier im Namen von Kabraxis erlaubt."

„Und danach?", wollte Raithen wissen.

„Ihre Sünden wurden ihnen vergeben, und sie wurden im symbolischen Blut von Kabraxis gebadet."

„Dieser Glaube klingt ja lächerlich."

„Das habe ich ja gesagt. Darum ist es auch ein Mythos."

„Wie ist Kabraxis hergekommen?", fragte Raithen.

„Während des Kriegs der Magier. Es gab Gerüchte, einem von Kreghns Jüngern sei es gelungen, wieder ein Portal zu Kabraxis zu öffnen. Das konnte aber nie bestätigt werden."

Hat Cholik das nachweisen können?, überlegte Raithen. *Hat ihn die Spur hierher geführt, zu diesem gewaltigen Tor, das unter den Ruinen von Tauruk's Port liegt?*

„Und wie wurde Kabraxis von dieser Welt verbannt?", fragte er den Jungen.

„Der Legende nach erledigten das die Vizjerei-Krieger und -Magier des Spirit Clans", erwiderte Lhex, „und diejenigen, die zu ihnen standen. Sie radierten die Tempel in Vizjun und an anderen Orten aus, welche für Kabraxis errichtet worden waren. Nur Schutt und zerschlagene Altäre existieren heute dort, wo sich einst die Tempel der Dämonen erhoben."

Raithen dachte darüber nach. „Wenn ein Mann mit Kabraxis Kontakt aufnehmen könnte …"

„Und dem Dämon einen Weg zurück in diese Welt anzubieten hätte?", fragte Lhex.

„Aye. Was könnte ein solcher Mann erwarten?"

„Würde das Versprechen der Unsterblichkeit nicht genügen? Ich meine, wenn man an solchen Unsinn glaubt."

Raithen überlegte, wie sehr Buyard Choliks Körper vom Alter und von Gebrechen gezeichnet, ja gebeugt war. „Aye, das könnte wirklich genügen."

„Wo habt Ihr das gefunden?", fragte Lhex.

Bevor Raithen antworten konnte, stürmte Bull in die Zelle.

„Käptn Raithen", rief der große Pirat und hielt eine Laterne hoch, die seine sorgenvolle Miene erkennen ließ. „Wir werden angegriffen!"

Nur einen winzigen Moment, bevor der Pirat zu einem Warnschrei kam, machte Darrick einen Satz und flog ihm entgegen. Die beiden anderen Piraten, die in ihre Würfelpartie vertieft gewesen waren, griffen nach ihren Waffen, als Darrick auch schon den Kopf des Mannes mit beiden Stiefelsohlen traf.

Überrascht von der Attacke und der dahinter steckenden Wucht – und zudem eigentlich viel zu betrunken, um überhaupt noch aufrecht stehen zu können –, wurde der Pirat über die steil abfallende Klippe geworfen. Er schrie nicht einmal auf. Der dumpfe Aufprall verriet Darrick, dass der Mann nicht aber in den Fluss, sondern auf das Deck eines der Schiffe gestürzt war.

„Was zur Hölle war das denn?", rief jemand von unten.

Darrick kam hart auf dem Steinboden auf und prellte sich dabei die Hüfte. Er hielt sein Entermesser fest und schlug nach den Beinen des Widersachers, der ihm am nächsten war. Er schlitzte ihm beide Oberschenkel auf, Blut verfärbte sofort die helle Hose des Mannes.

„Hilfe!", schrie der getroffene Pirat auf. „Verdammt, er hat mir *richtig* weh getan!“ Er taumelte nach hinten und versuchte, sein Schwert zu ziehen, vergaß dabei aber, die Flasche Ale loszulassen, die er bereits in derselben Hand hielt.

Darrick stand auf und hieb mit dem Entermesser in die entgegengesetzte Richtung, wobei er den Piraten rückwärts in Richtung Felskante trieb. Er holte mit dem Entermesser aus und schlug es seinem Gegner in den Hals. Dessen Kehle wurde zerfetzt, und ein blutiger Regen ergoss sich über die Klinge, während sie sich zum Rückgrat des Mannes durchfraß. Mit dem Fuß versetzte Darrick dem Sterbenden einen Stoß, der ihn in die Tiefe schickte. Darrick wartete noch, bis er das Klatschen hörte, mit dem der Pirat im Wasser landete. Als er sich umdrehte, sah er, wie sich Mat dem letzten noch lebenden Wachposten widmete.

Mats Entermesser versprühte Funken, als er auf seinen Gegner einschlug. Zwar überwand er dessen Verteidigung mühelos, dennoch zögerte er, Blut fließen zu lassen.

Darrick fluchte lautlos, da er wusste, dass ihnen nur sehr wenig Zeit blieb, um den Jungen zu retten, und dass sie nicht einmal sicher sein durften, ob er sich überhaupt auf dem unter ihnen befindlichen Schiff aufhielt. Er machte einen Schritt nach vorn und spaltete dem Piraten mit einem kraftvollen Hieb den Schädel. Ein Entermesser war keine filigrane Waffe, sondern einzig dafür geschaffen, um damit zu zerhacken und zu spalten, denn Kämpfe auf Schiffen, die vom Wellengang geprügelt wurden, waren meist eine blutige Angelegenheit, deren Ausgang vor allem von Wut, Stärke und Glück abhing.

Das Blut des Toten spritzte auf Mat und Darrick.

Mat machte eine entsetzte Miene, als der Pirat zusammensackte. Darrick wusste, dass sich sein Freund vor allem deshalb über den Schlag empörte, weil dieser von hinten erfolgt und weil der Pirat in einen Kampf mit einem anderen verwickelt gewesen war. Mat kämpfte fair, wann immer das irgendwie möglich war.

„Bring die Fässer“, drängte Darrick und zog sein Schwert aus dem Haupt des Toten.

„Er hat dich nicht mal kommen sehen“, wandte Mat ein und sah auf den Leichnam.

„Die Fässer“, wiederholte Darrick.

„Er war zu betrunken, um zu kämpfen“, sagte Mat. „Er hätte sich überhaupt nicht verteidigen können.“

„Wir sind nicht hier, um zu kämpfen“, sagte Darrick und packte Mat an dessen blutbesudeltem Hemdkragen. „Wir sind hier, um einen zwölfjährigen Jungen zu retten. Und jetzt mach endlich!“ Er schubste Mat in Richtung der Ölfässer. „Da unten warten noch mehr als genug faire Kämpfe auf dich, wenn du so darauf versessen bist.“

Mal stolperte zu den Fässern.

Darrick steckte sein Entermesser weg und lauschte der Unruhe, die auf den Schiffen unter ihnen entstanden war. Er sah zur obersten der Steinstufen, die man seitlich in den Vorsprung getrieben hatte.

Maldrin hatte dort Position bezogen. Mit beiden Händen hielt der Erste Maat einen Streithammer, dessen Stiel mit Metall umhüllt war. Zwar war es unabdingbar, den Hammer mit beiden Händen zu halten, dafür sorgte er aber auch mit ziemlicher Sicherheit für zerschmetterte Schädel, gebrochene Knochen und zertrümmerte Waffen.

„Pass auf Pfeile auf, Maldrin“, rief Darrick ihm zu.

Der Erste Maat verzog den Mund zu einem säuerlichen Lächeln. „Pass du lieber auf deinen eigenen Hintern auf. Ich werde nicht hinter diesem Jungen herrennen.“

Darrick trat ein Fass um. Die dickliche Flüssigkeit im Inneren gluckerte. Eilig stellte er sich hinter das Fass und nahm seine Hände zu Hilfe, um es zur Felskante zu rollen, was durch das leicht abfallende Terrain erleichtert wurde.

Nach ein paar Schritten wäre es ihm nur noch mit Mühe möglich gewesen, das rollende Fass zu stoppen. Er versetzte ihm nur einen letzten Tritt, bevor es über die Felskante flog und dann unter ihm verschwand. Darrick blieb am Rand stehen und schwankte einen Augenblick, während er zusah, wie das Fass unten auf Deck aufschlug und zerbarst. Nebelschwaden trieben über die Planken, doch an den Stellen, an denen die Laternen der wachhabenden Piraten sich im Waltran spiegelten, waren silbrige Flecken zu erkennen.

Ein erneuter Knall lenkte Darrick ab. Er sah, dass es Mat gelungen war, ein Fass auf die andere Kogge zu werfen. Piraten kamen an Deck gestürmt, verloren augenblicklich ihren Halt und rutschten über die Planken.

„Öl!“, schrie einer von ihnen. „Sie haben ein Ölfass auf uns geworfen!“

Darrick eilte zu den aufgetürmten Fässern zurück und stürzte zwei weitere von ihnen um, dann brachte er sie ebenfalls ins Rollen. Das donnernde Poltern der Behältnisse, die über den felsigen Boden schossen, warf Echos in alle Richtungen. Er nahm eine der Laternen, die zuvor den Wachen Licht gespendet hatten.

Mat kam zu ihm und griff sich ebenfalls eine Laterne. „Diese Männer da unten, Darrick, werden nicht mehr viele Möglichkeiten haben, wenn wir das hier durchziehen.“

„Stimmt“, erwiderte er und sah die besorgte Miene seines Freundes. „Und uns werden auch nicht viele Möglichkeiten bleiben, hier wegzukommen, wenn wir erst einmal den Jungen haben. Ich möchte nicht ständig über meine Schulter schielen müssen, ob uns eines der Schiffe folgt, Mat.“

Mat nickte verstehend, wenn er auch wenig von dem Gedanken angetan wirkte. Dann eilte er Richtung Flussufer.

Darrick hielt lange genug inne, um sehen zu können, wie die restliche Besatzung des kleinen Bootes vom Gebirgszug her talwärts stürmte. „Da kommt Hilfe, Maldrin“, brüllte er, während er weiter in Richtung Fluss lief.

„Ich komme hier schon klar“, knurrte Maldrin.

An der Felskante stehend kalkulierte Darrick seinen nächsten Zug und berücksichtigte dabei, wie sehr sich die Kogge in der Strömung heben und senken würde – dann schleuderte er die Laterne von sich. Vom Glas geschützt, brannte die Flamme ungehindert weiter, während sich die Lampe unablässig um ihre eigene Achse drehte und dann inmitten der Öl-Lache auf dem Deck aufschlug.

Für einen Augenblick drohte der Docht vom Öl ertränkt zu werden. Doch dann stieg das Feuer auf wie ein gichtkranker alter Hund, der sich ein letztes Mal für die Jagd erhebt. Blaue und gelbe Flammen vermischten sich zu einer zerstörerischen Masse, die nicht nur vom Öl, sondern auch vom Wind weiter angefacht wurde.

„Feuer!“, brüllte einer der Piraten.

Auf der Kogge setzte ein chaotisches Durcheinander ein, als auch die noch unter Deck befindlichen Piraten nach oben drängten. Nur die Minimalbesatzung war an Bord geblieben.

„Rettet die Schiffe!“, schrie ein anderer Pirat. „Käptn Raithen wird euch umbringen, wenn sie untergehen!“

Darrick hoffte, dass alle Schiffe ein Raub der Flammen würden. Wenn dies geschah, bestand die Chance, dass Kapitän Tollifer mit der *Lonesome Star* nach Westmarch segeln konnte, um mit mehr Schiffen und Soldaten zurückzukehren, ehe es Raithen und seiner Besatzung gelang, sich über Land dorthin zu begeben, wo der Piratenkapitän den größten Teil seiner Flotte versteckt hielt.

Ein Blick auf das Schiff, das Mat mit einem Fass beworfen hatte, zeigte, dass auch die zweite Kogge in Flammen stand. Offenbar hatte Mats Fass sogar das Ruderhaus erwischt, wodurch das Feuer bis in jene Höhe gelangte, die erforderlich war, um die Segel zu erreichen. Der Hauptmast war in Flammen gehüllt, die sich rasend schnell auf der Takelage ausbreiteten.

„Mat!“, rief Darrick. „Bist du bereit?“

Mat sah ihn ein wenig unsicher an, doch dann nickte er: „So bereit, wie ich nur sein kann.“

„Da unten werden es nur du und ich mit ihnen ausmachen“, sagte Darrick. „Ich brauche dich bei mir.“ Dann lief er auf den mittleren Abschnitt der Felskante zu, zielte auf die bislang unversehrte Kogge und holte mit seinen Schritten immer weiter aus.

„Ich werde dir schon beistehen“, antwortete Mat.

Ohne noch einmal zu stoppen, machte Darrick den letzten Schritt und stemmte sich mit aller Kraft vom Fels ab, um sich der Kogge entgegenzuwerfen.

Er konnte nur darauf hoffen, dass es ihm gelang, die Distanz zu überwinden. Wenn er auf Deck stürzte, würde er sich zweifellos irgendetwas brechen, und das würde jede spätere Flucht unmöglich machen.

Noch während Darrick seine Arme streckte, um Halt zu finden, und er die Finger spreizte, um sich in die Seile der Takelage zu krallen, wurde der Felsvorsprung erschüttert. Ein enormer Teil löste sich und stürzte auf alle drei Schiffe hinab.

„Angegriffen? Von wem?“, brüllte Raithen und wandte sich der Tür zu. Es war fast wie ein Reflex, der ihn in Bewegung setzte. Er war völlig verblüfft darüber, dass sich etwas so Undenkbares wie ein Angriff ereignet haben sollte, und begann das Rascheln von Kleidung erst richtig zu deuten, als es bereits zu spät war. Er drehte sich um und wusste, dass Lhex diesen Augenblick gewählt hatte, um seinen Zug zu machen.

„Keine Ahnung“, antwortete Bull. „Sie haben die Koggen zu beiden Seiten in Brand gesetzt.“

In Brand gesetzt?, schoss es Raithen durch den Kopf. Es gab nichts Schlimmeres, was einem auf einem Schiff passieren konnte. Selbst wenn das Schiff ein Loch im Rumpf hatte, konnte die Besatzung es schaffen, die einströmenden Fluten herauszupumpen und das Schiff lange genug über Wasser zu halten, bis der nächste Hafen erreicht war. Doch ein unkontrolliertes Feuer raubte einem Seemann eben jene Insel aus Holz und Segeln, von der er völlig abhängig war.

Da er so nahe bei Bull stand und diese Offenbarung wie ein Schock gewirkte hatte, konzentrierten sich die beiden Männer nur auf den jeweils anderen, nicht aber auf den Jungen. Lhex befand sich im nächsten Moment hinter Raithen. Während der Piratenkapitän versuchte, ihn zu packen, tauchte der Junge unter seinen Armen hindurch und warf sich mit solcher Wucht gegen Raithen, dass dieser mit Bull zusammenstieß. Und noch bevor ihn jemand aufhalten konnte, war Lhex bereits aus der Zelle gestürmt.

„Verdammt!“, fluchte Raithen und sah noch, wie der Junge durch die Dunkelheit unter Deck lief und den Stufen entgegenstrebte, die zum Deck hinaufführten. „Schnapp ihn dir, Bull. Aber ich will, dass du ihn mir lebend zurückbringst!“

„Aye, Käptn.“ Bull rannte sofort los und holte dank seiner weit ausgreifenden Schritte schnell auf. Raithen folgte dem Piraten, die linke Hand fest um das Heft seines Schwertes gelegt.

Bereits von hier aus konnte er durch die Frachtluke über sich den hellen Schein eines Großfeuers sehen. Graue Rauchschwaden vermischten sich mit dem Nebel, der über dem Fluss hing.

Also hatte er doch Recht gehabt. Irgendjemand war ihnen eine Zeit lang durch den Golf von Westmarch gefolgt. Aber waren es andere Piraten oder die Marine des Königs? Waren es nur ein paar Männer, oder bewegte sich eine ganze Armada flussaufwärts?

Die Leiter zum Hauptdeck zitterte und bebte in Raithens Händen, als sich Bull flink nach oben bewegte. Der Kapitän war dem größeren Mann dicht auf den Fersen und hatte das Ende der Leiter gerade erreicht, als dreißig Fuß über ihnen der Felsvorsprung zerplatzte und in mehrere Teile aufspaltete. Fassungslos sah Raithen hinauf, während ihm erste Bruchstücke wie von Katapulten abgefeuert entgegenkamen.

Ein riesiger Granitblock traf den Bug der *Barracuda*. Der Aufprall ließ das Holz zerbersten und riss Teile der Reling weg. Das Schiff schaukelte, als wäre es in einen schweren Sturm geraten.

Einem Piraten, der von den Beinen gerissen worden war, entglitt die Laterne, die über Deck schlitterte, ehe sie von Bord fiel.

Raithen gelangte an Deck und hatte Mühe, auf den Beinen zu bleiben, weil die Kogge hin und her geworfen wurde und an ihren Tauen zerrte. Die beiden anderen Schiffe waren im Begriff, sich in Scheiterhaufen zu verwandeln, da sich auf der Kogge an Backbord die Flammen bereits bis in die Takelage vorgearbeitet hatten und die Kogge an Steuerbord davon nicht mehr weit entfernt war.

Wer zur Hölle hat das angerichtet?

Vor ihm hatte der Junge fast seinen ganzen Vorsprung verloren. Er stand mit dem Rücken zum Rand des schwankenden Decks. Der Blick, mit dem er das brodelnde Wasser ringsum bedachte, ließ erkennen, dass er keine Eile damit hatte, sein Glück zu strapazieren, indem er in die Fluten sprang.

Bull ging auf den Jungen zu, brüllte ihn an und befahl ihm, stehen zu bleiben.

Raithen schrie derweil seiner Besatzung Anweisungen zu und befahl, Eimer auszuteilen, um wenigstens den Versuch zu unternehmen, die beiden brennenden Koggen zu retten. Wenn man schon ihr Versteck entdeckt hatte, dann wollte er doch wenigstens alle Schiffe halten, um noch so viel Beute wie möglich wegzuschaffen.

Fässer und Kisten trieben im Fluss rings um die *Barracuda*, doch einige von ihnen gingen nur wenige Augenblicke später unter. An der Art, wie die ausladende Kogge im Wasser lag, wusste Raithen, dass sie ein Leck hatte. Der Einschlag hatte nicht nur den Bug getroffen, sondern offenbar auch den Rumpf durchschlagen. Zumindest ein Teil des Schadens musste sich unterhalb der Wasserlinie befinden.

Raithen betrachtete den zerborstenen Felsvorsprung hoch über ihnen und wusste, dass diese Zerstörung keinem Naturereignis entsprungen war. Irgendetwas hatte dies ausgelöst. Er musste sofort an Buyard Cholik denken. Die Ruinen, in denen der Priester nach irgendetwas suchte, befanden sich unter der Erde. Es war nur ein flüchtiger Gedanke, dennoch fragte er sich, ob der alte Priester wohl seine Habgier überlebt haben mochte.

Plötzlich wurde er auf eine Bewegung in der Takelage aufmerksam. Er wusste augenblicklich, dass sich dort jemand befand, drehte sich um und hob sein Schwert.

Acht

Nachdem er in der Takelage der *Barracuda* Halt gefunden hatte, streckte sich Darrick in dem Moment nach einer Webeleine aus, als Mat neben ihm landete. Trotz der Explosion, die sämtliche auf dem Vorsprung gelagerten Vorräte vernichtet hatte, war es ihm gelungen, bis zum Schiff zu gelangen. Seine Hände schmerzten von dem rauen Hanfseil, das er ergriffen hatte.

„Du hast es geschafft“, sagte Darrick und durchtrennte die Webeleine.

„Nur mit viel Mühe“, gab Mat zurück. „Und wo soll jetzt dieses ach so wunderbare Glück sein, von dem du so gern behauptest, es würde mich verfolgen? Die verdammte Klippe ist hochgegangen!“

„Aber wir leben noch“, erwiderte Darrick. Der flüchtige Blick, den er auf die beiden brennenden Koggen hatte werfen können, machte ihn stolz auf ihre Leistung. Er sah zu den Steinstufen und entdeckte Maldrin, der sich eben wieder aufrichtete. Die Explosion hatte den Ersten Maat von den Beinen gerissen.

„Da ist der Junge!“, rief Mat.

Darrick suchte das Deck unter sich ab und machte die zierliche Gestalt aus, die zum zertrümmerten Bug eilte und von einem hünenhaften Kerl verfolgt wurde. Es gab kaum einen Zweifel, dass es sich hier um den Neffen des Königs handelte. Auf Piratenschiffen hielten sich sonst wohl nur selten Zwölfjährige auf.

„Darrick!“

Er sah auf und entdeckte Tomas, der nahe dem unversehrt gebliebenen Flaschenzug an der Klippe stand; der andere war von der Explosion, die auch gleich das Flussufer umgestaltet hatte, zerstört worden.

Tomas winkte ihm zu.

„Lass es runter“, befahl Darrick. Er griff die Webeleine und schwang sich von der Takelage herab. Während das Schiff allmählich im Fluss versank – er vermutete, dass es Leck geschlagen war –, glitt er an dem Hünen vorbei, der den Jungen in die Enge trieb. Als er den Schwung verlor, den ihm der beherzte Sprung aus der Takelage verliehen hatte, pendelte er in die entgegengesetzte Richtung zurück und nahm nun den Mann aufs Korn.

„Bull!“, schrie ein anderer Pirat warnend hinter dem Hünen auf.

Der Mann sah sich allerdings um, anstatt nach oben zu blicken, wodurch er Darrick erst bemerkte, als es bereits zu spät war.

Darrick zog die Knie etwas an, um den Aufprall besser abzufedern, dann rammte er den Mann beide Stiefel gegen die Schulter. Der Zusammenprall erwies sich dennoch als schmerzhaft, und einen Augenblick lang sah es sogar aus, als würde der andere sich nicht von der Stelle rühren, sondern Darrick wie ein Welle gegen einen Fels klatschen lassen.

Doch dann verlor er endlich den Halt und stürzte nach vorne.

Darrick spürte noch die Schmerzen des Zusammenstoßes, als er die Webeleine losließ und nur wenige Fuß von dem Jungen entfernt auf Deck landete. Sofort stand er auf und zog sein Entermesser.

„Ergreift ihn!“, befahl ein Mann in einem schwarzen Kettenhemd.

Darrick richtete sich rechtzeitig genug auf, um sich den beiden Piraten zu stellen, die auf ihn zu stürmten. Mit der Breitseite seines Entermessers schlug er ihre Waffen aus dem Weg, dann machte er einen Schritt nach vorn, drehte sich und rammte einem der beiden seinen Ellbogen ins Gesicht. Die Nase des Mannes brach mit einem hässlichen Knacken. Es war kein ehrbares Verhalten, aber Darrick wusste auch, dass er es nicht mit ehrbaren Gegnern zu tun. Die Piraten würden ihm eine Klinge in den Rücken jagen, sobald sie die Gelegenheit dazu bekamen, und das Gleiche musste er auch tun, wenn er eine Chance haben wollte.

Der Pirat mit der gebrochenen Nase taumelte zur Seite. Sein Gesicht war blutig, doch er ging nicht zu Boden.

Darrick, der noch immer in Bewegung war, zog einen Dolch aus seinem Stiefel, wirbelte herum und rammte ihn zwischen die Rippen des Mannes bis in dessen Herz. Fast in der gleichen Bewegung wehrte er mit dem Entermesser einen stümperhaften Hieb des anderen Piraten ab und schlug zurück.

Nur einen Herzschlag später landete Mat auf dem Deck.

„Schnapp dir den Jungen“, befahl Darrick ihm, dann hob er die Stimme: „Tomas!“

„Aye, Skipper“, rief dieser von oben. „Auf dem Weg.“

Darrick setzte sich gegen die Versuche des Piraten zur Wehr, ihn aufzuspießen, nahm aber auch wahr, dass der Koloss von einem Mann, den er als Ersten gefällt hatte, sich langsam wieder erhob. Aus den Augenwinkeln sah er am Flaschenzug ein Seil nach unten sinken, an dessen Ende ein kleines Lastennetz festgemacht war.

„Lhex“, sagte Mat und hielt seine leeren Hände, um dem Jungen zu zeigen, dass er ihn nicht bedrohte. „Ganz ruhig, Junge. Mein Freund und ich, wir gehören zur königlichen Marine. Wir sind hier, um dich nach Hause in Sicherheit zu bringen, wenn du erlaubst.“

Das Netz traf in einem Wirrwarr aus Hanfseilen auf dem Deck auf.

„Ja“, sagte der Junge.

„Gut.“ Mat lächelte ihn an, griff nach dem Netz und zog es zu dem Jungen herüber. „Dann lass uns von hier verschwinden.“ Er hob seine Stimme: „Darrick!“

„Eine Minute“, erwiderte er und machte sich auf das bevorstehende Gefecht gefasst. Mit seinem Entermesser schlug er das Schwert des Piraten aus dem Weg, tauchte hinab und traf den Mann mit der Schulter unter dem Arm, so dass sein Gegner durch die Wucht des Aufpralls vom Schiff geschleudert wurde.

„Hier rüber!“, befahl der Mann im schwarzen Kettenhemd einigen Piraten, die sich noch steuerbord auf dem Schiff befanden.

Darrick wandte sich um und stellte sich dem Hünen, der an einer Seite seines Kopfs einen Schal trug – offenbar ein Verband. Als er die Klinge des Mannes abwehrte und dabei dessen Kraft testete, musste Darrick feststellen, dass sein Gegner ungewöhnlich stark war.

Der Hüne grinste, offenbar überzeugt, dass Darrick schnell zu schlagen sein würde.

Darrick tauchte unter dem Hieb des Mannes weg, machte einen Schritt zur Seite und trat ihm außen gegen das Knie. Etwas knackte, doch der Mann hielt sich nach wie vor auf den Beinen und führte einen weiteren Schlag gegen ihn, der zweifellos seinen Kopf vom Rumpf getrennt hätte, wenn der Hieb ein Treffer geworden wäre.

Mit dem Geschick einer zubeißenden Schlange bewegte sich Darrick auf den Mann zu und trat ihm zwischen die Beine. Als der Hüne vor Schmerz einknickte, wirbelte Darrick herum und trat ihm gegen den Kopf. Der Koloss heulte auf und ging zu Boden, sich dabei den Kopf haltend.

Der Mann im schwarzen Kettenhemd trat vor und brachte seine Klinge in eine *en garde*-Position. Er attackierte voller Inbrunst. Sein Schwert blitzte mit beträchtlichem Geschick auf. „Ich bin Raithen, der Kapitän dieses Schiffs. Und du bist nur noch einen Atemzug davon entfernt, ein toter Mann zu sein."

Ohne Vorwarnung nahm der Schwertkampf erbitterte Züge an. All seinem Geschick zum Trotz hatte Darrick Mühe, die anstürmende Klinge des Kapitäns daran zu hindern, ihn an Kehle, Augen oder in der Leistengegend zu treffen. Für das Schwert dieses Mannes schien es kein Halten, kein Tabu zu geben. Ob tot, blind oder entmannt – Kapitän Raithen war offenbar felsenfest entschlossen, Darrick auf irgendeine Weise zu massakrieren.

Der hünenhafte Mann, der noch immer vor Schmerz aufschrie, erhob sich erneut und rannte auf Darrick zu. Der Schal um seinen Kopf hatte sich durch frisches Blut verfärbt. Darrick wusste, dass er ihm diese Verletzung nicht zugefügt, sondern lediglich eine bestehende Wunde wieder geöffnet hatte.

„Bull!", rief Raithen. „Nicht! Bleib zurück!"

Vor Wut und Schmerz hörte der Mann seinen Kapitän nicht, oder er wollte ihn nicht hören. Er eilte auf Darrick zu und hielt das Schwert so, wie jemand, der ohne jegliches Geschick einen Hieb vorzubereiten versucht. Bull mischte sich in die Attacke seines Kapitäns ein und zwang Raithen, sich zurückzuziehen, um keine Lücke in seiner Verteidigung zu riskieren.

Während er vor dem großen Mann zurückwich, bemerkte Darrick, dass Mat den Jungen sicher im Lastennetz verstaut hatte. „Tomas, zieh sie rauf!“

„Darrick!“, rief Mat.

Die Schatten tanzten wie wild über Deck. Die Laternen schaukelten, da das Schiff von der Strömung immer wieder angehoben wurde. Die Besatzungen der beiden anderen Koggen hatten den Kampf praktisch verloren. Die Flammen würden in den nächsten Minuten beide Schiffe zerstört haben. Die Hitze erfasste Darrick, während Tomas und die anderen an den Seilen zu ziehen begannen, um das Lastennetz nach oben zu holen.

„Darrick!“, brüllte Mat voller Sorge.

„Bleib bei dem Jungen“, befahl dieser ihm. „Ich will, dass er hier raus ist.“ Er warf sich nach hinten, um einem neuerlichen Schlag des Riesen auszuweichen, und rollte quer über das Deck, bis er zum Halt kam und gerade noch aufspringen konnte, als Bull ihn erneut attackierte.

Darrick war bewusst, dass das Netz zügig nach oben gezogen wurde und dass die Besatzung einer der anderen Koggen es geschafft hatte, eine Planke zwischen beide Schiffe zu legen und so an Bord zu gelangen. Er machte zwei rasche Schritte vorwärts, schätzte die Distanz zu Bull, und sprang dann nach vorn, das Kinn an den Oberkörper gedrückt. Er setzte in dem Moment zu einem Salto an, gerade als der Hüne nach ihm schlagen wollte.

Mitten im Salto sah Darrick in einer Kopfüber-Position, wie die Klinge von Bulls Entermesser ihn nur um wenige Zoll verfehlte – ein Schlag, der Darrick aus der Balance brachte und ihn zwang, sich ein wenig vorzubeugen. Er landete auf Schultern und Rücken des Hünen, fand sein Gleichgewicht wieder und brachte sich zwischen zwei Herzschläge in eine aufrechte Position, dann legte er alle Kraft in einen Sprung nach oben.

Während er mit einer Hand nach wie vor sein Entermesser festhielt, streckte er seinen Arm so weit aus wie nur möglich. Er konzentrierte sich auf das Lastennetz, das weiter nach oben gezogen wurde, und versuchte, seine Finger in die Maschen zu krallen, verfehlte sie aber um Bruchteile eines Zolls.

Dann aber bekam Mat ihn zu fassen und schloss seine kräftige Hand um Darricks Handgelenk. Obwohl dessen ganzes Gewicht an ihm zog, weigerte er sich, ihn wieder loszulassen. „Ich habe dich, Darrick.“

Am Netz hängend sah Darrick nach unten und erkannte, dass Raithen seine Hand schüttelte, in der irgendetwas Metallisches aufblitzte, als der Mann mit dem Arm zum Werfen ausholte. Als er dann warf, machte Darrick die schlanken Konturen eines Wurfmessers aus, das mit unbeirrbarer Präzision auf ihn zu geflogen kam und das Licht der Fackeln reflektierte. Darrick wusste, dass er nicht ausweichen konnte, also holte er mit seinem Entermesser aus.

Metall traf auf Metall, als das Entermesser die andere Klinge aus der Flugbahn schleuderte.

„Verdammt, Darrick“, rief Mat, „so was habe ich noch nie gesehen!“

„Das ist dein Glück“, sagte Darrick und sah in das wütende Gesicht des Piratenkapitäns, der nichts tun konnte, um sie noch aufzuhalten. Darrick war verdammt froh, dass er noch lebte, und war so dreist, dass er Raithen mit seiner Klinge salutierte. „Ein anderes Mal.“

Raithen wandte sich ab und schrie seiner Besatzung Befehle zu, um Ordnung in den wilden Haufen zu bringen.

Darrick drehte sich mit dem Lastennetz, das weiter nach oben gezogen wurde, und sah hinüber zu den Steinstufen, wo Maldrin von einem Piraten angegriffen wurde. Eine kurze Folge von Hieben mit dem Streithammer genügte dem Ersten Maat, um den Angreifer von den Stufen zu fegen und ihn ins Hafenbecken zu schleudern.

Dann streckten sich Hände aus und griffen nach dem Netz, um es auf die Klippe zu ziehen.

Darrick bekam die Felskante zu fassen und zog sich selbst hoch, während Mat das Netz durchtrennte, damit er und der Neffe des Königs sich herausgleiten lassen konnten.

Der Junge sprang auf. Blut lief aus Schnittwunden an Stirn, Nase und Ohrläppchen, während er sich die Verwüstung an der Klippe ansah. Dann wandte er sich zu Darrick um. „Habt Ihr und Eure Leute das gemacht?“

„Nein", sagte Darrick und betrachtete die Ruinen, die allesamt verändert schienen, als hätten sie eine neue Position eingenommen. Das Gebäude, das sie gesehen hatten und das von den Piraten als Unterkunft benutzt worden war, lag nun unter einem Geröll- und Schuttberg verschüttet.

Der Junge entfernte sich von Mat, der ihn untersucht hatte, um sicher zu sein, dass er keine schweren Verletzungen davongetragen hatte. Ein kalter Wind wehte von den Hawk's Beak Mountains herab und zerzauste das Haar des Jungen.

„Was haben sie getan?", fragte der Junge tonlos. „Kabraxis ist nur ein Mythos. Auch das Tor zu den Brennenden Höllen ist nur ein Mythos." Er sah Darrick an. „Nicht wahr?"

Darrick wusste nicht, was er dem Jungen antworten sollte.

Eine Horde höllischer Insekten kam durch das klaffende Maul des Dämonentors auf Buyard Cholik zu geflogen.

Er hob seine Arme und sprach über das furchterregende Wehklagen der Insektenflügel hinweg die Worte eines Schutzzaubers, während er versuchte, nicht der nackten Angst nachzugeben, die ihn fast zu überwältigen drohte. Er wusste nicht, ob der Zauber bei diesen Kreaturen Wirkung zeigen würde, doch er wusste, dass er in seiner momentanen Verfassung nicht darauf hoffen konnte, einfach rennend davonzukommen.

Die Insekten flogen an Cholik vorbei. Es war eine fließende Masse aus türkisfarbenen und flaschengrünen Panzern und Flügeln, die von Fackeln und Laternen erhellt wurden, welche benutzt worden waren, um jenen Teil der Höhle auszuleuchten, wo die Arbeiten stattgefunden hatten. Als die Insekten die vorderste Reihe der Sklaven erreicht hatten, bohrten sie sich wie Pfeile in die Leiber ihrer Opfer und zerfetzten deren Kleidung, um an das Fleisch darunter zu gelangen.

Die Sklaven schrien vor Schmerz, ihr Wehklagen konnte das Dröhnen der Insektenflügel kaum übertönen.

Cholik sah neugierig und angewidert in einem zu, wie die Sklaven aus ihren Verstecken sprangen. Er hoffte, dass sie für einen

Dämon als Opfer genügten. Die Insekten schoben sich im Fleisch der Sklaven weiter und sahen aus wie Dutzende von Geschwüren und Abszessen, die unablässig in Bewegung waren. Wahnsinnig vor Schmerz und Entsetzen, versuchten die Sklaven, wegzulaufen. Den meisten gelang es allenfalls, drei oder vier Schritte zurückzulegen, ehe ihr Körper aufplatzte und sie auf den Höhlenboden sanken. Mit ihnen gingen auch etliche Fackeln zu Boden, die als einzelne Feuer auf einer Linie bis hin zum Eingang brannten.

Nach Sekunden waren mehr als die Hälfte aller Sklaven, Söldner und Priester tot, ihr Fleisch von den dämonischen Insekten bis auf die Knochen abgenagt – blutige Skelette, die im Fackelschein glänzten. Während die Insekten weitere Opfer ihres Fleischs beraubten, sah es aus, als wäre in der Höhle ein blutroter Nebel aufgezogen. Die Insekten ließen von ihrer Beute erst ab, als diese tot war, dann flogen sie hinauf zur Höhlendecke und suchten zwischen den Stalaktiten Zuflucht. Ihr Summen ließ ein wenig nach, als sie zu Zuschauern jener Ereignisse wurden, die nun folgten.

Buyard Cholik starrte in die Finsternis jenseits der offen stehenden Türflügel. Tief in seinen Knochen verspürte er Furcht, die aber nichts damit zu tun hatte, was vor ihm lag. Zugegeben, er fürchtete sich auch ein wenig vor dem Unbekannten. Doch seine größte Angst war, dass die Macht, die er auf der anderen Seite dieses Tors gefunden hatte, vielleicht nicht genügen würde, um all die Schäden zu beheben, die der Zahn der Zeit verursacht hatte.

Vielleicht würde die Macht auf der anderen Seite ihn aber auch als ungeeignet beurteilen, oder sie würde ihn gar nicht wollen.

Der Gedanke, von einem Dämon abgewiesen zu werden, nachdem er sich von der Kirche von Zakarum abgewandt hatte, war einfach zu entsetzlich, um ihn überhaupt zu erwägen.

„Meister“, flüsterte Altharin. Irgendwie war es dem Mann gelungen, der Vernichtung zu entkommen, die die Meisten rund um Cholik heimgesucht hatte. „Meister, wir sollten gehen.“

„Dann geh“, erwiderte Cholik, ohne den Mann anzusehen.

„Dies ist ein Ort des Bösen“, sagte Altharin.

„Ja, natürlich.“ Cholik zog sein Gewand enger um sich, atmete noch einmal tief durch und ging dann auf das Tor zu – und damit seinem Schicksal entgegen.

Selbst als er im Durchgang stand, konnte Cholik nichts als Finsternis erkennen. An der Schwelle zögerte er kurz und war versucht, etwas zu rufen. Aber würde ein Dämon antworten, wenn er sprach? Er wusste es nicht. In den Texten, die er studiert hatte, waren alle Informationen zu finden gewesen, die er benötigte, um es bis hierher zu schaffen. Doch was nach diesem Punkt geschehen würde, darüber hatte er nichts mehr finden können.

Wenn die Schriften die Wahrheit enthielten, dann wartete irgendwo vor ihm Kabraxis auf den Mann, der ihn in diese Welt zurückbringen sollte.

Eine kalte Brise schlug dem alten Priester aus der gähnenden Leere entgegen. Vielleicht hätte er noch kehrtmachen können, doch der Wind erinnerte Cholik nur an die Kälte, die ihn in seinem Grab erwartete. Es war besser, fand er, heute Nacht eines unerhofften Todes zu sterben, anstatt mit zerstörten Hoffnungen und ohne jegliche Kraft weiterzusiechen.

Aber noch viel besser würde es sein, zu leben und erfolgreich gewesen zu sein.

Er machte einen Schritt nach vorn und trat in den dunklen Raum ein. Sofort wurde das gleichmäßige Summen der Insekten an der Höhlendecke leiser. Er wusste, dass diese Veränderung nicht einfach nur damit zu tun hatte, dass er in dem Höhlensystem unter Ransim und Tauruk's Port ein weiteres Gewölbe betrat. Der Lärm wurde leiser, weil er sich in Wahrheit mit nur einem Schritt viel, viel weiter von dieser Höhle entfernt hatte.

Die Kälte fraß sich in Choliks Fleisch, doch seine Angst und seine Entschlossenheit, den Tod abzuwenden, trieben ihn weiter voran. Der Lichtschein aus der Höhle hinter ihm machte es ihm möglich, die Wände des schmalen Stollens zu erkennen, durch den er sich bewegte. Was jedoch vor ihm lag, konnte er noch immer nicht sehen.

Du bist ein Mensch, dröhnte eine tiefe Stimme im Kopf des Priesters.

Vor Schreck hätte Cholik fast gestottert. „Ja“, sagte er.

Nur ein schwacher Mensch. Und du willst dich einem Dämon stellen? Die Stimme klang amüsiert.

„Menschen haben Dämonen vernichtet“, erwiderte Cholik und ging weiter durch die Enge.

Sie haben sie nicht vernichtet, widersprach die tiefe Stimme. *Es ist ihnen lediglich gelungen, Dämonen von ihrer Welt zu verbannen. Doch nur für eine Weile. Diablo ist zurückgekehrt. Andere wurden niemals vertrieben. Wieder andere lauern noch in ihren Verstecken, Dämonen, von deren Existenz die Menschen überhaupt nichts wissen.*

„Wurdet Ihr verbannt?“, fragte Cholik.

Willst du mich verhöhnen, Mensch?

„Nein“, erwiderte Cholik und nahm all seinen Mut zusammen. Die alten Texte hatten zwar keinerlei Hinweise darauf gegeben, was sich auf dieser Seite des Portals befinden würde, doch er wusste aus anderen Dokumenten, dass Dämonen Furcht verachteten. Furcht war ein Werkzeug ähnlich dem Hammer eines Schmieds, das benutzt wurde, um die Menschen, über die sie die Kontrolle hatten, zu beugen und zu formen. Einem Dämon zu begegnen, bedeutete, diese Furcht beherrschen zu müssen.

Mach dir nichts vor, Mensch. Du fürchtest dich vor mir.

„So, wie ich mich davor fürchten würde, von einer hohen Klippe abzustürzen“, stimmte Cholik ihm zu. „Doch um sie zu besteigen, muss sich der Mensch der Angst vor dem Absturz stellen und sie überwinden.“

Und du hast deine Angst überwunden?

Cholik benetzte seine Lippen. All die Schmerzen und Leiden, die sein fortgeschrittenes Alter mit sich brachte, machten sich wieder bemerkbar und ließen ihn spüren, dass der Zauber nachließ, den er gewirkt hatte, um sich die Lebensenergie des Sklaven anzueignen. „Ich fürchte mich weniger vor einem plötzlichen Tod als davor, dass mein Leben in der immer umfassender versagenden Hülle meines Körpers gefangen sein wird.“

Ich bin ein Dämon, Buyard Cholik. Weißt du nicht, dass du einen Jahrhunderte langen Tod riskierst?

Cholik strauchelte in der Dunkelheit. Daran hatte er noch gar nicht gedacht. In all den Jahren, in denen er sich mit Kabraxis und dem Dunklen Pfad befasst hatte, war er immer nur auf der Suche nach Wissen gewesen. Nachdem er Raithen für sich gewonnen hatte, damit dieser ihn mit Sklaven und einem Transportmittel versorgte, waren seine Gedanken ausschließlich darauf ausgerichtet gewesen, in den Ruinen von Ransim zu graben und das Tor zu entdecken.

Cholik bemühte sich, seine Stimme kraftvoll klingen zu lassen. „Ihr sucht einen Weg, der Euch aus Eurem Gefängnis führt, Lord Kabraxis. Ich kann dieser Weg sein.“

Du? Wo du so gebrechlich und schwach und dem Tode nah bist? Der Dämon lachte auf. Das schallende Dröhnen, das in dem Stollen gefangen war, hatte einen durchdringenden Klang und ließ Cholik erzittern.

„Du kannst mich wieder erstarken lassen“, erwiderte Cholik. „Du kannst mir meine Jugend zurückgeben. Ich habe gelesen, dass du die Macht dazu besitzt. Du brauchst einen Mann, der jung ist, damit er dir hilft, dir die Kräfte wiederzugeben, die du einst in meiner Welt besessen hast.“ Er machte eine kurze Pause. „Du kannst mich zu diesem Mann machen.“

Das glaubst du wirklich?

„Ja.“ Buyard Cholik glaubte an die Macht des Dämons ebenso wie an alles, woran er in der Kirche von Zakarum geglaubt hatte. Wenn ein Glaube verkehrt war, war auch jeder andere verkehrt, doch wenn einer richtig war …

Dann komm her, Buyard Cholik, einstiger Priester der Kirche von Zakarum und keines Dämons Freund. Komm her und lass uns sehen, was aus dir werden kann.

Nervöse Angst und Vorahnung stiegen in dem alten Priester auf. Übelkeit erfasste seinen Magen, und einen Moment lang glaubte er, er müsse sich übergeben. Er riss sich zusammen und ließ dafür alle Techniken zur Anwendung kommen, die er im Dienst für die Kirche erlernt hatte. So zwang er sich, seinen müden und schmerzenden Körper weiter voranzutreiben.

Vor ihm tauchte in der Dunkelheit ein Stern auf, der ein zartes silbernes Licht nach allen Richtungen verbreitete. Die Felswände zu beiden Seiten schmolzen dahin, und übrig blieb nur die Schwärze der Nacht. Er war nicht länger von einer Höhle umgeben, sondern stand auf einem Pfad, der sich über den tiefsten Abhang erstreckte, den er je zu sehen bekommen hatte. Was sich unter dem Pfad befand, auf dem er ging, konnte er nicht erkennen, bis ihm auf einmal bewusst wurde, dass er nicht länger einen steinernen Boden unter seinen Füßen hatte, sondern eine leicht schwankende Brücke aus menschlichen Knochen.

Arm- und Beinknochen sowie Rippen bildeten diese Brücke, immer wieder unterbrochen von einem Schädel, mal einem vollständig erhaltenen, mal einem teilweise zertrümmerten. Cholik wurde langsamer und merkte, wie die Brücke schwindelerregend schwankte. Ein Schädel rutschte aus der Konstruktion heraus, rollte polternd und klappernd über die Knochen, bis er gegen einen Hüftknochen prallte und von der Brücke fiel.

Cholik sah dem Schädel nach, dessen zerbrochener Unterkiefer so offen stand, als würde er schreien. Der Schädel fiel und fiel, drehte sich unablässig um seine eigene Achse und verschwand in der Finsternis, als das Licht des silbernen Sterns ihn nicht mehr erreichte, der am Ende der Brücke auf Cholik wartete. Erst da fiel dem Priester auf, dass die Knochen nicht durch irgendeine Art von Mörtel zusammengehalten wurden, sondern kreuz und quer lagen und so ineinander griffen, dass sie jedem trügerischen Halt boten, der über die Brücke ging.

Möchtest du umkehren, Buyard Cholik?

Bevor er sich dagegen wehren konnte, sah Cholik nach hinten. In einiger Entfernung – wie weit entfernt, konnte er nicht sagen – war die rechteckige Toröffnung zu erkennen, die in die Höhlen unter Ransim zurückführte. Die Fackeln und Laternen flackerten in der Höhle, und auf dem unebenen Boden schimmerten die Skelette derer, die ihm geholfen hatten, das Tor freizulegen. Der Gedanke, in diese scheinbar sichere Höhle zurückzukehren, schlich sich in Choliks Verstand ein.

Da erschütterte eine Explosion die Brücke, und Cholik musste voller Entsetzen mitansehen, wie ein Teil der Knochen in die Höhe gewirbelt wurde, Blättern gleich durch die Dunkelheit flog und sich unablässig drehte.

Die Lücke, die die Explosion in die Brücke gerissen hatte, war zu groß, als dass Cholik sie mit einem Sprung hätte überwinden können. Der alte Priester begriff, dass er auf der Brücke gefangen war.

Lass dies deine erste Lektion sein, sagte der Dämon. *Ich werde deine Kraft sein, wenn du selbst keine Kraft hast.*

Cholik wusste, dass er verdammt war. Er drehte sich um und sah wieder nach vorn. Der silberne Stern leuchtete nun kräftiger und ließ mehr von dem vor ihm liegenden Pfad erkennen. Die Knochenbrücke führte weiter hinauf, verlief aber in einem Zickzackkurs nach oben. An den Stellen, an denen der Weg einen Knick in die eine oder andere Richtung machte, schienen Bäume zu stehen.

Cholik zögerte und versuchte, mehr Kraft aufzubringen, obwohl er wusste, dass sein Körper nichts mehr zu bieten hatte.

Komm, Buyard Cholik, verhöhnte ihn der Dämon. *Du hast deine Entscheidung getroffen, als du dieses Portal durchschritten hast. Es war nur eine Illusion, dass du in der Lage sein könntest, es dir unterwegs noch einmal zu überlegen.*

Cholik hatte das Gefühl, als würde sich eine riesige Hand um seine Brust legen und den Atem aus seinen Lungen quetschen. War das sein Herz? Würde es nun doch versagen? Oder war es die Rache Zakarums dafür, dass er die Kirche verlassen hatte?

Natürlich könntest du dich auch einfach von der Brücke stürzen, sagte Kabraxis.

Für einen kurzen Augenblick fühlte Cholik sich versucht. Die Versuchung war aber nicht durch Angst begründet, sondern durch ein aufkeimendes Rebellieren. Doch das war im nächsten Moment schon wieder vorbei. Die Angst vor dem Tod war ein in ihm tosender Scheiterhaufen. Er nahm einen Fuß hoch und ging weiter.

Als er sich dem ersten der Bäume näherte, sah er, dass sie Früchte trugen. Als er noch näher kam, erkannte er, dass es sich bei diesen Früchten um winzige Menschenköpfe handelte. Die kleinen Gesichter waren vor Angst verzerrt. Ihre Lippen bewegten sich, um ein Flehen auszustoßen. Auch wenn Cholik nicht verstehen konnte, was genau sie sagten, verstand er den Schmerz in ihren Worten. Das Geräusch war wie eine Unterströmung, ein Ansturm aus Schmerz und Verzweiflung, der auf eine grausame Weise sogar melodisch war.

Gequälte Stimmen, erklärte Kabraxis. *Sind das nicht die schönsten Klänge, die du je gehört hast?*

Cholik ging zur nächsten Biegung, an der ein weiterer Baum stand, aus dem ebenfalls ein Chor der Hoffnungslosigkeit und des Schmerzes ertönte. Sein Atem brannte tief in seinen Lungen, und es kam ihm vor, als ob jemand Eisenbänder um seine Brust gelegt hätte.

Er schwankte.

Komm schon, Buyard Cholik. Es ist nicht mehr weit. Oder möchtest du lieber da sterben und zu einer der Früchte an dem Baum werden?

Die Schmerzen bewirkten, dass der alte Priester nicht mehr klar sehen konnte. Dennoch hob er nach der nächsten Kurve den Kopf und erkannte, dass die Brücke bis zu einer kleinen Insel, die mitten in der Finsternis trieb, gerade verlief. Der silberne Stern hing zwischen den Schultern einer riesigen humanoiden Gestalt, die auf einem steinernen Thron saß.

Cholik wusste, dass er vom Tod nicht mehr weit entfernt war. Er keuchte und konnte nur noch flache Atemzüge machen. Und doch schaffte er den letzten Anstieg und blieb vor der gewaltigen Gestalt auf dem Thron stehen. Völlig entkräftet sank der alte Priester auf den rauen schwarzen Fels, der die Insel bildete, sank auf Hände und Knie und hustete kraftlos. In seinem Mund machte sich der kupferne Geschmack von Blut breit, und dann sah er, wie scharlachrote Fäden auf den schwarzen Fels auftrafen. Fassungslos und entsetzt beobachtete er, wie der Fels das Blut in sich aufnahm und es trank, bis keine Spur mehr davon übrig war.

Sieh mich an.

Von Schmerzen geschüttelt und von der Überzeugung erfüllt, dass der Tod unmittelbar bevorstand, hob Cholik den Kopf. „Ihr solltet Euch besser beeilen, Lord Kabraxis."

Selbst im Sitzen war der Dämon größer als der aufrecht stehende Cholik. Der alte Priester schätzte, dass Kabraxis mindestens doppelt so groß war wie ein Mensch, vielleicht sogar fünfzehn Fuß groß.

Der gewaltige, breite Körper des Dämons bestand aus schwarzem Fleisch, marmoriert von einem blauen Feuer, das in ihm brannte und sich durch seinen Leib bewegte. Sein Gesicht war schrecklich anzuschauen, geschaffen aus kantigen Flächen und rudimentären Zügen: zwei umgekehrte dreieckige Augen, keine Nase, nur zwei pechschwarze Atemlöcher, ein lippenloser, klaffender Mund voller gelblicher Fangzähne. Zuckende Giftvipern wuchsen aus seinem Kopf, die alle die wunderschönen, kühlen Kristallfarben des Regenbogens hatten.

Weißt du vom Dunklen Pfad? wollte der Dämon wissen und beugte sich vor. Jeglicher Spott war aus seiner Stimme verschwunden.

„Ja", keuchte Cholik.

Bist du bereit, dich dem zu stellen, was dich auf dem Dunklen Pfad erwartet?

„Ja."

Dann tu es. Kabraxis streckte die Arme aus und legte seine riesigen Hände um Choliks Kopf. Die Klauen des Dämons stachen in den Kopf des alten Priesters und bohrten sich in dessen Schädel.

Choliks Sinne schwanden. Tränen stiegen ihm in die Augen, als er in das monstergleiche Gesicht des Dämons sah und Kabraxis' stinkenden Atem roch. Ehe er wusste, wie ihm geschah, schrie Cholik.

Der Dämon lachte nur, und dann hüllte er ihn in seinen feurigen Atem.

Neun

Raithen betrachtete stumm den Hafen von Tauruk's Port. Er wusste, dass zwei der drei Koggen verloren waren. Die Flammen hatten sich am Mast nach oben gefressen und bereits so stark auf Takelage und Segel ausgeweitet, dass sie nicht mehr gelöscht werden konnten.

Mit finsterer Entschlossenheit schritt er über das Deck der *Barracuda*. „Runter vom Schiff", befahl er den Piraten, die mehr Angst vor ihm als vor dem Feuer hatten und immer noch versuchten, es zu bekämpfen. Die Anstrengung, ihnen den Befehl zuzubrüllen, verursachte ihm Schmerzen im verletzten Hals.

Die Piraten gehorchten sofort und zeigten kein Bedauern darüber, dass sie ihr Schiff im Stich ließen. Wenn es auf Kosten einiger Piratenleben hätte gerettet werden können, wäre dies für Raithen akzeptabel gewesen. Doch es war indiskutabel, weitere Männer zu opfern, wenn das Schiff ohnehin als verloren betrachtet werden musste.

Raithen machte einen Satz auf die Planke zu, die zum schmalen Uferstreifen unterhalb des Felsvorsprungs führte. Steinbrocken säumten den Pfad, der zu den in Stein gehauenen Stufen führte. Auch dort lagen etliche tote Piraten, die alle den Marine-Soldaten zum Opfer gefallen waren, als diese den Jungen mitgenommen hatten. Weitere Piraten waren in den Fluss gestürzt und davongetrieben worden. Der alte Mann mit dem Streithammer war zur Inkarnation des Todes geworden, als er das Ende der Stufen verteidigte. Bogenschützen aus Westmarch hatten einige Minuten lang für verheerende Verluste gesorgt, bis die Piraten ihre Versuche einstellten, die Klippe erstürmen zu wollen.

Raithen wusste, dass die Truppen aus Westmarch nun wieder fort waren und den Jungen mitgenommen hatten. Der Piratenkapitän ging zu der brennenden Kogge, die von der *Barracuda* aus betrachtet flussabwärts lag, blieb vor dem Tau stehen, mit dem das Schiff festgemacht war, und durchtrennte es mit einem einzigen kraftvollen Schlag der Axt, die er von der *Barracuda* mitgebracht hatte.

Die brennende Kogge wurde von der Strömung erfasst und mitgezogen. Sie war nicht länger ein Schiff, sondern nur noch ein schwimmender Scheiterhaufen.

„Auf die *Barracuda!*“, befahl Raithen seinen Leuten. „Greift euch Bootshaken und sorgt dafür, dass uns dieser verdammte brennende Kahn fernbleibt.“ Er ging zurück zur anderen hell lodernden Kogge, wartete, bis die Piraten mit den Bootshaken die Reling der *Barracuda* säumten und durchtrennte dann das Tau.

Die Strömung erfasste auch diese brennende Kogge und begann, sie gegen das halbwegs unversehrt gebliebene, dritte Schiff zu schieben. Die Piraten taten das ihre, damit sie der *Barracuda* fernblieb. Deren Rumpf war zwar beschädigt, aber er war entschlossen, sie zu retten. Ohne diese Kogge stand ihnen ein langer, beschwerlicher Fußmarsch bevor, um die Hauptschiffe der Piratenflotte zu erreichen.

Raithen verfluchte seine Piraten, dann gab er es auf und kehrte auf die *Barracuda* zurück, um selbst einen der Bootshaken zu nehmen. Er spürte die Hitze der Flammen in seinem Gesicht, trieb aber unablässig seine Leute an. Von den Bootshaken dirigiert, bewegte sich die brennende Kogge schließlich um die *Barracuda* herum und trieb davon.

Die Piraten begannen zu jubeln.

Wutentbrannt packte Raithen die beiden Männer, die sich in seiner unmittelbaren Nähe aufhielten, und warf sie über die Reling. Die anderen Piraten wichen sofort zurück, da sie wussten, dass auch sie den Zorn ihres Kapitäns zu spüren bekommen würden, wenn sie in seiner Nähe blieben. Bull war der Erste, der sich zurückzog. In seiner Hast rannte er drei andere Männer um.

Raithen zog sein Schwert, das im Lichtschein der Flammen aufblitzte, und sah seine Männer an. „Ihr verdammten Idioten. Wir haben gerade eben zwei unserer Schiffe verloren, außerdem unser Hafenversteck und die Beute, die wir von hier nicht mehr weg bekommen. Und ihr steht hier und jubelt, als hättet ihr irgendetwas geleistet?“

Die Gesichter der Piraten waren von Ruß geschwärzt, und etliche der Männer hatten Brandwunden und Verletzungen von dem kurzen Gefecht mit den Seeleuten aus Westmarch davongetragen.

„Ich will, dass eine Gruppe sofort damit beginnt, das Schiff leer zu pumpen und die notwendigen Reparaturen auszuführen!“, brüllte Raithen. „Wir legen bei Sonnenaufgang ab. Diese verdammten Soldaten aus Westmarch können bis dahin unmöglich die Flussmündung gesperrt haben. Bull, du und ein paar andere begleiten mich.“

„Und wohin?“, fragte Bull.

„Wir werden diesen verdammten Priester suchen“, erwiderte der Kapitän. „Wenn er mich dazu überreden kann, werde ich ihn leiden lassen – indem ich ihn am Leben lasse und sogar von hier wegbringe. Aber es wird ihn einiges kosten.“ Er berührte seinen wunden Hals. „Und wenn nicht, dann werde ich dafür sorgen, dass er tot ist, bevor wir ablegen. Außerdem werde ich ihm die Schätze abnehmen, die er in dieser vergrabenen Stadt entdeckt hat.“

„Aber, Käptn Raithen“, wandte einer der Piraten ein. „Diese Explosion, die die Klippe zerfetzt und alle Ruinen dem Erdboden gleich gemacht hat … also, die kam von da, wo der Priester gräbt. Ich bin dort hergekommen, als die Häuser einstürzten. Die Priester sind bestimmt alle tot.“

„Dann werden wir eben die Toten ausrauben, wenn wir sie finden“, gab Raithen ungerührt zurück. „Ich habe damit keine Probleme.“ Er wandte sich ab und ging in Richtung der Felswand. Beim Erklimmen der abgewetzten, schiefen Steinstufen musste er immer wieder Geröll und Leichen aus dem Weg schieben. Wenigstens an Buyard Cholik wollte er sich rächen, wenn der Priester bei der mysteriösen Explosion nicht bereits umgekommen war.

„Ich geh nicht weiter! Ich geh nicht weiter, ich sag’s Euch!“

Darrick Lang sah zu, wie der Junge strampelte und sich gegen Mat und einen der anderen Matrosen wehrte, die ihn in Richtung der

Hawk's Beak Mountains zu ziehen versuchten, um ihn auf die *Lonesome Star* im Golf von Westmarch und damit in Sicherheit zu bringen.

„Bitte!", brüllte der Junge. „Bitte! Ihr müsst Euch anhören, was ich zu erzählen habe!"

Frustriert gab Darrick ein Zeichen, damit Mat und der andere Mann stehen blieben. Sie hatten einen Punkt des Gebirgszugs erreicht, der hoch genug lag, um den Hafen und die Ruinen der Stadt zu überblicken. Unter ihnen auf dem Fluss zog eben die zweite brennende Kogge vorüber. Etliche Piraten hielten sich noch inmitten der Ruinen auf und waren auf dem Weg zum Hafen, doch eine Anzahl von Laternen und Fackeln, die auf den Steinstufen nach oben getragen wurden, machten deutlich, dass die Piraten noch nicht bereit waren, den Hafen aufzugeben.

„Was soll ich mir denn anhören?", fragte Darrick.

„Der Dämon", sagte der Junge, der keuchend nach Luft schnappte, da sie ihn zu einem hohen Tempo angetrieben hatten, nachdem er von ihnen auf den Felsvorsprung geholt worden war. Er war zu groß, um getragen zu werden, also hatte Darrick ihn am Kragen gepackt und ihn mit sich den Berg hochgeschleppt, bis dieser nicht mehr weiterkonnte.

„Welcher Dämon?", wollte Mat wissen und kniete sich hin, um dem Jungen direkt ins Gesicht schauen zu können.

Nachdem er so viele Jahre mit jüngeren Brüdern und Schwestern im fruchtbaren Haushalt der Hu-Rings verbracht hatte, wusste Darrick, dass Mat für Kinder viel mehr Geduld aufbrachte als er selbst.

„Wir brauchen dieses Gerede von verdammten Dämonen nicht", knurrte Maldrin. Der alte Erste Maat war mit Blut besudelt, doch nur wenig davon stammte von ihm selbst – trotz des beherzten Kampfes, den er am Ende der Steintreppe geführt hatte, bis die Bogenschützen dazugekommen waren, um die Angreifer zu töten oder diejenigen zu verjagen, die nicht auf den Tod versessen waren, besaß Maldrin noch immer reichlich Ausdauer. Alle an Bord der *Lonesome Star* glaubten, dass der bärbeißige alte Maat mit jedem Matrosen, der mit ihm zur See fuhr, bei einem Gewaltmarsch so lange Schritt halten konnte, bis dieser tot umfiel. Und dann würde Maldrin seine Stiefel neu schnüren und noch einige Meilen weiterstapfen. „Bislang sind wir vom Pech verschont geblieben. Und ich möchte nicht, dass sich daran irgendetwas ändert."

„Der Piratenkapitän", sagte Lhex, „hat mir das Zeichen von Kabraxis gezeigt."

„Und dieser Kabraxis", fuhr Mat fort, „ist wohl dieser Dämon, von dem du sprichst, wie?"

„Ja", erwiderte Lhex und sah in Richtung der Ruinen von Tauruk's Port. „Das Tor zu Kabraxis' Hort muss sich irgendwo da unten befinden. Ich hörte die Piraten darüber reden, dass die Priester dort mit Ausgrabungsarbeiten beschäftigt waren."

„Welches Zeichen?", hakte Mat nach.

„Kapitän Raithen hat mir das Zeichen von Kabraxis gezeigt", erklärte Lhex.

„Und wie kommt es", mischte sich Darrick mit schneidendem Tonfall ein, „dass du so viel über Dämonen weißt?"

Lhex verdrehte die Augen und warf Darrick einen geringschätzigen Blick zu. „Ich wurde nach Lut Gholein geschickt, um von Priestern ausgebildet zu werden. Ich bin dort vier Jahre zur Schule gegangen. Einige unserer wichtigsten Philosophiebücher thematisieren den Kampf zwischen den Menschen und ihren Dämonen. Sie sollen eigentlich nicht real sein, aber was, wenn doch? Was, wenn Kabraxis sich leibhaftig irgendwo in den Ruinen der Stadt aufhält?"

Wind fauchte von den Gipfeln der Hawk's Beak Mountains herab und ließ Darrick frösteln. Sein Haar war schweißnass von den Anstrengungen des Aufstiegs, dennoch umwehte es seinen Kopf, als er zu den Ruinen der Stadt hinabsah. Piraten hasteten über den Felsvorsprung; ihre Laternen und Fackeln durchdrangen den dräuenden Nebel und wurden vom Dyre reflektiert.

„Wir haben mit Dämonen nichts zu schaffen, Junge", sagte Darrick. „Unser Befehl lautet, dich zu befreien und sicher nach Hause zu bringen, und das will ich auch tun."

„Wir reden hier von einem Dämon", beharrte Lhex.

„Ich bin kein Kapitän", erwiderte Darrick.

„Aber diese Männer folgen Euch.“

„Aye. Trotzdem bin ich kein Kapitän. Mein eigener Kapitän hat mir befohlen, dich zurückzuholen, und genau das werde ich.“

„Und wenn die Piraten den Dämon finden?“, fragte Lhex.

„Die dürfen meinetwegen auf jeden noch so wilden Dämon stoßen, sage ich“, warf Maldrin ein. „Aber rechtschaffene Männer geben sich nicht mit solchem Gezücht ab.“

„Nein“, sagte der Junge ernst. „Aber dieses ‚Gezücht‘, wie Ihr es nennt, stiehlt rechtschaffenen Menschen die Seele. Und Kabraxis war einer der Schlimmsten, als er sich in diesen Ländern bewegte.“

„Du bringst mich nicht dazu, an Dämonen zu glauben“, gab Tomas zurück, dessen Miene Argwohn ausdrückte. „Geschichten. Legenden sind nur irgendwelche Geschichten, weiter nichts. Sie sollen einen Mann einfach nur zum Lachen bringen, und manchmal sollen sie ihm auch ein leichtes Gruseln bescheren.“

„Kabraxis“, sagte Lhex, „wurde auch als der Dieb der Hoffnung bezeichnet. Menschen, die seine Ketten trugen, starben. Ketten, die sie sich selbst geschaffen hatten, weil sie glaubten, dass er ihnen Erlösung von Sünden, Reichtum, Privilegien und allem anderen schenken würde, was Sterbliche je interessiert hat.“

Darrick deutete mit einer Kopfbewegung auf das, was noch von der Stadt übrig war. „Wenn Kabraxis dafür verantwortlich ist, dann würde ich sagen, dass er den Piraten und Priestern ausgesprochen dankbar sein dürfte, weil sie ihn aufgeweckt haben.“

„Nicht aufgeweckt“, korrigierte ihn Lhex. „Sondern in diese Welt zurückgebracht. Das Erzböse half mit, ihn von diesem Ort zu verbannen, weil Kabraxis zu mächtig geworden war.“

„Ich möchte wetten, dass er für die drei keine Bedrohung dargestellt hat“, erklärte Maldrin. „Sonst hätte ich über ihn sicher etwas mitbekommen, weil das eine verdammt blutige Schlacht gewesen wäre.“

Der Wind zerzauste das Haar des Jungen. Ein Blitz zuckte über den Himmel und ließ Lhex’ Gesichtszüge so bleich wie Knochen erscheinen. „Diablo und seine Brüder fürchteten sich vor Kabraxis. Er ist ein geduldiger Dämon, der im Verborgenen wirkt und sich alle Zeit nimmt, die nötig ist. Wenn es für Kabraxis einen Weg zurück in diese Welt gibt, dann müssen wir das wissen. Wir müssen bereit für ihn sein."

„Meine Aufgabe ist es, dich nach Westmarch und zurück zum König zu bringen", machte Darrick dem Jungen abermals klar.

„Ihr werdet mich dorthin schon tragen müssen", sagte Lhex. „Ich rühre mich nicht von der Stelle."

„Skipper", meinte Maldrin, „tut mir Leid, wenn ich das so sagen muss, aber wir werden weder zügig noch sicher vorankommen, wenn wir einen verstockten Jungen mit uns herumschleppen."

Das wusste Darrick auch. Er holte tief Luft, nahm die Anzeichen nahenden Sturms wahr und sagte mit harter Stimme: „Dann werde ich dich am besten hier zurücklassen und dem König sagen, dass ich dir nicht rechtzeitig zu Hilfe kommen konnte."

Der Junge starrte Darrick mit seinen dunklen Augen nur für einen kurzen Moment an. „Das würdet Ihr niemals tun. Das könnt Ihr nicht."

Darrick warf ihm einen finsteren Blick zu, hoffte, den Jungen damit einschüchtern zu können.

„Und wenn Ihr mich mitnehmt, ohne zuerst nach dem Dämon zu sehen", drohte Lhex, „werde ich dem König sagen, dass Ihr die Gelegenheit nicht genutzt habt, um mehr über ihn in Erfahrung zu bringen. Nach den Problemen in Tristram kann ich mir nicht vorstellen, dass mein Onkel sehr erfreut darauf reagieren wird, wenn einer seiner Seeleute seiner Pflicht nicht nachkommt, so viel wie möglich in Erfahrung zu bringen." Der Junge hob seine Augenbrauen. „Ihr etwa?"

Darrick schwieg einen Moment lang und schien bereit, Lhex doch noch mit Nachdruck dazu zu bringen, klein beizugeben. Doch selbst wenn Lhex hier und jetzt einlenkte, war Darrick klar, dass der Junge ihm später, beim König, Schwierigkeiten bereiten konnte. Der König würde alles wissen wollen. Und auch wenn die Möglichkeit, einem Dämon zu begegnen, ihn mit Furcht erfüllte, war Darrick zugleich neugierig, was dahinter steckte.

„Nein", sagte Darrick schließlich. „Ich glaube, der König würde überhaupt nicht erfreut darüber sein." Er hob seine Stimme. „Maldrin!"

„Aye, Skipper."

„Kannst du den Jungen mit Mat und ein paar anderen zur Barkasse bringen?“ Darrick sah Lhex hat. „Vorausgesetzt, er verspricht, sich anständig zu benehmen.“

„Aye“, antwortete Maldrin widerwillig. „Wenn es sein muss, fessele ich ihn und lasse ihn so den Abhang hinab.“ Er warf dem Jungen einen kurzen Blick zu, dann konzentrierte er sich wieder auf Darrick. „Ich weiß nicht, ob es wirklich ratsam ist, dass du dich so unverzüglich auf den Weg machst.“

„Man hat mir auch noch nie den Vorwurf machen können, übermäßig weise zu handeln“, erwiderte Darrick trocken.

„Mich lässt du aber nicht hier zurück“, mischte sich Mat kopfschüttelnd ein. „Wenn auf Dämonenjagd gegangen wird, dann wirst du dich schon mit meiner Gesellschaft abfinden müssen.“

Darrick sah seinen ältesten und zugleich treuesten Freund an, den er auf der Welt hatte. „Aye, ich danke dir. Aber auch wenn ich froh bin, auf dich bauen zu können, wird uns wohl nichts wirklich Erfreuliches erwarten.“

Mat lächelte. „Es wird ein Abenteuer, von dem wir unseren Kindern und Kindeskindern erzählen können, während wir beide, du und ich, sie als Greise auf unseren Knien schaukeln.“

„*Ich* sollte Euch begleiten“, verkündete Lhex unvermittelt.

Darrick blickte den Jungen an. „Nein, du hast es jetzt wirklich weit genug getrieben. Diese Sache überlässt du gefälligst uns. Der König wird auch nicht erfreut sein, wenn er hört, dass sein Neffe sich höchst undankbar gezeigt hat, von Männern gerettet zu werden, die ihr Leben für ihn riskierten. Ist das jetzt ein für alle Mal klar?“

Der Junge nickte widerstrebend.

„Du hast dich bei deiner Befreiung auf dem Piratenschiff sehr gut geschlagen“, lobte Darrick. „Nun erwarte von dir das gleiche vorbildliche Verhalten, wenn du dich den Männern anschließt, die ich bitten werde, dich mit ihrem Leben zu verteidigen. Sind wir uns darin einig?“

„Aber ich kann den Dämon identifizieren ...“, wandte Lhex ein.

„Ach, Junge“, unterbrach ihn Darrick kopfschüttelnd, „ich glaube, ich werde einen Dämon auch ohne dich erkennen, sobald ich einen vor mir sehe.“

Der aufziehende Sturm nahm an Heftigkeit noch zu, während Darrick die Gruppe zurück zu den Ruinen der Stadt führte. Der Mond verschwand immer wieder hinter den düsteren, bedrohlichen Wolkenbergen und ließ die Welt aussehen, als hätte jemand schwarze Seide über sie gebreitet. Dann tauchte er wieder auf und warf lange scharfe Schatten über die wie mit einer silbernen Patina überzogene Erde. Die Alabastersäulen und -steine der Stadt entflammten immer dann, wenn der Mondschein sie berührte, in einem solch feurigen Glanz, dass es aussah, als würde es in Wirklichkeit aus ihnen selbst hervorbrechen.

Die Seeleute bewegten sich lautlos durch die Dunkelheit. Sie trugen keine Rüstungen, wie Milizsoldaten sie getragen hätten. Die Armee des Königs verzichtete nur selten auf das Gerassel und Geklirre der Kettenhemden. Doch für einen Mann, der auf einem Schiff kämpfen musste, bedeuteten Rüstungen spätestens dann den sicheren Tod, wenn er über Bord ging.

Das Auffinden des Eingangs zu den unter der Stadt gelegenen Höhlen erwies sich als völlig problemlos. Darrick wies seine Gruppe an, zu warten, dann folgten sie dem letzten von Raithens Piraten auf dem freigeräumten Pfad, der in die Eingeweide der Erde unter den Ruinen von Tauruk's Port führte.

Niemand von ihnen sprach ein Wort, während sie dem monotonen Summen lauschten, das aus der Tiefe zu ihnen drang. Der feuchte Boden hielt den Wind ab, doch Darrick war nach wie vor von eisiger Kälte umgeben, die seinen Körper noch stärker schmerzen ließ. Der langwierige Aufstieg an der Klippe und die anschließenden Kämpfe hatten an seinen Kräften gezehrt, und nur das Adrenalin trieb ihn jetzt noch voran. Er freute sich auf seine Hängematte an Bord der *Lonesome Star* und auf die Tage, die das Schiff benötigen würde, um Westmarch zu erreichen.

Nebel oder Staub zog durch die Höhle. Im schwachen Schein der Laternen, die Raithens Piraten mit sich trugen, wirkte der Dunst goldfarben.

Nach und nach wurde der Stollen, dem sie folgten, breiter, und dann sah Darrick das große Tor, das in die Steinwand am Ende des Gewölbes eingelassen war. Dort endete der Stollen.

Raithen und seine Leute blieben stehen, noch bevor sie in den Hauptbereich dieser Höhle vorgedrungen waren. Ihre Position hinderte Darrick daran zu sehen, was sich vor ihnen befand. Einige der Piraten schienen gewillt zu sein, kehrtzumachen und die Flucht zu ergreifen, doch Raithen sorgte mit schroffer Stimme und seinem Schwert dafür, dass sie sich nicht von der Stelle rührten.

Darrick kauerte sich hinter eine Felsplatte, die sich bei den Ausgrabungsarbeiten gelöst haben musste und herabgestürzt war. Er spähte in die nächste Höhle. Mat kam mit leise rasselndem Atem zu ihm.

„Was ist?“, fragte Darrick verhalten.

„Der verdammte Staub“, antwortete Mat ebenso leise. „Der scheint sich seit der Explosion noch nicht gelegt zu haben. Schnürt mir die Kehle zu.“

Darrick riss einen langen Streifen von seinem ohnehin zerfetzten Hemdsärmel ab und reichte ihn dem Freund. „Bind dir das vors Gesicht“, sagte er. „Das hält den Staub ab.“

Mat nahm das Stück Stoff dankbar entgegen und band es sich vor Mund und Nase.

Dann riss Darrick auch den anderen Ärmel ab und benutzte ihn selbst als Atemschutz. Es war eine Schande, weil es sich um eines von seinen Lieblingshemden handelte – auch wenn es einem Vergleich mit den kurastianischen Seidenhemden nicht standhielt, die er in seiner Truhe an Bord der *Lonesome Star* aufbewahrte. Doch angesichts der Verhältnisse, in denen er aufgewachsen war, schätzte er seine Habseligkeiten und ging nach Möglichkeit sehr sorgsam damit um.

Langsam und vorsichtig führte Raithen seine Piraten in die Höhle.

„Darrick, sieh doch!“ Mat zeigte auf die Skelette, die verstreut in der Höhle lagen. Ein paar von ihnen wirkten älteren Datums, doch die meisten schienen erst unlängst ihres Fleisches beraubt worden zu sein. Zerfetzte Kleidung hing um die Knochen, aber sie war nicht erst im Verlauf vieler Jahre in diesen Zustand geraten …

„Ich sehe sie“, erwiderte Darrick, der merkte, wie sich seine Nackenhaare sträubten. Er konnte sich nicht für Magie begeistern, doch er wusste, dass seine Augen etwas sahen, was ein sicherer Beweis dafür war, dass eben diese erst vor relativ kurzer Zeit gewirkt worden war. *Wir sollten uns nicht hier aufhalten,* dachte er. *Besäße ich auch nur einen Funken Vernunft und klaren Verstand, würde ich auf der Stelle umkehren, bevor einem von uns etwas zustößt.* Er war gerade im Begriff, tatsächlich einen entsprechenden Befehl zu erteilen, als ein Mann in schwarzem und scharlachrotem Gewand durch das riesige Tor am anderen Ende der Höhle trat.

Dieser Mann sah aus, als wäre er Anfang vierzig. Sein schwarzes Haar zeigte sich an den Schläfen leicht ergraut, sein Gesicht war schmal, aber ausdrucksstark. Eine leuchtende Aura umgab ihn.

„Kapitän Raithen", sagte der Charismatische, doch seine Worte klangen keineswegs freundlich.

Das tiefe Summen nahm an Intensität zu.

„Cholik!", stieß Raithen hervor.

„Warum seid Ihr nicht bei den Schiffen?", fragte Cholik. Er durchquerte die Höhle, ohne auf die Skelettierten zu achten.

„Wir wurden angegriffen", sagte Raithen. „Westmarcher setzten meine Schiffe in Brand und befreiten den Jungen, den ich als Geisel gefangen hielt."

„Man ist Euch gefolgt?" Die Wut in Choliks Worten übertönte das Dröhnen, von dem die Höhle erfüllt war.

„Wer ist dieser Mann?", fragte Mat flüsternd.

Darrick schüttelte den Kopf. „Ich weiß es nicht. Aber einen Dämon kann ich hier nirgendwo entdecken. Lass uns gehen. Dieser Cholik wird nicht lange brauchen, um zu begreifen, was Raithen und seine Piraten hier wirklich wollen." Er drehte sich um und gab den anderen das Zeichen, sich zum Rückzug bereitzumachen.

„Vielleicht ist man mir ja gar nicht gefolgt", gab Raithen zu bedenken. „Vielleicht war es ja auch einer dieser Westmarcher, von denen Ihr Eure Informationen erhaltet. Möglicherweise hat man ihn erwischt, und *er* hat Euch verraten."

„Nein", erwiderte Cholik, der ein Stück näher trat, aber immer noch außerhalb der Reichweite eines Schwertes blieb. „Die Leute, die mit mir Geschäfte machen, hätten zu viel Angst, um so etwas zu wagen. Wenn Eure Schiffe angegriffen wurden, dann ist das einzig und allein auf Eure Unfähigkeit zurückzuführen."

„Vielleicht sollten wir aufhören, uns die Schuld gegenseitig zuzuweisen", schlug der Pirat vor.

„Und dann, Kapitän?" Cholik betrachtete den Mann mit einer Mischung aus Verachtung und gehässiger Vergnügtheit. „Und um dann dazu überzugehen, dass Ihr und Eure mordlüsterne Mannschaft mir den Garaus macht, um anschließend zu versuchen, die Schätze zu erringen, von denen Ihr glaubt, sie hier zu finden?"

Raithen grinste trocken. „Das ist zwar nicht sehr blumig ausgedrückt, aber … ja, es könnte im Kern nicht ganz falsch sein."

Cholik schlang sein Gewand mit arroganter Geste fester um sich. „Aber das wird heute Nacht nicht geschehen."

Raithen ging ein paar Schritte nach vorn und sagte: „Ich weiß, was Ihr für heute Nacht geplant habt, Cholik. Dennoch habe ich vor, das zu bekommen, weshalb ich gekommen bin. Meine Männer und ich haben unser Blut für Euch vergossen, und so wie es aussieht, haben wir dafür herzlich wenig an Gegenleistung erhalten."

„Eure Habgier bringt Euch noch einmal um", drohte Cholik.

Raithen hob sein Schwert. „Das hier wird *Euch* aber zuerst umbringen."

Da trat eine gewaltige Gestalt durch den Durchlass in der Wand.

Darrick starrte fassungslos auf den Dämon – auf das Haar aus sich windenden Schlangen, die barbarischen Gesichtszüge, die riesigen, dreigliedrigen Hände … und auf die von blassem Blau durchzogene kohlenschwarze Haut …

Zehn

Raithen und seine Piraten wichen vor dem Dämon zurück. Furcht ergriff von ihren Herzen Besitz, als der Alptraum aus den Brennenden Höllen in die Höhle kam. Einige der Männer schrien entsetzt auf und flohen.

„Na gut“, flüsterte Mat, dessen Augen die Angst anzusehen war. „Wir können also dem Jungen und seinem Onkel, dem König, sagen, dass der Dämon existiert. Jetzt sollten wir aber schleunigst von hier verschwinden.“

„Warte“, sagte Darrick und unterdrückte den Ansturm der Gefühle, die ihn beim Anblick des Dämons ebenfalls zu übermannen drohten. Er spähte über die Felsplatte hinweg, hinter der sie sich versteckt hielten.

„Worauf?“ Mat sah ihn ungläubig an und schrieb unbewusst das Zeichen des Lichts vor sich in die Luft, so wie er es als Kind getan hatte, wenn sie in der Kirche von Hillsfar gewesen waren.

„Weißt du eigentlich, wie viele Menschen je einen Dämon zu Gesicht bekommen haben?“, fragte Darrick.

„Und wie viele von denen haben es überlebt, um es anderen zu erzählen? Verdammt wenige. Willst du auch den Grund wissen, Darrick? Weil sie von den Dämonen getötet wurden, die sie angestarrt haben, anstatt dass sie davongelaufen sind, wie es jeder vernünftige Mann machen würde!“

„Kapitän Raithen“, sagte der Dämon, dessen Stimme donnergleich durch die Höhle rollte. „Ich bin Kabraxis. Man nennt mich den Erleuchteten. Es gibt keinen Grund für Unstimmigkeiten zwischen dir und Buyard Cholik. Ihr könnt weiterhin zusammenarbeiten.“

„Um Euch zu dienen?", gab Raithen zurück. Seiner Stimme waren Angst und Respekt anzumerken, dennoch blieb er mit dem Schwert in der Hand vor dem Dämon stehen.

„Nein", erwiderte dieser. „Durch mich kannst du den wahren Weg in deine Zukunft finden." Er trat nach vorn und stellte sich vor den Priester. „Ich kann dir helfen. Ich kann dir Frieden bringen."

„Frieden kann ich auf dem Grund eines Kruges Ale finden", sagte Raithen, „aber ich werde niemals Dämonenabschaum dienen."

Darrick fand, dass diese Erwiderung glaubwürdiger gewesen wäre, wenn die Stimme des Piratenkapitäns nicht gezittert hätte. Er war sich aber auch darüber im klaren, dass er selbst ebenso viel Mühe gehabt hätte, seine Stimme unter Kontrolle zu halten, wenn er zu dem Dämon gesprochen hätte.

„Dann kannst du sterben", sagte Kabraxis und schrieb mit einer Hand ein komplexes Muster in die Luft.

„Bogenschützen!", rief Raithen. „Durchbohrt diese Bestie aus der Hölle!"

Die Piraten waren von der Präsenz des Dämons so benommen, dass sie nur langsam reagierten. Ein paar Männer legten ihre Pfeile an und schossen. Gut ein Dutzend Pfeile traf die riesige Gestalt und prallte wirkungslos ab.

„Darrick", flehte Mat ihn an. „Die anderen sind bereits weg."

Darrick warf einen Blick über die Schulter und sah, dass es stimmte. Die Seeleute, die sie begleitet hatten, befanden sich tatsächlich auf dem Rückzug.

Mat zog Darrick an der Schulter. „Komm schon. Wir können hier nichts ausrichten. Wir müssen jetzt sicher nach Hause zurückkehren!"

Darrick nickte und erhob sich in dem Moment, als Wellen aus schimmernder Energie der Hand des Dämons entströmten.

Kabraxis sprach dabei Worte, bei denen Darrick sicher war, dass keine menschliche Zunge sie jemals würde meistern können. Das Dröhnen in der Höhle wurde lauter, dann ließ sich von den Stalaktiten etwas herab, das auf den ersten Blick wie Glühwürmchen aussah. Diese Insekten schossen blitzartig durch die von Fackeln erhellte

Höhle und attackierten die Piraten, ließen Raithen selbst jedoch unversehrt.

Vor Entsetzen wie erstarrt, sah Darrick mit an, wie die Insekten von den Piraten nur einen Haufen blutiger Knochen übrig ließen. Kaum waren die bis aufs Skelett abgenagten Opfer auf den steinigen Untergrund aufgeschlagen, da erhoben sie sich auch schon wieder und griffen die wenigen Piraten an, die die erste Attacke überlebt hatten.

Die Höhle war erfüllt von den Schreien und Flüchen sterbender Männer.

Kabraxis ging auf die Überlebenden zu. „Wenn ihr leben wollt, meine Kinder, dann kommt zu mir. Gebt euch mir hin. Ich kann euch Erfüllung schenken. Ich kann euch lehren, zu träumen und mehr zu sein, als ihr es jemals für möglich gehalten habt. Kommt zu mir."

Eine Hand voll Piraten stürmte zu dem Dämon und stellte sich vor Kabraxis auf, der sie sanft an der Stirn berührte. Zwar tätowierte er ihnen ein blutiges Zeichen in ihr Fleisch, doch sie wurden von den Insekten und den Skeletten verschont.

Selbst Raithen trat vor.

Das Licht in der Höhle wurde schwächer, als die Männer ihre Laternen und Fackeln verloren oder wegwarfen. Darrick hatte Mühe, noch alles deutlich zu erkennen.

Raithen hielt weiter das Schwert in der Hand, als er sich dem Dämon näherte. Es gab keinen Ausweg aus der Höhle. Die Skelette seiner Männer blockierten den Weg zurück in den Stollen. Und selbst wenn er es geschafft hätte, an ihnen vorbeizukommen, blieben immer noch die Fleisch fressenden Insekten.

Doch Raithen war nicht der Mann, der kapitulierte. Als er nahe genug war, streckte er eine Hand unterwürfig aus, damit der Dämon sie ergriff. Gleichzeitig holte er mit dem Schwert aus und jagte es tief in den Bauch des Dämons. Darrick erkannte, dass die Waffe magische Energie besitzen musste, da an Heft und Klinge Edelsteine aufglühten. Einen Moment lang dachte er darüber nach, dass er Glück gehabt hatte, nicht an Bord der *Barracuda* mit dem Mann kämpfen zu müssen. Selbst ein kleiner Kratzer von einer verzauberten Waffe konnte für einen Mann verheerende Folgen haben.

Raithens Waffe barg Feuer in sich. Sobald das Schwert sich in den Dämonenleib gebohrt hatte, schossen Flammen aus der Wunde und versengten das ringsum befindliche Fleisch.

Kabraxis heulte vor Schmerz auf und taumelte nach hinten, während er beide Hände auf die Wunde presste. Raithen hatte nicht vor, sich abschütteln zu lassen, sondern setzte nach und drehte die Klinge brutal hin und her, um die Wunde zu erweitern.

„Stirb, Dämon", zischte Raithen, doch Darrick hörte die Panik in der Stimme des Mannes. Vielleicht hatte der Piratenkapitän geglaubt, dass ihm nichts anderes übrig blieb, als anzugreifen. Und spätestens jetzt war ihm klar, dass er keine andere Wahl hatte, als weiterzumachen.

Die Klinge eines Mannes und Magie, die von menschlichen Zauberern erlernt wurde, konnten einem Dämon den Tod bringen, das wusste Darrick. Doch Dämonen konnten wiedergeboren werden, und es war verdammt viel nötig, um sie zu töten. In den meisten Fällen gelang es lediglich, den Dämon für eine gewisse Zeit von der Ebene der Menschen zu verbannen, aber für einen Dämon zählten Jahrhunderte nicht. Sie kehrten immer wieder, um den Menschen erneut nachzustellen.

Raithen griff abermals an und jagte sein Schwert tief in den Dämonenleib. Wieder schossen Flammen hervor, doch Kabraxis sah inzwischen so aus, als wäre es für ihn lediglich lästig, nicht aber wirklich schädlich. Eine seiner riesigen Hände zuckte vor, und dann legte der Dämon alle drei Finger um Raithens Kopf, bevor dieser die Flucht ergreifen konnte.

Wieder sprach Kabraxis etwas, dann brach in der Hand, die Raithens Kopf und Schultern festhielt, ein Inferno aus. Der Piratenkapitän hatte nicht einmal mehr Zeit, um zu schreien, so schnell versteifte sich sein Körper. Als der Dämon ihn losließ, war Raithens obere Körperhälfte ein Raub der Flammen geworden. Von ihm war nichts weiter übrig als eine verkohlte, schwarze Hülle, die noch vor Augenblicken einem kräftigen Mann gehört hatte. In seinem Körper brannte immer noch die Glut, und aus dem verschmorten Leib stieg Rauch auf. Der Piratenkapitän hatte den Mund weit aufgerissen, doch seinen Schrei würde niemand je hören können.

„Darrick“, flüsterte Mat heiser und eindringlich, während er seinen Freund am Arm zu ziehen versuchte.

Hinter Darrick war das Geräusch von Knochen auf Stein zu hören, das auf weitere Gefahren in den sie umgebenden Schatten hindeutete. Er blickte auf und sah hinter Mat ein Skelett, das sein Kurzschwert hob und auf den Rücken seines Freundes zielte.

Darrick packte Mat mit einer Hand am Kragen, während er mit der anderen sein Entermesser zog und aufstand. Er riss Mat von dem Skelett weg, parierte dessen Schlag und traf den Schädel. Der Unterkiefer des untoten Dings brach heraus, abgesplitterte Zähne flogen in alle Richtungen. Das Skelett taumelte nach hinten und versuchte, erneut sein Schwert zu heben.

Mat holte mit seinem Schwert aus und erwischte das Skelett am Hals, woraufhin der Schädel abgetrennt wurde.

„Ergreift diese Männer!“, brüllte der Dämon in der großen Höhle.

„Weg!“, rief Darrick und trieb Mat vor sich her. Gemeinsam rannten sie los und wichen den sich träge bewegenden Skeletten aus, die der Dämon mit seiner unheiligen Magie hatte auferstehen lassen. Darrick hatte schon früher gegen Skelette gekämpft, und normalerweise konnte ein Mann ihnen entkommen, wenn er schnell genug lief. Sobald sich aber eine ganze Meute Gerippe auf einen Mann stürzte, rangen sie ihn meist allein aufgrund ihrer Überzahl nieder und hielten unglaublichen Hieben stand, bevor sie zu stark beschädigt waren, um weiterzumachen.

Das Summen der Insekten erfüllte erst die Höhle hinter ihnen, dann den Stollen, durch den sie zurückliefen. Weitere Skelette erhoben sich vor Darrick und Mat, als sie durch die Gewölbe unter der toten Stadt eilten. An einigen von ihnen klebte gerade erst getrocknetes Blut, während andere die Lumpen einstiger Kleidungsstücke trugen, die schon vor hundert Jahren aus der Mode gekommen waren. Tauruk's Port war das Zuhause für unzählige Tote gewesen, und sie alle reagierten nun auf den Ruf des Dämons.

Darrick trieb sich unerbittlich voran, sein Atem pfiff und rasselte. Er ignorierte den Schmerz und die Erschöpfung, die seinen Körper im Griff hatten, und ließ sich von der urtümlichen Angst antreiben, die ihn erfüllte. „Lauf!“, rief er Mat zu. „Lauf, verdammt noch mal, sonst kriegen sie dich!“

Und wenn das geschieht, ist es einzig meine Schuld … Der Gedanke verfolgte Darrick und hallte in seinem Kopf lauter wider als seine Schritte auf dem Steinboden des Tunnels. *Ich hätte nicht herkommen sollen. Ich hätte mich nicht von dem Jungen überreden lassen dürfen. Und ich hätte Mat aus der Sache heraushalten müssen.*

„Sie werden uns kriegen“, keuchte Mat und sah über die Schulter.

„Nicht nach hinten sehen“, befahl Darrick ihm. „Schau nach vorn. Wenn du hinfällst, wirst du nicht schnell genug wieder aufstehen können.“ Dennoch konnte auch er der Versuchung nicht widerstehen, einen Blick zurück zu werfen.

Die Skelette eilten ihnen nach, ihre Waffen zum Angriff erhoben. Das Geräusch ihrer Knochenfüße auf dem Steinboden wurde von den Tunnelwänden zurückgeworfen. Darrick sah, wie ihnen vereinzelte Zehenknochen abbrachen. Begleitet wurden sie von den Insekten, deren Summen in Darricks Ohren lauter und lauter anschwoll.

Den meisten Skeletten, die vor ihnen aus der Dunkelheit traten, wichen sie mühelos aus. Die untoten Kreaturen waren träge, und es war Platz genug, um ihnen auszuweichen. Einigen von ihnen mussten sie sich aber doch stellen. Darrick benutzte sein Entermesser, auch wenn es ihm nicht möglich war, mit dem üblichen Geschick zu kämpfen, da er so schnell rannte, wie er nur konnte. Es genügte aber, um die Schwerter und Speere aus dem Weg zu schlagen, mit denen die Skelette sie aufhalten wollten. Dennoch kostete jeder von diesen kurzen Aktionen wertvolle Distanz, die kaum wieder herauszuholen war.

Wie weit weg ist der Fluss?, versuchte sich Darrick vergeblich zu erinnern. Mit einem Mal schien das Ziel unendlich weit entfernt zu sein.

Das Summen wurde lauter und dröhnte wie Donner.

„Sie werden uns kriegen“, rief Mat.

„Nein“, gab Darrick zurück und zwang sich zum Reden, obwohl er wusste, dass er dafür eigentlich keinen Atem vergeuden durfte. „Verdammt, nein. Ich habe dich nicht mitgenommen, damit du hier stirbst, Mat. Lauf gefälligst weiter!“

Plötzlich, nachdem sie eine Biegung passiert hatten, von der Darrick gehofft hatte, es würde die letzte sein, lag vor ihnen die Stollenöffnung. Gezackte Blitze versengten den Himmel und rissen für einen Moment lange Streifen aus der Nacht heraus. Die Hoffnung auf Rettung gab ihnen beiden neuen Ansporn. Darrick erkannte diese Hoffnung auf Mats Zügen und nahm sie sich selbst auch zu Herzen. Inzwischen stellten sich ihnen immer weniger Skelette in den Weg.

„Nur noch ein kleines Stück", sagte Darrick.

„Und dann den Weg hinunter zum Fluss – so stellst du's dir vor, nicht wahr?" Mat schnappte nach Luft. Er war von ihnen beiden immer der bessere Läufer gewesen, und in dieser Disziplin fühlte er sich fast so wohl wie Caron, wenn der in der Takelage umherklettern konnte.

Darrick fragte, ob sich sein Freund möglicherweise zurückhielt und gar nicht so schnell rannte, wie er konnte. Der Gedanke erzürnte ihn. Mat hätte mit den anderen Seeleuten gehen sollen, die schon vor vorher das Stollensystem verlassen hatten.

Es kam ihnen wie ein Wunder vor, als sie endlich den letzten Anstieg erreichten, der zur Tunnelöffnung und damit in die Ruinen von Tauruk's Port zurückführte. Die Fleisch fressenden Insekten waren so dicht hinter ihnen, dass Darrick aus dem Augenwinkel ihre blassgrüne Färbung erkennen konnte.

Aus dem Stollen kommend gerieten sie in einen sturmgepeitschten Wolkenbruch. Unter Mats Stiefel rutschte ein verirrtes Stück Stein weg und ließ den Mann, der vor Schreck aufschrie, über Schutt und Geröll schlittern.

„Mat!" Darrick sah entsetzt zu ihm und hatte selbst Mühe, zum Stehen zu kommen. Der Regen nahm ihm fast völlig die Sicht und stach wie feine Nadeln in Gesicht und Arme. Es kam ihm nicht wie ein normales Unwetter vor, und er fragte sich, inwieweit die Ankunft des Dämons sich auf das Wetter ausgewirkt haben mochte. Binnen weniger Minuten hatte der Regen den Boden bereits völlig aufgeweicht.

„Bleib nicht stehen!", brüllte Mat und versuchte verzweifelt, sich wieder aufzurichten. Er spuckte Wasser aus, das ihm in den Mund geraten war. Das Stück Ärmel, das Darrick ihm gegeben hatte, damit er sich vor dem Staub in der Höhle schützte, hing lose um seinen Hals. „Bleib ja nicht meinetwegen stehen, Darrick Lang! Ich will nicht deinen Tod auf dem Gewissen haben!"

„Und ich werde dich hier nicht allein dem Untergang überlassen", erwiderte Darrick, der es geschafft hatte, stehen zu bleiben. Sein Entermesser hielt er mit beiden Händen fest. Der Regen prasselte unablässig auf ihn nieder, und die wenigen Schritte hatten bereits genügt, dass er bis auf die Haut durchnässt war. Das kalte Wasser lief ihm in den Mund und trug einen widerlichen Geschmack mit sich, der ihm noch nie zuvor aufgefallen war. Vielleicht war es aber auch nur der Geschmack seiner eigenen Angst.

Dann hatten die Insekten sie eingeholt. Mat war wieder aufgestanden, konnte aber nur noch davonlaufen, als der Schwarm zum tödlichen Angriff überging.

Darrick schlug mit seinem Schwert nach den Insekten, auch wenn er wusste, dass er damit so gut wie nichts bewirken würde. Die scharfe Klinge schnitt sich durch zwei der dickleibigen dämonischen Käfer. Grünes Blut verteilte sich auf dem Stahl, wurde aber vom strömenden Regen fast augenblicklich wieder weggewaschen. Im nächsten Moment zerplatzten die Insekten wie Blasen und ließen ein smaragdfarbenes Feuer aufleuchten, das einen Gestank wie Schwefel verbreitete.

Ungläubig sah Darrick mit an, wie auch die anderen Insekten auf gleiche Weise ihre stoffliche Form verloren. Als Dunstwolke aus grünen Flammen, die so dicht wurde, dass sie wie eine Wand aus Farbe wirkte, kamen sie weiter auf ihn zu geflogen.

„Diese elenden Kreaturen haben Schwierigkeiten damit, auf dieser Ebene zu existieren", sagte Mat erstaunt.

Darrick wusste es nicht. Von ihnen beiden hatte Mat mehr mit Geschichten über Magier und Legenden zu schaffen. Die Insekten setzten ihren Angriff fort, starben aber in Scharen, sobald sie sich ihren Opfern bis auf wenige Zoll genähert hatten. Die Wolke verflüchtigte sich, und nach einem Atemzug war die Wand aus Farbe erloschen.

In diesem Moment sah Darrick das erste der sie verfolgenden Skelette, das mit hoch erhobener Axt aus der Tunnelöffnung geeilt kam. Er wich dem Schlag mit der Axt aus und trat nach dem Gerippe. Es verlor den Halt, fiel hin und rutschte, wie ein Stein, der immer wieder von der Oberfläche eines Teichs abprallt, über den schlammüberzogenen Schutt. Schließlich kollidierte es mit der Wand eines Gebäudes.

„Weiter!“, rief Darrick, packte Mat und zog ihn hinter sich her.

Sie liefen los und eilten dem Fluss entgegen. Die Skelette folgten ihnen so lautlos wie Geister, wenn man von dem Platschen absah, das sie verursachten, sobald sie auf den durchtränkten Boden traten.

Darrick wählte einen Fluchtweg, der mitten durch die in Trümmern liegende Stadt führte. Es gab keinen Grund, sich noch länger zu verstecken, da er sicher war, dass keiner der Piraten, die sich vielleicht noch auf dem Weg zum Hafen befanden, lange genug bleiben würde, um sie in einen Kampf zu verwickeln. Die Blitze, die über den purpurnen Himmel zuckten, machten den Weg gefährlich, da sie ihn immer nur für wenige Augenblicke in grelles Licht tauchten, um ihn dann sofort wieder ins Dunkel zurücksinken zu lassen. Was die beiden aber am Ende dazu zwang, ihr Tempo zu drosseln, war die Tatsache, dass sie einfach nur Menschen waren – erschöpfte Menschen. Darrick und Mat mussten langsamer werden, da Herz, Lungen und Beine schlichtweg überfordert waren. Der unerbittliche Ansturm der Skelette wurde dagegen weder geringer noch langsamer.

Darrick blickte über die Schulter und sah, dass sich hinter ihnen nichts als der Tod befand. Schwarze Punkte tanzten vor seinen Augen, und bei jedem Atemzug glaubte er, seine Lungen würden sich überhaupt nicht mit Sauerstoff füllen – so als wäre alles nur Bewegung und nichts habe Substanz. Der starke Wind erschwerte das Atmen zusätzlich und peitschte Regen in sein Gesicht.

Mat wurde langsamer, als sie keine hundert Schritt mehr vom Flussufer entfernt waren. Wenn sie es bis dahin schafften, dachte Darrick, und sich ins Wasser warfen – und irgendwie den Sprung überlebten, ohne auf das steinige Flussbett aufzuschlagen –, hatten sie vielleicht noch eine Chance. Der Fluss war tief, und die Skelette konnten nicht schwimmen, da ihnen das Fleisch fehlte, das sie an der Oberfläche gehalten hätte.

Darrick rannte und warf sein Entermesser weg, da er mit einem Mal erkannte, dass es dieses überflüssige Gewicht war, das ihn langsamer werden ließ. Der direkte Kampf bot keine Chance auf ein Überleben, die Flucht dagegen sehr wohl. Er legte weitere zehn Schritte zurück, ließ noch einmal zwanzig folgen, und immer wieder setzte er einen tauben Fuß vor den anderen, obwohl er dem Untergrund nicht traute, ihm wirklichen Halt zu bieten.

Und dann hatten sie auf einmal die Felskante erreicht. Mat befand sich auf gleicher Höhe mit ihm, sein Gesicht war blass von der ununterbrochenen Anstrengung und den Schmerzen. In dem Moment, da Darrick sich sicher fühlte, er könne jetzt losspringen und seine eigene Vorwärtsbewegung werde ihn über die Felskante tragen, griff etwas nach seinem Fuß. Er fiel hin. Da ihm ohnehin schon schwindlig war, verlor er fast das Bewusstsein, als er mit dem Kinn auf den Boden aufschlug.

„Steh auf, Darrick!“, brüllte Mat ihn an und packte ihn am Arm.

Von Angst getrieben trat Mat instinktiv nach hinten, um sich von dem Skelett zu befreien, das sich nach vorn geworfen und seinen Fuß gepackt hatte. Die anderen waren dicht dahinter und näherten sich so geschlossen wie ein Rudel Ratten.

Mat zog Darrick bis zum Rand und entging selbst nur knapp den ausgestreckten Händen und Fingern der Skelette. Ohne zu stoppen, zerrte Mat ihn über die Klippe und machte sich dann selbst bereit, um ins Wasser zu springen.

Darrick verfolgte das mit, während er zu dem langen Sturz in den Fluss mit den weißen Schaumkronen ansetzte. Er sah auch, wie ein Skelett Mat nach einem Sprung zu fassen bekam, noch bevor dieser sich von der Felskante abstoßen konnte.

„Nein!“, rief Darrick und streckte instinktiv einen Arm nach dem Freund aus, auch wenn er wusste, dass er bereits zu weit entfernt war, um noch etwas unternehmen zu können.

Der Ansturm hatte zur Folge, dass das Skelett Mat mit sich über die Felskante riss. In der Umarmung des Todes stürzten sie und prallten gegen die Klippe, als sie von der Wasseroberfläche keine zehn Fuß mehr entfernt waren.

Knochen zerbarsten, ein Geräusch, das Darricks Ohren erreichte, unmittelbar bevor der in den eisigen Fluss tauchte. In der kurzen Spanne, seit der Sturm begonnen hatte, war dessen Geschwindigkeit größer geworden. Was bis dahin ein gleichmäßiger, ruhiger Flusslauf gewesen war, hatte sich nun zu einem reißenden Strom entwickelt.

Darrick strampelte und schlug um sich. Seine Arme und Beine fühlten sich schwer wie Blei an. Er war überzeugt, es niemals schaffen zu können, den Kopf über die Oberfläche zu bekommen, bevor sich seine Lungen vollständig mit Wasser gefüllt hatten.

Ein Blitz zuckte vorüber und ließ ihn für einen kurzen Moment den Himmel zwischen den Klippen deutlich erkennen. Das Licht war so grell, dass er fürchtete, erblinden zu müssen.

Mat! Darrick sah sich im Wasser um und versuchte verzweifelt, seinen Freund zu entdecken. Seine Lungen brannten, während er sich nach oben kämpfte. Dann endlich brach er durch und atmete so tief ein, wie er nur konnte.

Der Fluss war mit Schaumkronen bedeckt, die über Darrick hinwegspülten. Der Nebel war inzwischen dichter geworden und wirbelte durch den Cañon. Darrick schüttelte sich, damit das Wasser aus seinen Augen getrieben wurde, während er noch immer besorgt Ausschau nach Mat hielt. Das Skelett war mit Mat in den Fluss gestürzt – hatte es ihn unter Wasser gedrückt?

Ein heftiger Donner erschütterte die Nacht, und einen Moment später wurde irgendetwas ins Wasser geworfen. Darrick verfolgte, woher die Bewegung kam, und sah, dass sich die Skelette von der Klippe ins Wasser stürzten. Fast dreißig Fuß flussaufwärts von ihm tauchten sie in den Dyre. Dabei wurde ihm erst bewusst, welche Strecke er inzwischen zurückgelegt hatte.

Er beobachtete die Wasseroberfläche und fragte sich, ob die Skelette vielleicht doch zum Schwimmen befähigt waren. Er hatte noch nie davon gehört, aber andererseits hatte er bis zu dieser Nacht auch noch nie einen Dämon zu Gesicht bekommen.

Mat!

Etwas stieß gegen Darricks Bein. Sein Instinkt sagte ihm, er solle sich zurückziehen und auf Distanz zu diesem Etwas gehen. Dann aber sah er im Wasser neben sich Mats Arm.

„Mat!“, rief er, packte den Arm und zog den Mann hoch. Wieder zuckte ein Blitz über den Himmel, während er Mats Rücken gegen seine Brust drückte und versuchte, sie beide über Wasser zu halten. Im nächsten Moment kam der Schädel eines Skeletts an die Oberfläche, womit für Darrick klar war, dass sich das Ding noch immer an Mats Bein klammerte.

Darrick trat nach dem Skelett, während die Strömung sie immer fester in ihren Griff bekam. Die Klippen, die den Flusslauf bestimmten, zogen zunehmend schneller vorüber. Mats Gewicht und das des Skeletts genügte, um Darrick die meiste Zeit unter Wasser zu ziehen. Er konnte hinter Mat nur immer wieder auftauchen, um kurz Luft zu schnappen, ehe er wieder untertauchte, um zu versuchen, Mats Kopf über Wasser zu halten. *Beim Licht, bitte gib mir die Kraft, das hier zu schaffen!*

Bei zwei Gelegenheiten, als der Fluss heftig aufgewühlt wurde und seine Richtung änderte, wurde Mat fast aus Darricks Griff gerissen. Das Wasser war so kalt, dass seine Hände beinahe taub waren, während die Anstrengung ihn weiter schwächte.

„Mat!“, schrie er seinem Freund ins Ohr, dann ging er abermals unter. Es gelang ihm noch zweimal, Mats Namen zu rufen, doch es kam keine Reaktion. Mat hing wie tot in seinen Armen.

Als der nächste Blitz den Himmel erhellte, glaubte Darrick, Blut an seinem Ellbogen zu sehen. Er war dort nicht verletzt, es musste also von Mat stammen. Doch als sie von der nächsten Welle getroffen wurden und wieder auftauchten, war von dem Blut nichts mehr zu sehen, und er war sich nicht sicher, ob es überhaupt dort gewesen war.

„Darrick!“

Urplötzlich drang Maldrins Stimme durch die Nacht an seine Ohren.

Darrick versuchte, den Kopf zu drehen, doch diese Bemühung führte lediglich dazu, dass er abermals unter Wasser gezogen wurde. Er strengte sich nach Kräften an, Mat über der Oberfläche zu halten. Als er erneut auftauchte, rollte ein dröhnendes Donnern über ihn hinweg.

„... rick!“, rief Maldrin wieder mit seiner kraftvollen Stimme, die bis an den höchsten Punkt der Takelage reichte und die im Handumdrehen sämtliche Matrosen aus einer Taverne holen konnte, die auf der *Lonesome Star* dienten.

„Hier!“, schrie Darrick und spuckte Wasser aus, das ihm in den Mund gelaufen war. „Hier, Maldrin!“ Er ging unter, kämpfte sich aber wieder nach oben, was ihm mit jedem Mal schwerer fiel. Das Skelett klammerte sich noch immer an Mats Bein fest, und zweimal musste Darrick nach ihm treten, damit es nicht auch noch ihn fassen konnte. „Halt durch, Mat. Halt bitte durch. Nur noch einen Augenblick. Maldrin kann ...“ Die Strömung zog ihn abermals unter Wasser, doch diesmal sah er das Licht einer Laterne an der Backbordseite.

„... kann sie sehen!“, brüllte Maldrin. „Haltet dieses verdammte Boot in Position, Leute!“

Darrick hob den Kopf wieder über Wasser und sah einen großen schwarzen Schatten, der sich hinter ihm erhob. Dann zerriss ein Blitz den Himmel und wurde von dem dunklen Gewässer reflektiert, so dass Maldrins vertraute Gesichtszüge für einen kurzen Augenblick erhellt wurden.

„Ich hab dich, Skipper!“, schrie Maldrin, um den Sturm zu übertönen. „Ich hab dich. Jetzt komm näher zu mir, damit ich dich von dem Gewicht befreien kann.“

Einige Herzschläge lang fürchtete Darrick, der Maat könnte ihn verpasst haben. Doch dann spürte er, dass Maldrin ihn an den Haaren packte – dem Teil des Körpers, den man bei einem Ertrinkenden am leichtesten zu fassen bekam. Er hätte vor Schmerz aufgeschrien, wenn ihm nicht das Wasser in den Hals gelaufen wäre. Es gelang Maldrin tatsächlich, Darrick zu der Barkasse zu ziehen, mit der sie gekommen waren.

„Helft mir mal!“, brüllte Maldrin den anderen zu.

Tomas streckte sich und packte Mat unter den Armen, dann lehnte er sich nach hinten und begann, ihn in die Barkasse zu ziehen. „Ich habe ihn, Darrick, du kannst ihn loslassen.“

Darricks Arme glitten schlaff nach unten, als er nicht länger Mats

Gewicht halten musste. Hätte Maldrin ihn nicht festgehalten, wäre er ganz sicher von der Strömung fortgerissen worden. Er bemühte sich, Maldrin dabei zu helfen, ihn an Bord zu ziehen. Dabei bemerkte er den Jungen, Lhex, der in eine Decke gehüllt saß, die der strömende Regen bereits durchtränkt hatte.

„Wir haben auf dich gewartet, Skipper“, sagte Maldrin, während er zog. „Wir sind stur auf Kurs geblieben, weil wir wussten, dass du hier auftauchen wirst. Schließlich ist es ja auch noch nie vorgekommen, dass du es nicht geschafft hast, ganz egal, wie verzwickt irgendeine Sache ausgesehen hat.“ Er klopfte Darrick auf die Schulter. „Jetzt können wir wieder stolz auf dich sein. Und ich schwöre dir, nach diesem Erlebnis können wir wieder die tollsten Geschichten erzählen.“

„Etwas hält ihn fest“, sagte Tomas, dem es nicht gelingen wollte, Mat vollständig auf die Barkasse zu ziehen.

„Ein Skelett“, sagte Darrick. „Es umklammert sein Bein.“

Ohne Vorwarnung schoss das untote Ding aus dem Wasser und hechtete wie ein hungriger Wolf mit weit aufgerissenen Kiefern auf Tomas zu. Dieser machte einen erschrockenen Satz nach hinten und riss Mat mit sich in die Barkasse.

Mit einer Gemütsruhe, als würde er in einer Taverne einen Teller nehmen wollen, hob Maldrin seinen Streithammer und zerschmetterte den Schädel des Skeletts. Die untote Kreatur wurde kraftlos, lockerte ihren Griff und verschwand unter den Schaumkronen des tosenden Flusses.

Darricks Brust hob und senkte sich rasch, als er tief ein- und ausatmete. „Der Fluss … voller Skelette“, keuchte er. „Sind uns gefolgt. Können nicht schwimmen … sind aber im Wasser. … Wenn sie den Anker finden …“

Auf einmal erzitterte die Barkasse und drehte sich so, dass sie quer zum Fluss lag und nicht länger von der Strömung einfach mitgezogen werden konnte. Sie bäumte sich auf wie ein Wildpferd und warf die Seeleute umher, als wären sie nur Puppen.

„Irgendwas hat das Tau zu fassen bekommen!“, rief einer der Matrosen.

Maldrin schob die anderen zur Seite und zog ein Messer aus dem

Stiefel, mit dem er das Tau zerschnitt, an dem der Anker hing. Die ersten Skeletthände kamen bereits über Wasser und versuchten, nach dem Schandeckel der Barkasse zu greifen. Das Boot schoss davon und pflügte wie besessen durch die Schaumkronen der Wellen.

„An die Ruder!“, befahl Maldrin und griff sich selbst auch eines. „Bekommt dieses verdammte Boot in den Griff, bevor wir alle untergehen!“

Darrick kämpfte gegen die Erschöpfung an, als er merkte, wie das Boot auf dem reißenden Fluss wie ein Kinderspielzeug umhergestoßen wurde. Er schaffte es, sich weit genug aufzurichten, um zu Mat Hu-Ring zu kriechen. „Mat!“, rief er.

Blitze zuckten auf, Donner hallte in dem engen Cañon wider, der mitten durch die Hawk's Beak Mountains verlief.

„Mat.“ Behutsam drehte Darrick Mats Kopf zu sich. Übelkeit überkam ihn, als er merkte, wie locker dieser auf den Schultern saß.

Mats Kopf fiel so zur Seite, dass sein Gesicht Darrick zugewandt war. Die weit aufgerissenen, dunklen Augen starrten ihn an, ohne zu sehen, und reflektierten ohne eine Reaktion den nächsten Blitz, der über den Himmel jagte. Die rechte Hälfte des Kopfs war blutig, und zwischen dem dunklen Haar ragten weiße Knochen hervor.

„Er ist tot“, sagte Tomas, während er an seinem Ruder zog. „Es tut mir Leid, Darrick. Ich weiß, ihr beide wart euch sehr nah.“

Nein! Darrick konnte, nein, *wollte* es nicht glauben! Mat durfte nicht tot sein. Nicht der edle, schlagfertige und humorvolle Mat. Nicht der Mat, bei dem man sich immer darauf verlassen konnte, dass er genau das Richtige zu den Mädchen in den Kaschemmen der Hafenstädte zu sagen wusste, in denen sie auf ihren Reisen vor Anker gingen. Nicht der Mat, der ihn immer wieder gepflegt hatte, wenn Darricks Vater ihn so zusammengeprügelt hatte, dass er tagelang nur auf dem Speicher über der Schlachtereischeune auf seinem Bett hatte liegen können.

„Nein“, sagte Darrick, doch selbst in seinen Ohren klang dieser Protest wenig überzeugend. Er starrte den Leichnam seines Freundes an.

„Es muss ganz schnell gegangen sein“, sagte Maldrin leise. Er stand hinter Darrick. „Er muss mit dem Kopf auf einen Stein aufgeschlagen sein. Oder dieses Skelett hat ihn erwischt."

Darrick erinnerte sich daran, wie Mat beim Sturz von der Felskante gegen die Klippe geprallt war.

„Als ich ihn berührt habe, wusste ich gleich, dass er tot ist", sagte Maldrin. „Du hättest nichts mehr für ihn tun können, Darrick. Jeder Mann, der sich diesem Auftrag von Käptn Tollifer verpflichtet hat, wusste von vornherein, wie schlecht unsere Chancen standen. Es war ein Unglück, nichts weiter."

Darrick saß in der Barkasse und spürte, wie der Regen auf ihn niederprasselte, hörte, wie der Donner hoch über ihm krachte. Seine Augen brannten, doch er ließ es nicht zu, dass er jetzt weinte. Das hatte er noch nie zugelassen. Von seinem Vater hatte er eingebläut bekommen, dass Heulen alles nur noch schlimmer machte.

„Habt Ihr den Dämon gesehen?", fragte der Junge und berührte Darrick am Arm.

Er antwortete nicht. Seit dem Augenblick, da er von Mats Tod wusste, hatten seine Gedanken nicht mehr um Kabraxis gekreist.

„War der Dämon da?", wollte der Junge wissen. „Es tut mir Leid um Euren Freund, aber ich muss es erfahren."

„Aye", erwiderte Darrick mit zugeschnürter Kehle. „Aye, der Dämon war da. Er hat das hier verursacht. Genauso gut könnte er Mat selbst umgebracht haben. Er und dieser Priester."

Einige der Seeleute berührten ihre Talismane, als der Dämon erwähnt wurde. Auf Maldrins Kommando zogen sie an den Rudern, doch diese Arbeit diente in erster Linie dazu, den Kurs zu korrigieren, denn der Fluss war so angeschwollen, dass er die Barkasse mühelos mit sich trug.

Weiter flussaufwärts brannten Laternen an Bord der einen, noch verbliebenen Kogge, die an den Tauen zerrte, da der Fluss auch sie mit sich zu reißen versuchte. Darrick vermutete, dass Kapitän Raithens Besatzung dort wartete, ohne zu ahnen, dass er nicht zurückkehren würde.

Darrick ließ sich von Gefühlen und der völligen Erschöpfung übermannen und legte sich so über Mat, als wollte er ihn vor dem heftigen Sturm und dem schweren Regen beschützen – so wie Mat ihn beschützt hatte, wenn er unter heftigem Fieber litt, während er sich von den Schlägen seines Vaters erholte. Darrick roch das Blut an Mats Kopf. Es erinnerte ihn an das Blut, das in der Schlachterei seines Vaters allgegenwärtig gewesen war.

Es dauerte nur wenige Augenblicke, dann sank Darrick in eine Schwärze, die ihn bereitwillig aufnahm und aus der er niemals wieder zurückkehren wollte.

Elf

Darrick lag in seiner Hängematte an Bord der *Lonesome Star*, hatte die Hände hinter dem Kopf verschränkt und versuchte, nicht an die Träume zu denken, die ihn in den letzten beiden Nächten verfolgt hatten. Darin war Mat noch nicht gestorben gewesen, und Darrick lebte immer noch bei seinen Eltern in der Schlachterei in Hillsfar. Seit er von dort weggegangen war, hatte ihn nichts zur Rückkehr bewegen können.

In den Jahren, seit Mat die Stadt verlassen hatte, war er zu besonderen Anlässen immer wieder dorthin zurückgekehrt, indem er während seines Urlaubs von der Marine als Frachtwache auf einem Handelsschiff anheuerte, das Hillsfar zum Ziel hatte. Darrick war stets der Ansicht gewesen, dass Mat sein Zuhause und seine Familie nicht so oft besucht hatte, wie er es eigentlich gewollt hätte. Doch Mat hatte immer geglaubt, später würde er dafür noch genügend Zeit zur Verfügung haben. So war Mat: Er überstürzte nie etwas, sondern nahm die Dinge, wie sie kamen.

Und nun würde Mat nie mehr heimkehren können.

Darrick überwand den Schmerz, der sich in ihm breit machte, bevor er völlig außer Kontrolle geraten konnte. Diese Selbstbeherrschung war so unnachgiebig wie ein Fels. Er hatte sie auch sorgfältig erlernt, Prügel für Prügel ebenso wie durch die grausamen Dinge, die sein Vater ihm gesagt hatte – bis diese Beherrschung so stark und fest wie der Amboss eines Schmieds geworden war.

Er bewegte sacht den Kopf und fühlte die Schmerzen in Rücken, Hals und Schultern, die noch von der langen Klippenbesteigung zwei Nächte zuvor herrührten. Sein Blick fiel durch das Bullauge auf das glitzernde blaugrüne Wasser des Golfs von Westmarch. Nach dem Winkel zu urteilen, in dem die Sonnenstrahlen auf den Ozean trafen, musste es Mittag sein. Es war fast so weit.

Er wartete, während er weiter in der Hängematte lag, nur flach atmete, sich beruhigte und den Schmerz kontrollierte, der sogar den Wall zu überspülen drohte, den er um sich herum errichtet hatte. Er versuchte, seine Herzschläge zu zählen, fühlte ihr Echo in seinem Kopf. Doch Warten war sehr schwer, wenn man die verstreichende Zeit maß. Es war besser, abgestumpft zu sein und sich von nichts berühren zu lassen.

Dann ertönte die Bootsmannspfeife, die schrill und zugleich auf eine gewisse Weise auch angenehm das konstante Rauschen der Wellen übertönte, um die Besatzung des Schiffs zusammenzurufen.

Darrick schloss die Augen und versuchte, an nichts zu denken und sich an nichts zu erinnern. Doch der säuerliche Geruch von schimmeligem Heu auf dem Speicher über den Ställen, wo sein Vater die Tiere einpferchte, um sie später zu schlachten und ausbluten zu lassen, stieg ihm in die Nase. Bevor Darrick sich dagegen zur Wehr setzen konnte, sah er vor sich Mat Hu-Ring, im Alter von neun Jahren, in Kleidung, die ihm viel zu groß war, wie er vom Dach gesprungen kam und auf dem Speicher landete. Mat war am Kamin des Räucherhauses hinaufgeklettert, das an der Scheune hinter der Schlachterei begann, und hatte das Dach überquert, bis er eine Möglichkeit fand, auf den Speicher zu gelangen.

Hey, sagte Mat und kramte in den Taschen seines viel zu weiten Hemdes, um ein Stück Käse und Äpfel hervorzuholen. *Ich habe dich gestern nirgends gesehen, da dachte ich, dass ich dich hier finden würde.*

Verschämt hatte Darrick, dessen Leib von Prellungen übersät war, versucht, sich Mat gegenüber so zu verhalten, als sei er wütend auf ihn und wolle ihn wegschicken. Doch es war recht schwierig gewesen, so etwas überzeugend zu spielen, wenn er leise sein musste. Es war ihm nicht möglich, zu laut zu werden, da sein Vater sonst auf ihn aufmerksam geworden wäre und erkannt hätte, dass noch ein anderer von seiner Bestrafung wusste. Nachdem Mat die Äpfel und den Käse ausgebreitet und mit einer verwelkten Blume verziert hatte, um das Ganze mehr nach einem Festmahl aussehen zu lassen, war Darrick nicht länger in der Lage gewesen, ihm etwas vorzumachen. Die Verlegenheit hatte nicht einmal gereicht, um seinen Hunger zu dämpfen.

Wäre sein Vater auch nur einmal dahinter gekommen, dass Mat ihn in jener Zeit heimlich besuchte, hätte Darrick ihn niemals wiedersehen dürfen.

Darrick riss die Augen auf und starrte an die Decke. Jetzt würde er ihn auch niemals wiedersehen. Darrick streckte seinen Geist nach jener kalten Taubheit aus, derer er sich bediente, wenn alles einfach zu viel für ihn wurde. Sie legte sich wie ein Rüstung um ihn, jedes Teil perfekt auf das andere abgestimmt. Auf diese Weise blieb nichts von irgendeiner Schwäche übrig.

Wieder ertönte die schrille Pfeife.

Ohne Vorwarnung wurde die Tür zu den Offiziersquartieren geöffnet.

Darrick sah nicht hin. Wer immer es sein mochte, er konnte sofort wieder gehen – und würde das auch tun, wenn er wusste, was gut für ihn war.

„Mr. Lang“, schallte eine kraftvolle, befehlende Stimme bis zu ihm herüber.

Fast augenblicklich erwiesen sich seine Reflexe als stärker als der schmerzliche Verlust und die Barrieren, die er um sich herum errichtet hatte. Darrick drehte sich abrupt in der Hängematte herum, fiel geschickt heraus, obwohl das Schiff im selben Moment durch eine anrollende Welle pflügte, und landete in Habtachtstellung auf seinen Füßen. „Aye, Sir!“, erwiderte er rasch.

Kapitän Tollifer stand in der Türöffnung. Er war ein großer, kräftiger Mann Ende vierzig. Graue Haare durchzogen seinen Backenbart in einem ansonsten makellos rasierten Gesicht. Der Kapitän hatte sein Haar zu einem korrekten Zopf geflochten und trug seine beste Marineuniform in Grün mit goldener Biese. In der Hand hielt er einen Dreispitz, und seine Stiefel glänzten wie frisch poliertes Ebenholz.

„Mr. Lang“, sagte der Kapitän. „Haben Sie in letzter Zeit einmal Ihr Gehör überprüfen lassen?“

„Das ist schon eine Weile her, Sir“, erwiderte Darrick, während er steif dastand.

„Dann schlage ich vor, dass Sie sich zu einem dafür geeigneten Arzt begeben und es überprüfen lassen, sobald wir übermorgen – wenn das Licht es will – den Hafen von Westmarch erreicht haben.“

„Natürlich, Sir“, sagte Darrick. „Das werde ich, Sir.“

„Ich komme darauf nur zu sprechen, Mr. Lang“, fuhr Kapitän Tollifer fort, „weil ich laut und deutlich gehört habe, dass die Pfeife alle Mann an Deck beordert hat.“

„Aye, Sir. Das habe ich auch gehört.“

Tollifer hob fragend eine Augenbraue.

„Ich dachte, ich könnte in diesem Fall befreit werden, Sir“, sagte Darrick.

„Das ist eine Bestattung für einen Mann, der meinem Kommando unterstand“, gab Tollifer zurück. „Ein Mann, der mutig in Erfüllung seiner Pflichten gestorben ist. Niemand wird von so etwas befreit.“

„Ich bitte um Verzeihung, Kapitän“, erklärte Darrick. „Ich dachte, ich könnte befreit werden, weil Mat Hu-Ring mein Freund war.“ *Und weil ich derjenige bin, der seinen Tod auf dem Gewissen hat.*

„Der Platz eines Freundes ist an der Seite seines Freundes.“

Darrick beließ seine Stimme kühl und distanziert, froh darüber, dass er tief in seinem Inneren genauso dachte. „Es gibt nichts mehr, was ich noch für ihn tun könnte. Dieser Leichnam dort draußen ist nicht Mat Hu-Ring.“

„Sie können sich für ihn dort hinstellen, Mr. Lang“, sagte der Kapitän, „vor seinen Kameraden und seinen Freunden. Ich glaube, Mr. Hu-Ring würde das von Ihnen erwarten. So, wie er erwarten würde, dass ich mit Ihnen dieses Gespräch führe.“

„Aye, Sir.“

„Dann erwarte ich von Ihnen, dass Sie sich gründlich waschen“, sagte Tollifer, „und in kürzester Zeit an Deck erscheinen.“

„Aye, Sir.“ Allem Respekt gegenüber dem Kapitän und aller Angst um seinen Posten zum Trotz, musste sich Darrick zwingen, jene beißende Erwiderung herunterzuschlucken, die ihm auf der Zunge lag.

Seine Trauer um Mat war seine eigene, sie war nicht das Eigentum der Marine von Westmarch.

Der Kapitän wandte sich zum Gehen, blieb an der Tür aber stehen und sah Darrick ernst an. „Ich habe schon früher Freunde verloren, Mr. Lang. Es ist nie leicht. Wir nehmen die Bestattung vor, damit wir auf eine angemessene Weise beginnen, diesen Abschnitt unseres Lebens hinter uns zu lassen. Es geht nicht darum, sie zu vergessen, sondern uns daran zu erinnern, dass mit dem Tod etwas endet – und um uns zu helfen, ihnen einen ewigen Platz in unserem Herzen zu geben. Einige wenige gute Männer werden in diese Welt geboren, die niemals vergessen werden sollten. Mr. Hu-Ring war einer von ihnen. Ich empfinde es als ein Privileg, mit ihm gedient und ihn gekannt zu haben. Ich werde das in der Ansprache an Deck nicht sagen, da Ihnen bekannt sein dürfte, wie ich über Verhaltens- und Verfahrensweisen auf meinem Schiff denke. Aber ich wollte, dass Sie es wissen."

„Danke, Sir", antwortete Darrick.

Der Kapitän setzte seinen Dreispitz auf. „Ich gebe Ihnen genügend Zeit, um sich herzurichten, Mr. Lang. Sorgen Sie bitte dafür, dass Sie schnell fertig sind."

„Aye, Sir." Darrick sah dem Kapitän nach. Er fühlte, wie der Schmerz in ihm überkochte, wie aus ihm Zorn wurde, der wie ein Magnet all die alte Wut anzog, die er so lange Zeit unterdrückt hatte. Er schloss die Augen und zitterte am ganzen Leib. Dann stieß er den Atem aus, den er angehalten hatte, und verschloss seine Emotionen tief in seinem Kern.

Als er die Augen wieder öffnete, sagte er sich, dass er nichts fühlte. Er war eine Maschine. Wenn er nicht fühlte, konnte er auch nicht verletzt werden. Das hatte ihn sein Vater gelehrt.

So mechanisch, dass nicht einmal die Schmerzen zu ihm vordrangen, die er seit jener Nacht spürte, begab Darrick sich zum Fußende seiner Hängematte und öffnete seine Truhe. Seit der Nacht in Tauruk's Port war er nicht wieder zum aktiven Dienst angetreten – so wie auch die anderen aus der Gruppe, die sich auf den Weg gemacht hatten, um den Neffen des Königs zu retten. Die einzige Ausnahme bildete Maldrin, der gar nicht erst auf die Idee gekommen wäre, sich auf einem Schiff in die Hängematte zu legen, auf dem es ständig so viel zu tun gab.

Darrick suchte eine saubere Uniform heraus, rasierte sich rasch mit der scharfen Klinge, ohne sich allzu tiefe Schnitte zuzufügen, und zog sich schließlich an. Es gab noch drei Jungoffiziere an Bord der *Lonesome Star*, die alle jünger waren als er.

Während er an Deck kam und seine weißen Handschuhe überstreifte, die bei feierlichen Anlässen vorgeschrieben waren, blickte er an den Gesichtern der Männer vorbei, die ihn ansahen. Er gab sich neutral, unnahbar. Sie würden ihm heute nichts ansehen können, weil ihm nichts anzusehen war. Ihren flotten Salut erwiderte er routiniert.

Die Mittagssonne stand hoch über der *Lonesome Star*. Ihre Strahlen drangen tief in die See vor und ließen die blaugrünen Täler zwischen den weißen Brechern wie verstreute Edelsteine funkeln. Die Takelage und die Leinensegel über ihm knarrten und krachten im Wind, während das Schiff auf dem Weg nach Westmarch war, um die Nachricht zu verkünden, dass der Anführer der Piraten tot war – aber auch, dass das Unglaubliche geschehen und ein Dämon in diese Welt zurückgekehrt war. Seit der Rückkehr des Rettungstrupps hatten die Männer an Bord der *Lonesome Star* kaum noch über etwas anderes geredet, und Darrick wusste, dass es in Westmarch nicht viel anders sein würde, wenn sich diese Neuigkeit erst einmal herumgesprochen hatte. Das Unmögliche war Wirklichkeit geworden.

Darrick nahm seinen Platz neben den drei anderen Jungoffizieren ein, die in der ersten Reihe der Seeleute standen. Alle drei waren deutlich jünger als er, einer von ihnen war noch nicht einmal zwanzig und befand sich bereits im Offiziersrang, weil sein Vater für ihn ein Offizierspatent erworben hatte.

Ein kurz aufflackernder Groll berührte Darricks Herz, als sie gemeinsam neben Mats Leichnam standen, den man in eine Flagge gehüllt und auf eine Planke gelegt hatte, die über die Reling an Steuerbord balanciert worden war. Keiner der anderen Offiziere verdiente seinen Posten; sie waren keine echten Seeleute, so wie Mat es gewesen war. Darrick hatte entschieden, seiner eigenen Karriere zu folgen und Offizier zu werden, als man ihm dies angeboten hatte. Nicht so dagegen Mat. Kapitän Tollifer hatte es nie für angebracht gehalten, Mat eine Offiziersstelle anzubieten, auch wenn Darrick den Grund dafür nie verstanden hatte. Grundsätzlich kam es nicht oft zu solch einer Beförderung, und an Bord ein und desselben Schiffs geschah so etwas kaum einmal. Doch Kapitän Tollifer hatte genau das getan.

Die Offiziere, die neben Darrick standen, hatten nie die Bootsmannspeitsche gespürt, weil sie einen Befehl des Kapitäns nicht oder nicht in seinem vollen Umfang ausgeführt hatten. Darrick dagegen sehr wohl, und er hatte diese Wunden und Erniedrigungen mit jener stoischen Entschlossenheit ertragen, die er von seinem Vater gelernt hatte. Darrick hatte keine Angst davor gehabt, das Kommando zu übernehmen, wenn es ihm befohlen worden war. Zu Anfang hatte ihm sein Verhalten Peitschenhiebe durch jene störrischen Kapitäne eingebracht, die sich geweigert hatten, seine Auslegung ihrer Befehle anzuerkennen. Doch unter Kapitän Tollifer hatte er sich beweisen können.

Mat war nie daran interessiert gewesen, Offizier zu werden. Ihm hatte das harte Leben als Matrose mehr Spaß gemacht.

In all den Jahren, die sie gemeinsam an Bord der verschiedenen Schiffe der Marine gedient hatten, war Darrick oft der Ansicht gewesen, er würde sich um Mat kümmern und auf seinen Freund aufpassen. Doch als er jetzt den in Stoff gehüllten Leichnam vor sich betrachtete, wusste Darrick mit einem Mal, dass Mat sich nie wirklich für die See interessiert hatte.

Was hättest du getan? Wohin wärst du gegangen, wenn ich dich nicht mit hierher geschleift hätte? Die Fragen hingen über Darrick wie Möwen, die sich in einem günstigen Wind treiben ließen. Er verdrängte sie, er würde sich nicht gestatten, Schmerz oder Bestürzung an sich heranzulassen.

Andregai stand neben Kapitän Tollifer auf dem Achterschiff und spielte den Dudelsack. Der Wind riss an Tollifers elegantem Uniformumhang. Der Junge – Lhex, der Neffe des Königs – stand ebenfalls neben dem Kapitän. Als das Dudelsackspiel endete und die letzte traurige Note verhallt war, sprach der Kapitän den Nachruf und erzählte in stiller Würde vom Dienst und von der Hingabe zur Marine von Westmarch, der sich Mat Hu-Ring verschrieben hatte, und davon, dass er sein Leben gab, um den Neffen des Königs zu retten. Trotz dieser eingestreuten persönlichen Fakten wirkte die Ansprache formell und fast schon kühl.

Darrick lauschte dem leisen Gemurmel an Bord und dem Kreischen der Möwen, die der *Lonesome Star* folgten und darauf hofften, im Kielwasser Abfälle aus der Kombüse zu finden. *Gestorben, als er den Neffen des Königs rettete. Nein, so war es nicht abgelaufen. Mat wurde getötet, weil er sich auf eine von vornherein zum Scheitern verurteilte Mission begeben und sich um mich Sorgen gemacht hatte. Ich habe seinen Tod herbeigeführt.*

Darrick betrachtete die Mannschaft des Schiffs. Trotz des riskanten Einsatzes vor zwei Nächten war Mat der Einzige gewesen, der ums Leben kam. Vielleicht glaubte ein Teil der Besatzung so wie Maldrin daran, dass es alles einfach nur Pech gewesen war. Doch Darrick wusste, dass einige von ihnen davon überzeugt waren, es sei seine Schuld, weil er zu lange in der Höhle ausgeharrt hatte.

Als Kapitän Tollifer seine Ansprache beendete, setzte der Dudelsack wieder ein, deren trauriger Klang sich auf dem ganzen Deck ausbreitete. Maldrin trug jene weiße Matrosenkleidung, die nur anlässlich von Inspektionen und beim Einlaufen in Westmarch angezogen wurde. Er trat von der anderen Seite von Mats verhülltem Leichnam auf die Planke, gefolgt von fünf weiteren Männern.

Wieder ertönte der Dudelsack, diesmal war es eine Abschiedsmelodie, die dem Zuhörer eine sichere Reise wünschen sollte. Man kannte sie in jeder seefahrenden Provinz, die Darrick je besucht hatte.

Nachdem die Melodie verklungen war, sah Maldrin zu Darrick. In seinen alten grauen Augen war die unausgesprochene Frage nicht zu übersehen.

Darrick wappnete sich und nickte fast unmerklich.

„Also dann, Männer“, flüsterte Maldrin. „Ganz behutsam und mit allem Respekt, den ihr aufbringen könnt.“ Der Maat griff nach der Planke und hob sie an. Zwei der Männer befanden sich auf Maldrins, die anderen drei auf der gegenüberliegenden Seite, um die Planke gemeinsam so weit anzuheben, dass sie aus dem Gleichgewicht geriet und sich zur Seite neigte. Maldrin hielt die Flagge von Westmarch fest, mit der man zwar einen Toten bedeckte, die man aber nicht mit ihm der See übergab.

Gleichzeitig wandten Darrick und die anderen Offiziere sich nach Steuerbord, im nächsten Augenblick gefolgt von den Matrosen, die alle in Habtachtstellung standen.

„Jeder Mann, der für Westmarch stirbt", sprach der Kapitän, „soll wissen, dass Westmarch für ihn lebt."

Die Besatzung wiederholte diese Redensart, nur Darrick sagte nichts. Er verfolgte die Zeremonie mit eisigem Schweigen und hielt sich von allem so distanziert, wie es nur ging. Er spürte nichts, als Mats Leichnam unter der Flagge wegrutschte und neben dem Schiff in die aufgewühlte See eintauchte. Die Steine, die als Ballast in das Leichentuch gewickelt worden waren, gaben dem Toten das nötige Gewicht, damit er auf den Grund der blaugrünen See gezogen wurde. Eine Zeit lang war das Weiß des Leichentuchs noch im klaren Wasser sichtbar, doch dann war auch davon nichts mehr zu erkennen.

Das Schiff segelte weiter und ließ den Toten zurück. Der Dudelsack erklang und gab den Männern das Signal, dass sie wieder ihren Tätigkeiten an Bord nachgehen durften.

Darrick trat an die Reling und glich mühelos das Schwanken des Schiffs aus, das ihn früher einmal so seekrank hatte werden lassen. Sein Blick wanderte über den Ozean, aber er sah eigentlich nichts. Wieder stieg ihm der Gestank von Blut und übelriechendem Heu in der Scheune seines Vaters in die Nase, der seine Gedanken von dem Schiff und der See ablenkte. Sein Herz schmerzte von den angerauten Lederriemen, die sein Vater benutzt hatte, um ihn zu bestrafen, bis ihm irgendwann nur noch das Gefühl seiner Fäuste auf Darricks Leib Befriedigung verschaffte.

Darrick sorgte dafür, dass er überhaupt nichts fühlte, nicht einmal den Wind, der ihm ins Gesicht wehte und sein Haar zerzauste. Er hatte den größten Teil seines Lebens in dieser gefühllosen Verfassung zugebracht. Es war sein Fehler gewesen, davon abzuweichen.

Den ganzen Tag über hatte Darrick nichts gegessen, da er sich ansonsten zu den anderen Männern in die Messe hätte setzen und sich mit all den unausgesprochenen Frage hätte befassen müssen, die jeder von ihnen herumtrug. Erst jetzt, spät in der Nacht, begab er sich in die Kombüse, wo der Koch üblicherweise für die Wache einen Topf mit Fischsuppe über ein schwach brennendes Feuer hängte, aus dem sich jeder bedienen konnte.

Darrick nahm sich eine reichliche Portion und ertappte den jungen Küchengehilfen dabei, wie er an einem der langen Tische, an denen sonst die Besatzung in mehreren Schichten aß, hockte und döste. Der Gehilfe wachte ruckartig auf und begann sofort in aller Eile, den Tisch abzuwischen, als wäre er die ganze Zeit über damit beschäftigt gewesen.

Ohne ein Wort zu sagen und ohne auf den verlegenen jungen Mann zu reagieren, der wohl fürchtete, seine Laxheit im Dienst könnte seinem Vorgesetzten gemeldet werden, schnitt sich Darrick eine große Scheibe von dem Schwarzbrot ab, von dem der Koch immer mehrere Laibe vorrätig hatte. Nachdem er sich noch einen Becher grünen Tee eingeschenkt hatte, kehrte er mit dem Becher in der einen und dem Blechteller in der anderen Hand, auf dem sich das Stück Brot bereits mit Fischsuppe voll sog, an Deck zurück.

Er stand mittschiffs und lauschte dem Rascheln und Knattern der Segel. Angesichts der Neuigkeiten, die zu überbringen waren, und der Tatsache, dass sie sich in sicheren Gewässern befanden, hatte Kapitän Tollifer die Segel gehisst gelassen, um den günstigen Wind zu nutzen. Die *Lonesome Star* pflügte durch die vom Mond beschienenen Brecher, die die Meeresoberfläche überdeckten. Hin und wieder zogen Lichtblitze im Wasser vorüber, die nicht nur Spiegelungen der Schiffslaternen waren, die man als Positionslichter aufgehängt hatte.

Mit geübtem sicheren Stand glich Darrick jede Bewegung des Schiffes aus und schaffte es, Teebecher und Blechteller in einer Hand zu halten – wobei der Becher auf dem Teller stand – und mit der anderen zu essen. Er ließ das Schwarzbrot in der Suppe aufweichen, da er ansonsten eine scheinbare Ewigkeit darauf hätte herumkauen müssen, um es endlich herunterschlucken zu können. Die Suppe bestand aus Krabben und verschiedenen Fischarten, dazu Gewürze aus den Ländern des Ostens sowie großen Kartoffelstücken. Sie war so heiß, dass er sich sogar dann noch fast die Zunge daran verbrannte, wenn sie am Brot haftete und vom nächtlichen Wind ein wenig gekühlt worden war.

Darrick vermied es, an die Nächte zu denken, in denen er und Mat gemeinsam Wache geschoben hatten und Mat unglaubliche Geschichten zum Besten gab, die er irgendwo gehört oder die er sich eben erst ausgedacht hatte, dann aber schwor, sie seien das Evangelium. Für Mat war es ein Spaß gewesen, etwas, womit er sie in den langen, ermüdenden Stunden wach halten und womit er Darrick daran hindern konnte, an die Dinge zu denken, die sich in Hillsfar abgespielt hatten.

„Das mit Eurem Freund tut mir Leid“, sagte auf einmal eine leise Stimme.

So weit, wie er sich von seinen Gefühlen entfernt hatte, war es für Darrick keine Überraschung, dass er Lhex hinter sich reden hörte. Er starrte weiter hinaus auf die See und kaute auf dem letzten Stück des in Suppe getunkten Brots.

„Ich sagte …“, begann der Junge erneut, diesmal etwas lauter.

„Ich habe dich gehört“, unterbrach Darrick ihn.

Unangenehmes Schweigen machte sich breit, doch Darrick drehte sich nicht nach dem Jungen um.

„Ich wollte mit Euch über den Dämon reden“, sagte Lhex nach einer Weile.

„Nein“, gab Darrick zurück.

„Ich bin der Neffe des Königs.“ Der Tonfall des Jungen wurde geringfügig fordernder.

„Aber du bist nicht der König, nicht wahr?“

„Ich verstehe, wie Ihr Euch fühlen müsst.“

„Gut. Dann wirst du auch verstehen, dass ich meinen Frieden haben möchte, während ich Wache halte.“

Der Junge blieb so lange ruhig, dass Darrick bereits glaubte, er sei wieder gegangen. Möglicherweise würde er am Morgen mit dem Kapitän etwas Ärger bekommen, weil er so schroff reagiert hatte, doch das konnte ihn jetzt nicht kümmern.

„Was sind das für Lichter im Wasser?“, fragte Lhex plötzlich.

Darrick drehte sich zu dem Jungen um. Er war gereizt, obwohl er nicht einmal dieses Gefühl empfinden wollte, da er aus jahrelanger Erfahrung wusste, dass eine einzige Regung eine ganze Lawine von Emotionen losreißen konnte, die ihn die Kontrolle verlieren lassen würde. „Was zur Hölle machst du denn noch hier, Junge?“

„Ich kann nicht schlafen.“ Der Junge stand barfuss und in einem Nachthemd, das ihm der Kapitän geliehen haben musste, auf Deck.

„Dann such dir einen anderen Weg, um dir die Zeit zu vertreiben. Ich möchte nicht, dass das auf meine Kosten geschieht.“

Lhex schlang die Arme um sich, da er in der kalten Nachtluft offenbar ein wenig fror. „Das kann ich nicht. Ihr seid der Einzige, der den Dämon gesehen hat.“

Der Einzige, der noch lebt, korrigierte Darrick ihn im Geiste, zügelte sich aber sofort, bevor der Gedanke zu viel nach sich ziehen konnte. „Es waren noch andere Männer in der Höhle.“

„Keiner von denen ist lange genug geblieben, um das zu sehen, was Ihr gesehen habt.“

„Du weißt nicht, was ich gesehen habe.“

„Ich war dabei, als Ihr Euch mit dem Kapitän unterhieltet. Alles, was Ihr wisst, ist von Bedeutung.“

„Und warum sollte dich das interessieren?“, wollte Darrick wissen.

„Ich bin zum Priester für die Kirche von Zakarum ausgebildet worden, mein ganzes Leben ist nach dem Licht ausgerichtet. Und in zwei Jahren werde ich eine Prüfung zum vollwertigen Priester ablegen.“

„Im Moment bist du nichts weiter als ein Junge“, wies Darrick ihn zurück, „und auch in zwei Jahren wirst du immer noch kaum mehr als ein Junge sein. Du solltest deine Zeit damit verbringen, dir über Dinge Gedanken zu machen, die für einen Jungen in deinem Alter geeignet sind.“

„Nein“, erwiderte Lhex. „Dämonen zu bekämpfen, wird meine Berufung werden, Darrick Lang. Habt Ihr keine Berufung?“

„Ich arbeite, um eine Mahlzeit zwischen die Rippen zu bekommen“, sagte Darrick, „um am Leben zu bleiben und um an einem warmen Ort schlafen zu können.“

„Und doch seid Ihr ein Offizier und seid durch die Dienstgrade aufgestiegen, was bewundernswert und zugleich mühselig ist. Ein Mann ohne Berufung, ohne Leidenschaft, der hätte so etwas nicht erreichen können.“

Darrick verzog das Gesicht. Offenbar war Lhex’ Identität als der Neffe des Königs in Kapitän Tollifers Augen von großer Bedeutung.

„Ich werde ein guter Priester sein“, erklärte der Junge. „Und wenn ich Dämonen bekämpfen will, dann muss ich alles über sie erfahren.“

„Nichts von alledem hat etwas mit mir zu tun“, gab Darrick zurück. „Sobald Kapitän Tollifer meinen Bericht dem König übergeben hat, wird meine Beteiligung an dieser Angelegenheit beendet sein.“

Lhex sah ihn forschend an. „Wirklich?“

„Aye, wirklich.“

„Ihr macht auf mich nicht den Eindruck eines Mannes, der den Tod seines Freundes ungerächt lässt.“

„Und wem, glaubst du, soll ich die Schuld an Mats Tod geben?“, raunzte er den Jungen an.

„Kabraxis ist derjenige, der Euren Freund getötet hat.“

„Aber erst, nachdem du uns dazu veranlasst hast, zurückzugehen, während ich aufbrechen wollte“, sagte Darrick mit schroffer Stimme. „Und weil ich zu lange gezögert habe, ehe wir die Höhle verließen. Nur deshalb konnten wir den Skeletten nicht entkommen, die uns verfolgten.“ Er schüttelte den Kopf. „Nein, wenn jemand die Schuld an seinem Tod trägt, dann du und ich.“

Das Gesicht des Jungen nahm einen ernsten Ausdruck an. „Wenn Ihr mir die Schuld geben wollt, Darrick Lang, dann bitte, gebt mir die Schuld.“

Darrick fühlte sich verwundbar und merkte, wie seine Emotionen aufwallten und fast seiner Kontrolle entglitten. Er sah den Jungen an und war erstaunt, wie dieser sich ihm in der finsteren Nacht entgegenstellte. „Ich gebe dir die Schuld“, sagte Darrick schließlich.

Lhex wandte seinen Blick ab.

„Wenn du dich dafür entscheidest, gegen Dämonen zu kämpfen“, fuhr Darrick fort und ließ sich von der Grausamkeit mitreißen, die ihn erfüllte, „dann wirst du dich keines langen Lebens erfreuen. Aber dann musst du wenigstens auch nicht zu weit in die Zukunft planen."

„Die Dämonen müssen bekämpft werden", flüsterte der Junge.

„Aber nicht von mir", wandte Darrick ein. „Von einem König mit einer Armee, oder sogar von Königen mit ihren Armeen, denn die wird man dafür brauchen. Aber nicht von einem Seemann."

„Ihr habt den Dämon gesehen und überlebt", beharrte Lhex. „Dafür muss es einen Grund geben."

„Ich hatte Glück. Die wenigsten Menschen, die einem Dämon begegnen, haben solches Glück."

„Krieger und Priester kämpfen gegen Dämonen", sprach der Junge weiter. „Die Legenden berichten davon, dass ohne diese Helden Diablo und seine Brüder immer noch auf dieser Welt existieren würden."

„Du warst dabei, als ich Kapitän Tollifer Bericht erstattete", sagte Darrick. Der Junge hatte keine Scheu gezeigt, auch dem Kapitän zu verstehen zu geben, dass die Dinge nach seinen Vorstellungen abzulaufen hatten, und so hatte Tollifer widerwillig sein Einverständnis geben müssen, dass Lhex bei der Abschlussbesprechung am Morgen zuvor anwesend sein durfte. „Du weißt alles, was ich weiß."

„Es gibt Seher, die Euch untersuchen könnten. Manchmal, wenn um ein Individuum herum gewaltige Magie gewirkt wird, finden sich Reste dieser Magie in dem Individuum."

„Ich werde mich nicht stechen und durchbohren lassen", konterte Darrick und zeigte auf das Licht, das durch die See glitt. „Du wolltest wissen, was das da ist."

Lhex sah hinaus auf den Ozean, auch wenn seine Miene verriet, dass er lieber die Unterhaltung fortgesetzt hätte, die den Dämon betraf.

„Einige davon", sagte Darrick, „sind Feuerschwanzhaie, die so genannt werden, weil sie wie ein Feuer leuchten. Das Licht lockt nachts jagende Fische an und bringt sie so in Reichweite der Haie, von denen sie dann gefressen werden. Andere Lichter werden von Mondrosen-Quallen verursacht, die einen Mann lähmen können, wenn er das Pech hat, in die Reichweite ihrer mit Widerhaken besetzten Tentakel zu schwimmen. Wenn du etwas über die See wissen willst, kann ich dir eine Menge beibringen. Aber wenn du über Dämonen reden willst, dann werde ich mich nicht weiter mit dir unterhalten. Ich habe über sie mehr erfahren, als ich jemals habe wissen wollen."

Der Wind änderte etwas die Richtung, woraufhin die großen Segel über ihnen ein wenig an Fülle verloren, sich aber sofort wieder aufblähten, als die Besatzung auf die andere Windrichtung reagierte.

Darrick nahm noch etwas von der restlichen Suppe, die aber mittlerweile kalt geworden war.

„Kabraxis ist für den Tod Eures Freundes verantwortlich", sagte Lhex ruhig. „Ihr werdet das niemals vergessen. Ihr seid nach wie vor ein Teil davon, ich habe die Anzeichen erkannt."

Darrick atmete schwer aus. Er fühlte sich gefangen, verängstigt und wütend zur gleichen Zeit. Er fühlte sich genauso wie damals im Geschäft seines Vaters, wenn dieser einmal mehr der Ansicht war, er müsse mit ihm unzufrieden sein. Er setzte alles daran, wieder auf Distanz zu gehen, und wartete, bis er die Kontrolle über sich zurückerlangt hatte. Dann drehte er abrupt den Kopf herum, um einen Teil seiner Wut an dem Jungen auszulassen, auch wenn er der Neffe des Königs war.

Doch als sich Darrick umwandte, war das Deck hinter ihm verwaist. Im Mondschein mutete das Licht silbrigweiß an, von dunklen Streifen durchsetzt, die von den Schatten der Masten und der Takelage rührten. Frustriert drehte er sich wieder zur Reling und schleuderte wütend Becher und Teller ins Wasser.

Eine Mondrosen-Qualle bekam den Blechteller mit ihren Tentakeln zu fassen. Kleine Blitze zuckten auf, als die Widerhaken über das Metall kratzten, während die Kreatur versuchte, hineinzubeißen.

Darrick ging nach Steuerbord und stützte sich auf die Reling. Vor seinem geistigen Auge sah er das Skelett, wie es Mat ansprang und ihn mit sich von der Felskante riss. Wieder hörte er den Aufprall gegen der Klippe, das Geräusch von berstenden Knochen. Kalter Schweiß überzog seinen Körper, als die Erinnerung an die Zeiten im Geschäft seines Vater hochspülte. Nein, er würde nicht dorthin zurückkehren, niemals – weder leibhaftig noch im Geiste.

Zwölf

Darrick saß an einem Tisch im *Cross-Eyed Sal's*, einer Taverne, die nur ein paar Blocks von der Dock Street und dem Händlerviertel entfernt lag. Die Taverne war eine Kaschemme, in der missgelaunte oder vom Pech verfolgte Seeleute mit wenig Geld in der Tasche landeten, bevor sie wieder auf irgendeinem Schiff anheuerten und in See stachen. Es war ein Ort, an dem die Lampen nur schwach brannten, damit die Dirnen besser aussahen und man das Essen nicht allzu genau unter die Lupe nehmen konnte.

Das Geld kam über die Piers nach Westmarch, durch die prall gefüllten Geldsäcke der Händler, die Waren an- und verkauften und durch die viel bescheideneren Münzbeutel der Seeleute und Hafenarbeiter. Das Geld wurde vor allem in den Geschäften entlang der Piers und Docks ausgegeben, und dort blieb es dann auch. Nur ein kleiner Teil gelangte in die Läden, die weiter stadteinwärts zu finden waren, in die Werkstätten der Handwerker und in die besseren ebenso wie in die nicht ganz so edlen Gasthäuser.

An der Fassade des *Cross-Eyed Sal's* hing ein von der Sonne verblichenes Schild, das eine dralle rothaarige Frau zeigte, die auf einer dampfenden Austernschale lag und die nur dank langer Zöpfe ihren Anstand wahren konnte. Die Taverne befand sich in einem verfallenen Bezirk, der sich über eine Reihe von älteren Häusern erstreckte. Diese waren weiter oben auf den Hügeln errichtet worden und wiesen zum Hafen hin. In den Jahren, seit Westmarch und der Hafen existierten, waren fast alle Gebäude, die unmittelbar am Wasser gestanden hatten, abgerissen und neu errichtet worden.

Nur ein paar der älteren Bauwerke waren als Wahrzeichen erhalten geblieben und von fähigen Kunsthandwerkern abgestützt worden. Doch hinter diesen Adressen, die den größten Teil des Goldes einstrichen, lag, einer Insel gleich, der Bereich jener Händler und Tavernenbesitzer, die kaum ihre monatlichen Kosten und die Steuern für den König decken konnten, und die es schwer hatten, überhaupt im Geschäft zu bleiben. Das Einzige, was sie am Leben erhielt, waren arbeitslose Seeleute und Hafenarbeiter, die ihr Heil im Suff suchten.

Im *Cross-Eyed Sal's* fand sich immer eine merkwürdige Ansammlung von Charakteren zusammen, und das Lokal war zum Bersten gefüllt. Die Seeleute hielten sich von den Hafenarbeitern fern, weil es zwischen den beiden Gruppen seit langem eine ernsthafte Fehde gab. Die Seeleute verachteten die Hafenarbeiter, weil es diesen nach ihrer Ansicht an Mut fehlte, zur See zu fahren, während die Hafenarbeiter die Seeleute verachteten, da sie deren Meinung zufolge kein wirklicher Teil der Gemeinschaft waren. Beide Gruppen hielten sich aber gleichermaßen von den Söldnern fern, die sich in den letzten Tagen in der Taverne hatten blicken lassen.

Vor neun Tagen war die *Lonesome Star* nach Westmarch zurückgekehrt und wartete noch immer auf neue Befehle. Darrick saß allein an einem Tisch und trank. Wenn er Landgang hatte, blieb er stets für sich. Die meisten Männer an Bord der *Lonesome Star* hatten sich einzig und allein wegen Mat in seiner Nähe aufgehalten. Mat war humorvoll und kannte unzählige Geschichten, ihm hatte es nie an Gesellschaft, Freunden und einem vollen Krug Ale im Beisammensein mit anderen gemangelt.

Niemand von der Besatzung unternahm dagegen einen Versuch, allzu viel Zeit mit Darrick zu verbringen. Abgesehen davon, dass der Kapitän es ohnehin nicht gern sah, wenn ein Offizier allzu freundlichen Umgang mit der Crew pflegte, hatte sich Darrick auch nie als besonders umgänglich erwiesen. Und nachdem Mat nun tot war, wollte Darrick mit niemandem mehr etwas zu schaffen haben.

In den vergangenen neun Tagen hatte Darrick die Nächte lieber an Bord des Schiffes verbracht, als in den Armen einer der vielen willigen Frauen. Die übrige Zeit hatte er in Spelunken wie dem *Cross-Eyed Sal's* gesessen. Normalerweise hätte Mat ihn mit in bessere

Gasthäuser geschleppt, oder er hätte Einladungen zu Veranstaltungen beschafft, die von weniger bedeutenden Politikern in Westmarch abgehalten wurden. Irgendwie war es Mat stets gelungen, mit den Ehefrauen und Kurtisanen jener Männer ins Gespräch zu kommen, wenn er die Museen, Kunstgalerien und Kirchen von Westmarch besichtigte – Interessen, die Darrick nie teilte. Darrick hatte sogar diesen Zeitvertreib eher als lästig empfunden.

Er blickte in seinen Krug und konnte durch den abgestandenen Wein bereits wieder den Boden erkennen. Darrick sah sich um und entdeckte die Bedienung, die seine Bestellungen aufgenommen hatte. Sie stand drei Tische von ihm entfernt, ein großer Söldner hatte seinen Arm um sie gelegt. Ihr Lachen hörte sich obszön an und entfachte Darricks Wut, bevor er sie ersticken konnte.

„Mädchen!“, rief er ungeduldig und schlug mit dem Zinnkrug auf die zerkratzte Tischplatte.

Die Bedienung löste sich aus dem Griff des Söldners, kicherte und stieß sich auf eine Weise von ihm ab, mit der sie sich zwar von ihm befreien wollte, die aber zugleich auch etwas Verführerisches hatte. Sie bahnte sich ihren Weg durch den vollen Raum und nahm Darricks Krug.

Die Söldner bedachten ihn mit finsteren Blicken und tuschelten dann untereinander.

Darrick ignorierte sie und lehnte sich gegen die Wand in seinem Rücken. Er war unzählige Male in derartigen Kneipen gewesen, und er hatte Hunderte von Männern wie diese Söldner gesehen. Normalerweise waren dann andere von seiner Besatzung mit dabei, da Kapitän Tollifer den ständigen Befehl ausgegeben hatte, dass sich keines seiner Besatzungsmitglieder allein in einer Taverne aufhalten durfte. Doch seit sie vor ein paar Tagen eingelaufen waren, war Darrick nur noch alleine ausgegangen und erst früh am Morgen kurz vor Sonnenaufgang auf das Schiff zurückgekehrt – es sei denn, er war zur ersten Wache eingeteilt und musste früh aufstehen.

Die Frau brachte Darrick einen gefüllten Krug. Er bezahlte und gab ihr ein mäßiges Trinkgeld, das ihm keinen freundlichen Blick bescherte. Normalerweise hätte Mat sich großzügig von seinem Geld getrennt und sich so bei den Bedienungen beliebt gemacht. An diesem Abend scherte er sich jedoch nicht darum. Er wollte einfach nur einen gut gefüllten Krug, bis er wieder aufbrach.

Er richtete seine Aufmerksamkeit auf das kalte Essen auf dem Holztablett, das vor ihm stand. Die Mahlzeit setzte sich aus sehnigem Fleisch und verbrannten Kartoffeln zusammen, versehen mit einigen Klecksen dünner Soße, die so appetitlich aussah wie Hundespeichel. Die Taverne konnte es sich leisten, etwas Derartiges zu servieren, da die Stadt mit Söldnern überlaufen war, die alle aus dem Vermögen des Königs bezahlt wurden. Darrick nahm ein Stück Fleisch und kaute darauf herum, während er sah, wie der große Söldner – gefolgt von zwei Freunden – von seinem Tisch aufstand.

Unter dem Tisch lag Darricks Entermesser quer über den Schoß. Er hatte es sich zur Gewohnheit gemacht, mit der linken Hand zu essen, um die rechte freizuhaben.

„Hey, du da, Schiffsputzer", knurrte der große Söldner und zog den Stuhl zurück, der gegenüber von Darrick am Tisch stand. Dann nahm er unaufgefordert Platz. Die Art, wie der Mann ihn angesprochen hatte, ließ keinen Zweifel daran, dass er ihn beleidigen wollte.

Wenn die Hafenarbeiter schon den einfachen Seeleuten vorwarfen, sie seien nur Besucher und gehörten eigentlich nicht zur städtischen Gemeinschaft, so galt dies umso mehr für die Söldner. Sie bezeichneten sich selbst als mutige Krieger, als Männer, die das Kämpfen gewohnt waren, und wenn ein Seemann das Gleiche von sich behaupten wollte, versuchten die Söldner, dessen Aussage herabzuwürdigen.

Darrick wartete ab, da er wusste, dass diese Begegnung nicht gut enden würde – was er jedoch willkommen hieß. Er wusste nicht, ob es im Lokal einen einzigen Mann gab, der sich auf seine Seite stellen würde, doch auch das war ihm ziemlich gleichgültig.

„Du solltest nicht ein junges Mädchen unterbrechen, wenn es nur seiner Arbeit nachgeht", erklärte der Söldner. Er war jung und blond, hatte ein breites Gesicht und eine Zahnlücke – ein Mann, der die meisten Zwischenfälle allein wegen seiner imposanten Größe unversehrt überstanden hatte. Die Narben im Gesicht und an den Armen sprachen aber auch für eine alles andere als gewaltlose Vergangenheit. Er trug eine billige Lederrüstung und ein Kurzschwert, dessen Griff mit Draht umwickelt war.

Die beiden anderen Söldner waren in etwa genauso alt, doch ihnen fehlte es sichtlich an Erfahrung. Darrick vermutete, dass sie ihrem Kameraden zwar gefolgt, über die Konfrontation an sich aber keineswegs erfreut waren.

Darrick nippte an seinem Wein. Ein warmes Glühen machte sich in seiner Magengegend breit, doch er wusste, dass es nur zum Teil vom Alkohol herrührte. „Dies ist mein Tisch", sagte er, „und ich habe niemanden dazu eingeladen, sich zu mir zu setzen."

„Du hast einsam ausgesehen."

„Lass deine Augen untersuchen", schlug Darrick vor.

Der große Mann warf ihm einen finsteren Blick zu. „Du bist nicht gerade von der freundlichen Sorte."

„Nein", stimmte Darrick ihm zu. „Wenigstens hast du das richtig begriffen."

Der große Mann beugte sich vor, stemmte seine Ellbogen auf den Tisch und stützte sein kantiges Kinn auf die verschränkten Hände. „Ich mag dich nicht."

Darrick umfasste unter dem Tisch den Griff des Entermessers und lehnte sich nach hinten, bis er seine Schultern gegen die Wand drücken konnte. Die flackernde Kerzenflamme auf dem Tisch nebenan warf tiefe Schatten auf das Gesicht des großen Mannes.

„Syrnon", sagte einer der anderen Männer und zog am Ärmel seines Freundes. „Dieser Mann trägt eine Offizierstresse an seinem Kragen."

Syrnon kniff seine großen blauen Augen zusammen, während sein Blick über Darricks Halsausschnitt wanderte. Am Kragen war ein Eichenlaub zu sehen, zwei Granate kennzeichneten seinen Dienstgrad. Es war zu einer solchen Gewohnheit geworden, die Tresse anzustecken, dass er gar nicht daran gedacht hatte, sie wieder abzunehmen, ehe er herkam.

„Du bist Offizier auf einem Schiff des Königs?", fragte Syrnon.

„Aye", erwiderte Darrick mit spöttischem Unterton. „Wieso? Hast du etwa Angst davor, der König könnte Vergeltung üben, weil du einen seiner Marineoffiziere belästigt hast?"

„Syrnon“, drängte der andere Mann. „Wir sollten den Mann besser in Ruhe lassen.“

Vielleicht wäre der Söldner auch tatsächlich wieder aufgestanden. Er war nicht so betrunken, dass er nicht auf ein vernünftiges Argument hätte hören wollen, und von den Verliesen in Westmarch hieß es, sie seien nicht sonderlich gastfreundlich.

„Geht ruhig“, sagte Darrick und ließ seiner finsteren Laune freien Lauf. „Und vergiss nicht, den Schwanz einzuziehen, wenn du aufstehst.“ In der Vergangenheit hatte Mat immer gemerkt, wenn Darrick in schlechter Stimmung war, und er hatte es stets geschafft, ihn in eine bessere Laune zu versetzen oder ihn wenigstens so zu beeinflussen, dass seine selbstzerstörerische Art nicht völlig Besitz von ihm ergreifen konnte.

Doch Mat war jetzt nicht da, wie schon in den zurückliegenden neun langen Tagen.

Mit einem wütenden Aufschrei sprang Syrnon auf und beugte sich über den Tisch, um Darrick am Hemd zu packen. Der lehnte sich aber im gleichen Moment vor und rammte dem großen Söldner den Schädel ins Gesicht, wobei er ihm die Nase brach. Blut lief aus Syrnons Nasenlöchern, als der nach hinten taumelte.

Die beiden anderen Männer versuchten, einzuschreiten.

Darrick holte mit seinem Entermesser aus, traf einen der beiden mit der flachen Seite der Klinge an die Schläfe und schlug ihn so bewusstlos. Noch bevor er zu Boden gesackt war, holte Darrick bereits nach dem dritten Mann aus. Der Söldner nestelte am Heft seines Schwerts, um es aus der Scheide zu ziehen, doch ehe er sich zur Wehr setzen konnte, trat Darrick ihm gegen den Oberkörper. Der Mann wurde nach hinten gestoßen und landete auf dem Nachbartisch, den er umriss. Sofort sprangen vier Krieger wütend auf und beschimpften den Mann, der mitten zwischen ihnen gelandet war, aber sie beschimpften auch Darrick.

Syrnon zog sein Kurzschwert und holte so heftig damit aus, dass Männer, die sich hinter und neben ihm befanden, wegtauchen oder zur Seite springen mussten. Flüche und üble Beschimpfungen verfolgten ihn.

Mit einem Satz auf den Tisch sprang Darrick über Syrnons Hieb hinweg, machte einen Überschlag nach vorn – einen Moment lang merkte er, wie sich durch den genossenen Alkohol alles um ihn herum drehte – und landete hinter dem großen Söldner sicher auf beiden Füßen. Syrnon wirbelte herum, sein Gesicht wirkte wegen der gebrochenen Nase wie eine scharlachrote Maske. Er spuckte Blut, während er Darrick auf das Übelste beschimpfte, dann schwang er sein Kurzschwert, um nach Darricks Kopf zu schlagen.

Darrick parierte den Hieb mit seinem Entermesser. Stahl schlug auf Stahl. Während er die Klinge des Mannes wegdrückte, ballte Darrick seine linke Faust und ließ sie gegen den Kopf seines Gegners krachen. Über dem Wangenknochen platzte Fleisch auf, und Darrick brachte zwei weitere harte Schläge ins Ziel, was ihm eine enorme Befriedigung verschaffte. Syrnon war größer als er, so viel größer, wie sein Vater es gewesen war, als dieser sich im hinteren Teil der Schlachterei vor dem jungen Darrick aufgebaut hatte. Aber jetzt war Darrick kein ängstlicher Junge mehr, zu schwach und zu unerfahren, um sich zur Wehr zu setzen. Er schlug Syrnon ein weiteres Mal und trieb den Mann vor sich her.

Syrnons Gesicht ließ erkennen, wie heftig Darrick auf ihn eingeschlagen hatte. Sein rechtes Auge würde bald so geschwollen sein, dass er es nicht mehr öffnen konnte, die Lippen waren aufgeplatzt, ebenso die eine Wange über dem Knochen nah am Ohr.

Darricks Hand schmerzte von den Schlägen, doch davon nahm er kaum Notiz. Die Finsternis in ihm war jetzt entfesselt – auf zwar eine Weise, wie er es noch nie erlebt hatte. Seine Gefühle trieben ihn an und wurden stetig stärker. Syrnon holte unerwartet aus und traf Darrick ins Gesicht. Dessen Kopf wurde nach hinten geworfen, und alles drehte sich um ihn, während sich in seinem Mund der kupferne Geschmack von Blut ausbreitete und ihm der säuerliche Gestank von Stroh in die Nase stieg.

Niemand findet, dass du mir ähnlich siehst, Junge! Die Stimme von Orvan Lang dröhnte in seinem Kopf. *Was glaubst du wohl, wie es sein kann, dass ein Junge nicht wie sein Vater aussieht? Jeder zerreißt sich deswegen das Maul. Und ich – ich liebe deine Mutter, ich Narr!*

Darrick parierte wieder die verzweifelten Attacken des Söldners und drängte erneut nach vorn. Sein Geschick mit dem Schwert war jedem in der Marine von Westmarch bekannt, der sich ihm je in den Weg gestellt oder der an seiner Seite gegen Piraten und Schmuggler gekämpft hatte.

Nachdem er und Mat von Hillsfar nach Westmarch gekommen waren, hatte Darrick eine Weile bei einem Fechtlehrer trainiert. Er hatte seine Arbeitskraft zur Verfügung gestellt, um im Gegenzug unterrichtet zu werden. Sechs Jahre lang hatte Darrick den Boden des Fechtsaals mit Sand bestreut und Wände repariert, Holz gehackt und sogar anderen Unterricht erteilt, während er auf eine Karriere bei der Marine hinarbeitete.

Dieses Training hatte dafür gesorgt, dass Darrick eine Zeit lang ausgeglichener war – bis Meister Coro beim Duell mit einem Herzog um die Ehre einer Frau getötet wurde. Darrick hatte die beiden Attentäter und auch den Herzog aufgespürt und alle drei umgebracht. Ein Kommodore der Marine von Westmarch, der von dem Duell und dem Attentat wusste, war dabei auf ihn aufmerksam geworden. Meister Coro hatte auch viele Schiffsoffiziere ausgebildet und mit den Kapitänen geübt. Als Folge hatten Darrick und Mat ihren ersten Posten auf einem Schiff erhalten.

Nachdem Meister Coro nicht mehr unter den Lebenden weilte, war es die rigorose Kontrolle an Bord des Marineschiffs gewesen, die Darrick Frieden gegeben und ihm eine geordnete Umgebung verschafft hatte. Mat hatte einen beträchtlichen Teil dazu beigetragen.

Was diesen eben begonnenen Kampf anging, fühlte sich Darrick wohl. Mat zu verlieren und dann tagelang darauf zu warten, dass sein Leben wieder eine Richtung und einen Sinn bekam, hatte an seinen Nerven gezehrt. Die *Lonesome Star*, einst ein Zuhause und eine Zuflucht, erinnerte ihn jetzt nur noch daran, dass Mat tot war. Jede Planke des Schiffs war von Schuldgefühlen durchdrungen, und Darrick wollte endlich etwas *tun*.

Er spielte mit dem Söldner, die Finsternis regte sich in seiner Seele. Bei mehreren Gelegenheiten in den Jahren, seit er aus Hillsfar entkommen war, hatte er darüber nachgedacht, nach Hause zurückzukehren und seinen Vater zu besuchen – vor allem dann, wenn Mat wieder einmal zu seiner Familie reiste. Darrick spürte kein Verlangen, seine Mutter zu sehen. Sie hatte die Prügel durch seinen Vater zugelassen, weil sie ihr eigenes Leben zu leben hatte. Mit einem der erfolgreichsten Schlachter der Stadt verheiratet zu sein, hatte ihr Wohlstand geschenkt.

Darrick hatte entschieden, die Finsternis zu verdrängen und zu unterdrücken. Doch jetzt war es nicht möglich, sie länger zu stoppen. Darrick rang die Verteidigung seines Gegenübers nieder und trieb den Mann unablässig vor sich her. Syrnon rief um Hilfe, doch selbst die anderen Söldner schreckten davor zurück, sich in diesen Kampf einzumischen.

Da ertönte das warnende Schrillen einer Pfeife.

Darrick wusste, dass diese Pfeife die Ankunft der Friedenswahrer des Königs ankündigte, jener rauen Männer und Frauen, die sich dafür einsetzten, dass kein offener Zwist innerhalb der Stadtmauern ausbrach.

Die Söldner und die wenigen Seeleute in der Taverne machten sofort Platz, da sie wussten, dass jeder, der die Autorität eines Friedenswahrers missachtete, eine Nacht im Verlies zubringen durfte.

Darrick, den die finsteren Gefühle völlig im Griff hatten, ließ jedoch nicht von seinem Widersacher ab. Er stürmte weiter auf ihn ein und trieb ihn vor sich her, bis der Mann keine Fluchtmöglichkeit mehr hatte. Mit einem letzten, geschickten Schlag entwaffnete er ihn.

Der Söldner presste sich gegen die Wand und stand auf Zehenspitzen da, während Darrick ihm das Entermesser an die Kehle hielt. „Bitte!“, krächzte er.

Darrick hielt ihn in dieser Position fest, auch als er hinter sich weitere Pfiffe hörte, von denen einer immer näher kam.

„Legt das Schwert weg“, wies ihn eine ruhige Frauenstimme an. „Legt es sofort weg.“

Darrick drehte sich um, das Entermesser so erhoben, dass die Frau vor ihm zurückwich. Doch als er ihr den Stab aus der Hand schlagen wollte, den sie festhielt, drehte sie ihn einfach um und schlug ihm damit gegen die Brust.

Ein wilder elektrischer Stoß durchzuckte Darrick, dann fiel er zu Boden.

Der morgendliche Sonnenschein fiel durch das mit Gitterstäben versperrte, kleine Fenster über dem Bett, das mit einer Kette an der Steinwand befestigt war. Darrick war nicht in eines der Verliese gebracht worden. Dafür war er zwar dankbar, doch es verwunderte ihn auch.

Langsam richtete er sich auf, obwohl sich sein Kopf anfühlte, als wollte er explodieren. Das Bett knarrte und zerrte an den beiden Ketten in der Wand. Er setzte die Füße auf den Boden und sah zu den Eisenstäben, die die vierte Wand der kleinen Gefängniszelle bildeten, welche acht mal acht Fuß maß. Die dünne Matratze, die fast das ganze Bett bedeckte, war mit säuerlich riechendem Stroh gefüllt. Der Stoff, der über die Matratze gezogen worden war, wies zahlreiche Flecken auf, da frühere Gäste sich darauf übergeben oder ihre Notdurft verrichtet hatten.

Darricks Magen drehte sich so heftig, dass er glaubte, er müsse selbst auch jeden Moment erbrechen. Er schleppte sich zu dem Eimer in der vorderen Ecke der Zelle. Übelkeit stieg in ihm auf, und dann übergab er sich tatsächlich heftig. Es kostete ihn so viel Kraft, dass er sich kaum an den Gitterstäben festhalten konnte.

Das schallende Gelächter eines Mannes drang aus dem Schatten jenseits der Gitterstäbe zu ihm.

Darrick blieb vornüber gebeugt stehen, da er nicht sicher war, ob die Übelkeit wirklich schon vorüber war, und sah in die gegenüberliegende Zelle.

Ein Mann mit zerzaustem Haar, der die Lederkleidung eines Kriegers trug, saß im Schneidersitz auf seinem Bett. Armbänder aus Messing und Stammestätowierungen in Gesicht und auf den Armen kennzeichneten ihn als einen Söldner, der nicht aus dieser Stadt stammte.

„Und wie geht es dir heute Morgen?“, fragte der Mann.

Darrick ignorierte ihn.

Der Mann erhob sich von seinem Bett und kam ans Gitter, umfasste die Stäbe und fragte: „Was hat es mit dir auf sich, Seemann, dass jeder hier in solche Aufregung gerät?“

Darrick hielt den Kopf wieder über den übel riechenden Eimer und erbrach erneut.

„Sie haben dich letzte Nacht hergebracht“, fuhr der Krieger fort, „und du hast dich mit ihnen allen angelegt. Manche haben dich für wahnsinnig gehalten. Eine der Friedenswahrerinnen hat dir noch eine Kostprobe des Stabes gegeben, den sie bei sich trug.“

Ein Schockstab, dachte Darrick. Nun wurde ihm auch klar, warum sein Kopf so dröhnte und jeder Muskel in seinem Leib sich verspannt anfühlte. Er hatte das Gefühl, kielgeholt und gegen den mit verkrusteten Muscheln überzogenen Rumpf gepresst worden zu sein. Einige Friedenswahrer trugen mysteriös aufgeladene Edelsteine bei sich, die in Stäbe eingelassen waren und lähmende Schläge austeilten, durch die Gefangene völlig handlungsunfähig gemacht wurden.

„Einer der Wachleute schlug vor, man sollte dir den Kopf einschlagen, dann hätte man Ruhe“, sagte der Krieger. „Aber ein anderer meinte, du wärst so etwas wie ein Held. Du hättest den Dämon gesehen, vor dem im Moment in ganz Westmarch ein jeder Angst hat.“

Darrick hielt sich an den Stäben fest und atmete flach.

„Stimmt das?“, wollte der Krieger wissen. „Ich habe nämlich letzte Nacht nur einen Säufer erlebt.“

Das Rasseln eines schweren Schlüssels, mit dem der Riegel bewegt wurde, hallte durch die Zellen und ließ die anderen Inhaftierten fluchen. Dann wurde knarrend eine Tür geöffnet.

Darrick lehnte sich gegen die Wand, die an die Gitterstäbe angrenzte, damit er den schmalen Gang besser einsehen konnte.

Ein Aufseher, der die Uniform eines Friedenswahrers mit den Streifen eines Sergeanten trug, kam als Erster in Sicht, dicht gefolgt von Kapitän Tollifer in seinem langen Umhang.

So übel ihm auch war, gewann doch der jahrelange Drill die Oberhand und brachte Darrick dazu, die Schultern zu straffen und zu salutieren. Er konnte nur hoffen, dass er sich nicht jeden Augenblick erneut übergeben musste.

„Kapitän!“, krächzte er.

Der Aufseher, ein stämmig gebauter Mann mit Backenbart und beginnender Glatze, wandte sich ihm zu. „Ja, hier ist er, Kapitän. Ich wusste, dass er nicht weit weg sein konnte."

Tollifer warf Darrick einen eisigen Blick zu. „Mr. Lang, das ist eine Enttäuschung."

„Aye, Sir", erwiderte Darrick. „Ich bedauere das sehr, Sir."

„Und das sollten Sie auch", sagte Kapitän Tollifer. „Und die nächsten Tage werden Ihnen noch weniger gefallen. Eigentlich sollte ich einen Offizier meines Schiffs gar nicht erst aus einer solchen Situation herausholen müssen."

„Nein, Sir", stimmte Darrick ihm zu, auch wenn es ihn überraschte, dass es ihn nicht sonderlich kümmerte.

„Ich weiß nicht, was Sie in diese momentane Lage gebracht hat", fuhr der Kapitän fort, „allerdings ist mir klar, dass Mr. Hu-Rings Tod eine gewichtige Rolle spielt, was Ihre derzeitige Verfassung angeht."

„Ich bitte um Verzeihung, Kapitän", gab Darrick zurück, „doch Mats Tod hat damit nichts zu tun." Das würde er nicht ertragen.

„Dann, Mr. Lang", sprach Tollifer in frostigem Tonfall weiter, „können Sie ja vielleicht eine andere Erklärung liefern, warum ich Sie in einer so bemitleidenswerten Verfassung antreffe."

Darrick stand da und fühlte, wie seine Knie zitterten, während er den Kapitän ansah. „Nein, Sir."

„Dann überlassen Sie es also mir, eine Erklärung zu finden für diese massive Abweichung von allem, was ich von Ihnen zu erwarten geneigt war."

„Aye, Sir." Darrick konnte sich nicht länger zurückhalten, wandte sich ab und übergab sich erneut in den Eimer.

„Und merken Sie sich eines, Mr. Lang", sagte der Kapitän. „Ich werde die Wiederholung eines solchen Benehmens nicht dulden."

„Nein, Sir", erwiderte Darrick, der so geschwächt war, dass er sich nicht aufrichten konnte.

„Also gut, Aufseher", erklärte Tollifer. „Ich nehme ihn jetzt mit."

Darrick würgte abermals.

„Vielleicht besser in ein paar Minuten", schlug der Angesprochene vor. „Ich habe vorn eine Kanne Tee stehen, wenn Ihr mir Gesellschaft leisten möchtet. Gebt dem jungen Mann noch ein paar Minuten Zeit, vielleicht ist er dann etwas besser ansprechbar."

Verlegen, aber gleichzeitig von einer Wut erfasst, die seine Beherrschung zunichte zu machen drohte, hörte Darrick den beiden Männern zu, während sie sich entfernten. Mat hätte sich wenigstens zu ihm in die Zelle gesetzt, um über ihn zu lachen, aber er hätte ihn nicht sich selbst überlassen.

Abermals übergab er sich, gleichzeitig sah er vor seinem geistigen Auge wieder das Skelett, das Mat von der Klippe gerissen hatte. Doch diesmal erlebte er nicht nur mit, wie sie beide stürzten, er bemerkte auch den Dämon, der oben an der Felskante stand und hämisch lachte, als sie dem dunklen Fluss entgegenstürzten.

„Ihr könnt ihn noch nicht mitnehmen", protestierte der Heiler. „Ich brauche noch mindestens drei Stiche, um die Wunde über seinem Auge zu nähen."

Darrick saß stoisch auf dem kleinen Hocker im Behandlungszimmer des Heilers und sah mit seinem gesunden Auge Maldrin an, der in der schmalen Türöffnung stand. Andere Männer gingen draußen vorbei, ebenfalls verletzt oder krank. Irgendwo etwas weiter den Gang hinunter lag eine Frau in den Wehen und schrie, davon überzeugt, einen Dämon zur Welt zu bringen.

Der Erste Maat wirkte nicht glücklich. Er begegnete Darricks Blick nur für einen kurzen Moment, dann sah er weg.

Darrick dachte, dass Maldrin vielleicht einfach nur verärgert war, doch er glaubte, ihm auch eine gewisse Verlegenheit anzumerken. Es war nicht das erste Mal, dass sich Maldrin in der letzten Zeit nach ihm hatte auf die Suche begeben müssen.

Darrick sah sich um und betrachtete die Regale, in denen Flaschen mit Tränken und Pulvern standen, Gläser voller Blätter, getrockneter Beeren und Borke und Beutel, die Steine mit heilenden Eigenschaften enthielten.

Der Heiler war in der Dock Street beheimatet, ein älterer Mann, bei dem sich schon zahlreiche Seeleute und Hafenarbeiter ihre Verletzungen hatten behandeln lassen. Die intensiven Gerüche der Salben und Medikamente, die der hagere Mann einsetzte, um sich seiner Patienten anzunehmen, hingen schwer in der Luft.

Der Heiler machte ein weiteres Stück Katzendarm an der Nadel fest, die er in der Hand hielt, dann beugte er sich vor und schob sie durch das Fleisch über Darricks rechtem Auge. Dieser bewegte sich nicht, er zuckte nicht einmal oder blinzelte auch nur.

„Seid Ihr sicher, dass Ihr nichts gegen den Schmerz haben wollt?“, fragte der Heiler.

„Ich bin sicher.“ Darrick distanzierte sich von dem Schmerz und drängte ihn in jene Ecke seines Geistes, die er vor vielen Jahren erschaffen hatte, um die Hölle in den Griff zu bekommen, durch die sein Vater ihn immer wieder geschickt hatte. Dieser Ort in seinem Kopf konnte weitaus mehr aushalten als das, was die Arbeit des Heilers an Schmerz bewirkte. Darrick sah zu Maldrin. „Weiß der Kapitän davon?“

Maldrin seufzte. „Dass du wieder in eine Schlägerei geraten bist und wieder eine Taverne in Schutt und Asche gelegt hast? Aye, das weiß er, Skipper. Caron ist im Moment dort, um sich den Schaden anzusehen und zu hören, wie viel du bezahlen musst. Wenn ich bedenke, für welche Schäden du in letzter Zeit aufkommen musstest, dann weiß ich nicht, woher du noch Geld für etwas zu trinken hattest.“

„Ich habe diese Schlägerei nicht angezettelt“, wandte Darrick ein, doch seine Worte klangen nicht überzeugend, da er sie in den letzten Wochen immer wieder benutzt hatte.

„Das sagst du“, erwiderte Maldrin. „Aber der Kapitän hat von einem Dutzend anderer Männer gehört, dass du dich auch nicht zurückgezogen hast, als du dazu noch eine Gelegenheit hattest.“

„Ich ziehe mich nicht zurück, Maldrin“, sagte Darrick mit härterer Stimme. „Und ich werde nicht vor irgendwelchem Ärger davonlaufen.“

„Das solltest du aber.“

„Hast du jemals erlebt, dass ich vor einem Kampf weglaufe?“ Darrick wusste, dass er versuchte, alles, was in dieser Nacht passiert war, zu seinen Gunsten zurechtzurücken. Sein Bemühen, eine Rechtfertigung für die Gewalttätigkeiten zu finden, in die er regelmäßig verwickelt wurde, sobald er an Land ging, war von Mal zu Mal angestrengter geworden.

„Ein Kampf", meinte Maldrin und verschränkte die Arme vor seiner breiten Brust. „Nein. Ich habe noch nie erlebt, dass du vor irgendeiner Konfrontation davongelaufen bist, in die wir gemeinsam verstrickt waren. Aber du musst lernen, wo die Grenzen liegen. Die Dinge, die die Männer in den Kneipen sagen, in die du gehst, die sind es nicht wert, dass man deswegen eine Schlägerei anfängt. Du weißt so gut wie ich, dass ein Seemann sich seinen Kampf aussucht. Aber du, Skipper – das Licht sei mir gnädig –, du kämpfst nur, um zu kämpfen."

Darrick machte sein gutes Auge zu. Das andere war geschwollen und blutunterlaufen. Der Seemann, gegen den er im *Gargan's Greased Eel* gekämpft hatte, war im Besitz einer verzauberten Waffe gewesen und hatte sich viel schneller bewegt, als Darrick es erwartet hätte.

„In wie viele Kämpfe bist du in den letzten zwei Monaten verwickelt worden, Skipper?", fragte Maldrin in versöhnlicherem Tonfall.

Darrick zögerte. „Keine Ahnung."

„Siebzehn", sagte der Maat. „Siebzehn Kämpfe, und jeden einzelnen von ihnen hast du mindestens zum Teil selbst vom Zaun gebrochen."

Darrick fühlte ein Ziehen, als der Heiler nach dem nächsten Stich den Faden verknotete.

„Das Licht muss dir gewogen sein, kann ich dazu nur sagen. Immerhin hast du bislang noch niemanden umgebracht, und du selbst lebst auch noch."

„Ich habe auch aufgepasst", erwiderte Darrick, bedauerte aber sofort, dass er versucht hatte, erneut eine Ausrede vorzuschieben.

„Ein Mann, der aufpasst", wandte Maldrin ein, „der würde sich niemals auf die Auseinandersetzungen einlassen, in die du dich manövriert hast. Bei den Glocken der Hölle, bei den meisten deiner Schlägereien hast du dich in Spelunken begeben, die kein Mann besuchen würde, der auch nur einen Funken Verstand im Schädel hat."

Darrick musste ihm insgeheim zustimmen. Doch die Aussichten

auf Ärger waren genau das gewesen, was ihn dorthin getrieben hatte. Er dachte nicht nach, wenn er kämpfte. Und wenn er trank und darauf wartete, dass jemand eine Schlägerei mit ihm anfing, dann musste er nicht zu lange und zu oft über die Dinge nachdenken, die ihm durch den Kopf gehen mochten.

Der Heiler bereitete den nächsten Stich vor.

„Was ist mit dem Kapitän?“, wollte Darrick wissen.

„Skipper“, sagte Maldrin noch leiser. „Käptn Tollifer weiß alles zu schätzen, was du getan hast. Und er wird das auch nicht vergessen. Aber er ist auch ein hochmütiger Mann, und wenn er sich immer wieder damit befassen muss, dass einer seiner Leute sich ständig prügelt, dann gefällt ihm das ganz und gar nicht. Und ich glaube auch nicht, dass ich dir das überhaupt erzählen muss.“

Darrick konnte ihm nur zustimmen.

Der Heiler machte die Nadel wieder bereit.

„Du brauchst Hilfe, Skipper“, sagte Maldrin. „Der Käptn weiß das, ich weiß das. Die ganze Besatzung weiß es. Du bist der Einzige, der zu glauben scheint, dass es nicht so ist.“

Der Heiler nahm ein Handtuch, das er über sein Knie gelegt hatte, und tupfte Blut von Darricks Auge, ließ frisches Salzwasser über die Wunde laufen und begann mit dem letzten Stich.

„Du bist nicht der Einzige, der einen Freund verloren hat“, meinte der Maat leise.

„Das habe ich auch nicht gesagt.“

„Aber ich“, fuhr Maldrin fort, als hätte er Darrick gar nicht gehört, „bin im Begriff, auch noch einen zweiten Freund zu verlieren. Ich möchte nicht, dass du die *Lonesome Star* verlässt, Skipper. Nicht, wenn ich was daran ändern kann.“

„Ich bin es nicht wert, dass du meinetwegen schlaflose Nächte hast, Maldrin“, erwiderte er tonlos. Was ihm am meisten Angst machte, war die Art, wie er es empfand. Doch er wusste, dass es nur die Worte seines Vaters waren. Sie gingen ihm immer wieder durch den Kopf. Er hatte festgestellt, dass er vor den Fäusten seines Vaters hatte fliehen können, dass er aber den gehässigen Worten dieses Mannes niemals würde entkommen können. Nur Mat hatte es geschafft, ihn anders empfinden zu lassen. Keine seiner anderen Freundschaften hatte ihm helfen können, auch nicht seine Beziehungen zu den wenigen Frauen, die er über die Jahre hatte. Nicht einmal Maldrin kam wirklich an ihn heran.

Doch er kannte auch den Grund. Alles, was Darrick berührte, wurde früher oder später vom Pech verfolgt. Sein Vater hatte es ihm gesagt, und es hatte sich als wahr erwiesen. Er hatte Mat verloren, und nun war er dabei, auch die *Lonesome Star* zu verlieren – und mit ihr seine Karriere bei der Marine von Westmarch.

„Vielleicht nicht", sagte Maldrin. „Vielleicht nicht."

Darrick rannte, sein Herz raste so wild, dass die Entzündung seiner inzwischen eine Woche alten Augenverletzung wie rasend pochte. Sein Atem war ein kurzes, heftiges Keuchen, während er das Entermesser fest umschlossen hielt und durch die Gassen des Händlerviertels hastete. Als er die Dock Street erreichte, lief er weiter in Richtung Fleet Street, jene Durchfahrt, die durch den Militärbezirk ging, in dem die Marine von Westmarch beheimatet war.

In der Ferne konnte er die Marinefregatten ausmachen mit ihren hohen Masten, die den Bodennebel überragten, der sich über die Golfküste gelegt hatte.

Bislang hatten Raithens Piraten für die Stadt keine Bedrohung dargestellt, und möglicherweise hatte sich die Horde sogar aufgelöst. Doch andere Piraten hatten sich an ihrer Stelle zusammengetan und lauerten auf den vielbefahrenen Schiffsrouten, seit Westmarch mehr und mehr Waren heranschaffen ließ, um die Marine, die Armee und die Söldner zu versorgen. Da inzwischen zweieinhalb Monate vergangen waren, ohne dass irgendjemand sonst Kabraxis zu Gesicht bekommen hatte, begann der König allmählich, an den Berichten der *Lonesome Star* zu zweifeln. Das Hauptproblem in Westmarch waren inzwischen die Söldner geworden, die auf der einen Seite rastlos waren, auf der anderen Seite kein Ziel und keine Aufgabe vor Augen hatten, um sich zu beschäftigen. Seit der Aktion gegen Tristram war die Stadt bislang zudem nicht in der Lage gewesen, die schwindenden Lebensmittelvorräte wieder aufzustocken.

Darrick verfluchte den Nebel, der die Stadt in ein stählernes Grau hüllte.

Er war in einer Gasse aufgewacht, ohne sich daran erinnern zu können, ob er dort eingeschlafen war oder ob man ihn aus einer der nahe gelegenen Tavernen einfach dort abgelegt hatte. Er war beim ersten Hahnenschrei aufgewacht, und die *Lonesome Star* sollte an diesem Morgen auslaufen.

Er verfluchte sich für seine Dummheit, da er wusste, dass er am Abend zuvor besser an Bord geblieben wäre. Doch er hatte es einfach nicht gekonnt. Niemand an Bord – der Kapitän und Maldrin eingeschlossen – wechselte noch ein Wort mit ihm. Er war zu einer Schande für andere geworden, etwas, das sein Vater ihm immer prophezeit hatte.

Atemlos lief er um die nächste Ecke, die zur Spinnaker Bridge führte, einem der letzten Kontrollpunkte, an denen Zivilisten zurückgeschickt wurden, die im Militärbezirk nichts zu suchen hatten. Er suchte in seinem verschmutzten Hemd nach seinen Papieren.

Vier Wachen stellten sich ihm beim Näherkommen in den Weg. Die Männer mit dem harten Gesichtsausdruck präsentierten ihre Waffen, die erkennen ließen, dass sie regelmäßig gepflegt wurden. Einer von ihnen hob seine Hand.

Darrick hielt an, atmete schwer und spürte den Schmerz, der von seinem Auge ausging. „Schiffsoffizier Zweiten Grades Lang“, sagte er keuchend.

Der Führer der Wachen warf Darrick einen zweifelnden Blick zu, nahm aber die hingehaltenen Papiere entgegen. Er überflog sie und bemerkte das Siegel des Kapitäns, das in die Seite geprägt war.

„Hier steht, Ihr seid von der *Lonesome Star*“, sagte der Wachmann und gab ihm die Papiere zurück.

„Aye“, erwiderte Darrick und sah mit seinem guten Auge aufs Wasser hinaus. Er erkannte keines der Schiffe, die hinaus in den Golf segelten. Vielleicht hatte er ja Glück.

„Die *Lonesome Star* ist bereits vor Stunden ausgelaufen“, erklärte der Wachmann.

Darrick hatte das Gefühl, sein Herz müsste stehen bleiben. „Nein“, flüsterte er.

„Angesichts der Tatsache, dass Ihr Euer Schiff verpasst habt", meinte der Mann, „sollte ich Euch durchlassen, damit sich der Kommodore mit Euch befassen kann. Aber nach Eurem Aussehen zu urteilen würde ich sagen, dass die Entschuldigung, man habe Euch niedergeschlagen und ausgeraubt, genügen dürfte. Ich werde einen Eintrag in meinem Logbuch machen. Es sollte zu Euren Gunsten sprechen, wenn Ihr zu einer offiziellen Untersuchung vorgeladen werdet."

Du erweist mir damit keinen Gefallen, dachte Darrick. Ein Mann, der ohne guten Grund sein Schiff verpasste, wurde wegen Vernachlässigung seiner Pflicht aufgehängt. Er wandte sich ab und sah hinaus auf die See. Möwen jagten dicht über der Wasseroberfläche hin und her, immer auf der Suche nach Essensresten, die über Bord geworfen wurden. Die Rufe der Vögel klangen traurig und leer, als sie über das Rauschen der Brandung hinweg an Land zu hören waren.

Wenn Kapitän Tollifer ohne ihn ausgelaufen war, dann war für Darrick klar, dass es für ihn an Bord der *Lonesome Star* nicht länger einen Platz gab. Seine Marinekarriere in Westmarch war beendet, und er hatte keine Ahnung, was nun vor ihm lag.

Am liebsten wäre er in diesem Moment gestorben, doch er konnte es nicht – er *wollte* es nicht –, weil ansonsten sein Vater nach all diesen Jahren doch noch siegen würde. Er kapselte sich ab von dem Schmerz und dem Verlust, dann drehte er sich um und folgte der Straße, die zurück nach Westmarch führte. Er hatte kein Geld. Die Gefahr, eine Mahlzeit zu verpassen, bereitete ihm keine Sorgen, doch er wusste, dass er am Abend wieder anfangen würde zu trinken. Nein, beim Licht, falsch – er wollte *jetzt sofort* etwas zu trinken!

Dreizehn

„Meister."

Buyard Cholik sah von dem bequemen Sofa auf, das eine ganze Seite der Kutsche in Anspruch nahm, in der er reiste. Gezogen wurde sie von sechs Pferden an drei Achsen und bot alle Annehmlichkeiten eines Zuhauses. In den eingebauten Regalen hatten Vorräte, Kleidung und persönliche Habseligkeiten des Priesters Platz. Lampen, an die Wände geschraubt und mit einem seitlichen Abzug für den Rauch versehen, sorgten für genug Licht, um lesen zu können. Seit sie vor drei Monaten die Ruinen von Tauruk's Port und Ransim hinter sich zurückgelassen hatten, war er die meiste Zeit damit beschäftigt, die geheimen Texte zu studieren, mit denen Kabraxis ihn versorgt hatte, und die Hexerei zu praktizieren, die der Dämon ihn gelehrt hatte.

„Was ist?", fragte Cholik.

Der Mann, der zu ihm sprach, stand draußen auf einer Plattform, die mit der Unterseite der Kutsche verbunden war. Cholik rührte sich nicht, um eines der mit Läden versehenen Fenster zu öffnen und den Mann so sehen zu können. Seit Kabraxis seinen Geist verändert und seinen Körper um Jahrzehnte verjüngt hatte, fühlte sich Cholik keinem der Männer mehr nahe, die die Ankunft des Dämons und den Angriff der Piraten überlebt hatten. Ein Großteil von ihnen hatte zu der Zeit noch gar nicht zu seinem Gefolge gehört, sondern war erst in den kleinen Dörfern dazugestoßen, durch die die Karawane auf dem Weg zu ihrer endgültigen Bestimmung gezogen war.

„Wir nähern uns Bramwell, Meister", sagte der Mann. „Ich dachte, Ihr würdet das wissen wollen."

„Ja", erwiderte Cholik nur. Die gleichmäßige Bewegung der Kutsche hatte ihm auch so schon verraten, dass der lange und gewundene Weg bergauf, der sich über Stunden hingezogen hatte, nun überwunden war.

Cholik kennzeichnete die Stelle, an der er die Lektüre seines Buchs unterbrach, mit einem dünnen Zopf aus Menschenzungen, die über die Jahre hinweg ledern geworden waren. Manchmal, wenn der richtige Zauber gewirkt worden war, lasen die Zungen laut aus lasterhaften Abschnitten vor. Das Buch war mit Blut auf Papier geschrieben, das einst aus Menschenhaut hergestellt wurde. Gebunden war es in die Zähne von Kindern. Die meisten anderen Bücher, die Kabraxis ihm zur Verfügung gestellt hatte, waren aus Materialien gefertigt, die Cholik in seinem früheren Leben als Priester der Kirche von Zakarum für noch viel entsetzlicher gchalten hätte.

Das Lesezeichen aus Zungen flüsterte einen zischenden Protest, weil er es zur Seite legte. In Cholik löste dieser Protest ein geringes, aber nicht zu leugnendes Schuldgefühl aus. Er war sicher, dass es ein Zauber von Kabraxis war, der diese Reaktion hervorrief. Er verbrachte fast jeden Tag damit, nur zu lesen und nichts anderes zu tun, doch irgendwie schien es nie genug zu sein.

Mit der Würde eines Mannes, der gerade erst im Begriff stand, die Mitte seines Lebens zu erreichen, öffnete Cholik die Tür der Kutsche und trat hinaus auf die Plattform. Dann kletterte er die kleine, handgeschnitzte Leiter hinauf, die zum strohgedeckten Spitzdach der Kutsche führte. Ein schmaler Vorsprung wirkte eher wie ein erhabener Punkt auf einem der wohlhabenderen Häuser in Westmarch, von wo aus die Frau eines Handelskapitäns Ausschau hielt, ob ihr Mann sicher von seiner Seereise zurückkehrte.

Die Kutsche war eines der ersten Dinge, die Cholik mit dem Gold und den Edelsteinen gekauft hatte, die er und die zu ihm konvertierten Priester mit Kabraxis' Segen aus den Höhlen bergen durften. Vorher war die Kutsche Eigentum eines Handelsfürsten gewesen, der sich auf Überlandhandel spezialisiert hatte. Zwei Tage, bevor Cholik die Kutsche erworben hatte, war der Handelsfürst von erheblichen Verlusten heimgesucht und von einer mysteriösen Krankheit befallen worden, die innerhalb weniger Stunden zum Tode führte. Angesichts des sicheren Bankrotts hatte der Vermögensverwalter des Fürsten die Kutsche an Choliks Gesandte verkauft.

Als er nun auf dem schmalen Vorsprung stand und sich des immensen Waldes ringsum bewusst wurde, warf Cholik einen Blick auf das halbe Dutzend Wagen, das der Kutsche vorausfuhr. Ein weiteres halbes Dutzend folgte ihr, ein jeder beladen mit den Gegenständen, die auf Kabraxis' Geheiß hin aus Tauruk's Port hatten mitgenommen werden müssen.

Eine kurvenreiche Straße war durch das Herz des Waldes geschlagen worden. Im Moment konnte Cholik sich nicht daran erinnern, wie dieser Wald hieß, doch er hatte ihn auch nie zuvor gesehen. Seine Reisen, die ihn aus Westmarch wegführten, hatte er immer per Schiff unternommen.

Am Ende der gewundenen Straße wartete Bramwell, eine Kleinstadt nordnordwestlich von Westmarch. Vor Jahrhunderten hatte die Stadt, die inmitten der Highlands lag, eine wichtige Position eingenommen, die es mit Westmarch hatte aufnehmen können. Bramwell war weit genug von Westmarch entfernt, um über eine eigene Wirtschaft zu verfügen. Bauern und Fischer lebten in der winzigen Stadt, Nachfahren von Familien, die dort seit Generationen zu Hause gewesen waren und die mit denselben Schiffen hinausfuhren und denselben Acker umpflügten wie schon die Vorväter. Früher hatten die Seeleute von Bramwell Wale gejagt und den Tran verkauft. Inzwischen bestand die Walfangflotte nur noch aus einer Hand voll unerschütterlicher Familien, die weniger aus Notwendigkeit als vielmehr aus Stolz und aus der Weigerung heraus, sich an die veränderten Zeiten anzupassen, eine karge Existenz fristeten.

Bramwell konnte man fast schon als altertümlich bezeichnen. Die zwei- bis dreistöckigen Häuser waren aus Steinen errichtet, die aus den Bergen herangeschafft wurden. Spitze Dächer mit Stroh, das in einem Dutzend verschiedener Grüntöne gefärbt war, ahmten den Wald nach, der die Stadt zu drei Seiten umgab. Die vierte Seite war dem Golf von Westmarch zugewandt, wo man aus den Steinen des Gebirges einen Wellenbrecher errichtet hatte, der den Hafen vor den rauen Gezeiten der See schützen sollte.

Von der Kutsche aus hoch oben in den Bergen betrachtete Cholik die Stadt, die während Kabraxis' erster Eroberung sein Zuhause sein würde. Dort würde ein Imperium seinen Anfang nehmen, in dieser kleinen, ahnungslosen Stadt, auf die er hinabblickte. Er stand auf der Plattform und schaukelte hin und her, während die solide Federung der Kutsche die Unebenheiten der Straße ausglich und er beobachtete, wie das Ziel allmählich näher rückte.

Stunden später stand Cholik am Ufer des Sweetwater River, der Bramwell mit Süßwasser versorgte. Der Fluss verlief in einem tiefen und breiten Bett, gesäumt von weitläufigen, mit Steinen bedeckten Uferstreifen. Die Wasserstraße diente auch als Erweiterung des Hafens, da zahlreiche kleine Schiffe den Handel der Stadt in Richtung Binnenland ausweiteten. Zudem versorgte er das Land mit einer Vielzahl von Bächen und sorgte für die Bewässerung der Landwirtschaft jener Bauernhöfe, die das Gebiet außerhalb der Stadtgrenze wie ein Schachbrett aussehen ließen.

Am östlichen Stadtrand, wo die Holzarbeiter und Handwerker zusammenkamen und wo über die Jahre hinweg zahlreiche Geschäfte und Märkte aus dem Boden geschossen waren, ließ Cholik die Karawane auf dem Lagerplatz anhalten, der von allen benutzt werden durfte, die darauf hofften, mit der Bevölkerung von Bramwell Handel zu treiben.

Kinder scharten sich bereits um die Kutsche und die anderen Wagen, da sie glaubten, eine reisende Spielmannstruppe erleben zu können. Cholik enttäuschte sie nicht, sondern präsentierte ihnen eine Truppe Unterhalter, die er angeheuert hatte, als die Karawane aus nördlicher Richtung von Tauruk's Port her gereist war. Sie hatten den Weg über Land gewählt, der im Vergleich zum Seeweg lang und beschwerlich war, doch auf diese Weise hatten sie eine Begegnung mit der Marine von Westmarch vermeiden können. Cholik bezweifelte zwar, dass er von irgendjemandem wiedererkannt würde, da er nun wieder ein junger Mann war, doch er hatte kein Risiko eingehen wollen, und Kabraxis hatte sich als geduldig erwiesen, auch einen längeren Weg in Kauf zu nehmen.

Die Unterhalter tanzten, rissen Possen und präsentierten Kunststücke, die atemberaubend erschienen und mit geistreichen Gedichten und kurzen Dialogen durchsetzt waren, welche das Publikum in schallendes Gelächter ausbrechen ließen. Während im Hintergrund Dudelsäcke und Trommeln spielten, entlockten die Jongleure und Akrobaten den umstehenden Familien begeisterte Kommentare.

Cholik stand in der Kutsche und sah sich das Schauspiel durch ein mit einem Laden versehenes Fenster an. Die ausgelassene Atmosphäre passte nicht zu der Art von religiösen Praktiken, wie sie ihn gelehrt worden waren. So umwarb und unterhielt man keine zukünftigen Konvertiten für die Kirche von Zakarum, allenfalls einige der kleineren Kirchen gingen so vor.

„Du bist noch immer dagegen, nicht wahr?“, fragte ein tiefe Stimme.

Cholik erkannte Kabraxis’ Organ und drehte sich zu ihm um. Er wusste, dass der Dämon nicht auf konventionelle Weise in die Kutsche eingetreten war, doch er vermochte nicht zu sagen, wo sich Kabraxis zuvor aufgehalten hatte.

„Alte Gewohnheiten legt man nur schwer ab“, sagte Cholik.

„Genauso schwer, wie man seinen Glauben wechselt?“

„Nein.“

Kabraxis stand im Körper eines Toten vor Cholik. Nach seiner Entscheidung, sich unter die Menschen zu mischen und nach einer Stadt zu suchen, die sich als Brückenkopf für den Beginn ihres Feldzugs eignete, hatte Kabraxis einen Kaufmann getötet. Als die sterblichen Überreste des Mannes nichts weiter als eine leere Hülle gewesen waren, hatte sich Kabraxis drei Tage und drei Nächte mit den schwärzesten geheimen Zaubern befasst, die zur Verfügung standen, bis er es endlich schaffte, sich in den Leichnam zu zwängen.

Zwar hatte Cholik etwas Derartiges noch nie miterlebt, doch Kabraxis hatte ihm versichert, dass es von Zeit zu Zeit vorkam, auch wenn es nicht völlig ungefährlich war. Als er diesen Wirtskörper vor einem Monat übernommen hatte, war es der eines jungen Mannes gewesen, noch keine dreißig Jahre alt. Jetzt sah er bereits älter aus als Cholik und wirkte wie jemand, dessen Lebensende bald bevorstand.

Das Fleisch war schlaff und faltig und von haarfeinen Narben überzogen, die sein Gesicht entstellten. Das schwarze Haar war komplett ergraut, und das Braun seiner Augen aschfahl geworden.

„Fühlt Ihr Euch wohl?“, fragte Cholik.

Der alte Mann lächelte, doch Cholik erkannte hinter diesem Mienenspiel Kabraxis. „Ich habe diesen Körper hohen Anforderungen unterworfen, und nun ist er fast völlig aufgebraucht.“ „Was macht Ihr hier?“, wollte der Priester wissen.

„Ich bin hier, um dich zu beobachten, wie du dir die ausgelassene Stimmung dieser Leute ansiehst, die alle gekommen sind, um dich zu sehen“, sprach Kabraxis, der ans Fenster getreten war. „Ich wusste, dass so viele und vor allem so viele glückliche Menschen, die sich alle nach einer kleinen Ablenkung sehnen, sich für dich als zermürbend erweisen würden. Das Leben gestaltet sich für dich viel einfacher, wenn du düstere Kontrolle darüber wahren kannst.“

„Diese Leute werden uns als Unterhalter ansehen“, erwiderte Cholik, „nicht als die Verkünder einer neuen Religion, die ihnen durch ihr Leben helfen wird.“

„Oh“, gab Kabraxis zurück. „Ich werde ihnen schon durch ihr Leben helfen. Genau genommen wollte ich mit dir darüber reden, wie das Treffen am heutigen Abend verlaufen wird.“

Vorfreude keimte in Cholik auf. Nachdem sie zwei Monate lang unterwegs gewesen waren und die Gründung einer Kirche und die Einrichtung einer Machtzentrale geplant hatten, die letztlich ihre Anhängerschaft aus der Kirche von Zakarum rekrutieren würde, war es ein gutes Gefühl zu wissen, dass sie nun endlich im Begriff standen, den ersten Schritt zu tun.

„Dann ist Bramwell der richtige Ort?“

„Ja“, sagte Kabraxis. „In dieser Stadt findet sich eine alte Macht, die ich erschließen kann, um dein Schicksal und meinen Eroberungszug zu gestalten. Heute Abend wirst du den Grundstein für jene Kirche legen, über die wir uns den ganzen letzten Monat lang unterhalten haben. Aber dieser Grundstein wird nichts mit Stein und Mörtel zu tun haben, wie du vielleicht denkst. Vielmehr wird es ein Grundstein aus Gläubigen sein.“

Die Bemerkung ließ Cholik kalt. Er wollte ein Bauwerk, ein Gebäude, neben dem die Kirche von Zakarum in Westmarch ärmlich aussehen würde. „Wir werden eine Kirche benötigen."

„Wir werden auch eine Kirche haben", entgegnete Kabraxis. „Aber eine Kirche aus Stein bindet dich an einen Ort. Auch wenn ich versucht habe, dir das klar zu machen, hast du es immer noch nicht begriffen. Ein Glaube dagegen – Buyard Cholik, Erster Auserwählter des Dunklen Pfades –, ein Glaube überwindet alle physikalischen Grenzen und bleibt über die Zeitalter hinweg bedeutsam. Das ist es, was wir anstreben."

Cholik sagte dazu nichts, während er vor seinem geistigen Auge weiterhin das Bild einer prachtvollen Kirche sah.

„Ich habe deine Lebensspanne verlängert", sagte Kabraxis. „Nur wenige Menschen werden ohne die Wirkung meines Geschenks je so viele Jahre leben, wie es dir vergönnt ist. Willst du all die Jahre, die noch vor dir liegen, ausschließlich damit verbringen, dir die Triumphe anzusehen, die du bereits errungen hast?"

„Ihr seid derjenige, der von der Notwendigkeit der Geduld gesprochen hat."

„Ich spreche auch jetzt noch von Geduld", betonte Kabraxis. „Aber du wirst nicht der Baum meiner Religion sein, Buyard Cholik. Ich brauche keinen Baum. Ich brauche eine Biene. Eine Biene, die von Ort zu Ort schwirrt und unsere Gläubigen einsammelt." Er lächelte und klopfte Cholik auf die Schulter. „Aber komm erst einmal mit. Wir beginnen mit diesen Leuten hier in Bramwell."

„Was soll ich tun?", fragte Cholik.

„Heute Abend", verkündete der Dämon, „werden wir diesen Menschen die Macht des Dunklen Pfads zeigen. Wir werden ihnen offenbaren, dass alles machbar sein kann, wovon auch immer sie nur träumen."

Cholik verließ die Kutsche und begab sich auf die Lichtung. Er trug sein bestes Gewand, das aber bescheiden genug war, um die Armen nicht dazu zu bringen, sich abzuwenden.

Mindestens dreihundert Menschen standen am Rand der Lichtung, wo die Karawane Halt gemacht hatte. Wagen, mit Stroh, Äpfeln oder Vieh beladen, bildeten einen Ring um Choliks Kutsche. Wieder andere, leere Gefährte dienten als Sitzgelegenheit unter den weit ausladenden Bäumen.

„Ah“, flüsterte ein Mann. „Da kommt der Redner. Ich möchte wetten, dass der Spaß und die Spiele nun vorüber sind.“

„Wenn er mir vorschreiben will, wie ich mein Leben führen und wie viel ich der Religion abgeben soll, für die er wirbt“, meinte ein anderer, „bin ich sofort weg. Ich habe mir die Künstler angesehen, die mich zwei Stunden gekostet haben. Zeit, die ich nicht habe und die mir auch niemand zurückgeben kann.“

„Ich muss mein Feld bestellen.“

„Und die Kühe wollen morgen auch wieder früh gemolken werden.“

Cholik war sich bewusst, dass er einen Teil des Publikums, das die Unterhalter angelockt hatten, verlieren würde. Genauso wusste er, dass er ihnen gegenüber nichts von Verantwortung oder gar Spenden erwähnen durfte. Stattdessen ging er bis zur Mitte der Lichtung und hielt einen Metalleimer hoch, der schwarze Asche enthielt, die er von Kabraxis erhalten hatte. Während er ein einzelnes magisches Wort so leise sprach, dass keiner der Umstehenden ihn hören konnte, verschüttete er die Asche.

Diese wurde in einer dicken schwarzen Wolke aus dem Eimer aufgewühlt und blieb mitten in der Luft stehen. Der lange Strom aus Asche zuckte wie eine Schlange auf einem glühend heißen Untergrund, während er von einer sanften Brise über die Lichtung getrieben wurde. Mit einem Mal verteilte sich die Asche und schoss nach vorn, wobei Windungen und Schleifen entstanden, die sich über dem Boden ausbreiteten. An manchen Stellen kreuzten sich zwei der Aschespuren, ohne sich aber zu berühren. Stattdessen blieb zwischen den Schleifen und Windungen ein Abstand von gut zehn Fuß, also genug, damit ein Mann sich zwischen ihnen hindurch bewegen konnte.

Der Anblick der dünnen Linie aus Asche, die mitten in der Luft hing, ließ das Publikum aufmerksam werden. Ein Magier wäre zu so etwas vielleicht in der Lage gewesen, aber bestimmt kein normaler

Priester. Das Schauspiel weckte genügend Neugier, um die meisten Zuschauer zum Bleiben zu bewegen, da sie sehen wollten, was Cholik wohl als Nächstes anstellen würde.

Als die Aschespur ihr Ende erreicht hatte, leuchtete sie in tiefviolettem Feuer auf und lieferte sich für einen Moment einen Konkurrenzkampf mit der dunkler werdenden Dämmerung am östlichen Himmel und mit der Glut des Sonnenuntergangs im Westen über dem Golf von Westmarch.

Cholik wandte sich dem Publikum zu und sah den Menschen in die Augen. „Ich bringe euch Macht", verkündete er. „Ich zeige euch einen Pfad, der euch zu den Träumen führen wird, die ihr immer hattet, die euch aber durch Unglück und überholte Dogmen verwehrt wurden."

Gemurmel machte sich auf der Lichtung breit. Einige erhoben wütend ihre Stimme, denn die Bevölkerung von Bramwell stand zu ihrem Glauben an Zakarum.

„Es gibt einen anderen Weg zum Licht", fuhr Cholik fort. „Dieser Pfad führt über den Weg der Träume. Dien-Ap-Sten, der Prophet des Lichts, schuf diesen Pfad für seine Kinder, auf dass ihre Bedürfnisse befriedigt und ihre geheimen Wünsche erfüllt werden."

„Ich habe noch nie von Eurem Propheten gehört", rief ihm ein bärbeißiger alter Fischer in der vordersten Reihe zu. „Und keiner von uns ist hergekommen, um sich anzuhören, wie Ihr über den Weg des Lichts lästert."

„Ich werde nicht über den Weg des Lichts lästern", erwiderte Cholik. „Ich bin hier, um euch einen klareren Weg zu den Wohltaten des Lichts zu zeigen."

„Das macht die Kirche von Zakarum bereits", erklärte ein grauhaariger alter Mann in einem geflickten Priestergewand. „Wir brauchen keinen Scharlatan, der an unser Vermögen heranwill."

„Ich bin nicht hier, um euch euer Gold zu nehmen", gab Cholik zurück. „Ich bin nicht hier, weil ich euch irgendetwas anderes nehmen will." Er wusste, dass Kabraxis ihn aus der Kutsche heraus beobachtete. „Ich will weder heute Abend noch an einem der anderen Abende, die wir in eurer Stadt unser Lager aufgeschlagen haben, auch nur eine einzige Kupfermünze gespendet bekommen."

„Der Herzog von Bramwell wird Euch schon was erzählen, wenn Ihr hier länger bleiben wollt", warf ein älterer Bauer ein. „Der Herzog hat nicht viel übrig für Betrüger und Diebe."

Cholik ging über seinen angegriffenen Stolz hinweg. Das erwies sich als umso schwieriger, da er wusste, dass er die Macht besaß, mit einem der Zauber, die er von Kabraxis erlernt hatte, das Leben dieses Mannes zu beenden. Während seiner Zeit als Priester von Zakarum und selbst in den Jahren, als er noch das Gewand eines Novizen getragen hatte, war niemand auf die Idee gekommen, ihn auf eine solche Weise herauszufordern.

Er überquerte die Lichtung und stellte sich vor eine Familie, die einen Jungen bei sich hatte, der von Krankheit so geschwächt und aufgezehrt war, dass er wie ein wandelnder Leichnam aussah.

Der Vater baute sich schützend vor Cholik auf und griff nach einem Messer, das in einer Scheide an seinem Gürtel steckte.

„Guter Mann", sagte Cholik. „Ich sehe, dass dein Sohn leidet."

Der Bauer blickte sich selbstbewusst um. „Daran ist das Fieber schuld, das vor acht Jahren in Bramwell grassierte. Mein Junge ist nicht der Einzige, der davon befallen wurde."

„Seit dem Fieber geht es ihm also nicht mehr gut", stellte Cholik fest.

Nervös schüttelte der Mann den Kopf. „Keinem geht es mehr gut, der daran erkrankte. Die meisten von ihnen starben nach einer Woche."

„Was würdest du dafür geben, einen gesünderen Sohn zu haben, der dir auf dem Feld helfen könnte?", wollte Cholik wissen.

„Ich werde es nicht zulassen, dass meinem Jungen etwas zustößt oder Ihr Euch über ihn lustig macht", warnte der Bauer ihn.

„Nichts dergleichen liegt in meiner Absicht", versprach der Priester. „Bitte vertraut mir."

Dem Mann war anzusehen, wie verwirrt er war. Sein Blick ging zu der kleinen, stämmigen Frau, die auf dem Wagen saß und offenbar die Mutter der neun Kinder war.

„Junge“, sagte Cholik zu dem Sohn der Familie. „Möchtest du weiter für deine Familie eine Belastung sein?“

„Augenblick mal“, warf der Bauer ein. „Er ist keine Belastung, und jeder, der so etwas behauptet, bekommt es mit mir zu tun!“

Cholik schwieg einen Moment lang, da er sich zusammenreißen musste. Als ein geweihter Priester der Kirche von Zakarum hätte er den Vater auf der Stelle bestrafen lassen, weil dieser es wagte, in einem so ungeheuerlichen Ton mit ihm zu reden.

Warte, flüsterte Kabraxis in Choliks Kopf.

Cholik wartete, da er wusste, dass alle Anwesenden auf ihn blickten. Er sagte sich, dass sich hier und jetzt entscheiden würde, ob sie bleiben oder gehen würden.

Etwas blitzte in den Augen des Jungen auf, und er drehte seinen Kopf, der über den schmalen Schultern und der flachen Brust regelrecht angeschwollen wirkte, zu seinem Vater herum. Dann streckte er eine arthritische Hand nach ihm aus – die ihm die ganze Zeit über Schmerzen bereiten musste und es ihm womöglich noch nicht einmal erlaubte, sich selbst zu ernähren – und zog ihn am Ärmel.

„Vater“, sagte der Junge, „lass mich mit diesem Priester gehen.“

Der Bauer setzte zu einem Kopfschütteln an. „Effirn, ich weiß nicht, ob es das Richtige für dich ist. Ich möchte nicht, dass du dir falsche Hoffnungen machst. Die Heiler der Kirche von Zakarum haben es nicht geschafft, dich wieder gesund zu machen.“

„Ich weiß“, erwiderte der Junge, „aber ich glaube diesem Mann. Lass es mich versuchen.“

Seine Frau nickte, während in ihren Augen Tränen wie Diamanten funkelten. Der Bauer sah wieder zu Cholik: „Ich mache Euch dafür verantwortlich, wenn meinem Jungen irgendetwas passiert.“

„Das darfst du“, sagte Cholik höflich, „aber ich versichere dir, dass die Heilung, derer sich der junge Effirn schon in Kürze erfreuen wird, der Segen von Dien-Ap-Sten ist. Ich selbst bin nicht erfahren genug, um den Wunsch des Knaben zu erfüllen, geheilt und gesund gemacht zu werden.“ Er sah den Jungen an und hielt ihm seine Hand hin.

Effirn versuchte aufzustehen, doch seine verkümmerten Beine

wollten ihn nicht tragen. Er legte seine krummen und verkrampften Finger in Choliks Hand. Der Priester nahm erstaunt zur Kenntnis, wie schwach der Junge war. Obwohl es nur wenige Monate her war, konnte sich Cholik kaum noch daran erinnern, dass er selbst auch unter dieser Schwäche gelitten hatte. Er half dem Jungen hoch, während alle anderen auf der Lichtung nur schweigend zusahen.

„Komm, Junge“, sagte Cholik. „Habe Vertrauen zu mir.“

„Das habe ich“, erwiderte Effirn.

Gemeinsam gingen sie über die Lichtung. Ein Stück weit weg vom nächsten Ende des langen Bandes aus schwarzer Asche, das immer noch ein heftiges Feuer versprühte, versagten die Beine des Jungen ihren Dienst. Cholik fing ihn auf, bevor er zu Boden stürzen konnte, und überwand dabei sein eigenes Unbehagen, sich mit diesem kranken Kind zu befassen.

Cholik wusste, dass alle Blicke auf ihn und den Jungen gerichtet waren. Zweifel überkamen den Priester, als er zu den hohen Bäumen rings um die Lichtung aufsah. Wenn der Junge auf dem Weg zum Dunklen Pfad starb, würde er die Städter vielleicht lange genug zurückhalten können, um die Flucht zu ergreifen. Sollte ihm das nicht gelingen, würde er ganz sicher kurz darauf an einem Strick an einem der stabilen Äste über ihm baumeln. Er hatte davon gehört, wie die Bewohner von Bramwell mit Dieben und Mördern in ihrer Gemeinschaft verfuhren.

Und Choliks Absicht war es, ihnen zu helfen, eine Schlange an ihrer Brust zu nähren.

Am Anfang der Spur aus schwarzer Asche angekommen, half Cholik dem Jungen, wieder auf seinen eigenen Füßen zu stehen.

„Was soll ich tun?“, flüsterte Effirn.

„Du sollst gehen“, sagte der Priester zu ihm. „Folge der Spur und denke an nichts anderes als daran, geheilt zu werden.“

Der Junge holt tief und bebend Luft und dachte unübersehbar über seine Entscheidung nach, einem Pfad zu folgen, der so offensichtlich von Magie erfüllt war. Doch dann ließ er zaghaft Choliks Hand los. Die ersten Schritte waren noch so wackelig und unbeholfen, dass Cholik unwillkürlich den Atem anhalten musste.

Unerträglich langsam setzte Effirn einen Fuß vor den anderen. Dann wurden seine Schritte ein wenig gleitender, auch wenn sein schwankender Gang ihn immer wieder vom Pfad abzubringen drohte.

Niemand gab einen Laut von sich, als alle Umstehenden zusahen, wie der verkrüppelte Junge der Spur aus schwarzer Asche folgte. Mit jedem Schritt ließen seine Füße violette Funken umherfliegen, doch es dauerte nicht lange, da wurde er sicherer und schließlich auch schneller. Der Junge drückte die Schultern stärker durch und ging zunehmend aufrechter. Die Muskelmasse in seinen dünnen Armen und Beinen und in seinem ausgemergelten Körper nahm zu, bis sein Kopf auf dem skelettartigen Rumpf nicht länger riesengroß aussah.

Als sich die Spur aus schwarzer Asche in die Luft erhob, um einen früheren Abschnitt der Linie zu überwinden, da verließ auch der Junge den Boden. Selbst wenn man die Unmöglichkeit an sich ignorierte, einer so schmalen Aschenspur in der Luft zu folgen, wäre der Junge noch kurz zuvor ohnehin nicht zu dieser Leistung fähig gewesen.

Rund um Cholik setzte wieder Stimmengewirr ein, und er erfreute sich am Erstaunen des Zuschauer über das, was sich soeben abspielte. Im Dienst der Kirche von Zakarum wäre es ihm niemals gestattet gewesen, einen derartigen Zauber für sich zu beanspruchen. Er wandte sich dem Publikum zu und sah jeden Einzelnen an.

„Das ist die Macht, die der Weg der Träume verleiht“, jubelte Cholik. „Das ist die Macht des großzügigen und freigiebigen Propheten, in dessen Dienst ich mich gestellt habe. Gelobt seien der Name und das Werk von Dien-Ap-Sten! Schließt euch an und preist mit mir seinen Namen, Brüder und Schwestern.“ Er streckte die Arme in die Luft. „Gelobt sei Dien-Ap-Sten!“

Zuerst folgten nur wenige seinem Beispiel, doch dann schlossen sich andere an. Augenblicke später schallten die tumultartigen Rufe über die Lichtung und übertönten die Geräuschkulisse der Stadt unten am Fluss.

Buyard Cholik!

Der lautlose Ruf explodierte mit solcher Heftigkeit in Choliks Geist, dass der Schmerz ihn für einen Moment blind werden ließ.

Sei wachsam, sagte Kabraxis. *Der Zauber beginnt sich aufzulösen.*

Cholik riss sich zusammen und sah auf das Wirrwarr, das er mit der Linie geschaffen hatte. Der Beginn der Linie ging auf einmal in violetten Funken auf, die sich rasend schnell weiterbewegten. Das kleine Feuer folgte der Linie und verzehrte die Asche, so dass nichts zurückblieb.

Das Feuer raste auf den Jungen zu.

Wenn das Feuer den Jungen erreicht, warnte Kabraxis, *wird er vernichtet werden.*

Cholik begab sich zum anderen Ende der Aschenspur und sah mit an, wie sich das Feuer dem Jungen unerbittlich näherte. Er überlegte hektisch, was er tun konnte. Dass er vor den Augen des jubelnden Publikums keine Angst erkennen lassen durfte, war ihm durchaus bewusst.

Wenn wir jetzt diese Leute verlieren, sagte Kabraxis, *dann werden wir sie vielleicht nie zurückgewinnen können. Wenn ein Wunder geschieht, dann werden wir Gläubige für uns gewinnen. Wenn aber eine Katastrophe eintritt, dann könnte alles verloren sein. Es würde Jahre dauern, ehe wir hierher zurückkehren dürften. Es würde wohl noch viel mehr Zeit brauchen, bevor sie vergessen haben, was heute Abend geschehen ist, und bevor wir einen neuen Versuch wagen dürften, sie für uns zu gewinnen.*

„Effirn", rief Cholik.

Der Junge sah auf und nahm seinen Blick für einen Moment von dem Pfad. Seine Schritte waren nicht länger unsicher. „Seht mich an!", rief er ausgelassen. „Seht mich an, ich kann gehen!"

„Ja, Effirn", sagte Cholik. „Und jeder hier ist stolz auf dich und dankbar für das, was Dien-Ap-Sten vollbracht hat. Es gibt aber etwas, das ich wissen muss." Er sah kurz zu dem purpurnen Feuer, das unerbittlich der Spur folgte und nur noch zwei Kurven von dem Jungen entfernt war, während dieser immer noch eine Strecke von dreißig Fuß vor sich hatte.

„Was denn?"

„Kannst du auch rennen?"

Der Junge sah ihn verwirrt an. „Ich weiß nicht. Ich habe es noch nie versucht."

Das violette Feuer hatte die Entfernung wieder um zehn Fuß verringert.

„Dann versuch es jetzt", schlug Cholik vor und streckte ihm seine Arme entgegen. „Komm zu mir gerannt, Effirn. Rasch, Junge. So schnell es geht."

Zögernd setzte Effirn zum Laufen an und testete seine neuen Muskeln und sein neues Können. Er rannte los, dicht gefolgt von dem violetten Feuer, das die Distanz aber nun nur noch Zoll für Zoll verkürzte, nicht mehr Fuß für Fuß.

„Komm schon, Effirn", feuerte Cholik ihn an. „Zeig deinem Vater, wie schnell du geworden bist, nachdem Dien-Ap-Sten dir seine Gunst erwiesen hat."

Effirn rannte noch beherzter. Das Gemurmel auf der Lichtung nahm an Intensität zu. Der Junge erreichte das Ende der Spur, folgte der letzten Kurve zurück auf den Boden und wurde von Cholik in dem Moment aufgefangen, als das violette Feuer das Ende der Spur erreichte und in einer Glutwolke verging.

Einen Moment lang hielt der Priester den Jungen in seinen Armen, da er sich so fühlte, als wäre er selbst abermals nur knapp dem Tod entronnen. Überrascht nahm er zur Kenntnis, wie groß und kräftig und muskulös Effirn geworden war.

„Danke, danke, danke!", keuchte Effirn und klammerte sich an Cholik fest.

Er erwiderte die Umarmung, während er verlegen und begeistert zugleich war. Effirns Heilung bedeutete für ihn den Beginn seines Erfolgs in Bramwell, doch er verstand nicht, mit welcher Magie der Dämon dies geschafft hatte.

Zu heilen ist nicht weiter schwierig, erklärte Kabraxis in Choliks Kopf. *Verletzungen und Schmerzen zu verursachen, sind ein ganz anderes Thema, und sie sind viel schwieriger, wenn sie von Dauer sein sollen. Um zu lernen, wie man einen anderen verletzt, ist die Magie so angelegt, dass man zuerst das Heilen erlernt.*

Cholik hatte so etwas nie gelernt.

Es gibt viele Dinge, die du noch nicht gelernt hast, sagte Kabraxis. *Aber du hast noch Zeit, um es nachzuholen. Ich werde es dir bei-*

bringen. Dreh dich um, Buyard Cholik, und begrüße deine neue Gemeinde.

Cholik löste sich aus dem Griff des Jungen und wandte sich zu dessen Eltern um. Niemandem fiel ein, ihn zu fragen, warum die Aschespur verbrannt war.

Unterdessen lief der Junge über die Lichtung, um allen seine wiedererlangte Kraft zu demonstrieren. Seine Geschwister jubelten ihm zu, sein Vater schloss zu ihm auf und drückte ihn fest an sich, ehe er ihn an seine Mutter weiterreichte. Auch sie presste ihn an sich, während sie hemmungslos weinte.

Cholik betrachtete Mutter und Sohn und wunderte sich, dass er diese Szene als so anrührend empfand.

Es überrascht dich, wie gut du dich fühlst, weil du an der Heilung des Jungen beteiligt warst?, fragte Kabraxis.

„Ja", flüsterte Cholik, der wusste, dass nur der Dämon, aber keiner der Umstehenden ihn hören konnte.

Das sollte es nicht. Um die Finsternis zu kennen, muss ein Wesen auch das Licht kennen. Du hast in Westmarch ein abgeschiedenes Leben geführt. Du bist nur Leuten begegnet, die es auf deinen Posten abgesehen hatten.

„Oder solche, auf deren Posten ich es abgesehen hatte", erkannte Cholik.

Und die Kirche von Zakarum hat es dir nie gestattet, so direkt und persönlich mit den Heilfähigkeiten umzugehen, die sie verteilt hat, fuhr der Dämon fort.

„Nein."

Das Licht fürchtet sich davor, vielen Menschen eine Macht zu schenken, wie du sie von mir erhalten hast, erklärte Kabraxis. *Menschen, die solche Macht besitzen, werden von anderen Menschen bemerkt. Nach kurzer Zeit werden sie Helden, jeder redet über sie. Nur wenig später wird man die Geschichten, die kursieren, immer weiter ausschmücken. Die Helfer des Lichts sind darauf eifersüchtig.*

„Und Dämonen sind nicht eifersüchtig?", fragte Cholik.

Kabraxis lachte so laut, dass der Nachhall im Kopf des Priesters fast schon schmerzhaft war. *Dämonen sind nicht so eifersüchtig, wie die Helfer des Lichts es dir gerne weismachen wollen. Auch sind sie nicht so bestimmend wie die Helfer des Lichts. Sag mir, wer von beiden hat die meisten Regeln, und wer setzt die meisten Grenzen?*

Cholik antwortete nicht.

Was glaubst du, warum die Helfer des Lichts so viele Vorschriften haben?, fragte Kabraxis. *Natürlich damit das Gleichgewicht zu ihren Gunsten ausschlägt. Wir Dämonen dagegen glauben daran, dass jeder, der die Finsternis unterstützt, auch Macht haben sollte. Einige haben mehr Macht als andere, aber diese haben sich darum auch verdient gemacht. So wie du dich um das verdient gemacht hast, das ich dir an dem Tag gab, als du dich deiner Angst vor dem Sterben gestellt und du nach dem verschütteten Portal gesucht hast, das zu mir führte.*

„Ich hatte keine Wahl", entgegnete Cholik.

Menschen haben immer eine Wahl. Darum versuchen die Helfer des Lichts auch, euch zu verwirren. Du hast eine Wahl, aber du kannst nicht wirklich wählen, weil die Helfer des Lichts bestimmt haben, welche deiner Entscheidung verkehrt ist. Als ein erleuchteter Schüler des Lichts erwartet man von dir, dass du weißt, welches die falsche Entscheidung ist. Und was bleibt dir damit noch? Wie viele Entscheidungen kannst du so wirklich treffen?

Cholik musste ihm wortlos zustimmen.

Geh zu diesen Menschen, Buyard Cholik. Du wirst jetzt Konvertiten unter ihnen finden. Wenn sie erst einmal festgestellt haben, dass du die Macht zu Veränderungen hast, die ihnen erlauben werden, ihre Ziele und Wünsche zu verwirklichen, dann werden sie sich um dich scharen. Als Nächstes müssen wir mit der Kirche beginnen, und wir müssen unter diesen Leuten Apostel finden, die dir helfen werden, mein Wort zu verbreiten. Für den Augenblick machst du den Kranken in dieser Gruppe das Geschenk der Heilung. Sie werden darüber reden. Schon morgen früh wird es in dieser Stadt niemanden mehr geben, der nicht von dir gehört hat.

Voller Freude über den neuen Respekt und das Prestige, das er durch die Heilung des Jungen erlangt hatte, ging Cholik weiter. Sein Körper war von der Erregung jener Macht erfüllt, die Kabraxis durch seinen Körper leitete. Diese Macht lenkte ihn zu den Schwachen und den Kranken in der Menge.

Durch Handauflegen heilte Cholik Fieber und Infektionen, ließ Warzen und Gicht verschwinden, richtete ein Bein, das nach einem Knochenbruch schief zusammengewachsen war, gab einer alten Frau ihre Sinne zurück, die nach Worten ihres Sohns, der sich um sie kümmerte, seit Jahren unter dem Verlust gelitten hatte.

„Ich würde mich gern in Bramwell niederlassen“, sagte Cholik, als im Golf von Westmarch die Sonne unterging und die Dämmerung um sie herum zur Nacht wurde.

Die Menge jubelte, als sie seine Worte vernahm.

„Aber ich werde eine Kirche errichten lassen müssen“, fuhr er fort. „Erst wenn eine dauerhafte Kirche existiert, werden die Wunder, die Dien-Ap-Sten wirkt, noch größer werden können. Kommt zu mir, damit ich euch dem Propheten vorstelle, dem zu dienen ich mich entschieden habe.“

Für eine Nacht war Buyard Cholik bleibendem Ruhm näher als jemals zuvor in seinem Leben. Es war ein berauschendes Gefühl, mit dem er sich später eingehender befassen würde.

Nichts konnte ihn jetzt noch aufhalten.

Vierzehn

„Bist du ein Seemann?“

Darrick wandte den Blick ab von seinem Teller, auf dem ein dickflüssiger Eintopf aus Kartoffeln und Fleisch angerichtet war, und sah die hübsche Bedienung an. Das Gefühl des Verlustes, das ihre Worte in ihm auslösten, unterdrückte er im gleichen Moment, in dem es aufgekommen war. „Nein“, erwiderte er. Er war schon seit Monaten kein Seemann mehr.

Die Kellnerin war eine schwarzhaarige Schönheit, die kaum über zwanzig zu sein schien – wenn überhaupt. Ihr schwarzer Rock war kurz und präsentierte ihre langen Beine in voller Pracht. Das Haar trug sie zurückgekämmt und im Nacken zusammengebunden.

„Warum fragst du?“ Darrick erwiderte ihren Blick, bis sie wegsah.

„Nur weil dein wiegender Schritt, mit dem du zur Tür hereingekommen bist, mich an einen Seemann erinnert hat“, sagte die junge Frau. „Mein Vater war Seemann. Er wurde auf See geboren und er starb auch dort, so wie es vielen ergeht.“

„Wie heißt du?“, fragte Darrick.

„Dahni“, sagte sie und lächelte ihn an.

„Es freut mich, dich kennen zu lernen, Dahni.“

Einen Augenblick sah sich die Kellnerin auf dem Tisch um, als suche sie nach etwas, das sie noch tun konnte. Doch sie hatte seinen Krug bereits aufgefüllt, und sein Teller war auch noch halbvoll. „Wenn du irgendetwas brauchst“, sagte sie schließlich, „dann musst du mich nur rufen.“

„Das werde ich.“ Darrick lächelte sie weiterhin an. In den Monaten, seit er seinen Platz an Bord der *Lonesome Star* verloren hatte, war ihm aufgefallen, dass man Unterhaltungen rasch beenden konnte, wenn man lächelte und Fragen beantwortete, ohne aber selbst Fragen zu stellen. Wenn die Leute das Gefühl hatten, er versuche, freundlich zu sein, dann empfanden sie seine Wortkargheit nicht als bedrohlich oder als beleidigend. Sie hielten ihn einfach für dumm oder schüchtern, und normalerweise ließen sie ihn dann auch in Ruhe. Diese Masche hatte in letzter Zeit einige Schlägereien verhindert, was ihn wiederum vor dem Gefängnis und die Geldstrafen seltener werden ließ, die oft so hoch ausfielen, dass ihm nicht eine Münze verblieb und er auf der Straße saß.

Er legte seinen Kopf schief und sah kurz zu den vier Männern, die am Nebentisch mit Würfeln spielten. Drei von ihnen waren Fischer, wie er ihrer Kleidung ansehen konnte, während der vierte besser gekleidet war, so wie jemand, der sich von seiner besten Seite zeigte und versuchte, irgendwen zu beeindrucken. Er wirkte wie ein Mann, der schon länger kein Glück mehr hatte und allmählich der Verzweiflung verfiel. Darrick wusste aber, dass dieser Schein trog.

Er aß schnell, gab sich aber Mühe, nicht so zu schlingen, als hätte er seit gestern nichts mehr gegessen. Oder war es vorgestern? Sein Zeitgefühl war ihm völlig abhanden gekommen. Doch so wenige Mahlzeiten er auch zu sich genommen hatte, war es ihm immer wieder gelungen, an genug Geld zu gelangen, um trinken zu können. Der Alkohol war die einzige Möglichkeit, um die Ängste und Alpträume fern zu halten, von denen er verfolgt wurde. In fast jeder Nacht träumte er von der Klippe bei Tauruk's Port, träumte davon, wie es ihm beinahe gelang, Mat aus den Fängen des Skeletts zu retten und vor dem schrecklichen Schlag gegen die Klippe, der Mat den Schädel zerschmettert hatte.

Die Taverne war nur eine weitere Spelunke, wie so viele andere davor auch schon. Für ihn sahen sie alle gleich aus. Wenn er mit der Arbeit fertig war, mit der er sich gerade über Wasser hielt, nahm er eine Mahlzeit zu sich und trank, bis er kaum noch gehen konnte. Dann mietete er ein Zimmer oder legte sich irgendwo in einem Stall schlafen, wenn das Geld nicht für Alkohol *und* ein Bett reichte.

Die Kundschaft bestand in erster Linie aus Fischern, Männern mit harten Gesichtszügen und schwieligen, vernarbten Händen, was sie den Netzen, den Haken, den Fischen und dem Wetter zu verdanken hatten. Ihren Mienen waren von Jahren tief sitzender Enttäuschungen geprägt. Sie sprachen von einer Zukunft, die viel besser klang als das, was der nächste Morgen bringen sollte. Sie erzählten sich, was sie tun würden, wenn sie irgendwann einmal nicht mehr Tag für Tag auf einem Schiff hinausfahren und beten müssten, dass das Licht sich als großzügig erwies.

Zwischen den Fischern und anderen Städtern saßen vereinzelt Kaufleute, die über Schiffsladungen, über Reichtümer und über den mangelnden Schutz im Norden der Großen See klagten, der dadurch verursacht wurde, dass Westmarch die Marine immer noch so nahe am eigenen Hafen stationiert hatte. Nach wie vor hatte niemand den Dämon zu Gesicht bekommen, den die Seefahrer in Tauruk's Port gesehen hatten. Viele Händler und Seeleute nördlich von Westmarch glaubten längst, die Piraten hätten sich diese Geschichte nur ausgedacht, um den König dazu zu veranlassen, seine Marine zurückzuziehen.

Unmut machte sich in den Häfen und Städten des Nordens breit, weil man dort darauf angewiesen war, von Westmarch verteidigt zu werden. Da die Marine sich so sehr zurückgezogen hatte, wandten sich viele Männer der Piraterie zu, wenn die See sie auf andere Weise nicht mehr ernähren konnte. Obwohl die wenigsten Piraten geschlossen handelten, addierten sich ihre voneinander unabhängigen Überfälle zu einem schweren wirtschaftlichen Schaden für eine ganze Reihe eigenständiger Häfen und selbst für im Binnenland gelegene Städte. Die Diplomatie von Westmarch, die einst gefürchtet, geschätzt und von großer Reichweite gewesen war, hatte sich zu einer schwachen, wirkungslosen Institution entwickelt. Die Städte im Norden buhlten nicht länger um die Gunst von Westmarch.

Darrick tauchte ein Stück Zwieback in den Eintopf und steckte es sich in den Mund. Das Essen war dicklich und ölig, versehen mit Fett und Gewürzen, die es sättigend und scharf machten, also genau das richtige Mahl, um den harten Arbeitstag eines Mannes zu beschließen. In den letzten Monaten hatte er erkennbar abgenommen, doch sein kämpferisches Geschick war unverändert gut. Meistens hielt er sich von den Docks fern, da er fürchtete, jemand könnte ihn wiedererkennen. Die Wachleute und die Marine von Westmarch unternahmen zwar keine großen Anstrengungen, um ihn aufzuspüren – das galt auch für andere Matrosen, die unerlaubt ihren Dienst quittierten –, doch er war nach wie vor auf der Hut vor einer möglichen Verhaftung. An manchen Tagen erschien ihm der Tod verlockender als das Leben, aber zu diesem Schritt hatte er sich bislang nicht durchringen können. Er war nicht gestorben, als die brutale Hand seines Vaters ihn großgezogen hatte, und er hatte auch nicht vor, jetzt freiwillig aus dem Leben zu scheiden.

Allerdings war es schwer, freiwillig weiterzuleben.

Er ließ seinen Blick durch das Lokal schweifen und sah Dahni, die mit einem jungen Mann sprach und flirtete. Ein Teil von ihm sehnte sich nach der Gesellschaft einer Frau, doch es war nur ein schwacher Wunsch. Frauen redeten, und sie hakten bei den Dingen nach, die einen Mann auf der Seele lagen, weil sie in den meisten Fällen wirklich nur helfen wollten. Doch damit wollte sich Darrick nicht befassen müssen.

Ein Mann, der am Ende der Theke gesessen hatte, kam zu Darrick herüber. Der Mann war groß und breitschultrig, und seine Nase war von Schlägereien gezeichnet, da sie platt und schief in seinem Gesicht saß. Narben, manche so jungen Datums, dass sie noch rosig und nur mit einer dünnen Schorfschicht überzogen waren, zogen sich über seine Knöchel und die Handrücken. An seiner Kehle war eine alte Narbe zu sehen, die von einem Messer zu stammen schien.

Unaufgefordert setzte er sich gegenüber von Darrick an den Tisch und legte seinen Knüppel quer über seine Beine. „Ihr seid bei der Arbeit“, sagte der Mann.

Darrick ließ seine rechte Hand auf seinem Schoß liegen, wo sich sein Entermesser befand. Er sah den Mann ruhig an. „Ich bin mit einem Freund hier.“

Rechts von ihm pries der Spieler, von dem Darrick angeheuert worden war, um ihm für einen Abend, falls nötig, Beistand zu leisten – sie waren beide mit einer Handelskarawane angekommen –, abermals das

Licht für einen gelungenen Wurf. Er war ein älterer Mann, hager und grauhaarig. Erst gestern, bei einem Überfall durch Banditen, hatte Darrick festgestellt, dass der Mann gut auf sich allein aufpassen konnte und eine ganze Reihe von Messern an seinem Körper versteckt trug.

„Euer Freund hat verdammt viel Glück“, kommentierte der große Mann.

„Das hat er auch verdient“, gab Darrick in ruhigem Ton zurück.

Der Mann betrachtete Darrick aufmerksam. „Es ist meine Aufgabe, in dieser Taverne für Frieden zu sorgen.“

Darrick nickte.

„Wenn ich Euren Freund beim Falschspielen erwische, werfe ich Euch beide raus.“

Wieder nickte Darrick nur, während er hoffte, dass der Spieler nicht falsch spielte oder zumindest darin sehr gut war. Der Mann hatte auch mit anderen aus der Karawane gespielt, als sie auf dem Rückweg von Aranoch und einer Hafenstadt gewesen waren, die die Amazon Islands mit Vorräten versorgte.

„Ihr solltet vielleicht auch vorsichtig sein, wenn Ihr später von hier weggeht“, warnte der Rausschmeißer ihn und deutete mit einer Kopfbewegung auf den Spieler. „Da draußen hat sich ein dämonischer Nebel zusammengebraut, der sich bis zum Morgen nicht verziehen wird. Die Gassen in dieser Stadt sind nicht besonders gut erhellt, und manche Leute, die mit Eurem Freund spielen, stecken es vielleicht nicht so gut weg, wenn sie verlieren.“

„Danke“, sagte Darrick.

„Ihr müsst Euch nicht bedanken“, erwiderte der Rausschmeißer. „Ich will bloß nicht, dass einer von Euch hier oder in unmittelbarer Umgebung dieses Hauses ums Leben kommt.“ Er stand auf und ging zurück zu seinem Platz an der Theke.

Die Bedienung kam mit einer Karaffe Wein und lächelte Darrick hoffnungsvoll an.

Er hielt die Hand über seinen Krug.

„Du hast genug?“, fragte sie.

„Im Augenblick ja“, antwortete er. „Aber ich nehme einen Krug mit, wenn ich gehe – vorausgesetzt, du hast einen bereitstehen.“

Sie nickte, zögerte kurz und lächelte ihn an, dann wandte sie sich zum Gehen. Ihr Armreif blitzte im Schein der Laternen auf und ließ Darrick aufmerksam werden.

„Warte“, flüsterte er. Seine Stimme war mit einem Mal heiser.

„Ja?“, gab sie erwartungsvoll zurück.

Er zeigte auf ihr Handgelenk. „Was trägst du da für ein Armband?“

„Ein Talisman“, erklärte Dahni. „Er steht für Dien-Ap-Sten, den Propheten des Wegs der Träume.“

Der Armreif bestand aus miteinander verbundenen Ovalen, die aber so von geschnitztem Bernstein und unbearbeitetem Eisen unterbrochen waren, dass keines der Ovale ein anderes berühren konnte. Der Anblick weckte in Darrick eine Erinnerung. „Woher hast du das?“

„Von einem Händler, dem ich gefallen habe“, antwortete Dahni. Es war ein plumper Versuch, ihn eifersüchtig zu machen.

„Wer ist Dien-Ap-Sten?“ Diesen Namen konnte er mit nichts in Verbindung bringen.

„Er ist der Prophet des Glücks und der Bestimmung“, sagte sie. „In Bramwell wird für ihn eine Kirche gebaut. Der Mann, von dem ich das habe, sagte zu mir, dass derjenige, der den Mut und das Bedürfnis hat, den Weg der Träume zu beschreiten, jeden Wunsch erfüllt bekommt, den er in seinem Herzen trägt.“ Sie lächelte ihn an. „Findest du nicht, dass das ein bisschen weit hergeholt ist?“

„Aye“, stimmte Darrick ihr zu. Dennoch bereitete ihm die Geschichte Unbehagen. Bramwell lag nicht allzu weit von Westmarch entfernt, und es war jener Ort, an den er so bald nicht hatte zurückkehren wollen.

„Bist du schon mal dort gewesen?“, fragte Dahni.

„Ayc, abcr das ist schon langc hcr.“

„Hast du schon mal daran gedacht, dorthin zurückzukehren?“

„Nein.“

Sie machte einen Schmollmund. „Schade.“ Sie schüttelte ihr Handgelenk, so dass sich das Armband drehte und das Licht der Laternen spiegelte. „Ich würde gern mal dorthin reisen und mir diese Kirche ansehen. Es heißt, wenn sie fertig ist, wird sie ein Kunstwerk sein, das Schönste, das jemals erbaut wurde.“

„Dann ist die Kirche es wohl wert, dass man sie sich ansieht“, meinte Darrick.

Dahni beugte sich so weit vor, dass Darrick tief in ihren Ausschnitt sehen konnte. „Es gibt viele Dinge, die man sich ansehen sollte. Aber ich weiß, dass ich nichts davon zu Gesicht bekomme, wenn ich weiterhin in dieser Stadt bleibe. Vielleicht solltest du mal überlegen, ob du nicht doch bald nach Bramwell zurückkehren willst.“

„Vielleicht“, sagte Darrick und bemühte sich, nichts Falsches zu sagen, was sie hätte verärgern können.

Einer der Fischer rief Dahni mit ungehaltener Stimme zu sich. Sie sah ihn ein letztes Mal an, dann drehte sie sich so schnell um, dass ihr kurzer Rock flog, und ging zu einem anderen Tisch.

Gleich nebenan hatte der Spieler erneut Glück und pries das Licht, während die Fischer mürrisch brummten.

Darrick verdrängte die Gedanken, die um das Armband kreisten, und konzentrierte sich wieder auf sein Essen. Da er nicht noch mehr Wein trinken durfte, so lange er auf den Spieler aufpassen musste, bedeutete dies, dass die Alpträume wieder auf ihn warten würden, wenn er später auf das angemietete Zimmer ging. Doch die Karawane würde nur noch einen weiteren Tag in der Stadt bleiben, bis die Händler ihre Geschäfte erledigt hatte. Dann konnte er wieder trinken, bis er sicher sein durfte, nicht mehr träumen zu *können*.

Dichter Nebel trieb durch die Straßen und ließ die nächtlichen Schatten noch finsterer erscheinen, als Darrick zwei Stunden später dem Spieler aus der Taverne folgte. Er versuchte, sich an den Namen des Mannes zu erinnern, doch es gelang ihm nicht, was ihn aber auch nicht überraschte. Das Leben war einfacher, wenn er nicht versuchte, sich an alles und jeden zu erinnern. In jeder Karawane, bei der er als Bewacher anheuerte, gab es Leute, die das Sagen hatten und die wussten, in welche Richtung sie gehen wollten. Mehr brauchte Darrick seinerseits nicht zu wissen.

„Ich hatte einen erfolgreichen Abend“, erklärte der Spieler, als sie durch die Straßen gingen. „Sobald wir bei meinem Zimmer angekommen sind, werde ich Euch den vereinbarten Preis auszahlen.“

„Aye", erwiderte Darrick, konnte sich aber nicht daran erinnern, welchen Preis sie ausgehandelt hatten. Üblicherweise war es ein Anteil am Gewinn, der mit einem kleinen Vorschuss verrechnet wurde; immerhin konnte ein echter Spieler nie garantieren, dass er auch gewann. Diejenigen, die es garantierten, waren Falschspieler und wollten anschließend garantiert streiten.

Darrick sah sich in der Straße um. Wie der Rausschmeißer in der Taverne gesagt hatte, war sie wirklich schlecht beleuchtet. Nur ein paar verstreute Laternen erhellten den Weg; sie beschränkten sich vorwiegend auf die besseren Tavernen und Gasthäuser sowie auf das kleine Dock. Der dichte Nebel ließ die Pflastersteine feucht glänzen. Er suchte nach einem Hinweis, einem Schild, nach irgendetwas, das ihm verriet, wohin ihn diese Reise verschlagen hatte. Es überraschte ihn nicht, dass er nicht wusste, wo er war, und es kümmerte ihn auch nicht wirklich. Er war in den letzten Monaten in so vielen Städten gewesen, dass die Bilder längst ineinander überzugehen begonnen hatten.

Als er hörte, wie der Spieler auf einmal heftig einatmete und die Luft anhielt, wusste Darrick, dass etwas nicht stimmte. Er riss den Kopf herum und sah zurück zu der Gasse, an der sie gerade vorübergegangen waren. Drei Männer kamen aus ihr gerannt und stürzten sich auf Darrick und den Spieler. Obwohl der Mond vom Nebel verschleiert war, spiegelte sich sein Lichtschein in den Klingen der Angreifer.

Darrick zog sein Entermesser und ließ den Weinkrug fallen, den er unter einen Arm geklemmt hatte. Als das Gefäß auf dem holprigen Pflaster zerbarst, hielt Darrick bereits das Entermesser in der Hand und parierte einen Schlag, der ihn hätte enthaupten sollen. So müde und betrunken wie er war, war dies das Einzige, was er tun konnte, um am Leben zu bleiben. Er geriet auf der unebenen Straße ins Straucheln und sah den vierten Mann erst, als es bereits zu spät war.

Dieser holte mit einem Knüppel aus, der Darrick über dem linken Ohr traf und ihn auf die Knie fallen ließ. Der Treffer hatte ihn nahezu ohnmächtig werden lassen, doch als er mit dem Gesicht auf dem Kopfsteinpflaster aufschlug, riss ihn dieser Schmerz sofort aus der Beinahe-Bewusstlosigkeit.

Er zwang sich, wieder auf die Knie zu kommen, weil er sicher war, dann auch wieder aufstehen zu können. Und danach würde er es vielleicht sogar schaffen, neu in den Kampf einzugreifen – oder wenigstens das Geld zu verdienen, das der Spieler ihm vorgeschossen hatte.

„Verdammt!", schrie einer der Räuber. „Er hat mich mit einem versteckten Messer erwischt!"

„Pass auf!", rief ein anderer.

„Schon vorbei. Ich hab ihn erwischt. Der wird niemanden mehr stechen."

Etwas Warmes und Feuchtes lief an Darricks Hals entlang. Er konnte nur noch verschwommen sehen, aber erkennen, dass zwei Männer die Geldbörse des Spielers an sich brachten.

„Halt!", brüllte Darrick und fand sein Entermesser wieder, das auf dem Kopfsteinpflaster gelandet war. Er nahm es an sich und machte einen Satz auf die Bande zu, hob seine Klinge und zielte mit ihr auf einen der Männer. Bevor er aber sein Ziel erreichen konnte, drehte sich der andere abrupt um und trat ihm mit einem genagelten Stiefel gegen das Kinn. Der Schmerz überwältigte ihn nahezu, und er stürzte erneut.

Darrick kämpfte gegen die Schwärze an, die ihn erwartete, stand wieder auf und suchte vergeblich nach etwas, das ihm Halt bieten konnte. Hilflos und frustriert sah er den Männern nach, die im Dunkel der Gasse verschwanden.

Auf sein Entermesser gestützt, wankte er zu dem Spieler. Darrick versuchte, mit tränenden Augen etwas zu erkennen, lauschte dem hämmernden Schmerz in seinem Kopf und starrte den Mann angestrengt an.

Das Heft eines Messers ragte aus der Brust des Spielers. Rings um die Stelle, wo die Klinge bis zum Heft in den Körper gerammt worden war, hatte sich der Stoff bereits karmesinrot verfärbt.

Das Gesicht des Mannes war von Angst gezeichnet. „Helft mir, Darrick. Bitte! Um des Lichts willen, ich kann die Blutung nicht stoppen!"

Wieso weiß er meinen Namen, wenn ich mich nicht an seinen erinnern kann?, fragte sich Darrick. Dann sah er das Blut, das zwischen den Fingern des Mannes hervorquoll.

„Alles in Ordnung“, sagte Darrick und kniete neben dem Spieler nieder. Er wusste, dass nichts in Ordnung war. In seiner Dienstzeit an Bord der *Lonesome Star* hatte er genug tödliche Wunden gesehen, um zu wissen, wann er eine vor sich hatte. Und dies war ein tödliche Wunde.

„Ich sterbe“, flüsterte der Mann.

„Nein“, krächzte Darrick und presste seine Hände auf die des Spielers, um das Blut daran zu hindern, weiter aus dem Körper zu strömen. Darrick wandte den Kopf und rief über die Schulter: „Hilfe! Ich brauche Hilfe! Ich habe hier einen Verletzten!“

„*Ihr* hattet mir eigentlich helfen sollen“, warf der Spieler ihm vor. „Ihr solltet aufpassen, damit mir so etwas nicht passiert. Dafür habe ich Euch bezahlt!“ Er hustete, Blut sammelte sich auf seinen Lippen.

Dieses Blut sagte Darrick, dass die Klinge auch eine Lunge durchbohrt hatte. Noch fester drückte er seine Hände auf die Brust des Mannes, um den steten Strom zu stoppen.

Doch er ließ sich nicht zum Stillstand bringen.

Als den Leib des Spielers ein letztes Schaudern durchfuhr, hörte Darrick Schritte auf dem Kopfsteinpflaster. Dann atmete der Mann nicht länger, sein Blick ging ins Leere.

„Nein“, wisperte Darrick fassungslos. Er durfte nicht tot sein. Er hatte ihn angeheuert, damit er ihn beschützte. Von dem Vorschuss hatte er sich das Essen gegönnt.

Eine kräftige Hand packte Darrick an der Schulter. Er versuchte, sie abzuschütteln, doch als er aufsah, blickte er in das Gesicht des Rausschmeißers aus der Taverne.

„Beim gnädigen Licht“, fluchte der Mann. „Habt Ihr erkannt, wer es war?“

Darrick schüttelte den Kopf. Zwar hatte er die Männer gesehen, die für den Mord an dem Spieler verantwortlich waren, doch er bezweifelte, dass er sie hätte identifizieren können.

„Toller Leibwächter“, sagte eine Frau verächtlich, die irgendwo hinter Darrick stand.

Darrick musste ihr beipflichten, während sein Blick auf dem toten Spieler ruhte. Toller Leibwächter. Seine Sinne schwanden, sein schmerzender Schädel wurde so schwer, dass er ihn nicht mehr hochhalten konnte. Darrick kippte nach vorn und merkte nicht einmal mehr, wie er auf dem Pflaster aufschlug.

Das silberhelle Glockenspiel in den drei Türmen rief die Bürger von Bramwell in den Gottesdienst von Dien-Ap-Stens Kirche. Die meisten hatten sich bereits in dem Gewirr aus Gebäuden eingefunden, die errichtet worden waren, seit die Karawane vor einem Jahr in der Stadt eingetroffen war.

Die Fundamente für weitere Bauten waren bereits gelegt, und sobald ihr Bau abgeschlossen war, würden sie an die zentrale Kathedrale angeschlossen werden. Wunderschöne Skulpturen, geschaffen von den besten Künstlern aus Bramwell, Westmarch, Lut Gholein, Kurast und aus Regionen jenseits der Meeres des Lichts, säumten die Dachkanten der Gebäude.

Buyard Cholik, der inzwischen Meister Sayes genannt wurde, stand in einem der Dachgärten der Kirche. Er sah hinunter auf die Kreuzung nahe der Kathedrale und beobachtete, wie Wagen eintrafen, die Familien und Freunde herbrachten. Er erinnerte sich, dass es zuerst die ärmeren Familien gewesen waren, die zur Kirche fanden, um den Propheten zu verehren. Sie waren gekommen, da sie auf Heilung hofften und darauf, dass sich ihr lebenslanger Traum vom Reichtum oder wenigstens einem anständigen Leben erfüllte.

Und sie kamen her, um sich zu wünschen, dass sie auserwählt würden, wenn der Tag kam, um auf dem Weg der Träume zu wandeln. Nur wenigen war dieser Weg gestattet, normalerweise jenen, die von körperlichen oder geistigen Gebrechen geplagt wurden. Menschen mit Gicht und schlecht verheilten Knochenbrüchen wurden fast immer eingelassen. Für Kabraxis war es kein Problem, diese Wunderheilungen zu vollziehen. Hin und wieder belohnte der Dämon einen Gläubigen mit Reichtümern, doch alles war mit einem versteckten Tribut verbunden, über den niemand aus der Bevölkerung etwas wissen konnte. Je größer die Kirche von Dien-Ap-Sten geworden war, umso mehr Geheimnisse hatten sich angesammelt.

Die Kirche stand hoch oben auf einem Hügel, von dem aus man

die Stadt Bramwell überblicken konnte. Das Gebäude, das aus einer der besten Kalksteinarten der Region – der normalerweise an andere Städte verkauft wurde, während man die hiesigen Häuser aus schlichterem Stein errichtete – erbaut worden war, leuchtete in der Morgensonne wie ein Knochen, der durch den Kuss eines Messers von seinem Fleisch gesäubert worden war. Niemand in der Stadt konnte noch nach Südosten und damit nach Westmarch blicken, ohne als Erstes diese Kirche zu sehen.

Die Wälder waren an zwei Seiten der Kirche gerodet worden, um Platz zu schaffen für die Wagen und Kutschen, die zum zweimal wöchentlich abgehaltenen Gottesdienst kamen. Alle Gläubigen in Bramwell besuchten beide Gottesdienste, da sie wussten, dass der Pfad zum Weg der Träume geebnet wurde, damit Wunder geschehen konnten.

Spezielle geschmückte Boote waren an den neu errichteten Pfählen vor der Kirche vertäut. Bootsführer im Dienst der Kirche brachten Kapitäne und Seeleute herbei, deren Schiffe im Hafen vor Anker lagen. Überall in Westmarch verbreitete sich die Kunde von der Kirche von Dien-Ap-Sten, und immer mehr Neugierige und solche, die auf Errettung hofften, folgten der Verlockung.

Hoch oben in den Türmen läuteten die Glocken abermals. Sie würden vor dem Beginn des Gottesdienstes nur noch einmal zu hören sein. Cholik sah hinunter zum Eingang der Kathedrale und wusste, dass wie üblich nur ein paar Gläubige zu spät kommen würden.

Er ging durch den sich über das komplette große Gebäude erstreckenden Dachgarten, in dem Obstbäume, blühende Pflanzen, Büsche und Ranken wuchsen. Zwischen ihnen verlief ein gewundener Pfad. Cholik blieb neben einer Erdbeerpflanze stehen, pflückte zwei der saftigen Früchte und aß sie. Die Beeren schmeckten frisch. Es war ganz gleich, wie viele er pflückte, es schienen immer wieder mehr als vorher nachzuwachsen.

„Hast du jemals gedacht, dass sie so groß werden könnte?“, fragte Kabraxis.

Cholik hatte noch immer den süßlichen Geschmack auf der Zunge, als er sich umdrehte.

Kabraxis stand neben einem Gitter, an dem Tomatenpflanzen hochrankten. Die Früchte waren von einem satten Rot, und an den Ranken waren bereits zahlreiche winzige gelbe Blüten zu erkennen, die eine noch reichere Ernte versprachen. Ein Illusionszauber machte es unmöglich, dass den Dämon jemand von unten sehen konnte. Dadurch, dass der Zauber an den Kalkstein des Gebäudes gebunden war, erzielte er eine besonders starke Wirkung. Der Dämon warf nicht einmal einen Schatten, der von irgendjemandem hätte bemerkt werden können.

„Ich hatte es gehofft", antwortete Cholik diplomatisch.

Kabraxis lächelte – was seinem dämonischen Gesicht etwas ausgesprochen Obszönes verlieh. „Du bist ein habgieriger Mann, das gefällt mir."

Cholik fasste es nicht als Beleidigung auf. Was ihm an der Beziehung mit dem Dämon besonders gut gefiel, war die Tatsache, dass er sich nicht dafür entschuldigen musste, wie er empfand. In der Kirche von Zakarum hatte sein Temperament immer den anerkannten Kirchendoktrinen entsprechen müssen.

„Wir werden bald zu groß sein für diese Stadt", sagte Cholik.

„Denkst du daran, von hier wegzugehen?" Kabraxis hörte sich an, als wolle er seinen Ohren nicht trauen.

„Vielleicht ja. Ich habe mit dem Gedanken gespielt."

„Du?", meinte Kabraxis amüsiert. „Du, der du keinen anderen Gedanken im Sinn hattest, als diese Kirche zu bauen?"

Cholik zuckte mit den Schultern. „Wir können andere Kirchen bauen."

„Aber diese hier ist doch so groß und prachtvoll."

„Und die nächste kann noch größer und prachtvoller sein."

„Wo willst du denn die nächste Kirche bauen?"

Cholik zögerte, wusste aber, dass der Dämon es für ihn sagen würde, wenn er nicht antwortete. „Westmarch."

„Du würdest die Kirche von Zakarum herausfordern wollen?"

„Ja", antwortete Cholik mit Nachdruck. „Es gibt dort Priester, die ich erniedrigt und aus der Stadt vertrieben sehen möchte. Oder sogar geopfert. Wenn das geschafft ist und wenn diese Kirche sich dann in einer Position befindet, um ganz Westmarch vor großem Übel zu bewahren, können wir das ganze Land bekehren."

„Du würdest diese Leute töten?"

„Nur ein paar von ihnen. Genug, um den anderen Angst zu machen. Die Überlebenden werden der Kirche dienen. Tote können uns nicht fürchten und folglich auch nicht angemessen anbeten."

Kabraxis lachte auf. „Oh, du bist ein williger Schüler, Buyard Cholik. Es ist erfrischend, einen Menschen zu erleben, der so blutrünstig ist. Normalerweise lasst ihr euch so von euren persönlichen Wünschen und euren Motiven hemmen, euch an dem rächen, der euch Unrecht zugefügt hat oder der wohlhabender ist. Unbedeutende Dinge eben."

Cholik wurde von einem sonderbaren Stolz erfüllt. Seit er Kabraxis kannte, hatte er sich verändert. Er war nicht der Finsternis verfallen, was so viele ihm bekannte Priester bei jenen befürchteten, die sie zu retten versuchten. Vielmehr hatte er sich einfach seinem Innersten zugewandt und nur das hervorgeholt, was dort lange brach lag.

Die Kirche von Zakarum lehrte auch, dass in jedem Menschen zwei Geister existierten, die einen ständigen Kampf zwischen dem Licht und der Finsternis ausfochten.

„Aber ist mein Plan, nach Westmarch zu ziehen, ein guter Plan?", fragte Cholik. Er wusste, dass er um die Gunst des Dämons buhlte, doch Kabraxis gefiel es, einzulenken.

„Ja", antwortete der. „Doch die Zeit ist dafür noch nicht gekommen. Schon jetzt haben wir uns den Groll der Kirche von Zakarum zugezogen. Es wäre schwierig, die Erlaubnis des Königs zu bekommen, damit in der Stadt eine weitere Kirche errichtet werden kann. Die Ansichten des Königs und von Zakarum liegen zu dicht beieinander. Und du vergisst eines: Westmarch sucht noch immer nach dem Dämon, der mit den Piraten gesehen wurde. Wenn wir zu schnell vorgehen, werden wir nur unnötigen Argwohn wecken."

„Mehr als ein Jahr ist vergangen", wandte Cholik ein.

„Der König und seine Leute haben es nicht vergessen", machte Kabraxis klar. „Diablo hat Spuren hinterlassen nach der Täuschung, die er in Tristram begangen hat. Erst müssen wir ihr Vertrauen gewinnen, um sie dann zu hintergehen."

„Und wie?“

„Ich habe einen Plan.“

Cholik wartete. Mit der Zeit hatte er gelernt, dass Kabraxis es nicht mochte, wenn man ihm zu viele Fragen stellte.

„Nur Geduld“, sagte der Dämon. „Wir müssen zuvor eine Armee aus Gläubigen aufbauen, Krieger, die jeden töten, der im Weg steht, wenn es darum geht, der Welt die Wahrheit zu verkünden.“

„Eine Armee, die sich gegen Westmarch stellen soll?“

„Eine Armee, die sich der Kirche von Zakarum stellen soll“, korrigierte ihn Kabraxis.

„Es gibt in ganz Bramwell nicht genug Einwohner, um das zu erreichen.“ Der Gedanke ließ Cholik zaudern. Bilder von Schlachtfeldern, die rot vom Blut der Toten waren, gingen ihm durch den Kopf. Er wusste, dass diese Bilder wahrscheinlich viel harmloser waren, als es die wirklichen Kämpfe sein würden.

„Wir werden die Armee in Westmarch selbst aufstellen“, sagte Kabraxis.

„Wie?“

„Wir werden den König dazu bringen, dass er sich gegen die Kirche von Zakarum wendet“, erwiderte der Dämon. „Wenn wir ihm gezeigt haben, wie unheilvoll diese Kirche geworden ist, dann wird er diese Armee ins Leben rufen.“

„Und die Kirche von Zakarum wird dem Erdboden gleichgemacht“, ergänzte Cholik, dem bei diesem Gedanken warm ums Herz wurde.

„Ja.“

„Wie wollt Ihr den König zum Umschwenken bringen?“, wollte Cholik wissen.

Kabraxis deutete auf die Kirche. „Alles zu seiner Zeit, Buyard Cholik. Du wirst alles rechtzeitig erfahren. Diablo kehrte erst vor kurzem in diese Welt zurück, indem er den Seelenstein korrumpierte, der ihn band. Er ließ seinen Kräften in Tristram freien Lauf und übernahm Prinz Albrecht, den Sohn von König Leoric. Wie du sicher weißt – immerhin warst du zu der Zeit in die Methoden der Kirche von Zakarum eingeweiht –, begannen Tristram und Westmarch beinahe einen Krieg. Die menschlichen Abenteurer, die gegen Diablo kämpften, glaubten, sie hätten ihn vernichtet. Doch Diablo benutzte einen seiner Feinde als den Wirt, in dem er sich fortbewegen konnte. So wie wir unsere Eroberungen und unseren Erfolg planen, so plant auch Diablo. Doch Dämonen müssen verschlagen und listig sein, so wie wir es im Moment sind. Wenn wir zu schnell zu groß werden, lenken wir nur die Aufmerksamkeit der Erzbösen auf uns, und ich bin im Moment nicht daran interessiert, mich mit ihnen zu befassen … Jetzt solltest du dich aber um deinen Gottesdienst kümmern. Ich verspreche dir für heute ein Wunder, das uns noch mehr Konvertiten bescheren wird."

Cholik nickte und ließ die Fragen verstummen, die ihm durch den Kopf gingen. „Natürlich. Wenn Ihr gestattet."

„Geh mit dem Segen von Dien-Ap-Sten", sagte Kabraxis und sprach damit die Worte, die sie bis weit über Bramwell legendär gemacht hatten. „Möge der Weg der Träume dich dorthin führen, wohin auch immer du gehen willst."

Fünfzehn

Der Gottesdienst verlief reibungslos.

Auf der im Schatten liegenden Empore, von der aus er die Gemeinde überblickte, sah Buyard Cholik zu, wie die Menge angespannt wartete, während gesungen wurde und die jungen Priester Reden hielten, in denen sie von Dien-Ap-Stens Wunsch sprachen, jeder Mann, jede Frau und jedes Kind auf der Welt sollte gerecht durchs Leben gehen. Die jungen Priester standen auf einer kleinen Bühne unterhalb von Choliks Balkon. In erster Linie dienten die Botschaften dieser Männer dazu, die Tugenden zu betonen, die damit verbunden waren, dem Propheten des Lichts zu dienen und Gewinne mit der Kirche zu teilen, damit noch mehr gute Taten vollbracht werden konnten.

Doch in Wahrheit warteten sie alle auf den Ruf zum Weg der Träume.

Nachdem der letzte Priester gesprochen hatte und die letzten, von Kabraxis selbst geschriebenen Lieder gesungen waren, die mit einem Trommelwirbel wie dem eines rasenden Herzens und melodischen Dudelsacktönen endeten – es klang wie das Rauschen des Blutes in den Ohren –, verließ ein Dutzend Messgehilfen eine Grube vor der kleinen Bühne. In den Händen trugen sie brennende Fackeln.

Der Trommelwirbel hielt an und erzeugte ein unheimliches Crescendo, das von der hohen, gewölbten Decke widerhallte. Becken wurden geschlagen, während die Dudelsäcke weiterspielten.

Die Menge wurde von einer wachsenden Erregung erfasst. Cholik sah, dass die Kirche noch immer nicht genug Plätze aufwies. Erst vor drei Wochen war das obere Geschoss geöffnet worden, doch schon waren so viele neue Mitglieder hinzugekommen, dass die Kathedrale abermals überfüllt war. Viele der Anbeter kamen aus anderen Städten, die entlang der Küste lagen. Ein Teil drängte sogar aus Westmarch her. Indem sie sich Karawanen anschlossen oder für eine Passage auf einem Schiff bezahlten, unternahmen sie Pilgerfahrten nach Bramwell.

Einige Kapitäne und Karawanenführer verdienten ein kleines Vermögen mit den zweimal wöchentlich stattfindenden Ausflügen zur Kirche von Dien-Ap-Sten. Viele Leute waren bereit, gut dafür zu bezahlen, um die Gelegenheit zu bekommen, den Weg der Träume zu beschreiten – manche aus gesundheitlichen Gründen, andere in der Hoffnung, dass ihr Herzenswunsch in Erfüllung ging.

Nachdem Cholik festgestellt hatte, dass sich florierende Geschäfte entwickelten, hatte er die Kapitäne und die Karawanenführer wissen lassen, er erwarte von ihnen, dass sie jedes Mal, wenn sie die Anbeter beförderten, Opfergaben in Form von Baumaterialien mitbrachten. Lediglich zwei Schiffe hatten untergehen und eine Karawane hatte von einer Horde Skelette und Zombies ausgelöscht werden müssen, bevor die Opfergaben regelmäßig angeliefert wurden. Aus Lut Gholein und anderen Ländern im Osten machten sich derweil neue Karawanen auf den Weg.

„Der Weg der Träume! Der Weg der Träume!“, schrie die Menge. In der Kirche von Zakarum wäre ein solches Verhalten nicht geduldet worden; es grenzte fast an Aufruhr.

Die Wachen, die Cholik aus jenen Kriegern ausgewählt hatte, die an Dien-Ap-Sten glaubten, säumten die Wände der Kathedrale und standen inmitten der Menge auf kleinen Türmen, die sie über die Masse erhoben. Überwiegend trugen diesen Wachleute Keulen, auf denen die elliptischen Ringe zu sehen waren, bei denen es sich um Kabraxis’ Zeichen handelte; es war auf geschickte Weise in den mit Draht umwickelten Griff eingearbeitet worden. Andere Wachen hatten Armbrüste, die durch mystische Edelsteine mit Zaubern belegt waren. Alle Wachmänner waren in schwarze Kettenhemden gekleidet, auf denen sich eine stilisierte Version des Symbols befand. Sie alle waren raue Gesellen, Krieger, die den Dunklen Pfad bereist hatten – wie der Weg der Träume von den Eingeweihten genannt wurde – und die seither von mehr Körperkraft und größerer Schnelligkeit durchdrungen waren als normale Menschen.

Die zwölf Messgehilfen hielten ihre Fackeln an verschiedene Stellen vor der Wand, an der sich die Bühne und Choliks Empore befanden. Cholik sah zu, wie die Flammen durch die mit Waltran getränkten Kanäle nach oben stiegen und direkt auf ihn zukamen.

Die Flammen rasten – unterstützt von einem Schutzzeichen, das über die Wand gelegt worden war – um Cholik herum und hoben den Balkon und das Muster von der Wand ab, um das feurige Gesicht der Schlange freizulegen, das aus einer Kombination aus weißen und schwarzen Steinen geschaffen worden war. Die Flammen tanzten um die schwarzen Steine herum und flackerten in den Augenhöhlen der Schlange.

Die Zuschauer wurden etwas ruhiger und sahen erwartungsvoll mit an, was als Nächstes geschehen würde. Doch Cholik fühlte, dass die Gewaltbereitschaft in dem weitläufigen Raum immer noch im Begriff war, die Oberhand zu gewinnen. Die Wachen regten sich auf ihren Posten, um jeden daran zu erinnern, dass sie noch da waren.

„Ich bin Meister Sayes“, sprach Cholik in die Stille, die auf die Kathedrale herabgesunken war. „Ich bin der Hüter des Pfades, dazu bestimmt von der Hand Dien-Ap-Stens, dem Propheten des Lichts.“

Höflicher Applaus war die Reaktion auf seine Worte, die auch an dieser Stelle folgen sollte. Doch die erwartungsvolle Nervosität hielt weiter an. Obwohl sie alle Gläubige waren, wirkten die Menschen wie Schakale, die darauf lauerten, dass sich die größeren Jäger zurückzogen und ihnen die Reste des Kadavers überließen.

Cholik verstreute um sich herum Pulver, das sich zu großen grünen, roten, violetten und blauen Flammen entzündete, die bis fast an die ihm am nächsten stehenden Besucher reichten. Der Geruch von Geißblatt, Zimt und Lavendel erfüllte die Kathedrale. Cholik sprach den Zauber, der das Portal an der Wand hielt.

Als Reaktion darauf schoss der flammende, verhüllte Kopf der Schlange aus der Wand hervor, schwebte über der Menge und öffnete das Maul. Cholik stand auf dem Balkon, der über den Schlangenaugen aufragte. Das Maul der Schlange war der Eingang zum Dunklen Pfad, der zu dem Tor führte, wo ein Weg aus schwarzem Marmor unzähligen Windungen folgte und sich um sich selbst drehte, um letztlich den Reisenden zurück zum Maul der Schlange zu führen, damit er das Geschenk präsentierte, das Kabraxis ihm gegeben hatte.

„Möge euch der Weg der Träume dorthin führen, wohin ihr gehen wollt“, sagte Cholik.

„Möge euch der Weg der Träume dorthin führen, wohin Ihr gehen wollt“, erwiderte die Menge wie ein Mann.

Unter der Kapuze seines Gewands erlaubte sich Cholik ein Lächeln. Es tat so gut, über sie alle das Sagen zu haben und solche Macht ausüben zu können. „Nun“, sagte er und wusste, dass die Menge an jedem seiner Worte hing, „wer von euch ist würdig?“

Die Menge geriet nahezu außer Kontrolle. Alle schrien und kreischten, um ihre Bedürfnisse, ihre Wünsche und ihr Verlangen kundzutun. Die Menge wurde zu einem einzigen lebenden, unbeherrschten Wesen, das im Begriff stand, sich selbst zu zerfleischen. Menschen waren in dieser Kirche gestorben, Menschen, die im zurückliegenden Jahr Freunden, Nachbarn oder Fremden zum Opfer gefallen waren. Der Kalkstein hatte ihr Blut getrunken, das sich im Boden darunter in Form von kristallenen Wurzeln sammelte, die Kabraxis Cholik eines Tages einmal gezeigt hatte. Die Wurzeln sahen aus wie Kegel aus rubinroten Tränen, die nie völlig fest waren und mit jedem neuen Tropfen, der zu ihnen gelangte, weiter in die Erde zu sickern schienen.

Sich unablässig windend trug der feurige Schlangenkopf Cholik weiter mit sich und streckte sich über der Menge aus, erst über die erste Reihe von Gläubigen, dann über die zweite. Die Menschen hielten ihre kranken Kinder hoch und flehten Dien-Ap-Sten an, sie mit einer Heilung zu segnen. Die Wohlhabenderen im Publikum hatten Krieger bezahlt, damit diese sie auf den Schultern trugen und sie auf diese Weise dem Eingang zum Dunklen Pfad viel näher waren.

Die Zunge der Schlange – ein schwarzes Band aus durchscheinendem Obsidian, der so flüssig wie Wasser war – schoss vor, und dann war die Entscheidung getroffen.

Cholik sah das Kind an, das von seinem Vater hochgehalten wurde, und erkannte, dass es sich nicht um ein Kind handelte, sondern um zwei, die miteinander verwachsen waren. Sie hatten nur zwei Arme und zwei Beine, doch auf dem Rumpf saßen zwei Köpfe. Sie sahen nicht älter aus als drei Jahre.

„Eine Abscheulichkeit", schrie ein Mann in der Menge.

„So etwas hätte niemals leben dürfen", gab ein anderer von sich.

„Eine Dämonenbrut", meldete sich wieder ein anderer zu Wort.

Die zwölf Messgehilfen mit den Fackeln stürmten begleitet von den Wachen vor, bis sie das auserkorene Kind erreicht hatten.

Das muss ein Irrtum sein, dachte Cholik, während er die beiden Kinder betrachtete, deren Fleisch und Knochen zu einem Leib zusammengewachsen waren. Er hatte das Gefühl, von Kabraxis hintergangen worden zu sein, auch wenn er keinen Grund erkennen konnte, warum der Dämon so etwas hätte tun sollen.

Kinder, die so gravierend missgestaltet waren, starben meistens noch während der Geburt, und mit ihnen auch die Frauen, die sie zur Welt brachten. Kinder, die nicht bei der Geburt starben, wurden vom Vater oder von einem Priester getötet. Cholik selbst hatte solche Kinder umbringen müssen, die dann in der geweihten Erde der Kirche von Zakarum beigesetzt wurden. Die Leichen manch anderer missgestalteter Kinder wurden an Magier und Weise oder an Schwarzmarkthändler verkauft, die mit dämonischen Waren Geschäfte machten.

Die Messgehilfen bauten sich um den Vater und die verwachsenen Kinder herum auf und tauchten die Stelle in Licht. Die Wachen in ihren Kettenhemden drängten die Menge zurück, um für mehr Platz zu sorgen.

Cholik sah den Mann an und musste sich dazu zwingen, zu ihm zu sprechen. „Werden deine Söhne dem Dunklen Pfad folgen?"

Tränen liefen dem Vater über das Gesicht. „Meine Söhne können nicht laufen, Hüter des Pfades Sayes."

„Das müssen sie", sagte Cholik und überlegte, dass dies vielleicht der Ausweg aus dieser Situation war. Manche von denen, die den Dunklen Pfad beschreiten wollten, wurden von ihren eigenen Ängsten übermannt und schafften es nicht, den Weg zu beschreiten. Und eine zweite Möglichkeit, auf dem Dunklen Pfad zu wandeln, würde sich ihnen niemals wieder bieten.

Unerwartet schoss die obsidianschwarze Zunge aus dem Schlangenmaul und legte sich um den gemeinsamen Leib der Zwillinge. Offenbar ohne jede Anstrengung zog sie die Kinder dann zwischen den Fangzähnen hindurch. Sie schrien laut, als sie sich der Flammenwand näherten, die den riesigen Kopf umgab.

Cholik stand auf der Plattform über dem Wulst, der die Stirn der Schlange darstellte, und blickte durch das Feuer – doch er konnte nur erkennen, dass die beiden Kinder unter ihm verschwanden. Dann waren sie fort. Er wartete ab, ohne zu wissen, was geschehen würde. Und fürchtete, alles zu verlieren, was er in diese Kirche investiert hatte.

Meridor stand neben ihrer Mutter und beobachtete, wie die riesige Steinschlange ihre kleinen Brüder mit der Zunge umfasste und in das gewaltige klaffende Maul zog. Mikel und Dannis strichen so dicht an den Flammen vorbei, die das Gesicht der Schlange erhellten – Meridor wusste, dass Schlangen nicht wirklich ein Gesicht hatten, weil ihr Vater ihr das gesagt hatte –, dass sie sicher war, sie würden von ihnen gebraten werden.

Ihr Onkel Ramais hatte immer wieder Geschichten von Kindern erzählt, die gebraten oder von Dämonen verspeist wurden. Manchmal wurden aus diesen Kindern Pasteten gebacken. Sie hatte immer versucht, sich vorzustellen, wie wohl eine Pastete aus Kindern aussehen mochte. Wenn sie ihre Mutter fragte, erwiderte sie stets nur, sie sollte sich von ihrem Onkel und dessen schrecklichem Seemannsgarn fern halten. Doch Onkel Ramais war ein Matrose in der Marine von Westmarch, und er kannte immer die besten Geschichten. Sie war alt genug, um zu wissen, dass sie nicht allem glauben konnte, was ihr Onkel erzählte. Es machte aber immer wieder Spaß, sich vorzustellen, es *wäre* wahr.

Meridor wollte nicht, dass ihre jüngeren Brüder gebacken, gesotten oder gebraten wurden, ganz bestimmt nicht. Mit neun Jahren war sie nicht nur das jüngste Mädchen in einem Haushalt mit acht Kin-

dern, sie war auch diejenige, die sich vor allen anderen um Mikel und Dannis kümmerte. Aber an manchen Tagen war sie die beiden so leid, weil sie immer gereizt waren und sich unwohl fühlten. Ihr Vater sagte, es liege daran, dass jeder ihrer Brüder in diesem gemeinsamen Körper leben musste. Und manchmal überlegte Meridor, ob die anderen Arme und Beine von Mikel und Dannis irgendwie in dem gemeinsamen Körper versteckt sein könnten.

Aber auch wenn sie mürrisch und gereizt waren, wollte sie nicht, dass sie aufgefressen wurden.

Sie starrte auf den steinernen Schlangenkopf, der ihre Brüder verschluckte. Da niemand auf sie achtete, betete sie auf die Art und Weise, wie man es ihr in der kleinen Kirche von Zakarum beigebracht hatte. Sie fühlte sich schuldig, weil ihr Vater ihr gesagt hatte, der neue Prophet sei die einzige Chance für ihre Brüder, um weiterleben zu können. Sie waren in letzter Zeit für Krankheiten anfälliger geworden, und ihnen wurde auch immer klarer, dass sie nicht so waren wie alle anderen. Sie merkten auch, dass sie sich nicht so bewegen konnten, wie sie es gerne wollten. Meridor stellte sich vor, dass das ziemlich schrecklich sein musste. Sie konnten nicht sehr glücklich sein.

„Der Weg der Träume! Der Weg der Träume!“, schrien die Leute um sie herum und reckten die Fäuste in die Luft.

Wenn geschrien wurde, fühlte sich Meridor stets unbehaglich. Die Leute klangen immer so wütend – und so verängstigt. Ihr Vater hatte ihr dazu stets gesagt, die Leute seien gar nicht so, wie sie das meinte. Sie wären einfach alle nur voller Hoffnung. Meridor verstand nicht, warum irgendjemand in den Bauch der Steinschlange hineingehen wollte. Aber das war der Weg der Träume, und ihr Vater sagte, dass dieser Weg alle möglichen Wunder geschehen lassen könne. Im letzten Jahr hatte sie einige solcher Wunder gesehen, doch es hatte sie nicht so richtig gekümmert. Niemand, den sie kannte, war jemals von Dien-Ap-Sten auserwählt worden.

An manchen Abenden, wenn die Familie an dem bescheidenen Tisch zusammensaß, sprachen sie darüber, was sich jeder von ihnen gewünscht hätte, wenn sie die Chance bekommen würden, den Weg der Träume zu beschreiten. Meridor hatte zu diesen Unterhaltungen kaum etwas beigesteuert, weil sie nicht wusste, was sie werden wollte, wenn sie groß war.

Meridors Brüder lagen auf der Schlangenzunge und heulten und schrien. Sie sah ihre kleinen Gesichter, die Tränen, die wie Diamanten auf ihren Wangen glitzerten, während sie kreischten und weinten.

Meridor sah zu ihrer Mutter auf. „Mama."

„Schhhht", erwiderte diese und krallte ihre Hände in das schöne Kleid, das sie genäht hatte, um es für die Kirche des Propheten anzuziehen. In der Kirche von Zakarum hatte sie nie etwas Vergleichbares getragen. Sie hatte immer gesagt, dass es in den Augen der Kirche nicht schlimm sei, arm zu sein. Doch seit sie zweimal in der Woche in die neue Kirche gingen, mussten sie alle vorher baden. Ihre Eltern bestanden darauf.

Ängstlich und nervös verstummte Meridor und setzte nicht wieder zum Reden an. Sie sah mit an, wie Mikel und Dannis in den Schlund der Schlange rollten. In den vielen Monaten, die sie die Kirche besuchten, hatten sie viele Menschen gesehen, die in das Maul gegangen und geheilt wieder herausgekommen waren. Doch wie wollte Dien-Ap-Sten ihren Brüdern helfen können?

Das Maul schloss sich. Von der Plattform über den feurigen Schlangenaugen aus ließ Meister Sayes die Gläubigen mit dem Gebet beginnen. Die Schreie der beiden kleinen Jungs hallten durch die Kathedrale, was Meridor dazu veranlasste, die Fäuste zu ballen und sie gegen ihr Kinn zu pressen. Sie wich zurück und stieß gegen den Mann, der ein Stück hinter ihr stand.

Sie drehte sich um, weil sie sich entschuldigen wollte, da sie wusste, dass viele Erwachsene in der Kirche Kindern gegenüber sehr gereizt reagierten. Kinder wurden von Dien-Ap-Sten oft ausgewählt, um sie zu heilen und Wunder zu wirken, obwohl viele der Erwachsenen fanden, dass sie das nicht verdient hatten.

„Es tut mir Leid", sagte Meridor und sah auf. Sie erstarrte, als sie das monströse Gesicht über sich erblickte.

Der Mann war groß und bullig, doch das wurde zum Teil durch den einfachen wollenen Umhang verdeckt, den er trug. Seine Kleidung war alt und geflickt, sie zeigte Spuren von strapaziösem Gebrauch und war von Staub und dem Schmutz der Straße überzogen. Das ausgefranste Halstuch war mit dem Seemannsknoten gebunden worden, den ihr auch Onkel Ramais gezeigt hatte. Der Mann stand da wie ein Schatten, der sich von der Menge abhob.

Doch das wirklich Schreckliche an ihm war sein Gesicht, das schwarz verbrannt war. Die Haut war runzlig und von Furchen durchzogen, als hätte sie sich unter der großen Hitze zusammengezogen. Feine Risse waren an den verbrannten Stellen zu sehen, und Blutstropfen liefen wie Schweiß über sein Gesicht. Am schwersten war seine linke Gesichtshälfte in Mitleidenschaft gezogen worden, was sein Gesicht wie eine Mondsichel aussehen ließ. Ein solcher Mond hatte in der Nacht am Himmel gestanden, als Mikel und Dannis auf die Welt gekommen waren.

„Ist schon gut, Mädchen", sagte der Mann mit heiserer Stimme.

„Tut es weh?", fragte Meridor. Dann schlug sie sich eine Hand vor den Mund, weil sie sich daran erinnerte, dass es vielen Erwachsenen nicht gefiel, wenn man ihnen Fragen stellte, vor allem, wenn es um Dinge ging, über die sie wahrscheinlich nicht reden wollten.

Die aufgeplatzten und mit Blasen bedeckten Lippen verzogen sich zu einem schwachen Lächeln. Neue Blutstropfen bildeten sich auf seiner verbrannten Wange, Schmerz blitzte in seinen Augen auf. „Immer", antwortete er.

„Hoffst du, dass du geheilt wirst?", fragte Meridor weiter, da der Mann offenbar nichts dagegen hatte, ihr zu antworten.

„Nein." Der Mann schüttelte den Kopf, wodurch sich seine Kapuze ein wenig verschob. Etwas mehr von seinem Kopf kam zum Vorschein und ließ die borstigen Stoppeln von verbranntem Haar erkennen, die durch die geschwärzte Haut drangen.

„Und warum bist du dann hier?"

„Ich möchte diesen Weg der Träume sehen, über den ich so viel gehört habe."

„Der ist schon lange hier. Bist du schon mal hier gewesen?"

„Nein."

„Warum nicht?"

Der verbrannte Mann sah sie an. „Du bist ein neugieriges Kind."

„Ja. Es tut mir Leid. Es geht mich nichts an."

„Nein, da hast du Recht." Der Mann starrte die Steinschlange an, während die Trommeln lauter wurden, die Becken schallten und die Dudelsäcke weiter ihre leiernden Melodien spielten. „Waren das deine Brüder?"

„Ja, Mikel und Dannis. Sie sind … miteinander verwachsen."

„Glaubst du, dass sie eine Abscheulichkeit sind?"

„Nein", antwortete Meridor seufzend. „Sie sind einfach nur unglücklich und haben Schmerzen."

Wieder hallten die Schreie der Kinder durch die Kathedrale, doch Meister Sayes machte keine Anstalten, das Ritual zu unterbrechen.

„Hört sich so an, als hätten sie jetzt auch Schmerzen."

„Ja." Meridor sorgte sich um ihre Brüder, so wie sie es immer tat, wenn sie sie nicht sehen konnte. Sie verbrachte so viel Zeit damit, auf sie aufzupassen, wie sollte sie sich da keine Sorgen um sie machen?

„Hast du gesehen, wie andere geheilt wurden?", fragte der verbrannte Mann.

„Ja. Viele." Meridor sah, wie sich die steinerne Schlange wand. Befanden sich Mikel und Dannis nun auf dem Weg der Träume? Oder waren sie einfach nur in der Schlange gefangen, wo irgendetwas Schreckliches mit ihnen geschah?

„Was hast du gesehen?", wollte der Mann wissen.

„Ich habe gesehen, wie Krüppel geheilt wurden. Und Blinde konnten wieder sehen. Alle möglichen Krankheiten wurden geheilt."

„Ich habe gehört, dass sich Dien-Ap-Sten üblicherweise Kinder aussucht, die er heilt."

Sie nickte.

„Vielen Erwachsenen gefällt das überhaupt nicht", sagte der Verbrannte. „In den Tavernen in der Stadt und auf dem Schiff, das mich herbrachte, wird darüber gesprochen."

Wieder nickte Meridor. Sie hatte gesehen, wie Menschen sich in Bramwell geschlagen hatten, nachdem über solche Dinge hitzig diskutiert worden war. Sie war entschlossen, nicht darauf aufmerksam zu machen, dass es in der Stadt viele kranke Kinder gab.

„Was glaubst du, warum Dien-Ap-Sten meistens Kinder auswählt?“

„Ich weiß nicht.“

Der verbrannte Mann grinste, während er die Steinschlange beobachtete. Blut trat aus seiner Oberlippe aus und lief über seine weißen Zähne und das mit Blasen überzogene Fleisch seiner rosigen Unterlippe. „Weil sie leichter zu beeindrucken sind und weil sie mehr glauben als ein Erwachsener, Mädchen. Zeig einem Erwachsenen ein Wunder, und sofort wird er nach logischen Erklärungen suchen, warum etwas geschehen ist. Doch das Herz eines Kindes ... beim Licht, das Herz eines Kindes kann man für immer für sich gewinnen.“

Meridor verstand nicht so genau, was der Mann meinte, aber sie ließ sich von seinen Worten auch nicht irritieren. Sie hatte längst gemerkt, dass es Dinge an den Erwachsenen gab, die sie nicht verstand, und Dinge, die sie auch nicht verstehen sollte – sowie auch Dinge, die sie zwar verstand, auf die sie aber nicht so reagieren sollte, als würde sie sie verstehen.

Abrupt befahl Meister Sayes Schweigen in der Kathedrale. Die Musikinstrumente verstummten sofort, die heiseren Schreie der Menge erstarben.

Einmal, als sie dort gewesen war, wollte eine Gruppe rüpelhafter Männer keine Ruhe geben, obwohl Meister Sayes es befohlen hatte. Meridor erinnerte sich daran, dass sie betrunken und streitsüchtig gewesen waren, und dass sie Schlechtes über die Kirche gesagt hatten. Die Krieger von Meister Sayes hatten sich ihren Weg durch die Menge gebahnt und die Männer getötet. Einige behaupteten, sie hätten dabei auch zwei Unschuldige umgebracht, doch schon bei der nächsten Zusammenkunft hatte niemand mehr darüber gesprochen.

Schweigen breitete sich in der Kathedrale aus und gab Meridor das Gefühl, noch kleiner zu sein, als sie es ohnehin war. Sie faltete ihre Hände und dachte an Mikel und Dannis. Würde der Weg der Träume einfach nur einen der Köpfe abreißen und aus dem, was übrig blieb, ein ganzes Kind machen? Das war eine entsetzliche Vorstellung, und Meridor wünschte sich, sie könnte diesen Gedanken vertreiben. Aber sie nahm auch an, dass es noch schlimmer sein würde, wenn Dien-

Ap-Sten ihre Mutter oder ihren Vater auffordern würde zu entscheiden, welches der Kinder leben und welches sterben sollte.

Dann wurde die Kathedrale von der Macht erfüllt.

Meridor spürte es, weil sie es bei den anderen Malen auch schon mitgemacht hatte. Die Macht vibrierte in ihrem Körper und ließ sogar die Zähne in ihrem Mund zittern. Sie brachte sie völlig durcheinander, aber gleichzeitig empfand Meridor es auch als aufregend.

Der verbrannte Mann hob den Arm, dessen Hand völlig von dem geschwärzt war, was ihm widerfahren war. Karmesinrote Fäden überzogen das Fleisch, als er seine Finger bewegte. Über einem Knochen brach die Haut auf und ließ das rosige Fleisch und den weißen Knochen darunter zum Vorschein kommen.

Noch während Meridor ihn beobachtete, begann die Hand zu heilen. Schorf bildete sich über den Rissen und fiel dann wie Schuppen ab, um heiles Fleisch zu enthüllen. Dieses neue Fleisch war jedoch immer noch runzlig und schwarz verbrannt. Sie sah in sein Gesicht und bemerkte, dass auch dort die Risse ein wenig verheilt waren.

Der Mann nahm die Hand herunter und sah sie an, als sei er überrascht. „Beim Licht“, flüsterte er.

„Dien-Ap-Sten kann dich heilen“, sagte Meridor. Es gab ihr ein gutes Gefühl, ihm Hoffnung anbieten zu können. Ihr Vater sagte immer, Hoffnung sei das Beste, was sich ein Mann wünschen konnte, wenn er mit dem Schicksal und dem Pech haderte. „Du solltest wieder herkommen. Vielleicht sucht die Schlange dich auch mal aus.“

Der verbrannte Mann lächelte und schüttelte unter seiner Kapuze den Kopf. „Man würde es mir nicht gestatten, hier um Heilung zu ersuchen, Mädchen.“ Wieder rann Blut über sein rissiges Gesicht. „Genau genommen bin ich sogar überrascht, dass man mich nicht auf der Stelle getötet hat, als ich versuchte, in dieses Gebäude zu gelangen.“

Das klang merkwürdig. Meridor hatte noch nie jemanden so reden gehört.

Mit einem Seufzer, der so klang wie der Blasebalg, den sie in der Schmiede gehört hatte, öffnete sich der Unterkiefer der Schlange. Rauch und Funken stiegen aus dem Bauch der Kreatur hervor.

Meridor stellte sich auf die Zehenspitzen, um etwas sehen zu können. Als Mikel und Dannis von der Schlange geschluckt worden waren, hatte sie nicht gedacht, die zwei je wiederzusehen – auch nicht nur einen von beiden.

Ein Junge schritt auf zwei gesunden Beinen aus dem weit aufgerissenen Schlangenmaul. Er starrte ängstlich die Menge an und versuchte vergeblich, sich irgendwo zu verstecken.

Dannis! Meridors Herz machte vor Freude einen Satz, doch im nächsten Moment schien es stillzustehen, als ihr bewusst wurde, dass Mikel nicht mehr war – Mikel, der es liebte, wenn sie ihre Strümpfe zu Handpuppen umfunktionierte. Doch noch bevor die ersten Tränen aus ihren Augen laufen und ihr die Sicht nehmen konnten, entdeckte sie ihren anderen kleinen Bruder, der ebenfalls völlig geheilt die Schlange verließ. *Mikel! Sie leben beide! Und sie sind beide geheilt!*

Ihr Vater jubelte vor Freude, ihre Mutter brach in Tränen aus und lobte Dien-Ap-Sten so laut, dass jeder es hören konnte. Dann brach die ganze Menge in wilden Jubel aus. Meridor musste aber daran denken, dass die Rückkehr von Mikel und Dannis bedeutete, dass ein anderer bald ausgewählt werden würde, um sich über den Weg der Träume auf die Reise zu begeben.

Der Vater stürmte nach vorn, um die beiden Brüder aus dem feurigen Maul der Steinschlange zu holen. Noch während er sie – dicht gefolgt von ihrer Mutter – in die Arme nahm, machte Meridor neben sich eine Bewegung aus, die ihre Aufmerksamkeit auf den Verbrannten lenkte.

Alles schien mit einem Mal unglaublich langsam abzulaufen, und ihr Herzschlag war in ihren Ohren so laut wie Donnerhall. Der Verbrannte riss seinen Umhang zur Seite, um die kleine Armbrust zu enthüllen, die er unter dem Stoff versteckt hatte. Der geschwungene Bogen war auf einem Rahmen festgemacht, nicht länger als Meridors Unterarm. Der Mann nahm die Waffe in die gesunde Hand und legte an, dann drückte er auf den Abzug. Das Geschoss wurde aus der Einkerbung in der Armbrust herausgepresst und jagte durch die Kathedrale.

Meridor folgte der Flugbahn des Bolzens, der sich unendlich langsam durch die Luft zu bewegen schien, und sah, wie er Meister Sayes recht weit oben in die Brust traf und ihn mit sich nach hinten schleuderte. Der Hüter des Pfades fiel vom Hals der Schlange herunter und war nicht mehr zu sehen. Schreie gellten durch die Kathedrale, während Meridors Sinne alles wieder mit der gewohnten Geschwindigkeit wahrnahmen.

„Jemand hat Meister Sayes umgebracht!“, schrie ein Mann.

„Fasst ihn“, forderte ein anderer. „Fasst diesen verdammten Attentäter!“

„Das kam von da drüben!“, warf wieder ein anderer ein.

Völlig ungläubig und wie erstarrt stand Meridor da, während die Wachleute und die Messgehilfen sich mit erhobenen Waffen und Fackeln in die Menge stürzten. Sie drehte sich nach dem Verbrannten um, doch der stand nicht mehr hinter ihr. Er hatte das Durcheinander genutzt, um in der Menge unterzutauchen, und war vermutlich mit anderen Besuchern zusammengestoßen, denen erst jetzt klar wurde, was er eigentlich getan hatte.

So sehr sich die Wachleute auch bemühten, keine Zeit zu verlieren, waren doch zu viele Menschen in dem Gebäude, um eine gezielte Verfolgung auf die Beine zu stellen. Während die Menschen vor den bedrohlich wirkenden Wachen, denen sie im Weg standen, zurückzuweichen versuchten, entkam der Eine, der es verstand, die ausgebrochene Unruhe für seine Flucht zu nutzen. Meridor hatte von seiner überhasteten Flucht nichts mitbekommen.

Einer der Messgehilfen blieb neben Meridor stehen, hielt seine Fackel hoch und drängte die Menge zurück, bis er die kleine Armbrust auf dem Boden fand.

„Hier!“, brüllte er. „Hier ist die Waffe!“

Wachen kamen zu ihm geeilt.

„Wer hat diesen Mann gesehen?“, wollte ein stämmiger Wachmann wissen.

„Es war ein Mann“, antwortete eine Frau, die sich ganz in der Nähe aufhielt. „Ein Fremder. Er hat mit dem Mädchen dort gesprochen.“ Sie zeigte auf Meridor.

Der Wachmann erfasste sie mit seinem strengen Blick. „Du kennst den Mann, der das getan hat, Mädchen?“

Meridor wollte etwas antworten, doch ihre Stimme versagte.

Ihr Vater eilte zu ihr, um sie zu beschützen, doch einer der Wachleute rammte ihm das Heft seines Schwerts in den Magen, woraufhin er auf die Knie sank. Dann griff er ihrem Vater in die Haare, packte zu und zog den Kopf nach hinten, um die Kehle für das Messer bloßzulegen, das er in der Hand hielt.

„Sprich, Mädchen", forderte der Wachmann.

Meridor wusste, dass der Mann ängstlich und wütend zugleich war. Vielleicht würde sich Dien-Ap-Sten an ihnen rächen, weil sie zugelassen hatten, dass Meister Sayes etwas so Schreckliches zustoßen konnte.

„Kennst du den Mann, der das getan hat?", wiederholte die stämmige Wache.

Kopfschüttelnd erwiderte Meridor: „Nein, ich habe nur mit ihm geredet."

„Aber du hast ihn gut sehen können?"

„Ja. Er hatte ein verbranntes Gesicht. Er hatte Angst, herzukommen. Er hat gesagt, dass Dien-Ap-Sten ihn kennen könnte. Aber er ist trotzdem gekommen."

„Warum?"

„Ich weiß nicht."

Ein weiterer Wachmann kam hinzu. „Meister Sayes lebt", meldete er.

„Dien-Ap-Sten sei Dank", sagte der erste Wachmann. „Ich hätte nicht dorthin gehen wollen, wohin mich der Weg der Träume geführt hätte, wenn Meister Sayes gestorben wäre." Er gab die Beschreibung des Attentäters weiter und fügte an, dass ein Mann mit einem verbrannten Gesicht leicht zu finden sein sollte. Dann wandte er sich wieder Meridor zu, deren Arm er so fest umklammert hielt, dass es ihr Schmerzen bereitete. „Komm mit, Mädchen. Du kommst mit mir. Wir werden mit Meister Sayes reden."

Meridor wollte fliehen. Das Letzte, was sie wollte, war, mit Meister Sayes zu reden. Aber sie konnte sich nicht aus seinem Griff befreien, während er sie hinter sich her durch die Menge zog.

Sechzehn

„Ich sag's dir. Ich hab's mit eigenen Augen gesehen, ehrlich", betonte der alte Sahyir, der den Eindruck machte, als sei er zutiefst beleidigt. Er war um die sechzig, mager und sehnig, hatte einen weißen Bart, der aussah wie Baumwolle, und sein Haar war zum Pferdeschwanz zusammengebunden. Er trug beidseitig Ohrringe aus Muscheln, und im Gesicht sowie an den Händen und Armen waren Narben zu sehen. Seine Hose und sein Hemd waren mit Teer beschichtet, um ihn vor der Gischt zu schützen, die über den Hafen geweht wurde.

Darrick saß auf einer Kiste und sah Sahyir an. Die Kiste war Teil der Fracht, die von der Karavelle in der Bucht zum Lagerhaus am Uferstreifen von Seeker's Point transportiert werden musste. Für Darrick war es seit drei Tagen die erste gut bezahlte Arbeit, und er hatte schon begonnen, mit dem Gedanken zu spielen, auf einem der Schiffe anzuheuern und hinaus auf See zu fahren, um sicher zu gehen, jeden Tag eine Mahlzeit zu bekommen und jede Nacht ein Dach über dem Kopf zu haben. Wieder auf See zu fahren, war nichts, worauf er sich hätte freuen können. Das Meer barg zu viele Erinnerungen. Er griff in den abgewetzten Lederbeutel, den er bei sich trug, und holte ein Stück Käse und zwei Äpfel heraus.

„Ich habe einfach Schwierigkeiten, den Teil deiner Geschichte zu glauben, wo diese Steinschlange Leute verschluckt", räumte Darrick ein. Mit dem kleinen Messer, das er am Gürtel trug, schnitt er von dem Käse zwei Stücke ab und viertelte die Äpfel, die er anschließend geschickt entkernte. Er reichte Sahyir ein Stück Käse und einen geschnittenen Apfel. Die Gehäuse warf er über die Reling der Barkasse und lockte damit die kleinen Flussbarsche an, die im Hafen lebten und sich von den Abfällen ernährten, die von den Schiffen und Lagerhäusern oder aus der Kanalisation kamen. Ihre hungrigen Mäulern berührten die Wasseroberfläche.

„Ich hab's gesehen, Darrick", beteuerte der alte Mann. „Ich hab einen Mann gesehen, der hat sich in das Schlangenmaul gezogen, weil er seine Beine nicht mehr benutzen konnte. Und dann kam er wieder raus, und er konnte auf seinen beiden Beinen stehen und gehen. Der war wieder völlig gesund. Das hättest du sehen müssen."

Kopfschüttelnd kaute Darrick auf dem Käse herum. „Heiler können so etwas bewirken. Man kann das mit Tränken erreichen. Ich habe verzauberte Waffen gesehen, die einem Mann halfen, schneller zu genesen. Heilungen sind nichts Besonderes. Die Kirche von Zakarum macht das von Zeit zu Zeit."

„Aber das kostet was", wandte Sahyir ein. „Heiler wollen bezahlt werden. Tränke und verzauberte Waffen muss man bezahlen. So was können nur die Leute nutzen, die Geld haben. Und Kirchen? Hör mir bloß auf mit Kirchen. Die lieben diejenigen, die großzügig spenden und die in der Gunst des Königs stehen. Kirchen achten nur auf die Hand, die sie ernährt, sag ich immer. Aber sag du mir, was ist mit den kleinen Leuten, dem gewöhnlichen Volk so wie du und ich? Wer kümmert sich um uns?"

Darrick blickte hinaus auf See und fühlte die Brise, die durch sein Haar fuhr und ihm ins Gesicht wehte. Trotz seiner teerbeschichteten Kleidung drang der kalte Wind durch den Stoff und stach auf der Haut. Er richtete den Blick auf das kleine Dorf, das sich beharrlich an das felsige Ufer der Bucht klammerte. „Wir kümmern uns selbst um uns", sagte er. „So, wie wir es schon immer gemacht haben." Er und der alte Mann kannten sich seit Monaten und waren durch eine lockere Freundschaft miteinander verbunden.

Seeker's Point war eine kleine Siedlung südlich der von Barbarenstämmen bevölkerten Gebiete. Früher war es eine Bevorratungsstation für Händler, Walfänger und Seehundjäger gewesen, die durch den eisigen Norden zogen. Vor nicht ganz hundert Jahren hatte ein Handelshaus dort eine Armee stationiert, die die plündernden Piratenbarbaren verjagen sollten, die ohne jede Furcht vor der Marine von

Westmarch in diesem Gebiet ihr Unwesen trieben. Belohnungen waren auf ihre Anführer ausgesetzt worden, und eine Zeit lang war die Söldnerarmee vom Handelshaus bezahlt worden.

Dann aber hatten sich einige der Piratenstämme zusammengeschlossen und das Dorf belagert. Dem Handelshaus war es nicht möglich gewesen, neue Vorräte heranzuschaffen oder die Söldner auszuquartieren. Im Verlauf eines einzigen Winters waren die Söldner und alle, die bei ihnen gelebt hatten, bis auf den letzten Mann getötet worden. Eine Hand voll Pelzhändler hatte mehr als vierzig Jahre benötigt, um sich in der Region wieder anzusiedeln, und das auch nur, weil sie mit den Barbaren zu deren Vorteil handelten und ihnen Güter brachten, die sie selbst nicht sicher beschaffen konnten.

Wohnhäuser und Geschäftsgebäude säumten die steilen Berge, die die Bucht umgaben. Zwischen einigen der Häuser fanden sich Abschnitte, die mit hohen Bäumen bewachsen waren. Diese kleinen Baumbestände wurden nach und nach gerodet, um mit ihrem Holz zu heizen und neue Häuser zu bauen. Doch nachdem man mehrere dieser Stellen abgeholzt hatte, war darunter nur schroffer, zerklüfteter Fels zum Vorschein gekommen, auf dem nichts errichtet werden konnte.

„Warum bist du nicht in Bramwell geblieben?“, fragte Darrick. Er biss in den Apfel, der süß und säuerlich zugleich schmeckte.

Sahyir machte eine wegwerfende Geste. „Bramwell war noch nie nach meinem Geschmack. Auch nicht, bevor es diesen religiösen Rummel gab.“

„Wieso das?“

„Wieso?“, erwiderte Sahyir abfällig. „Weil mir da zu viel los ist. Wenn ein Mann durch die belebten Straßen dort spaziert, wird er sich früher oder später selbst über den Weg laufen.“

Trotz der melancholischen Stimmung, von der er meist erfüllt war, musste Darrick lächeln. Bramwell war deutlich größer als Seeker's Point, aber im Vergleich zu Westmarch war selbst Bramwell nur ein Dorf. „Du bist wohl noch nie in Westmarch gewesen, wie?“

„Doch, einmal“, antwortete Sahyir. „Aber wirklich nur einmal. Ich hatte den Fehler gemacht, auf einem Frachtschiff anzuheuern, das noch Leute brauchte. Ich war noch ein Spund, so wie du. Ich dachte, ich hätte vor nichts Angst. Also hab ich angeheuert. Wir kamen im Hafen von Westmarch an, und da sah ich diesen Ort, der in der Hölle geschaffen worden sein muss. Wir haben sechs Tage vor Anker gelegen, und ich bin nicht einmal an Land gegangen."

„Nicht? Warum denn?"

„Weil ich sicher war, dass ich niemals den Weg zurück zum Schiff finden würde."

Darrick musste lachen.

Sahyir sah ihn finster an und schien verärgert. „Da gibt es nichts zu lachen, du Wasserratte. Männer sind an Land gegangen und nie zurückgekommen."

„Ich wollte dich nicht beleidigen", erwiderte Darrick. „Es ist nur so: Nach der langen Fahrt bis nach Westmarch und dem schlechten Wetter, mit dem man im Golf meistens zu tun hat, kann ich mir nicht vorstellen, wie jemand nicht das Schiff verlässt, wenn sich ihm endlich wieder die Gelegenheit dazu bietet."

„Ich bin nur hin und wieder so weit an Land gegangen, um in einer der Hafentavernen einen Weinschlauch zu kaufen und mir was anderes zu essen zu holen als das, was es auf dem Schiff gab", räumte Sahyir ein. „Aber weshalb ich eben auf Bramwell gekommen bin: Ich hab gestern Abend mit einem Mann gesprochen und dachte, es würde dich vielleicht interessieren, was er dazu meint."

Darrick sah zu den anderen Barkassen, die in den Hafen einliefen. Heute ging es in Seeker's Point ausgesprochen geschäftig zu. Die Hafenarbeiter im Dorf hatten normalerweise noch eine zweite Arbeit, weil das Verladen von Frachten nicht genug einbrachte, um die Familie zu ernähren. Selbst Männer, die keinem Handwerk nachgingen, begaben sich auf die Jagd, gingen Fischen oder stellten Fallen auf, wenn der Verdienst nicht ausreichte. Manche von ihnen zogen sogar für einige Zeit in andere Städte wie Bramwell, die weiter südlich entlang der Küste lagen.

„Was er wozu meint?", fragte Darrick.

„Zu den Symbolen, die du immer wieder zeichnest." Sahyir griff nach einer Wasserflasche und reichte sie Darrick.

Er trank einen Schluck und schmeckte das metallische Aroma des Wassers. In der Gegend gab es einige Erzvorkommen, von denen jedoch keines vielversprechend genug war, um einen Kaufmann dazu zu bewegen, Geld in Minen zu stecken, wenn immerzu die Gefahr bestand, alles an die Barbaren zu verlieren.

„Ich weiß, dass du nicht gern über die Zeichen redest", sagte Sahyir. „Tut mir auch Leid, dass ich drüber spreche, wo es mich ja eigentlich nichts angeht. Aber ich seh doch, dass du dich damit quälst und dir Gedanken machst. Und ich merke, dass sie dir zu schaffen machen."

Während der ganzen Zeit, in der er den alten Mann nun kannte, hatte er nie ein Wort darüber verloren, woher er das elliptische Muster mit der durch die Kreise verlaufenden Linie kannte. Er hatte versucht, diese Vergangenheit ruhen zu lassen. Seit vor einem Jahr der Spieler ums Leben gekommen war, den er eigentlich beschützen sollte, hatte Darrick sich dem Alkohol ergeben und Gelegenheitsarbeiten angenommen, die ihm kaum genug einbrachten, um über die Runden zu kommen. Schuldgefühle machten ihm zu schaffen, da er Mat und den Spieler auf dem Gewissen hatte. Und an jedem Tag war er im Geiste von seinem Vater in Hillsfar heimgesucht worden.

Darrick konnte sich nicht einmal daran erinnern, wie er nach Seeker's Point gelangt war. Er war so sturzbetrunken gewesen, dass der Kapitän ihn vom Schiff geworfen und ihm verboten hatte, je wieder an Bord zu kommen. Sahyir war auf Darrick aufmerksam geworden, als er am Ufer gesessen hatte, von Krankheit und Fieber gezeichnet. Der alte Mann hatte sich von ein paar Freunden helfen lassen und Darrick in seine Hütte oben in den Hügeln über dem Dorf gebracht. Er hatte sich um Darrick gekümmert und ihn über einen ganzen Monat hinweg gesund gepflegt. Bei mehr als einer Gelegenheit, so erzählte der alte Mann ihm später, war er sicher gewesen, Darrick würde es nicht schaffen und seiner Krankheit oder der Schuld erliegen, von der er verfolgt wurde.

Selbst jetzt wusste Darrick nicht, wie viel er Sahyir von seiner Vergangenheit erzählt hatte. Dieser hatte ihm nur erzählt, er, Darrick, habe immer wieder dieses Symbol gezeichnet. Darrick konnte sich daran nicht erinnern, doch nachdem ihm Sahyir einen Stapel von Zetteln gezeigt hatte, auf denen das Muster war, hatte er davon ausgehen müssen, dass die Skizzen von ihm stammten.

Sahyir schien sich unbehaglich zu fühlen.

„Das ist schon in Ordnung“, versicherte Darrick. „Diese Symbole haben nichts zu bedeuten.“

Während er mit seinen schwieligen Fingern am Bart kratzte, erwiderte Sahyir: „Das ist aber nicht das, was der Mann gestern Abend zu mir gesagt hat.“

„Was hat er denn gesagt?“, wollte Darrick wissen. Die Barkasse hatte inzwischen fast das Ufer erreicht, und die Männer an den Rudern ließen es etwas ruhiger angehen, da sie sich von der Gezeitenströmung vorwärts treiben lassen konnten, während sie um andere Barkassen und Schiffe in dem überfüllten Hafen herummanövrierten.

„Ihn hat dieses Symbol sehr interessiert“, erklärte der Alte. „Drum hab ich dir heute Morgen von der Kirche des Propheten erzählt.“

Darrick überlegte einen Moment lang. „Ich verstehe nicht.“

„Ich war besorgt, dir davon zu erzählen. Ich hab mich ja ein bisschen in deine Angelegenheiten eingemischt“, meinte Sahyir. „Wir sind jetzt seit einiger Zeit Freunde, aber ich weiß auch, dass du mir nicht alles erzählt hast, was es über das Symbol zu wissen gibt. Und darüber, was du damit zu tun hast.“

Darrick kämpfte gegen ein aufflackerndes Schuldgefühl an. „Das war etwas, was ich hinter mir zurücklassen wollte, Sahyir. Ich wollte nichts vor dir verbergen.“

Der alte Mann sah ihn aufmerksam an. „Jeder von uns verbirgt was, junger Freund. So sind Männer und Frauen und die Menschen insgesamt nun mal. Wir haben alle unsere Schwächen und wollen nicht, dass andere ihre Nase reinstecken.“

Ich habe meinen besten Freund sterben lassen, dachte Darrick. *Würdest du noch mein Freund sein wollen, wenn ich dir davon erzählte?* Er glaubte nicht, dass Sahyir dazu in der Lage sein würde, und genau das machte ihm so zu schaffen. Der alte Mann war das Salz der Erde; er hielt zu seinen Freunden, und er hielt sogar zu einem Fremden, der nicht mehr auf sich selbst aufpassen konnte.

„Egal, was es mit dem Symbol auf sich hat, das du zeichnest", fuhr Sahyir fort, „das ist ganz allein deine Sache. Ich wollte dir bloß von dem Mann erzählen, weil er nur für ein paar Tage in der Stadt ist."

„Er lebt nicht hier?"

„Wenn er hier leben würde", gab Sahyir grinsend zurück, „dann hätte ich doch bestimmt schon früher mit ihm gesprochen, meinst du nicht?"

Darrick lächelte. Anscheinend gab es in Seeker's Point niemanden, der Sahyir nicht kannte. „Das ist anzunehmen", erwiderte Darrick. „Wer ist dieser Mann?"

„Ein Weiser", antwortete der Alte. „Sagt er jedenfalls."

„Und? Glaubst du ihm?"

„Aye, das tue ich. Wenn ich es nicht glauben und auch nicht meinen würde, dass er dir nützlich sein könnte, dann würden wir wohl nicht darüber reden, meinst du nicht?"

Darrick nickte.

„Nach dem, was er gestern gesagt hat", redete Sahyir weiter, „wird er heute Abend im Blue Lantern sein."

„Was weiß er über mich?"

„Nichts." Sahyir zuckte mit den Schultern. „Von mir hat er nichts gehört. Ich hab in meinem Leben mehr Geheimnisse vergessen, als man mir anvertraut hat."

„Weiß dieser Mann, wofür dieses Symbol steht?"

„Er weiß etwas darüber. Aber er war mehr daran interessiert, von mir zu hören, was ich darüber weiß. Natürlich konnte ich ihm nichts sagen, weil ich nichts weiß. Aber ich dachte mir, ihr könntet euch gegenseitig was erzählen."

Darrick dachte darüber nach, während sich die Barkasse weiter dem Ufer näherte. „Und warum hast du mir von dieser Kirche des Propheten erzählt? Diesem Propheten des Lichts?"

„Wegen diesem Symbol, über das du dir so viele Gedanken machst. Dieser Weise glaubt, es könnte was mit den Dingen zu tun haben, die sich in Bramwell abspielen. Und was diese Kirche des Propheten angeht – er meint, dahinter könnte etwas Böses stecken."

Die Furcht legte sich wie eine eisige Hand um Darricks Magen. Er hatte keinen Zweifel daran, dass das Symbol für etwas Böses stand. Aber er wusste nicht, ob er damit immer noch etwas zu tun haben wollte. Auf der anderen Seite sollte Mats Tod jedoch nicht ungerächt bleiben.

„Wenn dieser Weise so sehr daran interessiert ist, was in Bramwell los ist, was macht er dann hier?“, fragte Darrick.

„Wegen Shonnas Aufzeichnungen. Er ist hier, um Shonnas Aufzeichnungen zu lesen.“

Buyard Cholik lag rücklings auf einem Bett im Hinterzimmer der Kirche des Propheten des Lichts und wusste, dass er bald sterben würde. Sein Atem ging rasselnd, und er spürte, wie sich das Blut in seinen Lungen sammelte. So sehr er sich auch bemühte, er konnte sich nicht an das Gesicht desjenigen erinnern, der ihn so schwer verletzt hatte. Alles war so schnell gegangen, dass er nicht einmal zu sagen vermochte, ob es ein Mann oder eine Frau gewesen war.

Zuerst hatte er den Schmerz, den der Pfeil in seiner Brust verursachte, so empfunden, als hätte jemand ein rot glühendes Eisen in seinen Leib gebohrt. Als der Schmerz dann nachließ, war er dem Irrglauben erlegen, die Verletzung sei womöglich gar nicht so ernst, wie er zunächst geglaubt hatte. Doch dann war ihm klar geworden, dass sich sein Zustand nicht besserte. Der Schmerz ließ nur nach, weil er im Begriff war zu sterben. Der nahende Tod beraubte ihn nach und nach seiner Sinne.

Insgeheim verfluchte er die Kirche von Zakarum und das Licht, das er als Kind lieben und fürchten gelernt hatte. Wo immer sich die beiden jetzt befanden, er war sicher, dass sie ihn in diesem Augenblick auslachten. Hier lag er, erneut ein junger Mann, aber von einem unbekannten Attentäter niedergestreckt. Er verdammte das Licht, dass es ihn dem hohen Alter überlassen hatte, wo es ihn besser schon in seiner Jugend hätte töten können, bevor sich die Angst vor Krankheiten und Senilität in ihm festgesetzt hatte. Und er verdammte es, weil es zugelassen hatte, dass er schwach genug wurde, um sich durch seine Ängste zu einem Handel mit Kabraxis treiben zu lassen.

Das Licht hatte ihn in die Arme des Dämons geführt, und er war erneut hintergangen worden.

Du wurdest nicht hintergangen, Buyard Cholik, sagte Kabraxis mit seiner ruhigen Stimme. *Glaubst du, ich würde dich sterben lassen?*

Cholik hatte genau das geglaubt. Schließlich gab es genug andere Priester und sogar Messgehilfen, die die winzige Lücke ausfüllen konnten, die Cholik seiner Meinung nach hinterließ, wenn er starb.

Du wirst nicht sterben, erklärte Kabraxis. *Wir beide haben noch vieles vor. Sorge dafür, dass alle gehen, damit ich eintreten kann. Ich habe nicht genug Kraft, um eine Illusion aufrechtzuerhalten, die mich tarnt, und um dich gleichzeitig zu heilen.*

Cholik atmete keuchend durch. Angst raste durch seinen Körper, wand sich so hart und rau wie die trockene Zunge einer Echse durch den Leib. Diesmal konnte er nicht so tief einatmen wie noch beim letzten Atemzug. Seine Lungen füllten sich weiter mit Blut, doch er spürte kaum einen Schmerz.

Beeil dich, Buyard Cholik. Wenn du leben willst, dann beeil dich.

Keuchend und hustend zwang sich Cholik, seine unglaublich schweren Augenlider zu öffnen. Die hohe Decke seines Privatgemachs war verschwommen und dunkel. Schwärze fraß sich vom Rand seines Gesichtsfeldes langsam voran, und er wusste, dass sie ihn verschlingen würde, wenn er sie nicht aufhielt.

Jetzt!

Priester kümmerten sich um Cholik, legten Kompressen auf die Wunde in seiner Brust. Der Pfeil aus der Armbrust ragte aus seinem Leib heraus, der Schaft und die Federn waren mit seinem Blut gesprenkelt. Messgehilfen hielten sich im Hintergrund, während Söldner die Tür bewachten. Der Raum war mit feinster Seide und handgearbeiteten Möbeln eingerichtet. Ein bestickter Teppich von einem der Märkte in Kurast lag in der Mitte des Steinfußbodens.

Cholik öffnete den Mund, um etwas zu sagen, doch über seine Lippen kam nur ein heiseres Krächzen. Mit dem Atem stieg ein Nebel karmesinroter Tröpfchen auf.

„Was ist, Meister Sayes“, fragte der Priester gleich neben Choliks Bett.

„Raus!", keuchte er. „Alle raus! Sofort!" Die Anstrengung, um die wenigen Worte zu sprechen, raubte ihm fast die letzte noch verbliebene Kraft.

„Aber, Meister", protestierte der Priester. „Eure Wunden ..."

„Raus, habe ich gesagt", fiel Cholik ihm ins Wort. Er versuchte, sich zu erheben, und merkte erstaunt, dass er Kraft genug hatte, um dies zu bewerkstelligen.

Ich bin bei dir, sagte Kabraxis. Sofort fühlte sich Cholik nicht mehr ganz so verloren.

Die Priester und Gehilfen zogen sich zurück, als würden sie einen Toten sehen, der ins Leben zurückkehrte. Auf den Gesichtern der Söldner war Verblüffung zu erkennen, aber vielleicht auch eine Spur von Erleichterung. Ein toter Arbeitgeber bedeutete möglicherweise, dass man ihnen eine Mitschuld gab, und ganz sicher wäre dies das Ende ihrer Bezahlung gewesen.

„Geht", japste Cholik. „*Geht doch endlich,* verdammt! Sonst werde ich dafür sorgen, dass Ihr in einer der Höllengruben zu beiden Seiten des Dunklen Pfads endet!"

Die Priester wandten sich um und schickten die Gehilfen und die Söldner aus dem Raum, dann zogen sie die zweiflügelige Tür aus massiver Eiche zu und schlossen die Verbindung zum Flur.

Cholik stand neben dem Bett, in dem er eben zwischen Leben und Tod geschwebt hatte, und hielt sich an einem kleinen Tisch fest. Darauf stand eine zarte Glasvase, die von einem Meister seines Fachs hergestellt worden war. Blüten und Schmetterlinge waren in den gläsernen Wänden gefangen, erhalten geblieben durch einen einfachen Zauber, der verhindert hatte, dass sie verbrannten, während das geschmolzene Glas um sie herum fest und kühl wurde.

An der Rückseite des Raumes öffnete sich die Geheimtür, die so aufgehängt war, dass sich ein ganzer Abschnitt der Mauer drehte und den Blick auf einen großen Tunnel dahinter freigab. Die Kirche war mit derartigen Gängen durchzogen, damit es für den Dämon leichter war, sich im Gebäude zu bewegen. Obwohl die Decke sehr hoch war, kratzte der Dämon fast mit seinen Hörnern daran entlang.

„Schnell", keuchte Cholik. Alles um ihn herum wurde beständig verschwommener, und dann schien sich der Raum um ihn zu drehen. Es war nur ein kurzer Augenblick, den der Schwindel ihn im Griff hatte. Doch als Cholik den Teppich auf sich zukommen sah, wusste er, dass er stürzte, auch wenn er davon nichts spürte.

Bevor er jedoch auf den Boden aufschlagen konnte, fing Kabraxis ihn mit seinen großen, dreifingrigen Händen auf.

„Du wirst nicht sterben", sagte der Dämon, doch diesmal klang es mehr wie ein Befehl. „Wir beide, du und ich, wir sind noch nicht fertig."

Obwohl Kabraxis direkt vor ihm war, konnte er ihn kaum hören. Nun ließ ihn auch sein Gehör im Stich. Sein Herz schlug langsamer in seiner Brust, er war nicht länger in der Lage, gegen seine mit Blut gefüllten Lungen anzukämpfen. Er versuchte zu atmen, doch für die Luft war kein Platz mehr. Panik setzte ein, kam aber über ein weit entferntes Pochen in seinen Schläfen nicht hinaus und war nicht in der Lage, tatsächlich von ihm Besitz zu ergreifen.

„Nein", sagte Kabraxis und packte Cholik an den Schultern.

Ein Blitz jagte durch seinen Körper, der an den untersten Wirbeln seines Rückgrats seinen Anfang nahm, hinaufraste bis zum Schädel und hinter seinen Augen explodierte. Einen Moment lang war er blind, doch anstelle von Finsternis sah er ein weißes Licht. Er spürte den Schmerz, als das Geschoss aus seiner Brust gezogen wurde, und diese Pein war so stark, dass sie ihn fast in die Bewusstlosigkeit trieb.

„Atme", forderte Kabraxis ihn auf.

Cholik konnte nicht atmen. Er überlegte, ob er vielleicht vergessen hatte, wie es ging, oder ob ihm einfach nur die Kraft dafür fehlte. So oder so, es gelangte keine Luft in seine Lungen. Die Welt außerhalb seines Körpers war nicht länger von Bedeutung. Alles kam ihm watteweich und unendlich weit entfernt vor.

Dann bahnte sich ein neuer Schmerz den Weg durch seine Brust, folgte dem Weg, den der Pfeil genommen hatte, und stach in seine Lungen. Vom Schmerz gequält, holte Cholik instinktiv Luft – die diesmal seine Lungen füllte. Sie waren vom Blut befreit worden, und mit jedem weiteren Atemzug ließ der Schmerz ein wenig mehr nach, als hätte man Eisenbänder um seinen Leib gelegt, die nun nach und nach gelockert wurden.

Kabraxis führte ihn zurück zum Bett. Erst da erkannte Cholik, dass sein Bettzeug blutverschmiert war. Er schnappte nach Luft, während der Raum um ihn herum allmählich aufhörte, sich zu drehen. Wut machte sich in ihm breit, und er sah den Dämon an.

„Habt Ihr von dem Attentäter gewusst?“, wollte Cholik wissen. Er konnte sich gut vorstellen, dass Kabraxis den Schützen auf ihn hatte feuern lassen, nur um ihn daran zu erinnern, dass er den Dämon nach wie vor brauchte.

„Nein.“ Kabraxis verschränkte die Arme vor seiner breiten Brust und ließ die Muskeln in Armen und Schultern spielen.

„Wie kann es sein, dass Ihr nichts davon wusstet? Wir haben diese Stätte errichtet, Ihr habt ringsum für Schutzzeichen gesorgt.“

„Zum Zeitpunkt des Angriffs war ich damit beschäftigt, ein Wunder wirken zu lassen“, erwiderte der Dämon. „Ich ließ aus den miteinander verwachsenen Zwillingen zwei vollwertige Kinder entstehen. Das war keine leichte Aufgabe. Die Leute werden noch in Jahren davon reden. Dein Attentäter hat zugeschlagen, als ich darin versunken war.“

„Ihr konntet mich nicht vor dem Pfeil beschützen?“ Bislang hatte Cholik nicht erahnen können, wie weit die Fähigkeiten und die Kräfte des Dämons reichten. Nahm der Dunkle Pfad Kabraxis so sehr in Anspruch, dass er Schwäche zu zeigen begann? Dieses Wissen könnte sich vielleicht noch als nützlich erweisen, doch es zog auch die erschreckende Erkenntnis nach sich, dass der Dämon fehlbar war – und das, nachdem Cholik sein Schicksal mit dem von Kabraxis unlösbar verbunden hatte.

„Ich vertraute den Söldnern, dass sie dich vor etwas Derartigem bewahren. Immerhin werden sie mit dem Gold bezahlt, das ich dir zur Verfügung gestellt habe“, erwiderte Kabraxis.

„Macht diesen Fehler nicht noch einmal“, herrschte Cholik ihn an.

Nachdenklich drehte Kabraxis den Pfeil in seiner Hand. Die Falten in seinem harten Gesicht wurden tiefer. „Mach niemals den Fehler zu glauben, du wärst mir ebenbürtig, Buyard Cholik. Vertrautheit führt zu Geringschätzung, aber es bringt dich auch einem plötzlichen Tod näher."

Cholik sah den Dämon an und erkannte, dass Kabraxis ihm jederzeit den Pfeil wieder in die Brust bohren konnte. Aber diesmal könnte die Spitze sein Herz treffen. Er schluckte und hatte das Gefühl, als würde ein Kloß in seinem Hals stecken. „Natürlich. Verzeiht mir. Ich habe mich im Eifer des Gefechts vergessen."

Kabraxis nickte und bewegte damit seine Hörner, die fast an der Decke entlang kratzten.

„Haben die Wachen den Attentäter gefasst?", wollte Cholik wissen.

„Nein."

„Nicht einmal das ist ihnen geglückt? Sie konnten mich nicht beschützen, und sie konnten auch nicht die Person zur Rechenschaft ziehen, die mich fast getötet hat?"

Desinteressiert ließ der Dämon den Pfeil zu Boden fallen. „Bestrafe die Wachen, wie es dir gefällt. Aber vergiss darüber nicht, dass aus diesem Vorfall noch etwas anderes entstanden ist."

„Was?"

Kabraxis sah Cholik in die Augen. „Hunderte von Menschen haben heute gesehen, wie du getötet wurdest. Sie waren ganz sicher, dass es dazu gekommen ist. Viele haben Tränen vergossen und geklagt."

Der Gedanke, die Menge habe seinen scheinbaren Tod beklagt, erfüllte Cholik mit einer gewissen Überheblichkeit. Ihm gefiel die Art, wie die Menschen von Bramwell um seine Gunst buhlten, wenn er durch die Straßen ging. Und ihm gefiel der verzweifelte Neid in ihren Augen, wenn sie daran dachten, welch bevorzugten Platz er bei der Anbetung ihres neuen Propheten einnahm. Sie erkannten – jeder auf seine ganz persönliche Art – die Macht an, die er besaß.

„Diese Leute haben gedacht, als Folge deines Todes würde ihnen der Weg der Träume verwehrt bleiben", erklärte Kabraxis. „Jetzt aber werden sie glauben, dass du mehr bist als nur ein gewöhnlicher Mensch – und damit anders als sie. Sie werden glauben, Dien-Ap-Sten habe dich ins Leben zurückgeholt. Man wird weit über Bramwell hinaus davon reden, und die Wunder, die man hier gesehen hat, werden mit jedem, der sie weitererzählt, größer und größer werden."

Cholik dachte über die Worte nach. Auch wenn er nicht diesen Weg gewählt hätte, wusste er, dass es stimmte, was der Dämon sagte. Sein Ruhm und der von Dien-Ap-Sten würde durch diesen Anschlag auf sein Leben an Bedeutung gewinnen. Schiffe und Karawanen würden die Geschichte von den verwachsenen Zwillingen und dem Attentatsversuch weitertragen. Die Geschichten würden wie stets noch ausgeschmückt werden und immer gewaltigere Dimensionen annehmen.

„Noch mehr Menschen werden herkommen, Buyard Cholik", sagte Kabraxis. „Und sie werden etwas sehen wollen, um glauben zu können. Wir müssen für sie bereit sein."

Cholik ging ans Fenster und blickte auf Bramwell. Die Stadt platzte schon jetzt aus allen Nähten, da die Kirche ein solcher Erfolg war. Der Hafen bot kaum noch Platz für weitere Schiffe, und in den Wäldern rund um Bramwell waren unzählige Zelte aufgeschlagen worden.

„Eine Armee von Gläubigen steht vor den Toren dieser Kirche und wartet darauf, eingelassen zu werden", fuhr der Dämon fort. „Diese Kirche ist zu klein, um ihnen allen Platz zu bieten."

„Diese Stadt", flüsterte Cholik, als er begriff, „diese Stadt wird zu klein sein, um ihnen nach heute noch Platz zu bieten."

„Schon bald wird das so sein", stimmte Kabraxis ihm zu.

Cholik wandte sich um und sah den Dämon an. „Ihr hattet nicht erwartet, dass es so schnell geschehen könnte."

Kabraxis sah ihn kühl an. „Ich wusste es. Ich habe mich vorbereitet. Jetzt musst du dich vorbereiten."

„Wie?"

„Du musst mir jemanden bringen, den ich so neu erschaffen kann, wie ich dich neu erschaffen habe."

Eifersucht wurde in Cholik entfacht. Seine Macht und sein Prestige zu teilen, war für ihn nicht hinnehmbar.

„Du wirst nichts teilen müssen", sagte Kabraxis. „Vielmehr wirst du noch mehr Macht erhalten, indem du diese Person einführst und gefügig machst."

„Wer ist es?"

„Lord Darkulan."

Cholik ließ es sich durch den Kopf gehen. Lord Darkulan herrschte über Bramwell und unterhielt eine enge Beziehung zum König von Westmarch. Während der Probleme mit Tristram war Lord Darkulan einer der vertrauenswürdigsten Berater des Königs gewesen.

„Lord Darkulan hat erklärt, dass er der Kirche misstraut", gab Cholik zurück. „Es wurde sogar darüber gesprochen, die Kirche zu verbieten. Er hätte es getan, wenn sich die Menschen nicht so vehement dagegen ausgesprochen hätten und wenn sich nicht auch die Gelegenheit ergeben hätte, von den Karawanen und Schiffen, die die Menschen nach Bramwell brachten, Steuern einzutreiben."

„Lord Darkulans Sorge ist durchaus verständlich gewesen. Er hatte Angst, wir könnten die Treue seiner Untergebenen für uns gewinnen." Kabraxis lächelte. „Das haben wir auch. Nach dem heutigen Tag ist das eine vorweggenommene Tatsache."

„Wieso seid Ihr Euch so sicher?"

„Weil Lord Darkulan heute unter den Besuchern war."

Siebzehn

Ein eisiger Schauer lief über Choliks Rücken, als Kabraxis erklärte, Lord Darkulan sei in der Kirche gewesen. Denn der Mann war noch nie hierher gekommen.

„Lord Darkulan betrat getarnt die Kirche“, erläuterte Kabraxis. „Niemand wusste, dass er hier war, seine Leibwächter ausgenommen – ebenso wie ich natürlich. Und jetzt auch du.“

„Er könnte den Attentäter angeheuert haben“, sagte Cholik und fühlte, wie Wut in ihm aufstieg. Er sah auf seine Brust, betrachtete das blutrote Gewand und das Loch im Stoff, wo das Geschoss eingedrungen war. Darunter war jetzt wieder unversehrtes Fleisch zu sehen.

„Nein.“

„Was macht Euch so sicher?“

„Weil der Attentäter allein versuchte, dich zu töten“, sagte Kabraxis. „Hätte tatsächlich Lord Darkulan den Mord in die Wege geleitet, hätte er sicher gleich drei oder vier Bogenschützen in die Kirche geschleust. Du wärst bereits tot gewesen, noch bevor du den Boden berührt hättest.“

Choliks Kehle war wie ausgetrocknet. Ein Gedanke kam ihm in den Sinn, dem er eigentlich nicht nachgehen wollte, der ihn aber so sehr anzog, wie Flamme einer Kerze eine Motte lockt. „Wenn man mich umgebracht hätte, wärt Ihr dann in der Lage gewesen, mich wieder ins Leben zurückkehren zu lassen?“

„Wenn ich das hätte tun sollen, Buyard Cholik, hättest du niemals den wahren Hauch des Todes erfahren. Aber ebenso wenig hättest du auch die hitzige Leidenschaft des Lebens je wieder verspürt.“

Ein untotes Ding, verstand Cholik. Der Gedanke löste fast Übelkeit in ihm aus. Bilder von taumelnden Zombies und Skeletten mit knöchernem Grinsen entstanden vor ihm. Als Priester der Kirche von Zakarum war er gerufen worden, um Friedhöfe und Gebäude von Untoten zu säubern, die früher einmal Mensch oder Tier gewesen waren. Und nun wäre er beinahe als eines von ihnen zurückgekehrt. Der Magen drehte sich ihm um, Galle stieg ihm die Kehle hinauf.

„Du wärst nicht einfach als eines von diesen Dingen wiederbelebt worden", sagte Kabraxis. „Ich hätte dir ein *wahres* Unleben gewährt. Deine Gedanken wären dein Eigen geblieben."

„Und meine Wünsche?"

„Deine Wünsche und meine sind zur Zeit eng miteinander verflochten. Es wären nur wenige Dinge gewesen, die du wirklich vermisst hättest."

Cholik konnte das nicht glauben. Dämonen führten ein ganz anderes Leben als Menschen, sie hatten andere Träume und andere Leidenschaften. Und trotzdem konnte er nicht anders, als sich zu fragen, ob er danach weniger gewesen wäre – oder sogar mehr.

„Wenn du besser vorbereitet bist", meinte Kabraxis, „wird dir vielleicht eine Chance gewährt werden, es herauszufinden. Für den Augenblick hast du gelernt, dich an dein Leben zu klammern, wie es ist."

„Warum war Lord Darkulan dann hier?", fragte Cholik.

Der Dämon lächelte und bleckte seine Fangzähne. „Lord Darkulan hat eine Geliebte, die an einem langsam wirkenden Gift stirbt, das ihr erst gestern von Lady Darkulan verabreicht wurde."

„Warum?"

„Warum? Natürlich, um sie zu töten. Wie es scheint, ist Lady Darkulan eine eifersüchtige Frau. Sie hat erst vor drei Tagen herausgefunden, dass ihr Mann sich mit dieser anderen Frau trifft."

„Frauen haben schon früher die Geliebten ihrer Männer umgebracht", hielt Cholik dagegen. Sogar am königlichen Hof von Westmarch gibt es dazu Geschichten.

„Ja", erwiderte Kabraxis. „Aber es scheint, dass die Frau, die seit drei Monaten Lord Darkulans Geliebte ist, auch die Tochter des

Vorstehers der Kaufmannsgilde von Bramwell ist. Wenn die Tochter stirbt, wird der Kaufmann die Handelsvereinbarungen von Bramwell aufkündigen, und er wird seinen Einfluss am Königshof von Westmarch geltend machen, damit der Mord an seiner Tochter geahndet wird."

„Hodgewell will tatsächlich Lady Darkulan anklagen?" Cholik konnte das nicht glauben. Er kannte den Kaufmann, von dem Kabraxis sprach. Ammin Hodgewell war ein gehässiger, rachsüchtiger Mann, der sich seit deren Gründung gegen die Kirche des Propheten des Lichts gestellt hatte.

„Hodgewell beabsichtigt, dafür zu sorgen, dass man sie hängt. Er arbeitet im Augenblick an der Anklageschrift gegen Lady Darkulan."

„Weiß Lord Darkulan davon?"

„Ja."

„Warum holt er sich nicht bei einem Apotheker Rat?"

„Das hat er", antwortete der Dämon. „Um genau zu sein, sogar mehrere, seit er gestern herausgefunden hat, dass seine Geliebte eines schleichenden Todes sterben wird. Keiner der Apotheker und auch kein Heiler ist in der Lage, ihr zu helfen. Für sie gibt es nur noch eine Hoffnung auf Errettung."

„Den Weg der Träume", flüsterte Cholik. Die Folgen dieses bevorstehenden Mordes kreisten durch seinen Geist und verdrängten die Gedanken, die sich mit seinem eigenen Beinahe-Tod befasst hatten.

„Ja", sagte Kabraxis. „Wie ich sehe, hast du verstanden."

Cholik warf dem Dämon einen Blick zu und wagte es kaum, seine Hoffnung in Worte zu fassen. „Wenn Lord Darkulan zu uns kommt, damit wir ihm helfen, und wir in der Lage sind, seine Geliebte von dem Gift zu heilen, seine Frau vor der Hinrichtung zu retten und den Frieden in Bramwell zu wahren ..."

„... werden wir ihn für den Dunklen Pfad verpflichten", führte der Dämon den Gedankengang weiter. „Und dann wird Lord Darkulan für immer uns gehören. Er wird unser Sprungbrett nach Westmarch und in das Schicksal sein, das vor uns liegt."

Cholik schüttelte den Kopf. „Lord Darkulan ist kein junger Mann, der sich von seiner Leidenschaft übermannen lässt, wenn es um eine

Frau geht, deren Ansehen sich vom Stand eines Kaufmanns wie Hodgewell ableitet."

„Er hatte keine andere Wahl", sagte Kabraxis. *„Das Verlangen der jungen Frau nach ihm wurde einfach zu groß. Und Lord Darkulans Verlangen nach ihr wurde ebenfalls sehr groß."*

Dann begann Cholik zu begreifen und sah verwundert den Dämon an. „*Ihr* wart das. Das war *Euer* Werk."

„Natürlich."

„Und das Gift, das Lady Darkulan benutzt hat? Ich kann mir nicht vorstellen, dass es keinen Heiler oder Apotheker geben soll, der ein Gegenmittel finden kann."

„Ich habe es Lady Darkulan gegeben", räumte Kabraxis auch dies ein. „Genauso, wie ich sie über die Untreue ihres Gemahls informiert habe. Als sie im Besitz des Giftes war, hat sie keine Zeit verstreichen lassen, es zu benutzen."

„Wie viel Zeit bleibt Hodgewells Tochter noch, ehe das Gift sie tötet?", wollte Cholik wissen.

„Bis morgen Abend."

„Und das ist Lord Darkulan bekannt?"

„Ja."

„Dann war er heute …"

„Ich glaube, dass er heute nach dem Gottesdienst vortreten wollte", sagte Kabraxis. „Der Anschlag auf dein Leben hat seine Leibwächter jedoch dazu veranlasst, ihn sofort aus der Kirche zu bringen. Einige der Kirchenwachen und auch die Beschützer des Lords sind bei diesem Unternehmen ums Leben gekommen. Und das hat dem wahren Attentäter die Möglichkeit gegeben, ungehindert zu entkommen."

„Dann wird Lord Darkulan trotzdem wiederkommen", sagte Cholik.

„Das muss er", pflichtete Kabraxis ihm bei. „Er hat keine andere Wahl. Es sei denn, er will, dass seine Geliebte stirbt, wenn morgen die Nacht anbricht, und dass seine Frau kurz darauf gehängt wird."

„Lord Darkulan könnte versuchen, mit seiner Frau zu fliehen."

Der Dämon grinste. „Um seinen Reichtum und seine Macht zu verlieren? Alles nur aus Liebe zu der Frau, die er betrogen hat? Eine

Frau, die ihn nicht länger so lieben kann, wie sie es einmal tat? Nein. Lord Darkulan würde eher den Tod beider akzeptieren, bevor er freiwillig sein Amt aufgibt. Doch nicht einmal das würde ihn retten. Wenn das alles herauskommt und die Frauen sterben …"

„Vor allem dann, wenn die Leute glauben, er hätte sie beide retten können, so er sich nur an die Kirche des Propheten des Lichts gewandt hätte. Sie tun das mit ihren eigenen Problemen schließlich auch." Cholik war beeindruckt, wie simpel Kabraxis' listiger Plan im Grunde genommen war. „Lord Darkulan wird die Gunst der Bevölkerung verlieren."

„Ich sehe, dass du verstehst", sagte Kabraxis.

Cholik musterte den Dämon. „Warum habt Ihr mir davon nichts gesagt?"

„Das habe ich", entgegnete Kabraxis. „Und zwar in dem Moment, in dem du es wissen musstest."

Cholik erinnerte sich an etwas aus der Zeit seiner Ausbildung in der Kirche von Zakarum. *Dämonen können Menschen beeinflussen, aber nur, wenn diese auch bereit sind, ihnen zuzuhören.* Es gab gleich mehrere Dinge, die Kabraxis' ausgeklügelten Plan zu Fall hätten bringen können. Die junge Frau hätte sich womöglich nicht in den Lord verliebt. Der Lord hätte seine Frau vielleicht wirklich betrügen wollen, aber möglicherweise hätte er diese Beziehung beendet und seinen Fehltritt gebeichtet. Ebenso hätte Lady Darkulan sich aus Rache einen Liebhaber zulegen können, anstatt jene Frau gleich zu vergiften, die ihr den Gemahl genommen hatte.

Wäre der Plan nicht aufgegangen, hätte Cholik davon nichts erfahren, und der Stolz des Dämons wäre unbeschadet geblieben.

„Ich habe sie alle erniedrigt", erklärte Kabraxis. „Und ich habe dieses Land unter unsere Kontrolle gebracht. Einige der mächtigsten Personen hier werden zu unseren Verbündeten. Lord Darkulan wird uns dankbar sein, dass wir seine Geliebte retten, und Kaufmann Hodgewell wird uns die Rettung seiner Tochter nicht vergessen."

Cholik ging den Plan durch. Er war mutig und listig und doppelzüngig – exakt so, wie er es von einem Dämon erwarten konnte. „Damit haben wir viel erreicht", sagte er und sah Kabraxis an.

„Ja“, erwiderte der Dämon. „Und wir werden noch mehr bekommen.“

Jemand klopfte an die Tür.

„Was ist?“, rief Cholik leicht verärgert über die Störung.

„Meister Sayes“, hörte er den Priester von draußen rufen. „Ich wollte nur wissen, ob es Euch gut geht.“

„Geh zu ihnen“, sagte Kabraxis. „Wir reden später.“ Er zog sich in den hinteren Teils des Raumes zurück und verließ ihn durch die Geheimtür.

Cholik schritt zur Tür und riss sie auf. Die Priester, die Messgehilfen und die Söldner machten einen Schritt nach hinten. Einer der Söldner hielt ein kleines Mädchen im Arm und hatte eine Hand auf dessen Mund gelegt, während das Kind versuchte, sich aus dem Griff zu winden.

„Meister“, sagte der ranghöchste Priester. „Ich bitte um Vergebung. Es war nur meine Sorge um Euch, die mich dazu veranlasste, Euch zu stören.“

„Mir geht es gut“, erwiderte Cholik, der wusste, dass der Priester sich sonst aus Angst noch länger entschuldigen würde.

„Aber der Pfeil ist doch so tief eingedrungen“, beharrte der Mann. „Ich habe es selbst gesehen.“

„Ich wurde durch Dien-Ap-Stens Gnade geheilt.“ Cholik zog das Gewand auseinander und präsentierte sein unversehrtes Fleisch unter der blutigen Kleidung. „Groß ist die Macht des Propheten des Lichts.“

„Groß ist die Macht des Propheten des Lichts“, wiederholten die Priester sofort. „Möge Dien-Ap-Sten uns für alle Zeiten gnädig sein.“

Cholik schloss sein Gewand und sah das Mädchen im Arm des Söldners an. „Was macht dieses Kind hier?“

„Das ist die Schwester der beiden Jungen, die Dien-Ap-Sten heute geheilt hat“, sagte der Söldner. „Sie hat auch den Attentäter gesehen.“

„Dieses Kind hat gesehen, was deine Leute nicht zu sehen imstande waren?“ Choliks Stimme war so kalt wie eine Klinge.

„Das Mädchen stand direkt neben ihm, als er auf Euch gefeuert hat, Meister Sayes“, erwiderte der Söldner, dem sein Unbehagen anzumerken war.

Cholik trat auf den Mann zu. Die Priester und die anderen Söldner wichen zurück, als befürchteten sie, Cholik könnte einen Blitz beschwören, der den Mann in Asche verwandelte. Er musste zugeben, dass dieser Gedanke etwas Verlockendes hatte. Sein Blick wanderte zu dem Mädchen, das seinen beiden Brüdern geradezu verblüffend ähnlich sah.

Tränen standen dem Kind in den Augen; es zitterte und schrie. Vor Angst war sein Gesicht so bleich wie ein Knochen geworden.

„Lass das Kind runter“, sagte Cholik.

Widerwillig nahm der Mann seine große, schwielige Hand vom Mund des Mädchens und setzte es ab, worauf es tief Luft holte. Tränen liefen ihm weiter über das Gesicht, als es sich umsah und nach einem Fluchtweg suchte.

„Geht es dir gut, mein Kind?“, fragte Cholik mit sanfter Stimme.

„Ich will zu meinem Papa“, erwiderte das Mädchen. „Ich will zu meiner Mama. Ich habe nichts gemacht.“

„Hast du den Mann gesehen, der auf mich geschossen hat?“

„Ja.“ Mit Tränen in den Augen sah die Kleine zu ihm auf. „Bitte, Meister Sayes. Ich habe nichts getan. Ich wollte schreien, aber er war zu schnell. Er hat geschossen, bevor ich wusste, was ich tun sollte. Ich habe nicht gedacht, dass er es machen würde. Ich würde Euch nichts tun. Ihr habt meine Brüder Mikel und Dannis gerettet. Ich würde Euch wirklich nichts tun.“

Cholik legte ihr tröstend eine Hand auf die Schulter. Er fühlte, wie sie bei der Berührung zusammenzuckte. „Ganz ruhig, Kind. Ich muss nur etwas über den Mann erfahren, der mich töten wollte. Ich werde dir nichts tun.“

Sie sah ihn an. „Versprochen?“

Die Unschuld des Mädchens rührte Cholik. Jungen Menschen konnte man so leicht Versprechungen machen. Sie *wollten* daran glauben, dass sie auch gehalten wurden.

„Versprochen“, sagte Cholik.

Das Mädchen sah sich um, als wollte es sicher sein, dass die Söldner Meister Sayes' Versprechen ebenfalls gehört hatten.

„Auch sie werden dir nichts tun", versicherte er. „Beschreib mir den Mann, der auf mich geschossen hat."

Die Kleine sah ihn verwundert aus ihren großen Augen an. „Ich dachte, dass er Euch getötet hat."

„Das kann er nicht", erklärte Cholik. „Ich bin von Dien-Ap-Sten auserwählt. Kein Sterblicher kann mir das Leben nehmen, solange ich in der Gunst des Propheten stehe."

Sie atmete wieder ein und wurde deutlich ruhiger. „Er war verbrannt. Sein Gesicht war fast ganz verbrannt. Seine Hände und seine Arme waren verbrannt."

Mit der Beschreibung konnte Cholik nichts anfangen. „Ist dir sonst noch etwas an ihm aufgefallen?"

„Nein." Das Mädchen zögerte.

„Was ist da noch?", hakte er nach.

„Ich glaube, er hatte Angst, Ihr könntet ihn erkennen, wenn Ihr ihn seht", sagte das Kind. „Er hat gesagt, er sei überrascht gewesen, in die Kirche gelangen zu können."

„Ich habe noch nie einen Mann mit so schweren Verbrennungen gesehen, wie du sie beschrieben hast."

„Vielleicht hat er nicht gelebt", erwiderte die Kleine.

„Wie meinst du das?"

„Weiß nicht. Weiß auch nicht, wie man noch leben kann, wenn man so schrecklich verbrannt ist."

Verfolgt von einem Toten? Cholik dachte über diese Frage einen Moment lang nach.

Komm, sagte Kabraxis in seinem Kopf. *Wir haben noch zu tun. Der Attentäter ist fort.*

Cholik griff in die Tasche seines Gewandes und holte ein paar Silbermünzen heraus. Der Betrag reichte, um eine Familie in Bramwell für Monate zu ernähren. Früher einmal mochte Geld ihm etwas bedeutet haben, doch jetzt war es nur noch Mittel zum schnelleren Verhandeln. Er legte die Münzen in die Hand des Mädchens und schloss dessen Finger darum.

„Nimm dies, Kind“, sagte Cholik, „als Zeichen meiner Dankbarkeit.“ Er sah den Söldner an, der ihm am nächsten stand. „Sorge dafür, dass das Kind zu seiner Familie zurückgebracht wird.“

Der Mann nickte und brachte das Kind weg, das sich nicht mehr zu ihm umdrehte.

Obwohl mehr als ein Jahr vergangen war, seit er Kabraxis' Portal unter den Überresten von Tauruk's Port und Ransim entdeckt hatte, kehrten Choliks Gedanken zurück zu dem Labyrinth und zu der Kammer, in der er den Dämon in diese Welt hatte zurückkehren lassen. Ein Mann war damals entkommen, ein Seemann aus Westmarch, der den Skeletten und Zombies hatte entgehen können, die von Kabraxis dazu angehalten worden waren, jeden zu töten.

Cholik war der Ansicht, dass niemand in Bramwell es wagen würde, ihn in der Kirche anzugreifen. Wenn der Mann tatsächlich so verbrannt war, wie das Kind sagte, dann wäre er von irgendjemandem identifiziert worden, der hoffte, von Dien-Ap-Sten oder von ihm selbst dafür belohnt zu werden.

Also war es jemand von außerhalb gewesen, jemand, den keiner in dieser Stadt kannte. Und doch musste es jemand sein, der Cholik von anderswoher kannte.

Wo war der Mann abgeblieben, der aus Tauruk's Port hatte entkommen können? Wenn er derjenige war – und alles andere ergab keinen Sinn –, warum hatte er dann so lange gewartet, ehe er in Erscheinung trat? Und warum sollte er sich gerade jetzt Cholik überhaupt nähern?

Es war beunruhigend, vor allem, wenn Cholik daran dachte, wie dicht das Geschoss seinem Herzen gekommen war. Seine Gedanken überschlugen sich, als Cholik in sein Gemach zurückkehrte, um dort mit dem Dämon, den er befreit hatte, Pläne zu schmieden. Die Gelegenheit, die der Attentäter gehabt hatte, war nun verstrichen. Cholik würde nie wieder unvorbereitet sein – ein Gedanke, der ihm Trost spendete.

Schultern und Rücken schmerzten von den Waren, die Darrick den ganzen Tag über geschleppt hatte. Als er das Blue Lantern betrat, schlug ihm aus der Spelunke der Rauch von Tabakpfeifen entgegen.

Im Innern war es düster, da es draußen bereits dunkel wurde. Männer, die Erlebnisse austauschten und sich gegenseitig irgendwelche Lügen auftischten, sorgten für ein lautes Stimmengewirr. Im Westen, nahe der Stelle, wo der Golf von Westmarch ins Eismeer mündete, tauchte die Sonne scheinbar ins Meer ein, auf dessen Oberfläche sie sich wie die verlöschenden Funken eines ausgetretenen Lagerfeuers ausbreitete.

Ein kalter Nordwind folgte Darrick in die Taverne. Im Lauf der vergangenen Stunde war es zu dem Wetterumschwung gekommen, den die Kapitäne und die Maate erwartet hatten. Sahyir hatte Darrick sogar prophezeit, am kommenden Morgen könnte das Wasser im Hafen von einer dünnen Eisschicht überzogen sein. Diese würde zwar noch nicht genügen, um die Schiffe im Hafenbecken zu blockieren, aber auch dieser Moment lag nicht mehr allzu weit entfernt.

Einige der Männer sahen auf, als sie Darrick durch den überfüllten Raum gehen sahen. Manche von ihnen kannten ihn, andere gehörten zu den Besatzungen der Schiffe, die zur Zeit festgemacht hatten. Jeder von ihnen betrachtete ihn mit Misstrauen. Seeker's Point war keine große Stadt, aber ihre Bevölkerungszahl nahm massiv zu, sobald viele Schiffe im Hafen lagen. Wenn ein Mann auf der Suche nach Ärger war, war das Blue Lantern die erste Adresse im Ort.

Es gab in der Taverne keinen freien Tisch mehr. Drei Männer, die Darrick kannten, deuteten mit einem Kopfnicken an, er könne sich zu ihnen setzen, doch er lehnte dankend ab. Stattdessen ging er weiter, bis er an einem Tisch den Mann entdeckte, von dem Sahyir ihm erzählt hatte.

Der Mann war mittleren Alters, sein kurz geschnittener Bart grau meliert. Er war breitschultrig und ein wenig übergewichtig, ein kräftiger Mann, der auf ein erfülltes Leben zurückblicken konnte. Seine Kleidung war aus zweiter Hand, ein wenig abgenutzt, aber dem Anschein nach bequem und warm genug, um vor den kalten Winden zu schützen, die aus dem Norden kamen. Er trug eine Brille mit runden Gläsern. Darrick konnte an den Fingern seiner beiden Hände abzählen, wie wenige Männer er bisher mit einem derartigen Gestell auf der Nase gesehen hatte.

Links von dem Mann stand ein Teller mit Brot und Fleisch auf dem Tisch. Er schrieb mit seiner rechten Hand und machte hin und wieder eine Pause, um den Federkiel in ein Tintenfässchen zu tauchen, das neben dem Buch stand, an dem er arbeitete. Eine Lampe dicht am Buch, von Waltran gespeist, sorgte für genug Licht, um sehen zu können, was er aufschrieb.

Darrick blieb ein Stück vom Tisch entfernt stehen und überlegte, was er sagen sollte.

Plötzlich hob der Weise leicht den Kopf und sah über den Rand seiner Brille hinweg auf Darrick. „Ihr sucht mich?"

Darrick schwieg.

„Euer Freund Sahyir hat Euch erwähnt", sagte der Weise. „Er sagte mir gestern Abend, Ihr könntet mich möglicherweise aufsuchen wollen."

„Aye", erwiderte Darrick. „Allerdings muss ich gestehen, dass ich nicht so ganz genau weiß, was ich hier eigentlich tue."

„Wenn Ihr das Symbol gesehen habt, von dem Sahyir glaubt, dass es der Fall ist", erklärte der Mann, „dann hat es bei Euch wahrscheinlich Spuren hinterlassen." Er deutete auf das Buch, das vor ihm lag. „Das Licht weiß, welche Spuren es bei mir hinterlassen hat, weil ich Wissen darüber gesucht habe. Sehr zu meinem Nachteil, wie manche meiner Mentoren und Kollegen meinen."

„Ihr habt den Dämon gesehen?", fragte Darrick.

Interesse flackerte in den dunkelgrünen Augen des Weisen auf. „Habt *Ihr* ihn gesehen?"

Darrick hatte das Gefühl, bereits mehr verraten zu haben, als angebracht war.

Das Gesicht des Weisen nahm einen leicht gereizten Ausdruck an. „Verdammt, Sohn. Wenn Ihr Euch mit mir unterhalten wollt, dann nehmt Platz. Ich arbeite hier schon seit Tagen und habe es anderswo schon wochen- und monatelang getan. Es ist für mich verdammt ermüdend, wenn ich ständig nach oben sehen muss." Er zeigte mit dem Federkiel auf den Stuhl, der ihm gegenüberstand, dann schloss er das Buch und legte es zur Seite.

Zwar zog Darrick den Stuhl zurück und nahm Platz, doch er war nach wie vor unschlüssig. Aus reiner Gewohnheit legte er das Entermesser samt Scheide quer über die Oberschenkel.

Der Weise presste die Finger aneinander und stützte sich mit beiden Ellbogen auf dem Tisch ab. „Habt Ihr schon zu Abend gegessen?"

„Nein." In der Zeit, in der er die importierten Waren vom Schiff geschleppt und die zu exportierenden Güter an Bord gebracht hatte, war Darrick auf die wenige Nahrung angewiesen gewesen, die sich in seinem Proviantbeutel befand – und der war seit Stunden leer.

„Möchtet Ihr etwas essen?"

„Aye."

Der Weise gab einer der Bedienungen ein Zeichen, und sie gab die Bestellung sofort weiter.

„Sahyir sagte, Ihr wärt Seemann", sagte der Weise.

„Aye."

„Sagt mir, wann Ihr den Dämon gesehen habt", schlug der Mann vor.

Darrick gab sich verschlossen. „Ich habe niemals gesagt, dass ich ein solches Ding gesehen habe, oder?"

Der Weise legte die Stirn in Falten. „Seid Ihr immer so ungehobelt?"

„Sir", erklärte Darrick in ruhigem Tonfall. „Ich kenne nicht einmal Euren Namen."

„Taramis", erwiderte dieser. „Taramis Volken."

„Und was genau macht Ihr, Taramis Volken?", fragte Darrick.

„Ich sammele Weisheit", gab er zurück. „Vor allem, wenn es um Dämonen geht."

„Warum?"

„Weil ich sie nicht mag. Und normalerweise können die Dinge, die ich über sie lerne, gegen sie verwendet werden."

Die Bedienung kehrte mit einem Teller zurück, auf dem sich Ziegenfleisch, Krabben und Fisch sowie Kartoffeln, frisches Brot und Stücke von einer Melone befanden. Die Frucht war erst an diesem Tag im Hafen eingetroffen. Dazu bekam Darrick heißen Wein angeboten.

Einen Moment lang haderte Darrick mit der Versuchung. Das letzte Jahr über hatte er versucht, seines Leben und seines Schmerzes mit Wein und anderen berauschenden Getränken Herr zu werden. Es hatte nicht funktioniert, und allein dem alten Sahyir war es zu verdanken, dass er wieder davon abgekommen war.

„Tee“, sagte Darrick. „Bitte.“

Die Kellnerin nickte und brachte einen großen Krug mit ungesüßtem Tee.

„Also“, sagte Taramis schließlich. „Dann wollen wir uns mal Eurem Dämon widmen …“

„Er ist nicht mein Dämon“, widersprach Darrick.

Ein flüchtiges Lächeln huschte über die Lippen des Weisen. „Wie Ihr wünscht. Wo habt Ihr den Dämon gesehen?“

Darrick ging über die Frage hinweg. Er tauchte einen Finger in die Soße auf seinem Teller und zeichnete die Ellipsen auf den Tisch, durch die sich eine einzelne Linie zog. Er zeichnete das Muster sogar so originalgetreu, dass die Linie unter und über den jeweiligen Ellipsen verlief.

Der Weise betrachtete das Symbol. „Wisst Ihr, was das darstellt?“

„Nein.“

„Oder zu wem es gehört?“

Darrick schüttelte den Kopf.

„Wo habt Ihr es gesehen?“, wollte der Mann wissen.

„Nein“, gab Darrick zurück. „Ihr erfahrt von mir nichts, wenn ich nicht davon überzeugt bin, dass ich etwas von Euch erfahre.“

Der Weise griff in die Reisetasche aus abgewetztem Echsenleder, die auf dem Stuhl gleich neben ihm stand. Gedankenverloren holte er eine Pfeife und einen kleinen Tabaksbeutel heraus. Nachdem er die Pfeife gestopft hatte, zündete er den Tabak an der Lampe an. Schweigend saß er da und rauchte. Eine Rauchwolke breitete sich um seinen Kopf, während er Darrick anstarrte, ohne auch nur einmal zu blinzeln.

Darrick, der sich an diesem Morgen rasiert hatte, konnte sich nicht erinnern, – von seinen Blicken in einen Spiegel abgesehen – jemals in ein fordernderes Augenpaar geschaut zu haben. Selbst die Offiziere der Marine waren dagegen harmlos. Dennoch begann er zu essen und genoss die Speisen. Gemessen an dem, was er in Seeker's Point gewohnt war, konnte man diese Mahlzeit als verschwenderisch bezeichnen. Der Lohn für das Löschen von Frachten, mit dem er den Tag über beschäftigt gewesen war, würde ihn zwei Wochen lang ernähren müssen, wenn er nicht im Wald mageren Tieren nachstellen wollte, die sich selbst auf den nahenden Winter vorbereiteten.

Taramis griff in seine schwarze Reisetasche und holte ein anderes Buch heraus. Er begann, darin zu blättern, dann stoppte er auf einer Seite, legte das Werk auf den Tisch und schob es Darrick zu. Er stellte die Laterne so, dass sie die aufgeschlagene Seite beleuchtete.

„Der Dämon, den Ihr gesehen habt", sagte Taramis. „Sah er so ähnlich aus?"

Darrick sah auf das Buch und betrachtete die höchst detaillierte Zeichnung. Das Bild zeigte den Dämon, den er in Tauruk's Port gesehen hatte und der die untoten Kreaturen auf sie gehetzt hatte, die letztlich für Mat Hu-Rings Tod verantwortlich waren.

Aber nicht als Einziger verantwortlich, sagte sich Darrick und merkte, wie sein Appetit nachließ. Die Hauptverantwortung lastete auf *ihm*. Mechanisch aß er weiter, da er wusste, dass es Tage oder Wochen dauern würde, ehe er wieder ein so gutes Essen bekommen würde.

„Was wisst Ihr über das Symbol?", fragte er, ohne seinerseits dem Weisen zu antworten.

„Ihr seid wohl nur schwer zu überzeugen, nicht wahr, Junge?", meinte Taramis.

Darrick brach ein Stück Brot ab und strich Honigbutter darauf. Dann begann er zu essen, während Taramis versuchte, der Geduldigere von ihnen zu sein.

Nach einer Weile gab Taramis auf. „Dieses Symbol wird am längsten von allen mit einem Dämon namens Kabraxis in Verbindung gebracht. Er soll der Hüter des Gewundenen Pfads der Träume und der Schatten sein."

„Der Weg der Träume?", fragte Darrick, der sich daran erinnerte, was Sahyir ihm am Morgen über Bramwell erzählt hatte.

„Interessant, nicht wahr?“, meinte der Weise.

„Sahyir sagte mir, er habe in Bramwell eine Kirche besucht“, sagte Darrick. „Es gibt dort eine neue Kirche, die des Propheten des Lichts. Dort ist auch vom Weg der Träume die Rede.“

Taramis nickte. „Sie verehren einen Propheten namens Dien-Ap-Sten.“

„Nicht Kabraxis?“

„Es wäre ziemlich dumm, wenn ein Dämon den Leuten sagen würde, dass sie ihn mit seinem wahren Namen ansprechen sollen, nicht wahr?“ Taramis grinste ihn an. „Damit ginge ja schließlich die ganze Anonymität flöten. Die wenigsten Menschen würden aus freien Stücken einen Dämon verehren, auch wenn es ein paar Ausnahmen geben mag.“

Darrick deutete auf seinen Teller. „Ich weiß dieses Mahl wirklich zu schätzen, das Ihr mir spendiert habt, allen Ernstes. Aber ich sage Euch, dass ich aufstehe und gehe, wenn die Geschichte nicht interessanter geworden ist, bevor ich aufgegessen habe.“

„Geduld gehört offenbar nicht zu Euren Tugenden, nicht wahr?“

„Nein.“ Es machte Darrick nichts aus, das zuzugeben.

„Kabraxis ist ein alter und sehr mächtiger Dämon“, sagte Taramis. „Er existiert in der einen oder anderen Form seit dem Beginn der Geschichtsaufzeichnungen. Er ist unter Dutzenden, vielleicht sogar Hunderten von Namen bekannt.“

Darrick deutete auf das Symbol auf der Tischplatte. „Und dies ist sein Zeichen?“

Taramis zog an seiner Pfeife, die Glut leuchtete in einem kräftigen Orangeton auf. „Ich glaube, dies ist das vorrangige Symbol für den Dämon. Habt Ihr das in Bramwell gesehen?“

„Ich war schon seit Jahren nicht mehr in Bramwell“, erwiderte Darrick. Es lag einfach zu nahe an Westmarch.

„Wo habt Ihr dann das Symbol gesehen?“ Das Interesse des Weisen war offensichtlich.

„Ich habe nie gesagt, dass ich es gesehen habe“, machte Darrick ihn aufmerksam.

„Euer Freund sagte mir …“

„Er hat Euch gesagt, dass ich das Symbol kenne."

„Mehr habt Ihr ihm nicht verraten?"

Darrick trank einen Schluck Tee und ignorierte die Frage. Mit Nachdruck wandte er sich wieder seinem Teller zu, der immer leerer wurde.

„Wisst Ihr, was dieses Symbol bedeutet?", fragte Taramis.

„Nein."

„Es soll die verschiedenen Ebenen des Menschen darstellen, die Facetten eines Menschen, die sich ein Dämon zunutze macht."

„Das verstehe ich nicht", erwiderte Darrick.

Der Weise schien überrascht zu sein. „Ihr habt keine Priesterausbildung genossen?"

„Nein."

„Und doch kennt Ihr das bedeutendste Symbol des Dämons, ohne dass Ihr ausgebildet wurdet?"

Darrick sagte weiter nichts, sondern spießte eine Kartoffel mit der Gabel auf.

Taramis seufzte. „Also gut. Ihr fasziniert mich, und das ist der einzige Grund, weshalb ich weitermache und Euer herablassendes Benehmen dulde." Er zeigte auf die Ellipsen. „Dies sind die Ebenen eines Menschen, wie Kabraxis, der Banner des Lichts, sie verkündet."

„Warum nennt man ihn den Banner des Lichts?", wunderte sich Darrick. Er sah sich um, weil er sicher sein wollte, dass keiner der Seeleute sich zu sehr für ihre Unterhaltung interessierte. Je nachdem, wo man sich aufhielt, konnte eine Diskussion über Dämonen dazu führen, dass man aufgeknüpft oder zumindest mit einem Stuhlbein oder einem rot glühenden Schürhaken malträtiert wurde.

„Weil das vorrangige Ziel von Kabraxis in der Welt der Menschen darin besteht, Zakarum zu übertreffen und zu ersetzen. Kabraxis hat sich im Sündenkrieg bemüht, Zakarum daran zu hindern, vom Erzengel Yaerius durch dessen Apostel Akarat hervorgebracht zu werden."

„Was ist mit dem Erzengel Inarius?", erwiderte Darrick, der sich an die Geschichten erinnerte, die ihm über den Sündenkrieg erzählt worden waren. „Es war doch Inarius, der als Erster eine Kathedrale aus Licht in dieser Welt errichtet hat."

„Inarius wurde vermessen und zerstörte Mephistos Tempel. Inarius wurde versklavt und kehrte mit dem Seraph in die Hölle zurück, wo er für alle Zeit gefoltert wurde. Kabraxis unterstützte Inarius' Niedergang, indem er sie auf die Seite des Dämons zog."

„Daran kann ich mich nicht erinnern", sagte Darrick.

„Der Krieg spielte sich in erster Linie zwischen Mephisto und Inarius ab", erklärte Taramis. „Nur ein Weiser oder jemand, der als Priester ausgebildet wurde, weiß von Kabraxis' Rolle im Sündenkrieg. Der Banner des Lichts ist ein listiger Dämon. Kabraxis arbeitet im Schatten und weitet diese Schatten aus, bis sie das Licht überdecken. Die wenigsten Menschen, die ihn in all den Jahren angebetet haben, kennen seinen wahren Namen."

„Aber Ihr glaubt, dass er sich in Bramwell aufhält?", fragte Darrick.

„In der Kirche des Propheten des Lichts." Der Weise nickte. „Ja. Und dort kennt man ihn als Dien-Ap-Sten."

Darrick zeigte auf das Symbol. „Und was ist damit?"

„Wie gesagt. Diese Ellipsen stehen für die Ebenen des Menschen, wie Kabraxis sie wahrnimmt. Durch diese Ebenen ist er in der Lage, in die Seele eines Menschen zu dringen, sie zu beugen und zu binden, bis er sie schließlich besitzt. Er ist von seiner Art her kein auf Konfrontation ausgerichteter Dämon, anders als Diablo, Mephisto und Baal."

Darrick schüttelte den Kopf. „Ihr könnt mich nicht einfach mit all diesen Dämonennamen bombardieren. Sie sind nicht real. Sie können einfach nicht alle real sein."

„Die Erzbösen sind real."

Ein Schaudern durchlief Darricks Körper, doch selbst nach allem, was er gesehen hatte – und nach allem, was er verloren hatte, seit er dem Dämon in Tauruk's Port begegnet war –, rang er mit sich darum, zu glauben, dass die Welten der Dämonen, die Brennenden Höllen, real und nicht bloße Hirngespinste waren.

„Habt Ihr die Kirche des Propheten des Lichts gesehen?"

„Nein."

„Sie ist gewaltig", berichtete Taramis. „Nach nicht einmal einem

Jahr ist diese Kirche zum bedeutendsten Bauwerk von ganz Bramwell geworden."

„Bramwell ist aber auch keine große Stadt", wandte Darrick ein. „Dort leben vorwiegend Fischer und Bauern. Westmarch unterhält dort gerade mal eine Wachgarnison, und selbst diese dient in erster Linie dem Zweck, die Verbundenheit zu demonstrieren. Keine Invasionsarmee würde jeauf die Idee kommen, über Bramwell in Westmarch einfallen zu wollen. Die Straßen sind dort zu schlecht und zu unsicher."

„Kabraxis lässt sich über Generationen hinweg Zeit, um seine Macht aufzubauen", sagte Taramis. „Aus diesem Grund hat die unheilige Dreiheit der Brüder auch gelernt, ihn zu fürchten. Dort, wo sie Kriege geführt hat und dämonische gegen menschliche Armeen antreten ließ, gewann Kabraxis Anhänger, die an ihn glauben."

„Durch die Ebenen des Menschen."

„Ja." Der Weise deutete auf die äußerste Ellipse. „Die erste ist die Angst der Menschen vor Dämonen. Menschen, die sich vor Kabraxis fürchten, werden zwar seine Führerschaft anerkennen, doch sie werden bei der erstbesten Gelegenheit davonlaufen." Er zeigte auf die nächste Ellipse. „Dann folgt die Habgier. Durch die Kirche des Propheten des Lichts haben Kabraxis und der als Meister Sayes bekannte Hohepriester, den man auch den Hüter des Pfades nennt, ihren Anhängern Geschenke gemacht. Geschäftlicher Erfolg, Geld, eine unerwartete Erbschaft … Dann nähert er sich dem Herzen." Taramis' Finger wanderte zur nächsten Ellipse. „Verlangen. Begehrt Ihr heimlich die Frau Eures Nachbarn? Oder sein Land? Betet Kabraxis an, und schon bald wird Euch beides gehören."

„Aber nur, wenn der Mann, dessen Besitz Ihr begehrt, nicht auch Kabraxis anbetet."

„Das stimmt so nicht", widersprach Taramis und machte eine Pause, um seine Pfeife wieder anzuzünden. „Kabraxis beurteilt und wägt ab. Wenn ein Mann, der in der Gemeinde mehr Macht besitzt als ein anderer, für Kabraxis einen größeren Nutzen hat, dann wird der Banner des Lichts ihn belohnen."

„Und was ist mit dem Anbeter, der das verliert, was der andere will?"

Der Weise machte ein beiläufige Bewegung. „Ganz einfach. Kabraxis erklärt jedem, dass der Mann, der sein Land oder seine Frau oder seine Familie verloren hat, nicht stark genug in seinem Glauben war. Er wird behaupten, dass dieser Mann Kabraxis – oder in diesem Fall Dien-Ap-Sten – belogen und dafür das bekommen hat, was er verdient.“

Darrick spürte, wie Magensäure in seiner Speiseröhre nach oben stieg. Alles, was der Mann sagte, ergab Sinn.

Taramis wechselte zur nächsten Ellipse. „Ab da beginnt Kabraxis die Menschen auszuwählen, die von größeren Ängsten geplagt werden. Krankheit in der Familie? Kommt in die Kirche, und Euch wird Klarheit gegeben.“

„Kabraxis kann solche Dinge bewerkstelligen?“

„Ja“, antwortete Taramis. „Das und noch mehr. Dämonen besitzen viele verschiedene Kräfte. Auf ihre eigene Art bieten sie denen Errettung, die ihnen dienen. Ihr habt von den Geschenken gehört, die Diablo, Baal und Mephisto in der Vergangenheit ihren eigenen Auserwählten machten. Verzauberte Rüstungen, mystische Waffen, die Macht, Armeen aus Toten auferstehen zu lassen. Die Erzbösen herrschen durch Angst und Zerstörung und streben immer nach Unterwerfung.“

„Und Kabraxis ist daran nicht interessiert?“

„Selbstverständlich ist er das“, erwiderte Taramis. „Er ist schließlich ein Dämon. Selbst Erzengel wollen, dass diejenigen, die sie anbeten, sie auch ein wenig fürchten. Warum sollten sie sonst eine solch furchterregende Gestalt annehmen und sich so benehmen, wie sie es tun?“

Darrick dachte darüber nach und nahm an, dass der Weise Recht hatte. Dennoch war für ihn dieses ganze Gerede über Dämonen ungewohnt, und eigentlich wollte er sich auch gar nicht weiter damit befassen. Aber er hatte das Gefühl, dass ihm gar nichts anderes übrig blieb.

„Die Erzengel des Lichts drohen den Menschen damit, dass diese für den Rest ihres ewigen Lebens von Dämonen gefoltert werden. Außerdem drohen sie mit ärgster Vergeltung für jeden, der Dämonen anbetet und ihnen hilft.“ Taramis schüttelte den Kopf. „Erzengel sind Krieger, so wie die Dämonen auch.“

„Aber sie haben großzügigere Ansichten darüber, wie die Menschen neben ihnen ins Weltbild passen sollen.“

„Das“, erwiderte der Weise, „hängt ganz vom jeweiligen Blickwinkel ab, nicht wahr?“

Darrick saß nur stumm da.

„Manche glauben, dass diese Welt von Dämonen *und* Engeln befreit werden sollte, dass es weder Licht noch Finsternis geben sollte und dass sich die Menschen ganz allein im Leben zurechtzufinden hätten.“

„Was glaubt Ihr?“, wollte Darrick wissen.

„Ich glaube an das Licht“, antwortete Taramis. „Darum jage ich Dämonen und entlarve sie. In den letzten zwanzig Jahren habe ich acht niedere Dämonen getötet. Nicht alle von ihnen waren von der Art der Erzbösen.“

Das wusste Darrick, doch er hatte nur einen Dämon gesehen, und das war eine wahrhaft schreckerregende Kreatur gewesen. „Was werdet Ihr mit Kabraxis machen?“

„Ihn töten, wenn ich das kann“, erklärte der Weise sachlich. „Wenn nicht, werde ich dafür sorgen, dass er entlarvt, sein Priester getötet und die Kirche dem Erdboden gleichgemacht wird.“

Die Worte des Mannes sprachen Darrick an, und er fand in ihnen sogar Trost. Taramis ließ seine unglaublichen Absichten so klingen, als wären sie tatsächlich umsetzbar.

„Ihr habt jemanden an den Dämon verloren“, flüsterte Taramis.

Darrick wich ein Stück zurück.

„Macht Euch nicht die Mühe, es zu leugnen“, sagte er. „Ich sehe die Wahrheit in Euren Augen. Für jemanden, der das Gleiche durchgemacht hat, tragt Ihr Euren Schmerz wie einen Schild vor Euch her.“ Er hielt einen Moment inne und wandte seinen Blick von Darrick ab. „Ich habe meine Familie an einen Dämon verloren. Es war vor dreiundzwanzig Jahren. Ich war Priester. Etwas Derartiges hätte mir nicht passieren dürfen. Doch ein Dämon hat mir meine Frau und meine drei Kinder genommen.“

Die Laterne auf dem Tisch flackerte kurz auf.

„Ich war damals jung und völlig in mein Studium als Vizjerei-Magier vertieft. Ich unterrichtete in einer der entlegenen Gegenden in meinem Heimatland. Eines Tages klopfte ein Fremder an unsere Tür. Wir wohnten im hinteren Teil der Schule, nur meine Familie und ich. Dieser Mann erzählte uns, er habe kein Dach über dem Kopf und sei bereits seit zwei Tagen ohne Essen. Ich war so dumm und so von meiner neuen Position eingenommen, dass ich ihn ins Haus ließ. In der Nacht tötete er meine Familie, nur ich überlebte. Allerdings dachten die meisten, ich würde es nicht überstehen.“ Er zog den Hemdsärmel zurück und zeigte die langen gewundenen Narben, die sich über seinen Arm zogen. „Mein ganzer Körper sieht so aus.“ Er bog den Kopf nach hinten und ließ die breite Narbe zum Vorschein kommen, die sich um seinen Hals bis zur Kehle zog. „Die Priester, die mich retteten, mussten mich zusammenflicken. Alle Heiler sagten mir später, dass ich eigentlich hätte tot sein müssen. Das Licht weiß, wie sehr ich mir das gewünscht hätte.“

„Aber Ihr habt überlebt“, flüsterte Darrick, der von Entsetzen über diese Tragödie erfüllt war.

„Ja.“ Taramis klopfte die Asche aus seiner Pfeife und steckte sie weg. „Eine Weile verabscheute ich mein Dasein. Doch dann wurde mir klar, dass mein Leben mit einem Mal eine neue Richtung bekommen hatte. Der Dämon, der meine Familie getötet hatte, würde andere Familien auslöschen. Ich beschloss, körperlich und geistig zu genesen, und genau das geschah auch. Ich benötigte drei Jahre, um gesund zu werden, und weitere neun Jahre, um den Dämon aufzuspüren, der mir meine Familie genommen hatte. Zu der Zeit hatte ich bereits zwei andere Dämonen getötet und vier weitere entlarvt.“

„Und nun jagt Ihr Kabraxis.“

„Ja. Als die Kirche des Propheten des Lichts zum ersten Mal in Erscheinung trat, wurde ich hellhörig. Also begann ich zu recherchieren und entdeckte genügend Übereinstimmungen zwischen den Heilungen und den Veränderungen, die bei den Anbetern aufgetreten waren, um mich Kabraxis auf die Spur kommen zu lassen.“

„Und warum trieb es Euch dann hierher?“, wunderte sich Darrick.

„Weil Kabraxis früher einmal hier gewesen ist“, antwortete der Weise. „Eine Zeit lang wurde er von Barbarenstämmen angebetet, als diese gegen die Bewohner der Südlande kämpften. In dieser Zeit kannte man ihn als Iceclaw, den Gnadenlosen. Es gelang ihm, einige der größeren Stämme zu einen und eine Barbarenhorde auf die Beine zu stellen, die ihr Unwesen zwischen dem Zwillingsmeer, der Großen See und dem Eismeer trieb.“

Darrick dachte über die Bedeutung dieser Entwicklung nach. Die Geschichten über die Barbarenhorde reichten so weit zurück, dass sie lediglich als Märchen angesehen wurden, mit denen man kleinen Kindern Angst einjagen konnte. Die Barbaren wurden als Kannibalenkrieger dargestellt, die ihre Zähne feilten und sich den Bauch mit Frauen und Kindern vollschlugen. „Bis Hauklin mit seinem großen Schwert Stormfury einschritt und Iceclaw in einem Kampf schlug, der sechs Tage dauerte …“

Taramis grinste. „Ihr kennt diese Geschichten also auch.“

„Aye“, erwiderte Darrick. „Aber das erklärt trotzdem nicht, warum Ihr hier seid.“

„Weil Stormfury noch immer hier ist“, antwortete der Weise. „Ich bin wegen des Schwertes hier – weil es das Einzige ist, womit Kabraxis getötet werden kann.“

„Es hat ihn beim ersten Mal aber auch nicht getötet.“

„In den Texten, die ich studiert habe, heißt es, dass Kabraxis vor der verheerenden Macht von Stormfury die Flucht ergriff. Nur in den Geschichten der Menschen heißt es, dass er tot ist. Doch ich glaube, das Schwert besitzt die Macht, um Kabraxis zu töten. Wenn man ihm damit bis in die Brennenden Höllen folgt.“

„Wenn Ihr all das wisst, warum unterhaltet Ihr Euch überhaupt mit mir?“

Der Mann betrachtete Darrick eindringlich. „Weil ich nur ein einzelner Mann bin, Darrick Lang, und ich bin nicht mehr so rüstig wie noch vor Jahren.“

„Ihr kennt meinen Namen?“

„Natürlich.“ Taramis deutete auf seine Bücher. „Ich bin ein gelehrter Mann. Ich habe die Geschichten gehört, die vor über einem Jahr in Westmarch über die Entdeckung des Dämons in Tauruk's Port erzählt wurden. Ich war zu der Zeit in Westmarch. Und ich hörte von einem jungen Offizier der Marine, der seinen besten Freund verloren hatte, als er sich auf einer Mission befand, um den Neffen des Königs zu befreien."

„Und warum dann dieses Theater?"

„Um Euch von meiner Sache zu überzeugen", erwiderte Taramis leise, „und vielleicht auch von Eurer Bestimmung."

„Welcher Bestimmung?" Darrick fühlte sich, als wäre er in eine Falle gelaufen.

„Ihr seid auf irgendeine Weise mit dieser Sache verbunden", sagte der Weise. „Ihr habt Blut an Kabraxis verloren, was bereits genügen könnte. Oder aber es gibt noch etwas anderes, das Euch an den Dämonen bindet."

„Ich will mit diesem Dämon nichts zu schaffen haben", erwiderte Darrick mit Nachdruck, doch noch während er diese Worte sprach, fühlte er sich gar nicht mehr so sicher. Mit dieser Unsicherheit kam eine raue Woge der Furcht über ihn.

„Tatsächlich? Und wie kommt es dann, dass Ihr hier gelandet seid? Dort, wo sich die Waffe befindet, die Kabraxis töten wird?"

„Das letzte Jahr habe ich weitestgehend im Rausch zugebracht", sagte Darrick bereitwillig. „Ich habe meinen Posten bei der Marine von Westmarch verloren und war die meiste Zeit über mittellos. Ich habe mich von Stadt zu Stadt treiben lassen und Arbeiten angenommen, die mir gerade genug einbrachten, um am Leben zu bleiben und mich von Westmarch fernhalten zu können. Ich wusste nicht, dass ich in Seeker's Point gelandet war. Das war mir erst klar, als ich nahezu erfroren aufwachte. Ich wusste nichts von diesem Schwert, bis Ihr mir gerade eben davon erzählt habt. Ich bin nicht irgendeiner Spur eines Dämons gefolgt."

„Nicht?" Taramis sah auf das elliptische Symbol, das Darrick mit Soße auf die Tischplatte gemalt hatte. „Was macht Ihr dann hier? Oder seid Ihr nur gekommen, um Euch eine Mahlzeit ausgeben zu lassen?"

„Ich weiß es nicht", räumte Darrick ein.

„Ihr wusstet, zu wem das Symbol gehört, bevor Ihr mit mir gesprochen hattet", machte Tamaris ihm klar. „Und jetzt, da Ihr wisst, dass der Dämon sich in Bramwell befindet und sich hinter den mystischen Weissagungen der Kirche des Propheten des Lichts versteckt, könnt Ihr ihm da noch reinen Gewissens den Rücken kehren? Wollt Ihr wirklich die Augen verschließen?"

Gegen seinen Willen sah er vor seinem geistigen Auge wieder die Szene, wie Mat über die Klippe in den Tod sprang. Der Schmerz, den er das letzte Jahr über im Alkohol ertränkt hatte, machte sich mit einer Intensität in ihm bemerkbar, als hätte sich das schreckliche Ereignis gerade eben erst zugetragen. Wut stieg in ihm auf, doch irgendwie gelang es ihm, die Kontrolle über sich zu behalten.

„Das Licht hat Euch hergeführt, Darrick", erklärte der Weise mit seiner ruhigen Stimme. „Es hat Euch hergeführt, an diesen Ort und zu dieser Zeit. Das Licht hat es möglich gemacht, dass wir beide uns begegnen, weil Ihr interessiert seid. Weil Ihr etwas bewirken könnt. Meine Frage ist, ob Ihr bereit seid, Euch dem Kampf zu stellen, der Euch erwartet."

Darrick zögerte, da er wusste, dass er sich selbst verdammen würde, ganz gleich, welche Antwort er gab – und wohl auch, wenn er keine gab.

„Ihr glaubt, dieses Schwert kann Kabraxis töten?", fragte Darrick mit heiserer Stimme.

„Ja", antwortete Taramis. „Aber nur hier in der letzten Ebene." Er zeigte wieder auf das elliptische Symbol. „Zwei Ebenen verbleiben, über die wir noch nicht gesprochen haben. Die äußerste davon ist die, bei der Kabraxis die Eingeweihten zu etwas formt, das aus ihnen mehr als gewöhnliche Menschen macht. Hier müssen sie sich den Ängsten vor einer Welt der Dämonen stellen, und hier müssen sie den Gewundenen Pfad der Träume und der Schatten beschreiten – den Dunklen Pfad."

„Den Dunklen Pfad?", fragte Darrick.

„So bezeichnet ihn Kabraxis. Er hat für seine Feldzüge hier in der Welt der Menschen verschiedene Namen verwendet, doch die einzig wahre und richtige Bezeichnung ist der Gewundene Pfad der Träume und der Schatten. Wenn sich die von Kabraxis Auserwählten der dämonischen Welt stellen, müssen sie sich ihm mit Geist, Körper und Seele hingeben, und zwar für alle Zeit. Viele scheitern. Sie werden in die Brennenden Höllen verbannt, wo sie bis in alle Ewigkeit immer wieder sterben müssen."

„In welcher Weise werden diese Menschen verändert?"

„Sie werden schneller und stärker als normale Menschen", erklärte der Weise. „Es ist schwieriger, sie zu töten. Einigen von ihnen wird sogar erlaubt, dämonische Magie zu beherrschen."

„Wenn man Euch zuhört, muss man glauben, dass es unmöglich ist, Kabraxis zu töten."

„Nicht mit Stormfury", sagte Taramis. „Außerdem verfüge ich selbst über magische Fähigkeiten."

„Und wenn ich mich dagegen entscheide?"

„Dann werde ich allein gehen." Der Mann lächelte ihn an. „Aber Ihr könnt das nicht ausschlagen, nicht wahr, Darrick? Es ist längst viel zu sehr ein Teil von Euch. Vor einem Jahr wärt Ihr vielleicht in der Lage gewesen, Euch von mir abzuwenden und fortzugehen. Doch jetzt nicht mehr. Ihr habt versucht, dem aus dem Weg zu gehen, was Euch und Eurem Freund passiert ist. Es hat Euch beinahe vernichtet." Er machte eine kurze Pausc. „Jetzt müsst Ihr die Kraft finden, es durchzustehen."

Darrick sah wieder auf die Zeichnung. „Was befindet sich auf der letzten Ebene?"

Taramis zögerte kurz, dann schüttelte er den Kopf. „Das weiß ich nicht. Die Texte, die ich über Kabraxis gelesen habe, geben darauf keine Antwort. Es wird Bezug darauf genommen als die Ebene der größten Angst, aber ich weiß nicht, was das ist."

„Es wäre gut, es zu wissen."

„Vielleicht können wir es gemeinsam herausfinden", schlug der Weise vor.

Darrick sah dem Mann in die Augen und wünschte, es gelänge ihm, nein zu sagen, nein, er werde sich ihm nicht anschließen. Aber er konnte es nicht, weil er es leid war, sich darin zu üben, ein halbes

Leben zu leben und der Schuld auszuweichen. Er hätte mit Mat sterben sollen. Und vielleicht war der einzige Ausweg überhaupt der, *jetzt* zu sterben.

„Aye“, antwortete Darrick so leise, dass er kaum zu hören war. „Ich werde Euch begleiten.“

Achtzehn

Buyard Cholik stand auf der Plattform über dem Schlangenkopf und erwartete die Ankunft seines Gastes. Er war von einer gewissen Vorfreude erfüllt, während er die leeren Bänke unter sich betrachtete. Noch am Morgen hatte er sich am Anblick einer hoffnungslos überfüllten Kirche erfreut. Mit jedem Tag kamen mehr und mehr Besucher zum Gottesdienst. Längst schon gab es nicht mehr genügend Sitzplätze für die Anwesenden. Die Bauarbeiter mochten sich beeilen, so sehr sie auch wollten, die Erweiterungsbauten konnten mit dem Anschwellen der Besuchermengen einfach nicht mithalten.

Doch heute Abend war die Kathedrale einem einzigen Besucher vorbehalten, und Choliks freudige Erregung steigerte sich deswegen noch mehr. Er sagte aber kein Wort, als Lord Darkulan am großen Haupteingang stehen blieb.

Um den Lord herum stand eine Schar Wachen in Rüstungen. Sie hielten Laternen hoch und stellten ihre Waffen zur Schau. Der Lichtschein der Laternen ließ die Kettenhemden und den geschliffenen Stahl der Klingen funkeln. Die Männer tuschelten untereinander, und auch wenn so gut wie nichts von dem, was sie sagten, zu verstehen war, konnte Cholik aus den Stimmen doch Angst und Feindseligkeit heraushören.

Lord Darkulan war ein junger Mann Anfang dreißig. Sein erhabenes Auftreten zeigte, welch strenger Lebensführung er sich unterwarf, um als Krieger und auch als Führungspersönlichkeit in Form zu bleiben. Der Helm, der kein Visier aufwies, aber mit bedrohlich geschwungenen Hörnern besetzt war, umrahmte sein schmales, falkenähnliches Gesicht. Sein Schnauzbart vollzog den verächtlich grinsenden Schwung seines Mundes nach. Er trug einen dunkelgrünen Umhang, der zur schwarzen Hose und der schwarzen Tunika über dem gleichfalls dunkelgrünen Hemd passte. Auch wenn nichts davon zu erkennen war, hatte Cholik keinen Zweifel daran, dass der Lord unter dieser Tunika ein mystisch verstärktes Kettenhemd trug.

Ungeduldig machte Lord Darkulan eine Geste zu einem seiner Krieger.

Der Mann nickte und ging vor in den Hauptbereich der Kathedrale. Seine mit Metall beschlagenen Stiefel klirrten, als er über den Steinboden weiter in das Gebäude vordrang.

Cholik erhob seine Stimme nur wenig, da er wusste, dass der Raum so gebaut war, dass seine Worte auch auf größere Entfernung mühelos zu verstehen waren. „Lord Darkulan, dieses Treffen wurde für Euch arrangiert. Niemand sonst darf diesen Teil der Kirche betreten."

Die Krieger drehten ihre Laternen in Richtung des Priesters. Einige der Lampen waren mit einem Bullauge versehen und richteten ihren Lichtstrahl genau auf Cholik.

Er kniff die Augen zusammen, hob aber keine Hand, um sich vor der Helligkeit zu schützen.

„Dies sind ausschließlich meine persönlichen Leibwächter", erwiderte Lord Darkulan. „Sie werden Euch nichts tun. Ganz im Gegenteil. Nach dem heutigen Zwischenfall dachte ich, Ihr würdet ihre Präsenz zu schätzen wissen."

„Nein", entgegnete Cholik entschieden. „Ihr habt um dieses Treffen ersucht, und ich habe mich einverstanden erklärt. Dabei wird es auch bleiben."

„Und wenn ich darauf bestehe?", fragte Darkulan.

Cholik sprach einige magische Worte und streckte seine Hände aus. Flammen schossen aus seinen Fingerspitzen und entzündeten die mit Öl gefüllten Kanäle rings um den Kopf der Schlange, der wieder zum Leben erwachte und sich mit Cholik aus der Wand löste, um sich dem Wachmann zu nähern.

Die Wache machte einen erschrockenen Satz rückwärts. Seine Stiefel kratzten über den Boden, als er zu seinen Kameraden zurückeilte. Die Krieger scharten sich um Lord Darkulan und versuchten, ihn mit sich fort in Sicherheit zu ziehen. Ihre Laternen wirbelten im Haupteingang wie ein Funkenschwarm.

„Wollt Ihr, dass Eure Geliebte stirbt?“, fragte Cholik, während er auf dem Schlangenkopf vorwärts ritt. „Wollt Ihr, dass man Eure Lady aufknüpft? Wollt Ihr, dass Euer guter Name durch den Dreck dieser Stadt gezogen wird? Vor allem, wenn *ich* das alles verhindern kann?“

Lord Darkulan beschimpfte seine Männer und scheuchte sie weg. Widerstrebend wichen die Wachen vor ihm zurück, während ihre Anführer auf ihren Herrn einredeten, um ihn zur Vernunft zu bringen.

Der Lord blieb am Eingang stehen und sah hinauf zu Cholik, der über dem Kopf der Steinschlange thronte. Unter ihm war das Maul der Kreatur von Feuer umzüngelt. Ihm war klar, wie entsetzlich dieser Anblick in der sonst völlig dunklen Kathedrale wirken musste.

„Es hieß, Ihr wärt heute morgen ums Leben gekommen“, sagte Lord Darkulan.

Cholik breitete die Arme aus und genoss die Rolle, die er spielen durfte. „Sehe ich aus wie ein toter Mann, Lord Darkulan?“

„Eher wie ein Zombie“, murmelte einer der Wachleute.

„Ich bin kein Zombie“, entgegnete Cholik. „Kommt näher, Lord Darkulan, damit Ihr meinen Herzschlag hören könnt. Solltet Ihr mir dann noch immer nicht glauben, lasse ich es vielleicht zu, für Euch zu bluten. Zombies und tote Wesen bluten nicht, wie es lebendige Wesen tun.“

„Warum können mich meine Männer nicht begleiten?“, wollte Lord Darkulan wissen.

„Wenn ich die Menschen in Eurem Leben retten soll, die Ihr gerettet sehen wollt … wenn ich *Euch* retten soll, Lord Darkulan, dann müsst Ihr mir vertrauen.“ Cholik wartete und versuchte, sich nicht zu verhalten, als würde von der Entscheidung des Lords wirklich etwas abhängen. Er fragte sich, ob Kabraxis dem Ganzen zusah, doch dann wurde ihm klar, dass die Frage falsch formuliert war. Natürlich beobachtete Kabraxis das Geschehen, die Frage lautete nur: von wo aus?

Lord Darkulan nahm einem seiner Männer die Laterne ab, wappnete sich für das, was kommen mochte, und ging in die Kathedrale hinein. „Wie kommt es, dass Ihr so viel über meine Situation und über Staatsangelegenheiten wisst?“, fragte er.

„Ich bin der Hüter des Pfades“, erklärte Cholik. „Ich wurde von Dien-Ap-Sten persönlich auserwählt. Wie sollte ich also nicht davon wissen?“

„Einige der Männer, die mich beraten, haben überlegt, ob es nicht sein könnte, dass Ihr und diese Kirche auf irgendeine Weise hinter den Dingen steckt, die mir zu schaffen machen.“

„Und? Glaubt Ihr das, Lord Darkulan?“, fragte Cholik.

Der Lord zögerte. „Ich weiß es nicht.“

„Heute Morgen habt Ihr gesehen, wie ich durch den Pfeil eines hinterhältigen Attentäters ums Leben kam. Und doch stehe ich jetzt vor Euch. Ich lebe, und ich bin bereit, Euch in Eurer Stunde der Not beizustehen, mein Lord. Vielleicht aber sollte ich mich von Euch abwenden, so wie Ihr Euch von Dien-Ap-Sten und dieser Kirche abgewandt habt, seit unser Aufenthalt bei Euch seinen Anfang genommen hat.“ Cholik machte ein Pause. „Ich könnte das machen, solltet Ihr wissen. Einige der Männer, die mich beraten, haben überlegt, ob es nicht sein könnte, dass der Attentäter, der den Anschlag auf mein Leben verübte, von Euch beauftragt wurde – weil Ihr eifersüchtig auf die Macht seid, zu der ich in Eurer Gemeinde aufgestiegen bin.“

„Das sind Lügen“, erwiderte Lord Darkulan. „Ich habe noch nie etwas hinter dem Rücken anderer getan.“

„Und ist Lady Darkulan auch immer noch der Ansicht, dass Euch diese Worte zutreffend beschreiben?“, fragte Cholik ruhig.

Lord Darkulans Hand wanderte zum Heft seines Säbels. Mit schroffer Stimme erwiderte er: „Treibt es nicht auf die Spitze, Priester.“

„Ich sah dem Tod heute schon ins Auge, Lord Darkulan. Eure Drohungen können mich nicht beeindrucken. Ich weiß, dass ich Hand in Hand mit Dien-Ap-Sten gehe.“

„Ich hätte Euch aus dieser Kirche vertreiben können“, sagte Darkulan wütend.

„Die Bürger und Besucher hier, die das nicht zulassen würden, sind Eurer Armee und Eurer Marine zahlenmäßig überlegen.“

„Ihr wisst überhaupt nicht, mit wem …“

„Nein“, fiel Cholik ihm schneidend ins Wort und brachte die Schlange dazu, dass sie ihren Kopf über den Lord erhob. „*Ihr* wisst überhaupt nicht, mit wem Ihr es zu tun habt.“

Die Schlange öffnete ihr mit spitzen Zähnen bewehrtes Maul und spie eine Flamme, die auf dem Steinboden vor den Wachleuten auftraf und sie noch weiter zurücktrieben.

„Ihr braucht mich“, sagte Cholik zu Darkulan. „Und Ihr braucht die Errettung, die Dien-Ap-Sten Euch geben kann. Wenn Eure Geliebte gerettet wird, dann ist Eure Frau gerettet. Wenn beide Frauen gerettet werden, dann bleibt Euch Eure Macht erhalten.“

„Es war ein Fehler, Euch in der Stadt zu dulden“, erwiderte der Lord. „Ich hätte Euch frühzeitig verbannen sollen.“

„Nach der ersten Nacht, in der sich Wunder ereignet haben, wäre Euch das nicht mehr möglich gewesen. Dien-Ap-Sten und der Weg der Träume bringen den Menschen Macht. Reichtum und Privilegien sind zum Greifen nah. Genesung für die Kranken und die Sterbenden.“ Stumm befahl er der Schlange, weiter nach unten zu sinken, bis der Kopf vornüber gebeugt auf dem Boden ruhte.

Lord Darkulan machte ein paar Schritte nach hinten, doch die Flamme loderte noch immer an der Stelle, an der sie auf den Steinfußboden getroffen war. Er war von seinen Männern getrennt worden, doch Cholik war sich der unerfreulichen Tatsache bewusst, dass einige der Wachen mit Bogen bewaffnet waren. Außerdem befanden sie sich in einer Entfernung, über die man auch noch ein Messer treffsicher werfen konnte.

„Indem Ihr heute Nacht hergekommen seid, habt Ihr das Einzige getan, was Euch überhaupt möglich war“, sagte Cholik und verließ die Plattform.

Die Schlange lag ruhig und reglos da, doch ihre feurigen Augen bewegten sich unablässig hin und her, und die qualmende Zunge schoss rasch hervor, um Witterung aufzunehmen. Tieforangene Glut wirbelte durch die stehende Luft der Kathedrale nach oben und verwandelte sich in schwarze Asche, kurz bevor sie die hohe Decke erreichte. Hitzewellen gingen von der Steinschlange aus.

Cholik blieb genau vor dem Kopf stehen, da er wusste, dass er so wie eine düstere Silhouette vor einem fürchterlichen Bestie wirkte.

„Vielleicht glaubt Ihr, Ihr hättet Euer Schicksal dadurch besiegelt, dass Ihr heute Abend hergekommen seid, Lord Darkulan“, sagte Cholik ruhig.

Der Mann erwiderte nichts. Die Furcht warf tiefe Schatten auf sein Gesicht, obwohl es von der Laterne und der Schlange beleuchtet wurde.

„Ich versichere Euch“, fuhr Cholik fort, „dass das genaue Gegenteil der Fall ist. Ihr habt Eure Zukunft besiegelt.“ Er deutete auf die Schlange und spürte die ungeheure Hitze, die sich auf ihn zu bewegte, als die Kreatur ihr Maul öffnete. „Begleitet mich, Lord Darkulan. Übergebt Eure Sorgen und Ängste an Dien-Ap-Sten, damit er sie vertreiben kann.“

Darkulan rührte sich nicht von der Stelle.

„Ihr wart heute hier“, sagte der Priester. „Ihr habt das Wunder miterlebt, das Dien-Ap-Sten auf dem Dunklen Pfad gewirkt hat, indem er die beiden Jungen trennte, deren Fleisch verbunden war. Habt Ihr so etwas schon früher einmal gesehen?“

„Nein“, erwiderte der Lord mit zitternder Stimme.

„Habt Ihr jemals von so etwas gehört?“

„Nie.“

„Mit Dien-Ap-Sten an der Seite“, versprach Cholik, „kann ein Mann, der sich auf den Weg der Träume begibt, alles erreichen.“ Er hielt ihm seine Hand hin. „Kommt mit, damit ich Euch weitere Wunder zeigen kann.“

Lord Darkulans Gesicht war anzusehen, dass er Zweifel hegte.

„Morgen früh“, meinte Cholik, „wird alles zu spät sein. Das Gift wird Eure Geliebte getötet haben, und ihr Vater wird im Gegenzug das Leben Eurer Gemahlin einfordern.“

„Wie soll ich sie retten, wenn ich Euch begleite?“

„Auf dem Weg der Träume“, erwiderte der Priester, „wird alles möglich. Kommt.“

Darkulan versuchte, sich seine Angst nicht anmerken zu lassen, als er nach vorn trat und es zuließ, dass Cholik ihn am Arm nahm und mit sich zog.

„Seid mutig, Lord Darkulan“, riet Cholik ihm. „Ihr werdet Wunder schauen, die nur wenige Sterbliche jemals zu Gesicht bekommen. Tretet in das Maul der Schlange ein, und alle Eure Ängste werden Euch abgenommen, wenn Ihr nur glaubt.“

Lord Darkulan folgte Cholik mit einem halben Schritt Abstand. Sie schritten über die spitzen Zähne der Schlange und folgten dem schwarzen, rauchenden Band, als das sich die Zunge darstellte. Weiter hinten im Schlund wurde daraus ein dunkler Pfad, der sich durch einen weitläufigen Korridor wand.

„Wo sind wir?“, fragte Lord Darkulan.

„Auf dem Weg der Träume“, antwortete Cholik. „Wir werden Eure Bestimmung suchen. Ein Mann muss stark sein, wenn er den Lehren Dien-Ap-Stens folgen will. Ihr werdet zu einem noch stärkeren Mann werden.“

Der Korridor wurde breiter und veränderte immer wieder sein Aussehen, während der schwarze Weg unter Choliks Füßen konstant gleich blieb. Er hatte mit mehreren Gemeindemitgliedern gesprochen, die den Dunklen Pfad beschritten hatten, weil sie geheilt werden oder einen Segen erhalten wollten, aber jeder hatte den Pfad anders beschrieben. Manche berichteten, sie seien durch ihnen vertraute Korridore gegangen, während andere von Orten berichteten, die sie noch nie zuvor sahen und die sie auch niemals wiedersehen wollten.

Vor ihnen ging eine grüne Sonne auf, und auf einmal befanden sie sich nicht mehr in einem Korridor, sondern folgten dem Dunklen Pfad, der nun entlang einer Klippe verlief, die so hoch gelegen war, dass Wolken den Blick nach unten verwehrten. Über ihnen ragte dagegen eine schroffe Gebirgskette auf, auf deren Gipfeln Eis schimmerte.

Lord Darkulan blieb stehen. „Ich möchte umkehren.“

„Das könnt Ihr nicht“, gab Cholik zurück. „Seht.“ Er drehte sich um und zeigte auf den Weg, den sie gekommen waren.

Flammen, dreimal so groß wie ein erwachsener Mann, umgaben den Dunklen Pfad zuckend und sich windend.

„Ihr könnt Euch nur weiter nach vorn bewegen“, erklärte der Priester.

„Ich habe einen Fehler begangen“, sagte Lord Darkulan.

„Es war nicht Euer erster.“

Darkulan wirbelte abrupt herum, hob sein Schwert und brachte es bis auf wenige Zoll an Choliks ungeschützte Kehle. „Ihr werdet mich sofort gehen lassen, sonst schlage ich Euch den Kopf von den Schultern.“

In dem sicheren Wissen, dass Kabraxis über ihn wachte, packte Cholik das Schwert. Die scharfe Klinge schnitt sich in seine Hand, und ein wenig Blut lief an dem Stahl entlang, tropfte dann zu Boden und ließ auf dem Dunklen Pfad faustgroße Feuerherde entstehen.

„Nein“, entgegnete Cholik entschieden, „das werdet Ihr nicht.“ Kraft durchströmte ihn und ließ das Schwert binnen eines Herzschlags rot glühen.

Vor Schmerz laut aufschreiend, gab Darkulan im gleichen Moment seine Waffe frei. Sie fiel, und er taumelte nach hinten. Ungläubig starrte er auf seine verbrannte Hand.

Cholik ignorierte den stechenden Schmerz in seiner eigenen Hand ebenso, wie er über den Gestank von verkohltem Fleisch und über die aufsteigenden Rauchfahnen hinwegsah. Auf den Reisen, die er zusammen mit Kabraxis auf dem Dunklen Pfad unternommen hatte, waren ihm weitaus schlimmere Dinge widerfahren. Hin und wieder konnte er immer noch fühlen, wie sich die Krallen des Dämons um sein Gehirn legten und an seiner Schädeldecke entlang schabten.

Mit einer Drehung schleuderte Cholik das Schwert des Lords über die Klippe. Dann hielt er dem Mann seine verbrannte, blutende Hand hin, damit er sie betrachten konnte.

„Ihr seid wahnsinnig“, wisperte Darkulan fassungslos.

„Nein“, widersprach Cholik ihm völlig ruhig. „Ich glaube an Dien-Ap-Sten und an die Macht des Wegs der Träume.“ Er hielt seine Hand hoch und sah mit an, wie sich die Schnitte schlossen und wie die Brandwunden verheilten. Augenblicke später war seine Hand wieder völlig unversehrt. „Ihr könnt auch glauben. Streckt Eure Hand aus und akzeptiert, was ich Euch sagen werde.“

Zitternd, verängstigt und von Schmerzen heimgesucht tat Lord Darkulan, was der Priester von ihm verlangte.

„Glaubt", sagte der mit sanfter Stimme. „Glaubt, und Ihr werdet die Macht erhalten, Euch selbst zu heilen und Eurem Leid ein Ende zu setzen."

Darkulan konzentrierte sich. Schweißperlen bildeten sich auf seiner Stirn. „Ich kann nicht", flüsterte er rau. „Bitte, ich flehe Euch an. Nehmt diesen Schmerz von mir."

„Das kann ich nicht", erwiderte Cholik. „Das müsst schon Ihr selbst tun. Geht einfach bereitwillig auf Dien-Ap-Sten zu. Dafür ist nur ein wenig Glaube nötig, vertraut mir."

Langsam begann Lord Darkulans Hand zu heilen. Schorf überzog die Brandwunden, und nach wenigen Augenblicken war nur noch heiles Fleisch zu sehen, wo eben noch entsetzliche Verbrennungen seine Hand entstellt hatte.

„Ich habe es geschafft!" Darkulan sah ungläubig auf seine unversehrte Hand. Seine Finger zitterten immer noch.

„Ja", stimmte Cholik ihm zu. „Doch das Schlimmste liegt erst noch vor Euch."

Ohne Vorwarnung brach der Vorsprung ab und riss sie beide in den Abgrund.

Darkulan schrie vor Entsetzen auf.

Cholik hatte seine eigene Furcht im Griff. Er befand sich jetzt auf dem Dunklen Pfad. Die Krieger und die Priester, die Teil des innersten Zirkels geworden waren, hatten alle weit schlimmere Dinge erleben müssen. Jeder, der an diesem Punkt angelangt war, musste einen entsetzlichen Alptraum durchstehen, der sein größtes Geheimnis darstellte.

Am Ende des langen Sturzes durch die watteweichen Wolken kam es nicht zu dem jeden Knochen zerschmetternden Aufprall, den Cholik erwartet hatte. Vielmehr landete er sanft wie eine Feder mitten in einem vom Mond beschienenen Sumpf unter einem sternenklaren Himmel.

Darkulan dagegen stürzte mit so hoher Geschwindigkeit hinein, dass er unter einer hohen Fontäne verschwand, die Schlamm in alle Richtungen verschleuderte.

Nach einer Weile begann sich Cholik Sorgen zu machen, dass etwas schief gegangen sein könnte. Neulinge waren entlang des Dunklen Pfads umgekommen, doch im Allgemeinen wählte Kabraxis sehr genau aus, wer in den innersten Zirkel eingeführt wurde.

„Ihm geht es gut", sagte der Dämon. „Gib ihm noch einen Moment Zeit. Ich habe diesen Ort und dieses Ereignis an einem entlegenen Platz in seinem Geist entdeckt, mit dem er sich nur noch selten befasst. Pass gut auf."

Cholik wartete und staunte darüber, dass er auf der Oberfläche des Sumpfs stehen konnte.

Schließlich erhob Darkulan seinen Arm aus dem Morast und legte ihn um einen halbversunkenen Baumstamm, der schon vor langer Zeit umgestürzt war. Sein Kopf war komplett mit Schlamm überzogen, was sein erhabenes Erscheinungsbild zunichte machte und nur den verängstigten Mann hinter dieser Fassade übrig ließ.

Er streckte seine Hand nach Cholik aus. „Helft mir! Schnell!"

„Wovor hat er Angst?", fragte der Priester Kabraxis. Keiner von beiden machte Anstalten, dem Mann zu Hilfe zu kommen. „Der Sumpf ist nicht so tief, dass er untergehen könnte."

„Er fürchtet sich vor seiner Vergangenheit", sagte der Dämon. „Und das sollte er auch."

Ängstlich sah Lord Darkulan über die Schulter auf den Sumpf. Kahle und abgestorbene Bäume ragten aus dem Morast heraus, das Ufer wurde von abgestorbenem Gebüsch mit verkohlten, zusammengerollten Blättern gesäumt. Die Skelette von toten Kreaturen – manche von ihnen erst vor so kurzer Zeit umgekommen, dass noch Fellreste an ihnen hingen – waren zum Teil im Sumpf versunken oder lagen am Ufer. Kahle Vogelkadaver hingen kopfüber an den Ästen und Zweigen der Bäume. Im Sumpf trieben Froschleichen.

Lord Darkulan schrie wieder auf, dann wurde er ruckartig in den Schlamm gezogen, auf dessen Oberfläche sich ein paar Luftblasen bildeten.

„Wird er hier sterben?", fragte Cholik.

„Das wird er", antwortete Kabraxis, „wenn ich ihn nicht rette. Er kann nicht gegen diesen Alptraum ankämpfen, er ist zu stark für ihn."

Wieder reckte der Mann seinen Arm aus dem Sumpf, fand den Baumstamm und zog sich langsam heraus, bis erkennbar wurde, dass sich ein Skelett an seinem Rücken festgeklammert hatte.

Die Haut der toten Frau, die der Sumpf jahrelang umschlossen hatte, war zu Leder geworden und lag eng um ihren Schädel. Cholik wusste, dass sie früher einmal schön gewesen war, doch davon war nun nichts mehr zu sehen. Das hellblaue Kleid, das vor langer Zeit verführerische weibliche Kurven betont haben mochte, hing nun an der ausgemergelten Schreckensgestalt, die sich an Lord Darkulans Rücken festklammerte. Die tote Frau beugte sich vor und ließ ihre lederne Zunge zwischen den verwesten Lippen zum Vorschein kommen. Die Zunge berührte sein Ohr, dann nahm die Frau es zwischen ihre Kiefer. Als sich die abgebrochenen Zähne in das Ohr fraßen, als würden sie auf eine Traube beißen, spritzte Blut.

Darkulan stieß einen Schmerzensschrei aus und fuchtelte mit dem freien Arm, um die tote Frau abzuschütteln, damit er sich weiter aus dem Sumpf ziehen konnte.

„Helft mir!“, rief der Lord.

„Wer ist diese Frau?“, fragte Cholik.

„Vor langer Zeit“, begann Kabraxis zu erklären, „war sie seine Geliebte. Es trug sich in den frühen Jahren vor seiner Ehe zu. Sie war eine Bürgerliche namens Azyka, die Tochter eines Kaufmanns. Vor seiner Ehe erklärte sie Lord Darkulan, sie erwarte von ihm ein Kind. Er wusste, dass er sich so etwas nicht leisten konnte, also tötete er sie und entledigte sich ihres Leichnams in diesem Sumpf außerhalb von Bramwell.“

„Die Frau wurde niemals gefunden?“, fragte Cholik.

„Niemals.“

Cholik sah zu dem entsetzten Lord, der darum kämpfte, sich an dem moosbewachsenen Baum festzuklammern. Cholik war über die Geschichte, die Kabraxis ihm erzählte, nicht erstaunt. Als Priester der Kirche von Zakarum war er mit den besonderen Privilegien der Monarchie vertraut. In der Geschichte von Westmarch hatte es etliche Morde gegeben, deren Täter durch besondere Dispensation der Kirche freigesprochen wurden.

„Helft mir doch!“, schrie Darkulan.

Kabraxis trat vor. Sein großer Fuß verursachte, ohne nass zu werden, auf dem Wasser des Sumpfs nur winzige Wellen. „Lord Darkulan!“, rief der Dämon.

Der Lord blickte auf und bemerkte den Dämon zum ersten Mal. Einen Moment lang war er in völliger Starre, doch die tote Frau, die weiter sein Ohr in blutige Fetzen zerkaute, ließ ihn wieder daraus erwachen. Abermals kämpfte er gegen sie an, verlor wieder den Halt und rutschte bis zum Kinn zurück in den Sumpf. Das Haar der toten Frau trieb an der Oberfläche.

„Lord Darkulan“, sagte der Dämon. „Ich bin Dien-Ap-Sten. Ich bin Eure Errettung.“

„Ihr seid keine Errettung“, rief Darkulan. „Ihr seid ein Dämon.“

„Und Ihr seid ein ertrinkender Mann“, gab Kabraxis zurück. „Akzeptiert mich, sonst werdet Ihr sterben.“

„Ich werde mich nicht von Euren Illusionen in die Irre …“

Die tote Frau vergrub ihre knochigen Finger in seinem Haar, und riss abrupt daran, so dass Darkulan wieder in das schwarze Wasser des Sumpfs gezogen wurde.

Kabraxis stand nur da und wartete geduldig ab.

Einen Moment lang glaubte Cholik, es sei vorüber und der Lord sei in dem Sumpf gestorben, in dem der Geist jener Frau überdauert hatte, die einst von ihm ermordet worden war. Die Kälte des Sumpfes durchdrang den Priester, der die Arme um sich legte. So oft er sich auch schon auf den Dunklen Pfad begeben hatte, war es ihm noch immer nicht möglich, sich an dieses Erlebnis zu gewöhnen. Jedes Mal verlief es anders, jede Furcht hatte andere Ursachen.

Lord Darkulans Hand kam wieder an die Oberfläche und wurde von Kabraxis gepackt, der den Mann mühelos aus dem Sumpf zog, obwohl sich die tote Frau noch immer an ihn klammerte.

„Lebt oder sterbt“, stellte Kabraxis ihn ruhig vor die Wahl. „Ihr entscheidet.“

Lord Darkulan zögerte nur für einen kurzen Augenblick. „Leben. Möge das Licht mir vergeben, aber ich will leben.“

Auf Kabraxis’ schreckerregendem Gesicht zeichnete sich ein grausames Lächeln ab. „*Ich* vergebe Euch“, spottete der Dämon und zog den von Schlamm überzogenen, blutenden Lord weiter aus dem Sumpf. Die tote Frau klammerte sich unablässig an den Lord. Sie hatte sich nach wie vor in sein Ohr verbissen, und mit ihrer freien Hand zerkratzte sie sein Gesicht.

Kabraxis versetzte der Frau einen Schlag mit dem Handrücken und schleuderte sie von Darkulan fort. Als er den Mann komplett aus dem Morast geholt hatte, merkte Cholik, dass sie sich alle wieder auf dem festen Boden des Dunklen Pfades befanden, der sich durch die hohen Berge wand. Von dem Sumpf war nichts mehr zu sehen.

Lord Darkulan ließ sich von seiner Angst überwältigen und zitterte vor dem Zorn des Dämons. „Tötet mich nicht“, flehte er.

„Ich werde Euch nicht töten“, erwiderte Kabraxis und drückte den Mann hinab auf die Knie, um ihn zu demütigen. „Ich werde Euch Euer Leben geben.“

Zitternd verharrte Lord Darkulan vor dem Dämon.

„Ihr seid schwach“, sprach Kabraxis mit tiefer Stimme. „Ich werde Eure Kraft sein.“ Der Dämon legte eine große Hand um Darkulans Kopf. „Ihr seid führungslos. Ich werde Euer Vorbild sein.“ Die Finger wurden länger und liefen in spitze Dornen aus. „Durch Euer Handeln und durch Eure kindischen fleischlichen Begierden, seid Ihr unfertig. Ich werde Euch zu einem Mann und einem Führer machen.“ Mit einer raschen Handbewegung trieb der Dämon seine spitzen Finger durch den Schädel des Lords. Blut strömte über dessen Gesicht und bahnte sich seinen Weg durch den Schlamm, der allmählich zu trocknen begann. „Geist, Körper und Seele, ihr gehört *mir*!“

Blitze zuckten über den dunklen Himmel, unmittelbar gefolgt von einem Donnern, das jedes andere Geräusch erstickte. Der Dunkle Pfad bebte unter Choliks Füßen, und für einen furchtbaren Augenblick glaubte er, die gesamte Gebirgskette könnte in sich zusammenstürzen.

Dann ließen Blitz und Donner nach, und Kabraxis zog seine Finger aus Lord Darkulans Schädel zurück.

„Steh auf“, befahl der Dämon. „Und nun beginne das neue Leben, das ich dir gegeben habe.“

Lord Darkulan erhob sich, und Schlamm, Blut und Erschöpfung schwanden dahin. Er stand aufrecht da, mit klarem Blick und ruhiger Miene. „Ich höre und gehorche."

„Nur eines fehlt noch", sprach Kabraxis weiter. „Du musst mein Zeichen tragen, damit ich über dich wachen kann."

Ohne zu zögern streifte Darkulan Tunika, Kettenhemd und Hemd ab, um ihm seinen nackten Oberkörper darzubieten. „Hier", bot er an. „Über meinem Herzen, damit ich Euch nahe bei mir tragen kann."

Kabraxis legte seine Hand auf Darkulans Brust. Als er sie wieder wegnahm, entstellte eine Tätowierung seine Haut – das Zeichen des Dämons.

„Du stehst nun in meinem Dienst", sagte der Dämon.

„Bis zum Ende meiner Tage", erwiderte der Lord.

„Nun geh, Lord Darkulan, und wisse, dass du die Macht besitzt, um deine Geliebte zu heilen und deine Frau vor der Hinrichtung zu bewahren. Nimm ein wenig von deinem Blut, mische es mit Wein, und lasse es sie trinken, damit sie geheilt wird."

Lord Darkulan nickte verstehend und versicherte dem Dämon noch einmal seine unerschütterliche Loyalität. Dann folgte er dem Dunklen Pfad zurück bis zum Maul der steinernen Schlange. Am anderen Ende des Pfads konnte Cholik wieder das Innere der großen Kathedrale sehen.

„Und damit habt Ihr ihn", sagte Cholik, während er zusah, wie Darkulan zu seinen Wachen zurückging.

„*Wir* haben ihn", berichtigte Kabraxis ihn.

Cholik sah den Dämon überrascht an, da er sich wunderte, dass dieser nicht zufriedener klang. „Stimmt etwas nicht?"

„Ich habe von einem Mann erfahren", erklärte er. „Taramis Volken. Er ist ein Dämonenjäger, und er hat meine Fährte aufgenommen."

„Wie?"

„Das ist nicht wichtig. Nach heute Nacht werde ich mich nicht länger um ihn kümmern müssen. Doch nachdem dieser verbrannte Mann versucht hat, dich zu töten, was ich nicht kommen sah, solltest du die Sicherheitsmaßnahmen rund um die Kirche verstärken." Kabraxis machte eine kurze Pause. „Lord Darkulan sollte mehr als bereit sein, dir dabei zu helfen."

„Es ist nicht möglich, überall in der Kirche für mehr Sicherheit zu sorgen", wandte Cholik ein. „Wir lassen zu viele Leute herein, um sie alle durchsuchen zu können. Und viele von ihnen können wir gar nicht identifizieren."

„Dann ändere das!", herrschte Kabraxis ihn an.

„Natürlich", erwiderte Cholik, senkte den Kopf und sah, wie der Dämon vor seinen Augen verschwand. Choliks Gedanken überschlugen sich. Wer war dieser Dämonenjäger, vor dem sich Kabraxis fürchtete? In der ganzen Zeit, die er inzwischen mit dem Dämon verbracht hatte, war dieser nicht ein einziges Mal über irgendetwas besorgt gewesen. Diese Sache war irritierend und beunruhigend, auch noch nachdem Kabraxis ihm versichert hatte, er habe sie unter Kontrolle.

Wie wollte Kabraxis eine Angelegenheit im Griff haben, die einen Mann betraf, der ihn *jagte*?

Neunzehn

Zwar war Darrick ein paar Mal geritten, als er Handelskarawanen über Land begleitet hatte, doch an den schwankenden Gang eines Pferdes hatte er sich nie gewöhnen können. Selbst an Deck eines Schiffes, das durch eine vom Sturm gepeitschte See pflügte, fand er mehr Halt als auf diesem Tier unter ihm, das sich seinen Weg die bewaldeten Hügel hinab suchte.

Zum Glück folgte es der Spur von Taramis Volkens Reittier auf dem schmalen Pfad und musste von Darrick nicht wirklich geleitet werden. Er hätte sich nur gewünscht, auch so im Sattel schlafen zu können, wie es einige seiner Begleiter vermochten.

Am Abend zuvor, im Blue Lantern, wäre Darrick nicht auf die Idee gekommen, Taramis könnte diese kleine Armee von entschlossenen Männern führen, die ihr Lager vor Seeker's Point aufgeschlagen hatten. Doch nachdem er gesehen hatte, mit welcher Professionalität und Hingabe sie ihrer Aufgabe nachgingen, war ihm klar geworden, wie es ihnen gelungen sein musste, unbemerkt zu bleiben.

Alle Krieger ritten hintereinander in einer Reihe, und zwei reiterlose Tiere belegten, dass Späher zu Fuß unterwegs waren, um das vor dem Trupp liegende Gelände zu erkunden. Die Männer verursachten so gut wie keine Geräusche, ihre gesamte Ausrüstung war so gepolstert und umwickelt, dass nichts klimpern oder scheppern konnte. Es handelte sich um Männer mit hartem Blick, die man am besten mit im Rudel jagenden Wölfen vergleichen konnte. Der winterliche Wind und der trübe Morgenhimmel unterstrichen diesen Eindruck zusätzlich.

Darrick setzte sich in seinem Sattel auf und versuchte, eine bequemere Sitzhaltung einzunehmen. Seit sie am Abend das Blue Lantern verlassen hatten, waren sie die ganze Nacht hindurch geritten. Einige Male war er eingedöst, wenn die Erschöpfung größer wurde als die Angst davor, vom Pferd zu fallen. Er war aber fast im gleichen Moment wieder wach geworden, kaum dass er im Sattel zu rutschen begann.

Aus dem Wald war der Ruf eines Vogels zu hören.

Dank seines guten Gehörs merkte Darrick sofort, dass der Laut nicht wirklich von einem Vogel rührte, da er völlig identisch mit einem Ruf war, der ihm schon früher am Tag aufgefallen war. In Wahrheit stammte er von einem der Späher, die dem Trupp vorauseilten. Während der Nacht hatten sie sich mit Eulenrufen verständigt, doch jetzt am Morgen imitierten sie einen kleinen Zaunkönig, wie ihn manche Seeleute mit auf ein Segelschiff nahmen, um ihn dort großzuziehen.

Einer der Späher kam aus dem Wald gelaufen und trottete neben Taramis Volkens Pferd einher, mit dem er mühelos Schritt hielt. Der Späher und der Weise unterhielten sich kurz, dann verschwand der Mann wieder zwischen den dicht an dicht stehenden Bäumen.

Taramis machte einen unbesorgten Eindruck, also versuchte Darrick, sich ein wenig zu entspannen. Seine Muskeln waren steif und schmerzten von dem langen Ritt und von den schweren Kisten, die er tags zuvor noch hatte schleppen müssen. Er wünschte sich nichts sehnlicher, als von diesem Pferd abzusteigen. Hätte er Seeker's Point doch bloß nie verlassen. Er hatte bei diesen Männern nichts zu suchen. Sie schienen alle erfahrene Krieger zu sein, und die wenigen Worte, die Darrick von ihnen aufgeschnappt hatte, spielten auf vergangene Kämpfe mit Dämonen an, auch wenn von denen keiner so mächtig gewesen zu sein schien wie Kabraxis.

Darrick atmete aus und sah, wie sich in der kalten Morgenluft vor seinem Mund für einen kurzen Moment eine kleine Wolke bildete. Er konnte sich einfach nicht erklären, warum Taramis ihn hatte mitnehmen wollen, wo er doch schon so viele Krieger zur Verfügung hatte.

Ein Stück weiter führte der Weg auf eine große Lichtung. Zwischen einer Fülle von Baumstümpfen stand ein kleines Haus mit einem Strohdach. Das Land südlich des Hauses war von den Stümpfen geräumt worden, damit man dort einen Garten hatte anlegen können. Die nächste Ernte schien aus Zwiebeln und Karotten zu bestehen, aber es gab auch ein Gestell, an dem über Sommer Weinranken hochgewachsen waren. Im hinteren Teil des Gartens war ein Hügel zu sehen, in den man eine Tür eingelassen hatte. Darrick vermutete, dass man durch sie in einen in die Erde gegrabenen Keller gelangte. Zwischen dem Garten und der kleinen Scheune befand sich ein Brunnen.

Ein alter Mann und ein Junge kamen aus der Scheune. Beide sahen sich ähnlich genug, um miteinander verwandt zu sein, vielleicht – so überlegte Darrick – handelte es sich um Großvater und Enkel.

Der alte Mann trug eine Heugabel und einen Milcheimer, den er dem Jungen in die Hand drückte und ihn dann zurück in die Scheune schickte. Der Mann war kahlköpfig und hatte einen langen grauen Bart. Unter der Kleidung aus Hirschleder lugte der Kragen eines purpurfarbenen Hemdes hervor.

„Möge das Licht Euch segnen", sagte der Alte, der die Heugabel in beiden Händen hielt. In seinen Augen war eine gewisse Furcht zu erkennen, doch die selbstbewusste Art, mit der er die Heugabel hielt, sagte Darrick, dass der alte Mann bereit sein würde, falls es Ärger geben sollte.

„Und möge das Licht auch Euch segnen", erwiderte Taramis und zog an den Zügeln seines Pferdes, damit es in einem respektvollem Abstand zu dem Mann stehen blieb. „Mein Name ist Taramis Volken, und wenn wir nicht von unserem Weg abgekommen sind, dann seid Ihr Ellig Barrows."

„Aye", sagte der Mann, blieb aber nach wie vor so stehen, als müsste er jeden Moment zum Angriff übergehen. Seine hellblauen Augen begutachteten die Krieger und Darrick. „Und wenn Ihr derjenige seid, für den Ihr Euch ausgebt, dann habe ich von Euch gehört."

„Der bin ich", erwiderte Taramis und stieg elegant von seinem Pferd. „Ich habe Papiere, die das beweisen." Er griff in sein Hemd. „Sie tragen das Zeichen des Königs."

Der alte Mann hob eine Hand, und im nächsten Moment wurde Taramis von einem schwachen saphirnen Leuchten eingehüllt. Einen Augenblick lang umgab den Weisen ein rubinrotes Licht, das den saphirnen Schein von ihm abhielt, dann wurde es blasser und verschwand schließlich völlig.

„Es tut mir Leid“, entschuldigte sich Taramis. „Wooten sagte mir, dass Ihr ein vorsichtiger Mann seid.“

„Ihr seid kein Dämon“, sagte Ellig Barrows.

„Nein“, stimmte Taramis ihm zu. „Möge das Licht sie blenden und binden und sie für immer verbrennen.“ Er spie verächtlich aus.

„Ich möchte Euch bitten, in mein Heim einzutreten“, sagte Ellig. „Wenn Ihr und Eure Männer noch nichts gegessen haben, dann kann ich in Kürze ein einfaches Frühstück servieren.“

„Wir wollen Euch keine Unannehmlichkeiten bereiten“, sagte Taramis.

„Das sind keine Unannehmlichkeiten“, versicherte der alte Mann. „Wie Ihr am Weg erkannt habt, dem Ihr hierher gefolgt seid, bekommen wir nur selten Besuch.“

„Ihr müsst noch etwas wissen“, fuhr der Weise fort.

Ellig sah ihn an. „Ihr seid wegen des Schwertes hier. Ich wusste es schon von dem, was ich über Euch gelesen habe. Kommt mit ins Haus, dann reden wir. Und dann werden wir auch sehen, ob Ihr es bekommt oder nicht.“

Taramis gab seinen Männern ein Zeichen, damit sie absaßen. Darrick tat es ihnen nach. Über ihnen pfiff der Wind durch die Bäume.

Cholik traf Kabraxis in einem der Dachgärten an. Der Dämon stand da und sah in Richtung Norden, die Arme vor der breiten Brust verschränkt. Der Illusionszauber, den er über den Garten gewirkt hatte, sorgte unverändert dafür, dass ihn von weiter unten niemand sehen konnte.

Der Priester blieb kurz stehen und spähte über die Dachkante nach unten zu den Anbetern, die in einem nicht enden wollenden Strom zur Kirche drängten.

„Ihr habt nach mir gerufen?“, fragte Cholik, als er neben den Dämon trat. Kabraxis hatte das natürlich getan, denn sonst hätte er die

Stimme des Dämons nicht in seinem Kopf gehört, während er damit befasst gewesen war, den morgendlichen Gottesdienst vorzubereiten.

„Ja“, antwortete Kabraxis. „Als ich mich mit dem Mann beschäftigte, von dem ich erfahren habe, bin ich noch auf etwas weiteres Interessantes gestoßen.“

„Taramis Volken?“, fragte Cholik. Er erinnerte sich an den Namen des Dämonenjägers, den Kabraxis am Abend zuvor in ihrem Gespräch erwähnt hatte.

„Ja. Aber da ist noch ein anderer Mann in Taramis Volkens Gruppe, den ich wiedererkenne. Ich wollte, dass du dir ihn ebenfalls ansiehst.“

„Selbstverständlich.“

Kabraxis wandte sich ab, durchquerte den Dachgarten und ging zu einem der kleinen Teiche. Er bewegte eine Hand über dem Wasser, dann trat er zurück. „Sieh.“

Cholik machte einen Schritt nach vorn, kniete nieder und sah in den Teich. Kleine Wellen bewegten sich über das Wasser, dann wurde die Oberfläche wieder glatt. Einen Moment sah Cholik nur, dass das Blau des Himmels gespiegelt wurde.

Dann entstand ein Bild, das ein kleines Haus im Schutz von großen Tannen, Ahornbäumen und Eichen zeigte. Krieger saßen vor dem kleinen Gebäude. Sie sahen alle nach hartgesottenen Gesellen aus, die eine anstrengende Reise hinter sich hatten. Cholik sah sofort, dass es zu viele waren, als dass sie alle in dem Haus hätten leben können. Folglich mussten sie Besucher sein. Doch das Haus sagte ihm nichts.

„Siehst du ihn?“, wollte Kabraxis wissen.

„Ich sehe viele Männer“, erwiderte Cholik.

„Hier.“ Der Dämon machte eine ungeduldige Geste.

Wieder zogen Wellen über den Teich, das Wasser wurde für einen Moment trüb. Dann klarte es auf und konzentrierte sich auf einen jungen Mann mit rötlichem Haar, das er zum Zopf zurückgebunden trug. Er saß an eine große Eiche gelehnt, ein Entermesser lag quer über seinen Knien. Er schien zu schlafen. Eine zackige Narbe zog sich durch eine Augenbraue.

„Erkennst du ihn?“, fragte Kabraxis.

„Ja“, antwortete Cholik. „Er war in Tauruk's Port.“

„Und jetzt ist er mit Taramis Volken unterwegs“, sagte der Dämon nachdenklich.

„Die beiden kennen sich?“

„Nicht, dass es mir bekannt gewesen wäre. Nach allem, was ich weiß, sind sich Taramis Volken und dieser Mann, Darrick Lang, gestern Abend in Seeker's Point zum ersten Mal begegnet.“

„Ihr habt Spione, die den Dämonenjäger für Euch ausspionieren?“, fragte Cholik.

„Natürlich, und zwar immer dann, wenn ich den Mann nicht persönlich beobachten kann. Taramis Volken ist gefährlich, und die Mission, auf der er sich befindet, betrifft uns. Wenn er in diesem Bauernhaus bekommt, wonach er sucht, wird er sich als nächstes zu uns begeben.“

„Und was sucht er?“

„Stormfury“, erwiderte Kabraxis.

„Das mystische Schwert, mit dem vor Jahrhunderten die Barbarenhorde verjagt wurde?“, fragte Cholik. Sein reger Geist suchte nach den Gründen, warum sich Kabraxis für das Schwert interessieren könnte und warum er glaubte, dass der Dämonenjäger danach suchte.

„Genau das.“ Das ohnehin abscheuliche Gesicht des Dämons war zu einer Grimasse verzogen.

In diesem Moment kam Cholik der Gedanke, Kabraxis könne sich vor dem Schwert fürchten, doch er wusste, dass er es nicht wagen konnte, diese Vermutung auszusprechen. Verzweifelt versuchte er, den Gedanken wieder aus seinem Kopf zu bannen, ehe der Dämon ihn bemerkte.

„Das Schwert kann ein Problem sein“, sagte Kabraxis. „Aber ich habe Untergebene, die auf dem Weg zu Taramis Volken und seinen Leuten sind. Sie werden nicht entkommen können, und wenn sich das Schwert dort befindet, werden meine Vasallen es mir bringen.“

Cholik überlegte, wie er sein Anliegen so unverfänglich wie möglich formulieren konnte. „Inwiefern ist das Schwert ein Problem?“, fragte er schließlich.

„Es ist eine mächtige Waffe“, erwiderte Kabraxis. „Ein Schmied, der von den Mächten des Lichts erfüllt war, schuf dieses Schwert vor Hunderten von Jahren, um es gegen die Barbarenhorden und gegen die finstere Mächte einzusetzen, die von ihnen verehrt wurden.“

Cholik begann zu verstehen. „Sie verehrten Euch. Ihr wart *Iceclaw*.“

„Ja. Und die Menschen benutzten es, um mich von dieser Welt zu vertreiben.“

„Kann es wieder gegen Euch verwendet werden?“, wollte der Priester wissen.

„Ich bin jetzt mächtiger als damals“, sagte Kabraxis. „Dennoch werde ich dafür sorgen, dass dieses Schwert ein für allemal zerstört wird.“ Er machte ein kurze Pause. „Doch die Anwesenheit dieses anderen Mannes bereitet mir Sorge.“

„Wieso?“

„Ich habe Weissagungen gewirkt, um die Bedeutung der Sache zu zeigen, die wir hinsichtlich Lord Darkulan unternommen haben“, erklärte Kabraxis. „Dabei taucht dieser Mann immer wieder auf.“

Cholik dachte nach. Die Spione, die er in die Feste des Lords eingeschleust hatte, berichteten, dass es Darkulans Geliebter bereits besser gehe und dass sie sich vollkommen erholen würde. Lord Darkulan hatte sie aufgesucht, unmittelbar nachdem er die Kirche verlassen hatte.

„Bei welcher Gelegenheit habt Ihr diesen Mann seit Tauruk’s Port noch gesehen?“, fragte Cholik.

„Erst vor wenigen Momenten“, antwortete Kabraxis. „Als ich die Lezanti beschwor und sie auf Taramis Volken ansetzte.“

Ein Schaudern durchlief Cholik, als er an die Lezanti dachte. Er hatte immer geglaubt, diese Kreaturen würde es nur in Legenden und Mythen geben.

Nach den Geschichten, die ihm zu Ohren gekommen waren, erschuf man einen Lezanti, indem man den Leichnam einer Menschenfrau, einen soeben getöteten Wolf und eine Echse miteinander kombinierte, um auf diese Weise eine schnelle und wilde Chimäre zu erschaffen, die über ein Geschick verfügte, welches das eines jeden

Tieres bei weitem übertraf – das zum Teil aufrecht gehen und eine Fülle von Verletzungen einstecken konnte, und dem außerdem Gliedmaßen nachwuchsen, falls sie aus irgendeinem Grund abgetrennt wurden.

„Wenn Ihr den Mann eben erst gesehen habt", wunderte sich Cholik, „woher wisst Ihr dann, dass er derjenige war, den Ihr in Euren Weissagungen bemerktet?"

„Zweifelst du meine Fähigkeiten an, Buyard Cholik?", raunzte der Dämon ihn an.

„Nein", antwortete der Priester rasch, da er nicht riskieren wollte, dass Kabraxis seinen aufgestauten Zorn an ihm ausließ. „Ich habe mich nur gefragt, wie Ihr ihn von Taramis Volken und den anderen Kriegern unterscheiden könnt."

„Weil ich es kann", erwiderte der Dämon. „So, wie ich dir dein Alter genommen und dir die Jugend zurückgegeben habe."

Cholik starrte in den Teich und betrachtete den entspannt wirkenden jungen Mann. Er fragte sich, was er dort zu suchen hatte, über ein Jahr nach den Geschehnissen von Tauruk's Port.

„Ich bin wegen der Magie besorgt, die zur Anwendung kam, um das Portal zu öffnen", sagt Kabraxis. „Wenn Dämonen aus den Brennenden Höllen dringen, kommt mit ihnen auch die Saat ihres potentiellen Untergangs. Es ist ein Gleichgewicht, das zwischen dem Licht und der Finsternis gewahrt wird. Doch im gleichen Zug kann kein Streiter des Lichts die Bühne betreten, ohne dass auch er eine Schwäche aufwiese, die gegen ihn verwendet werden kann. Es liegt an dem Betreffenden, welche Neigung – Stärke oder Schwäche – obsiegt. Und es ist dem Dämon überlassen, ob er sich gegen die Macht stellt, die ihn wieder von dieser Ebene verbannen könnte."

„Und Ihr glaubt, eine solche Macht ist diesem Mann verliehen worden, weil er in jener Nacht zugegen war, als Ihr durch das Portal in unsere Welt zurückgekehrt seid?"

„Nein, solche Macht besitzt dieser Mann nicht. Außerdem hat seine Seele einen deutlichen Hang zur Finsternis." Der Dämon lächelte. „Ich glaube sogar, wenn wir ihn herbringen und überreden könnten, wäre es möglich, ihn dazu zu bringen, dass er mir dient. Er hat eine Schwäche, ebenso, wie er eine Stärke besitzt. Ich kann fühlen, dass es kein Problem wäre, seine Schwäche gegen ihn einzusetzen."

„Warum dann die Sorge?"

„Die Nebeneinanderstellung aller Variablen", sagte Kabraxis. „Taramis Volkens Entdeckung von Stormfury ist für sich schon schlimm genug. Doch dass dieser Mann hier auftaucht, so kurz nachdem der Verbrannte dich töten wollte, zwingt mich, neu darüber nachzudenken, wie bedrohlich unsere Situation werden kann. Das Gleichgewicht zwischen Licht und Dunkel ist immer gewahrt geblieben, und irgendwo da draußen gibt es eine Bedrohung, die ich noch nicht erkannt habe."

Cholik sah weiter in den Teich, in dem sich die Aussicht veränderte. Er entdeckte die geschmeidigen Gestalten des Rudels Lezanti, das sich rings um das kleine Haus auf dem Gebirgskamm formierte. Gebeugt und breitschultrig standen die Lezanti da, auf zwei Beinen, die in Klauenfüße mündeten, und deren Knie so nach hinten wiesen wie die Hinterbeine eines Pferdes. Der Körper war von Echsenhaut überzogen, die ihre Farbe so rasch wechselte wie bei einem Chamäleon. Dadurch war es den Lezanti möglich, mit erstaunlicher Leichtigkeit eins zu werden mit ihrer Umgebung. Einzelne Fellbüschel wuchsen auf den Schultern, um ihre kleinen dreieckigen Ohren herum und an den Flanken, bei denen ein haarloser zuckender Echsenschwanz seinen Anfang nahm. Ihre Kiefer waren mit zahlreichen tückischen Fangzähnen bestückt.

Die Kirchenglocken läuteten und signalisierten, dass es Zeit für den morgendlichen Gottesdienst wurde.

Cholik erhob sich und wartete darauf, dass Kabraxis ihn entließ, damit er in die Kirche zurückkehren konnte. „Die Situation ist unter Kontrolle", sagte er. „Die Lezanti werden niemanden überleben lassen."

„Vielleicht." Kabraxis gestikulierte in Richtung des Teiches.

In dem Bild, das im Wasser gefangen war, schlichen sich die Lezanti an die Krieger und das kleine Haus im Wald heran. Cholik sah wie hypnotisiert hin, während er sich daran erinnerte, welche Grausamkeit diesen missgestalteten Kreaturen zugeschrieben wurde. Unterdessen strömten immer mehr Gläubige in die Kathedrale.

Darrick saß unter der ausladenden Eiche, die nicht weit vom Haus entfernt stand, und hielt den tiefen Holzteller, den man ihm gegeben hatte, in seinen Händen. Er wünschte sich, das Haus wäre größer oder der Trupp etwas kleiner. Aus dem dunklen Kamin stieg Rauch in die Luft auf, was ihm verriet, dass drinnen geheizt wurde. Er fror nicht wirklich, doch ein Platz am Kamin wäre ihm sehr willkommen gewesen, um die Kälte zu vertreiben, die sich auf ihn gelegt hatte.

Die Großzügigkeit, die Ellig Barrows seinen unerwarteten Gästen entgegenbrachte, war erstaunlich. Es war eine Sache, dass der alte Mann willens schien, sich um eine so große Gruppe zu kümmern, doch das wirklich Erstaunliche bestand darin, dass er dazu auch tatsächlich in der Lage war. Das Frühstück war recht schlicht gehalten und bestand aus Eiern, sehnigem Wildkotelett, Kartoffelbrei, dicker brauner Soße und breiten Scheiben von runden Brotlaiben – doch alles war warm und schmeckte gut.

Wie sich herausstellte, hatten die beiden Späher von Taramis im Wald Wild erlegt und ausgenommen, um dem alten Mann das Fleisch zu ersetzen, dass sie von ihm bekommen hatten. Das Brot ließ sich allerdings nicht so leicht ersetzen, und so vermutete Darrick, dass die Frau des Alten die nächsten Tage damit beschäftigt sein würde, die Vorräte wieder aufzufüllen, die an diesem einen Morgen verzehrt worden waren.

Darrick nahm mit dem letzten Stück Brot die Reste der Soße und der Eier auf, dann trank er aus seinem Wasserschlauch. Er stellte den Teller für einen Moment zur Seite und genoss das Gefühl, gesättigt zu sein und nicht auf dem Pferd zu sitzen. Er zog eine Decke aus seinem Gepäck und legte sie sich um die Schultern.

Der Winter näherte sich unerbittlich aus den kargen Nordlanden. Schon bald würde es morgens so frostig sein, dass einem alle Knochen schmerzten. Darrick blieb für sich und beobachtete die anderen Krieger, wie sie sich zu kleinen Gruppen zusammengesetzt hatten und sich unterhielten. Zwischendurch wechselten sie sich mit den im

Wald postierten Wachen ab, damit ein jeder von ihnen sich satt essen und ausruhen konnte.

Ellig Barrows und Taramis Volken unterhielten sich auf der überdachten Veranda vor dem Haus. Jeder der beiden Männer schien darauf bedacht zu sein, den anderen zu taxieren. Taramis trug orangefarbene Gewänder, in die silberne Muster eingewirkt waren. Auf seinen Reisen hatte Darrick Beschreibungen über die Kleidung der Vizjerei gehört, doch er hatte sie nie zu sehen bekommen. Das verzauberte Gewand bot Schutz vor Magie und dämonischen Kreaturen.

Darrick wusste, dass Taramis versuchte, den alten Mann dazu zu überreden, ihm Stormfury auszuhändigen, das legendäre Schwert. Auch wenn er in seiner Zeit als Seemann in Westmarch einige ungewöhnliche Dinge gesehen hatte, noch bevor er in Tauruk's Port auf den Dämon gestoßen war, wusste Darrick instinktiv, dass ihm noch nie etwas vergleichbar Legendäres wie jenes Schwert vor Augen gekommen war. Im Geiste stellte er sich vor, wie es wohl aussehen mochte und welche Kräfte ihm innewohnten. Doch immer wieder kehrten seine Gedanken zu der Frage zurück, warum Taramis glaubte, Darrick müsse ihn auf dieser Reise begleiten.

„Darrick“, rief Taramis wenige Minuten später.

Er wurde aus einem Halbschlaf gerissen und sah den Weisen an, während er es innerlich bedauerte, ausgerechnet jetzt aufstehen zu müssen, nachdem er endlich eine bequeme Position hier am Baum gefunden hatte.

„Kommt zu uns“, bat Taramis, der dem alten Mann über das Feld folgte.

Nur widerwillig erhob sich Darrick, brachte den Teller zur Veranda, wo ihn der Enkel des alten Mannes entgegennahm, und folgte dann Taramis und Ellig Barrows in den Hügelkeller.

Der alte Mann nahm eine Laterne von der Wand im Inneren, entzündete sie mit einem Stück glühender Kohle, das er aus dem Haus mitgenommen hatte, und ging dann die wenigen in die Erde geschnittenen Stufen hinab.

Darrick blieb zögernd in der Türöffnung stehen. Der widerliche Geruch von feuchter Erde, Kartoffeln, Zwiebeln und Gewürzen stieg ihm in die Nase. Ihm gefiel weder die Dunkelheit des Kellers, noch mochte er das Gefühl, von den Regalen voller Einmachgläser und Weinflaschen eingeengt zu werden. Für ein Haus, das entlang der Küste des Eismeers mitten im Nirgendwo lag, verfügten Ellig Barrows und seine Familie über eine beeindruckend große Vorratskammer.

„Kommt", forderte Taramis ihn auf und folgte dem alten Mann in den hinteren Teil des Kellers.

Darrick schritt über den unebenen, in den Boden gegrabenen und mit kleinen Steinen übersäten Boden. Die Decke war so niedrig, dass er einige Male mit dem Kopf daran entlangschrammte und gebückt gehen musste.

Das andere Ende des Kellers war mit einer riesigen Steinplatte versperrt. Die Laterne, die Ellig Barrows mitgenommen hatte, schlug scheppernd dagegen, als er unmittelbar davor stehen blieb.

„Das Schwert wurde von meinem Großvater in meine Obhut gegeben", sagte der alte Mann und blickte zu Taramis, „zusammen mit der Macht, darauf aufzupassen. Er selbst hatte die Aufgabe von seinem Großvater übertragen bekommen. Ich lehre nun meinen Enkel, diese Verantwortung und die Macht zu übernehmen. Stormfury befindet sich seit Jahrhunderten im Besitz meiner Familie, die immer auf den Zeitpunkt gewartet hat, da sich der Dämon wieder erhebt und das Schwert notwendig würde."

„Das Schwert wäre schon früher notwendig gewesen", sagte Taramis mit ernster Stimme. „Doch Kabraxis ist ein verschlagener Dämon, der nie zweimal den gleichen Namen benutzt. Wäre Darrick ihm nicht vor über einem Jahr in Tauruk's Port begegnet, dann wüssten wir jetzt nicht, mit welchem Dämon wir es zu tun haben."

„Iceclaw war eine hitzige und bösartige Bestie", erklärte der alte Mann. „Die alten Geschichten berichten von den Morden und Massakern, die er beging, als er sich damals in unserer Welt aufhielt."

„Es gab noch zwei andere Zeiten, in denen sich Kabraxis in dieser Welt aufhielt", erwiderte Taramis. „Beide Male wurde er von Diablo und dessen Brüdern verfolgt und in die Brennenden Höllen zurück verbannt. Nun bietet nur noch das Schwert eine Chance, den Dämon zu besiegen."

„Ihr wisst, warum das Schwert von meiner Familie noch nie aus den Händen gegeben wurde“, sagte Ellig Barrows. Der Schein der Laterne warf tiefe Schatten über seine Augenhöhlen und ließ ihn wie einen seit Tagen toten Mann aussehen.

Darrick schauderte bei dem bloßen Gedanken.

„Das Schwert selbst hat es nie erlaubt, von hier fortgebracht zu werden“, sagte Taramis.

„Zwei Könige sind bei dem Versuch gestorben, das Schwert an sich zu nehmen“, nickte der Alte.

Davon hatte Darrick nichts gewusst. Er blickte zu Taramis und studierte dessen Aussehen im blassgelben Licht der Laterne.

„Sie starben“, sagte der Weise, „weil sie die wahre Natur des Schwerts nicht verstanden.“

„Das sagt ihr“, erwiderte Ellig Barrows. „Das Schwert ist von Geheimnissen erfüllt, über die ich nichts weiß. Mein Großvater und auch sein Großvater wussten ebenfalls nichts darüber. Und doch kommt Ihr zu meinem Haus und sagt, Ihr wisst mehr als sie alle zusammen.“

„Zeigt mir das Schwert“, gab Taramis zurück, „dann könnt Ihr es mit eigenen Augen sehen.“

„Wir sind seit so langer Zeit für das Schwert verantwortlich gewesen. Es war keine kleine Last, die wir getragen haben.“

„Das sollte es auch nicht sein“, stimmte der Weise ihm zu und sah den Mann an. „Bitte.“

Seufzend drehte sich der Alte zur Wand. „Ihr spielt mit Eurem Leben“, warnte er, während er mit den Fingern geheime Zeichen in die Luft schrieb. Sobald ein Zeichen vollständig war, glühte es kurz auf und sank in die Wand.

Darrick sah wieder Taramis an und wollte ihn eigentlich fragen, warum er zwar ihn hierher mitgenommen hatte, nicht aber einen der Krieger. Er war gerade im Begriff, den Mund zu öffnen, als die Kellerwand zu schimmern begann und trüb wurde.

Ellig Barrows hob die Laterne hoch, damit das Licht in den Raum hinter der Wand fiel. Geisterhafte Energie schlug in der Wand selbst Funken, die von der Laterne beleuchtet wurde.

Jenseits davon lag – eingehüllt in die Schatten des versteckten Raumes – ein toter Mann in einer Nische. Sein schneeweißer Bart reichte ihm bis zur Brust, und über einem grobschlächtigen Kettenhemd trug er Tierhäute. Der Helm mit seinem Visier verdeckte einen Teil der verschrumpelten Gesichtszüge des Toten. Seine Arme hatte er vor der Brust verschränkt, und seine ausgedörrten Hände, bei denen das gelbliche Elfenbein der Knöchel durchschimmerte, waren um das Heft eines langen Schwertes geschlossen.

Zwanzig

In dem verborgenen Raum von Ellig Barrows Erdkeller betrachtete Darrick das Schwert, für das Taramis Volken so weit gereist war. Die Waffe kam nicht im Mindesten dem gleich, was er nach den Schilderungen des Weisen erwartet hatte. Das Schwert wirkte schlicht und schmucklos, mit dem Geschick eines guten Handwerkers aus Stahl geformt, aber weit davon entfernt, etwas von einem Kunstwerk zu besitzen. Die Klinge war die Waffe eines Infanteristen, aber gewiss nichts, was Dämonen in Angst und Schrecken versetzen konnte.

„Ihr seid enttäuscht?“, fragte Ellig Barrows, als er Darricks Blick bemerkte.

Er zögerte, weil er niemanden von der Kopf stoßen wollte. „Ich hatte einfach etwas … mehr erwartet.“

„Eine mit Edelsteinen besetzte Waffe vielleicht?“, entgegnete der alte Mann. „Etwas, das jeder Dieb an sich reißen will, falls er darauf stieße? Eine Waffe, die so einzigartig und auffallend ist, dass jeder sie bemerken würde und sofort wüsste, was es mit ihr auf sich hat?“

„So hatte ich das noch nicht betrachtet“, gab Darrick zu, fragte sich zugleich aber auch, ob nicht jemand vor sehr langer Zeit die echte Waffe an sich genommen und durch dieses einfache Schwert ersetzt haben könnte. Sofort bekam er wegen dieser Idee Schuldgefühle, da es bedeutet hätte, dass der Mann völlig vergeblich sein Leben darauf verwendet hatte, eine besondere Waffe zu hüten.

Ellig Barrows trat durch die Wand. „Der Schmied, der sie geschaffen hat, hat an solche Dinge gedacht. Stormfury ist vielleicht keine elegante Waffe, aber es gibt keine bessere als sie. Natürlich werdet

Ihr das nur beurteilen können, wenn Ihr in der Lage seid, sie an Euch zu nehmen."

Taramis folgte dem alten Mann durch die Wand, und einen Augenblick später schritt auch Darrick hindurch. Ein Gefühl der Kälte erfasste ihn, als er sie passierte. Es fühlte sich so an, als würde er sich durch einen dichten Wald kämpfen und müsste Blätter und Zweige aus dem Weg schieben.

„Das Schwert ist vor Einbrechern geschützt", erklärte Ellig Barrows. „Niemand kann es berühren oder an sich nehmen, wenn sich Kabraxis nicht auf dieser Welt aufhält."

„Und wenn es jemand versucht?", wollte Darrick wissen.

„Das Schwert kann nicht von seinem Platz genommen werden", sagte der Alte.

„Was ist mit den Königen, die gestorben sind?"

„Einer von ihnen tötete Mitglieder meiner Familie", antwortete Ellig Barrows. „Er und all seine Krieger starben keinen Tag später. Das Licht ist nicht bösartig, so wie es die Dämonen sind, aber es rächt sich an jenen, die sich an ihm vergehen. Ein anderer versuchte, Hauklins Leib aus dessen Ruhestätte zu holen. Da erhob er sich und löschte sie alle aus."

Darrick stand in der im Erdkeller verborgenen Gruft und verspürte Angst. Auch wenn die Höhlen unterhalb von Tauruk's Port größer waren und das riesige Tor bedrohlicher wirkte, kam ihm der tote Mann mit dem Schwert in seinen Händen doch mindestens ebenso todbringend vor. Er hätte nur zu gern die Gruft wieder verlassen und wäre überglücklich gewesen, wenn er nie wieder etwas von magischer Natur zu sehen bekommen hätte.

Er sah zu Taramis. „Warum habt Ihr mich hergebracht?"

„Weil Ihr eine Verbindung zu alledem habt", antwortete der Weise. „Dem ist so, seit Ihr Kabraxis' Ankunft auf dieser Welt miterlebt habt." Er wandte sich dem Toten zu. „Ich glaube, Ihr seid derjenige, der Hauklins Schwert an sich nehmen kann, um es gegen den Dämon einzusetzen."

„Und wieso nicht Ihr?", wollte Darrick wissen. Einen Moment lang fragte er sich, ob der Mann ihn womöglich nur benutzte und bereit war, Darricks Leben aufs Spiel zu setzen, um in den Besitz des Schwerts zu gelangen.

Taramis wandte sich ab und streckte seine Hand nach dem Schwert aus. Einige Zoll vor der Waffe stoppte seine Hand und zitterte. Die Anstrengung, nach dem Schwert greifen zu wollen, ließ die Muskeln in seinem Arm anschwellen. Sein Gesicht war schmerzverzerrt, und schließlich zog er seinen Arm enttäuscht und verärgert zurück.

„Ich kann es nicht nehmen“, sagte der Weise, „weil ich nicht der Eine bin.“ Er drehte sich zu Darrick um. „Aber ich glaube, Ihr seid der Eine.“

„Wieso?“

„Weil das Licht und die Finsternis sich gegenseitig im Gleichgewicht halten“, sagte Taramis. „Für jegliche Kraft, die vom Licht oder der Finsternis in diese Welt geleitet wird, muss ein Gegengewicht geschaffen werden. Dämonen gelangen in diese Welt, und zugleich entsteht ein Weg, um sie zu schlagen. Wenn das Licht versucht, dieses Gleichgewicht durch ein mächtiges Objekt zu stören, das gegen die Finsternis eingesetzt werden kann, schreiten die Mächte des Dunklen ein und stellen die Balance wieder her. Letzten Endes ist es an uns, den Menschen, ob wir dem Licht oder der Dunkelheit die größere Macht einräumen wollen. Als die Erzbösen in jener Zeit auftauchten, die später als das Dunkle Exil bezeichnet wurde, scharte der Engel Tyreal die Magier, Krieger und Gelehrten im Osten um sich und bildete die Bruderschaft von Horadrim. Diese Menschen hätten niemals zu solcher Macht zusammengefunden, wenn die Dämonen nicht in unsere Welt gelangt wären. Hätte Tyreal das versucht, bevor die Erzbösen eingetroffen waren, dann hätte die Finsternis einen Weg gefunden, um ein Gegengewicht zu erschaffen.“

„Das erklärt aber nicht, warum Ihr glaubt, dass ich das Schwert an mich nehmen kann“, sagte Darrick, der es noch nicht versucht hatte.

„Als ich in Westmarch eintraf, hörte ich die Geschichten, die über Euch kursierten“, erwiderte Taramis. „Also begann ich, nach Euch zu suchen. Doch als ich dort eintraf, wart Ihr verschwunden. Ich kam bis zu Eurem Schiff, aber niemand wusste, wo Ihr abgeblieben wart. Ich konnte nicht so viele Menschen nach Eurem Verbleib fragen, weil ich fürchten musste, dass es Kabraxis' Diener aufhorchen lassen würde. Damit hätte Euer Leben verwirkt sein können." Er machte eine Pause und sah Darrick in die Augen. „Was das Schwert angeht, irre ich mich vielleicht. Wenn ja, dann werde ich Euch daran hindern, es an Euch zu nehmen. Ihr habt nichts zu verlieren."

Darrick warf Ellig Barrows einen Blick zu.

„In den Jahren, bevor das Schwert versteckt wurde", sagte der alte Mann, „versuchten viele, es an sich zu nehmen, so wie Taramis. Wenn sich in ihrem Herzen nichts wahrhaft Böses befand, wurde es ihnen lediglich verwehrt."

Darrick sah den Leichnam und das schlichte Schwert an, das er in seinen knochigen Händen hielt. „Hat irgendjemand jemals Hauklins Schwert an sich genommen?"

„Niemand", sagte Ellig Barrows. „Es hat nie jemanden gegeben, der das Schwert an sich nehmen konnte. Nicht einmal mir ist es möglich. Ich bin nur sein Beschützer, so wie es mein Enkel nach mir sein wird."

„Versucht es", drängte Taramis. „Wenn Ihr das Schwert nicht an Euch nehmen könnte, dann habe ich diese Reise vergeblich gemacht und Geheimnisse entdeckt, die besser verborgen geblieben wären."

„Ja", sagte Ellig Barrows. „So lange ich lebe, ist noch niemand wegen des Schwertes hier gewesen. Ich hatte bereits geglaubt, die Welt hätte es vergessen. Oder der Dämon Kabraxis wäre für alle Zeit von dieser Welt verbannt worden."

Taramis legte eine Hand auf Davids Schulter. „Aber der Dämon ist zurückgekehrt", sagte der Weise. „Das ist uns bekannt. Der Dämon ist wieder da, und das Schwert sollte von seinem Platz genommen werden."

„Aber bin ich der Eine?", fragte Darrick mit heiserer Stimme.

„Der müsst Ihr sein", entgegnete Taramis. „Ich kann mir keinen anderen vorstellen. Euer Freund ist dort gestorben. Es muss einen Grund geben, warum Ihr verschont geblieben seid. Es ist das Gleichgewicht, Darrick. Die Bedürfnisse des Lichts müssen immer mit der Macht der Finsternis im Gleichgewicht sein."

Darrick betrachtete das Schwert. Der Gestank der Scheune hinter der Schlachterei seines Vaters kam ihm in Erinnerung. *Du wirst es nie zu was bringen!,* hatte sein Vater ihn angeschrien. *Du bist dumm und dämlich, und du wirst dumm und dämlich sterben!* Tage, Woche, ja, ganze Jahre voll von Sätzen dieser Art gingen Darrick durch den Kopf. Schmerz kribbelte in seinem Körper, der ihn an die Schläge erinnerte, die er erduldet und irgendwie auch überlebt hatte. In diesem abgelaufenen Jahr hatte ihn die Stimme seines Vaters oft verfolgt, und er hatte versucht, sie mit Wein und härterem Alkohol zu ertränken oder mit anstrengender Arbeit und trauriger Enttäuschung zu verdrängen.

Und mit den Schuldgefühlen wegen des Todes von Mat Hu-Ring.

War das nicht schon Strafe genug gewesen? Darrick starrte das schlichte Schwert in den Händen des Toten an.

„Und wenn ich es nicht an mich nehmen kann?", fragte Darrick mit rauer Stimme.

„Dann werde ich nach dem wahren Geheimnis suchen", erwiderte Taramis. „Oder ich werde einen anderen Weg finden, um Kabraxis und seine verfluchte Kirche des Propheten des Lichts zu bekämpfen."

Doch Darrick wusste, dass der Weise an ihn glaubte. Dieses Wissen war ihm fast unerträglich.

Er verdrängte seine eigenen Ängste, bis sein Inneres taub und tot war, so wie damals, wenn er sich seinem Vater in jener kleinen Scheune in Hillsfar stellte. Dann ging er auf den Toten zu und streckte seine Hände nach dem Schwert aus.

Wenige Zoll vor dem Heft der Klinge erstarrte seine Hand, und er stellte fest, dass er sie nicht weiter nach vorn bewegen konnte.

„Es geht nicht", sagte Darrick. Er weigerte sich jedoch, das wirklich zu akzeptieren. Er wollte das Schwert ergreifen, um zu zeigen, dass er würdig war, und wenn er es nur sich selbst gegenüber beweisen würde.

„Versucht es", forderte Taramis ihn auf.

Darrick sah, dass seine Hand vor Anstrengung zitterte. Es kam ihm vor, als würde er sie gegen eine Steinwand drücken, die nicht nachgeben wollte. Schmerz stieg in ihm auf, der aber mit dem Schwert absolut nichts zu tun hatte.

Du bist dumm, Junge, und faul. Du bist weder die Zeit noch die Mühen noch das Essen wert, um dich am Leben zu erhalten.

Darrick kämpfte gegen die Barriere an und zwang seine Hand, sich nach vorn zu bewegen. Mit seinem ganzen Körper stemmte er sich nun dagegen und merkte, dass fast sein gesamtes Gewicht auf der Hand lastete.

„Langsam", riet Taramis.

„Nein", flüsterte Darrick.

„Kommt schon, guter Mann", warf Ellig Barrows ein. „Es soll eben nicht sein."

Darrick ließ nicht locker, er wollte weiter vordringen, und wenn es nur für den Bruchteil eines Zolls war. Es kam ihm fast so vor, als würden sich die Knochen seiner Finger durch das Fleisch bohren. Schmerz durchraste seinen Arm, und er musste die Zähne zusammenbeißen, um sich nicht davon überwältigen zu lassen.

Ich hätte dir den Schädel an dem Tag einschlagen sollen, an dem du geboren wurdest, Junge. Dann hättest du wenigstens nicht zu einer solchen Schande für mich werden können.

Darrick strengte sich weiter an, so sehr, dass es bereits schmerzhaft wurde.

„Gebt es auf", sagte Taramis.

„Nein!", widersprach er mit lauter Stimme.

Der Weise griff nach ihm, packte ihn an der Schulter und versuchte, ihn fortzuziehen. „Ihr werdet Euch verletzen", warnte Ellig Barrows. „Ihr könnt es nicht erzwingen."

Der Schmerz war so groß, dass Darrick kaum etwas hörte. Vor seinem geistigen Auge entstand wieder die Szene, in der Mat von dem Felsvorsprung stürzte. Schuld überkam Darrick, begleitet von dem Gefühl, nichts wert zu sein, so wie sein Vater es ihm oft genug gesagt hatte. Einen Moment glaubte er, der Schmerz würde ihn vernichten, würde ihn auf der Stelle in Nichts auflösen. Er fühlte sich in dem Streben nach dem Schwert gefangen, so als wäre er nicht in der Lage, wieder damit aufzuhören.

Was sollte er machen, wenn er hier versagte? Er wusste keine Antwort darauf.

Auf einmal war eine ruhige, sachliche Stimme in seinem Kopf zu hören, die einen Hauch von spöttischer Belustigung aufzuweisen schien. *Nimm das Schwert, Skipper.*

„Mat?“, fragte Darrick laut. Er war so überrascht, Mats Stimme zu hören, dass er einen Moment brauchte, um zu erfassen, dass er vornüber auf den Leichnam gestürzt war und sich die Knie auf dem rauen Boden aufgescheuert hatte. Instinktiv hatte er mit seiner Hand das Heft gepackt, während er sich im Schatten der Gruft nach Mat Hu-Ring umsah.

Doch nur Taramis und Ellig Barrows standen da.

„Beim Licht“, flüsterte der alte Mann. „Er hat das Schwert.“

Taramis lächelte triumphierend. „Ich habe es Euch doch gesagt.“

Darricks Blick wanderte auf den Toten unter ihm, dessen Leichnam sich unnatürlich kalt anfühlte.

„Nehmt das Schwert, Darrick“, drängte ihn der Weise.

Langsam, ungläubig und ungewiss, ob er tatsächlich Mats Stimmte gehört hatte oder es nur Teil eines Zauber gewesen war, der den Schutz um das Schwert aufhob oder der nur eine Illusion war, nahm Darrick die Waffe aus den Händen des Toten. Trotz seiner Länge und der ungewohnten Form lag das Schwert gut in Darricks Hand. Er stand da und hielt es ausgestreckt von sich.

Etwas in dem verschrammten, dunklen Metall erfasste das Licht von Ellig Barrows Laterne und glänzte in mattem Silber.

Vorsichtig streckte Taramis seine Hand aus, wurde aber auch diesmal wenige Zoll davor gestoppt. „Ich kann das Schwert noch immer nicht berühren.“

Der alte Mann versuchte es ebenfalls, war aber nicht erfolgreicher. „Ich auch nicht. Niemandem in meiner Familie ist das je möglich gewesen. Wenn wir den Standort des Schwertes verändern wollten, musste Hauklins Leiche mit umziehen.“ Trauer schwang in der Stimme des alten Mannes mit.

Zum ersten Mal wurde Darrick klar, dass der Alte und sein Enkel nichts mehr zu beschützen haben würden, wenn ihnen das Schwert genommen wurde. Darrick sah den Alten an. „Es tut mir Leid“, flüsterte er.

Ellig Barrows nickte. „Wir alle, die wir das Schwert verteidigten, haben gebetet, dieser Tag möge kommen – der Tag, an dem diese Last von uns genommen wird. Aber jetzt, da es wirklich geschehen ist …“ Ihm fehlten die Worte, um zu beschreiben, was in ihm vorging.

„Taramis!“, rief einer der Männer, die sich draußen aufhielten.

Noch während sich der Weise der magischen Tür zuwandte, drang unmenschliches, monströses Kreischen und Knurren in den Erdkeller.

Darrick folgte Taramis und rannte zwischen Wein- und Vorratsregalen hindurch, seinerseits gefolgt von Ellig Barrows, der die Laterne trug. Das blasse Grau des Tageslichts, das durch die Tür zum Keller fiel, markierte die Richtung, in die sie laufen mussten.

Der Lärm von Kämpfenden, ihre Flüche und Schreie sowie das Knurren und Heulen der angreifenden Kreaturen stürmten auf Darricks Ohren ein, während er die Stufen hinaufeilte. Er war direkt hinter Taramis, als sie aus dem Erdkeller gehetzt kamen.

Die Lichtung rund um das Haus, die vor wenigen Augenblicken noch friedlich dagelegen hatte, war nun von Gefechten erfüllt. Taramis' Krieger bildeten eine rasche Verteidigungslinie gegen die blutrünstigen Bestien, die aus dem Wald auf sie zukamen.

„Lezanti!“, rief Taramis erschrocken. „Beim Licht, Kabraxis hat uns entdeckt!“

Darrick kannte die von einem Dämon geschaffenen Bestien, allerdings nur aus Geschichten, die ihm an Bord eines Schiffes erzählt worden waren. Trotz seiner vielen Reisen war er diesen Kreaturen noch nie zuvor begegnet.

Die Lezanti waren etwas mehr als fünf Fuß groß, hatten grob betrachtet die Gestalt eines Menschen, doch ihre Knie knickten wie bei einem Wolf nach hinten ein, und ihr Leib war von einer dicken Echsenhaut überzogen. Auch der Kopf erinnerte mit der langen Schnauze, den schroff gezackten Zähnen und den platten, bebenden Nasenlöchern an eine Echse. Die Augen standen dicht zusammen, lugten unter einem flaumigen Haarschopf hervor und wirkten erstaunlich menschlich. Hände und Füße waren überdimensioniert und mit großen Krallen bewehrt. Jede der Kreaturen hatte einen echsengleichen Schwanz, dessen Ende Widerhaken aufwies.

„Bogenschützen!“, befahl Taramis heiser, während er stehen blieb und mit seinen Händen zu gestikulieren begann, um Symbole in die Luft zu schreiben, die aufflammend zum Leben erwachten.

Vier Krieger griffen nach ihren Bogen, stellten sich hinter die Schwertkämpfer und legten die Pfeile an. Jeder von ihnen feuerte zwei Pfeile gleichzeitig ab, die die Lezanti zusammenbrechen ließen, bevor die erste Welle von Kreaturen sie erreichen konnte. Dann stellten sich die Schwertkämpfer ihnen mit ihren Schilden entgegen, kamen aber ins Wanken, als die Lezanti ihr Gewicht kraftvoll und großer Geschwindigkeiten gegen sie warfen. Das klatschende Geräusch von Fleisch, das auf Stahl prallt, war auf der ganzen Lichtung zu hören.

„Darrick“, sagte Taramis, der noch immer Gesten beschrieb. „Sichert die Tür zum Haus. Dort befinden sich Frau und Kind, schnell!“

Darrick lief los und baute darauf, dass die Krieger ihm Rückendeckung geben würden, während er zum Haus eilte.

Taramis entfesselte ein Welle aus schimmernder Energie, die mitten in die Lezanti-Meute traf und sie ihn Flammen hüllte. Etliche der schwelenden Körper wurden in die Bäume gewirbelt, andere landeten auf dem Boden, begleitet vom durchdringenden Geräusch brechender Knochen. Nur ein paar von ihnen versuchten, sich zu erheben. Die Bogenschützen legten bemerkenswert unbeirrt neue Pfeile an und feuerten sie auf die Angreifer ab. Die Tuchelle-Geschosse bohrten sich den Gegnern in Augen oder Kehle und streckten sie nieder. Doch die Chancen standen nicht gut für die Männer. Sie kamen auf sechsundzwanzig Mann, während die Lezanti mindestens mit einer Rudelstärke von achtzig aufwarteten.

Wir werden sterben, dachte Darrick, doch nicht einmal jetzt kam ihm der Gedanke, die Flucht zu ergreifen. Hauklins mystisches Schwert lag ruhig und fest in seiner Hand, obwohl es ungewöhnlich lang war.

Ein scharrendes Geräusch ließ Darrick aufhorchen. Er wirbelte herum und sah gerade noch rechtzeitig den Lezanti, der ihm mit ausgestreckten Klauen vom Dach des Hauses entgegensprang.

Darrick tauchte unter der Attacke hinweg und machte sich zum

Kampf bereit, während die Kreatur schwer auf dem Boden aufschlug. Der Aufprall machte den Lezanti nicht einmal für einen kurzen Augenblick benommen, vielmehr sprang er knurrend und nach Darrick schnappend auf. Die lange Schnauze war auf Darricks Kopf gerichtet. Er wehrte sie mit dem Schwert ab und trat dem Lezanti mit seinem Stiefel in den Bauch. Das Geschöpf klappte zusammen.

Noch immer in der Bewegung befindlich, machte Darrick einen Schritt zur Seite und jagte der Kreatur die Klinge in die Seite. Zu seiner Überraschung glitt der Stahl förmlich durch den Lezanti hindurch und halbierte ihn. Die beiden Hälften zuckten, bevor sie endlich zur Ruhe kamen. Blaue Energie umzüngelte die Klinge, dann trocknete das Blut des Lezanti und fiel herab, so dass der Stahl wieder makellos sauber war.

Die Männer auf der Lichtung fluchten, während sie kämpften und alles versuchten, um die gnadenlose Horde aufzuhalten. Zwei der Kämpfer lagen am Boden, andere waren verwundet worden. Taramis entfesselte eine weitere Woge mystischer Energie, die zwei der Lezanti mit Eis überzog und erstarren ließ. Dann wurden sie in unzählige Stücke geschlagen, als die Krieger die Gelegenheit nutzten, sich ihrer Gegner zu entledigen.

Darrick stürmte ins Haus und sah sich in dem kleinen Zimmer um, in dem es neben Schnitzarbeiten auch ein paar Bücher gab. Ellig Barrows' Frau, die so grauhaarig und hager wie ihr Mann war, stand mitten im Raum und hatte die Hände auf die Brust gelegt.

Darrick sah zu den großen Fenstern an der vorderen Wand sowie zu den kleineren an den seitlichen Wänden. Es gab zu viele ungeschützte Flächen, als dass Darrick die Familie des alten Mannes hätte behüten können.

Der Enkel zerrte an einem schweren Teppich, der den Boden bedeckte. „Helft mir!", rief er aufgeregt. „Darunter gibt es ein Versteck!"

Darrick verstand sofort, packte den Teppich und zog kräftig genug daran, um die Klapptür darunter zum Vorschein kommen zu lassen. Viele der Häuser entlang jener Grenzen, die häufiger von den Barbarenstämmen besucht wurden, verfügten über derartige Verstecke. Die ganze Familie konnte sich unter das Haus zurückziehen und dort tagelang ausharren, da entsprechende Lebensmittel- und Wasservorräte angelegt waren.

Mit seinen geschickten Finger fand der Junge den verborgenen Riegel, dann ging die Tür auf.

Darrick schob sein Schwert in den entstandenen Spalt und benutzte es wie einen Hebel, um die Tür weiter zu öffnen und den Blick auf die Leiter darunter freizulegen.

Der Junge nahm sich eine Laterne und streckte seine Hand nach der alten Frau aus. „Komm, Großmutter."

„Ellig", flüsterte sie.

„Er würde wollen, dass Ihr Euch in Sicherheit begebt", sagte Darrick zu ihr, „ganz gleich, was noch geschieht."

Nur zögernd ließ die Frau es geschehen, dass ihr Enkel sie in das Versteck führte.

Darrick wartete, bis sie beide darin verschwunden waren, dann drückte er die Tür zu und zog den Teppich darüber. Im nächsten Augenblick zersplitterte hinter ihm Glas. Er stand auf, das Schwert bereit, während der Lezanti heulend durch das zerschmetterte Fenster gesprungen kam und sich auf ihn stürzte.

Im Haus war es so beengt, dass nur wenig Platz war, um vernünftig kämpfen zu können. Darrick packte das Schwert so, dass es an seinem Arm zurück bis über den Ellbogen hinaus reichte. Seine linke Hand hielt er nach hinten, aber jederzeit zum Zuschlagen bereit, so dass es seinem Körper möglich war, der Linie seines Schwertes zu folgen.

Der Lezanti wollte nach ihm schlagen. Darrick holte mit seinem Schwert aus, ohne dass es sich von seinem Körper entfernte. Er hielt es so eng an sich, wie er es von Maldrin gelernt hatte, der in Sachen Nahkampf – mit fairen wie unfairen Mitteln – einer der Besten war, die Darrick je erlebt hatte.

Darrick schlug die Klauen des Lezanti mit der Klinge zur einen Seite weg, dann lenkte er seinen Körper in entgegengesetzte Richtung und drehte das Schwert herum, so dass es der Kreatur ins Gesicht schlug. Der Lezanti taumelte, eine Hand auf dem verletzten

Auge, und schrie vor Schmerz laut auf. Darrick kam näher und hieb abermals nach dem Gesicht. Bevor der Lezanti sich weiter zurückziehen konnte, trennte Darrick ihm den Kopf von den Schultern.

Noch während der abgeschlagene Schädel über den Holzboden rollte, kam ein zweiter Lezanti durch die Tür ins Haus, und ein dritter brach durch das Fenster, von dem aus man den Brunnen und die Scheune sehen konnte.

Der Atem rasselte in seiner Kehle, doch Darrick war ruhig und konzentriert, während er den Speer parierte, den die erste Kreatur mit erstaunlichem Geschick handhabte. Es gelang ihm, den Griff des Speers unter seinen linken Arm zu klemmen und den Stab selbst mit der linken Hand zu umfassen. Indem er den Speer umklammerte, hatte er auch den Lezanti im Griff, mit dem zusammen er herumwirbelte, dabei seine Hand umdrehte, das Schwert fallen ließ und es richtig herum auffing, noch bevor es den Boden erreichen konnte. Dann holte er aus und schlug dem anderen Lezanti einen Arm ab.

Der Lezanti, der den Speer hielt, stürmte vor und versuchte, Darrick rückwärts über eine gepolsterte Bank zu Fall zu bringen. Darrick versetzte der Waffe einen ausreichend kräftigen Stoß, so dass sich die Speerspitze hinter ihm in die Wand bohrte und den Lezanti stoppte. Er ließ die Waffe seines Gegners los und trat auf ihn zu, während er wusste, dass er andere – nunmehr einarmige – Lezanti sich ihm wieder von hinten näherte. Er trieb sein Schwert in die vor sich befindliche Kreatur und schlug Schädel und eine Schulter ab, wobei er sich abermals wunderte, wie scharf die Klinge war. Das Schwert wurde noch vom Schwung dieses Hiebs vorangetragen, als er seinen Griff auch schon umkehrte und nach hinten ausholte, um die Klinge in die Brust des anderen Lezanti zu bohren.

Wieder war das Schwert von knisternder Energie umgeben. Bevor Darrick es aus dem Leib des Angreifers ziehen konnte, schossen blaue Flammen aus der Wunde und hüllte die Kreatur ein, bis von ihr nur noch ein Ascheregen übrig war, der zu Boden fiel und Darrick einen ungläubigen Blick entlockte.

Bevor er sich von dem Kampf erholen konnte, sprang ihn durch das eingeschlagene Fenster zur Scheune hin der nächste Lezanti an.

Es gelang Darrick, der krallenbewehrten Hand auszuweichen, jedoch prallte der Lezanti mit seinem Leib gegen ihn. Er wurde nach hinten gerissen, stolperte durch die Tür, ohne das Gleichgewicht zu finden, und landete auf der Veranda. Während der Lezanti wieder heranstürmte, sprang Darrick auf. Diesmal tauchte er unter der Kreatur weg, schlug nach deren Oberschenkeln und trennte ihr beide Beine ab. Der Torso des Lezanti wirbelte über ihn hinweg und landete vor der Veranda im Morast.

„Sie wollen das Schwert; Darrick!“, rief Taramis ihm zu. „Lauft!“

Zwar erkannte Darrick, dass es stimmte, was der Weise sagte, dennoch wusste er, dass er nicht einfach weglaufen konnte. Nachdem er Mat in Tauruk's Port und im abgelaufenen Jahr beinahe auch sich selbst verloren hatte, konnte er nicht noch einmal davonrennen.

„Nein“, erwiderte Darrick und stand auf. „Ich werde nicht davonlaufen!“ Er festigte seinen Griff um das Heft und spürte, wie neue Kraft seinen Körper durchströmte. Für einen Augenblick war jegliche Unsicherheit wie weggewischt.

Mehrere Lezanti stürmte über die am Boden liegenden Körper der Krieger hinweg, die sie aufzuhalten versucht hatten. Fast die Hälfte von Taramis' Männern war geschlagen, und Darrick war sicher, dass die meisten von ihnen tot waren.

Er erwartete die heranstürmenden Kreaturen und hielt das Schwert mit beiden Händen hoch. Sieben von ihnen näherten sich ihm und gerieten sich dabei gegenseitig in die Quere. Energie zuckte entlang der Klinge. Er schlug nach seinen Gegnern, sobald sie in Reichweite des Schwertes gelangten, trieb die Klinge in ihre Leiber und schritt dann durch die Lücke, in der die Asche wirbelte, die die mystischen Flammen von seinen Widersacher übrig ließen. Drei waren bei diesem ersten Angriff gestorben, doch die restlichen ließen sich davon nicht entmutigen.

Während er in eine andere Position wechselte, führte Darrick sein Schwert, als hätte er sein Leben lang damit trainiert und gekämpft. Er schlug nach den Angreifern, trennte einen Kopf ab, außerdem zwei Arme und ein Bein. Dann stieß er die Spitze in zwei weitere Leiber, die in Asche verwandelt wurden. Er stieg über die Kreaturen, die er verstümmelt hatte, stach die Klinge in ihr Herz und sah mit an, wie sie zu Scheiterhaufen wurden, die den Boden darunter versengten.

Von Darricks Machtdemonstration gegen die Lezanti angespornt, fassten die Krieger neuen Mut und stellten sich mit wiedergekehrtem Eifer ihren Gegnern. Der Preis für dieses Aufbäumen war jedoch hoch, da viele Männer umkamen. Doch die Lezanti starben schneller. Die Zauber von Taramis und Ellig Barrows zeigten Wirkung und ließen die Kreaturen in Flammen aufgehen, zu Eis erstarren oder verdrehten sie in groteske Haltungen.

Darrick kämpfte unermüdlich weiter, angetrieben von der Blutlust, die in ihm erwacht war. Es war ein gutes Gefühl, so selbstsicher zu sein und so genau zu wissen, was er tat, was er tun musste. Er hackte und schlug und stieß sich durch die Scharen von Lezanti, die von ihm angezogen wurden.

Aus dem Augenwinkel sah er einen Lezanti, der sich Ellig Barrows von der Seite näherte und von diesem noch immer nicht bemerkt worden war. Er wusste, dass er nicht schnell genug sein würde, um den alten Mann vor der Kreatur zu bewahren. Also kehrte Darrick kurzerhand den Griff um sein Schwert um und warf es wie einen Speer, ohne darüber nachzudenken, was er da eigentlich tat. Er verhielt sich, als hätte er so etwas schon unzählige Male gemacht.

Das Schwert jagte durch die Luft und bohrte sich in die Brust des Lezanti. Die Klinge bremste die Vorwärtsbewegung der Kreatur und zuckte in deren Brust, als sich die geisterhafte scharlachrote Energie wieder zu sammeln begann. Der Lezanti ging augenblicklich in Flammen auf und war im nächsten Moment nur noch Asche. Das Schwert fiel mit der Spitze nach unten und blieb im Boden stecken.

Einem Reflex folgend streckte Darrick seine Hand nach der Waffe aus, die daraufhin wieder zu zucken begann, sich aus der Erde zog und zu ihm in die Hand zurückgeflogen kam.

„Woher habt Ihr gewusst, dass sie das machen würde?“, wunderte sich Taramis.

Darrick schüttelte erschrocken den Kopf: „Ich wusste es nicht. Es ist einfach … geschehen.“

„Beim Licht", rief Ellig Barrows. „Ihr seid der Eine, dessen Bestimmung Hauklins Schwert ist."

Doch Darrick erinnerte sich an Mats Stimme in seinem Kopf. Wäre sie nicht gewesen, dann hätte er das Schwert niemals an sich nehmen können, dessen war er sich völlig sicher. Er drehte sich und betrachtete das Schlachtfeld, konnte aber kaum glauben, dass er dieses Gemetzel ohne die kleinste Verletzung überlebt hatte.

„Kommt", sagte Taramis und half seinen Männern auf. „Wir können hier nicht bleiben. Kabraxis hat uns offensichtlich entdeckt, daher müssen wir so bald wie möglich aufbrechen."

„Und dann?", fragte Darrick, der das Schwert hinter seinen Gürtel schob und den Beutel mit Medizin auffing, den der Weise ihm zuwarf.

„Dann begeben wir uns nach Bramwell", erwiderte Taramis laut genug, um das Stöhnen der verletzten Krieger zu übertönen. „Kabraxis weiß jetzt, dass wir Stormfury haben. Außerdem bin ich noch nie jemand gewesen, der sich irgendwo verkriecht. Und da wir nun das Schwert haben, ist das für den Dämon Grund genug, uns zu fürchten."

Obwohl er wusste, dass die Worte des Weisen zuversichtlich stimmen sollten, und obwohl die Kraft, die dem Schwert innewohnte, sein Selbstvertrauen immens stärkte, wusste Darrick, dass ihre Mission ihnen nach wie vor den Tod bringen konnte. Die Krieger, die heute gefallen waren, machten das nur allzu deutlich. Er öffnete den Medizinbeutel und versuchte, denen zu helfen, die noch lebten.

Gleichzeitig machte sich auch Verwirrung in ihm breit. *Wenn ich Hauklins Schwert an mich nehmen sollte, warum war mir das nicht sofort möglich? Und woher kam Mats Stimme?* Er hatte das Gefühl, dass es sich um wichtige Fragen handelte, war aber ahnungslos, wie die Antworten darauf zu lauten hatten. Mit grimmiger Miene machte er sich an die Arbeit und versuchte, nicht zu weit vorauszudenken.

Einundzwanzig

Hoch oben in den nördlichen Hügeln, die Bramwell und die Kirche des Propheten des Lichts im Süden überragten, betrachtete Darrick das beeindruckende Bauwerk durch sein Fernrohr. So schlecht es ihm im abgelaufenen Jahr auch ergangen sein mochte, war es ihm doch irgendwie gelungen, dieses Gerät zu behalten. Die Kirche, die eine Viertel Meile entfernt lag, war hell erleuchtet und mit Laternen und Fackeln geschmückt. Unablässig drängten Anbeter in das Gebäude.

Ein Stück weit dahinter, im Hafen, waren etliche Schiffe ebenfalls beleuchtet. Angesichts des Stroms von Anbetern, die alle ihr Glück auf dem Weg der Träume suchen wollten, waren auch die Schmuggler auf den Plan getreten, die die günstige Gelegenheit erkannt hatten, die Menschen mit Schwarzmarktware zu versorgen. Daher blieben die ganze Nacht Wachen bei den Schiffen, was aber nicht alle Piraten davon abhielt, sie zu überfallen und zu plündern. Währenddessen mischten sich Taschendiebe unter den Strom der Gläubigen, und in den Gassen der Stadt fielen die Menschen Räubern zum Opfer.

Bramwell entwickelte sich in rasantem Tempo zu einer der gefährlichsten Hafenstädte im Golf von Westmarch.

Darrick nahm das Fernglas herunter und rieb sich seine schmerzenden Augen. Die Gruppe hatte fast drei Wochen benötigt, um Bramwell auf dem Weg von Norden her zu erreichen. Es kam ihnen fast vor, als hätten sie den Winter mit in den Süden gebracht, da er ihnen praktisch auf dem Fuß folgte und eisige Windböen mit sich trug.

Sieben Männer waren beim Haus von Ellig Barrows gestorben, zwei weitere hatte bei dem Angriff der Lezanti bleibende Schäden davongetragen und konnten nicht länger mitreisen. Damit waren siebzehn Männer von Taramis Volkens Gruppe der Dämonenjäger übrig geblieben.

Siebzehn, überlegte Darrick, während um ihn herum ein kalter Wind durch den Wald fauchte. *Siebzehn gegen Hunderte oder vielleicht Tausende, die in Kabraxis' Kirche warten.* Es sprach praktisch alles gegen sie; die Chance auf einen Sieg über den Dämon existierte so gut wie gar nicht. *Nicht einmal eine ganze Armee hätte eine Chance.*

Dennoch konnte Darrick nicht kehrt machen. In sich verspürte er weder Angst noch irgendeine Form von Erwartung. In den letzten drei Wochen hatte sich die Stimme seines Vaters in seinem Kopf gehalten – ganz gleich, ob er wach war oder schlief – und ihm wieder und wieder gesagt, er tauge zu nichts. Seine Träume waren permanente Alpträume, sich ständig wiederholende Szenen von Ereignissen, die sich in der kleinen Scheune hinter der Schlachterei abgespielt hatten. Am Schlimmsten von allem waren die Bilder, die Mat Hu-Ring zeigten, wie er Darrick Essen und Medizin brachte und ihn wissen ließ, dass er nicht allein war. Aber die ganze Zeit über war er gefangen gewesen, bis er die Flucht ergriffen hatte.

Hinter Darrick regte sich etwas im Gebüsch. Er bewegte sich vorsichtig und ließ die Hand zum Heft des Schwertes sinken, das er quer über die Oberschenkel gelegt hatte. Die Klinge steckte nicht in der Scheide und war sofort einsatzbereit, während Darrick eins wurde mit den langen Schatten, die vom Anbruch der Nacht kündeten.

Im Westen kämpfte sich ein matter Sonnenuntergang durch die Wolken; er war kaum mehr als ein Streifen Ocker und Bernstein. Die letzten Reste des Tages warfen einen silbernen Schein auf den Hafen und ließen die Schiffe und Boote auf dem Wasser wie Scherenschnitte wirken. Der Lichtschein drang nur mit Mühe bis in die Stadt vor und schien die Kirche des Propheten des Lichts gar nicht zu erreichen.

Darrick atmete langsam aus, damit man ihn nicht hörte, und leerte seine Lungen so vollständig wie möglich, um mit einem Mal tief Luft holen zu können, wenn er zur Tat schreiten musste. Die Dämonenjäger hatten vor zwei Tagen ihr Lager oben in den Bergwäldern aufgeschlagen und waren seitdem von niemandem gestört worden. In die höheren Regionen, in denen sie sich befanden und wo die Kälte sie erreichen konnte, hatte sich auch das Wild in großer Zahl zurückgezogen, seit an den Ausläufer der Berge außerhalb von Bramwell eine Zeltstadt aus dem Boden geschossen war.

Vielleicht war es nur ein Reh, dachte Darrick, verwarf diese Möglichkeit aber gleich wieder. Das Geräusch, das er gehört hatte, war viel zu leise, zu bedächtig gewesen.

„Darrick“, rief Rhambal.

„Aye“, antwortete Darrick.

Rhambal folgte dem Klang von Darricks Stimme und kam näher. Der Krieger war ein großer Mann, der sich aber so leise durch den Wald bewegen konnte wie ein Wesen, das dort zu Hause war. Ein kurz geschnittener Bart rahmte sein breites Gesicht ein, auf der Nase und unter dem linken Auge war ein Schnitt zu sehen, den ihm ein Lezanti mit seiner Klaue zugefügt hatte und der in den letzten drei Wochen noch immer nicht ganz verheilt war. Das schlechte Wetter und die Anstrengungen, die keine wirkliche Erholungspause erlaubten, hatten die Heilung verzögert. Auch einige der anderen Krieger hatten derartige Wunden davongetragen.

„Ich soll Euch holen kommen“, sagte Rhambal.

„Ich würde lieber hier bleiben“, erwiderte Darrick.

Der große Mann zögerte.

Trotz der Tatsache, dass Darrick der einzige in der Gruppe war, der Hauklins verzauberte Klinge tragen konnte, begegneten die anderen Männer ihm mit Misstrauen, da er nicht daran interessiert war, die Krieger näher kennenzulernen. Darrick war fast sicher, dass sie ihn verlassen oder gezwungen hätten, sich aus der Gruppe zu entfernen, wäre nicht Taramis Volken ihr Anführer gewesen.

Natürlich wäre ohne Taramis auch das Vorhaben aufgegeben worden, in die Kirche des Propheten des Lichts vorzudringen. Es waren allein sein Charisma und sein unerschütterlicher Mut, der die anderen antrieb.

„Taramis ist aus der Stadt zurückgekehrt“, sagte Rhambal. „Er möchte, dass wir zusammenkommen, um etwas zu besprechen. Er glaubt einen Weg zu wissen, wie wir in die Kirche gelangen können."

Darrick wusste, dass der Dämonenjäger zurückgekehrt war. Vor nicht ganz einer Stunde hatte er ihn den Berg heraufkommen sehen.

„Wann machen wir uns auf den Weg?", fragte Darrick.

„Heute Nacht."

Die Antwort kam für ihn nicht überraschend.

„Ich für meinen Teil bin für diese Sache auf jeden Fall bereit", fuhr indes Rhambal fort. „Nach der Strecke aus dem Norden hierher und diesen Alpträumen bin ich froh, wenn ich dem Ganzen eine Ende setzen kann, egal auf welche Weise."

Darrick erwiderte nichts. Die Alpträume waren für jeden von ihnen ein permanenter Begleiter gewesen. Auch wenn Ellig Barrows und Taramis einen Schutz um die Gruppe gelegt hatten, der sie davor schützte, von Kabraxis mittels magischer Methoden entdeckt zu werden, wussten sie alle, dass ihr Leben verwirkt war, wenn man sie zu fassen bekam. Der Dämon hatte sie identifiziert. In den letzten Wochen waren sie einige Male nur mit knapper Not Kriegerpatrouillen und ganzen Scharen von Kreaturen dämonischer Herkunft entgangen, die alle auf der Jagd nach ihnen schienen.

Den Alpträumen hatte die Gruppe dagegen nicht entrinnen können. Taramis hatte erklärt, er sei sicher, diese Träume würden von einem heimtückischen Zauber verursacht, dem sie sich nicht hatten entziehen können. Keiner aus der Gruppe war verschont geblieben, und drei Wochen lang immer wieder aus dem Schlaf gerissen zu werden, weil man von schrecklichen Erinnerungen aus der eigenen Vergangenheit heimgesucht wurde, hatte ihnen allen schwer zu schaffen gemacht. Einige der Krieger waren sogar zu der Ansicht gelangt, die Alpträume seien ein Fluch, von dem sie nie wieder befreit würden.

Palat Shires, einer der ältesten Krieger der Gruppe, hatte versucht, sie zu verlassen, da er nicht länger aushalten konnte, was ihn verfolgte. Darrick hatte die anderen tuscheln gehört, Palat sei früher einmal ein Pirat und gnadenloser Mörder gewesen, bis Taramis ihm den eher unbedeutenden Dämon ausgetrieben hatte, der sich aus einer verzauberten Waffe in seinen Geist geschlichen und ihn vor Blutrünstigkeit fast in den Wahnsinn getrieben hatte. Auch wenn er wusste, dass es diese dämonische Macht gewesen war, war Palat niemals wirklich darüber hinweggekommen, dass er andere verstümmelt oder ermordet hatte. Doch er war bereit gewesen, sich der Sache zu verschreiben, für die Taramis kämpfte.

Drei Tage, nachdem er die Gruppe verlassen hatte, war Palat zurückgekehrt. Sein ausgemergeltes Aussehen war für die anderen Zeichen genug gewesen, dass er die Alpträume nicht hatte abschütteln können. Zwei Tage darauf hatte sich Palat in einer ruhigen Stunde kurz vor Tagesanbruch die Pulsadern aufgeschnitten, um sich das Leben zu nehmen. Einer der anderen Krieger, die nicht schlafen konnten, war eingeschritten, um seinen Tod zu verhindern. Taramis hatte den Mann nach Kräften geheilt, und dann hatten sie für vier Tage Unterschlupf suchen müssen, da ein Unwetter über sie hereingebrochen war. Palat hatte in dieser Zeit neue Kraft schöpfen können.

„Kommt", sagte Rhambal. „Es ist noch immer Eintopf da, und Taramis hat frisches Brot und mit Honig gesüßte Butter mitgebracht. Es gibt sogar einen ganzen Berg Apfelpfannkuchen, weil er so guter Laune war." Auf dem Gesicht des Mannes zeichnete sich ein breites Grinsen ab, das aber nicht über seine Erschöpfung hinwegtäuschen konnte.

„Was ist mit einem Wachposten?", fragte Darrick.

„Wir sind schon seit zwei Nächten hier", erwiderte Rhambal. „Bislang ist niemand auch nur in die Nähe gekommen, also gibt es keinen Grund, warum das in der nächsten Stunde anders sein sollte."

„Wir brechen in einer Stunde auf?"

Rhambal nickte und kniff die Augen zusammen, um in den letzten Rest von Sonnenschein dieses Tages zu sehen. „Sobald die Nacht angebrochen ist, und bevor der Mond am Himmel steht. Nur ein Narr oder ein verzweifelter Mann würde sich in einer solch kalten Nacht nach draußen wagen."

Darrick zögerte, weil er wusste, dass er sich in der Gesellschaft der Krieger befinden und erfahren würde, wie sehr die anstrengende Reise und die schlaflosen Nächte ihnen zugesetzt hatten. Dennoch erhob er sich und schlich durch den Wald ein Stück weiter bergauf. Die dicht stehenden Bäumen hielten zum größten Teil den Nordwind ab, der über den Berg hinwegfegte.

Das Lager befand sich in einer nach Westen weisenden Aussparung im Fels nahe dem Berggipfel, einer Sackgasse aus Felsgestein, die sich zwischen den spärlichen Büschen und den vom Wind gepeitschten Pinien erstreckte.

Das Lagerfeuer hatte seinen Namen kaum verdient. Es waren keine Holzscheite zusammengelegt worden, um in einer hohen, wohlig warmen Flamme zu verbrennen. Stattdessen lagen ein paar orangeglühende Kohlen inmitten weißer und grauer Asche, die nur wenig gegen die Kälte ausrichten konnten. Auf den Kohlen stand ein Topf, in dem ein Eintopf köchelte.

Die Krieger saßen rund um das Lagerfeuer, doch das hatte in erster Linie damit zu tun, dass es in der Sackgasse so eng war und weniger mit der sinnlosen Hoffnung, die Kohlen könnten der Kälte wirklich etwas entgegensetzen. Die Pferde standen im hinteren Teil des Cañon; ihr heißer Atem trieb wie eine Wolke von ihrem Maul fort, während sie das lange Gras fraßen, das die Krieger für sie geschnitten hatten. Das lange Fell der Tiere war mit Reif überzogen und verbreitete einen feuchten Pferdegeruch.

Taramis saß von allen am dichtesten im Schneidersitz am Lagerfeuer. Das schwache orangerote Glühen der Kohlen ließ die Falten aus seinem Gesicht verschwinden und verlieh ihm ein Aussehen, als hätte er Fieber. Er sah Darrick und grüßte ihn mit einem Nicken.

Der Weise hielt seine Hände über die Kohlen und sagte: „Ich kann nicht garantieren, dass unser Vorstoß heute Nacht von Erfolg gekrönt sein wird, aber ich kann euch sagen, dass es in Bramwell viel wärmer ist als hier oben in den Bergen."

Die Krieger lachten, wenngleich es mehr aus Höflichkeit als aus Belustigung geschah.

Rhambal setzte sich zu Darrick, dann nahm er zwei Zinnbecher aus dem spärlichen Bestand an Geschirr am Feuer. Der große Krieger tauchte die Becher in den Kochtopf, in dem der Eintopf schmorte, der aus Gemüse und Blättern und drei ehemals nichtsahnenden Hasen bestand, die sie unmittelbar nach Sonnenuntergang erwischt hatten. Nachdem er die Becher aus dem Topf geholt hatte, fuhr er mit einem Finger über die Außenseite, um die Flüssigkeit abzuwischen und sich dann den Finger genüsslich in den Mund zu stecken.

Obwohl Darrick erschöpft war und von einem Gefühl des Unbehagens verfolgt wurde, nahm er den vollen Becher entgegen und nickte dankbar. Die Wärme, die von dem Eintopf ausging, drang durch den Becher bis in seine Finger. Er hielt ihn eine Zeit lang einfach nur fest und genoss die Hitze, dann begann er zu essen, bevor der Inhalt zu sehr abgekühlt war. Die Stücke Hasenfleisch im Eintopf waren zäh und sehnig.

„Ich habe einen Weg in die Kirche gefunden", verkündete Taramis.

„Etwas, das so groß ist wie diese Kirche", meinte Palat, „muss mindestens so viele Löcher aufweisen wie meine Socken!" Er hielt eine Socke hoch, die er auf einem Stock nahe dem Lagerfeuer zum Trocknen aufgehängt hatte. Der Stoff wurde praktisch nur noch durch die Löcher zusammengehalten.

„Deine Socken sind wirklich sehr löchrig", stimmte Taramis ihm zu. „Vor einem Jahr kam Meister Sayes in Bramwell an und begann seine Kirche des Dunklen Pfads aus einem Wohnwagen heraus aufzubauen. Die Gebäude, die heute die Kirche bilden, wurden in einzelnen Abschnitten, aber mit viel Sorgfalt errichtet. Die gesamte Kirche ist von Geheimgängen durchzogen, die von Meister Sayes und seinen Messgehilfen sowie von den Wachen benutzt werden. Aber die Kirche ist gut geschützt."

„Was ist mit der Kanalisation?", fragte Rhambal. „Wir haben doch darüber gesprochen, durch die Kanalisation in das Gebäude einzudringen."

„Die Zugänge zur Kanalisation werden von Söldnern bewacht", antwortete Taramis. „Auch die unterirdischen Versorgungswege in das Gebäude werden bewacht."

„Und wo soll sich dann der Weg befinden, um in die Kirche zu gelangen?", wunderte sich Palat.

Taramis nahm einen kleinen, verkohlten Scheit aus den erkaltenden Kohlen. „Sie haben die Kirche zu schnell und zu pompös gebaut, und sie haben nicht an die Überschwemmungen gedacht, die spät im

Frühjahr auftreten. Die Fülle von Gebäuden am Uferstreifen sowie die neu erschlossenen Quellen, die die Teiche und Reservoirs in dem Komplex mit Wasser versorgen, haben Probleme verursacht."

Der Weise zeichnete mehrere Wellenlinien, die den Fluss darstellen sollten, und daneben ein großes Rechteck auf. Dann ergänzte er die Skizze um ein kleineres Quadrat, das in den Fluss hineinragte.

„An der Stelle, an der die Kirche über den Fluss ragt", fuhr Taramis fort, „und an der es einen breiten Wehrgang gibt, hat der Fluss das Ufer und damit auch die Säulen unterspült, die den freien Platz tragen. Die Gläubigen können dort warten, bis der nächste Gottesdienst stattfindet, einen Blick auf die Stadt werfen oder sich von der Größe der Kirche beeindrucken lassen."

Darrick nahm das mit Honigbutter bestrichene Stück Brot entgegen, das Rhambal ihm anbot, und kaute wie mechanisch, während er Taramis aufmerksam zuhörte. Sein Verstand war völlig in den Plan eingetaucht, den der Weise auf die Erde gezeichnet hatte, und merkte sich jedes Detail, das enthüllt wurde.

„Eines der Probleme beim Bau des Ganzen hatte mehr mit Eitelkeit als mit allem anderen zu tun", erläuterte Taramis. „Das Pfahlwerk für den Wehrgang musste so angelegt werden, dass es nicht einem der alten Abwasserkanäle in die Quere kam, die zu Beginn gebaut worden waren. Von außen mag die Kirche zwar glanzvoll erstrahlen, aber der Untergrund unterscheidet sich nicht allzu sehr von dem Morast, der die örtliche Bevölkerung ursprünglich davon abgehalten hatte, dort etwas zu errichten."

„Und was glaubt Ihr?", fragte Palat.

Taramis betrachtete die Zeichnung, die von dem orangefarbenen Glühen der Kohlen kaum erhellt wurde. „Ich glaube, mit ein wenig Glück und einem gestohlenen Boot werden wir heute Nacht nicht nur in die Kirche vordringen, sondern auch für eine geeignete Ablenkung sorgen können."

„Heute Nacht?", fragte Rhambal.

Der Weise nickte, hob den Kopf und sah einem Mann nach dem anderen in die Augen. „Die Männer, mit denen ich mich heute Nachmittag in den Tavernen von Bramwell unterhalten haben, berichten davon, dass die Gottesdienste auch nach Anbruch der Nacht noch über Stunden hinweg abgehalten werden."

„So etwas erlebt man nicht oft", meinte Corrigor. „Normalerweise sehnt sich ein Mann, der am Tag auf dem Feld oder auf einem Fischerboot geschuftet hat, am Abend nach einem warmen und trockenen Platz, wo er sich ausruhen kann. Ihn zieht es nicht zum Gottesdienst in eine Kirche."

„Normalerweise", entgegnete Taramis, „werden bei Gottesdiensten auch keine Menschen geheilt oder mit der Art von Glück gesegnet, die einem Mann Liebe, Reichtum oder Macht verleiht."

„Das ist wohl wahr", pflichtete Corrigor ihm bei.

„Also brechen wir heute Nacht auf", sagte Taramis. „Es sei denn, einer von euch möchte hier lieber noch eine Nacht zubringen." Er sah Darrick an, als er diese Worte sprach.

Der schüttelte den Kopf, und die anderen Männer taten es ihm nach. Sie alle waren es leid, noch länger zu warten.

„Wir haben uns letzte Nacht ausgeruht", sagte Rhambal. „Wenn ich mich noch mehr ausruhen soll, werde ich allmählich nervös."

„Gut." Taramis lächelte, doch es war ein finsteres und vielleicht sogar von einem Hauch Angst begleitetes Lächeln. Obwohl der Weise sich der Jagd auf Dämonen verschrieben hatte, um seine Familie zu rächen, war er trotz allem Mensch genug, um sich vor dem zu fürchten, was sie im Begriff standen zu tun.

Dann erklärte er ihnen ruhig Schritt für Schritt seinen Plan.

Schwacher Nebel hatte den Fluss eingehüllt, doch die Laternen und Fackeln entlang des Ufers und auf den vor Anker liegenden Schiffen vor den Lagerhäusern und Tavernen brannten einen Teil dieses feuchten, grauen Dunstes weg, der an Watte erinnerte. Stimmen waren zu hören, die das Rascheln der Segel in der Takelage und der lose aufgerollten Segel übertönten. Andere Männer sangen etwas oder erzählten sich schmutzige Witze und Annekdoten.

An zwei Stellen überspannten Steinbrücken den Fluss, und auf beiden drängten sich die Menschen, die auf der Suche nach etwas zu essen oder zu trinken von einem Ufer zum anderen gingen. Manche von ihnen waren Touristen, die sich die Zeit zu vertreiben versuchten, bis der laufende Gottesdienst vorüber war und sie endlich eingelassen wurden. Andere waren Diebe, Kaufleute und Wachmänner. Am lautesten von allen waren die Dirnen, die den Seeleuten und Fischern an Bord der Schiffe die Preise für ihre Dienste zuriefen.

Darrick folgte Taramis am Ufer hin zu dem Frachtschiff, das sich der Weise als Ziel ausgesucht hatte. Die *Blue Zephyr* war ein gedrungenes, hässliches Schiff, das vom Gestank nach ranzigem Waltran eingehüllt war. Kein Seemann, der seine Heuer wert war, würde aus freien Stücken an Bord dieses stinkenden Kahns arbeiten wollen. Doch Darrick wusste auch, dass eine kleine Besatzung mit Sicherheit davon ausgehen konnte, für ihre Arbeit mit einem anständigen Profit belohnt zu werden.

Drei Mann befanden sich noch an Bord dieses Frachters. Der Kapitän und die übrige Besatzung hatten sich in die Tavernen entlang der Dock Street begeben. Aufmerksame Beobachtung hatte allerdings ergeben, dass man an Bord ebenfalls zu einer Flasche gegriffen und sich am Heck zusammengefunden hatte, um sie zu leeren.

Darrick war klar, dass die Diebe und Schmuggler, die in Bramwell ihr Unwesen trieben, von der Fracht der *Blue Zephyr* nichts wissen wollten. Die Fässer mit dem Waltran waren viel zu schwer, um sie schnell genug vom Schiff zu holen und damit aus dem Hafen zu entkommen.

Ohne sein Tempo zu verringern, erreichte Taramis den Fuß der Laufplanke, die auf das Schiff führte. Der Weise hielt keinen Moment inne, sondern lief rasch hinauf. Darrick folgte ihm und hörte, wie sein Herz in seiner Brust raste, während seine Stiefel dumpf auf der Laufplanke aufsetzten.

Die drei Seeleute am Heck des Frachters drehten sich sofort um. Einer von ihnen griff nach der Laterne und hielt sie hoch.

„Wer ist da?“, rief der Seemann mit der Laterne.

Die beiden anderen griffen zu ihren Schwertern und nahmen eine Verteidigungshaltung ein.

„Orloff“, antwortete Taramis und ging ohne Zögern auf die Männer zu.

Darrick folgte dem Weisen nicht, sondern betrachtete die Takelage und überlegte für die Dauer eines Atemzugs, welche Segel sie am Sinnvollsten benutzen würden. Nur vier der Krieger aus Taramis' Gruppe hatten Erfahrung mit Segelschiffen gemacht, aber keiner von ihnen kam an das heran, was Darrick darüber wusste.

„Ich kenne keinen Orloff", gab der Seemann mit der Laterne zurück. „Vielleicht seid Ihr auf dem falschen Schiff gelandet, Kamerad."

„Nein, nein, es ist schon das richtige Schiff", versicherte Taramis. Mit sicheren Schritten ging er auf die Gruppe zu. „Kapitän Rihard hat mich gebeten, mit diesem Päckchen vorbeizukommen." Er hielt ihnen eine mit Leder umhüllte Flasche hin. „Er meinte, das sollte Euch in dieser kalten Nacht etwas wärmen."

„Ich kenne auch keinen Kapitän Rihard", sagte der Mann. „Ihr seid auf dem falschen Schiff. Ihr solltet zusehen, dass Ihr wegkommt."

Doch da stand Taramis bereits direkt vor der Gruppe. Er schrieb ein geisterhaftes Symbol in die Luft, das in Smaragdgrün aufflammte und dann gleich wieder erlosch.

Noch bevor der letzte Rest Grün verschwunden war, wurden die drei Seeleute von einer Energiewand getroffen, die so heftig war, dass sie über die Reling am Heck hinaus auf den Fluss getragen wurden, wo sie mit einem so lauten Platschen ins Wasser fielen, als wäre ein Komet vom Himmel gestürzt.

Rhambal, für den Taramis' Zauber das verabredete Zeichen war, setzte zur gleichen Zeit die mit Öl getränkte Außenwand eines der größeren Lagerhäuser am südlichen Flussufer in Brand, um ein Ablenkungsmanöver zu eröffnen. Die Flammen schossen an der Seite des Lagerhauses in die Höhe und versetzten Dutzende von Menschen in Schrecken, die in unmittelbarer Nähe ihre Wohnung hatten. Noch während die drei Seeleute vom Heck der *Blue Zephyr* geschleudert wurden, gellten zu beiden Seiten des Flusses bereits die ersten Entsetzensschreie wegen des Feuers durch die Straßen.

Als die Seeleute wieder aus den Fluten auftauchten, hatten sie nicht viel Hilfe zu erwarten. Palat stellte sich zu Taramis ans Heck, einen bis zum Äußersten gespannten Bogen in der Hand, dessen Pfeil auf sie gerichtet war. Sie verstanden sehr schnell und schwammen in Richtung Ufer.

„Hisst diese Segel“, befahl Darrick. Jetzt, da der Plan in eine Phase getreten war, die kaum noch ein Zurück erlaubte, rauschte das Blut auf eine Weise in seinen Ohren, dass es sich wie Gesang anhörte. Ein Teil in ihm, den er ein Jahr lang abzutöten versucht hatte, wurde wieder zum Leben erweckt. Er erinnerte sich an Zeiten, da er und Mat an Bord eines Schiffes umhergeeilt waren, um sich für eine Schlacht bereit zu machen oder um auf einen Überraschungsangriff zu reagieren.

Die vier Krieger mit Segelerfahrung teilten sich auf. Einer ging zum Heck, um das Ruder zu übernehmen, während die anderen die Masten hochstiegen.

Darrick bewegte sich mit der Schnelligkeit und dem Geschick eines Affen in der Takelage, während jeder Griff ihm in Erinnerung kam, obwohl es Monate her war, dass er sich so auf einem Segelschiff bewegt hatte. Hauklins mystisches Schwert schlug ihm in den Rücken, während er kletterte. Das Entermesser war kurz genug, um es in der Scheide zu belassen, die an seiner Seite hing. Doch bei dem langen Schwert fühlte es sich natürlicher an, es über der Schulter zu tragen.

Während er in die Takelage kletterte und die zusammengerollten Segel erreichte, zerschnitt er mit seinem Messer, das er am Gürtel getragen hatte, die sorgfältig verknoteten Seile. Die Seemannsseele in ihm wand sich allein bei dem Gedanken, ein Seil zu durchschneiden, wo es doch auf einem zur See fahrenden Schiff immer eine Sache von hohem Wert darstellte. Andererseits wusste er, dass sie für die Seile keine weitere Verwendung haben würden. Dabei musste er daran denken, was Taramis mit dem Frachtschiff vorhatte, und dieser Gedanke ließ ihn noch trauriger werden. Es war zwar nur ein kleines Schiff, doch es war seetüchtig und erfüllte eine Funktion.

Als er an der Spitze des Mastes angekommen war und unter ihm alle Segel losgeschnitten waren, sah Darrick hinunter auf Deck. Die restlichen elf Krieger – Rhambal würde jeden Moment wieder zu ihnen stoßen – waren damit beschäftigt, kleine Fässer mit Waltran an Deck zu bringen. Die *Blue Zephyr* hatte neben den großen Fässern zum Glück auch kleinere an Bord, sonst hätten sie einen Lastenkran benötigt, um sie aus dem Laderaum zu hieven.

Darrick rutschte in der Takelage nach unten und landete auf Deck. „Macht diese Segel fest. Schnell.“ Er suchte die Liegeplätze entlang des Flusses ab.

Die drei Seeleute, die von Taramis von Bord geworfen worden waren, hatten inzwischen das Ufer erreicht und versuchten, andere Matrosen und die Stadtwache auf den Vorfall aufmerksam zu machen. Kaum jemand nahm allerdings von ihnen Notiz, da das brennende Lagerhaus wichtiger war. Wenn sich die Flammen weiter ausbreiteten, war die ganze Stadt in Gefahr.

Während Darrick das Feuer betrachtete, dessen Flammen sich wie lange Zungen in den Himmel streckten, und die Segel festmachte, musste er darüber nachdenken, dass er – anders als Taramis – nicht den Befehl hätte geben können, das Gebäude in Brand zu setzen. Die Leute, denen das Warenhaus gehörte, hatten nichts Unrechtes getan, und das galt auch für diejenigen, die dort ihre Waren lagerten.

Es sei ein notwendiges Übel, hatte der Weise ihnen erklärt, und von den Kriegern schien niemand ein Problem damit zu haben.

„Darrick“, rief Taramis vom Heck des Schiffes aus. Er hatte den zuvor übergeworfenen Mantel abgelegt und trug nun wieder das orangefarbene Vizjerei-Gewand mit den mystischen silbernen Symbolen zur Schau.

„Aye“, erwiderte er.

„Sind die Segel gesetzt?“

„Aye“, antwortete Darrick, der das letzte Segel festband und nach den anderen Kriegern schaute, die ihm geholfen hatten. Sie waren zwar etwas langsamer als er, hatten aber auch ihre Arbeit getan. „Alles klar.“ Er blickte wieder zu den anderen Männern. „Bereithalten, Leute. Wenn wir es schaffen, werden wir verdammt schnell arbeiten müssen!“

Taramis sprach Worte, die so klangen, als würde er knurren. Keine menschliche Kehle war dazu bestimmt, derartige Sätze zu formen. Darrick war sicher, dass der Zauber des Weisen mit zu der ältesten Magie gehörte, die von den Dämonen unter den Vizjerei in diese

Welt geholt worden war. Manche Magier und Hexer glaubten, die Zauberkraft sei reiner, wenn man die alte Sprache benutzte, in der sie einst gelehrt wurde.

Auf dem Fluss spiegelte sich das Feuer, das im Lagerhaus tobte, aber auch andere glühende Punkte entlang des Ufers. Weitere ihrer Art waren in einer geraden Linie unter der zweiten Brücke zu sehen, die zwischen dem Frachtschiff und der Kirche lag. Heisere Schreie wurden vom Wasser mal zurückgeworfen, mal geschluckt, während sich in der Nähe des Lagerhauses eine Menschenkette bildete, die volle Eimer weiterreichte.

Obwohl er darauf gefasst war, riss es ihn fast um, als Taramis mit einem Zauber einen kräftigen Westwind aufkommen ließ. Die Leintücher blähten sich auf und knatterten im magischen Wind, der das Schiff gegen die Strömung vorantrieb.

Zweiundzwanzig

Von dem plötzlichen Wind angetrieben, machte die *Blue Zephyr* einen Satz nach vorn und tauchte mit dem Bug ein Stück weit in den Fluss. Die plötzliche, ruckartige Bewegung schleuderte drei der Krieger auf die Decksplanken, Ölfässer kippten um und rollten umher. Einen Moment lang stellten sie eine Gefahr dar, doch dann kehrte das Schiff in die Gerade zurück. Einer der Krieger wäre fast durch die Öffnung in der Reling gerollt, an der sich vor wenigen Augenblicken noch die Laufplanke befunden hatte, doch es gelang ihm, sich kurz davor festzuhalten.

„Haltet euch fest, wo ihr nur könnt!“, schrie Darrick den anderen Männern in den Segeln aus Leibeskräften zu, um den tosenden Wind zu übertönen. Er selbst klammerte sich an den Seilen fest und achtete darauf, dass die Segel immer im Wind blieben. Für die Männer, die ein wenig Erfahrung mit dem Dienst auf einem Schiff hatten, blieb nur wenig zu tun. Der von Taramis heraufbeschworene Wind erfasste das Schiff genau richtig und jagte es über den Fluss.

Andere Schiffe wurden von der heftigen Böe erfasst und schaukelten wie wild, während ein kleineres Segelschiff, das nur benutzt wurde, um Waren von einer Seite des Ufers zur anderen zu bringen, kippte, so dass die Segel im Wasser landeten.

„Steuermann!“, brüllte Darrick, als er sah, dass sich die *Blue Zephyr* erschreckend schnell einer flachen Barkasse näherte.

„Aye“, erwiderte Farranan.

„Hart steuerbord, verdammt, sonst kollidieren wir mittschiffs!“, befahl er.

„Hart steuerbord“, wiederholte Farranan.

Sofort änderte das Frachtschiff seinen Kurs. Die Backbordseite schabte an der Barkasse entlang und hob sich ein wenig aus dem Wasser, während gleichzeitig das Krachen von Holz zu hören war. Darrick hoffte, dass dieses Krachen vor allem von der Barkasse kam.

Während er sich weiter an den Seilen festhielt, die an den Segeln festgezurrt waren, sah er, wie eine Seite der Barkasse unter den Frachter geriet und wie der Bug und die andere Seite des Bootes aus dem Wasser aufstiegen. Kisten, Truhen und Hafenarbeiter wurden ins Wasser gerissen, ebenso zwei Laternen, die sofort erloschen, als das Wasser die Flammen berührte.

Dann hatte das Frachtschiff die Barkasse hinter sich gelassen und pflügte ungehindert weiter entlang der Flussmitte. Die anderen Schiffe lagen so dicht aneinander, dass kaum Platz genug war, um zwischen ihnen hindurch zu navigieren. Darrick bemerkte die erstaunten Gesichter mancher Seeleute, die von ihren großen Schiffen auf den kleinen Frachter hinabsahen.

„Öffnet die Tran-Fässer!“, befahl Taramis.

Mit Handäxten zertrümmerten seine Krieger die Fässer, so dass sich die dunkle Flüssigkeit über das Vorderdeck verteilen konnte. Der Waltran war dicklich und quoll nur langsam aus den Behältnissen, fast wie die letzten Tropfen Lebenssaft aus dem Körper eines schon fast völlig ausgebluteten Menschen.

Als das Frachtschiff die Brücke passierte, die die Grenze des letzten Hafenabschnitts markierte, blickte Darrick gerade noch rechtzeitig auf, um zu sehen, wie Rhambal über die Brüstung sprang. Der Krieger streckte sich nach der vorüberziehenden Takelage, bekam sie zu fassen, wurde in die Wanten zurückgeschleudert und sprang in das ihm am nächsten gelegene Segel, um von dort abwärts zu rutschen. Mit einem heftigen Aufprall landete er rücklings auf Deck.

„Geht es Euch gut?“, fragte Darrick und streckte ihm seine Hand entgegen, während der Wind um sie herum toste und das Schiff in Schräglage brachte.

„Nichts verletzt, von meinem Stolz abgesehen“, erwiderte Rhambal und ergriff die dargebotene Hand. Der Krieger kam hoch und zuckte zusammen. „Und wohl auch von meinem Hintern." Er sah zum brennenden Lagerhaus. „Ich schätze, dass wird sie mehr als genug ablenken."

„Es hält jedenfalls bereits lange genug an", erwiderte Darrick und richtete seinen Blick auf die dicke, sirupartige Flüssigkeit, die den Bug überzog.

„Vorausgesetzt, wir schaffen es bis zu dem Pfahlwerk, von dem Taramis gesprochen hat", meinte Rhambal.

„Wir kommen rein", versicherte Darrick und dann, mit lauterer Stimme, rief er: „Hart backbord!"

„Hart backbord!", antwortete Farranan vom Heck.

Darrick spürte, wie die *Blue Zephyr* einen Satz nach vorn machte und sich wieder in Richtung des nördlichen Flussufers bewegte, an dem die monumentale Kirche des Propheten des Lichts errichtet worden war. Der Wehrgang ragte keine dreihundert Fuß von ihnen entfernt ins Wasser, und die Distanz schmolz immer schneller zusammen. Zwei Säulen aus quadratisch geschnittenen Blöcken stützten den Wehrgang, der sich zwanzig Fuß über dem Wasserspiegel befand, um vor den alljährlichen Überschwemmungen geschützt zu sein.

Zu beiden Seiten des Flusses säumten Fackeln und Laternen den Weg der *Blue Zephyr*; sie zeigten, wo die Stadtwachen unterwegs waren. Kirchenwachen strömten auf den Wehrgang, als sich das Frachtschiff bis auf rund hundert Fuß genähert hatte. Einige der Wachleute hielten Armbrüste im Anschlag, und im nächsten Moment hagelte es Geschosse.

„Deckung!", brüllte Palat und warf sich hinter die Fracht mittschiffs. Rings um ihn herum schlugen etliche Bolzen auf Deck auf.

Darrick hörte, wie die Geschosse so dicht an seinem Kopf vorbeipfiffen, dass er glaubte, eines von ihnen müsse ihn einfach treffen. Er rettete sich hinter den Großmast und vertraute darauf, dass der magische Wind, den Taramis entfacht hatte, die *Blue Zephyr* bis zum Pfahlwerk tragen würde. Über ihm wurden die Segel von weiteren Pfeilen zerfetzt.

„Auf Kurs bleiben!", befahl Darrick und sah nach hinten zum Heck.

Farranan hatte sich geduckt und versuchte verzweifelt, irgendeine Deckung zu finden. Durch die schwache Kontrolle des Ruders, die ihm auf diese Weise nur möglich war, drohte das Schiff zur Flussmitte zurückzukehren.

Darrick verließ seine Deckung hinter dem Mast und eilte zum Schiffsheck. Rücken und Schultern spannten sich an, als er über das schwankende Deck rannte, da er damit rechnete, dass sich jeden Augenblick eine todbringende Stahlspitze in sein Fleisch bohren würde. Er bekam das Geländer zu fassen und stürmte die wenigen Stufen zum Heck hinauf, wobei er fast über den zusammengekauerten Farranan gefallen wäre.

Taramis stand an der Reling und brüllte: „Weg vom Bug!"

Darrick packte das Ruder und brachte das Schiff wieder auf den richtigen Kurs. Der Wind wehte unablässig weiter, peitschte die Takelage und riss an den Stellen der Segel, die von den Geschossen durchbohrt worden waren. Das Ruder bewegte sich ruckhaft, als es gegen die Strömung und den mystischen Wind ankämpfen musste.

Nachdem Taramis ein leuchtendes Symbol mit sieben Spitzen in die Luft geschrieben hatte, sprach er nur ein einziges Wort. Von Magie angetrieben wirbelte das Symbol quer über das Deck und entzündete den ausgekippten Waltran. Mit einem ohrenbetäubenden Geräusch schossen gelbe und lavendelfarbene Flammen empor.

Eine Hitzewelle rollte über Darrick hinweg und zwang ihn, die Augen zusammenzukneifen. Einen Moment lang überkam ihn Panik, als ihm klar wurde, dass er wegen der wirbelnden Masse aus Flammen und aufsteigender Glut den Wehrgang nicht mehr länger vor sich sehen konnte. Das Feuer sprang auf die Takelage über und erfasste das erste Segel, dann arbeitete es sich wie ein schwerfälliger junger Bär den Mast hinauf, hielt prüfend an jeder Stelle an, die Platz zum Ausruhen bot, und kletterte dann weiter aufwärts.

Darricks Blick wanderte nach oben, und einen Augenblick lang war er von dem verrückten Gedanken beseelt, er könnte nach den Sternen navigieren.

Was er stattdessen jedoch sah, war der hohe Glockenturm auf dem größten Bauwerk der Kirche. Er richtete das Schiff nach diesem Turm aus, als er ausgemacht hatte, in welchem Winkel dieser zum Wehrgang stand.

„Bleibt in Deckung!“, rief Taramis.

Darrick nickte finster.

Weitere Geschosse regneten auf das Schiff herab und bohrten sich tief ins Holz. Eines von ihnen prallte vom Ruder ab und traf Darrick an seiner linken Seite. Einen Moment glaubte er, seine Rippen würden in Flammen stehen, dann sah er nach unten und entdeckte den Pfeil, der in seinem Leib steckte.

Sofort fühlte er Übelkeit in sich aufsteigen, da er glaubte, der Bolzen habe sich in Brust oder Bauch gebohrt. Doch dann erkannte er, dass das Geschoss zwar mit roher Gewalt an seinen Rippen entlanggeschrammt war, aber weder in Muskelgewebe noch in ein Organ eingedrungen war.

Darrick wappnete sich, griff nach unten und zog den Pfeil aus seinem Fleisch, dann warf er ihn zur Seite. Sein Blut färbte seine Finger karmesinrot.

„Achtung!“, schrie Palat.

Einen Moment lang, der ihm vorkam, als wäre die Zeit erstarrt, sah Darrick vor sich die dicken Pfähle, die den Wehrgang trugen. *Wir kommen zu weit seitlich ab,* dachte er, als ihm klar wurde, dass das Schiff, anders als erwartet, das Gebäude rammen würde. *Die Kollision wird uns abprallen lassen.*

Aber er hatte dabei vergessen, welche Tonnage der Wind vor sich her trieb. Was Frachtschiffe anging, gab es nur wenige, die schwerer und kompakter beladen werden konnten als Tran-Frachter. Die *Blue Zephyr* war bis unter die Decke des Frachtraums beladen und wurde von einem heftigen Sturm vorangetrieben.

Das Schiff rammte die Pfähle und wurde von ihnen an den Rand des Flussbetts getrieben. Gleichzeitig verwandelte sich der Wehrgang in eine Geröllawine, die eine so hohe Wasserfontäne in den Wind aufsteigen ließ, dass ein kurzer monsunartiger Regen niederging. Das Schiff erzitterte auf voller Länge, als würde ein Schmied mit einem riesigen Hammer darauf einschlagen. Die *Blue Zephyr* war der Amboss, und sie war nicht weniger unerbittlich und unnachgiebig als ein echter Eisenklotz. Steine und Geröll prallten vom Deck ab, das weit nach Steuerbord geneigt war, während das Schiff am Flussufer entlangschrammte.

Die Kirchenwachen wurden vom Schutt mitgerissen. Darrick sah sie herunterfallen. Manche stürzten gleich in das aufgewühlte Wasser auf der Steuerbordseite des Schiffs, andere schlugen erst zusammen mit einer Lawine aus Stein und Mörtel auf dem Deck auf, um dann in den Fluss zu rutschen. Zwei Männer landeten in den brennenden Segeln des Vordermasts. Schreiend stürzten sie als lebende Fackeln ins Wasser.

Darrick ließ das Ruder los, da er wusste, dass er es nicht länger festhalten konnte, wollte er nicht riskieren, dass er sich schwere Verletzungen zuzog. Er machte ein paar Schritte nach hinten und packte das Geländer, an dem er sich festklammerte, während das Schiff gegen Wind und Flussufer gleichzeitig ankämpfte. Er zog sich an der Reling weiter voran, bis er eine Webeleine zu fassen bekam, die zum Heck verlief, und kämpfte sich zurück nach Backbord.

Die *Blue Zephyr* kam auf dem felsigen Untergrund zum Halten.

Er hörte, wie die Schiffshülle über Steine kratzte; es klang, als würden die Zähne eines Riesen versuchen, sich in einen Knochen zu fressen. Ein Zucken durchfuhr ihn, als ihm klar wurde, welchen Schaden sie dem Schiff zugefügt hatten. Unzählige Stunden Arbeit würden nötig sein, um es wieder seetüchtig zu machen. Sein Blick wanderte über Deck, und er fragte sich, ob sie nach allem, was sie riskiert hatten, wirklich das erreicht haben mochten, was sie sich vorgenommen hatten.

Schatten hielten sich an den heruntergefallenen Trümmerstücken und dem dunklen Schlamm des Ufers. Darrick suchte das Flussbett ab, konnte aber nichts von der gefährdeten Kanalisation entdecken, auf die Taramis bei seinen Nachforschungen gestoßen war. Doch so düster die Aussichten für die Situation auch waren, in der sie sich befanden, empfand Darrick doch keine wirkliche Angst. Das Einzige, was er verspürte, war Unruhe und die Hoffnung, dass die wahnsinnig machenden Schuldgefühle des abgelaufenen Jahres bald ein Ende finden würden. Kabraxis' Wachen würden sie nach diesem Anschlag keinesfalls am Leben lassen.

Taramis kam zu Darrick an die Reling. Der Weise sagte etwas und zeigte auf die Fackel, die er in der Hand hielt. Im gleichen Moment hüllten Flammen die Fackel ein und erhellten die Seite des Schiffs.

„Die Fackel wird den Bogenschützen ein Ziel geben, das sie problemlos anvisieren können", warnte Farranan, der sich zu ihnen an die Reling stellte.

„Wir können hier nicht bleiben", meinte Rhambal.

Die *Blue Zephyr* schabte immer noch schwach über den freigelegten Kalkstein des Flussbetts.

„Das Schiff wird hier auch nicht mehr lange bleiben", warf Darrick ein. Zum ersten Mal nahm er die Stille wahr, die nach dem Ende des Sturms eingetreten war. „Die Strömung wird uns mit sich ziehen."

Taramis hielt die Fackel weit vor sich und suchte das Ufer ab, während vom zertrümmerten Wehrgang immer noch Steine herabstürzten.

„Sie haben ein Boot losgeschickt", warnte Palat.

Darrick schaute über die Heckreling und entdeckte das Fahrzeug, das sich ihnen näherte. Laternen warfen ihren Schein auf die Flaggen an Bug und Heck, die das Zeichen von Lord Darkulan trugen, damit ein jeder sehen konnte, wer dort unterwegs war.

„Die Fackel ist zu schwach", sagte Taramis. „Aber es muss hier irgendwo sein." Er hielt die Fackel so tief, wie er nur konnte, doch es war vergeblich. Das Licht wollte einfach nicht das Ufer erhellen.

Zieh das Schwert, hörte Darrick die Stimme von Mat Hu-Ring in seinem Kopf.

„Mat?", flüsterte Darrick. Die Schuldgefühle kehrten schlagartig zurück und störten den Frieden, von dem er geglaubt hatte, er habe ihn endlich gefunden. Doch jetzt wurde ihm klar, dass es kein wirkliches, kein dauerhaftes Entkommen gab. Es erschien ihm viel leichter, den eigenen Tod als den von Mat zu akzeptieren.

Zieh das Schwert, wiederholte Mat, der weit entfernt klang.

Darrick drehte sich um, obwohl er wusste, dass er seinen Freund nicht sehen würde, auch wenn es so klang, als müsse dieser sich unmittelbar hinter ihm befinden. Er sah die Männer an, die sich am Heck versammelt hatten und darauf warteten, dass Taramis zur nächsten Phase des Plans überging.

Das Schwert, du verdammter Narr!, drängte Mat. *Zieh dein elendes großes Schwert. Es wird dir und den anderen helfen!*

Darrick griff über seine rechte Schulter, spürte den Schmerz an der linken Seite, wo ihn das Geschoss getroffen hatte, und umschloss das Heft von Hauklins Schwert. Ein Kribbeln durchfuhr seine Hand, und das Schwert schien ihm förmlich entgegenzuspringen. Dann hielt er die Waffe vor sich, die nichts weiter zu sein schien als ein langes graues Stück geschliffenen Stahls, der einige Kampfspuren davongetragen hatte.

Taramis und seine Krieger hielten auf dem Frachter gefundene Laternen und Fackeln über die Reling, um die Schatten zu durchdringen, die über dem Ufer lagen.

„Vielleicht sollte einer von uns da unten nachsehen“, überlegte Rhambal laut.

„Jeder, der sich da unten umsieht, wird nicht auf das Schiff zurückkehren können, wenn es sich wieder vom Ufer entfernt“, wandte Palat ein. „Aber wir könnten auf diesen alten Kahn angewiesen sein, wenn wir von hier entkommen wollen.“

„Wir dürften besser bedient sein, unser Glück an Land zu versuchen“, meinte Rhambal „Selbst wenn wir es bis zurück in den Hafen schaffen sollten, ohne dass uns jemand den Weg versperrt, würden sie uns spätestens dort einholen. Uns fehlt eine erfahrene Besatzung, die mit den Segeln und den Seilen umzugehen versteht.“

Ruf das Schwert, drängte Mat.

„Mat“, flüsterte Darrick und fühlte sich so, als hätte er eben wieder den Tod seines Freundes mitansehen müssen. Er bildete sich Mats Stimme nicht ein, sie war real. Und sie befand sich in seinem Kopf!

Ruf endlich das Schwert, du Dummkopf, wies Mat ihn an.

„Was machst du hier?“, fragte Darrick.

Das Gleiche wie du, erwiderte Mat. *Aber im Moment bin ich darin viel besser als du. Jetzt ruf endlich das Schwert, bevor ihr vom Ufer weggespült und den Wachen in die Arme getrieben werdet. Wir haben heute Nacht noch einiges vor.*

„Wie soll ich das Schwert rufen?"

Ruf seinen Namen.

„Wie lautet der Name?", gab Darrick zurück, der sich in dem ganzen Durcheinander auf einmal nicht mehr daran erinnern konnte.

Stormfury, erwiderte Mat.

„Lebst du?", wollte Darrick wissen.

Wir haben im Moment keine Zeit dafür. Wir müssen uns auch noch mit Kabraxis beschäftigen.

Der Frachter schrammte wieder über Fels und bewegte sich dabei so heftig, dass Darrick bereits glaubte, das Schiff habe sich wieder losgerissen.

„Stormfury", sagte er dann und hielt das Heft mit beiden Händen fest, da er nicht wusste, was ihn erwartete. Erneut übertrug sich das ungewohnte Kribbeln auf seine Hände.

Im nächsten Augenblick erstreckte sich ein kaltes blaues Licht über die gesamte Länge der Klinge. Das Licht strahlte keine Hitze aus, und obwohl es grell war, sorgten die Farbe dafür, dass es nicht in den Augen stach.

Dieses magische Licht fraß sich mühelos durch die Dunkelheit des Flussufers. Blaue Lichtpunkte spiegelten sich im Wasser, das sich in einen zerstörten Abschnitt des Kanalsystems ergoss, das unter der Kirche verlief. Die Kollision mit dem Ufer hatte den Wehrgang und den Schlamm weggerissen, den Tunnel freigelegt und ihn durchbrochen.

„Da ist es", sagte Taramis.

„Mat", flüsterte Darrick.

Keine Antwort war zu hören, nur das leise Pfeifen der normalen Brise, die durch die Takelage wehte.

Wieder bewegte sich der Tran-Frachter ein Stück und rutschte vier bis fünf Fuß zurück, wobei er sich fast vom Ufer löste.

„Wir verlieren das Schiff", rief Taramis. „Bewegt euch! Schnell!" Er stieg als Erster über die Reling und sprang ans Ufer.

Geh!, flüsterte Mats Stimme, die jetzt noch weiter entfernt zu sein schien.

Darrick wollte so gern mehr darüber erfahren, wie es Mat möglich war, mit ihm zu reden. Er wollte wissen, ob sein Freund vielleicht noch irgendwo lebte. Doch dafür blieb keine Zeit. Er kletterte über die Reling, als sich der Frachter abermals bewegte und stärker von der Strömung erfasst wurde. Noch ein solcher Ruck, dann würde sich das Schiff sicherlich losreißen. Darrick stieß sich von der Reling ab, um mit Schwung an Land zu springen.

Er landete im Uferschlamm und tauchte mit seinen Stiefeln bis zu den Knöcheln ein, verlor den Halt und landete mit dem Gesicht im kalten Morast. Die Strömung spülte eine Welle über ihn, die ihn durchnässte und ihn bis auf die Knochen frösteln ließ. Im krassen Gegensatz dazu brannte die Wunde an seiner Seite, als hätte ihm jemand einen glühenden Schürhaken in den Leib gerammt.

Die anderen Krieger folgten ihm, einige landeten wie er im Morast, während andere in den Fluss fielen und von der Strömung fortgerissen worden wären, hätten ihre Kameraden ihnen nicht geholfen. Einen Moment lang erfüllte die *Blue Zephyr* die Funktion eines Schutzwalls, da die Geschosse, die von dem herannahenden Schiff auf sie abgefeuert wurden, in der Bordwand stecken blieben.

Nur einen Atemzug lang dauerte es, dass sich das brennende Schiff ein weiteres Mal aufbäumte und dann von der Strömung endgültig mitgezogen wurde. Das Boot, auf dem Wachen waren, schaffte es gerade noch, der *Blue Zephyr* auszuweichen, doch ihr Wellenschlag und die hektischen Bemühungen, sich in Sicherheit zu bringen, ließen das andere Fahrzeug beinahe kentern. Dann hatte der Frachter sie passiert und wurde von der Strömung in Richtung der vor Anker liegenden übrigen Schiffe getrieben. Es war klar, dass Bramwell vor Anbruch des neuen Tages weitere schwere Verwüstungen würde hinnehmen müssen.

„Verdammt", fluchte Palat. „Sieht ganz so aus, als würden wir heute Nacht genau die Stadt in Schutt und Asche legen, die wir eigentlich retten wollen."

„Sollte das geschehen", wandte Taramis ein, „wäre es den Leuten dort eher zu wünschen, dass sie von Menschen wiederaufgebaut würde anstatt von Dämonen."

Immer wieder ins Rutschen kommend, folgte Darrick dem Weisen in den Abwasserschacht. Erst da bemerkte er, dass sein Schwert nicht mehr leuchtete. Taramis' Fackel und die Laternen der anderen sorgten nun wieder für Licht.

Der Tunnel war bereits zur Hälfte überschwemmt, was exakt dem Problem entsprach, von dem Taramis erfahren hatte, als er in den Tavernen von Bramwell auf die Suche nach Informationen gegangen war. Die Kollision mit dem Frachter hatte die Wand so einstürzen lassen, wie Taramis es auch beabsichtigt hatte. Allerdings war der Schaden größer ausgefallen, als von Darrick für möglich gehalten. Das Wasser strömte durch Risse in der gemauerten Wand, die breit genug waren, dass ein Mann alle Finger seiner Hand quer hineinstecken konnte, und vermischte sich mit dem hüfthohen Abwasser. Moos und Schlamm überzogen die Wände des Tunnels, und Dreck bedeckte den Steinboden, über dem das stinkende Wasser stand.

Taramis blieb in der Mitte des breiten Kanalschachts stehen und blickte nach links und nach rechts.

„Wo entlang?", fragte Palat und fuhr mit dem Arm über sein Gesicht, um den Schlamm wegzuwischen, den er aber eigentlich nur auch noch über andere Stellen verteilte.

„Nach links", sagte Taramis und wandte sich in diese Richtung.

Nach rechts, flüsterte Mat Darrick ins Ohr. *Wenn ihr nach links geht, wird man euch gefangen nehmen.*

Taramis watete durch das Wasser, dessen Pegel rasch anstieg.

Sag es ihnen!

Darrick wusste nicht, ob er es wirklich glauben konnte, dass Mat zu ihm sprach. Vielleicht hatte er längst den Verstand verloren und es erst jetzt bemerkt. Nach einem kurzen Zögern sagte er dann aber doch: „Ihr geht in die falsche Richtung."

Taramis blieb stehen und drehte sich in dem mittlerweile brusthoch stehenden Wasser um, damit er Darrick ansehen konnte. „Woher wollt Ihr das wissen?", fragte der Weise.

Darrick erwiderte nichts.

Sag es ihnen, forderte Mat ihn auf. *Erzähl ihnen von mir.*

Rufe von außerhalb der Kanalisation drangen in den Tunnel und wurden vom Wasser reflektiert. Der Schein von Fackeln näherte sich der durchbrochenen Stelle. Darrick wusste, dass es nicht mehr lange dauern würde, bis sie von den Wachen angegriffen wurden.

„Weil Mat mir sagt, in welche Richtung wir gehen sollen“, antwortete er schließlich.

„Welcher Mat?“, fragte Taramis argwöhnisch. „Euer Freund, der in Tauruk's Port ums Leben kam?“

„Aye“, erwiderte Darrick, wusste aber, dass er selbst diese Geschichte nicht geglaubt hätte, wenn man sie ihm hätte weismachen wollen.

„Wie?“, hakte der Weise nach.

„Ich weiß es nicht“, räumte Darrick ein. „Aber er war derjenige, der mich dazu brachte, die Macht des Schwertes zu nutzen, damit es uns den Weg in die Kanalisation zeigte.“

Die ausnahmslos durchnässten Krieger versammelten sich um Taramis. Ihre Gesichter ließen ihre Zweifel und das tiefe Misstrauen erkennen, von dem sie erfüllt waren.

„Was haltet Ihr davon?“, wandte sich Palat an Taramis und bewegte sich ein Stück weit nach vorn, um den Weisen von Darrick zu trennen.

Darrick, der die Vorsichtsmaßnahme des großen Kriegers durchschaute, schwieg. Hätte er nicht selbst Mats Stimme gehört, hätte er sich auch für verrückt erklärt.

Taramis hielt die Fackel höher. Die Flammen berührten die Steine an der Decke und verbrannten das Moos und die Flechten, die dort wuchsen. „Jedes Mal, wenn ein Dämon in die Welt der Menschen gelangt“, zitierte er, „muss das Gleichgewicht gewahrt werden. Eine Möglichkeit wird geschaffen, und es liegt in der Hand der Menschen, die Welt wieder von diesem Dämon zu befreien.“ Er lächelte, aber seine Miene zeigte keinerlei Freude. „Seid Ihr Euch dessen sicher, Darrick?“

„Aye.“

Rhambal deutete mit seiner Laterne auf die Wand. „Wir haben keine Zeit mehr. Die verdammten Wachen werden jeden Augenblick da sein. Die meisten von ihnen sind anständige Männer, die dafür bezahlt werden, den Frieden in der Stadt zu wahren. Ich möchte nicht gegen sie kämpfen müssen, wenn es sich vermeiden lässt."

Taramis nickte. „Also gut, wir gehen nach rechts." Er führte die Gruppe an und hielt die Fackel von sich gestreckt.

Der Abwasserkanal führte stetig nach oben. Darrick merkte es daran, dass ihnen das Wasser ihm schneller entgegenströmte und das Vorankommen auf der Steigung stärker behinderte, als es eigentlich der Fall hätte sein sollen. Allmählich sank aber auch der Wasserspiegel, und auf einmal spiegelte sich das Licht von Taramis' Fackel in Hunderten von Augenpaaren.

„Ratten", sagte Rhambal und fluchte.

Die Ratten hielten sich zu beiden Seiten des Abwasserkanals auf, krabbelten übereinander und bildeten mit ihren Leibern Inseln und Berge. Ihre nackten Schwänze zuckten unablässig umher, da die Tiere in ständiger Bewegung waren.

Als das Wasser für einen Moment wieder anstieg, schwappte es über die Ränder des Abwasserkanals und riss kleine Gruppen dicht aufeinander kauernder Tiere von der Stelle, wo sie Zuflucht gesucht hatten. Sie fixierten die Krieger, während sie von den Wellen getragen wurden – und schon einen Moment später griffen sie an.

Buyard Cholik kehrte, während die Wachen durch die Menge schritten, mit dem steinernen Schlangenkopf zur Wand zurück, in die er normalerweise eingelassen war. Das Flüstern jedes Einzelnen addierte sich in der Kathedrale zu einem solchen Lärm, dass es unmöglich schien, sich Gehör zu verschaffen.

Jemand hatte die Kirche angegriffen!

Der Gedanke kreiste unablässig in Choliks Geist. Er wusste nicht, wer so etwas wagte. Im Verlauf des letzten Monats war die Beziehung zu Lord Darkulan immer besser geworden. Die ersten Verbindungen waren geschaffen und Vereinbarungen getroffen worden, um eine Kirche in Westmarch zu erbauen. Die Kirche von Zakarum führte einen politischen Kampf, um verhindern, dass sich die Kirche des

Propheten des Lichts in der Hauptstadt niederlassen konnte. Cholik wusste aber, dass es nur eine Frage der Zeit war, bis auch dieser Widerstand zusammenbrach. Durch Lord Darkulan und viele seiner Beobachter, die von Cholik während des letzten Monats mit Darkulans Hilfe empfangen worden waren, hatte der König davon erfahren, welchen Reichtum die Pilger den Einwohnern von Bramwell bescherten.

Doch selbst wenn man vom Reichtum absah, gab es an den Wundern nichts anzuzweifeln. Und auch nicht an dem Mann, der sie geschehen ließ. Da immer mehr Menschen in die Kirche strömten, war Cholik dazu übergegangen, die Zahl der Gottesdienste zu erhöhen. Inzwischen fanden vom frühen Morgen bis nach Einbruch der Dunkelheit sechs statt. Ein gewöhnlicher Mensch – soviel war Cholik klar – hätte diese Anforderungen nicht bewältigen können, aber er genoss sie. Kabraxis hatte ihm die Kraft verliehen, ihn unterstützt und ihn immer weitermachen lassen.

Viele Wunder mehr waren gewirkt worden, all jenen gewährt, die das Glück hatten, für die Reise auf dem Weg der Träume auserkoren zu werden. In den letzten Monaten hatten die Wunder an Häufigkeit und Größe im gleichen Maße zugenommen wie die Anzahl der Gottesdienste. Krankheiten wurden ausgemerzt, krumme Gliedmaßen gerichtet. Reichtum wurde ebenso gewährt wie Liebe. Ehemänner und Söhne, die nach Schlachten vermisst wurden, waren aus dem klaffenden, flammenden Maul der Schlange hervorgetreten, zurückgeholt von jenen Orten entlang des Dunklen Pfades, an die es sie verschlagen hatte. Diese Überlebenden besaßen keine Erinnerung daran, wo sie sich befunden hatten, unmittelbar bevor sie aus dem Maul gekommen und in die Kathedrale getreten waren.

In drei Fällen war greisenhaften Gläubigen ihre Jugend zurückgegeben worden.

Über solche Dinge sprach man in allen Städten entlang der Golf-Küste von Westmarch, sobald die Geschichten von den heimkehrenden Schiffen von einem Hafen in den nächsten getragen worden waren. Karawanen hörten davon in den Hafenstädten und brachten die Kunde in den Osten, nach Lut Gholein und vielleicht sogar über die Zwillingsmeere bis nach Kurast und darüber hinaus.

Diesen drei Männern ihre Jugend zurückzugeben, war das schwierigste Unterfangen überhaupt gewesen, und Cholik wusste, welches Opfer dafür erforderlich gewesen war. Kabraxis zahlte den Preis dafür aber nicht selbst. Stattdessen holte er sich in der Nacht drei Kinder, um sie dem Dunklen Pfad zu weihen. Er beraubte sie der vor ihnen liegenden Jahre, damit er sie den drei Auserwählten schenken konnte. Alle drei Gläubigen waren Männer, die der Kirche des Propheten des Lichts helfen konnten, weiter zu wachsen und sich um die Gunst des Königs verdient zu machen. Einer von ihnen war einer der Beobachter des Königs, ein Mann – wie Lord Darkulan beteuerte – der dem König wie ein Vater war.

Es war eine Zeit der Wunder. Jeder in Bramwell benutzte diese Worte, wenn er von der Kirche des Propheten des Lichts sprach. Gesundheit, Wohlstand, Liebe, zurückgewonnene Jugend – es gab nichts, was sich ein Mensch mehr wünschen konnte.

Doch jemand hatte es gewagt, die Kirche anzugreifen.

Groll stieg in ihm auf, während Cholik seinen Blick über die volle Kathedrale schweifen ließ. Einer der niederen Priester, den Cholik gefördert hatte, trat in den erhellten Bereich unter ihm.

„Brüder und Schwestern, die ihr von Dien-Ap-Sten geliebt werdet“, sagte der Priester, „schließt euch mir im Gebet an unseren glorreichen Propheten an. Hüter des Pfades Sayes wird zu euch sprechen im Namen unseres Propheten und darum bitten, dass noch einige Wunder gewährt werden, bevor wir diesen Gottesdienst beenden.“

Seine Worte, die durch die speziell konstruierte Bühne verstärkt wurden, erfassten die Besucher wie ein Woge und ließen das Flüstern verstummen, das eingesetzt hatte, als der Angriff bekannt geworden war.

Droh ihnen damit, dass sie der Chance auf ein persönliches Wunder beraubt werden, dachte Cholik, *und schon ist jeder Einzelne im Saal hellwach.*

Der Priester leitete die Gemeinde durch das Gebet zu Ehren von Dien-Ap-Sten und sang von der Größe, der Güte und dem Großmut des Propheten.

Wenn der Schlangenkopf wieder fest in der Mauer verankert war und sich nicht mehr bewegen konnte, erloschen die Flammen, und dieser Teil der Kathedrale wurde dunkel. Viele Anhänger von Dien-Ap-Sten begannen daraufhin, seinen Namen zu rufen und den Propheten anzuflehen, er möge zurückkehren und weitere Wunder wirken.

Cholik verließ die Plattform auf dem Rücken der Schlange und trat auf den Balkon im zweiten Stockwerk. Ein Wachmann, der sich im Schatten verborgen hielt, zog den schweren Vorhang zur Seite und öffnete dem Priester die Tür. Hinter dem Vorhang standen zwei Bogenschützen, die während der Gottesdienste stündlich abgelöst wurden.

Als er die Tür durchschritt und in den Korridor dahinter gelangte, entdeckte Cholik ein Dutzend Wachleute, die alle auf ihn warteten. Niemand außer ihm durfte diesen Korridor benutzen, der zu Geheimgängen führte, die sich durch die ganze Kirche zogen. Die Männer hielten Laternen hoch, um den dunklen Korridor zu beleuchten.

„Was ist los?“, wollte Cholik wissen, als er die Gruppe erreicht hatte.

„Die Kirche wurde angegriffen, Hüter des Pfades“, berichtete Hauptmann Rhellik. Er war ein Mann mit hartem Gesichtsausdruck, daran gewöhnt, Söldner zu befehligen, Banditen zu verfolgen oder sich auf kleine, aber nur schwer zu gewinnende Kämpfe einzulassen.

„Das weiß ich längst“, raunzte Cholik ihn an. „Wer hat es gewagt, meine Kirche anzugreifen?“

Rhellik schüttelte den Kopf. „Das habe ich noch nicht herausgefunden, Hüter des Pfades. Nach dem zu urteilen, was mir berichtet wurde, hat ein Schiff den Hof im Süden der Kirche gerammt, jene Stelle, die über das Ufer hinausragt.“

„Ein Unfall?“

„Nein, Hüter des Pfades. Es war ein Angriff auf den Wehrgang, der vorsätzlich erfolgte.“

„Warum greift jemand von dort an? Was will er damit erreichen?“

„Ich weiß es nicht, Hüter des Pfades.“

Cholik glaubte dem Söldnerhauptmann. Als Rhellik vor fast einem Jahr in die Kirche gebracht wurde, war er vom Hals abwärts gelähmt gewesen, da er auf dem Weg von Lut Gholein in einen Kampf mit Banditen verwickelt wurde, wobei ihn ein Pferd getreten hatte. Seine Männer hatten ihn auf einer Trage festgebunden und fast zweihundert Meilen weit transportiert, damit er geheilt werden konnte.

Zunächst hatte Cholik keinen Nutzen darin erkennen können, den Mann genesen zu lassen, doch Kabraxis hatte darauf bestanden, dass sie ihn beobachteten. Wochenlang war Rhellik bei jedem Gottesdienst anwesend, wurde von seinen Männern gefüttert und im Fluss gebadet, und unablässig hatte er Dien-Ap-Sten gepriesen, soweit ihm das mit seiner schwachen Stimme noch möglich war. Dann, eines Tages, hatte der Schlangenkopf ihn aus der Menge gehoben und verschluckt. Wenige Minuten später war der Söldnerhauptmann auf seinen eigenen Beinen vom Weg der Träume zurückgekehrt, geheilt und wiedererstarkt. Sofort hatte er sich für alle Zeit in den Dienst von Dien-Ap-Sten und des Hüter des Pfades gestellt.

„Das ergibt keinen Sinn", sagte Cholik und machte sich auf den Weg durch den Korridor.

„Nein, Hüter des Pfades", stimmte Rhellik ihm zu. Er hob die Laterne, um den Weg vor ihnen zu erhellen. In der anderen Hand trug er sein geschwungenes Schwert.

„Keine dieser Personen konnte bislang identifiziert werden?"

„Nein."

„Wie groß ist dieser Trupp, der uns angegriffen hat?"

„Höchstens ein paar Dutzend Krieger", antwortete Rhellik. „Die Stadtwachen haben noch versucht, sie zur Umkehr zu bewegen."

„Das Schiff hat den Wehrgang rammen können." Cholik folgte dem Korridor, der nach rechts verlief, und stieg die kurze Treppe hinauf. Er kannte jeden einzelnen Gang in dieser Kirche. Sein Gewand umwirbelte ihn, als er weitereilte. „Es kann doch gar nicht so schnell gewesen sein. Wieso hat die Stadtwache es nicht aufgehalten?"

„Das Schiff wurde von Magie angetrieben, Hüter des Pfades. Die Wache hatte keine Möglichkeit, es zu stoppen."

„Und wir haben wirklich keine Ahnung, wer diese Leute sind?"

„Ich bedauere, Hüter des Pfades, aber wir können dazu nichts sagen. Sobald wir mehr wissen, werde ich es Euch umgehend mitteilen."

Nach einigen Schritten hatte Cholik die Geheimtür erreicht, die in einen der Hauptkorridore des dritten Stockwerks führten. Er öffnete das Schloss und trat in den Gang.

Niemand hielt sich dort auf. Keiner der Besucher durfte sich weiter nach oben begeben als zum ersten Stock der Kathedrale, wo weitere Sitzplätze zur Verfügung standen. Von den Mitarbeitern befand sich in diesem Augenblick auch niemand dort, weil sie alle am Gottesdienst teilnahmen.

Das dritte Stockwerk des Südflügels war den Messgehilfen vorbehalten, die seit mindestens sechs Monaten im Dienst der Kirche standen. Es war überraschend, wie rasch all die kleinen Räume belegt worden waren.

Cholik bog nach links ab und hielt auf den Balkon zu, von dem aus er der den Hof zum Wehrgang, der in den Fluss hinausragte, überblicken konnte.

„Hüter des Pfades", sagte Rhellik mit Unbehagen.

„Was ist?", herrschte Cholik ihn an.

„Vielleicht wäre es besser, wenn Ihr uns erlauben würdet, Euch zu beschützen."

„Mich beschützen?"

„Ja, indem wir Euch in einen der unteren Räume bringen, wo wir Euch besser verteidigen können."

„Ihr wollt mich verstecken?", fragte Cholik aufgebracht. „Zu einer Zeit, da meine Kirche angegriffen wird, erwartet ihr von mir, dass ich mich wie ein Feigling verkrieche?"

„Es tut mir Leid, Hüter des Pfades, aber das wäre die klügste Entscheidung."

Die Worte des Söldners wirkten in Cholik nach. Er hatte versucht, mit Kabraxis Kontakt aufzunehmen, doch der Dämon hatte bislang nicht reagiert. Die Situation ärgerte und ängstigte ihn. So groß die Kirche auch war, konnte er sich doch nirgendwo hin zurückziehen, falls Attentäter es auf ihn abgesehen hatten.

„Nein", sagte Cholik. „Dien-Ap-Stens Liebe zu mir wacht über mich. Sie wird mein Schild sein."

„Ja, Hüter des Pfades. Verzeiht, wenn ich gezweifelt habe."

„Zweiflern wird die Gnade des Propheten nicht lange gewährt, Hauptmann. Das solltet Ihr nicht vergessen!“

„Selbstverständlich, Hüter des Pfades.“

Cholik eilte die Stufen zum Balkon hinauf, wo ihn der nächtliche Wind empfing. Es gab keinen Hinweis auf den mystischen Sturm, von dem Rhellik gesprochen hatte. Aber Choliks Blick richtete sich auf das brennende Schiff, das im Fluss trieb.

Das gesamte Deck stand in gelben und hellroten Flammen, die in den Nachthimmel schossen. Von den höchsten Stellen der Masten und der Takelage stiegen Funken auf, die schon Augenblicke später wieder erloschen. Im nächsten Moment rammte das Schiff ein anderes, das im Hafen vor Anker lag, und erwischte es mit seiner Breitseite.

Ein Regen aus Funken und brennenden Segelfetzen wehte über die beiden Schiff hinweg, die sich nicht wieder voneinander lösten. Fackeln und Laternen ließen erkennen, wo sich überall Seeleute aufhielten, um des Feuers Herr zu werden und die anderen Schiffe zu retten. Wenn es nicht gelang, den Brand unter Kontrolle zu bringen, würden sich die Flammen rasend schnell im Hafen ausbreiten. Cholik sah flussaufwärts und entdeckte die Wachleute an jener Stelle des Flusses, wo der überhängende Hof fortgerissen worden war. Von wirren Überlegungen erfüllt, sah er mit an, wie die Wachen aus ihrem Schiff sprangen und durch das Wasser wateten. Erst als sie sich dem Abwassertunnel mit ihren Laternen und Fackeln näherten, verstand er.

„Sie sind in der Kanalisation“, sagte Cholik.

Rhellik nickte. „Ich habe bereits einen Melder losgeschickt, damit er einige von meinen Männern mitnimmt und sie abfängt. Wir haben Karten der Kanalisation.“ Er kniff den Mund zusammen, bis er eine schmale Linie bildete. „Wir werden Euch beschützen, Ihr müsst Euch nicht fürchten.“

„Ich fürchte mich nicht“, entgegnete Cholik und drehte sich zu dem Söldnerhauptmann um. „Ich bin von Dien-Ap-Sten auserwählt. Ich bin der Lotse auf dem Weg der Träume, wo alle Wunder geschehen. Die Männer, die in meine Kirche eingedrungen sind, sind schon jetzt so gut wie tot. Wenn sie nicht durch die Hand der Wachen oder durch meine eigene sterben, dann durch die von Dien-Ap-Sten. So großzügig Dien-Ap-Sten gegenüber seinen Anhängern ist, so gnadenlos geht er mit denen um, die sich gegen ihn erheben."

Die Wachen stiegen hinab in den aufgerissenen Abwassertunnel. Im Schein der Laternen und Fackeln leuchtete die Öffnung kirschrot, wie eine schwer entzündete Wunde.

„Gebt eine Nachricht an Eure Männer weiter, Hauptmann", sagte Cholik. „Ich will, dass sie nach dem verbrannten Mann Ausschau halten, der mich vergangenen Monat angegriffen hat."

„Ja, Hüter des Pfades. Ich kann nur beten, dass heute Abend keine Anbeter in die Kirche gekommen sind, die ebenso aussehen und auf Heilung hoffen. Eine solche Person würde nichts anderes als der Tod erwarten."

Cholik sah hinaus auf den nächtlichen Fluss. An beiden Ufern hatten sich unzählige Lichter gesammelt, und immer weitere Lichter bewegten sich auf den beiden Brücken hin und her, die den Norden und Süden der Stadt miteinander verbanden.

Sobald die Angreifer gefasst waren – und Cholik hatte keinen Grund daran zu zweifeln –, würden sie getötet werden. Er würde ihre Köpfe aufspießen und vor dem Haupteingang der Kirche aufstellen lassen. Dann würde er sagen, dies geschehe auf Befehl von Dien-Ap-Sten, um den Feinden der Kirche des Propheten des Lichts zu zeigen, dass der Prophet auch wütend und unerbittlich sein konnte. Es würde eine großartige Geschichte werden, die noch mehr Menschen in die Kirche und zu ihrer Religion führen würde.

Buyard Cholik.

Überrascht, die Stimme des Dämons in seinem Kopf zu hören, sagte Cholik: „Ja, Dien-Ap-Sten?"

Der Söldnerhauptmann gab seinen Männern ein Zeichen, dass sie sich von Cholik zurückziehen sollten. Auch er selbst trat zwei Schritte nach hinten. Den Rücken seiner Schwerthand legte er auf die Tätowierung, die sich über seinem Herzen befand, seit er der Kirche seine Loyalität geschworen hatte. Ein wie mechanisch gesprochenes Gebet an den Propheten kam über seine Lippen, mit dem er seine Hoffnung auf eine sichere und erleuchtete Reise zum Ausdruck brachte, auf dass die Weisheit und die Kraft von Dien-Ap-Sten immer weiter verbreitet würde.

Nimm die Gottesdienste wieder auf, sagte Kabraxis. *Ich will nicht, dass sie gestört werden. Ich will nicht als schwach oder bedürftig dastehen.* Der Dämon hörte sich an, als sei er weit entfernt.

„Wer hat die Kirche angegriffen?“, fragte Cholik.

Taramis Volken und seine Dämonenjäger, antwortete Kabraxis.

Angst legte sich um Choliks Herz. Taramis Volken war seit Jahren als eine starke Macht gegen die Dämonen bekannt. Nachdem er einige der Geschichten über ihn studiert hatte, war Cholik eingefallen, dass der Mann bereits in den Archiven der Kirche von Zakarum Erwähnung gefunden hatte. Volken galt als starrsinniger Mann, der sich nicht von einem einmal gefassten Vorhaben abbringen ließ. Das hatte der Dämonenjäger in den letzten Wochen auch bewiesen. Seitdem er Hauklins Schwert Stormfury an sich genommen hatte, waren er und seine Gruppe wie vom Erdboden verschluckt gewesen.

Sie haben sich nur versteckt gehalten, berichtigte ihn Kabraxis. *Jetzt habe ich sie wieder fest in der Hand.*

Bevor Cholik etwas dagegen tun konnte, schoss ihm der Gedanke durch den Kopf, ob es nicht viel eher so war, dass Taramis *sie* in der Hand hatte. Sein Ausbildung in der Kirche von Zakarum hatte ihn gelehrt, dass Dämonen nicht in die Welt der Menschen überwechseln konnten, ohne dabei das Gleichgewicht zwischen Licht und Finsternis zu stören. Taramis Volken hatte sich bei mehr als einer Gelegenheit als siegreicher Streiter des Lichts erwiesen.

Taramis Volken wird in diesen Abwasserschächten sterben, grollte Kabraxis in Choliks Geist. *Zweifle an mir, und du wirst dafür bezahlen, Buyard Cholik, selbst wenn du mein Auserwählter bist.*

„Ich zweifle nicht an Euch, Dien-Ap-Sten“, sagte Cholik.

Dann geh. Ich kümmere mich um Taramis Volken.

„Wie Ihr es wünscht, mein Prophet.“ Cholik berührte segnend seine Stirn, dann drehte er sich mit solchem Schwung um, dass sein Gewand wirbelte.

„Hüter des Pfades“, sagte Rhellik und sah auf. „Eine Rückkehr in die Kathedrale ist bestimmt nicht das Sicherste, was Ihr tun könnt.“

„Sie ist der sicherste Ort", sagte Cholik, „wenn man mit dem Segen von Dien-Ap-Sten dorthin geht." *Viel gefährlicher könnte es sein,* nicht *dorthin zu gehen.* Aber er verbannte diese Worte, noch während er sie dachte.

Der gefährlichste Ort war in diesem Moment die Kanalisation unter der Kirche des Propheten des Lichts.

Dreiundzwanzig

Nackte Schwänze zuckten, tückisch scharfe Zähne schnappten nach ihnen, während sich die Rattenmeute auf Darrick, Taramis Volken und dessen Dämonenjäger zu bewegte. Im blassen gelben Licht der Laternen und Fackeln waren die sich windenden Leiber zu sehen, die auf den Vorsprüngen umherliefen und durch das trübe Wasser des Kanals schwammen, das sich mit dem Flusswasser an der Stelle mischte, an der das Schiff die Wand durchbrochen hatte.

Einen Moment lang schien das Blut in Darricks Adern zu gefrieren, als er sich vorstellte, von den haarigen Leibern überrannt und unter Wasser gedrückt zu werden. Die anderen Krieger fluchten und riefen das Licht an, während sie sich aufteilten und in Verteidigungsstellung gingen.

Rhambal stand hoch aufragend am Kopf der Gruppe. Mit einer ausholenden Bewegung seines Schilds schleuderte der Krieger ein Dutzend Ratten von sich, die ihn soeben hatten anspringen wollen. Der Aufprall ihrer kleinen Körper gegen den Schild hallte im Tunnel nach.

„Haltet Eure Position“, befahl Taramis seinen Kriegern, „Ich brauche nur noch einen Augenblick.“

Ratten sprangen von allen Seiten auf sie zu und landeten auf den Helmen und Schultern der Krieger. Ihre Krallen kratzten über die Panzerung und die Kettenhemden, da sie nach Blut lechzten.

Darrick schlug nach einer der Kreaturen und teilte sie mit Hauklins scharfer Klinge der Länge nach in zwei Hälften. Das Blut der Ratte verteilte sich auf ihm und ließ ihn einen Moment lang auf einem Auge nichts mehr erkennen. Als er das Blut abgewischt hatte und wieder sehen konnte, landeten gerade drei weitere Tiere auf ihm und brachten ihn mit ihrem Gewicht ins Schwanken. Die Ratten versuchten sofort, sich zu seinem Gesicht vorzukämpfen. Das Licht der Fackeln zuckte über ihre Reißzähne. Fluchend schleuderte Darrick die Tiere von sich. Sie fielen ins Wasser und verschwanden einen Augenblick lang, kamen dann aber wieder an die Oberfläche.

Obwohl sie ihr Bestes gaben, konnten die Krieger nicht anders, als vor dem Ansturm der Ratten zurückzuweichen. Klingen und Hämmer zuckten durch die Luft und kamen Mitkämpfern gefährlich nahe. Blut vermischte sich mit dem schmutzigen Abwässer und den weißen Schaumkronen des Flusses, der sich weiter in den Tunnel ergoss.

Der Sog, der durch die Flussströmung entstand, und der Druck des Abwassers brachten Darrick fast aus dem wackeligen Gleichgewicht, das er auf dem morastigen Steinboden zu halten versuchte. Er riss das Schwert herum und wunderte sich abermals darüber, wie mühelos es zu handhaben war. Tote Ratten und Stücke von toten Ratten wirbelten um ihn herum, dennoch gelang es etlichen von ihnen, bis zu ihm zu gelangen. Sie bohrten ihre spitzen Zähne an den Stellen, die nicht von dem Kettenhemd geschützt wurden, in seine Arme und Beine.

Hastig schrieb Taramis eine Reihe von magischen Symbolen in die Luft. Grünes Feuer folgte seinen Fingerspitzen, und sobald ein Zeichen fertiggestellt war, flammte es hell auf. Mit einer weiteren Geste ließ der Weise die Symbole nach vorn wirbeln.

Nur wenige Fuß von ihm entfernt explodierten sie, und grelles weißes Licht breitete sich aus. Die Lichtstrahlen bohrten sich durch die Ratten und ließ sie auf der Stelle zusammensacken, während das Fleisch von ihren Knochen gerissen wurde, bis nur noch die Skelette übrig waren.

Einen Moment lang glaubte Darrick, die Gefahr sei damit gebannt. Die Bisse stachen zwar, doch keiner von ihnen war so schwerwiegend, dass er Darrick am Vorankommen gehindert hätte. Infektionen waren dagegen ein ganz anderes Problem, allerdings auch nur dann, wenn er die Attacke auf die Kirche überhaupt überlebte.

„Taramis“, sagte Palat, der einen der anderen Krieger stützte und eine Hand an dessen Hals gedrückt hielt. „Eine der Ratten hat Clavyns Halsschlagader durchbissen. Wenn wir die Blutung nicht stoppen, wird er sterben.“

Taramis watete durch das Wasser und untersuchte den Krieger, dann schüttelte er den Kopf. „Ich kann ihm nicht helfen“, flüsterte er heiser. Auf dem Weg hierher war es ihnen nicht möglich gewesen, irgendwo Heiltränke zu finden, ganz abgesehen davon, dass es ihnen am Gold gefehlt hätte, sie zu kaufen.

Palats Gesicht wurde kreidebleich, als das Blut unablässig zwischen seinen Fingern hindurchrann. „Ich werde ihn nicht sterben lassen, verdammt“, erwiderte der grauhaarige alte Krieger. „Ich bin nicht bis hierher gekommen, um tatenlos zuzusehen, wie meine Freunde sterben.“

Wieder schüttelte Taramis den Kopf. „Es gibt nichts, was du dagegen tun könntest.“

Entsetzen erfasste Darrick, das mühelos die Barrieren überwand, die er um sich zu errichten versuchte. Wenn Clavyn eines schnellen Todes starb, würden sie den Leichnam zurücklassen müssen – und ihn damit den Ratten überlassen. Kam der Tod nur langsam, würde der Krieger allein sterben müssen, da sie nicht die Zeit hatten, um bis zum Schluss bei ihm zu bleiben.

Seit sie in den Tunnel eingedrungen waren, hatte sich Darrick innerlich wieder an jenen Ort zurückgezogen, den er erschuf, um die Prügel und die Beschimpfungen seines Vaters zu erdulden. Er weigerte sich, von Clavyns Tod berührt zu werden.

Nein, flüsterte Mat. *Er muss nicht sterben, Darrick. Benutze das Schwert. Benutze Hauklins Schwert.*

„Wie?“, fragte Darrick. Im Tunnel schnitt sich seine Stimme durch das laute Plätschern des Wassers, das von allen Wänden zurückgeworfen wurde.

Das Heft, antwortete Darrick. *Du musst das Heft auf Clavyns Fleisch drücken.*

Voller Verzweiflung und von dem Wunsch beseelt, einen Mann nicht eines so unwürdigen Todes sterben zu sehen, trat er vor. Gleichzeitig flammte die Klinge seines Schwertes wieder in intensivem Blau auf.

Palat stellte sich sofort zwischen Darrick und den verwundeten Krieger. „Nein“, protestierte er. „Ich lasse es nicht zu, dass Ihr sein Leben so beendet.“

„Ich will ihn nicht umbringen“, entgegnete Darrick. „Ich will versuchen, ihn zu retten.“

Dennoch weigerte sich der große Krieger, ihm Platz zu machen.

In diesem Moment wusste Darrick, dass er nie zu ihnen gehört hatte und auch niemals zu ihnen gehören würde. Sie waren gemeinsam gereist, hatten gemeinsam gegessen und gekämpft, doch er war nicht so wie sie. Sie hielten nur zu ihm, weil er in der Lage war, Hauklins Schwert zu führen. Zorn regte sich in ihm.

Darrick, warnte ihn Mat. *Lass dich nicht davon mitreißen. Du bist nicht allein.*

Darrick wusste aber, dass diese Worte nicht stimmten. Er war sein Leben lang allein gewesen. Am Ende hatte sogar Mat ihn verlassen.

Nein, widersprach Mat. *Die Art, wie du fühlst, ist nicht real, Darrick. Es ist der Dämon. Es ist Kabraxis. Er ist hier unten bei uns. Er weiß von uns. In diesem Moment sind Krieger auf dem Weg hierher, um deine Gruppe abzufangen. Aber Kabraxis' Gedanken sind noch nicht in dir. Ich versuche, ihn von dir fernzuhalten, aber er sucht schon jetzt deine Schwächen. Lass es nicht zu, dass der Dämon dich dazu bringt, dich von diesen Männern abzuwenden. Sie brauchen dich.*

Ein heftiger Schmerz bildete sich in Darricks Kopf, genau zwischen den Schläfen und pochte dann so verheerend, dass er beinahe in dem kalten Wasser auf die Knie gesunken wäre. Schwarze Punkte flimmerten vor seinen Augen.

Benutze das Schwert, Darrick, sagte Mat mit Nachdruck. *Es kann euch alle retten.*

„Was soll ich tun?“, fragte Darrick.

Glaube, antwortete Mat.

Darrick bemühte sich, den Schlüssel zu finden, der die Magie freisetzen würde. Alles wäre viel einfacher gewesen, wenn es ein magisches Wort oder etwas ähnliches gegeben hätte. Er konnte sich nur daran erinnern, wie sich das Schwert im Haus von Ellig Barrows verhalten und angefühlt hatte. Und er hatte noch deutlich vor Augen, wie es eben erst das Flussufer erhellt hatte, um den Eingang in die Kanalisation zu zeigen. Er wusste, es war kein Glaube, sondern etwas anderes, von dem er wusste, dass es echt war.

Das Schwert erschauderte und leuchtete wieder blau auf. Eine ruhige Wärme erfüllte den Tunnel und drang in Darricks Fleisch bis auf die Knochen vor, während ein Summen ertönte. Erstaunt sah er mit an, wie das Blut nicht weiter zwischen Palats Fingern hindurchlief.

Zögernd zog dieser seine Hand zurück und ließ die Wunde erkennen, die bis in die Schlagader des Kriegers gereicht hatte. Während sie zusahen, zog sich das Fleisch zusammen und verschloss die Wunde, bis nur noch eine kleine Narbe zu sehen war.

Das Summen und die Wärme hielten an. Darrick sah und fühlte, wie jede seiner Wunden heilte, sogar die Verletzung an seinem Oberkörper, wo er von dem Pfeil getroffen worden war. Nach weniger als einer Minute waren alle Krieger von ihrer Wunden ledig.

„Ein Segen des Lichts", sagte Rhambal, während ein kindliches Grinsen sein breites Gesicht zierte. „Wir sind vom Licht gesegnet worden."

„Oder wir sind aufgespart worden, um später getötet zu werden", knurrte Palat, „wenn du weiter so dastehen und eine Grimasse schneiden willst."

Darrick suchte nach Mat, versuchte, dessen Stimme zu hören.

Bleib stark, sagte Mat. *Das Schlimmste kommt erst noch. Dies ist nur die Ruhe vor dem Sturm.*

„Verdammt", fluchte Palat und zeigte in die Richtung, aus der sie gekommen waren. „Die Wachen haben uns bald eingeholt."

Darricks Kopf dröhnte noch immer von dem heftigen Schmerz, als er den Tunnel entlang blickte.

Hinter ihnen drang flackerndes Licht durch die Dunkelheit, was bewies, dass das Schiff der Wache es bis ans Ufer geschafft hatte. Lautes Plätschern wurde von den Wänden zurückgeworfen und signalisierte ihm, dass sich die Wachen tatsächlich näherten.

„Vorwärts“, befahl Taramis, hob seine Laterne und bewegte sich im Tunnel voran.

Die Gruppe setzte sich wieder in Marsch, wobei sie gegen das Wasser und den rutschigen Steinboden ankämpfen musste. Vor ihnen teilte sich die Dunkelheit, wenn das Licht der Fackeln und Laternen sie erreichte. Einige Ratten quiekten und eilten, als sie näher kamen, im Schatten davon, aber keine von ihnen versuchte, die Gruppe anzugreifen.

Etwas schlug gegen Darrick und weckte seine Aufmerksamkeit. Er sah nach unten, hatte aber Mühe, das kurze Stück eines elfenbeinfarbenen Knochens auszumachen, das im Wasser trieb. Zuerst glaubte er, der Knochen sei irgendeine Kreatur mit einem harten Panzer, doch dann erkannte er, dass es sich um den Beinknochen einer der Ratten handelte, die Taramis mit seinem Zauber geschlagen hatte.

„Heh!“, rief Rhambal und griff ins Wasser, um den Schädel einer Ratte herauszuholen. „Das sind die Gebeine dieser Ratten!“

Bevor der große Krieger noch etwas sagen konnte, sprang der Schädel aus der Hand und schnappte nach seinem Gesicht, weshalb er hastig zurückwich. Er schlug mit seinem Panzerhandschuh nach dem Schädel, doch dieser war schon wieder ins Wasser zurückgefallen.

„Wartet“, sagte Taramis, nahm sich die Laterne eines Kriegers, der dicht neben ihm war, und hob sie hoch. Das Licht vertrieb die Dunkelheit, durchdrang die Schatten und wurde von der aufgewühlten Wasseroberfläche reflektiert.

Im Schein der Laterne war zu sehen, dass Hunderte von Knochen im Wasser trieben und in diesem Licht grünlich-weiß aufblitzten.

„Das ist das Werk des Dämons“, zischte Palat. „Der Dämon weiß, dass wir hier unten sind.“

In diesem Augenblick erhob sich eine furchterregende Gestalt aus dem Wasser und zwang die Männer in der vordersten Reihe zum Rückzug.

Aus den Rattenknochen bildete sich eine Kreatur, die acht Fuß groß und stämmig gebaut war, mit einem Brustkasten so breit war wie der eines riesigen Affen. Das Geschöpf stand auf leicht eingeknickten Beinen da, die durch das trübe Wasser weißlich schimmerten. Anstelle von zwei besaß die Kreatur vier Arme, die allesamt länger waren als ihre Beine. Wenn sie Fäuste ballte, ragten Dornen heraus, die sich aus den Rippen und Zähnen der Ratten zusammensetzten und die sie wie Morgensterne aussehen ließen. Diese Dornen besaßen scharfe Kanten, mit denen die Kreatur sowohl zerfetzen, als auch zustechen konnte. Auch das Gesicht bestand aus kleinen, zum Teil zersplitterten Knochen.

„Das ist ein Knochengolem“, sagte Taramis. „Eure Waffen werden ihm nicht viel anhaben.“

Das Maul des Golems, das aus so eng miteinander verbundenen Knochensplittern bestand, dass man meinte, sie seien eine lebende Masse, grinste breit und wurde dann weit aufgerissen, um ein raues Heulen auszustoßen. Es hörte sich an wie der Wind, der um Mitternacht über einen Friedhof wehte. „Begebt euch in euren Tod, ihr Narren!“

Taramis machte mit der freien Hand eine Geste und zeichnete ein mystisches Symbol, das sich sofort in einen Feuerball von der Größe eines Kürbis verwandelte und auf die Knochenkreatur zu jagte.

Der Feuerball traf den Golem in die Brust, und der Aufprall ließ das Wesen tatsächlich für einen Moment nach hinten taumeln. Flammen hüllten das dämonische Ding ein und bahnten sich ihren Weg zwischen den Knochen hindurch, bis es schien, als würde es auch innerlich brennen. Rauch stieg aus dem Knochengolem hervor, aber es sah nicht so aus, als hätten die Flammen irgendwelchen Schaden angerichtet.

Der Golem öffnete wieder sein Maul, heulte erneut auf, doch diesmal spie er auch Feuer. Das wehklagende Geheul hallte durch den ganzen Tunnel und war so laut, dass es ohrenbetäubend wirkte. Mehrere Krieger pressten die Hände auf ihre Ohren und rissen den Mund auf, da sie selbst vor Schmerz aufschrien.

Darrick hörte die Schreie der Männer nicht, da sie das entsetzliche Heulen nicht übertönen konnten. Stattdessen vernahm er wieder Mats Stimme.

Es liegt an dir, Darrick, erklärte dieser ruhig. *Der Knochengolem wird sie töten, wenn er die Gelegenheit dazu bekommt. Nur Hauklins verzauberte Klinge kann der Kreatur Schaden zufügen.*

„Ich bin kein Held“, flüsterte Darrick, als er die Kreatur ansah.

Vielleicht nicht, erwiderte Mat. *Aber du kannst nirgendwo hin entkommen.*

Er blickte über die Schulter und sah die Wachen, die durch den Abwasserkanal in ihre Richtung eilten. Ein Rückzug bedeutete nichts anderes als einen unvermeidlichen Kampf mit ihnen. Und mit Sicherheit warteten noch viel mehr von ihnen im Hafen auf sie.

Die Krieger bewegten sich an Darrick vorbei von dem Golem weg, da sie es offenbar vorzogen, ihr Glück gegen menschliche Gegner zu versuchen. Darrick starrte die Kreatur an und trieb sich Schritt für Schritt voran, um seine Angst zu überwinden. Es gab nur einen Weg, und der führte über den Golem.

Er trat vor und ging in Abwehrstellung, während sich die Kreatur ihm näherte. Eine der mit Dornen besetzten Fäuste schlug nach ihm. Darrick tauchte unter dem Schlag weg, dann riss er die Klinge hoch. Mit der äußersten Kante erwischte er den Arm des Knochengolems und versuchte, sich durch den Ellbogen zu schneiden. Der Hieb lag aber ein paar Zoll daneben, so dass das Schwert über den Arm der Kreatur rutschte.

Darrick sah weniger die Bewegung seines Gegners, als dass er sie erahnte und wich nach hinten, wobei er nur knapp der geballten linken Faust entging, die auf seinen Kopf gezielt hatte. Die knöchernen Dornen, die aus der Faust ragten, schnitten sich durch seine lederne Reisekleidung und schlugen dann ins hüfthohe Wasser, das in einer Fontäne hochspritzte.

Noch bevor der Knochengolem seinen Arm zurückziehen konnte, holte Darrick erneut mit der verzauberten Klinge aus, die sich diesmal durch den Arm fraß und ihn in Tausende Knochenstücke zersplittern ließ, die ins Wasser regneten. Sofort versuchte der Golem, Darrick mit der rechten Faust zu treffen. Der Schlag war dazu in der Lage, ihm das Gesicht vom Schädel zu reißen, wenn er ihm nicht auswich.

Verzweifelt warf Darrick sich nach hinten. Wieder schossen die scharfen Kanten der Faust auf ihn zu, wieder schnitten sie sich in seine Lederkleidung, doch diesmal drangen sie auch bis auf das Fleisch darunter durch. Angst kam in Darrick auf und ließ ihn fast alle Hoffnung aufgeben. Doch Hauklins Schwert ruhte fest und sicher in seinen Händen. Er wehrte den nächsten Schlag des Golems ab, lenkte ihn in eine andere Richtung, machte einen Schritt zur Seite, als der Körper der Wucht des knöchernen Hammers folgte und ins Wasser eintauchte. Darrick wirbelte herum und landete einen Treffer gegen den Brustkasten des Golems, gleich unterhalb des linken unteren Arms. Knochensplitter flogen in alle Richtungen davon, doch die Kreatur brach noch immer nicht zusammen.

Darrick war nach wie vor in Bewegung und schaffte es irgendwie, auf dem rutschigen Untergrund seinen Stand zu wahren. Er zog sich zurück, während er immer wieder mit Hauklins Schwert ausholte. Die Vorderseite seiner Kleidung war von seinem Blut karmesinrot verfärbt. Als er einen weiteren Schritt nach hinten machte, stolperte er und fiel er hin.

Der Knochengolem holte sofort aus und zielte mit der Faust auf Darricks Gesicht.

Doch dann war Rhambal dazwischen und wehrte den Schlag mit seinem Schild ab. Die rasiermesserscharfen Dornen an der Faust des Golems fraßen sich durch den Schild, der nicht einmal einen Fuß weit von Darrick entfernt war. Darrick selbst fand wieder Halt und sah, wie sich die Dornen durch den Schild in Rhambals Arm bohrten. Blut spritzte, als der Golem seine Faust zurückzog.

Von Schmerz überwältigt wich Rhambal zurück, hielt inne und sank auf die Knie, während er seinen verletzten Arm an die Brust drückte und offenbar nicht daran dachte, dass sein Kopf ungeschützt war.

Schuldgefühle wallten in Darrick auf. Sie schmerzten ihn mehr als die Schnitte quer über seine Brust. *Es ist mein Fehler,* sagte er sich. *Hätte ich nicht Hauklins Schwert an mich nehmen können, wären sie niemals hergekommen.*

Nein, widersprach Mat. *Sie wären so oder so gekommen, Darrick.*

Auch ohne dich und das Schwert. Das ist der Dämon, der in dir wirkt. Er lässt dich diese Dinge denken. Er lässt all diese schlechten Gedanken in deinem Kopf entstehen, um dich zu schwächen. Du kannst aber etwas bewirken, und deshalb bin ich zu dir zurückgekommen. Und jetzt beweg dich!

Der Knochengolem wollte die Gelegenheit, die ihm die neue und ungeschützte Beute beschert hatte, nicht ungenutzt verstreichen lassen. Darrick hielt das Schwert mit beiden Händen fest, machte einen Schritt nach vorn und holte aus. Als die Klinge auf den Arm des Golems traf, wurde dieser zerschmettert.

Wutentbrannt richtete der Golem seine Aufmerksamkeit wieder auf Darrick und schlug mit den beiden verbliebenen Armen nach ihm. Darrick wehrte einen der Hiebe ab, wich dem anderen aus, sprang hoch und rollte sich über den Arm hinweg.

Taramis und Palat stürmten vor, packten Rhambal und zogen ihn weit genug nach hinten, damit er nicht in Reichweite des Golems geriet.

Darrick landete auf den Füßen und blockte einen weiteren Rundumschlag ab, spürte jedoch, wie der Aufprall durch seine Handgelenke und Arme vibrierte. Fast hätte er dabei den Griff um das Schwert verloren. Er sprang in Richtung der Wand zu seiner Linken, da er wusste, dass sich der Golem auf ihn stürzen würde, sobald er stehen blieb. Er machte einen Satz in die Luft und berührte die Wand mit seinen Stiefeln, die sich mit Wasser gefüllt hatten, das nun bei dem Aufprall herausspritzte.

Du bist eine Last für mich, Junge, donnerte die Stimme seines Vaters durch seinen Kopf. *Du bist eine Peinlichkeit. Beim Licht, ich hasse den Anblick deiner hässlichen Fratze. Das ist kein Gesicht, das du von mir haben könntest. Und erst deine roten Haare! Niemand in meiner Familie hatte jemals rote Haare! Und garantiert auch niemand in der Familie deiner Mutter!*

Die Worte schossen durch Darricks Kopf und störten seine Konzentration, während er den Aufprall abfing, indem er die Knie beugte und sich nach vorne fallen ließ.

Hör nicht auf ihn, sagte Mat. *Das ist nur der verdammte Dämon, der zu dir spricht. Er sucht nach deinen Schwachstellen. Aber deine persönlichen Angelegenheiten haben ihn nicht zu interessieren.*

Doch Darrick wusste nur zu gut, dass diese Worte nicht einfach nur von dem Dämon geschickt wurden. Sie hatten ihren Ursprung in dem kleinen Stall hinter der Schlachterei seines Vaters, und in den Jahren des eisigen Hasses, den er als Kind nie verstanden hatte. Sogar als junger Mann war Darrick unfähig gewesen, sich gegen die verletzenden Worte seines Vaters zu wehren. Vielleicht hatte sein Vater gelernt, seine Hand ein wenig zu zügeln, als Darrick begonnen hatte, sich zu wehren. Doch es war ihm nie gelungen, sich vor den Beschimpfungen seines Vater und vor dem völligen Desinteresse seiner Mutter zu schützen.

Darrick wurde durch seine Vorwärtsbewegung gegen die Wand getragen und dort einen Moment lang in der Vertikalen gehalten, ehe die Schwerkraft ihn ins Wasser zurückzog. Aus dem Augenwinkel sah er, wie der Knochengolem erneut zuschlug. Doch als dieser die Wand erreichte, hatte Darrick sich mit einer Hand abstoßen und dem Angreifer entgegenschleudern können, während er in der anderen Hand Hauklins Schwert fest umklammert hielt.

Die Faust des Knochengolems bohrte sich in die Wand und zertrümmerte Steine und den Mörtel, der alles zusammenhielt.

Darrick vertrieb die Worte seines Vaters aus seinem Kopf, brachte seine zitternde Hand zur Ruhe und straffte die Schultern, während er einen tiefen Atemzug machte und die stinkende Luft des Tunnels inhalierte. Er hielt die Klinge mit beiden Händen fest und sah den Knochengolem an, der sich zu ihm umdrehte. Hinter ihm konnte Darrick Taramis und dessen Krieger ausmachen, und hinter ihnen entdeckte er die Wachen, die auf ihre Gelegenheit warteten. Bogenschützen feuerten ihr Waffen ab, doch die Pfeile blieben in den Schilden der Männer stecken, die die Gruppe nach hinten sicherten.

Tu es!, brüllte Mat in seinem Kopf.

Das Schwert flammte wieder blau auf, ein reines und kaltes Blau, so wie man es in den Tiefen des Meeres fand, kurz bevor die See schwarz wurde. Ohne sich in irgendeiner Weise zurückzuhalten holte Darrick aus und spürte, wie die Klinge sich durch den Brustkasten des Golems schnitt und im Rückgrat der Kreatur knirschend zum Halten kam.

Der Golem heulte vor Schmerz auf, doch in seiner Stimme war auch schallendes Gelächter zu hören. „Nun wirst du sterben, Insekt."

„Nein", gab Darrick zurück und fühlte, wie sich die Energie kribbelnd durch das Schwert bewegte.

Geisterhafte blaue Flammen sprangen auf ganzer Länge aus der Klinge und legten sich um das Rückgrat der Kreatur, als diese erneut nach Darrick greifen wollte. Die Feuer griff um sich, umschloss den gesamten Golem und brannte die Energie weg, die die Knochen der Ratten zusammengehalten hatte. Brennende Gerippe fielen herab und tauchten zischend ins Wasser ein.

Einen Moment standen sie alle nur da und starrten ungläubig auf die Stelle, an der der Knochengolem eben noch gestanden hatte – auch Darrick.

Lauf!, schrie Mat.

Darrick wandte sich um und rannte los, wobei er so ausgreifende Schritte machte, dass er seine Knie bis über den Pegel des Wassers hob. Das Schwert strahlte nach wie vor und vertrieb die Schatten im Tunnel. Taramis und die anderen Dämonenjäger folgten ihm dichtauf.

Nach nicht einmal fünfzig Schritten endete der Tunnel an einem quer verlaufenden Gang. Ohne zu zögern dirigierte das Schwert Darrick nach rechts. Er rannte weiter. Die Feuchtigkeit des Tunnels und der Schweiß, der ihm aus jeder Pore drang, bildeten einen Film auf seiner Haut. Die Luft brannte bei jedem Atemzug in seiner Kehle, und er war überzeugt, dass der Gestank der Kanalisation allmählich in seinen Körper einzog.

Nach kurzer Strecke endete der Tunnel jäh, da irgendwann vor vielen Jahren die Decke herabgestürzt war. Die leuchtende Klinge des Schwerts erhellte den Berg aus Schutt und Geröll, der ihnen den Weiterweg versperrte. Im Schatten des Geröllbergs tummelten sich Ratten. Hunderte von ihnen eilten und krabbelten über das Hindernis.

Über dem Schutt war eine Art Kuppel zu sehen, die aus Erde bestand. Da sie nicht länger von dem steinernen Untergrund gehalten wurde, war ein Teil der Erde im Lauf der Jahre herabgesackt. Es war unmöglich zu sagen, wie viel Boden den Tunnel von der Oberfläche trennte.

„Eine Sackgasse“, seufzte Palat. „Diesmal hat uns das verdammte Schwert in eine Falle laufen lassen, Taramis. Die Wachen werden uns jeden Moment einholen, und wir können ihnen nicht mehr entkommen.“

Taramis sah Darrick an. „Was hat das zu bedeuten?“

„Ich weiß es nicht“, gab Darrick zu.

Vierundzwanzig

In einiger Entfernung war das Klatschen des Wassers zu hören, das die Wachen verursachten, die durch den Schacht liefen und beständig näher kamen. In diesem Abschnitt der Kanalisation stand das Wasser nicht einmal kniehoch, und die Strömung war deutlich schwächer.

Darrick fühlte sich verraten. Die Stimme, von der er gedacht hatte, sie gehöre Mat, war in Wahrheit nur ein weiterer Trick des Dämons gewesen. Er starrte das Schwert an und begriff, dass es nichts weiter als ein Lockvogel für eine heimtückische Falle war.

Nein, sagte Mat. *Hier ist der Ort, an dem du sein sollst. Nur Geduld, dann wirst du alles erfahren.*

„Was erfahren?", wollte Darrick wissen.

Taramis und seine Krieger drehten sich nach ihm um, während das Klatschen des Wassers immer lauter wurde und die Wachen immer näher kamen.

Wir waren zu dritt in jener Höhle, als Kabraxis durch das Portal in unsere Welt trat, antwortete Mat. *Die Magie, die Buyard Cholik entfesselte, als er das Tor zu den Brennenden Höllen öffnete, ist an uns allen nicht spurlos vorübergegangen. Diese Zweifel in deinem Kopf, Darrick, das ist einfach nur Kabraxis, der deine Ängste benutzt. Bleib einfach nur auf Kurs.*

„Zu dritt?", wiederholte Darrick. „Wir waren nicht zu dritt." Es sei denn, er rechnete Buyard Cholik mit dazu.

Da war noch jemand, beharrte Mat. *Wir alle haben in jener Nacht etwas verloren, Darrick, und jetzt müssen wir zusammenhalten, um es zurückzubekommen. Ein Dämon betritt niemals diese Welt, ohne gleichzeitig die Saat für seine eigene Vernichtung zu legen. Es ist*

Sache der Menschen, herauszufinden, woraus diese Saat besteht. Ich war für lange Zeit verloren, und erst als du Hauklins Schwert gefunden hattest, kehrte ich zu dir und zu mir zurück.

Darrick schüttelte den Kopf. Er zweifelte an allem, was er hörte.

Du bist unnütz, Junge, sagte sein Vater. *Du bist kaum die Zeit wert, getötet zu werden. Vielleicht warte ich einfach, bis du größer bist und mehr Fleisch auf den Rippen hast. Dann weide ich dich aus und erzähle allen Leuten, du wärst fortgelaufen.*

Die alten Ängste erfüllten Darrick so sehr, dass er fast glaubte, aus den Augenwinkeln das Gesicht seines Vater sehen zu können

„Darrick!", rief Taramis.

Obwohl er den Mann laut und deutlich hören konnte, war es ihm nicht möglich, zu reagieren. Er war in seiner Erinnerung und in seinen alten Ängste gefangen. Der Gestank der Ställe hinter der Schlachterei stieg ihm in die Nase, während die Bilder der Männer vor ihm ebenso wie der Tunnel wirkten, als würde er sie in einem Traum sehen.

Komm schon, Darrick!, rief Mat. *Pass gefälligst auf! Das ist die Macht, die Kabraxis über dich hat. Mich hat der Dämon aus irgendeinem Grund an die Geister verloren, und da wäre ich vielleicht immer noch, wenn du nicht Hauklins Schwert gefunden hättest.*

Darrick fühlte, dass er das Schwert in der Hand hielt, doch ihm gab er die Schuld daran, dass sie in eine Sackgasse geraten waren. Vielleicht glaubte Mat immer noch, das Schwert sei ein Talisman der Macht, etwas, mit dem man sich gegen die Dämonen stellen konnte. Doch Darrick sah das anders. Für ihn war es eine verfluchte Waffe, so wie andere Waffen, von denen er erzählt hatte. Palat hatte selbst eine verfluchte Waffe besessen, er wusste, wovon er sprach, als er Hauklins Schwert verdammt hatte.

Es ist der Dämon, Darrick, beteuerte Mat. *Sei stark.*

„Ich kann nicht", flüsterte Darrick, der sah, wie sich vom anderen Ende des Tunnels die Fackeln näherten, die von den Wachleuten vor sich her getragen wurden.

„Was könnt Ihr nicht?", fragte Taramis.

„Glauben. Ich kann nicht glauben", antwortete Darrick. Sein ganzes Leben hindurch hatte er sich davon abgehalten, zu glauben. Er glaubte nicht, dass sein Vater ihn gehasst hatte. Er glaubte nicht, dass es der Fehler seines Vaters war, dass dieser ihn verprügelt hatte. Er hatte sich angewöhnt, daran zu glauben, dass das Leben in der Schlachterei immer nur einen Tag nach dem anderen ablief. Es war dann ein guter Tag gewesen, wenn sein Vater ihn nur so geschlagen hatte, dass er sich noch bewegen konnte.

Aber dem bist zu entkommen, sagte Mat.

„Ich bin weggelaufen", flüsterte Darrick. „Aber ich konnte nicht vor dem weglaufen, was geschehen sollte."

Das bist du aber.

„Nein", erwiderte Darrick und sah in Richtung der Wachen.

„Sie warten", sagte Palat. „Sie haben erkannt, dass wir zu viele sind, als dass sie uns mit geringen Verlusten besiegen könnten. Sie warten, bis mehr Bogenschützen eingetroffen sind, dann werden sie uns töten."

Taramis trat neben Darrick. „Fühlt Ihr Euch nicht gut?"

Er antwortete nicht. Hilflosigkeit wollte ihn übermannen, und er kämpfte mit aller Macht gegen sie an. Das Gefühl senkte sich auf Brust und Schultern herab und machte ihm das Atmen schwer. In diesem abgelaufenen Jahr hatte er sein Leben in Flaschen und Gläsern voll von billigem Wein zu ertränken versucht, den er in jeder heruntergekommenen Kaschemme bestellt hatte. Dann hatte er den Fehler gemacht und war nüchtern geworden, und er hatte zu glauben begonnen, dass es in seinem Leben mehr als nur Sinnlosigkeit geben müsse.

Mehr als das Pech und das Gefühl, unerwünscht zu sein, das ihn sein Leben lang verfolgt hatte.

Unnütz, wertlos, sagte sein Vater verächtlich.

„Nein, Mat", sagte Darrick. „Es hat jetzt lange genug gedauert. Es ist Zeit, es zu beenden."

Taramis kam näher und hielt seine Laterne hoch, um Darrick ins Gesicht zu sehen. „Darrick."

„Wir sind hergekommen, um zu sterben", sagte Darrick und sprach damit Mat ebenso an wie Taramis.

„Wir sind nicht hergekommen, um zu sterben", widersprach Taramis. „Wir sind hergekommen, um den Dämon zu entlarven. Sobald die Menschen, die ihn anbeten, wissen, was er in Wahrheit ist, werden sie sich von ihm abwenden und wieder frei sein."

Das Leid, von dem Darrick ergriffen worden war, erwies sich als so stark, dass er den Weisen kaum noch wahrnahm.

Es ist der Dämon, sagte Mat.

„Sprecht Ihr mit Eurem Freund?", fragte Taramis.

„Mat ist tot", sagte Darrick mit heiserer Stimme. „Ich sah ihn sterben. Es war meine Schuld."

„Ist er hier bei uns?", wollte Taramis wissen.

Darrick schüttelte den Kopf, doch die Bewegung fühlte sich an, als wäre es der Kopf eines anderen. „Nein, er ist tot."

„Aber er spricht zu Euch", sagte der Weise.

„Es ist eine Lüge", erwiderte Darrick.

Es ist keine Lüge, du verdammter Trottel!, explodierte Mat vor Wut. *Verdammt noch mal, du dickschädeliger Ochse. Dich hat man noch nie leicht von etwas überzeugen können, was du nicht mit eigenen Augen sehen oder mit deinen Fingern greifen kannst. Aber wenn du jetzt nicht auf mich hörst, Darrick Lang, dann werde ich für immer als Geist weiterexistieren müssen. Ich werde nie zur Ruhe kommen und niemals Frieden finden. Willst du mir das wirklich antun?*

„Nein", erwiderte Darrick.

„Was sagt er?", fragte Taramis. „Sind wir hier richtig?"

„Es ist ein Trick", sagte Darrick. „Mat sagt, dass der Dämon sich in meinem Kopf befindet und mich zu schwächen versucht. Und er sagt mir, dass *er* nicht der Dämon ist."

„Glaubt Ihr ihm?"

„Ich glaube, dass der Dämon in meinem Kopf ist", erwiderte er. „Ich habe Euch alle auf irgendeine Weise verraten, Taramis. Es tut mir Leid."

„Nein", widersprach dieser. „Das Schwert lügt nicht. Es kam zu Euch."

„Das war ein Trick des Dämons."

Der Weise schüttelte den Kopf. „Kein Dämon, nicht einmal Kabraxis, kann Macht über Hauklins Schwert ausüben."

Darrick erinnerte sich aber daran, wie sich ihm das Schwert in dem verborgenen Grab zuerst widersetzt hatte und alles andere als freiwillig zu ihm gekommen war.

Das Schwert konnte zuerst nicht befreit werden, sagte Mat. *Es ging nicht. Es musste auf mich warten. Wir beide waren dafür nötig, verstehst du? Darum war ich bei den Geistern und saß zwischen hier und dort fest. Das ist mein Anteil daran. Und der dritte Mann ist der Ausweg.*

„Der dritte Mann ist der Ausweg", wiederholte Darrick mit matter Stimme.

Taramis betrachtete ihn und bewegte die Laterne vor seinen Augen hin und her.

Obwohl es ihn reizte, dass sich das Licht so nah vor seinen Augen befand, konnte Darrick sich abermals nicht rühren.

Du bist nicht mein Sohn, brüllte sein Vater in seinem Kopf. *Die Leute starren dich an. Sie würden es mir nicht verübeln, wenn ich deine Mutter umgebracht hätte. Aber sie hat mich verhext. Ich kann nicht mal die Hand gegen sie erheben.*

Schmerz explodierte auf Darricks Wange. Doch es war der Schmerz aus einer Erinnerung, nichts, was in diesem Moment geschah. Der Junge, der er gewesen war, wurde von dem Schlag in einen Haufen aus mit Mist überzogenem Stroh geworfen. Sein Vater war hinterhergekommen und hatte ihn verprügelt, woraufhin Darrick tagelang mit Fieber und einem gebrochenen Arm im Stall gelegen hatte.

„Warum bin ich damals nicht gestorben?", fragte Darrick. Alles wäre viel einfacher, viel leichter gewesen.

Mat würde noch leben, er wäre noch bei seiner Familie in Hillsfar.

Es war meine Entscheidung, nicht dort zu sein, sagte Mat. *Ich entschied mich, meinen Freund zu begleiten. Und wenn du mir nicht den Grund gegeben hättest, aus Hillsfar zu entkommen, dann hätte ich einen anderen Grund gefunden. Hillsfar war nichts für Leute wie dich und mich. Ich wusste das, so wie er wusste, dass ich deinetwegen gegangen war.*

„Ich habe dich umgebracht", sagte Darrick.

Und wie oft wäre ich ohne dich schon gestorben, bevor wir uns nach Tauruk's Port begeben hatten?

Im Geiste sah er wieder, wie Mat gegen die Klippe schlug und wie sich das Skelett einem Egel gleich an ihn klammerte.

Wie oft haben die Kapitäne, unter denen wir dienten, uns gesagt, dass es keinen Wert hat, das Leben eines Matrosen in der Marine von Westmarch zu führen? Lange Dienste, geringer Sold und sehr wahrscheinlich nur ein kurzes Leben. Das Einzige, was dieses Leben lebenswert machte, waren die Kameraden und die Mädchen in den Tavernen, die mit den Augen rollten, als wäre man irgendein großer Held.

Darrick erinnerte sich an alles, was Mat eben beschrieben hatte. Mat hatte immer das Beste daraus gemacht, er bekam immer die hübschesten Mädchen ab, er hatte stets die meisten Freunde.

Und mein Glück würde hier im Jenseits anhalten, meinte Mat, *wenn wir diese letzte Sache hinter uns bringen könnten, der wir uns verschrieben haben. Nimm dein Schwert, Darrick, und halte dich bereit. Der dritte Mann kommt.*

Etwas von dem Leid, das auf Darrick gelastet hatte, ließ nach. Erst dann wurde ihm bewusst, dass Taramis ihn mit beiden Händen am Kragen gepackt hatte und heftig schüttelte.

„Darrick", sagte der Mann eindringlich. „Darrick."

„Ich höre Euch." Er hörte auch den Aufprall der Pfeile auf den Metallschilden, die die Krieger vor sich hielten. Offenbar waren die Kirchenwachen mutiger geworden und hatten beschlossen, wenigstens einige ihrer Gegner außer Gefecht zu setzen, falls ihnen dies gelingen sollte. Im Augenblick waren die Krieger noch in der Lage, die Schilde überlappend zu halten, so dass keines der Geschosse treffen konnte.

„Welcher dritte Mann?", drängte Taramis.

„Ich weiß es nicht."

„Gibt es einen Weg fort von hier?"

„Ich weiß es nicht."

Verzweiflung zeichnete sich auf dem Gesicht des Weisen ab. „Benutzt das Schwert."

„Ich weiß nicht, wie."

Ihr wartet, sagte Mat.

„Wir warten", wiederholte Darrick dumpf. Er hatte sich so sehr in sich selbst zurückgezogen, dass ihn nichts mehr kümmerte. Die Stimme seines Vaters war irgendwo in den Hintergrund gedrängt worden. Vielleicht hatte Mat einen Weg gefunden, um sie zum Schweigen zu bringen. Doch wenn er das glaubte, dann konnte Mat nicht der Dämon sein. Aber Darrick war sich ziemlich sicher, dass der Dämon in seinem Kopf auch Mat war.

„Es kommen weitere Wachen", verkündete Palat.

Ohne Vorwarnung glitt auf einmal Stein über Stein.

Taramis blickte über Darricks Schulter. „Seht", sagte er. „Vielleicht hatte Euer Freund wirklich Recht."

Wie betäubt drehte sich Darrick um und sah zu dem rechteckigen Loch, das in der Decke über dem Geröllhaufen entstanden war. Als er genauer hinsah, erkannte er, dass es sich nicht um eine Tür handelte. Vielmehr war ein großes Stück Stein herausgehoben worden. Durch die entstandene Lücke fiel Licht auf das Geröll und das Wasser.

Dann steckte ein Mann seinen Kopf durch das rechteckige Loch. „Darrick Lang!", rief er.

Taramis hob die Laterne höher, um den Mann besser sehen zu können.

Darrick starrte in das verbrannte Gesicht, glaubte aber nicht, dass die Hilfe eingetroffen war, von der Mat gesprochen hatte.

„Darrick Lang!", rief der Mann abermals.

„Er kennt Euch", sagte Taramis. „Wer ist er?"

Kopfschüttelnd erwiderte Darrick: „Ich weiß es nicht." In dem Spiel aus Licht und Schatten war es unmöglich, das Gesicht des Mannes zu erkennen.

Du kennst ihn, erklärte Mat. *Das ist Käptn Raithen. Von den Piraten in Tauruk's Port. Du hast an Bord seines Piratenschiffs gegen ihn gekämpft.*

Erstaunt erkannte Darrick den Mann wieder, und er wusste, dass Mat aus irgendeinem Grund die Wahrheit sagte. „Aber er ist gestorben."

„So sieht er auch aus", pflichtete Taramis ihm mit leiser Stimme bei. „Aber er bietet uns einen Ausweg vor dem sicheren Tod. Er ist ganz sicher schon früher in letzter Sekunde aus ausweglosen Situationen entkommen."

„Hier entlang", sagte Raithen. „Beeilt euch, wenn ihr leben wollt. Der verdammte Dämon hat noch mehr Leute in den Tunnel geschickt. Und nachdem sie mich jetzt hier gesehen haben, werden sie ganz sicher ihre Karten überprüfen, um festzustellen, wie ich hierher gelangen konnte."

„Kommt", sagte Taramis und packte Darrick am Arm

„Es ist ein Trick", widersprach der.

Nein, sagte Mat. *Wir sind verbunden, wir drei. Verbunden in diesem Bestreben.*

„Wenn wir hier bleiben, sterben wir ganz sicher", sagte Taramis und schob Darrick in Richtung der Öffnung.

Als sie sich dem Schutthaufen näherten, stoben die Ratten davon. Die Geschosse der Wachen trafen die Steine und manchmal auch einen Nager, doch die Krieger blieben glücklicherweise unversehrt.

Raithen streckte Darrick seine Hand entgegen. „Gebt mir Euer Schwert", sagte der Piratenkapitän. „Ich helfe Euch hoch."

Bevor Darrick das Schwert bewegen konnte, griff Raithen danach. Als seine Finger den Stahl berührten, begannen sie sofort zu zischen.

Er schrie auf und riss seine Hand zurück. Rauch stieg von seinen verbrannten Fingern auf, während er sich in den über ihnen gelegenen Tunnel zurückzog. Er fluchte und brach zwei weitere Steine heraus, damit die Dämonenjäger leichter hinaufgelangen konnten.

Taramis kletterte als Erster nach oben. Benommen folgte ihm Darrick, der in erster Linie auf sein verzaubertes Schwert achtete.

Nachdem er sich vorgestellt hatte, hielt Taramis dem Kapitän die Hand hin, doch dieser blieb auf Distanz und ignorierte die Geste. Sein Blick richtete sich wieder auf Darrick. „Hat Euer toter Freund mit Euch Kontakt aufgenommen?", fragte er.

Darrick sah ihn an. Er war nicht gewillt, ihm zu antworten. Wenn er zu irgendetwas bereit war, dann dazu, Hauklins Schwert durch das Herz des Piraten zu stoßen.

Ein kühles Lächeln umspielte Raithens Lippen. Risse bildeten sich in dem verkohlten Fleisch, aus denen kleine Blutstropfen austraten. „Ihr müsst nicht antworten", sagte er. „Es wäre gar nicht möglich, dass Ihr Euch hier befindet, wenn nicht Euer naseweiser Freund wäre."

Naseweiser Freund?, meldete sich Mat zu Wort. *Wenn ich Hand an dich legen oder ein Schwert ergreifen könnte, dann hätte ich dir jetzt schon längst den Kopf von den Schultern gerissen, du räudiger Tölpel.*

„Wie ich sehe, ist er immer noch bei uns", sagte Raithen.

Überrascht fragte Darrick: „Ihr könnt ihn hören?"

„Aye, immer dann, wenn er in der Nähe ist. Er redet unentwegt. Ich bin dem Licht dankbar, dass ich ihn nur für diese wenigen Wochen ertragen musste." Sein Blick fiel auf das Schwert in Darricks Hand. „Er sagte mir schon, dass Ihr die gewaltige Klinge von Hauklin mitbringen würdet. Ist sie das?"

„Aye."

Die anderen Krieger kamen aus dem ersten Tunnel zu ihnen und sahen sich nach allen Richtungen um. Taramis gab seinen Männern leise Anweisungen, damit sie sich zu beiden Seiten des Lochs im Boden postierten.

„Und das wird Kabraxis töten?", wollte Raithen wissen.

„Das hat man mir jedenfalls so gesagt", erwiderte Darrick. „Zumindest soll es den Dämon von dieser Welt zurück in die Brennenden Höllen schmettern."

Raithen spuckte Blut auf den Boden und sagte: „Mir wäre es lieber, wenn wir ihn ausweiden und an die Haie verfüttern könnten, um dann zuzusehen, wie sie ihn Bissen für Bissen verschlingen."

„Die Kirchenwachen kommen", sagte Palat. „Wir sollten uns besser auf den Weg machen."

„Indem wir durch diesen Tunnel rennen und sie im Genick sitzen haben?", fragte Raithen. Er verzog das Gesicht. Blutiger Schaum an seinen Mundwinkeln ließ ihn wie wahnsinnig aussehen.

Er ist wahnsinnig, sagte Mat. *Was Kabraxis ihm angetan hat, hat ihm fast den Verstand geraubt.*

„Was macht Ihr hier?“, wollte Darrick von Raithen wissen.

Der Piratenkapitän lächelte, woraufhin sich noch mehr Blut auf seinen Lippen sammelte. „Das Gleiche wie ihr, würde ich sagen. Ich kam her, um von dem Dämon befreit zu werden. Aber wenn ich vom Tod Eures Freundes höre und bedenke, was mir widerfahren ist, muss ich sagen, dass Ihr es von uns allen am besten angetroffen habt.“

Darrick sagte nichts dazu.

Aus dem Tunnel unter ihnen waren plätschernde Geräusche zu hören.

„Diese Kirchenwachen werden nicht warten, bis ihr zwei euer Palaver beendet habt“, sagte Palat.

Raithen machte einen Schritt nach hinten und zog ein Fass heran, das neben der Öffnung an der Wand gestanden hatte. Während er das schwere Behältnis bewegte, platzte die Haut seiner Hände auf und begann zu bluten. Karmesinrote Flecken blieben auf dem Fass zurück. Darrick und Palat halfen ihm, es an den Rand des Lochs im Boden zu rollen. Raithen nahm den Deckel ab und ließ die anderen erkennen, dass sich dunkles Öl darin befand.

„Schütten!“, befahl er.

Gemeinsam gossen sie den Fassinhalt durch das Loch auf den Schutthaufen und ins Abwasser des anderen Tunnels. Die Ratten ergriffen vor der Flüssigkeit die Flucht, während die Wachen mit einigem Misstrauen ihre Position hielten.

Zwei Armbrustbolzen kamen durch die Öffnung geflogen. Einer bohrte sich seitlich in das Fass, der andere blieb in Raithens rechtem Unterschenkel stecken. Der Pirat fluchte wegen der Schmerzen, griff nach der Wand hinter sich und zog eine Fackel aus ihrer Halterung. Dann warf er sie durch das Loch auf den Schutthaufen.

Darrick spähte vorsichtig über den Rand nach unten und sah, wie das Öl Feuer fing. Flammen breiteten sich auf dem Geröll aus und vertrieben die noch verbliebenen Ratten, die auf die Wachen zu rannten und ins Wasser sprangen. Auch das Öl, das auf dem Abwasser trieb, geriet in Flammen. Von der leichten Strömung mitgezogen, bewegte sich das Feuer langsam auf die Wachen zu, die zum Rückzug gezwungen waren.

„Damit erkaufen wir uns ein wenig Zeit“, sagte Raithen, wandte sich nach links und lief los.

„Wohin bringt Ihr uns?“, wollte Taramis wissen.

„Zum Dämon“, antwortete der Kapitän. „Genau dahin begeben wir uns jetzt.“ Er lief durch den Tunnel und blieb gerade lange genug stehen, um die Fackel aus der nächsten Halterung zu nehmen.

Dieser Gang war schmäler als der Tunnel unter ihnen und erlaubte gerade einmal drei Kriegern, nebeneinander zu laufen. Von dem Drängen, das ihn erfüllte, angetrieben, übernahm Darrick die Spitze der Gruppe von Dämonenjägern, dicht gefolgt von Taramis und Palat.

„Wer ist dieser Mann?“, fragte Taramis, dessen Blick auf der Gestalt ruhte, die vor ihnen durch den Tunnel eilte.

„Raithen“, antwortete Darrick. „Er ist …“

War, versicherte Mat ihm.

„…*war* ein Piratenkapitän im Golf von Westmarch. Vor einem Jahr arbeitete er mit Buyard Cholik zusammen.“

„Mit dem Zakarum-Priester, der für Kabraxis das Portal geöffnet hat?“

„Aye.“

„Was ist mit ihm geschehen?“

„Er wurde von dem Dämon in Tauruk's Port getötet“, erwiderte Darrick, der sich durchaus bewusst war, wie seltsam es sich anhören musste, dass sich der verbrannte Wahnsinnige vor ihnen im Tunnel befand.

„Für mein Verständnis ist er aber nicht tot genug“, warf Palat ein.

Zu dem Zeitpunkt, als Raithen getötet wurde, sagte Mat, *wirkte Kabraxis den Zauber, um die Zombies und die Skelette auferstehen zu lassen. Diese Magie erfasste auch Raithen, der nach seinem Tod wiederauferstand. Nachdem du das Schwert befreit hattest, wurde ich zu ihm gezogen. Ich kam dahinter, dass ich mich mit ihm so wie mit dir unterhalten konnte. Wir drei sind miteinander verbunden, Darrick, und damit sind wir der Weg, um Kabraxis' Herrschaft hier auf dieser Welt zu beenden.*

„Er ist tot“, erklärte Darrick und gab an Taramis weiter, was er gerade von Mat erfahren hatte.

„Die Prophezeiung von Hauklin“, sagte Taramis.

„Welche Prophezeiung?“, fragte Darrick. Sie blieben weiter hinter Raithen, der einer Biegung des Tunnels folgte.

„Es heißt, Hauklins Schwert könne nur aus dem Grab genommen werden, um die Drei zu vereinen.“

„Welche drei?“, wollte Darrick wissen.

Fünfundzwanzig

„Einer verloren im Tod. Einer verloren im Leben. Einer verloren in sich selbst“, sagte Taramis. „Einer gefangen in der Vergangenheit. Einer gefangen in der Gegenwart. Einer gefangen in der Zukunft.“

Eine eisige Furcht überkam Darrick.

„Euer Freund Mat muss derjenige sein, der im Tod gefangen ist, der von seinem Tod in der Vergangenheit nicht entlassen wird. Raithen muss der sein, der im Leben gefangen ist, der nicht sterben kann und der verdammt ist, sein Leben in der Gegenwart zu leben.“ Er sah Darrick an. „Damit bleibt nur noch Ihr.“

„Warum habt Ihr davon nicht schon früher etwas gesagt?“, wollte Darrick wissen.

„Weil sich nicht alle Prophezeiungen erfüllen“, antwortete der Weise. „Über jede Waffe und jedes Artefakt werden Geschichten erzählt, aber nicht alle berichten die Wahrheit. Als Ihr Hauklins Leichnam das Schwert abgenommen hattet, war ich der Ansicht, diese Prophezeiung sei falsch.“

Taramis' Worte dröhnten in Darricks Kopf

Aye, bestätigte Matt. *Du bist der, der in sich selbst verloren ist. Aber die schlechten Zeiten liegen hinter dir. So wie Hillsfar und der Stall hinter der Schlachterei deines Vaters hinter dir liegen. Halt dir das immer vor Augen, dann wird es dir gut gehen. Ich werde dich nicht im Stich lassen.*

„Die Prophezeiung ist noch nicht erfüllt“, fuhr der Weise fort. „Einer wird das Schwert erheben, einer wird den Weg ebnen, und einer wird sich dem Dämon stellen.“ Der Weise sah Darrick durchdringend an. „Ihr konntet das Schwert zuerst nicht erheben, weil Euer Freund noch nicht bei Euch war. Das war Euch erst möglich, nachdem Ihr Mats Stimme gehört hattet."

Darrick wusste, dass es stimmte. Und in gewisser Weise ergab es einen Sinn, wenn er an die Ereignisse dachte, die sich seitdem zugetragen hatten.

„Und er ebnet uns den Weg", sagte Taramis und zeigte auf Raithen, der sich immer noch vor ihnen befand. „Damit seid Ihr derjenige, der sich dem Dämon stellt."

„Vom Weisen abgesehen", warf Palat verächtlich ein.

Darricks Gesicht wurde vor Verlegenheit rot. Er wusste, dass der Krieger ihn weder für stark noch für mutig genug hielt, um sich dem Dämon zu stellen, selbst wenn er Hauklins Schwert in seinen Händen hielt. Und wenn er sich selbst gegenüber ehrlich war, fühlte er sich auch weder stark noch tapfer genug.

Wertlos, sagte die Stimme seines Vaters.

Darrick zuckte zusammen und wollte um jeden Preis den vor ihm liegenden Weg verlassen. Er war kein Held. Er taugte allenfalls zu einem fähigen Offizier der Marine von Westmarch. Vielleicht – aber auch wirklich nur vielleicht – hätte er noch ein Kapitän sein können.

Aber ein Held?

Nein. Das konnte Darrick nicht akzeptieren. Doch wenn er jetzt kehrtmachte, wenn er jetzt vor dieser Konfrontation zurückschreckte, um sein Leben zu retten, was würde dann noch von diesem Leben übrigbleiben? Eine Erkenntnis, die ihn schaudern ließ, erfüllte ihn: Wenn er sich jetzt vor dem ihm bevorstehenden Kampf drückte, würde er alles das sein, was sein Vater ihm immer unterstellt hatte.

Wenn er es tat, dann würde er so wie Mat oder Raithen zwischen Leben und Tod gefangen sein.

Dies verspricht für uns alle Errettung, sagte Mat.

Selbst wenn ich zum Märtyrer werde?, fragte sich Darrick.

„Hinter uns ist jemand", rief Clavyn, der den Schluss der Gruppe bildete.

„Es sind die Wachen", erwiderte Raithen. „Ich sagte Euch doch, sie würden uns finden. Dieser Stollen ist jüngeren Datums. Sie benutzen ihn, um Vorräte in die Kirche zu schaffen. Diese Gebäude sind von Geheimgängen durchzogen. In den letzten Wochen habe ich die meisten davon ausgekundschaftet."

„Wohin bringt Ihr uns?", fragte Taramis.

„In die zentral gelegene Kathedrale", antwortete der Piratenkapitän. „Wenn Ihr Euch Kabraxis stellen wollt, dann werdet Ihr ihn und Cholik dort finden."

Nur wenige Schritte weiter blieb Raithen unter einem schrägen Abschnitt der Decke stehen. Die Tür passte sich genau in die Neigung der Decke an.

„Manchmal halten sich hier Wachen auf", fuhr er fort. „Aber die sind jetzt nicht hier, sondern befinden sich unter uns, wo sie Euch in der Kanalisation stellen sollen. Sie wissen nicht so wie ich, wie sich die Tunnel überschneiden." Er zog sich hoch und spähte durch den schmalen Schlitz.

Darrick ging zu ihm, das Schwert noch immer in der Hand. Taramis stand auf der anderen Seite.

Durch den Spalt sah Darrick einen erstaunlich jünger aussehenden Buyard Cholik, der auf einer Plattform stand, die sich auf dem Rücken einer großen steinernen Schlange mit flammendem Maul befand. Während Darrick zusah, bewegte sich der Schlangenkopf über der erwartungsvollen Menge hin und her. Die Art und Weise, wie die Menschen die Schlange und den Mann auf ihr anflehten und anschrien, weckte Übelkeit in ihm. Er ging davon aus, dass einige der Anbeter wissen konnten, dass sie das Böse verehrten, doch für den größten Teil galt das nicht. Sie waren unschuldig, sie beteten für ein Wunder, und sie ahnten nicht, dass sie von einem Dämon aus den Brennenden Höllen ausgenutzt wurden.

„Das sind ja Hunderte, wenn nicht Tausende von Menschen dort draußen", entfuhr es Palat verblüfft, als auch er einen Blick durch den Spalt geworfen hatte. „Wenn wir da reinplatzen, sind wir hoffnungslos unterlegen."

„Die Menge wird uns aber auch bei unserer Flucht helfen", wandte Taramis ein. „Die Kirchenwachen werden nicht alle Ausgänge verriegeln und die Masse unter Kontrolle halten können. Wenn wir erst einmal Buyard Cholik getötet haben, wird genug Chaos herrschen, damit wir uns unbemerkt entfernen können. Danach verbreiten wir in der Stadt die Wahrheit über Kabraxis."

„Ihr könnt Buyard Cholik nicht töten", widersprach ihm Raithen.

Darrick sah den Piratenkapitän an. Die schweren Schritte der Wachen wurden immer lauter, also blieb ihnen nicht mehr viel Zeit.

„Wie meint Ihr das?", fragte Taramis.

„Ich habe versucht, den Bastard zu töten", antwortete er. „Vor Wochen. Ich hatte mich unter die Besucher gemischt. Ich konnte eine kleine Armbrust einschmuggeln, und ich habe ihm den Bolzen ins Herz gejagt. Ich weiß, dass ich getroffen habe. Doch nach wenigen Stunden hielt Buyard Cholik den nächsten Gottesdienst. Mein Attentatsversuch hat ihn nur noch bekannter und berühmter gemacht."

Es war Kabraxis, sagte Mat. *Der Dämon hat ihn gerettet. Aber vor Hauklins Klinge kann nicht einmal er ihn schützen.*

„Wir können hier nicht bleiben", sagte Palat. „Und ein Rückzug ist auch nicht möglich."

Darrick ließ seinen Blick über die Dämonenjäger schweifen und wunderte sich wieder über die kleine Gruppe, die mutig genug gewesen war, um trotz widrigster Bedingungen in die Kirche einzudringen. Er bezweifelte, dass er sie begleitet hätte, wenn man ihn einfach nur gefragt hätte und ohne ihn dazu auszuerwählen, ein verzaubertes Schwert zu tragen – und ohne vom Geist des toten Freundes begleitet zu werden. Er hatte keine andere Wahl, diese Männer hingegen sehr wohl.

Du hattest eine Wahl, widersprach ihm Mat. *Du hättest alledem einfach den Rücken kehren können.*

Der säuerliche Geruch des Heus in der Scheune hinter der Schlachterei seines Vaters stieg ihm wieder in die Nase. Er konnte fast die Hitze des Tages spüren, die auf ihm gelastet hatte, gefangen in dem kleinen Freiraum zwischen den Dachbalken, wo das Heu aufbewahrt wurde. Dort, wo er gelegen und darauf gewartet hatte, zu sterben oder beim nächsten Mal von seinem Vater so geprügelt zu werden, dass er dabei umkam.

Nein, sagte sich Darrick. Er hatte keine Wahl gehabt.

Wertlos!, zischte die Stimme seines Vaters.

Er wappnete sich und atmete tief durch, um bereit zu sein. Die Stimme in seinem Kopf versuchte er zu ignorieren.

„Was befindet sich über uns?“, fragte er.

Die Schritte der Wachen, die ihre schweren Stiefel trugen, kamen immer näher.

„Stufen“, antwortete Raithen. „Aber sie sind mit einem Gegengewicht versehen. Sobald ich die Verriegelung löse, gehen die Stufen in die Höhe.“

Darrick sah zu Taramis, der seine Männer anblickte.

„Wenn wir hier bleiben, werden wir sicher sterben“, sagte Palat. „Da draußen haben wir wenigstens einen Chance, trotz dieser Steinschlange.“

Taramis nickte. „Einverstanden.“

Die Krieger griffen zu ihren Waffen.

„Wir versuchen, Cholik zu töten“, erklärte Taramis. „Und dann verschwinden wir, so schnell wir können. Wir bauen darauf, dass der Dämon sich zu erkennen gibt. Wenn nicht, denken wir uns einen neuen Plan aus.“ Er sah zu Darrick. „Auf Hauklins Schwert liegt unsere ganze Hoffnung, dass Kabraxis aus seinem Versteck kommt.“

„Aye“, entgegnete Darrick und nahm das Heft in beide Hände. Wieder warf er einen Blick in die Kathedrale und bemerkte, wie sehr der kreisrunde Bereich unter dem Kopf der sich bewegenden Steinschlange einer Arena glich. Die Flammen rund um das Maul der Schlange brannten hell. Buyard Cholik stand auf einer Plattform auf dem Rücken der Kreatur und wirkte völlig selbstsicher.

„Macht es“, wies Taramis Raithen an.

Der Piratenkapitän griff unter sein Gewand und holte eine Armbrust hervor, die klein genug war, um sie mit einer Hand zu halten. An seinen schwarzverbrannten Fingern rissen einzelne, mit Schorf überzogene Stellen auf und begannen zu bluten. Mit dem Grinsen eines Verrückten auf den blutigen Lippen griff er nach dem kleinen Hebel über sich. Er sah zu Darrick. „Enttäuscht mich nicht, Seemann. Wir haben an Bord der *Barracuda* die Klingen gekreuzt. Seid heute so gut, wie Ihr es damals wart. Und tut alles, was Euer kleiner toter Freund gesagt hat, dass Ihr dazu in der Lage seid.“

Bevor Darrick etwas erwidern konnte, betätigte Raithen den Hebel. Im gleichen Moment öffnete sich der in die Treppe eingebaute Durchgang mit der Leichtigkeit einer Feder. Das Licht aus der Kathedrale fiel in den engen Tunnel.

Taramis stürmte mit wallendem Gewand voran.

Als Darrick das Versteck nach dem Weisen verließ, war die Kakophonie aus Geräuschen, die die Kathedrale erfüllte, fast zuviel für ihn. Tausende von Stimmen lobpreisten Dien-Ap-Sten, den Propheten des Lichts.

Ein erhöhter Bereich rechts von ihnen war voll mit Kirchenwachen besetzt. Sie alle sahen, dass sich die Geheimtür öffnete. Einer der Bogenschützen legte einen Pfeil an und zog die Sehne bis an sein Ohr zurück. Bevor der Mann aber richtig zielen konnte, hatte Raithen seinen Arm ausgestreckt und den Abzug seiner Armbrust betätigt. Der kleine Bolzen schoss hervor und durchbohrte den Adamsapfel, der von dem Geschoss so nach innen gedrückt wurde, dass er die Kehle verschloss. Der Mann stürzte von der Erhöhung in die Menge hinab, was zu einiger Unruhe und entsetzten Schreien führte.

Die Wachen stürmten von ihrem Platz los, und die Dämonenjäger rannten ihnen entgegen. Stahl schlug auf Stahl, und Darrick fand sich inmitten des Kampfes wieder.

Buyard Cholik brachte die steinerne Schlange zum Stillstand, noch während aus ihrem flammenden Maul ein Jünger ausgespuckt wurde, den sein Vater auffing.

Sei bereit, sagte Mat in Darricks Kopf. *Was du bislang erlebt hast, wird nun noch weit übertroffen, noch viel schlimmer.*

„Wir können diese Stellung nicht halten“, rief Palat, dessen Gesicht nicht nur mit seinem eigenen Blut verschmiert war. „Wir müssen weg.“

Weglaufen ist nicht immer die Lösung, warf Mat ein. *Du hast die Macht, Darrick. Wir haben die Macht. Ich und Raithen, wir haben dich bis hierher gebracht, doch der Rest ist deine Sache.*

„Anhänger von Dien-Ap-Sten“, schallte Buyard Choliks Stimme durch die Kathedrale. „Vor euch seht ihr Ungläubige, Menschen, die diese wunderbare Kirche in Trümmer legen und sie ihrer Fähigkeit berauben möchten, dem Propheten des Lichts und dem Weg der Träume ein Zuhause zu schenken!“

Ängstliche und wütende Rufe wurden laut.

Darrick kämpfte um sein Leben. So zahlenmäßig unterlegen, wie sie es diesem Augenblick waren, konnte es nur noch ärger werden. Er parierte einen Hieb nach dem anderen, konterte hier eine Attacke, schlug dort eine Klinge zur Seite. Dann ließ er die Spitze seines Schwerts in das Herz eines Söldners eindringen. Indem er einen Fuß gegen die Brust des Toten stemmte, schleuderte er ihn drei anderen entgegen, die seinen Platz einnehmen wollten.

Mit eleganten und raschen Bewegungen schrieb Taramis mystische Symbole in die Luft. Auf eine geschriene Formel hin stiegen die Symbole in aller Eile hinauf zur Decke der Kathedrale.

Während Darrick eine weitere Klinge blockierte, bildete sich an der Decke eine schwarze Wolke. Er hielt die gegnerische Waffe in der Falle, trat vor und attackierte mit Ellbogen und Faust einen Wachmann, der Rhambal bedrängte, welcher wegen seines verletzten Arms einige Schwierigkeiten hatte. Die Wache sank vor Rhambal zu Boden.

„Danke“, keuchte der Krieger, dessen Gesicht unter dem Helm bleich aussah.

Doch für jeden Gegner, den Darrick überwältigte, drängte sofort ein anderer nach. Der Mann, mit dem er im Moment rang, hatte es gerade geschafft, seine Waffe zu lösen. Augenblicklich begann er, nach Darricks Gesicht zu schlagen, während sich hoch über ihnen die dunkle Wolke zusammenbraute und es darin aufblitzte. Wieder gelang es Darrick, die Klinge seines Gegners zu blockieren. Er wirbelte herum und trat dem Mann gegen den Kopf. Sein Widersacher wurde von den Beinen gerissen und landete inmitten einer Gruppe von Anhängern.

Darrick atmete schwer und nahm nun den kalten Lufthauch in der Kathedrale wahr. Sein Blick wanderte über die Menge. Einige der Dämonenanbeter hatten Messer gezückt und waren im Begriff, sich in den Kampf einzumischen.

Sie sind unschuldig, sagte Mat. *Nicht alle von ihnen sind böse. Sie fühlen sich einfach nur angezogen.*

„Wo ist der Dämon?“, wollte Darrick wissen.

In der Schlange, antwortete Mat. *Dort, wo sich der Dunkle Pfad befindet. Kabraxis ist an seinen Ort der Macht zurückgekehrt. Er weiß, dass du Hauklins Schwert hast.*

Darrick blockte wieder und wieder ab, schlug zurück, parierte und stach die Spitze seines Schwerts in die Kehle eines Mannes, die sich scharlachrote färbte, während sein Gegner nach hinten taumelte, sein Schwert fallen ließ und beide Hände um seinen Hals legte, um zu versuchen, das ausströmende Blut zu stoppen.

Die von Taramis erschaffene Wolke strahlte mit einem Mal eine winterliche Kälte auf das Innere der Kirche aus. Eisiger Sturm peitschte durch das Gebäude und ließ die Flammen rund um das Maul der Schlange zucken. Raureif bildete sich auf der Steinkreatur, schmolz aber rasch wieder dahin, als neue Flammen aus dem Maul schossen.

Die Schlange legte den Kopf schräg und konzentrierte sich auf die Gruppe von Dämonenjägern. Unheilvolles Feuer glomm in den Augen des Geschöpfs.

Buyard Cholik ist der Erste, sagte Mat. *Er muss sterben, Darrick, da er derjenige ist, der Kabraxis in dieser Welt hält.*

Ein Schneesturm tobte jäh durch die Kathedrale und ließ dicke Flocken im zentralen Bereich zu Boden sinken. Das wirbelnde Weiß machte es schwer, etwas zu erkennen. Gleichzeitig brannten die Schneeflocken wie Säure auf der nackten Haut.

Die steinerne Schlange schoss vor, während die gebleckten Fangzähne von Flammen umhüllt wurden.

„Achtung!“, schrie Palat und stieß Rhambal aus dem Weg, den die Schlange genommen hatte.

Die Dämonenjäger räumten den Bereich, doch es gelang nicht allen Wachen, sich rechtzeitig zu entfernen. Drei von ihnen wurden von dem Aufprall zu einer blutigen Masse zerdrückt. Obwohl die Schlange über den Boden der Kathedrale schrammte und Stücke herausbrach, die zwischen die Bänke geschleudert wurden, blieb die steinerne Kreatur selbst völlig unversehrt.

Darrick nahm all seinen Mut zusammen, überwand die Zweifel,

die ihn heimgesucht hatten, und rannte der Schlange entgegen. Diese wand sich in sich selbst und hatte noch blutige Reste der drei zerdrückten Wachen an ihren Fangzähnen hängen, als sie sich auf Darrick ausrichtete. Sich vollends der Tatsache bewusst, dass sich ihm die unnatürliche Bestie näherte, lief Darrick nach rechts und rollte sich über den Boden, um unter den Leib der Schlange zu gelangen.

Er streckte seine freie Hand aus und bekam die in Stein gemeißelten Schuppen zu fassen. Der Schlangenkopf schrammte unterdessen über den Boden der Kathedrale, riss Fliesen heraus und zerschmetterte andere. Darrick stieß sich ab, klammerte sich weiter an die Schuppen an der Unterseite der Kreatur und zog sich hoch. Dann sprang er auf und landete auf dem Maul der Schlange. Diese riss es weit auf, zischte, spie Feuer und versuchte, ihn mit ihrer gespaltenen Flammenzunge zu treffen.

Darricks Haar wurde von den Flammen angesengt, während er auf dem Maul nach oben lief. Von der Bewegung des Mauls der Bestie angetrieben, sprang Darrick hoch in die Luft in Richtung der Plattform, auf der Buyard Cholik stand.

Der verstand mit einem Mal, was Darrick mit seinem scheinbar verzweifelten Zug beabsichtigte, und hob seine Hände, um sich mit Magie zu verteidigen. Doch es war zu spät. Bevor der Zauber vollständig gewirkt war, bekam Darrick das Gewand des Mannes zu fassen. Choliks vorläufige Rettung bestand allein darin, dass es Darrick nicht gelungen war, neben ihm auf der Plattform zu landen.

Darrick wusste, dass sein gewagter Sprung ihn nicht an sein Ziel bringen würde, also ruderte er mit seinem freien Arm und klammerte sich an Choliks Gewand fest. Als die Wucht des Sprungs Cholik erfasste, wurde dieser nach hinten gerissen, schlug gegen das Eisengeländer und sah sich gezwungen, seinen Zauber vorzeitig zu beenden.

Darrick, der auf der anderen Seite des Geländer hing und wild umherschaukelte, wusste, dass sich die Schlange wieder so heftig wand, damit er losließ und sie ihn wieder angreifen konnte, sobald er zu Boden gefallen war. Er beugte den Ellbogen und zog sich näher an Cholik heran.

Der Schneesturm um sie herum war so heftig, dass Darrick kaum etwas erkennen konnte. Die Kälte, die von dem magischen Sturm vorangetrieben wurde, brannte in seinem Gesicht und auf den Hautpartien, die nicht mit Stoff bedeckt waren. Er nahm das Schwert hoch, änderte mit einer raschen Bewegung seinen Griff um das Heft herum, und dann warf er die Waffe wie einen Speer.

Hauklins verzauberte Klinge beschrieb eine präzise Flugbahn, der der heftige Sturm nichts anzuhaben vermochte, und bohrte sich im nächsten Moment in Buyard Choliks Herz. Der Mann taumelte nach hinten und stolperte über sein eigenes Gewand, an dem sich Darrick nach wie vor festklammerte.

„Nein", sagte Cholik und umklammerte das Schwert, das ihn durchbohrt hatte. Seine Hände gingen in blauen Flammen auf, als sie den Stahl berührten; er schien weder in der Lage zu sein, wieder loszulassen noch die Klinge aus seinem Körper zu ziehen.

Darrick nutzte die Gelegenheit, dass Cholik nichts gegen ihn unternehmen konnte, bekam die Plattform mit der anderen Hand zu fassen und zog sich hinauf. Von Darricks Griff befreit, machte Cholik einen Schritt nach hinten und fiel seitlich über den Rand der Plattform.

Das Schwert!, rief Mat in Darricks Kopf. *Du hast noch Kabraxis vor dir!*

Er hielt sich an der Plattform hinter dem sich unablässig bewegenden Schlangenkopf fest und beobachtete einen Moment lang die Aktionen am Rand seines Gesichtsfeldes. Dann streckte er die rechte Hand nach dem Schwert aus und forderte es auf, so zu ihm zu kommen, wie es in Ellig Barrows Erdkeller geschehen war.

Noch während Choliks Leichnam zu Boden stürzte, spürte Darrick die Kraft, die ihn mit dem Schwert verband. Er sah mit an, wie sich die verzauberte Klinge von selbst aus dem Toten löste und zu Darrick hinaufflog …

… als die Schlange mit einem Mal den Kopf hochriss, ihn in die Luft wirbelte und das Schwert zur Seite schlug.

Darrick wurde durch die Wucht der Bewegung so hoch geschleudert, dass er fast gegen die Decke der Kathedrale geprallt wäre. Er ruderte mit den Armen und versuchte, seinen Körper unter Kontrolle zu bekommen. Entsetzt sah er, wie die Schlange ihren Kopf unter ihm in Position brachte und ihr riesiges Maul öffnete. Flammen stiegen aus dem Rachen der Kreatur auf und verhießen einen Tod im Feuer, wenn sie ihn zu fassen bekam.

Das Schwert!, schrie Mat. *Wenn du das Schwert nicht hast, dann hast du gar nichts!*

Darrick konzentrierte sich auf das Schwert, konnte aber die Schlange unter sich nicht völlig aus seinen Gedanken verdrängen, da er soeben den Scheitelpunkt erreicht hatte und nun auf die Kreatur zu stürzte. Selbst, wenn die Schlange ihn verfehlte, war er sicher, dass er diesen Sturz nicht überleben würde.

Das Schwert!, rief Mat wieder. *Es wird dich beschützen, wenn du es in deinen Händen hältst. Und ich kann dir, was seine Magie angeht, helfen.*

Darrick verdrängt die Gedanken an den nahenden Tod. Wenn er sterben sollte, würden damit nur der Schmerz, mit dem er das letzte Jahr hatte leben müssen, und all die anderen Qualen ein Ende finden, die er in den Jahren davor erduldet hatte.

Er konzentrierte sich auf Hauklins Schwert und verstärkte das Band, das er zwischen der Waffe und sich fühlte. Choliks Körper schlug hart auf dem Steinboden neben dem weit aufgerissenen Maul der Schlange auf, während die Klinge in Darricks Hand geflogen kam.

Halte das Schwert fest, forderte ihn Mat auf. *Halte es fest, damit ich dir helfen kann.*

Darrick fiel wie ein Stein in das wartende Schlangenmaul, da er keine Möglichkeit hatte, seine Fallrichtung in irgendeiner Weise zu beeinflussen. Flammen hüllten ihn ein, und einen Moment lang glaubte er, er würde eingeäschert. Eine unglaubliche Hitze umgab ihn und raubte im die Sinne.

Ganz ruhig, warnte ihn Mat. Obwohl Darrick sicher war, dass die Stimme in seinem Kopf war, hörte sie sich doch leise und weit entfernt an. *Jetzt kommt das Schlimmste, Darrick, und es gibt nichts, was dich davor bewahren könnte.*

Darrick konnte nicht glauben, dass er noch lebte. Wenn schon nicht der Sturz in das steinerne Maul der Schlange, so hätten zumindest die Flammen jede Chance auf ein Überleben zunichte machen müssen.

Und doch lebte er. Er merkte es daran, wie er sich fühlte, er merkte es an seinem gequälten Atmen und an den Schmerzen an jeder Stelle seines Körpers.

Du kannst da nicht liegen bleiben, sagte Mat mit schwacher, leiser Stimme. *Dies ist der Dunkle Pfad. Der Gewundene Pfad der Schatten. Hier hat Kabraxis die Vorherrschaft. Jedenfalls glaubt er das. Wenn du liegen bleibst, wird er dich töten …*

„Steh auf", krächzte eine raue Stimme. „Steh auf, du nutzloser Bastard!"

Darrick erkannte die Stimme seines Vaters. Er öffnete die Augen und fand sich im vertrauten Stall hinter der Schlachterei wieder. Er lag auf dem säuerlich riechenden Heuboden.

„Du hast wohl nicht gedacht, dass ich dabei erwische, wie du hier oben schläfst, wie?", herrschte sein Vater ihn an.

Instinktiv rollte sich Darrick zusammen, versuchte, sich zu schützen. Sein Körper schmerzte noch von den Schlägen, mit denen er gestern traktiert worden war. Oder war es heute gewesen? Früh am Tag? Manchmal, wenn sein Vater ihn schlug, verlor er jedes Zeitgefühl. Ebenso litt er zeitweise unter Gedächtnislücken.

„Verdammt, steh auf!" Sein Vater verpasste ihm einen Tritt, der ihm die Luft aus den Lungen quetschte und womöglich wieder eine Rippe brach.

Ängstlich erhob sich Darrick und stellte sich vor seinem Vater hin. Etwas schien an seiner Hand zu baumeln, doch als er hinsah, konnte er nichts entdecken. Vielleicht hatte sein Vater ihm schon wieder den Arm gebrochen, obwohl es sich anders anfühlte als sonst.

Er glaubt, Mat Hu-Rings Stimme gehört zu haben, doch er wusste, dass Mat ihn nie besuchte, wenn sein, Darricks, Vater wieder eine seiner Launen hatte. Nicht einmal Mats Vater kam dann vorbei.

„Ich habe gesagt, du sollst aufstehen!", brüllte sein Vater. Er war ein großer Mann mit einem dicken Bauch und Schultern, so breit, wie der Griff einer Axt lang. Seine Hände waren groß und grob von der langen, harten Arbeit und unzähligen Tavernenschlägereien. Ein lockiger Wust aus braunem Haar passte zu dem lockigen Bart, der ihm bis auf die Brust reichte.

„Ich kann hier nicht sein", sagte Darrick benommen. „Ich war ein Seemann. Da war eine Kirche."

„Dämlicher, nutzloser Bastard!", brüllte sein Vater, packte ihn am Arm und schüttelte ihn heftig. „Wer würde aus so was wie dir schon einen Seemann machen wollen?" Dann lachte er verächtlich über seinen eigenen Worte. „Du hast mal wieder einen von diesen Träumen gehabt, an die du dich klammerst, wenn du dich hier oben versteckst."

Mit Schamesröte im Gesicht sah Darrick an sich hinab und stellte fest, dass er ein Junge von vielleicht acht oder neun Jahren war. Er stellte für seinen Vater keine Bedrohung war. Und doch behandelte dieser ihn wie den erbittertsten Widersacher, dem er je gegenübergestanden hatte.

Er verpasste ihm eine Ohrfeige, die Darricks Kopf vor Schmerz dröhnen ließ.

„Sieh mich gefälligst an, wenn ich mit dir rede, Junge", wies sein Vater ihn scharf zurecht. „Vielleicht habe ich dir sonst nicht viel beigebracht, aber du sollst zumindest deinem Vater Respekt entgegenbringen!"

Tränen liefen über Darricks Wangen. Er spürte ihre Hitze auf der Haut und schmeckte das Salz, als sie seinen zuckenden Mund erreichten.

„Sieh dich doch an, du weinerlicher Feigling!", brüllte sein Vater und hob wieder seine Hand. „Du hast nicht mal genug Verstand, um deinen eigenen Hintern zu retten."

Darrick nahm den Schlag auf den Hinterkopf zwar hin, doch für einen Moment drehte sich die Welt. Er musste daran denken, wie sein Vater erst letzte Woche drei Karawanenwächter in einem Kampf auf einer dreckigen Straße vor der *Lame Goose Taverne* zusammengeschlagen hatte. Als Schlachter war er Durchschnitt, doch als Kämpfer war er so gut, dass es nur wenige mit ihm aufnehmen konnten.

„Hast du das Vieh gefüttert, wie ich es dir gesagt habe, Junge?", wollte er wissen.

Darrick spähte über den Rand des Heubodens, fürchtete aber, bereits die Antwort zu kennen. Tatsächlich waren alle Futter- und alle Wassertröge leer. „Nein“, antwortete er.

„Genau“, pflichtete sein Vater ihm bei. „Du hast es nicht gemacht. Ich verlange so wenig, weil ich weiß, dass ich von einem Idioten wie dir nicht mehr erwarten darf. Aber ist es denn auch schon zu viel verlangt, wenn du dem Vieh Futter und Wasser geben sollst?“

Darrick zuckte innerlich zusammen. Er wusste, dass nichts half, wenn sein Vater eine seiner Launen hatte. Hätte er das Vieh gefüttert, dann wäre irgendetwas anderes nicht richtig gewesen. Dann hätte er behauptet, Darrick habe zu viel oder zu wenig Futter gegeben. Darricks Magen verkrampfte sich, als befände er sich auf einem Schiff auf sturmgepeitschter See.

Aber woher konnte er wissen, wie sich das anfühlte? Abgesehen vielleicht von den Geschichten, die er manchmal mitbekam, wenn er vor einer Taverne auf seinen Vater warten musste. Zwar versuchte sein Vater immer, Darrick nach Möglichkeit nicht mitnehmen zu müssen, doch die Mutter war abends nur selten daheim, und Darrick hatte zu große Angst, um allein zu Hause zu bleiben.

Also war er ihm heimlich von einer Taverne zur nächsten gefolgt, wobei er sich nicht einmal besondere Mühe geben musste, unentdeckt zu bleiben. Sein Vater betrank sich regelmäßig und nahm dann nur noch wenig um sich herum wahr. So gemein sein Vater auch sein konnte, stellte er für Darrick praktisch die einzige feste Größe dar, da seine Mutter eigentlich nie zu Hause war.

... nicht da ...

Darrick atmete flach, da er sicher war, Mat Hu-Rings Stimme gehört zu haben. Aber das war nicht möglich, oder? Mat war tot. Er war gestorben ... gestorben ...

Wo und wann war er gestorben?

Darrick konnte, nein, er wollte sich nicht daran erinnern. Mat war irgendwo fern von seiner Familie gestorben, und Darrick trug daran die Schuld.

Du bist auf dem Dunklen Pfad, sagte Matt. *Das ist ein Trick des Dämons. Gib nicht nach ...*

Mats Stimme wurde wieder leiser.

Darrick nahm erneut das Gewicht wahr, das an seinem Arm zu hängen schien.

„Was ist das, Junge?“ Sein Vater riss ihn herum und packte das Seil, an dessen einen Ende sich eine geknüpfte Schlinge befand. „Hast du damit gespielt?“

Darrick sagte nichts. Er konnte es nicht. Mat hatte ihm Tricks beigebracht, die er von seinem zur See fahrenden Onkel gelernt hatte. Vor ein paar Tagen war es Darrick gelungen, ein Seil zusammenzuknoten. Es bestand aus den Resten anderer Stricke, die von den Bauern zurückgelassen wurden, wenn sie ihr Vieh herbrachten, damit sein Vater es für sie schlachtete.

Tagelang hatte Darrick mit dem Gedanken gespielt, sich zu erhängen und allem ein Ende zu setzen.

„Du hast es nicht fertiggebracht, nicht wahr, Junge?“, herrschte sein Vater ihn an, rollte das Seil auf und zog die Schlinge weiter.

Darrick heulte und zitterte. Seine Nase war augenblicklich verstopft, und er wusste, dass er sich dann schrecklich anhörte. Wenn er etwas zu sagen versuchte, würde sich sein Vater über ihn lustig machen und ihn schlagen, weil er deutlicher sprechen sollte. Er würde erst aufhören, ihn zu schlagen, wenn Darrick bewusstlos oder so benommen war, dass er keinen Laut mehr über die Lippen brachte. Er wusste, dass die aufgeplatzten Lippen und die Wunden in seiner Mundhöhle ihn noch tagelang Blut schmecken lassen würden.

Doch diesmal hatte sein Vater etwas anderes mit ihm vor. Er warf das Seil über den Querbalken auf der anderen Seite des Heubodens, dann packte er die Schlinge, als sie in Reichweite kam.

„Ich habe mich schon gefragt, wie lange es wohl dauern würde, bis du den Mut aufbringst, so etwas zu machen“, sagte er und zog die Schlinge noch ein Stück weiter nach unten. „Willst du dich einfach nur erhängen, Junge, oder willst du, dass dein Genick bricht, wenn du fällst?“

Darrick konnte nichts erwidern.

So hat es sich nicht abgespielt, sagte Mat. *Ich habe das Seil gefunden, nicht dein Vater. Ich habe es dir an dem Tag abgenommen und dich schwören lassen, dass du so etwas niemals tun wirst.*

Darrick dachte, er könnte sich daran erinnern, doch diese Erinnerung entglitt ihm sofort wieder.

Sein Vater legte ihm die Schlinge um den Hals und grinste ihn an. Sein Atem stank nach herbem Wein. „Ich glaube, das Genick brechen zu lassen, ist die Methode eines Feiglings. Ich werde nicht zulassen, dass ein Bastard, der mein Sohn sein will, Angst vor dem Tod hat. Du wirst sterben wie ein richtiger Mann."

Es ist der Dämon!, schrie Mat, doch seine Stimme wurde fortgerissen, als würde er versuchen, einen schweren Sturm zu übertönen. *Sei auf der Hut, Darrick. Dein Leben kann dort immer noch verwirkt werden. Und wenn der Dämon es auf dem Dunklen Pfad an sich reißt, wird es für immer ihm gehören!*

Darrick wusste, dass er Angst haben sollte, doch das war nicht der Fall. Der Tod war so einfach. Was wirklich schwer war, das war das Leben mit all seinen Ängsten, Fehlern und Schmerzen. Der Tod würde eine willkommene Erlösung sein, ganz gleich, ob er schnell oder langsam eintrat.

Sein Vater zog die Schlinge zu, bis sie eng um Darricks Hals lag. „Zeit, sich zu verabschieden", knurrte der Mann. „Wenn sich die Geschichte herumspricht, dann werden die Leuten wenigstens sagen, dass mein Sohn mit dem Mut seines Vaters aus dem Leben gegangen ist."

Darrick stand am Rand des Heuboden. Als sein Vater die große Hand auf die Brust seines Sohnes legte, gab es nichts mehr, was den Sturz noch hätte verhindern können.

Dann versetzte ihm sein Vater einen Stoß.

Mit rudernden Armen fiel Darrick. *Gib das Schwert nicht auf!,* schrie ein Teil seines Verstandes. Als sich das Seil unter seinem Gewicht spannte, brach es ihm nicht das Genick. Dafür hatte sein Vater es nicht weit genug heruntergelassen

Darrick baumelte an dem Seil, und das Leben wich langsam, zögerlich aus ihm, während sich die rauen Hanffasern in seinen Hals fraßen. Seine linke Hand packte das Seil und versuchte zu verhindern, dass es sich noch enger zusammenzog. Aber sein rechter Arm blieb nach wie vor an seiner Seite.

„Lass es einfach geschehen", spottete sein Vater. „Du kannst ganz leicht sterben. Es ist nur eine Frage von Minuten."

Er lügt, sagt Mat. *Verdammt, Darrick, erinnere dich an die Wahrheit! Das hier ist nie geschehen! Wir hätten niemals zur See fahren können, wenn das hier wahr wäre!*

Darrick starrte seinen Vater an. Er hatte sich auf dem Heuboden hingekniet, und auf seinem Gesicht prangte ein breites Grinsen. Seine Augen leuchteten voller Erwartung.

Sieh an ihm vorbei!, rief Mat. *Sieh dir den Schatten an der Wand hinter ihm an!*

Obwohl sein Gesichtsfeld rasch kleiner wurde, konnte er den Schatten seines Vaters erkennen. Bloß – es war nicht der Schatten seines Vaters. Was immer diesen Schatten warf, es war nicht menschlich. In diesem Moment erinnerte sich Darrick an die Kathedrale in Bramwell, an die Steinschlange mit dem flammenden Maul.

Jäh wurde Darrick klar, dass er als *Erwachsener* an dem Strick baumelte, der ihn strangulierte.

„Du bist zu spät", sagt der Dämon und nahm sein wahres Aussehen an. „Du wirst hier sterben, und ich werde deine Seele bekommen. Du magst Buyard Cholik getötet haben, doch an seiner Stelle werde ich nun dich benutzen, um mich in dieser Welt zu halten."

Wut stieg in Darrick auf, die er schürte und an die er sich klammerte, damit sie ihm Kraft gab. Er riss das Schwert hoch und durchtrennte das Seil, sodass er auf den heubedeckten Boden fiel.

Doch als er landete, war von dem Boden des Stalls hinter der Schlachterei nichts mehr zu sehen. Stattdessen stand er auf einem dünnen Band, das sich quer über ein Nichts spannte.

Kabraxis sprang vor auf den Dunklen Pfad und stürmte ohne Vorwarnung auf Darrick los. Seine Klauen zuckten, seine Reißzähne waren gebleckt.

Darrick setzte sich zur Wehr, obwohl der Strick noch immer um seinen Hals lag und ihm die Luft abschnürte, was zur Folge hatte, dass er vor seinen Augen schwarzen Punkte tanzen sah. Das Schwert verhielt sich in seiner Hand, als wäre es von einem eigenen Leben erfüllt. Es bewegte sich unmenschlich schnell, doch das genügte gerade, um den ebenfalls unmenschlichen Gegner daran zu hindern, ihn zu töten.

Kabraxis schlug mit seinem Schwanz nach Darrick, doch dieser holte mit dem Schwert aus, fing das Anhängsel ab und durchtrennte es. Der Dämon brüllte vor Wut auf und schlug mit scherengleichen Bewegungen beider Arme nach Darrick. „Du kannst mich nicht besiegen, du wertloser Mensch."

Den Fausthieben ausweichend, warf Darrick sich nach vorn, glitt zwischen den Beinen des Dämons hindurch und rutschte auf dem Blut des abgetrennten Schwanzes weiter. Dann war er schon wieder aufgesprungen und attackierte Kabraxis von hinten. Er machte einen Satz, verdrängte den Gedanken, er könnte fallen, ebenso wie die Furcht vor dem Sturz ins Bodenlose zu beiden Seiten des Dunklen Pfads – und warf sich auf den Rücken des Dämons.

Kabraxis versuchte, ihn abzuschütteln, erstarrte aber, als Darrick eine Hand um den Kopf des Dämons legte und Hauklins Klinge gegen dessen Kehle presste.

„Warte", sagte Kabraxis. „Wenn du mich tötest, wirst du dafür bezahlen müssen. Du bist nicht so rein wie Hauklin. Du trägst Ängste in dir, die dich immer verfolgen werden. Du wirst auch etwas von mir in dir tragen, das dich immer verfolgen wird. Diesen Preis musst zu bezahlen."

Darrick rührte sich einen Moment lang nicht. „Ich ... werde ... ihn ... bezahlen", flüsterte er dann heiser und zog er die verzauberte Klinge an der Kehle des Dämons entlang. Metall kratzte über Knochen, während die Finsternis ringsum von Blitzen erhellt wurde.

Ein wilder Lichtblitz entstand vor Darrick und blendete ihn.

Als er die Augen wieder öffnete, stand er mitten in der Kathedrale, deren Boden schneebedeckt war. In seinen Händen hielt er den Kopf von Kabraxis, den er an einem der Hörner gepackt hatte.

Die steinerne Schlange war immer noch in Bewegung und schwebte über Buyard Choliks Leichnam.

Taramis und die anderen Dämonenjäger setzten sich gegen einen Ansturm der Kirchenwachen zur Wehr; vier der Krieger lagen am Boden und waren entweder tot oder schwer verwundet.

Die Steinschlange wand sich, dann bewegte sie sich wieder auf Darrick zu.

„Nein“, sagte er und fühlte die übernatürliche Kraft, von der er erfüllt war. Dann rammte er Hauklins Klinge in den Steinboden unter der Schneeschicht.

Kalte blaue Blitze schossen durch das Dach der Kathedrale und trafen die Steinschlange, die sich aufzulösen begann. Die Flammen im Maul und in den Augen flackerten noch einmal auf und erloschen dann.

Alle in der Kathedrale Anwesenden hielten in ihrer Bewegung inne, als Darrick sich ihnen zuwandte.

Er hob den Kopf des Dämons empor und rief: „Es ist vorbei! Der Dämon ist tot! Der falsche Prophet ist tot!“

Die Kirchenwachen legten ihre Waffen nieder und wichen zurück. Taramis und seine Krieger – blutverschmiert, aber ungebeugt – wandten sich vorsichtig um und starrten Darrick an.

„Geht nach Hause“, sagte Darrick zu den Anbetern. „Es ist vorbei.“

Obwohl er es ihnen versicherte, wusste er doch, dass es nicht die Wahrheit war. Es gab noch immer einen Preis für sein Tun zu zahlen, und erst jetzt begann er die volle Bedeutung dieser Worte zu verstehen.

Epilog

Eine kalte, ferne Morgensonne zerteilte den Himmel im Osten und tauchte die weißen Wolken in kräftige Rot- und Purpurtöne, die an ein befruchtetes Ei erinnerten, das schon kurz nach Beginn des Brütens aufgeschlagen worden war und in dessen Dotter sich Blut befand. Während von den Bergen ein eisiger Wind wehte, vertrieben die Sonnenstrahlen die nächtlichen Schatten aus Bramwell und scheuchten sie hinaus aufs Meer.

Darrick Lang stand auf dem begrünten Dach der Kirche des Propheten des Lichts, so wie er es die ganze Nacht über getan hatte. Er trug seinen schweren Umhang, doch der Wind pfiff hindurch und ließ ihn fast erfrieren. Trotzdem rührte er sich nicht von der Stelle. Stundenlang hatte er die Stimme seines Vaters in seinem Kopf vernommen, und erst vor kurzem war sie allmählich verstummt. Mats Stimme konnte er nicht mehr hören, und er wusste nicht, ob Mat sich weiter inmitten der Geister bewegte oder ob er während der letzten Konfrontation erneut gestorben war. Die Ungewissheit war nicht leicht für Darrick.

Einige von Buyard Choliks Söldnern hatten mit einem Kampf gedroht, doch da der Mann, in dessen Dienst sie gestanden hatten, tot war, konnten sich nicht sehr viele von ihnen dazu durchringen. Palat hatte ihnen voller Verachtung gesagt, sie seien alle übergeschnappt. Sie hätten eine bequeme Arbeit verloren, und wenn sie noch mehr verlieren wollten, sollten sie nur vortreten. Keiner der Söldner hatte sich dazu überwinden können. Raithen war in dem allgemeinen Durcheinander spurlos verschwunden.

Taramis hatte seine Gruppe zusammengehalten, da er fürchtete, zumindest ein Teil der fassungslosen Menge würde Vergeltung fordern. Zunächst hatte alles danach ausgesehen, dass sich die Anbeter gegen die Dämonenjäger wenden würden – obwohl Darrick ihnen mit Kabraxis' Haupt gezeigt hatte, welche Lüge ihnen aufgetischt worden war.

Sie waren gekommen, um Wunder zu schauen und am eigenen Leib zu erfahren, und nun hatten sie mitansehen müssen, wie ihnen all das entrissen wurde. Einige hatten stundenlang auf den Bänken gesessen und darauf gehofft, dass der Prophet des Lichts zu denen zurückkehrte, die wirklich an ihn glaubten.

Schritte waren auf dem Dach zu hören.

Darrick drehte sich um, Hauklins Schwert noch immer einsatzbereit in der Hand. Zwar hatte er mit Taramis und den anderen Dämonenjägern zusammengearbeitet, und er hatte auch Buyard Cholik und Kabraxis vernichtet, dennoch wusste Darrick, dass sie ihm nach wie vor nicht trauten. Sein Weg war nicht der ihre. Er würde nicht in den neuen Tag reiten oder sich ein Schiff im Hafen suchen, um Jagd auf einen weiteren Dämon zu machen.

Ein weiterer Dämon … Ein bitteres Lachen stieg in Darrick auf, doch er ließ es gleich wieder verstummen. Er hatte noch nicht einmal den letzten Dämon verdaut. Und er war noch immer nicht über die Dämonen hinweg, die sein Vater hatte entstehen lassen.

Taramis Volken kam durch den Garten zu ihm. Der Weise trug noch immer Spuren des Kampfes auf seinem Gewand: Blut – zum Teil sein eigenes, zum Teil das von anderen – und Ruß. Trotz der aufgehenden Sonne lagen tiefe Schatten über seinem Gesicht, und in dem hellen Licht wirkte der Mann auf einmal viel älter.

„Ich hatte mich schon gefragt, ob Ihr immer noch hier oben seid", sagte er.

„Nein, das habt Ihr nicht", widersprach Darrick. „Ihr habt Rhambal den Zugang zum Dach beobachten lassen."

Taramis zögerte einen Augenblick lang. „Ja, Ihr habt natürlich Recht."

Darrick entgegnete nichts.

Der Weise ging bis zum Dachrand und sah nach unten. Der Wind fuhr durch sein orangefarbenes Gewand. „Viele der Anbeter sind immer noch da.“

Widerwillig stellte sich Darrick zu dem älteren Mann an den Rand des Dachs und sah ebenfalls nach unten. Obwohl die Stadtwachen sich nach Kräften bemühten, die Versammlung aufzulösen, drängten sich die Menschen in den Straßen vor der Kirche. Rauch stieg aus einem halben Dutzend brennender Gebäude auf.

„Sie glauben immer noch“, sagte Taramis.

„Weil Cholik und Kabraxis ihnen das gaben, was sie haben wollten“, antwortete Darrick.

„Einigen von ihnen“, korrigierte Taramis ihn. „Und der Preis dafür war hoch. Doch es genügte, um die anderen hoffen zu lassen, dass sie vielleicht beim nächsten Mal auserkoren würden.“ Er sah Darrick an. „Es war schrecklich, was dieser Dämon tat.“

Darrick schwieg. Die Worte des Weisen kamen ihm noch kälter vor als der Nordwind.

„Die Wachen kämpfen überall in der Stadt mit marodierenden Banden“, fuhr Taramis fort. „Viele von ihnen protestieren gegen das, was heute Nacht geschehen ist. Sie behaupten, Cholik und der Prophet Dien-Ap-Sten seien aus Eifersucht von Lord Darkulan vernichtet worden. Sie sagen, es habe nie einen Dämon gegeben.“

„Der Dämon ist weg“, gab Darrick zurück. „Kabraxis wird nicht deshalb zurückkehren, nur weil sie glauben, er sei kein Dämon gewesen.“

„Nein, aber sie wollen sich an der Stadt rächen für die Schuld, die Verwirrung und die Wut, die sie empfinden. Bramwell kann sich glücklich schätzen, wenn nur ein paar Gebäude und ein paar Menschenleben geopfert werden müssen, ehe die Wachen die Situation in den Griff bekommen.“

Darrick dachte über seine eigene finstere Wut nach. Das Gefühl war ein Überrest dessen, was ihm sein Vater angetan hatte. Das wusste er jetzt. Doch er wusste auch, dass dieser Rest nicht ausgelöscht werden konnte und für immer ein Teil von ihm bleiben würde.

„Es heißt“, sagte Taramis, „wenn ein Mann sich einem Dämon stellt, lerne dieser Mann sich auf eine Weise kennen, wie er sie noch nie zuvor erlebt hat. Ihr habt Euch Kabraxis gestellt, Darrick. Direkter, als es je ein anderer getan hat, den ich kenne."

„Ihr habt selbst Dämonen bekämpft und getötet", entgegnete Darrick.

Taramis lehnte sich gegen die Mauer, die um den Dachgarten verlief, und verschränkte die Arme vor der Brust. „Ich bin ihnen nie in die Brennenden Höllen gefolgt, so wie Ihr es tatet."

„Hättet Ihr es getan?"

„Wenn es erforderlich gewesen wäre, ja." In der Stimme des Weisen war kein Zögern zu erkennen. „Aber ich muss Euch fragen, warum Ihr es getan habt."

„Ich habe mir das nicht ausgesucht", betonte Darrick. „Die Schlange hat mich verschlungen."

„Das hat sie getan, weil Kabraxis glaubte, er könne Euch auf dem Dunklen Pfad besiegen. Und er dachte, er könnte Stormfury besiegen. Meine Frage an Euch ist, warum der Dämon das geglaubt hat."

Lange Zeit schwieg Darrick, während der Weise einfach nur neben ihm stand. Dann wurde ihm klar, dass dieser nicht gehen würde, so lange er keine Antwort erhielt. „Wegen der Schuld, die ich mit mir herumtrage", sagte Darrick schließlich.

„Schuld wegen des Todes Eures Freundes Mat?"

„Nicht nur das", gab Darrick zurück. Bevor er wusste, wie ihm geschah, erzählte er dem Weisen von seinem Vater und von den Schlägen in der Schlachterei in Hillsfar. „Ich habe lange Zeit gebraucht, um zu verstehen, dass meine Mutter meinen Vater betrog und ich nicht wusste, wer mein leiblicher Vater war. Das weiß ich bis heute nicht."

„Habt Ihr es jemals erfahren wollen?"

„Manchmal", gab Darrick zu. „Doch das Licht allein weiß, welche Probleme es nach sich ziehen würde, würde ich es herausfinden. Ich hatte stets auch so schon genug Probleme."

„Kabraxis glaubte, er könnte Euch schwächen, indem er Euch mit dem Zorn Eures Vaters konfrontierte."

„Es wäre ihm auch gelungen", sagte Darrick, „wäre da nicht Mat gewesen. Jedes Mal, wenn mein Vater mich geschlagen hatte, war Mat für mich da. Er war es auch auf dem Dunklen Pfad."

„Indem er Euch half, Kabraxis' Täuschungsmanöver zu durchschauen."

„Aye." Darrick sah den Weisen an. „Aber Ihr müsst wissen, es war kein Sieg auf ganzer Linie."

Taramis sah ihn fragend an.

„Ich habe Kabraxis in den Brennenden Höllen geschlagen", erklärte Darrick. „Aber ich habe einen Teil von ihm in mir mit zurückgebracht." Mit einer raschen Bewegung schleuderte er Stormfury in eines der Beete. Eine Waffe so zu behandeln, war normalerweise unvorstellbar, da die Feuchtigkeit Rost nach sich gezogen hätte. Doch er wusste, dass das mystische Schwert keinen Schaden davontragen würde. Er ließ es dort zuckend liegen und streckte seine Hand aus. „Der verdammte Dämon hat mich irgendwie beflecken können."

Darricks Hand schimmerte, dann begann sie sich zu verändern, verlor die menschlichen Umrisse und nahm das Aussehen einer Dämonenklaue an.

„Beim Licht", flüsterte Taramis.

„Ich habe Buyard Cholik zerstört und damit, wie ich meinte, den Weg für Kabraxis in unsere Welt", sagte Darrick. „Aber ich bin selbst zu diesem Weg geworden." Lange Klauen schoben sich aus seinen Fingern hervor, die mit haariger, grün-schwarzer Haut überzogen waren.

„Wann ist das passiert?"

„Als ich mich auf dem Dunklen Pfad befand", sagte Darrick. „Ich sage Euch auch noch etwas anderes: Kabraxis ist nicht tot. Ich weiß nicht, ob er jemals einen anderen Körper finden wird, der ihm in unserer Welt ein Überleben ermöglicht, aber in den Brennenden Höllen lebt er weiter. Hin und wieder höre ich ihn, wie er mir etwas zuflüstert, wie er mich verhöhnt. Versteht Ihr? Er wartet darauf, dass ich aufgebe und sterbe oder dass ich die Kontrolle über mich verliere, indem ich mich so sehr betrinke, dass es mir gleich ist, ob ich lebe oder tot bin." Er bückte sich und hob Hauklins Schwert auf. Seine Hand wurde wieder die eines Menschen.

„Hauklins Schwert gibt Euch Halt“, sagte Taramis.

„Aye“, erwiderte Darrick. „Und es lässt mich Mensch bleiben.“

„Kabraxis hat Euch verflucht.“

Darrick schob das Schwert in die Scheide an seiner Hüfte. „Kabraxis’ Portal liegt nicht länger unter den Ruinen jener Stadt am Dyre. Ich bin es geworden.“

„Und wenn Euch ein anderer tötet?“

Darrick schüttelte den Kopf. „Ich weiß nicht. Vielleicht könnte Kabraxis nie wieder in diese Welt zurückkehren, wenn mein Körper restlos vernichtet würde.“ Er lächelte, doch es war ein kühles, humorloses Lächeln, das nichts als Verbitterung erkennen ließ. „Indem ich Euch das verrate, habe ich das Gefühl, mein Leben in Eure Hände zu legen.“

Eine Zeit lang schwieg Taramis. „Es gibt manchen, der sich versucht fühlen würde, Euch eher zu töten, als eine Rückkehr des Dämons zu riskieren.“

„Und Ihr?“

„Würde ich das tun, wäre ich nicht besser als die Monster, die ich verfolge“, antwortete der Weise. „Nein, von mir habt Ihr nichts zu befürchten. Aber sollte Kabraxis jemals die Oberhand über Euch gewinnen, werde ich Euch jagen, stellen und töten.“

„Das erscheint mir gerecht“, erklärte Darrick, der wusste, dass es das Höchste war, was er erwarten durfte.

„Ihr werdet Hauklins Schwert behalten müssen“, meinte Taramis. „Ich werde das Ellig Barrows darlegen und kann mir gut vorstellen, dass er und seine Familie froh sind, nichts mehr damit zu tun zu haben.“

Darrick nickte.

„Was werdet Ihr tun?“, fragte der Weise. „Wohin werdet Ihr gehen?“

„Das weiß ich nicht.“

„Ihr könntet mit uns reiten.“

„Wir wissen doch beide, dass mein Platz nicht in Eurer Mitte ist“, erwiderte Darrick. „Auch wenn es wohl leichter für Euch wäre, mich im Auge zu behalten.“

Taramis grinste ironisch. „Ja, das ist wahr.“

„Ich habe noch etwas vom Tod des Dämons mitbekommen", sagte Darrick und stellte sich näher zu dem Weisen. „Ihr seid verletzt. Zeigt mir Eure Wunde."

Zögernd hob er sein Gewand an und zeigte die tiefe Wunde an der Seite. Jemand hatte sie recht ungeschickt versorgt. Das Blut tränkte den Verband und sickerte hindurch.

Darrick legte eine Hand auf die Stelle, woraufhin der Weise zusammenzuckte. Energie strömte durch Darrick, und für die Dauer seiner Handlung hörte er Kabraxis in einem Winkel seines Verstandes deutlicher flüstern. Er nahm die Hand zurück. „Seht Euch die Wunde an."

Ungläubig entfernte Taramis den Verband und betrachtete die Stelle. „Sie ist verheilt."

„Aye", bestätigte Darrick. „Das gilt auch für die Wunden, die ich heute Nacht davongetragen habe. Doch diese Heilungen haben ihren Preis. Wenn ich heile, hat Kabraxis einen stärkeren Einfluss auf mich. Allein Hauklins Schwert sorgt dafür, dass ich bei Verstand und Mensch bleibe."

„Ihr habt mich schneller geheilt, als jeder Heiltrank dies vermocht hätte. Eure Gabe könnte ein großer Gewinn sein."

„Aber für wen?", fragte ihn Darrick. „Und um welchen Preis? Vielleicht hat mir Kabraxis diese Macht verliehen, damit ich sie immer weiter einsetze und dabei immer vertrauter mit ihm werde."

„Was werdet Ihr also tun?"

„Ich weiß es nicht", antwortete Darrick. „Ich weiß nur, dass ich von hier weg muss. Ich brauche wieder für einige Zeit die See, Taramis. Etwas, das mir einen klaren Kopf verschafft. Ich muss wieder ein gute und ehrliche Arbeit finden. Das Leben eines Seemanns ... damit ich nicht so viel Zeit zum Nachdenken habe."

„Glaubt an das Licht", sagte Taramis. „Das Licht wird Euch auch in den finstersten Zeiten den Weg weisen."

Viele Stunden später stand die Sonne bereits weit im Westen über dem Ozean. Darrick hatte eine Überfahrt erkauft und stand an den Docks von Bramwell. Taramis und die anderen Dämonenjäger hatten sich ihm angeschlossen, da sie der Meinung waren, wenigstens diesen Teil der Reise noch gemeinsam zurücklegen zu wollen.

Die Docks waren überfüllt. Menschen eilten hin und her wie Vieh, das in einen Laderaum getrieben werden sollte. Die Wellen drückten die Schiffe immer wieder gegen des Pfahlwerk des Docks und verursachten dumpfe, sonore Klänge, die über die Szene getragen wurden.

Auf einmal zerriss der gellende Schrei einer Frau die monotone Geräuschkulisse.

Darrick, der auf halber Höhe auf der Laufplanke zu jenem Schiff stand, mit dem er reisen würde, drehte sich um und sah, wie ein Mädchen in einem langen Kleid aus dem Wasser gezogen wurde. Der Körper sah verheert aus.

Eine ältere Frau, vermutlich die Mutter, kniete neben dem Mädchen nieder, während die Seeleute es auf den Boden des Docks legten. „Bitte", flehte die Frau. „Kann jemand meinem kleinen Mädchen helfen? Ist hier irgendwo ein Heiler?"

„Ein Heiler kann da auch nichts mehr machen", bemerkte ein mürrischer Seemann neben Darrick. „Das Mädchen ist zwischen das Pfahlwerk und das Schiff geraten, als es an Bord gehen wollte. Es ist regelrecht zerquetscht worden. Da kann keiner mehr helfen. Die Kleine ist so gut wie tot."

Darrick sah zu dem zerbrechlich wirkenden Kind, dessen Körper von dem Aufprall zerdrückt worden war und das entsetzliche Schmerzen litt.

„Darrick!", rief Taramis.

Einen Moment lang blieb Darrick auf der Laufplanke stehen. Was, wenn dies gar kein Unfall gewesen war? Was, wenn es eine Versuchung war, für die Kabraxis gesorgt hatte, damit die heilende Kraft wieder zum Einsatz kam? Was, wenn jemand in der Menge – ein Vizjerei oder ein anderer Magier auf Reisen – erkannte, dass Darricks Macht ihm nicht vom Licht verliehen worden war, sondern von einem Dämon, der seinen Ursprung in den Brennenden Höllen hatte …?

Doch dann war Darrick bereits auf dem Weg und machte einen

Satz von der Laufplanke zurück ans Ufer. Er schob die Leute aus dem Weg und fühlte, wie in ihm wieder seine alte Wut und Unbeherrschtheit aufstiegen. Einen Augenblick später befand er sich neben dem kleinen Mädchen.

Die Mutter sah ihn an, ihr verängstigtes und hilfloses Gesicht war tränenüberströmt. „Könnt Ihr helfen? Bitte, so helft ihr doch!"

Das Mädchen war vielleicht sechs oder sieben – in etwa wie eine von Mats Schwestern, als Darrick sie zum letzten Mal gesehen hatte.

„Das bringt nichts mehr", flüsterte einer der Umstehenden. „Ich habe schon genug Leute gesehen, die so zerquetscht wurden. Die Kleine ist schon so gut wie tot."

Ohne etwas zu sagen, legte Darrick seine Hände auf den Körper des Kindes. Er konnte fühlen, wie sich die gebrochenen Knochen bewegten. *Bitte,* dachte er und ignorierte Kabraxis' gehässiges Flüstern in seinem Hinterkopf. Er würde die Worte des Dämons nicht in den Vordergrund gelangen lassen, er würde es sich nicht gestatten, sie zu verstehen.

Energie strömte durch Darricks Hände und wechselte auf das Mädchen über. Lange Zeit geschah nichts, dann bäumte es sich plötzlich auf und hörte auf zu atmen. Einen Augenblick lang war Darrick sicher, dass Kabraxis ihn irgendwie getäuscht hatte, damit er den Tod des Mädchens herbeiführte, anstatt ihn zu verhindern.

Doch dann schlug das Kind die Augen auf – Augen, die so hellblau und strahlend waren, wie Darrick es noch nie gesehen hatte. Die Kleine rief nach ihrer Mutter und bäumte sich ihr entgegen. Die Frau nahm ihr Kind hoch und drückte es ungestüm an sich.

„Ein Heiler", flüsterte jemand.

„Das ist mehr als nur ein Heiler.", sagte ein anderer. „Er hat das Kind aus dem Tod zurückgeholt. Das kleine Ding war doch kaum noch mehr als ein Leichnam, und er hat es zum Leben erweckt, als wäre es nichts."

Darrick stand auf und sah sich von den Leuten umringt, die ihn neugierig, aber auch misstrauisch betrachteten. Er legte eine Hand auf sein Schwert und unterdrückte nur mit Mühe den Impuls, die

Klinge zu ziehen und sich mit ihrer Hilfe Bahn zu brechen. Irgendwo in einem fernen Winkel seines Geistes hörte er den Dämon lachen.

Plötzlich bemerkte er, dass Taramis, Rhambal und Palat bei ihm waren. „Kommt“, drängte ihn der Weise.

„Er ist der Prophet des Lichts!“, rief jemand. „Er ist zurückgekehrt.“

„Nein“, widersprach ein anderer. „Das sind die Männer, die den Hüter des Pfades getötet und den Weg der Träume zerstört haben. Hängt sie!“

„Wir müssen von hier fort“, sagte Taramis.

Darrick überlegte, ob es das war, was Kabraxis wollte. Würde sein Tod durch einen wütenden Mob dem Dämon die Möglichkeit verschaffen, in die Welt der Menschen zurückzukehren? Darrick wusste keine Antwort darauf.

Die Mutter stellte sich vor ihn, ihr Kind nach wie vor an sich gedrückt. „Wagt es nicht, diesen Mann anzufassen. Er hat meine kleine Jenna gerettet. Wenn er wirklich den Hüter des Pfades getötet haben sollte, dann behaupte ich, dass er dafür auch einen guten Grund hatte. Dieser Mann wirkt Wunder, er ist ein Auserwählter des Lichts!“

„Der Hüter des Pfades hat Euch zu den Dämonen geführt“, sagte Taramis. „Hätte er hier nicht den Diener des falschen Propheten getötet, dann wärt ihr alle in die Brennenden Höllen gefahren.“

Darrick fühlte sich elend. Er war kein Held und auch kein Heiliger. Er zwang sich, Stormfury loszulassen.

Widerwillig kam der Mob allmählich zur Ruhe und fügte sich dem Willen der Menschen, die nach etwas suchten, das nach allem, was sie mit der Kirche des Propheten des Lichts durchgemacht hatten, einen Sinn ergab.

Erstaunt sah Darrick mit an, wie auf einmal Menschen vortraten, deren Freunde oder Angehörige von Krankheit oder Verletzung geplagt wurden, und ihn anflehten, er möge sie heilen. Er wandte sich Taramis zu. „Was soll ich tun?“

Der Weise sah ihn eindringlich an. „Das ist Eure Entscheidung. Ihr könnt an Bord dieses Schiffes gehen und Euch nach Kräften um Eure eigenen Belange kümmern, oder Ihr bleibt hier und nehmt Euch der Belange anderer an."

Darrick ließ seinen Blick über die Menge schweifen. „Aber es sind so viele."

Schon jetzt hatte man zwei Dutzend Tragen mit Männern und Frauen, die dem Tode nah waren, zum Dock gebracht. Menschen riefen ihn zu sich, flehten ihn an, er möge ihrer Familie und ihren Kameraden beistehen.

„Aber meine Macht", wandte Darrick ein, „wurde mir nicht vom Licht gegeben."

„Nein", bestätigte Taramis. „Aber hört mir zu: Woher wollt Ihr wissen, dass es in diesem Moment nicht die Absicht des Lichts ist, dass Ihr Euch genau dort befindet, wo Ihr gerade seid?"

„Ich wurde von einem Dämon befleckt."

„Aber Ihr verfügt auch über die gewaltige Macht eines Dämons. Wenn Ihr es wollt, könnt Ihr damit sehr viel Gutes leisten."

„Und was ist, wenn ich mich in mir selbst verliere, während ich diese Macht ausübe?"

„Im Leben geht es um das Gleichgewicht", antwortete Taramis. „Das Gleichgewicht zwischen dem Licht und der Finsternis. Ich wäre nicht fähig, den Willen des Lichts so tatkräftig und gezielt zu verteidigen, wäre ich nicht zuvor mit der Finsternis in Berührung gekommen, die in den Brennenden Höllen darauf wartet, uns zu verschlingen. So wie Stahl, muss auch ein Mann gehärtet werden, Darrick. Ihr habt viel erreicht. Eure Gegenwart ist ausgewogen zwischen Eurer Vergangenheit und den Träumen, die Ihr vielleicht habt. Ihr steht als Kabraxis' Portal zwischen dem Licht und der Finsternis, doch es liegt an Euch, ob dieses Portal offen oder geschlossen sein soll. Ihr entscheidet, ob Ihr die Kraft verbergt oder nutzt. Ihr könnt Euch vor ihr fürchten oder sie akzeptieren. So oder so, Euer Leben hat sie schon jetzt für alle Zeit verändert."

Die Gedanken überschlugen sich, während der Dämon irgendwo in seinem Hinterkopf etwas flüsterte. Darrick sah in die Menge, die ihn erwartungsvoll anstarrte. Schließlich atmete er tief durch und machte einen Schritt nach vorn in seine Zukunft. Er hielt den Kopf hoch erhoben, denn er war kein ungeliebter Bastard mehr, sondern ein mitfühlender und geläuterter Mann. Er begab sich zu den Verwundeten und zu den Sterbenden und machte sich daran, sie zu heilen, während er den Dämon in seinem Schädel brüllen hörte.

ENDE

EINFACH FANTASTISCH
Neue Romane zu Videogame-Hits
DIABLO
WARCRAFT
DIABLO
DAS VERMÄCHTNIS DES BLUTES
DIABLO Band 1:
Das Vermächtnis des Blutes
ISBN 3-89748-703-9
WARCRAFT
DER TAG DES DRACHEN
WARCRAFT Band 1:
Der Tag des Drachen
ISBN 3-89748-700-4
DIABLO
DER DUNKLE PFAD
WARCRAFT
DER LORD DER CLANS
WARCRAFT Band 2:
Der Lord der Clans
ISBN 3-89748-701-2
IABLO Band 2:
er dunkle Pfad
SBN 3-89748-704-7
CHRISTIE GOLDEN
Diablo, WarCraft © 2003 Blizzard Entertainment. All rights reserved.
ie Welt der Dark Fantasy!
m Buchhandel.
BLIZZARD ENTERTAINMENT
Dino